Antje Babendererde
Der Kuss des Raben

Weitere Bücher von Antje Babendererde
im Arena Verlag:

Isegrim
Julischatten
Rain Song
Indigosommer
Die verborgene Seite des Mondes
Libellensommer
Der Gesang der Orcas
Lakota Moon
Talitha Running Horse

Der Kuss des Raben ist auch als Hörbuch erhältlich.

Antje Babendererde

Der Kuss des Raben

Arena

1. Auflage 2016
© 2016 Arena Verlag GmbH, Würzburg
Alle Rechte vorbehalten
Covergestaltung: Frauke Schneider
Vignette im Innenteil: © yyang/Shutterstock
Gesamtherstellung: Westermann Druck Zwickau GmbH
ISBN 978-3-401-60009-3

Besuche uns unter:
www.arena-verlag.de
www.twitter.com/arenaverlag
www.facebook.com/arenaverlagfans

Verwünschung

Falsche Augen, die dich sehn,
sollen hier zugrunde gehen,
sollen brennen, immer brennen,
und der Blitz soll sie versengen!

Aus »Zehn in der Nacht sind neun«

1

Reha-Klinik, Montag, 4. August »Guten Morgen, Tristan. Ich bin Rosa Wagner, Ihre Therapeutin für die Zeit der Reha. Wie geht es Ihnen heute?«

»Ich bin achtzehn und kann meine Beine nicht bewegen. Also, was soll die Frage?«

»Es ist normal, dass Sie deprimiert sind, aber das wird sich ändern. Wir werden daran arbeiten.«

»Deprimiert? Mir geht es beschissen, und daran wird sich auch nichts ändern, wenn ich mit Ihnen darüber spreche. Das ganze Psychozeug hat doch keinen Sinn.«

»Was hat Sinn? Im Bett liegen und in Selbstmitleid schwelgen?«

»Ich schwelge nicht in Selbstmitleid. Ich will Rache.«

»Sie hatten einen Motorradunfall, in den keine andere Person verwickelt war. An wem wollen Sie sich rächen? An einem Grenzstein?«

»Es war kein Unfall.«

»Ich denke, Sie können sich an nichts erinnern.«

»Kann ich auch nicht.«

»Keine Sorge, daran werden wir in den nächsten Wochen zusammen arbeiten.«

»Er hat gewonnen.«

»Was haben Sie gesagt? Wer hat gewonnen?«

»Der Rabe.«

Ein Jahr zuvor

Donnerstag, 5. September *The Monster diminishes in size if you let it know you're not scared.* – diminish: verringern, vermindern, abnehmen. Die Buchstaben verschwammen vor Milas Augen. Gähnend warf sie einen Blick auf den Wecker. Schon fast elf.

Tilde, ihre Gastmutter, spielte jeden Donnerstag mit ihren Freundinnen Doppelkopf und würde erst nach Mitternacht nach Hause kommen. Sie konnte also noch eine gute Stunde unbehelligt lernen, bevor es an ihre Tür klopfen und Tilde rufen würde: Licht aus, Mila, dein Hirn braucht eine Pause.

Dismal: düster, trostlos, miserabel. *Wistful:* wehmütig, sehnsüchtig. Die Vokabeln wollten einfach nicht mehr in ihren Kopf.

Als Kind war Mila immer so lange aufgeblieben, bis ihr die Augen zufielen, und das war so gut wie nie vor zwölf gewesen. Jetzt war sie fast siebzehn und zwang sich, wenigstens an den Wochentagen vor Mitternacht das Licht auszuschalten.

Das Gastschuljahr am Saale-Gymnasium in Moorstein war ihre große Chance, und sie wollte im Unterricht ausgeschlafen sein, doch die alte Gewohnheit saß tief im Gedächtnis ihres Körpers.

Es fiel Mila nicht leicht, dem Unterricht in einer fremden Sprache zu folgen, auch wenn ihr Deutsch schon fast perfekt war, als sie nach Moorstein kam. Aber vier grammatikalische Fälle, drei Vergangenheits- und zwei Zukunftsformen, dazu die Konjugationsregeln. Und nun Englisch, eine Sprache, in der wieder alles ganz anders war.

»Unser Hirn arbeitet auch in der Nacht«, hatte Tilde ihr erzählt. Der Hippocampus, eine kleine, nussförmige Region im Hirn, verarbeitet Fakten, Ereignisse und Situationen sehr schnell, hat aber keine große Speicherkapazität. Während wir schlafen, filtert der Hippocampus und gibt an die Großhirnrinde weiter, was als wichtig heraussortiert wurde.

Mila hoffte, dass die kleine Nuss in ihrem Hirn die englischen Vokabeln als wichtig erkennen und nicht durch den Filter fallen lassen würde.

Sie tappte in das kleine Bad gegenüber ihrem Zimmer, duschte singend und schlüpfte danach in ihr knielanges Pyjamashirt mit dem Rosenmuster. Mila föhnte und bürstete ihr Haar, bis es knisterte. Es fiel ihr in langen Wellen über die Schulter bis zur Hüfte, war dunkel, fast schwarz, doch jetzt hatte es einen hellen Schimmer von der Sommersonne.

Mit einem trockenen Handtuch wischte Mila über den beschlagenen Badezimmerspiegel und betrachtete kritisch ihr Gesicht: leichter Teint, aber nicht so dunkel, um auf ihre Herkunft schließen zu lassen. Hohe Wangenknochen, eine gerade Nase und ein schmales, aber kantiges Kinn. Ihre Zähne waren strahlend weiß, doch ein Schneidezahn stand leicht über dem anderen.

Die fast schwarzen, weit auseinanderliegenden Augen hatte sie von ihrer Mutter. Das energische Kinn vermutlich vom Vater, den sie nie kennengelernt hatte.

Betrachtet man sich im Spiegel, wenn es Nacht ist, gibt man seine Seele dem Teufel, meldete sich die fast vergessene Stimme ihrer Großmutter Sidonia.

Früher hatte Mila sich an sämtliche überlieferte Regeln und Tabus gehalten, doch das war vorbei, denn die alten Sprüche führten zu nichts. Die Knochen ihrer Baba moderten in ferner

Erde und in einer hübschen deutschen Stadt wie Moorstein gab es keine Teufel.

In ihrer ersten Nacht in Tildes Haus hatte Milas kleine tote Großmutter als wortloser Schemen vor ihrem Bett gestanden, gebeugt und dünn wie ein Strich. *Die Seelen der Toten wandern als Geister auf der Erde*, hatte Baba Sidonia ihr erzählt. Jetzt war sie selbst ein Geist.

Delusion: Einbildung, Wahn, Täuschung.

Mila schnitt ihrem Spiegelbild eine Grimasse. Sie löschte das Licht im Bad und kehrte zurück in ihr heißgeliebtes Zimmer mit den altrosa gestrichenen Wänden, den weinrot schimmernden Vorhängen und den weiß lasierten Holzmöbeln. Ein Zimmer, in dem es genug Platz gab, um darin zu tanzen. Denn Tanzen war ein Teil von Mila – wie Luft holen. Sie schritt über den flauschigen roten Teppich vor ihrem schmiedeeisernen weißen Bett mit dem geschwungenen Kopfteil, grub ihre Zehen voller Wonne hinein, bevor sie in die rote Satinwäsche sprang und sich darin wie eine Königin fühlte. Über ihr ein Baldachin aus Himmelsstoff, luftig wie weiße Wolken.

Mila liebte alles, was schön war. Schönheit war ein großes Geheimnis, war Licht und Schatten. Immer gab es eine zweite Seite, einen Gegenpol: schön und kalt. Schön und gefährlich. Schön und traurig. Nichts war vollkommen, nie. In ihrer Sprache gab es gar kein Wort für hässlich, nur den Ausdruck »nicht schön«.

Vor vier Wochen war Mila mit einem Rucksack voller Wünsche, Hoffnungen und Träume in der kleinen Stadt am Rande des Thüringer Schiefergebirges angekommen und morgen hatte sie schon die zweite Schulwoche hinter sich. Die Zeit verging so schnell, dass ihr manchmal ganz schwindelig wurde davon. Am liebsten wollte sie nie wieder fort aus diesem Land, das ihr auf Schritt und

Tritt fremd erschien – mit all seinen Fragezeichen, Eigenheiten und ungeschriebenen Regeln.

Dem Unterricht am Gymnasium zu folgen, war eine Sache. Mit der Mentalität der Moorsteiner zurechtzukommen, eine ganz andere. Obwohl die Sprache keine Hürde war, verstand sie so vieles nicht. Es schien, als teilten alle um sie herum ein Wissen, das ihr verschlossen blieb.

Ihre ersten Tage am Saale-Gymnasium waren das reinste Gefühlschaos. Zwar hänselte oder mobbte sie niemand aus ihrer neuen Klasse, wie das an ihrem alten Gymnasium in Cheb der Fall gewesen war, doch wirklich willkommen fühlte sie sich auch nicht. Einige Mitschüler löcherten sie mit Fragen, die sie nicht beantworten wollte, andere nahmen Mila lediglich zur Kenntnis und der Rest sah einfach durch sie hindurch. Sie hatte das Gefühl, dass es gewisse Prüfungen gab, die sie bestehen musste, um dazuzugehören. Doch niemand sagte ihr, welche das waren.

»Du bist die Neue«, hatte Tilde sie getröstet, »und Moorstein ist nun mal eine Kleinstadt. Sie sind neugierig, aber gleichzeitig auch skeptisch allem Fremden gegenüber. Geh auf sie zu und sei offen, dann werden sie dich schnell mögen.«

Doch Mila verstand sich nicht gut darauf, Freundschaften zu schließen, deshalb stand sie auf dem Schulhof mitten unter ihren Klassenkameraden und gehörte dennoch nicht dazu. Sie wusste es und die anderen spürten es auch.

Nur einer schien sie wirklich zu sehen. Er hieß Tristan Hellstern und trug ausnahmslos schwarze Klamotten. Mit seinen langen blonden Haaren, den verträumten braunen Augen und seinem sinnlichen Mund war er der attraktivste Junge in ihrer Klasse und der Begriff Schönheit bekam für sie eine neue Dimension, einen neuen Gegenpol: *schön und beunruhigend.*

Mila mied Tristan, denn sein gutes Aussehen und seine schwarze Kluft schüchterten sie ein. Offensichtlich verstand er es, mit seinem düsteren Komplettlook einen finsteren Eindruck zu schinden, und doch verhielt er sich vom ersten Tag an ausgesprochen aufmerksam und höflich ihr gegenüber. Aus diesem Grund mied sie ihn auch weiterhin. Weil alle sie anstarrten, wenn er mit ihr sprach, und Mila lieber unsichtbar bleiben wollte.

»Wenn du es zu etwas bringen willst, erzähl niemandem, wer du bist und wo du herkommst«, hatte ihre Mutter ihr geraten. Und Mila hielt es für klug, sich an diesen Rat zu halten. Es war gar nicht schwer, sich unsichtbar zu machen, wenn man nur wusste, wie.

Als ihre Vorfahren vor mehr als tausend Jahren aus Indien gen Westen flüchteten und sich überall auf der Welt verteilten, mussten sie lernen, schnell hinter die Fassaden von Gewohnheiten, Sitten und Gebräuchen zu schauen, um mit den Menschen vor Ort klarzukommen. Etwas von dieser Fähigkeit steckte Mila wohl noch im Blut.

Sie war nach Moorstein gekommen, um zu lernen. Dieses Gastschuljahr aus dem *Euregio-Egrensis-Programm* war ein Glücksfall, ihre große Chance. Alles andere musste eben warten.

Freundschaften. Liebe.

Erst einmal wollte sie ankommen und dazugehören. Die Dinge begreifen. Eines Tages würde ihr dann jemand begegnen, der so gut aussah wie Tristan und genauso klug war. Jemand, der sie liebte und den auch sie lieben konnte. Und bis dahin würde Mila Wissen bunkern wie eine Besessene, denn in ihrem Fall waren gute Noten alles, was zählte.

Montag, 9. September Doch schon am darauffolgenden Montag endete Milas Schattendasein und sie konnte nichts dagegen tun. Jasmin Voss, die mit einem komplizierten Knöchelbruch im Krankenhaus gelegen hatte, kehrte mit einem Gips am Fuß, aber ansonsten quietschfidel in die Klasse zurück. Jassi, wie sie von allen genannt wurde, steuerte mit ihren Krücken schnurstracks den leeren Platz neben Mila an, als sie am Morgen den Klassenraum betrat. *Klack. Klack. Klack.*

Das Haar von Milas neuer Banknachbarin hatte die Farbe von Buchenblättern im Winter – halblange Locken, die ihr wild vom Kopf abstanden und auf der linken Seite über dem Ohr ausrasiert waren. Jassi trug löchrige Jeans und ein weites T-Shirt mit dem Spruch EAT THE RICH, dazu einen ausgetretenen Converse-Chuck, den sie mit Kuli bemalt hatte. Auf dem Gips an ihrem linken Fuß leuchteten neongrüne Herzen.

Die abgerissenen Klamotten und der Spruch auf dem T-Shirt ließen Mila annehmen, dass Jassis Eltern arm waren und sie deshalb eine Außenseiterin. Trotzdem war sie froh, endlich jemanden neben sich zu haben, der sie so offen angrinste wie dieses Mädchen.

»Cooles T-Shirt«, meinte Jassi zu Mila in der großen Pause.

»Wirklich?«, fragte Mila schüchtern und sah an sich herunter. Sie trug ein türkisfarbenes T-Shirt mit silbernen Ärmeln und Strassnieten in Form eines Schmetterlings auf der Brust, dazu helle Jeans und weiße Ballerinas.

Jassi zuckte grinsend die Achseln. »Na ja, wer so was mag.«

Ohne großes Trara nahm Jassi Mila unter ihre Fittiche und gab ihr Nachhilfe in Sachen Schulalltag, Mode, Make-up und Jungs. So skeptisch Mila anfangs auch war – das Mädchen mit dem frechen Mundwerk und den wilden Klamotten eroberte in Windeseile ihr Herz.

Jasmin Voss war – wie sich schnell herausstellte – weder arm noch eine Außenseiterin. Von heute auf morgen gehörte Mila ganz selbstverständlich dazu. Man lächelte ihr ins Gesicht und fast jeder in der Elften und Zwölften kannte auf einmal ihren Namen. Ohne zu wissen, wie, schien sie die geheime Prüfung bestanden zu haben.

Mithilfe von Jassi und ihren neuen Freunden meisterte Mila die nächsten Wochen am Gymnasium. Wurde sie nach ihrer Herkunft gefragt, hielt sie die Antworten ziemlich vage: das kleine Dorf tief in der Slowakei, in dem sie geboren wurde. Der tragische Unfalltod ihrer Eltern (ihr Vater war tatsächlich vor ihrer Geburt bei einem Autounfall ums Leben gekommen), die netten Pflegeeltern in Cheb, der tschechischen Grenzstadt, ihre guten Noten dort am Gymnasium und schließlich das Stipendium.

Die Wahrheit streifte Mila ab wie ein zu eng gewordenes Kleid.

Mittwoch, 30. Oktober Eines Tages auf dem Schulhof, ein kühler Herbstwind wehte die ersten bunten Blätter von den Bäumen, hatte Mila für sich und Jassi (die noch nicht so gut laufen konnte) zwei belegte Brötchen und zwei heiße Kakao vom Backshop an der Straße geholt, als ein Fünftklässler auf der wilden Jagd nach seinem Kumpel sie beinahe über den Haufen rannte und der heiße Kakao sich im hohen Bogen über den weißen Wildledermantel einer solariumbraunen Blondine aus ihrer Parallelklasse ergoss.

Das Mädchen mit den grünen Katzenaugen, sie hieß Patrizia, flippte aus und machte Mila wortreich die Hölle heiß. »Hast du keine Augen im Kopf, du blöde Kuh, die Flecken gehen doch nie wieder raus! Der Mantel hat ein Vermögen gekostet, den musst du mir ersetzen!«

Vor Milas Augen begann es zu flimmern. Gelähmt vor Entsetzen wünschte sie sich unsichtbar, als plötzlich Tristan aufkreuzte, der schwarze Ritter. Wie immer, wenn die anderen Schüler ihn kommen sahen, traten sie zur Seite, als wären sie bloß Statisten, und er hatte die Hauptrolle. Tristan beruhigte die aufgebrachte Patrizia mit geflüsterten Worten erstaunlich schnell und mit einem letzten ätzenden Blick auf Mila verschwand die Blonde im Schulgebäude.

Dass sie Tristans Ex war, erfuhr Mila erst später.

Tristan fasste Mila behutsam am Arm. »Keine Angst, den Mantel musst du nicht bezahlen, das übernimmt die Haftpflicht. Na komm, holen wir neuen Kakao. Noch ist Zeit.«

»Ich ... ich glaube, mein Geld reicht nicht mehr.« Plötzlich hatte sie das Gefühl, Fieber zu haben.

»Macht nichts«, sagte er mit einem ritterlichen Lächeln, »den Rest zahle ich.«

Dass ihr jemand zu Hilfe eilte, noch dazu jemand wie Tristan Hellstern, war Mila nicht gewohnt. Obwohl sie ahnte, dass es pures Mitleid war, was Tristan dazu trieb, konnte sie nichts dagegen tun: Die Liebe brach über sie herein und Tristan wurde zum hellen Stern in Milas Universum. Schön und unerreichbar fern.

Unfassbar, aber er übernahm die Schuld an der Kakao-Geschichte und regelte das mit seiner Haftpflicht.

»Wie romantisch«, kommentierte Jassi mit verdrehten Augen. »Aber du hast dich nicht ernsthaft in ihn verliebt, oder?«

Mila machte sich keine Illusionen, dass Tristan jemals etwas anderes in ihr sehen würde als das Mädchen aus Cheb, das für ein Gastschuljahr nach Moorstein gekommen war, um die deutsche Sprache zu lernen und interkulturelle Erfahrungen zu sammeln. Jemand, der wieder fortgehen würde und es deshalb nicht lohnte, ihm mehr als freundliche Aufmerksamkeit zu schenken.

Ohnehin war es vernünftiger, nicht zu lieben, denn Liebe machte blind und unvorsichtig. Schlimmer noch: Unerwiderte Liebe konnte einen wie eine furchtbare Krankheit verzehren, und man lief Gefahr, den Verstand zu verlieren. Das durfte Mila auf keinen Fall riskieren. Das Schicksal hatte es gut mit ihr gemeint und sie wollte ihr Glück nicht aufs Spiel setzen.

Deshalb beantwortete sie Jassis Frage mit einem Kopfschütteln.

»Das ist auch besser so.« Auf ihre direkte Art machte Jassi Mila wenig Hoffnung, dass Tristan ihre Gefühle jemals erwidern würde. »Er kann nämlich jede haben«, sagte sie, die milde Umschreibung von: *eine Nummer zu groß für dich.* »Und falls du es noch nicht gemerkt haben solltest: Du bist nicht die Einzige, die Tristan Hellstern völlig aussichtslos anhimmelt. Willkommen im Club, Mila. Sogar meine Mum ist rot geworden, als er sie mal angesprochen hat. Sie meint, er wäre eine jüngere Ausgabe von David Garrett, diesem blonden Stargeiger.«

»*Anhimmeln?*«, fragte Mila mit einem Stirnrunzeln.

»Anbeten, verehren, vergöttern.«

»Ich anhimmele nicht«, entgegnete sie, »ich mögen ihn, das ist verschieden.« Eine himmelschreiende Untertreibung war das. Doch man hielt es besser geheim, wenn man sich verliebte.

Jassi zuckte mit den Achseln. »Wie du meinst. Aber ich an deiner Stelle würde mich an Hannes halten. Der ist lockerer drauf als Tris.«

Tristans Freund Hannes war ein hagerer Lockenkopf mit einem markanten Gesicht und einem etwas schrägen Sinn für Humor. Laut Jassi war er in Mila verschossen und traute sich bloß nicht, es ihr zu zeigen, weil er wusste, dass sie nur Augen für Tristan hatte.

In den darauf folgenden Wochen hatte es den Anschein, als

sollte Jassi recht behalten. Tristan half Mila, wenn sie mit ihrem Handy nicht klarkam, rettete sie, wenn Hannes auf dem Schulhof unbeholfen mit ihr flirtete und ihr dabei ein wenig zu sehr auf die Pelle rückte. Tristan Hellstern war ihr Freund und Beschützer, der immer im richtigen Moment zur Stelle war.

Mehr passierte allerdings nicht. Tristan machte nicht einen einzigen Annäherungsversuch. Also lernte Mila weiter wie eine Besessene, kochte mit Tilde, traf sich mit Jassi, um zu quatschen und DVDs anzuschauen, und aus Herbst wurde Winter. Ihr Leben in Cheb war längst in weite Ferne gerückt, obwohl zwischen den beiden Städten bloß hundert Kilometer lagen.

Weihnachten kam heran. Tilde fuhr mit ihr nach Erfurt auf den Weihnachtsmarkt und Mila war ganz berauscht vom Weihnachtszauber unter dem beleuchteten Dom.

Der Duft von gebrannten Mandeln, Glühwein und Zimt, all die süßen Köstlichkeiten, die sie probieren konnte. Das alte Kinderkarussell, die weihnachtlichen Gesänge, der Märchenerzähler mit dem Rauschebart und seine Geschichte von der Hexe Baba Jaga hielten Mila noch bis ins neue Jahr gefangen. Doch ihre Liebe zu Tristan verging nicht. Im Gegenteil, sie wurde so groß, dass kaum noch ein Gedanke in Milas Kopf Platz fand, der nicht auf irgendeine Weise mit Tristan zu tun hatte.

Es war die Zeit, als sie anfing, Apfelkerne zu sammeln.

2

Reha-Klinik, Mittwoch, 6. August »Guten Morgen, Tristan. Wie geht es Ihnen heute?«

»Nicht gut. Ich habe Schmerzen und schlafe schlecht. Außerdem habe ich Albträume.«

»Wovon träumen Sie?«

»Jemand stopft mir Rabenfedern in den Hals.«

»Wer ist dieser Jemand? Kennen Sie ihn?«

»Und ob. Er heißt Ludwig Castorf. Er hat mir mein Mädchen weggenommen und mich zum Krüppel gemacht.«

»Erzählen Sie mir von diesem Mädchen, wie heißt sie?«

»Mila. Sie kam im vergangenen Jahr als Gastschülerin aus Tschechien in unsere Klasse, und ich habe gleich gemerkt, dass sie etwas Besonderes ist.«

»Inwiefern?«

»Ihre Ausstrahlung hatte etwas Unschuldiges. Mila hat jeden Kerl abblitzen lassen, der bei ihr zu landen versuchte. Es schien ihr Lebensinhalt zu sein, gute Noten zu haben. Aber unter ihrem Ehrgeiz und ihrer Unschuld war sie lustig und sexy.«

»Haben Sie ihr gezeigt, dass Sie in sie verliebt waren?«

»Zu Anfang habe ich versucht, es zu verbergen. Meine Ex hatte mich erst kurz zuvor wegen eines anderen in die Wüste geschickt und ich hatte immer noch ziemlich daran zu knabbern. Außerdem war klar, dass Mila nach einem Jahr wieder zurück nach Cheb gehen würde, und auf eine Fernbeziehung hatte ich keine Lust.«

»Was änderte sich?«

»Alles.«

Mittwoch, 5. Februar Mila stand in ihrem Zimmer am offenen Fenster und blickte hinauf zum Haus der Hellsterns, das auf der anderen Straßenseite in den Hang gebaut war. Es war beinahe Mitternacht, draußen fielen Schneeflocken, die im Licht der Straßenlaterne glitzerten wie Feenstaub. Der Eishauch des Winters strömte in ihr Zimmer.

So viel Schönheit, doch ihr wurde das Herz schwer. Voller Wehmut dachte Mila an die heruntergekommene Barackensiedlung am Rande des kleinen slowakischen Dorfes, in der sie aufgewachsen war. Dachte an das schlecht isolierte Häuschen ihrer Baba, an die kalten Tage im Winter und die noch kälteren Nächte. Eine dieser klirrenden Frostnächte hatte aus ihrer kleinen Großmutter einen Geist gemacht.

In Milas neuem Leben war der Winter kein Schreckensherrscher. Schloss sie das Fenster, blieb er ausgesperrt. Auf den doppelt verglasten Fensterscheiben würden niemals Eisblumen blühen, schöner als die filigranste Spitzengardine. Eine Träne lief über Milas Wange und auf einmal hatte sie den würzigen Geruch von Holzfeuern in der Nase.

Mila blieb am offenen Fenster stehen und schaute wie gebannt zu dem dunklen Fenster im Kellergeschoss der Hellsterns hinauf. Es war Tristans Zimmer, das wusste sie von Hannes, und sie hatte Tristan auch schon ein paarmal dort stehen sehen.

Sich Tristan Hellstern aus dem Kopf zu schlagen, war Mila nicht gelungen. Sie war verliebt in ihn und sehnte sich danach, wiedergeliebt zu werden. Das Warten auf ein Zeichen von ihm war eine Qual, denn die Sehnsucht verzehrte sie wie ein schlimmes Fieber.

Die einzig wirksame Ablenkung war das Lernen, doch auch das fiel ihr zunehmend schwerer, weil Tristan immer mehr Raum einnahm in ihrem Kopf und alles verdrängte, was nicht mit ihm zu tun hatte.

Auf einmal ging in Tristans Kellerzimmer das Licht an und Mila sah eine dunkle Gestalt am Fenster stehen. Sah er sie? Eine eisige Windböe fuhr ihr in die Knochen, bauschte die Gardine und trieb Schneeflocken ins Zimmer. Es war ein Wind aus uralten Träumen und Sternengesängen. Und auf einmal war da dieses Lied, es kam aus dem Nichts zwischen den Sternen.

Lieber Tristan aus fernem Land,
reich verstohlen mir die Hand,
willst du, so umarme mich:
Herzlich werde ich küssen dich.

Unbewusst hatte Mila Tristans Namen in dieses fast vergessene Liebeslied gefügt. Es passierte wie von selbst, Melodie und Worte hatten im Verborgenen geschlummert und nun war ihre Zeit gekommen.

Mila fröstelte. Sie schlang die Arme um ihren Körper und warf einen Blick in den schwarzen Himmel, wo die Sterne als winzige Lichtpunkte pulsierten. Die Sterne, sie waren ihre Freunde.

»*Fàla!*«, flüsterte sie. »Danke!«

Vom nächsten Tag an änderte sich Tristans Verhalten ihr gegenüber – jedenfalls empfand sie es so. Mila bemerkte, dass er sie manchmal anstarrte, wenn er sich unbeobachtet wähnte, und er schien immer öfter ihre Nähe zu suchen. Von Umarmungen und Küssen war das Ganze noch weit entfernt, aber Mila spürte, dass ihr Liebeslied seine Wirkung entfaltete wie einen unaufhaltsamen Zauber.

Doch die finanzielle Unterstützung aus dem *Euregio-Egrensis-Programm* lief nach einem Jahr aus und die Hälfte ihrer Zeit in Moorstein war bereits um. Spätestens im August musste Mila zurück nach Cheb. Eine Tatsache, die ihr immer wieder schlaflose Nächte bereitete. Sie wollte nicht zurück. Nie mehr. Zwischen all ihren Zweifeln und Schuldgefühlen war sie glücklich angekommen in ihrem neuen Leben in Moorstein. Und für Tristan hegte sie Gefühle, die sie noch nie zuvor empfunden hatte.

Als Hannes sie und Jassi in den Winterferien zu seiner Geburtstagsparty einlud, sagte sie zu und bediente sich des alten Wissens. Von den Apfelkernen, die sie gesammelt hatte, nahm sie so viele, wie sie mit drei Fingern ihrer linken Hand halten konnte. Sie röstete und zermahlte sie. Stach sich mit einer Nadel in den linken Mittelfinger und ließ drei Blutstropfen auf die zermahlenen Apfelkerne fallen. Das Ganze vermischte sie, ließ es trocknen und zerrieb es noch einmal zu Pulver.

Mila hatte diese Dinge für immer verloren geglaubt, aber sie waren das Echo ihrer Vorfahren, eingelagert im Mark ihrer Knochen, und würden immer da sein. Heute ist heute, dachte sie. Und ich kann die sein, die ich sein will.

Auf der Party trug sie das Gemisch aus Apfelkernen und Herzblut, das laut Baba Sidonia Liebe erzeugen konnte, bei sich. Sie ignorierte Hannes, der sie immer noch mit hungrigem Blick ansah, und als sich die Gelegenheit ergab, mischte sie das Pulver Tristan unbemerkt in seine Schüssel mit Nudelsalat.

Montag, 10. Februar Am ersten Schultag nach den Winterferien wurde Mila in der großen Pause ins Büro der Direktorin gerufen. Sie dachte, es würde um irgendwelche Formalitäten wegen ihres Stipendiums gehen, doch was Frau Steinbach ihr lächelnd mitteilte, verschlug ihr für einen Augenblick den Atem.

»Du hast eine schnelle Auffassungsgabe und ein hervorragendes Sprachengedächtnis, Mila. Dadurch sind deine Noten in fast allen Fächern so gut, dass die Schulleitung dir anbietet, noch ein weiteres Jahr zu bleiben und dein Abitur am Saale-Gymnasium zu machen.«

Mila brachte kein Wort heraus, ihr Herz klopfte zum Zerspringen.

»Überlege es dir gut, Mädchen, das ist eine großartige Chance. Und was deine Gastmutter angeht ... ich habe schon mit ihr gesprochen. Matilde Kreuzer wird dich weiter bei sich wohnen lassen und unterstützen, auch ohne Stipendium.«

Überlegen? Da gab es nichts zu überlegen. Die Direktorin hatte ja keine Ahnung, was dieses Angebot für Mila bedeutete. Alles in ihr jubelte vor Glück, sie hatte das Gefühl, vor Freude zu platzen.

Ohne ein Wort stürmte Mila aus dem Direktorat, die Treppe hinunter und weiter aus dem Schulgebäude. Draußen tanzten dicke Flocken in wilden Spiralwirbeln über den Pausenhof, und sie begann, mit ihnen zu tanzen. Hob die Hände und drehte sich um ihre eigene Achse, dachte nicht mehr daran, was die anderen denken könnten. Sie war frei, musste nicht mehr zurück in ihr altes Leben, nie wieder. Alles würde gut werden. Mila war so euphorisch, dass sie Tristan um den Hals fiel, als er mit Schneekristallen im Haar auf einmal vor ihr stand wie ein Wintergott.

»Ich darf bleiben«, jauchzte sie. »Ich können mein Abi hier machen.«

Und da küsste er sie – vor den Blicken der anderen. Es war ein kühler, süßer Schneekuss, wie Vanilleeis, doch Mila wurde sehr warm davon. Ihr Herz schien zu schmelzen. Dieses Gefühl hatte sie zum ersten Mal in ihrem Leben.

»Das ist eine tolle Nachricht«, flüsterte Tristan ihr ins Ohr und sein warmer Atem streifte kitzelnd ihre Wange. Dann küsste er sie noch einmal.

So fühlte man sich also im siebten Himmel.

Seither verging kein Tag, an dem Mila nicht ihrem Glücksstern dankte. Na gut, sie hatte ein wenig nachhelfen müssen, aber nun hatte Tristan erkannt, dass sie die Einzige war, die einzig Richtige für ihn.

März Doch Milas Glück blieb nicht ungetrübt. Schon bald spürte sie, dass sie von nun an auf den Fluren und auf dem Pausenhof auch neidische Blicke erntete und so manches Lippenstiftlächeln falsch war.

»Du hast dir den begehrtesten Typen der ganzen Schule geangelt«, kommentierte Jassi achselzuckend Milas Klage. »Was erwartest du denn? Sie werden sich schon irgendwann damit abfinden.«

Diesmal behielt Jassi recht. Sogar Hannes fand sich damit ab, dass Mila Tristan ihm vorgezogen hatte. Sie und Hannes Prager wurden Freunde.

Doch Milas Angst, Tristan nicht zu genügen und seine Liebe

wieder zu verlieren, war ein großer schwarzer Vogel, der hin und wieder auftauchte und dunkle Schatten warf. Nur wenn sie mit Tristan zusammen war, konnte sie die Schatten in Schach halten.

Sie trafen sich im Café im Park oder gingen ins Kino. Tristan hatte ihr einen Motorradhelm besorgt. Er mochte es, sie in Restaurants in der Umgebung zum Essen einzuladen, und Mila war froh, als sie merkte, dass er kaum Alkohol trank. Er kaufte ihr schöne Sachen, dunkle Röcke und modische T-Shirts, die ihm gefielen und die sie sich von ihrem Taschengeld nie hätte leisten können.

Zu ihr nach Hause kam er nur ungern. Mila vermutete, dass es an Tilde lag, die Tristan gleich bei seinem ersten Besuch in ihrer offenen Art ausgefragt hatte, etwas, das er nicht mochte.

Und zu ihm gingen sie nur, wenn seine Eltern nicht da waren.

Im großen, modernen Haus der Hellsterns fühlte Mila sich jedes Mal eingeschüchtert. Das Wohnzimmer war ein riesiger Raum mit hellen Marmorfliesen, einem modernen Kamin und einer großen roten Ledercouch mit einem Glastisch davor. Kein Fingerabdruck, kein Staubkorn war auf dem polierten Glas zu sehen. Wohnzimmer und Küche kamen Mila vor wie die Ausstellungsfläche eines Möbelhauses, aber nicht wie ein Zuhause. An der blendend weißen Wand über der Couch hing ein großes abstraktes Gemälde in schreienden Farben, das – wie Tristan ihr verraten hatte – ein Vermögen wert war.

Mila wagte kaum, etwas anzufassen, geschweige denn, sich zu setzen, aus Angst, sie würde einen Abdruck hinterlassen im klinisch sauberen Zuhause von Familie Hellstern.

Es tröstete sie, dass es Tristan damit genauso zu gehen schien wie ihr. Er sprach nur selten von seinen Eltern und auch nicht besonders nett, aber vielleicht war das normal, wenn die Eltern Pläne mit einem hatten, die nicht die eigenen waren.

Tristans Zimmer war doppelt so groß wie Milas und schlicht eingerichtet. Ein großes Bett, ein Schreibtisch, ein Bücherregal, ein Kleiderschrank und ein Ledersessel – alles schwarz, daran hatte sie sich immer noch nicht gewöhnt. An der Wand über seinem Bett hing ein Sportbogen, ein Köcher mit Pfeilen stand in der Ecke. An der gegenüberliegenden Wand prangte ein großer Flachbildschirm.

Für einen Jungen war es ziemlich aufgeräumt, aber dennoch kein Vergleich zur pedantischen Ordnung im restlichen Haus.

Auf dem Schreibtisch stand meistens ein Glas mit schwarzer Tusche und es lagen Halter mit verschiedenen Zeichenfedern herum.

Von seinen Zeichnungen hatte Tristan ihr bisher kaum welche gezeigt. Es schien, als wäre er nur wenig überzeugt von seinem Können. Doch was das Zeichnen anging, da konnte ihm keiner so schnell etwas vormachen. Nicht umsonst war Tristan der Liebling von Frau Hess, ihrer Kunstlehrerin.

Seine Tuschezeichnungen waren gleichzeitig locker und präzise. *Atmosphärisch,* wie die Hess sie genannt hatte.

Manchmal lagen Skizzen für seine Graphic Novels auf dem Schreibtisch und Mila bewunderte Tristans genaue Beobachtungsgabe, wenn er Tiere oder Menschen zeichnete.

Einmal – Tristan war von seiner Mutter nach oben gerufen worden – öffnete Mila die große schwarze Mappe, die unter seinem Bett hervorlugte – und hielt die Luft an. Tristan hatte *sie* gezeichnet. Nackt. Sie hatte ihm nie Modell gesessen, er hatte sie aus dem Gedächtnis gezeichnet. Alles stimmte und doch wieder nicht. Sie lag schlafend auf dem Bett und ihr Haar floss in schwarzen Wellen über ihre kleinen Brüste. Ihre Hüfte war ein perfekt geschwungener Bogen. So schön war sie nicht, doch offenbar sah er sie so.

Bis jetzt hatten sie noch nicht miteinander geschlafen, und Mila war Tristan dankbar, dass er sie nicht drängte. Er war zärtlich, und sie liebte es, was seine Hände und seine Lippen mit ihr anstellten. Sie wollte mit ihm zusammen sein und gleichzeitig fürchtete sie sich davor. Sie hatte Angst, schwanger zu werden, hatte Angst vor seiner Reaktion, wenn er merkte, dass er nicht der Erste war.

Eine zweite Zeichnung zeigte Mila schüchtern, mit beiden Händen vor dem Gesicht. Schnell klappte sie die Mappe zu und schob sie wieder unters Bett, als sie durch die halb offene Zimmertür Tristans Schritte hörte.

Er schloss die Tür hinter sich und drehte den Schlüssel um. Diesmal wollte Tristan mehr. Auf seine Küsse, nach denen Mila süchtig war, folgte das Suchen seiner Hände unter ihren Kleidern. Ihr ganzer Körper stand in Flammen, und doch entzog sie sich ihm, weil wieder nicht der richtige Zeitpunkt war.

»Was ist denn los, Mila?«, fragte er und ließ sie zum ersten Mal seine Enttäuschung spüren. »Stimmt irgendetwas nicht mit mir? Findest du mich abstoßend?«

»Nein«, sagte sie erschrocken. »Nein, es liegt nicht an dir. Ich bin nur ... heute nicht, Tris.«

»Heute nicht oder *nie*?«

Sie dachte an seine Zeichnungen in der schwarzen Mappe, wie er sie sah. Wie sehr sie ihn liebte. »Es ist ... dieses Haus, deine Eltern ...«

Er setzte sich auf. »Sie sind weggefahren.«

»Aber sie könnten zurückkommen.«

»Ich habe die Tür abgeschlossen.«

Das stimmte, er schloss immer ab. Doch es half ihr weder bei dem einen noch bei dem anderen Problem. Außerdem würden

Tristans Eltern natürlich wissen, was eine verschlossene Zimmertür bedeutete, und sie würde ihnen danach nicht mehr in die Augen schauen können.

Es ist nicht richtig, Mila.

Verflucht, es musste richtig sein, so gut, wie es sich anfühlte. Sie wollte etwas sagen, fürchtete, Tristan würde ihr böse sein, doch er grinste. »Na gut«, sagte er, »du willst nicht, dass meine Eltern wissen, dass wir Sex haben. Ich muss das nicht verstehen, oder?«

Mila schüttelte den Kopf, sah ihn mit großen Augen an.

»Okay. Ich lasse mir was einfallen.«

Mila war erleichtert. Sie begehrte Tristan, doch sie fürchtete sich, diese Schwelle zu überschreiten. Das Problem lag in ihrer Vergangenheit, die sie zwar verschweigen, aber nicht auslöschen konnte. Sosehr sie sich auch danach sehnte, ihm alles zu offenbaren: Sie fand den Mut nicht, weil für sie alles auf dem Spiel stand.

Als er das Bett verließ, um etwas aus seiner Schublade zu holen, stand Mila auf, um sich anzuziehen.

Er trat hinter sie, schob ihr das lange Haar über die Schulter und auf einmal berührte etwas Kühles die Haut zwischen ihren Brüsten. Es war eine silberne Kette mit einem Anhänger. Ein heller Türkisstein, so groß wie ein Eineurostück, gefasst in ein hübsch verziertes Bett aus Silber.

Mila nahm ihn in die Hand und betrachtete ihn fasziniert.

»Er ist sehr alt und gehörte meiner Großmutter«, flüsterte Tristan in ihr Ohr, »und nun gehört er dir.«

»Aber ...«, sie wirbelte herum. »Das kannst du doch nicht ...«

»Doch«, sagte er mit einem Lächeln, »ich kann.«

Später in der Nacht, als Mila kaum hundert Meter entfernt von ihm in ihrem eigenen Bett lag, den Glücksbringer in der Hand, da fragte sie sich, was Tristan wohl empfinden würde, wenn er die Wahrheit über sie erfuhr. Würde er sich ihrer schämen? Schluss machen? Ihr den Anhänger wieder wegnehmen, weil sie ihn entehrte? Das durfte nicht passieren. *Niemals.* Sie konnte sich ihr Leben ohne Tristan gar nicht mehr vorstellen.

In ihrem Dorf galt Mila als verloren, als abgeschrieben. Sie hatte sich von ihrer Familie und von der Welt ihrer Vorfahren losgesagt, als sie bei Nacht und Nebel geflüchtet war. Jetzt war sie *marime.* Beschädigt, beschmutzt. Ihr wurde himmelangst, wenn sie nur daran dachte, dass sie ihr Abi vielleicht nicht schaffte. Dass Tristan ihrer überdrüssig wurde und Schluss machte. Denn dann hatte sie gar nichts mehr. Keine Wurzeln, kein Zuhause, keine Zukunft und auch keine Liebe mehr.

Reiß die Brücke hinter dir nicht ab, du musst wieder über sie zurückgehen!

Doch sie hatte die Brücke abgerissen, einen Weg zurück gab es nicht mehr. Ihr Onkel, ihre Tante, ihre Cousins und Cousinen, Katka, ihre Freundin aus Kinderzeiten, die Nachbarn – alle würden so tun, als wäre sie Luft. Nie wieder würden sie ihr Haus und ihre Mahlzeiten mit ihr teilen, niemals je denselben Weg nehmen wie sie. Mila konnte nicht zurückkehren in das Dorf ihrer Kindheit. Und zu ihrer Mutter nach Cheb konnte sie auch nicht zurück.

Deshalb war die Schule so wichtig für sie, auch wenn ihr das den Ruf einer Streberin einbrachte. Sogar Jassi neckte sie dauernd deswegen. Wie gerne hätte sie mit ihrer Freundin über alles geredet. Jassi hätte ihr vielleicht helfen können, hätte sie bestärken und ihr die Angst nehmen können, doch je mehr Zeit verging und je mehr Geschichten Mila über ihr Leben erzählte, umso schwerer wurde es, auch nur an die Wahrheit zu denken.

Außerdem: Was würde es ändern, wenn Jassi die Wahrheit wusste? Vielleicht konnte sie ihr Wissen nicht für sich behalten. Vielleicht würde sich Mitleid in ihre Freundschaft schleichen, vielleicht auch Scham. Es würde die Dinge auf jeden Fall nicht einfacher machen. Jassi war ihre beste Freundin. Mila konnte eine Menge mit ihr teilen, aber nicht alles.

Mittwoch, 23. April Zu Ostern spielte das Wetter verrückt. Plötzlich knackte das Thermometer die 20°C-Grenze und überall begann es zu grünen und zu blühen. Die Natur erwachte aus ihrem Winterschlaf, fast zwei Wochen zu früh.

Am Mittwoch nach Ostern nahm Tristan Mila zum ersten Mal mit zum Kleinen Schiefersee. Sie fuhren mit seiner schwarzen Suzuki aus der Stadt heraus, bogen nach ein paar Kilometern wieder in den Wald und fuhren noch ein Stück einen Forstweg entlang.

Nachdem sie ein Schild passiert hatten, auf dem stand: *Privatbesitz, Betreten verboten*, stellte Tristan sein Moped hinter Büschen ab, nahm Mila an der Hand und zog sie auf einem steinigen Pfad hinter sich her durch ein dicht bewachsenes Waldstück mit Tannen, deren Zweige bis zum Boden reichten.

Die Sonne schien warm, an den Vogelbeersträuchern und Birken spross junges Grün und der Duft des Frühlings lag in der Luft. Als sie nach hundert Metern wieder aus dem Wald traten, stieß Mila einen Begeisterungsschrei aus. Das Wasser des ehemaligen Schieferlochs funkelte in der unirdischen Farbe von Vergissmeinnicht. Umrahmt vom grauen Schiefer, sah der kleine See aus wie der Türkisstein in seiner Silberfassung, den sie um ihren Hals trug.

Magisch angezogen, lief sie die wenigen Meter zum Ufer, das

auf dieser Seite flach abfiel. Millionen feine Schieferplättchen knirschten unter ihren Schritten, als würde sie über Glasscherben gehen. Auf der gegenüberliegenden Seite des Sees ragte eine steile, knapp vier Meter hohe Felswand empor, die linkerhand in Stufen abfiel. Rechts von ihnen stand ein Blockhaus mit einem Steg, der ein paar Meter weit in den See führte.

Mila verliebte sich auf der Stelle in diesen Ort – genauso wie vor ein paar Monaten in Tristan. So etwas Schönes wie diesen kleinen See, der wie ein Juwel leuchtete, hatte sie noch nie gesehen. Am Waldrand, der gesäumt war von Birken und Beerensträuchern, bedeckten Moose und Flechten den Schiefer.

Die Muster im gefalteten Gestein waren so vielfältig, dass sie sich nicht sattsehen konnte. Überall gab es winzige Höhlen und Spalten und die Moose schimmerten in allen Schattierungen von Grün. Sie war im Reich der Feen gelandet. Für einen Augenblick kam es ihr so vor, als existiere das alles nur für sie beide, Mila und Tristan.

»Gefällt es dir hier?«

»Der See ist wunderschön.« Sie zog ihre Schuhe aus und steckte einen Zeh ins Wasser. »Huh, kalt.«

»Es ist ja auch noch April.« Tristan lachte. »Außerdem ist der See tief. Sechs oder sieben Meter.«

»Woher weißt du?«

»Er gehört meinem Vater.«

»Oh, dann hat er also die Schilder aufgestellt?«

Tristan nickte. »Bin gleich wieder da«, sagte er und ging in die Hütte. Wenig später quoll Rauch aus dem Schornstein und Tristan kam mit einem zusammengerollten Schlafsack zurück. Er breitete ihn aus und wusch seine Hände im See.

Es war so warm, dass sie ihre Jacken ausziehen konnten. Sie

setzten sich ans Ufer, und Tristan erzählte ihr, dass sein Opa bis zur Rente im Krüger-Bruch, einem größeren Tagebau ganz in der Nähe, gearbeitet hatte, zu dem mehrere kleine Schieferlöcher gehörten, unter anderem auch dieses.

Als Mila nach Moorstein kam, war ihr als Erstes aufgefallen, dass viele Häuser in der Region diese gemusterten dunkelgrauen Wände und Dächer hatten und deshalb aussahen wie Monster mit Fischschuppen. Einige Dörfer in der Umgebung wirkten dadurch ziemlich düster.

Im vergangenen Herbst war ihre Klasse dann zu einer Führung im Schieferparkmuseum gewesen und Mila hatte erfahren, dass dieses graue, in dünne Platten spaltbare Gestein, das wegen seines bläulichen Schimmers auch *Blaues Gold* genannt wurde, enorm wetterbeständig war.

Tristan ließ flache Schieferstücke über die Wasseroberfläche hüpfen. »Als Kind wollte ich immer Dachdecker werden, so wie mein Großvater«, sagte er. »Aber ich glaube, der Job ist mir zu hart. Na ja«, er lachte, »ich tendiere zu einem Grafikdesign-Studium, aber mein Vater will natürlich, dass ich Bauingenieur werde und seinen Laden übernehme.«

Mila wusste aus eigener Erfahrung, dass die Erwartungen der Familie einem die Luft zum Atmen nehmen konnten. Nur hatte sie nicht erwartet, dass ein Junge wie Tristan in solch einer Falle sitzen könnte. »Das wäre sehr schade«, sagte sie. »Dein Opa würde bestimmt verstehen, dass du deinen eigenen Weg gehen möchtest. Lebt er eigentlich noch?«

»Ja, in einem Altenheim in Saalfeld.«

Überrascht sah sie ihn an. »Aber warum er nicht wohnt bei euch? Ihr habt so ein großes Haus und deine Mutter geht nicht zu Arbeit. Sie könnte sich kümmern um ihn.«

Ein Familienmitglied, das alt war, in ein Heim abzuschieben, kam Mila grausam vor. So etwas gab es bei ihren Leuten nicht, da kümmerte man sich um die Alten, das ganze Leben drehte sich um die Familie.

Tristan warf ihr einen finsteren Blick zu, und Mila fürchtete, zu weit gegangen zu sein. Doch dann sagte er: »Großvater hat Alzheimer, das würde nicht gut gehen.« Er stand auf und streckte ihr seine Hand entgegen. »Na komm, wir sind schließlich nicht hier, um über so etwas Langweiliges wie meine Familie zu reden.«

Das Blockhaus bestand aus einem einzigen Raum, in dem es jetzt nach Holzfeuer roch. Alles war überraschend sauber und gemütlich. Eine breite Liege mit einem bunten Überwurf und ein alter Ledersessel, der kleine Holzofen, der gemütliche Wärme verbreitete, ein Tisch mit Stühlen, auf dem ein paar Zeitschriften lagen, ein Schrank und ein Regal.

An den Wänden hing eine mit Reißwecken festgepinnte Tuschezeichnung vom See und dem Felsen im DIN-A3-Format, die von Tristan stammte. Auf den ersten Blick wirkte die Szenerie friedlich, Tristan hatte den See, den schroffen Schieferfelsen und den Wald gut eingefangen. Doch Mila hatte das Gefühl, als würde sich darunter noch etwas anderes befinden, ein zweites, verborgenes Bild.

»Gefällt es dir?«

Mila wandte sich zu ihm um. »Ja, sehr.« Auf dem niedrigen Tisch entdeckte sie ein Marmeladenglas mit einem blühenden Kirschzweig. Sie atmete tief ein.

»Es war lange niemand mehr hier«, meinte Tristan achselzuckend. »Deshalb bin ich gestern hergefahren und habe sauber gemacht.«

Mila trat auf ihn zu, schlang ihre Arme um seinen Hals und küsste ihn. Wie sehr sie ihn liebte, für all das, was er war und was er mit ihr teilte.

Tristans Hände schlüpften unter ihr T-Shirt und wanderten von ihren Hüften langsam nach oben, bis sie warm ihre Brüste umschlossen. Ein wohliges Ziehen meldete sich in ihrem Unterleib. Diesmal würde es geschehen und der Zeitpunkt passte. Er würde merken, dass er nicht der Erste war, doch es würde keine Bedeutung mehr haben, denn sie war längst ein Teil von ihm, schon seit den Winterferien.

»Falls du befürchten solltest, dass meine Eltern hier auftauchen könnten«, flüsterte er in ihr Haar, »kann ich dich beruhigen. Sie kommen seit einigen Jahren nicht mehr her, seit ...«

Mila verschloss seine Lippen mit einem zärtlichen Kuss. Dann legte sie ihre Hände auf seine Brust und sagte: »Ich bin gleich wieder da.«

Tristan hielt sie am Arm fest. »Nicht weglaufen, hörst du.« Er grinste. »Ich kenne mich hier besser aus als du und diesmal kommst du mir nicht davon.«

Mila verschwand in einem Busch hinter der Hütte. Eine Wolke hatte sich vor die Sonne geschoben und sofort wurde es kühl. Doch drinnen wartete Tristan auf sie, sein warmer Körper. Die Erde würde sich nicht auftun, sie zu verschlingen. Es würde nicht einmal mehr wehtun.

Tristan saß auf der Liege mit der bunten Flickendecke und klopfte mit der Hand neben sich. In der anderen hielt er eine halb leere Flasche *Aperol*. Mila setzte sich und er reichte ihr die Flasche. »Hier«, sagte er, »die habe ich noch gefunden. Den trinkt man eigentlich mit Sekt, aber vielleicht macht dich das ein bisschen lockerer.«

Mila nahm einen Schluck. Das rote Zeug schmeckte süß und bitter, und sie fragte sich, ob Tristan auch davon getrunken hatte, um lockerer zu werden. Sie nahm noch einen Schluck und tatsächlich verschwand nach ein paar Minuten der Druck, der auf ihr lastete.

Tristan stellte die Flasche auf den Tisch und holte Mila auf seinen Schoß. Er zog ihr das T-Shirt über den Kopf, küsste ihre Lippen und dann ihren Hals.

Dafür, dass es nicht richtig war, fühlte es sich wunderbar an. Milas Schüchternheit verflog. Sie half Tristan aus seinem T-Shirt, drückte ihre Brust gegen seine, die glatt und warm war. Sie spürte die Sicherheit von Tristans Hand in ihrem Rücken, und als er sich nach hinten fallen ließ, nahm er sie mit und rollte sie herum.

Sein Gesicht über ihrem, sein unergründlicher Blick ein Abgrund, in den Mila sich fallen ließ. In Tristan schien ein schmerzliches Sehnen zu sein, nach etwas, das er in ihr zu finden hoffte. Und sie war bereit, ihm alles zu geben, damit er glücklich war.

Tristan löste sich von ihr, um Jeans und Unterhose auszuziehen. Er zog ein Kondompäckchen aus der Hosentasche und Mila sah weg. Sie hatte sich umsonst Gedanken gemacht.

Flink schlüpfte sie aus ihren Kleidern und unter die Decke. Sie zog sie über ihren Kopf, hoffte, dass Tristan zu ihr ins Dunkel kommen würde. Doch er schob die Decke langsam zur Seite und ihr ganzer Leib überzog sich mit einer Gänsehaut

»Hast du etwa Geheimnisse vor mir?«, flüsterte er lächelnd und sein Blick wanderte über ihren bloßen Körper. »Du brauchst dich nicht verstecken, Mila. Du bist schön und ich will dich endlich ganz sehen.«

Ganz. Mila schloss die Augen, damit sie nicht zu sehen brauchte, wo Tristan überall hinsah. Aber es nützte nichts, denn seine

Blicke brannten auf ihrer Haut wie Sonnenstrahlen. Dann spürte sie seine Hände, seine Lippen auf ihren Brüsten, ihrem Bauch, seine Knie zwischen ihren Knien.

Es tat doch weh. Mit einem überraschten Laut klammerte sie sich an ihn, denn sie hatte geglaubt, das hinter sich zu haben. Milas Fingernägel gruben sich in seinen Rücken, bis das Brennen aufhörte und seine Bewegungen kleine warme Wellen in ihrem Schoß auslösten, die jede Faser ihres Körpers zu erfassen schienen. Und dann hatte sie das Gefühl zu fallen, tiefer, weicher und dunkler als je zuvor.

Als sie die Lider öffnete, sah sie in Tristans braune Augen, die wie polierte Kastanien schimmerten. Er schien ungehindert in sie hineinzusehen und ihr Herz schlug schnell wie das eines Vogels unter seinem Blick. War er zufrieden? Würden jetzt die Fragen kommen? Mit angehaltenem Atem betrachtete sie ihn.

»Ganz schön wild, dafür, dass du dich erst so geziert hast«, sagte er und grinste. Mila spürte, wie sie rot wurde. Tristans Haarband hatte sich gelöst und die Spitzen seiner langen Haare kitzelten ihre Brust.

Hatte er gar nicht gemerkt, dass er nicht der Erste gewesen war? Wenn doch, dann verlor er kein Wort darüber. Es prickelte an ihrer Nasenwurzel und ihr Blick verschwamm.

»Ich hoffe, das sind Freudentränen.« Tristan küsste sie zärtlich. »Endlich gehörst du mir, meine Schöne. Und ich werde alles tun, damit du das nie bereust.«

Mila ließ ihren Tränen freien Lauf. Ja, es waren Freudentränen, denn sie fühlte sich so unendlich erleichtert.

3

Donnerstag, 8. Mai *Udik, Udik!*
Der große schwarze Vogel mit dem mächtigen Schnabel saß auf Lucas' Brust und sah ihn mit schief gelegtem Kopf aus glänzenden Augen an. *Udik.*
Was willst du?
Erinnerst du dich nicht?
Ich will schlafen, hau ab!
Deine Zeit ist gekommen.
Du bist nur ein Traum.
Bin ich nicht. Erinnere dich!
Ich will mich nicht erinnern.
Udik. Udik.
Eine schwarze Welle schwappte über ihm zusammen und die Luft zum Atmen war weg. Lucas riss die Augen auf und starrte ins Dunkel.

War der krächzende Ruf seinem Rabentraum entsprungen oder real? Langsam gewöhnten sich seine Augen an die Dunkelheit und die Konturen des Raumes nahmen Gestalt an. Die Fenster zwei graue Vierecke ohne Gitter. An den Wänden kauerten Möbel wie dunkle Ungeheuer mit Zähnen und Klauen, bereit zum Sprung.

Wo zum Teufel bin ich?

Fenster ohne Gitterstäbe. Also keine Gefängniszelle. Aber wo war er dann? Lucas lauschte in die Nacht.

Durch das offene Fenster hörte er das Rascheln der Blätter im Wind, in das sich ein leises Wimmern, wie das Klagen eines verwundeten Tieres, mischte. Der quälende Ton ging ihm durch Mark und Bein. Er setzte sich ruckartig auf und tastete nach dem Knipser der Lampe neben der zum Bett umfunktionierten Couch.

Eine staubige Glühbirne auf einem gedrechselten Ständer erhellte den Raum. *Oh fuck.* Schlagartig wusste er wieder, wo er war. Im muffigen kleinen Wohnzimmer von Wilma Singer, der Rabenfrau. Kein Wunder, dass er von einem sprechenden Vogel geträumt hatte.

Munin, »Erinnerung«, hatte die Alte den jungen Raben getauft, den sie verletzt im Wald gefunden und mit der Hand aufgezogen hatte. Als er flügge war und alt genug, um alleine klarzukommen, hatte er sich seinen Geschwistern wieder angeschlossen. Als die sich jedoch neue Reviere suchten, blieb Munin in der Nähe, besuchte seine Retterin regelmäßig und benahm sich wie ein zahmes Haustier.

Munin war einer der beiden Raben Odins, des einäugigen Rabengottes aus der nordischen Mythologie. Hugin, »der Gedanke«, und Munin, »die Erinnerung«. Bei Tagesanbruch entsandte Odin seine beiden Raben, über die ganze Welt zu fliegen. Nach ihrer Rückkehr setzten sie sich auf seine Schultern und berichteten ihm alles ins Ohr, was sie gesehen und gehört hatten.

Auch Wilma Singer war immer bestens darüber informiert gewesen, was in Moorstein passierte. Munin saß am liebsten auf ihrer Schulter oder auf dem Lenker ihres Fahrrades, wenn sie einkaufen fuhr, was der Alten in der kleinen Stadt den Namen Rabenfrau eingebracht hatte.

Seit er vor ein paar Wochen von seinem Erbe erfahren hatte, kramte Lucas in seinem Kopf nach einem Bild von Wilma Singer, doch über allem, was mit seinem kurzen Stück Kindheit in Moorstein zu tun hatte, lag ein dichter schwarzer Schleier. Er wusste nur eines: Da war eine Menge wilder Hass gewesen, der sich tief in ihn gegraben hatte. Und als ihm bewusst wurde, dass er sich verrannt hatte, war es fast zu spät gewesen. Er hatte sich verändert.

Wieder wimmerte es grauenvoll vor dem Fenster. Das Geräusch war so nah, dass es Lucas einen eisigen Schauer über den Rücken schickte. Er warf einen Blick auf seinen Wecker. Es war kurz vor elf, er hatte höchstens eine Stunde geschlafen.

Er rappelte sich von der Couch, schnappte sich seine rote Mag-Lite vom Tisch und tappte damit zum Fenster. Der Strahl der Taschenlampe erleuchtete den Waldrand, der nur ein paar Meter hinter dem Haus begann, eine dunkle, wispernde Wand von Haselsträuchern und Tannenbäumen.

Als das jammernde Geräusch erneut ertönte, lokalisierte Lucas es über seinem Kopf und schwenkte den Strahl der Taschenlampe nach oben. Es war ein Ast der großen Eberesche, der an der Dachrinne scheuerte und diesen klagenden Laut verursachte. Lucas nahm sich vor, den Ast gleich am nächsten Morgen abzusägen, damit er das Dach nicht beschädigte und ihm keine zusätzlichen Albträume bescherte. Denn davon hatte er mehr als genug. Dieses Haus und die Träume waren alles, was ihm von seiner Kindheit geblieben war.

Er knipste die Taschenlampe aus, setzte sich auf die Bettkante und ließ seinen Blick durch den Raum schweifen. Staubige dunkle Vorhänge an beiden Fenstern, dazwischen eine alte Anrichte aus dunklem Kirschholz. An der Wand gegenüber standen eine Kommode und ein mit alten Büchern vollgestopftes Bücherregal, passend zur Anrichte. Davor zwei Ohrensessel mit senfgelbem Blumenmuster, passend zur Couch. Die Möbel einer alten Frau.

Vor ihm, auf dem niedrigen Tisch mit dem bunten Fliesenmosaik, standen die Kartons mit seinen Habseligkeiten. Sein Leben in drei Pappkartons. Jemand, der gerade erst aus dem Knast gekommen war, besaß nicht viel.

Was mache ich eigentlich hier?

Nach Moorstein zurückzukehren, war nicht Lucas' Plan gewesen. Jedenfalls in letzter Zeit nicht mehr. Er hatte keinen Bock auf Rache. Doch nun war er wieder hier und musste ein Jahr in der Stadt verbringen. Hatte keine Ahnung, was das mit ihm machen würde. Seine Strafe hatte er bis zum letzten Tag abgesessen. Keine Bewährung, aber die üblichen Auflagen: ein fester Wohnsitz und ein Job – so schnell wie möglich. Und später, wenn er genug Geld beisammenhatte: Kanada. *Das* war der Plan.

Eines Tages – er hatte noch fünf Wochen abzusitzen – tauchte dieser Notar im Gefängnis auf und eröffnete ihm, dass Wilma Singer ihm ihr Grundstück samt Haus vermacht hatte. Lucas war völlig perplex gewesen. Wie kam er dazu? Nach dem, was er der alten Frau angetan hatte.

Zehn Jahre lang hatte er Gelegenheit gehabt, sich bei ihr zu entschuldigen, doch er hatte es nie getan. Nun war es zu spät. Wilma Singer lag seit ein paar Wochen unter der Erde. Sie war fast achtzig, als sie starb. Seine Mutter hingegen war nicht älter als neunundzwanzig geworden. Fair war das nicht, auch wenn ihm seit Langem klar war, dass Wilma keine Hexe war, und für den Tod seiner Mutter war sie auch nicht verantwortlich. Es war einfacher gewesen, einen Schuldigen zu haben, den er hassen konnte, nachdem seine Ma nicht mehr da war.

Lucas und seine Mutter waren aus Saalfeld nach Moorstein gezogen, als er sieben war und in die Schule kam. Kein Vater, keine Großeltern, nur er und seine Ma. »Wir sind trotzdem eine Familie«, hatte sie immer zu ihm gesagt. »Du und ich, wir halten fest zusammen.«

Seine Mutter arbeitete als Sekretärin in Peter Hellsterns Baufirma und sie wohnten damals in einer kleinen Zweizimmerwohnung in der Plattenbausiedlung unterhalb des großen Supermarktes.

In diesem Supermarkt lernte sie Wilma Singer kennen. Seine Mutter, die sich so sehr einen Garten gewünscht hatte, durfte im Garten der alten Frau Gemüse und Kräuter anbauen. Seine Ma kümmerte sich um das Obst und die Beeren und half der alten Frau bei der Hausarbeit. Den ganzen Sommer, bis in den Herbst, hatten sie immer frisches Obst und Gemüse und einen bunten Blumenstrauß auf dem Tisch.

Gemüse, Obst und Blumen waren Lucas schnuppe, aber es gefiel ihm, mit dem Raben zu spielen und mit Wilmas Kater Luis im Garten herumzustromern. Im Sommer bekam er von Wilma kalten Pfefferminztee, im Winter heißen Kakao. Außerdem gab es bei ihr immer köstlichen selbst gebackenen Kuchen. Alles in allem war die alte Frau keine üble Ersatzoma.

Doch dann ...

Irgendwann wird sich dir die Wirklichkeit auf ihre Art in Erinnerung bringen, hatte Zadok, der Sozialarbeiter im Knast, zu ihm gesagt, als er versucht hatte, Lucas etwas über seine Zeit in Moorstein aus der Nase zu ziehen. Aber da hatte er die Vergangenheit längst hinter sich gelassen, hatte damit abgeschlossen.

Wilma Singer traf keine Schuld am Tod seiner Mutter, doch er hatte die alte Frau seinen Hass spüren lassen. Umso mehr wunderte es ihn, dass sie ihm ihr Häuschen vermacht hatte.

Das Gebäude hatte vermutlich keinen großen Wert, denn es war klein und die Räume winzig. Küche, Wohnzimmer und Bad lagen im Erdgeschoss; in der oberen Etage, unter der Dachschräge, befanden sich eine größere Schlafkammer und zwei winzige Buchten, die mit wertlosem Krempel vollgestopft waren. In den vergangenen zehn Jahren war kaum etwas am Haus gemacht worden, alles war noch genauso, wie Lucas es in Erinnerung hatte. Sogar die Möbel standen am selben Fleck. Allerdings löste sich im Wohnzimmer die Tapete in welligen Bahnen von den Wänden, und als er im Obergeschoss leicht gegen die Außenwand trat, fiel ein großes Stück Putz herunter.

Vor zwei Tagen, als er das Haus das erste Mal seit zehn Jahren wieder betreten hatte, war er sich vorgekommen wie an einem *Lost Place,* einem verlorenen Ort mit ungewisser Zukunft.

Noch war Lucas nicht sicher, ob er durchhalten würde, was Wilma Singer in ihrem Testament verfügt hatte: dass er ein Jahr lang im Haus wohnen müsse, bevor er es verkaufen durfte. Ein Jahr in Moorstein. Trotzdem hatte Lucas nicht lange überlegt und das Erbe angenommen, denn damit war Auflage Nummer eins erfüllt: Er hatte einen festen Wohnsitz.

Und wenn er es nach einem Jahr verkaufte, hatte er genug Geld für Kanada.

Nun musste er zusehen, wie er mit der Tatsache klarkam, wieder hier zu sein. Würde irgendwer in der Stadt ihn wiedererkennen? Vermutlich nicht. Er sah jetzt völlig anders aus als vor zehn Jahren. Und dass die Rabenfrau ausgerechnet ihm ihr Haus vermacht hatte, würde wohl auch keiner vermuten, der sich noch an die Ereignisse erinnern konnte.

Lucas hatte nicht vor, viel am Haus zu machen. Er wollte einfach nur das Jahr hinter sich bringen, Haus und Grundstück verkaufen, nach Kanada gehen und Moorstein für immer verlassen und vergessen.

Mit beiden Händen rieb er sich über das Gesicht. Wieder hier zu sein, weckte unliebsame Erinnerungen, und Lucas wusste, dass er so schnell nicht wieder einschlafen würde. Also ging er auf den Boden und machte ein paar seiner speziellen Liegestütze, die er im Knast unfreiwillig hatte lernen müssen. Er streckte den Rücken durch und beugte die Arme, bis seine Nase fast den Boden berührte. Dann drückte er sich kraftvoll nach oben, klatschte in die Hände und fing sich auf den Handflächen wieder ab. Das Ganze machte er dreißig Mal.

Danach schlüpfte er in seine Boots und verließ das Haus, um im Schutz der Dunkelheit eine nächtliche Runde durch Moorstein zu drehen.

Ist Luxus etwas Materielles oder ist es ein Gefühl?

Die Frage, die Milas Ethiklehrer der Klasse für die nächste Stunde aufgegeben hatte, bereitete ihr schon seit einer Woche Kopfzerbrechen. Die nächste Ethikstunde war morgen, es gab also keinen Aufschub mehr, sie musste etwas aufs Papier bringen. *Jetzt.*

Normalerweise tat Mila sich nicht so schwer mit ihren Hausaufgaben, denn abgesehen von ihrem Zimmer war die Schule ihr liebster Ort und Lernen für sie keine Tortur – was nur *eine* Sache war, die sie von den meisten anderen Schülern am Saale-Gymnasium unterschied.

»Streber werden gemobbt, das ist dir doch klar«, hatte Jassi sie frühzeitig gewarnt. »Willst du Freunde haben oder gute Noten?«

Doch kaum einer von ihren Klassenkameraden scherte sich um Milas Bestnoten, weil sie Gastschülerin war und deshalb herablassendes Verständnis für ihren Ehrgeiz herrschte.

Ich habe eine schöne und ehrgeizige Freundin, hatte Tristan mal augenzwinkernd zu Hannes gesagt.

Was die Hausaufgabe anging, hätte sie Tilde fragen können, denn ihre Gastmutter wusste auf fast alles eine kluge Antwort. Aber daran hätte sie eher denken müssen, denn heute war Tildes Doppelkopfabend, und wenn sie nach Hause kam, war sie meistens ein bisschen beschwipst und hatte bestimmt keine Nerven mehr für Hausaufgaben.

»Ist doch ganz einfach«, hatte Jassi vor zwei Stunden (mit garantiert verdrehten Augen) am Telefon gesagt: »Heutzutage ist Zeit Luxus. Ruhe, gutes Wasser und solche Sachen. Oder einfach ein Kuss mit Sonnenuntergang, ein stundenlanges Schaumbad ... ich wüsste da eine Menge Antworten.« Tiefes Seufzen. »Mensch Mila, der Zöllner ist doch bloß wieder auf eine heiße Diskussion aus, hast du das immer noch nicht geschnallt? Schreib einfach, was dir in den Sinn kommt. Du bist seine Lieblingsschülerin und kannst gar nichts falsch machen.«

Oh doch. Man konnte alles falsch machen, wenn man aus einer anderen Welt stammte und deshalb die passende Antwort nicht wusste.

Mila sah sich in ihrem Zimmer um. Inzwischen besaß sie so viele Dinge. Den MP3-Player und ihr Handy, einen Laptop, ihre schönen Kleider (die überall herumlagen), ihre heißgeliebten Bücher und all den Kleinkram, mit dem sie ihr Zimmer dekoriert hatte: das Windspiel aus bunten Perlmuttscheiben über ihrem Schreibtisch am Fenster, die orangerote Lampe mit den Hennamotiven, die wie eine geschwungene Pyramide aussah, und der blaugrüne Wandteppich mit dem Mandala.

Die Anhäufung von Besitz rief bei ihrem Volk eher Verachtung als Neid hervor, aber Mila bedeuteten all diese Dinge etwas, denn sie gaben ihr eine Art Zugehörigkeitsgefühl zu ihren Klassenkameraden. Doch es waren nicht diese Dinge, die sie so glücklich machten, es war etwas ganz anderes. Zum ersten Mal in ihrem Leben hatte Mila das Gefühl, ihre Zukunft selbst bestimmen zu können. *Das* war purer Luxus.

Sie atmete tief durch und richtete ihre Gedanken wieder auf die verflixte Hausaufgabe, um endlich ein paar Sätze aufs Papier zu bringen. Schreib, was dir in den Sinn kommt, hatte Jassi gesagt.

Und das tat sie.

Bildung für jeden ist Luxus. Warmes Wasser aus der Leitung. Ein Leben ohne Hunger (dreißig Sorten Joghurt im Supermarktregal und zu jeder Jahreszeit Obst aus allen Ländern der Welt). Eine gute medizinische Versorgung. Wahre Freunde. Die Erfüllung von Träumen.

Jassi hatte recht. Herr Zöllner, ihr Klassenlehrer, mochte sie und würde damit zufrieden sein. Mila wollte keine Aufmerksamkeit erregen, keine Diskussion anzetteln. »Die größte Stärke unserer Kultur besteht darin, unsichtbar zu sein«, hatte ihre Großmutter zu ihr gesagt. Mila wollte nicht unsichtbar sein, aber auffallen wollte sie auch nicht.

Nachdem sie noch ein paar Sätze zum Thema aufgeschrieben hatte, druckte Mila die Hausaufgabe aus, schob das Blatt in ihre Ethikmappe und verstaute sie in ihrer Schultasche.

Sie schob den Fensterflügel weit auf, und warme Nachtluft strömte herein, schwer vom süßen Duft des weißen Flieders, der unter ihrem Fenster blühte. Es war erst Anfang Mai, doch der Sommer war schon auf dem Weg, sie konnte es riechen.

Voller Sehnsucht blickte sie den Hügel hinauf. In Tristans Zimmer brannte kein Licht mehr. Vermutlich schlief er schon und träumte von ihr. Während Mila leise ein Schlaflied summte, wanderte ihr Blick gedankenverloren über den abschüssigen Garten hinunter zur Straße.

Oh nein, wer ...?

Mila hielt den Atem an. Ihr Inneres füllte sich mit etwas Kaltem und alles Blut zog sich in die Mitte ihres Körpers zurück. Es war, als würde ihr der Boden unter den Füßen weggezogen.

Dort unten stand jemand. Jemand, der sich verbarg. Das Licht der Straßenlaterne schwächelte, deshalb konnte sie kaum etwas erkennen, doch sie spürte die Anwesenheit vor dem Haus wie eine dunkle Drohung.

Mila wich vom Fenster zurück und löschte das Licht auf dem Schreibtisch. Ihr Herz klopfte wild und für Sekunden war sie zu keinem klaren Gedanken fähig. Eine Wolke aus Angst senkte sich über sie.

Schließlich nahm sie all ihren Mut zusammen und trat im Schutz der Dunkelheit wieder ans Fenster, um Gewissheit zu erlangen. Denn manchmal sah sie Dinge, die *nicht* da waren. Doch kein Zweifel, auf der anderen Straßenseite, halb verborgen vom Laubschatten des Weißdornbaumes, stand jemand.

Wer auch immer das war: Was tat er da? Beobachtete er Tildes Haus? Aber warum? Hatte Giorgi sie gefunden? Oder war das etwa Cavka, das miese Dreckauge? Erneut krallte sich Panik in Milas Eingeweide. Wie scharfe Vogelklauen. Nein, das konnte nicht sein. Niemand wusste, wo sie jetzt lebte – nicht einmal ihre Mutter.

Aber wer war es dann? Wer stand dort unten, von der Hüfte aufwärts in Dunkelheit gehüllt? Ausgerechnet jetzt, wo sie so glücklich war. War es Tristan? Misstraute er ihr? Ahnte er etwas und spionierte ihr nach? Wenn er Sehnsucht nach ihr hatte, dann brauchte er bloß anrufen, jederzeit, das wusste er.

Sie würde durch die kleine Pforte im Zaun schlüpfen, zwischen

Steinen, Stauden und Blumenpolstern nach oben zum Haus laufen und in Tristans Fenster steigen.

Mila setzte sich auf ihr Bett, zog die Knie an die Brust und schlang die Arme um ihre Beine. Zum ersten Mal in ihrem Leben war sie richtig verliebt und in jeder Faser ihres Körpers fühlte es sich gut an. Sie wollte Tristan nicht verlieren. Sie sei schön, hatte er ihr gesagt, das Schönste in seinem Leben. Und seine Zeichnung, die er von ihr gemacht hatte, bestätigte das. Durch Tristans Worte fühlte sie sich tatsächlich wertvoll und schön. Doch die Wahrheit, das ahnte Mila, würde sie hässlich machen.

Als ihr Atem sich beruhigt hatte und der innere Aufruhr sich legte, ging sie noch einmal zum Fenster und sah hinaus. Es war niemand mehr da, sosehr sie auch auf den dunklen Baumstamm starrte. Es war nur ein Baumstamm. Sonst nichts.

Vermutlich sehe ich mal wieder Gespenster.

Ihr Blick fiel auf den Glücksbringer, der auf ihrem Schreibtisch lag. Der Türkisstein schimmerte matt im fahlen Licht des Dreiviertelmondes. *Du hast so etwas Schönes gar nicht verdient, Mila,* ging es ihr durch den Kopf.

Besser, sie dachte nicht mehr so oft über ihre Vergangenheit nach und auch nicht über ihre Angst, Tristan zu verlieren. Denn dann passierte das Unglück garantiert.

Ihre Finger schlossen sich um den Glücksbringer, sie hielt ihn ganz fest.

Reha-Klinik, Freitag, 8. August »Es ist neun Uhr morgens und Sie sehen müde aus, Tristan. Was ist los?«

»Die verdammten Albträume.«

»Wovon haben Sie diesmal geträumt?«

»Von einem Raben, der mir das Herz aus der Brust hackt.«

»Was denken Sie, wofür könnte der Rabe in Ihren Träumen symbolisch stehen?«

»Er ist kein Symbol, er ist ein Werkzeug.«

»Ein Werkzeug? Erklären Sie mir das.«

»Ludwig Castorf hat seinen Raben benutzt, um mich zu vernichten. Ohne den Vogel hätte er das niemals geschafft.«

»Ich kann Ihnen nicht ganz folgen.«

»Sie denken, dass bei dem Unfall nicht nur meine Beine etwas abbekommen haben, sondern auch mein Kopf. Aber ich bin nicht verrückt.«

»Das behaupte ich auch nicht. Aber Sie müssen mir schon erzählen, was genau Sie meinen.«

»Wir waren mal Freunde, Ludwig und ich. Aber das ist zehn Jahre her.«

»Was beendete die Freundschaft?«

»Seine Mutter starb. Und dann drehte er völlig am Rad.«

4

Freitag, 9. Mai Mila biss in ihren Apfel und ließ den Blick über die verschiedenen Grüppchen auf dem Schulhof gleiten. Noch immer verstand sie nicht genug vom Wesen ihrer Mitschüler, um wirklich entspannt zu sein. Sie konnte alles nur an ihren eigenen Erfahrungen messen, die so ganz anders waren. Deshalb gab es Dinge, die sie nach wie vor faszinierten: Sämtliche Schüler am Gymnasium hatten perfekte Zähne und keines der Mädchen war schwanger – nicht mal in der Zwölf.

Unweit von ihnen standen Daniel und Henrike mit ein paar Freunden zusammen, beide in superengen Jeans, hippen T-Shirts und AllStars. Die Zwillinge schienen ständig neue Klamotten zu haben. Und wie lange sie beide wohl am Morgen vor dem Spiegel brauchten, bis ihre Haare so lässig zerzaust aussahen?

Da Mila mit Jassis jungenhaftem, löchrigem Modegeschmack nichts anfangen konnte und Tilde null Ahnung hatte, was unter Teenagern gerade angesagt war, fiel es Mila schwer, sich so zu kleiden, wie sie es gern mochte, und dennoch nicht unnötig aufzufallen.

Iss, was du magst, aber kleide dich, wie es den anderen gefällt – das war auch so ein Spruch, den sie nicht aus dem Kopf kriegte.

Sich anzupassen, war keine leichte Sache, doch es klappte immer besser.

»Hoffentlich sitze ich heute nicht ewig bei diesem Arzt herum«, maulte Jassi und schob den letzten Bissen von ihrer Zuckerschnecke in den Mund. »Ich hasse Arztbesuche«, fügte sie kauend hinzu, »fühl mich dann immer so ausgeliefert.«

»Ist doch bloß ein Augenarzt«, entgegnete Mila, die unbedingt Medizin studieren und später Kinderärztin werden wollte. »Du musst dich nicht mal ausziehen.« Sie grinste.

»Du hast gut reden, meine Liebe, du hast Augen wie ein Luchs.« Jassi leckte sich die Finger ab. »Aber ich werde demnächst als Brillenschlange herumlaufen, wenn dieser Augendoc feststellt, dass ich halb blind bin.«

Mila betrachtete ihre Freundin, die trotz der sommerlichen Temperaturen Jeans mit Rissen und Löchern und zerschrammte *Doc Martens* trug. Ihr T-Shirt war in wilden Farben gebatikt, die gut zu ihren rotbraunen Locken passten. Jassi war eine sommersprossige Schönheit und hatte mit ansehnlichen Kurven aufzuwarten, die sie jedoch aus unerfindlichen Gründen unter diesen weiten T-Shirts versteckte. Zu Hause, in Milas altem Leben, wäre Jasmin Voss allein wegen ihrer Kleidung und ihrem losen Mundwerk eine Geächtete.

»Im Grunde kann ich gleich ins Kloster gehen. Kein Junge wird mich mehr ansehen.«

»Nun du übertreibst aber«, erwiderte Mila brummig. »Du bist nicht halb blind und wirst auch mit Brille noch schön aussehen.«

»Das sagt du bloß so«, brummte Jassi. »Du hast ja deinen Märchenprinzen.«

Jasmin Voss hätte an jeder Hand fünf Prinzen haben können, so wie sie aussah, wenn sie sich nur ein bisschen mehr wie ein Mädchen kleiden würde. Außerdem war sie verdammt wählerisch – oder in Wahrheit furchtbar schüchtern, was sie mit ihrer großen Klappe gut zu kaschieren wusste.

»Wenn man vom Teufel spricht«, sagte Jassi.

Mila zuckte zusammen und sah in die Richtung, in die Jassi blickte. Was redet sie da vom Teufel? Aber das war vermutlich wieder nur so eine merkwürdige Redewendung, von denen ihre Freundin unzählige auf Lager hatte.

Tristan kam mit Hannes und Boris aus Richtung Straße auf den Schulhof gelaufen. Vermutlich hatten die drei wieder irgendwo im Verborgenen gestanden und geraucht.

Boris mit der dünnen Stimme und dem kräftigen Körper winkte Mila verstohlen zu und sie winkte ihm zurück. Boris Koslow war den meisten egal. Sein Vater war Physiker und stammte aus Weißrussland, er war jedoch vor fünf Jahren in seine Heimat zurückgegangen, weil die Ehe nicht funktioniert hatte. Seitdem lebte Boris mit seiner Mutter und seiner kleinen Schwester Asja bei den Großeltern in einem winzigen Bauernhof am Rand von Moorstein. Asja war körperbehindert, und Boris musste entweder auf sie aufpassen oder seinen Großeltern helfen, die ein paar Ziegen und Schafe hielten.

Seit Tristan über den Verein seiner Mutter, der sich um körperbehinderte Kinder in der Region kümmerte, dafür gesorgt hatte, dass Asja einen neuen Rollstuhl bekam, klebte Boris an ihm wie eine Klette. Manchmal war es kaum noch mit anzusehen, wie er um Tristans Aufmerksamkeit buhlte. Vermutlich fragte sich jeder, warum er den Dicken überhaupt in seiner Nähe duldete, aber meistens tat er das. Es war Hannes, der hin und wieder einen gemeinen Spruch abließ, weil Boris ihn nervte.

Hannes sah nur kurz zu ihnen herüber. Jassi behauptete, dass er immer noch in Mila verliebt war, und Mila hoffte, dass sie sich irrte.

Tristan schenkte Mila ein Lächeln – eines, das seinem Kieferorthopäden mit Sicherheit ein Vermögen eingebracht hatte und um das sie sämtliche Mädchen auf dem Schulhof beneideten. Ausgenommen Jassi. Ihre Freundin hatte nichts gegen Tristan, aber sie hatte wohl etwas dagegen, dass Mila ihre Zeit fast nur noch mit ihm verbrachte.

Tristan trat auf sie zu und Mila durchzuckte die Erinnerung an die dunkle Gestalt von letzter Nacht vor Tildes Haus. Wie hatte sie auch nur eine Sekunde lang denken können, dass er es war?

Jasmin bekam einen flüchtigen Kuss auf die Wange und Mila sah ihre Freundin die Augen verdrehen und gleichzeitig puterrot anlaufen. Tristan lächelte spöttisch, dann legte er seinen Arm um Mila, zog sie zu sich heran und küsste sie, bis ihr die Knie weich wurden. Sein Atem schmeckte nach Rauch, aber sie mochte das. Sie selbst rauchte auch hin und wieder heimlich eine Zigarette.

»Hey, meine Schöne«, murmelte er in ihr Ohr. »Ich habe dich vermisst.«

Eine wohlige Wärme durchzog Mila und brachte jede Faser ihres Körpers zum Kribbeln. Lachend schmiegte sie sich in Tristans Umarmung. Wie schön er war, ihr heller Prinz in seinen schwarzen Klamotten. Sein Haar hatte er zu einem Pferdeschwanz zurückgebunden, und seit zwei Wochen trug er es an den Seiten kurz geschoren, was ihn männlicher aussehen ließ. Mila lehnte sich an ihn, roch den sauberen Baumwollduft seines schwarzen T-Shirts und fühlte das Pochen seines Herzens an ihrem.

»Chemie fällt aus. Wir haben die letzten beiden Stunden frei und wollen dann gleich losfahren«, sagte er. »Wir sehen uns Sonntag. Ich ruf dich an, okay?«

Mila nickte. Tristan und Hannes waren im Chemiekurs und Herr Hilbrecht war wieder einmal krank. Die beiden wollten am Wochenende an die Talsperre zum Angeln fahren, ganz pfadfindermäßig mit Zelt und Campingausrüstung und Pfeil und Bogen. Die Jungs waren nicht nur begeisterte Angler, sondern auch Anhänger des traditionellen Bogenschießens. Hin und wieder trafen sie sich deshalb im Grünen, um ihre Schießtechnik zu verbessern.

Wie gerne wäre Mila dabei gewesen. Schlafen im Zelt oder unter freiem Himmel. Einschlafen in Tristans Armen mit Blick auf die Sterne. Das ganze Wochenende würde Tristan fort sein, dabei hätte sie am liebsten jede Minute mit ihm verbracht.

Aber offensichtlich lief da so ein Jungs-Ding und sie wollte ihr Glück nicht überstrapazieren. Jassi hatte ihr eingebläut, dass kein Junge es mochte, wenn seine Freundin sich als Klette entpuppte. Mila fragte sich, in welcher Frauenzeitschrift sie das wohl gelesen hatte.

»Viel Spaß«, sagte sie, »ich hoffe, du fängst eine großen Fisch. Und ruf mich an, wenn du bekommst Sehnsucht.«

In Wahrheit rechnete Mila nicht damit, dass Tristan das tun würde, wenn ihn erst einmal das Angelfieber gepackt hatte, aber damit kam sie klar.

»Mach ich«, sagte er und war schon wieder auf dem Weg zu Hannes.

Jassi, die inzwischen wieder ihre natürliche Gesichtsfarbe angenommen hatte, stieß Luft durch die Zähne und schüttelte den Kopf, dass ihre Locken empört wippten. »Du schaust ihm nach, als wäre er Gott höchstpersönlich.«

»Du spinnst«, entgegnete Mila versonnen lächelnd. »Und woher weißt du, wie ich schaue? Ich denke, du bist halb blind.«

Ausnahmsweise fand Jassi Milas Scherz nicht lustig. »Ich an deiner Stelle wäre ja nicht so vertrauensselig. Bogenschießen und *Angeln*«, sagte sie und verdrehte erneut ihre himmelblauen Augen. »Wieso angeln sie nicht oben am Schiefersee und wohnen in Papa Hellsterns Hütte? Wer weiß, was die beiden sich wirklich angeln wollen.«

Tristan hatte Mila erzählt, dass die himmelblaue Färbung des Wassers durch Alaun entstand, ein Salzgemisch aus Kalium- und Aluminiumsulfat, das bei Verwitterung aus dem Schiefer gewaschen wurde, und dieses Alaun würde organisches Leben unmöglich machen. Keine Pflanzen, keine Fische.

Doch ein See ohne Fische, gab es so etwas überhaupt? Dafür, dass Tristan das Wochenende mit Hannes nicht in der Hütte verbringen wollte, gab es einen anderen Grund. Der Ort gehörte nur ihnen beiden, und Tristan sorgte dafür, dass es auch so blieb. Dass er seinen Freund nicht dorthin mitnahm, fand sie sehr süß.

»Da oben gibt es keine Fische«, sagte sie und lächelte versonnen. Als Jassi sie fragte, ob sie sich am Abend wie verabredet sehen würden, reagierte Mila nicht gleich.

»Hallo.« Jassi wedelte ihr mit den Fingern vor den Augen herum. »Erde an Mila.«

Sie hatten sich bei Jassi zum DVD-Schauen und Pizza-Essen verabredet. Seit Mila mit Tristan zusammen war, waren ihre traditionellen DVD-Abende selten geworden, und der heutige Abend war perfekt, denn Jassis Eltern waren bei Freunden zum Geburtstag eingeladen.

»Ja, klar«, sagte Mila. »Ich freue mich doch schon wie verrückt darauf. Welchen Film hast du denn ausgesucht?«

»Lass dich überraschen, okay?« Jassi grinste.

Es klingelte zum Unterricht und sie gingen mit den anderen zurück ins Schulgebäude. Noch zwei Stunden Ethik, dann begann endlich das Wochenende.

Herr Zöllner, ein hagerer Mann mit Hakennase und grauem Bart, ließ ein paar Schüler vorlesen, was sie zum Thema Luxus geschrieben hatten. *Alles, was ein bisschen mehr ist als das, was man sonst so kriegt,* hatte Jassi geschrieben. *Tun, was ich will und wann ich will,* brummte Lars, einen winzigen Zettel vor der Nase. *Luxus ist die Erfahrung, auf vieles verzichten zu können, ohne etwas Wesentliches verpasst zu haben,* meinte Ria, ein stupsnasiges, großes Mädchen mit glatten schwarzen Haaren.

Auch Mila las vor, was sie geschrieben hatte, und Herr Zöllner musterte sie nachdenklich, fragte aber nicht nach. Ausnahmsweise war er zufrieden mit den Ausführungen seiner Schüler. Sogar solche Antworten wie: *Bio-Gemüse. Stundenlange Schaumbäder. Ein Tag nur für mich* und *Geld ausgeben,* akzeptierte er.

Das Fazit der gedanklichen Anstrengung war, dass Luxus ein Ausdruck der Herkunft und der Persönlichkeit eines jeden Menschen war und aus diesem Grund auch für jeden etwas anderes bedeutete.

Während die letzte Stunde ihrem Ende zuging, schmiedete Mila bereits Pläne für den Nachmittag. Sie wollte mit dem Rad zum Schiefersee fahren, um herauszufinden, ob das Wasser inzwischen eine zumutbare Temperatur hatte.

Vor einer Woche hatte sie zuletzt einen Nachmittag mit Tristan in der Hütte verbracht und wäre gerne schwimmen gegangen, aber er war der Meinung gewesen, sie würde sich bloß erkälten.

Nach dem Unterricht beeilte Mila sich, nach Hause zu kommen. Ihr Schulweg führte sie durch den kleinen Stadtpark mit den großen alten Lindenbäumen und einem hübschen Pavillon, vorbei an bunten Blumenrabatten, weiter über den Marktplatz von Moorstein, wo im Schaufenster des Friseursalons ein Werbeschild prangte mit dem Schriftzug: *Bei jedem Haarschnitt einmal Wimpernfärben gratis.*

Vor der italienischen Eisbar saßen ein paar Leute an Tischen und löffelten Eis oder nippten an ihrem Cappuccino. Als sie das letzte Mal mit Jassi hier gesessen hatte, hatte die Freundin sie auf den neuesten Stand in Sachen Kleinstadttratsch gebracht. Wer mit wem eine Affäre hatte, wer von Hartz IV lebte, wessen Tochter oder Sohn Drogen nahm und wer heimlich soff. Fröhlich hatte Jassi das abgründige Innenleben von Moorstein vor ihr ausgebreitet und auch Tristans Eltern waren dabei nicht gut weggekommen.

»Der alte Hellstern vögelt alles, was bei drei nicht auf dem Baum ist, und Tristans Mutter ersäuft ihren Kummer in Alkohol.«

Mila hatte nicht gewusst, wo sie hinsehen sollte. Sie hatte sich immer noch nicht daran gewöhnt, wie unverblümt offen Jassi solche Dinge aussprach.

Dass Tristans Mutter eine unglückliche Frau war, hatte Mila gleich bei der ersten Begegnung gespürt. Renate Hellstern verhielt sich ihr gegenüber stets freundlich, aber reserviert. Bei seinem Vater hatte sie das ungute Gefühl, dass er sich etwas Besseres für seinen einzigen Sohn wünschte als eine Austauschschülerin aus dem armen Nachbarland, aber durchaus akzeptierte, dass er bei ihr Erfahrungen sammelte.

Deshalb versuchte Tristan zu vermeiden, dass sie seinen Eltern begegnete. Doch für die unterkühlte Beziehung zu seinen Eltern musste es noch einen anderen, tieferen Grund geben. Was auch immer es war, sie hatte Tristan erzählt, ihre Mutter wäre tot – und das war viel schlimmer.

Als Mila nach Hause kam, stand Tildes roter Polo nicht in der Einfahrt. Sie war nach Plauen gefahren, um ihre Freundin Viola zu besuchen. Mila kam das sehr gelegen, so konnte sie ohne große Erklärungen wieder losziehen. Tilde war vierundsechzig und seit einem Jahr pensioniert. Sie war zuletzt Pflegedienstleiterin in einem Krankenhaus gewesen, hatte nie geheiratet und war kinderlos geblieben, etwas, das Mila nur schwer nachvollziehen konnte. Sie selbst wollte einen ganzen Haufen Kinder.

Keine Kinder, kein Glück.

Tildes mütterliche Fürsorge tat Mila gut, aber manchmal nahm sie ihr auch die Luft zum Atmen. Im Stillen wünschte sich Mila hin und wieder, sie wäre in eine Gastfamilie mit Kindern gekommen. Dann wäre es nicht so still im Haus.

Doch dann schalt sie sich selber undankbar. In dem einen Jahr am Gymnasium in Cheb hatte sie nicht einmal eine Freundin gehabt. Außerdem war Tilde die beste Gastmutter, die sie sich denken konnte. Und den Familienanschluss, den hatte sie schließlich bei Jassi und ihren aufgeweckten kleinen Zwillingsbrüdern Franz und Otto.

Mila zog ihren Badeanzug unter Shorts und Top, packte Handtuch und Buch in den Rucksack und legte Tilde einen Zettel auf den Küchentisch.

Bin mit dem Rad unterwegs. Mila.

Der schräge Lichteinfall der Nachmittagssonne ließ das klare Wasser des Schiefersees wieder in dieser magischen hellblauen Farbe aufleuchten. Als Mila ans flache Ufer trat, flog ein Schwarm kleiner weißer Schmetterlinge vom warmen Boden auf wie eine fröhliche Sommerwolke.

Der See erschien ihr auf einmal wie ein lebendiges Wesen, das auf sie gewartet hatte. *Komm in meine kühle Tiefe,* schien er zu sagen. Unwillkürlich bekam sie eine Gänsehaut und musste an den See in der Nähe ihres Dorfes denken, in dem sie schwimmen und tauchen gelernt hatte. Ihr Cousin Jovan hatte sie ins Wasser geworfen, und sie war geschwommen, weil sie sich vor den *Niva-*

shi, den Wassergeistern, gefürchtet hatte, die am Grund des Sees in ihren prachtvollen Wohnungen hausen sollten.

Die *Nivashi* kamen oft auf die Erde, um den Menschen zu helfen oder ihnen zu schaden – ganz wie es ihnen beliebte. Sie bewahrten die Seelen der Ertrunkenen in Gefäßen auf, um sich an ihrem Wehklagen zu erfreuen. Manchmal holten sie sich Menschenfrauen, um mit ihnen wunderschöne Töchter zu zeugen.

Baba Sidonia hatte Mila in ihrer Kindheit mit unzähligen solcher Geschichten über Dämonen und Geister verzaubert und verängstigt, doch das hatte Mila nicht davon abgehalten, im See zu tauchen und zu schwimmen. Denn sie liebte Wasser in all seinen Formen: als Regen, als grauer Nebel, als Eis oder Schnee. Wasser konnte hart, aber auch unendlich sanft sein, konnte sich fügen oder zerstören. Es war in den Tiefen der Erde gewesen, im Ozean, in den Wolken, die im Blau des Himmels segelten.

Wasser war Magie und niemandes Besitz. Es gehörte zur Welt der Geister, in der nichts so war, wie es schien, und in der jedem Stein, jedem Baum und jedem Regentropfen eine unbekannte Macht innewohnte.

Mila begann, sich zu drehen, sie tanzte zu einer Melodie in ihrem Kopf und begann zu singen:

»Unter einem Regenbogen
bin ich gegangen.
Hab sein Herz gefangen.«

Tief und volltönend wie die ihrer Baba, die ihr all diese Lieder vor dem Schlafengehen vorgesungen hatte, als sie noch ein Kind war, klang ihre Stimme über den See.

»Mein Lied will keiner hören.
Und wenn es jemand hört,
wird er es nicht verstehen.

*Ich muss nichts werden
und brauche nichts bleiben,
ich muss nur weitergehen* ...«

Ihr Gesang ging in ein Summen über und schließlich trug Mila nur noch ihren leuchtend roten Badeanzug, den Tilde ihr zu Weihnachten geschenkt hatte. Sie lief über den feinen Schieferbruch, der in der Sonne in den verschiedensten Farben schimmerte. Grau, blau, sogar golden.

Marienkäfer sonnten sich auf dem warmen Schiefer. In ihrer Sprache hießen sie *Koka*, Sommervöglein, und waren ein glückliches Vorzeichen.

Als Mila die Wasserlinie erreicht hatte, steckte sie einen Fuß ins Wasser. Am flachen Ufer hatte es sich in der Sonne erwärmt, aber in seinen Tiefen würde es immer kühl sein, denn dort unten, im Dunkeln, hausten die Wassergeister. Doch die Zeiten, in denen Mila sich vor den Märchengestalten ihrer Großmutter fürchtete, waren lange vorbei.

Sie spritzte sich nass, um ihren vom Radfahren erhitzten Körper abzukühlen, und lief am Ufer die wenigen Meter bis zu diesem stufenförmigen Schieferblock. Dort, das hatte Tristan ihr versichert, war das Wasser tief genug, um zu springen.

Der glatte Schiefer unter ihren Füßen war sonnenwarm. Mila atmete mit geschlossenen Augen tief ein und aus, bis genügend Sauerstoff ihre Lunge füllte. Und sprang. Das Wasser schlug über ihr zusammen und sie war im Königreich der Wassergeister.

Mila ließ sich sinken wie ein Stein – und als sie die Augen öffnete, waren sie da, die Fische. Große Spiegelkarpfen, beinahe schuppenlose Wesen aus einer anderen Zeit. Hier unten war alles voller Zauber: die changierenden Farben des Schieferwassers, die schwebenden Pflanzen, die Fische mit ihren trägen Bewegungen.

Ein riesiger Karpfen schwamm an Mila vorbei und betrachtete sie neugierig aus seinen Glotzaugen. Sie wurde selbst zu einem Wasserwesen, schwerelos und ohne Gedanken, denn Denken verbrauchte Sauerstoff.

Im Zeitlupentempo begann Mila zu tanzen. Sie hob die Arme über den Kopf und drehte sich um ihre eigene Achse, die Zehen nach unten gestreckt wie eine Balletttänzerin. Ihre Bewegungen waren langsam und träge. Anders, als wenn sie festen Boden unter den Füßen hatte. Ein Schwarm kleiner Fische schwamm um ihren Kopf wie ein silbern funkelnder Schleier. Schuppige kalte Körper streiften ihre Haut. Sie tanzte mit den Fischen. Hier unten war sie ganz sie selbst, die Essenz von Mila Danko, eine weiße Seele. Hier unten konnte ihr nichts etwas anhaben, weder die Vergangenheit noch die Gegenwart. Hier unten, wo die Geister wohnten, war sie sicher, war sie frei.

Milas Lungen begannen zu brennen, weil sie schon so lange die Luft anhielt, aber sie würde nicht eher auftauchen, bis sie Sternchen vor ihren Augen sah. Sie hatte immer noch Reserven für ein paar tanzende Sekunden.

Als die Kleine im roten Kleid vor Milas Augen erschien, deren grünlichblonde Haare wie Wasserpflanzen um ihren Kopf schwebten, erschrak sie. Das konnte nichts anderes sein als der Geist eines kleinen toten Mädchens, das in diesem See ertrunken war. Mila schloss die Augen, weil sie das Bild loswerden wollte. Höchste Zeit aufzutauchen.

Plötzlich packte sie etwas am Arm, etwas, dessen Kraft sehr real war. Mila riss die Augen auf, machte einen erschrockenen Atemzug und schluckte Wasser. In ihrer Panik begann sie, wild um sich zu schlagen und zu treten. Blasen wie gläserne Murmeln stiegen ihr aus Mund und Nase. Dahinter erkannte sie die Umrisse einer menschlichen Gestalt. Kein kleines Mädchen, sondern jemand, der größer und kräftiger war als sie selbst. Dieser Jemand hielt sie mit eisernem Griff gepackt und zerrte an ihr.

Nivashi oder Mensch, mit einem gezielten Tritt zwischen seine Beine befreite sich Mila und strebte mit kräftigen Bewegungen nach oben. Sie durchbrach die Wasseroberfläche und machte einen heftigen Atemzug, der ihr beinahe die Lunge zerriss. Nur Sekunden später tauchte dicht neben ihr ein Kopf aus dem Wasser auf. Ein bleiches Gesicht, schmerzgeweitete Augen. Ein Junge, der ebenso nach Luft japste wie sie.

»Du spinnen?«, stieß sie empört hervor. »Du mich wollen umbringen?«

Der Fremde starrte sie mit großen Augen an, als wäre sie verrückt und nicht er. Aus seiner Nase rann Blut. »Ich dachte, du ... *oh fuck ...*«

Eine dunkle Stimme. Mann oder Junge, jedenfalls kein Geist.

Sein Gesicht verzerrte sich zu einer Grimasse, er tauchte unter und kam wieder hoch. Hustend rang er nach Luft, ruderte verzweifelt mit den Armen. Schlagartig begriff Mila, was passiert war: Er hatte beobachtet, wie sie abgetaucht und ewig nicht wieder hochgekommen war. Um sie vor dem vermeintlichen Ertrinken zu retten, war er in den See gesprungen. Und sie hatte in ihrer Panik nach ihm getreten.

»He«, rief sie, »ist alles in Ordnung mit dir?« Jetzt paddelte er hektisch, wie ein ertrinkender Welpe.

»Nein ... verdammt ...« Wieder verschwand sein Kopf unter der Wasseroberfläche.

Hatte sie ihn ernsthaft verletzt? Würde er vor ihren Augen ertrinken?

Als der Junge das nächste Mal hochkam, war sie bei ihm. »Leg deine Hand auf meine Schulter. Aber zieh mich nicht nach unten.«

Einen Moment lang sah es so aus, als würde er lieber untergehen, als ihre Hilfe anzunehmen, aber dann siegte offenbar die Vernunft und er hielt sich an ihrer Schulter fest. Die wenigen Schwimmzüge bis zum Ufer waren eine Qual, doch Mila schaffte es mit letzter Kraft.

Als der Fremde festen Boden unter den Füßen spürte, ließ er sie los und kroch wie eine Amphibie aus dem Wasser, wo er sich mit dem Gesicht nach unten auf den feinen warmen Schiefer sinken ließ. Er war in T-Shirt und Boxershorts ins Wasser gesprungen. Seine Arme und Beine waren winterbleich.

Mila keuchte. Der Schreck saß ihr noch gehörig in den Gliedern, aber sie war auch wütend, denn durch seine Anwesenheit hatte der Fremde ihren und Tristans geheimen Ort entweiht. Er lag da und sein Körper bebte. Mit Sicherheit war er ebenso wütend auf sie und sie konnte es ihm nicht verübeln.

Mila versuchte zu verdrängen, wohin sie ihn getreten hatte, und wünschte, sie hätte einen Spruch auf Lager, mit dem sie sich in Luft auflösen konnte. Vielleicht war es am besten, einfach zu verschwinden, bevor er richtig zu sich kam.

Doch war er auch wirklich in Ordnung? Mila streckte die Hand aus und berührte seine Schulter. »Geht es dir gut? Hattest du einen Kampf im Bein? Sprich doch was.«

Als er nicht antwortete, sagte sie: »Es tut mir leid, dass ich dich getreten habe. Ich war im Tod erschrocken, ich dachte, du willst mir etwas antun.«

Endlich regte sich der Junge. Auf beide Hände gestützt, drehte er sich mit einem schmerzerfüllten Ächzen um und setzte sich auf. Er hob den Kopf und strich sich eine nasse rabenschwarze

Haarsträhne aus dem Gesicht. Aus seiner Nase lief immer noch ein dünnes blutiges Rinnsal und ein Blick aus schiefergrauen Augen, zornig wie Gewitterwolken, traf Mila. Sie richtete sich auf, um ein wenig Abstand zwischen sie beide zu bringen.

Er mochte so um die zwanzig sein, fast schon ein junger Mann. Seine Gesichtszüge schienen nur aus geraden Linien, Augen und Schatten zu bestehen und wirkten eher einschüchternd als anziehend. Jetzt hatte er die Brauen tief über den Augen zusammengezogen, sodass sie aussahen wie die Schwingen eines schwarzen Vogels, der zum Flug ansetzte. An dieses Gesicht würde sie sich erinnern, wenn sie es schon mal gesehen hätte.

»Du blutest.« Sie deutete auf seine Nase.

Mit dem Handrücken fuhr er sich über Mund und Nase. Bei dieser Bewegung sah Mila eine dunkle Tätowierung, die unter dem kurzen Ärmel seines T-Shirts hervorlugte, konnte aber nicht erkennen, was sie darstellte.

»Ich glaube, das ist im Augenblick das kleinste meiner Probleme.«

Wasser rann aus seinen Haaren, in denen sich die Halme einer Wasserpflanze verfangen hatten. Er sah wirklich aus wie ein *Nivashi*, mit seinen unregelmäßigen Gesichtszügen, den Bartstoppeln am Kinn und dem Grün im Haar.

»Was starrst du mich so an?« Seine Augen wurden dunkel und schmal.

»Du hast da was«, sie deutete auf seinen Kopf und setzte sich in einem Meter Abstand neben ihn. »Du siehst aus wie ein Wassergeist.«

Er fuhr sich mit beiden Händen durchs nasse Haar und erwischte die Pflanze, die er mit einem ärgerlichen Fluch von sich schleuderte. »Und was bist du für eine?« Er sah sie kurz an, dann schüttelte er den Kopf, als hätte sie nicht alle Tassen im Schrank. »Was ... was hast du da unten bloß so lange gemacht?«

»Getanzt«, antwortete Mila schnippisch, »mit den Fischen.« Er war ein Fremder, da war es leicht, die Wahrheit zu sagen. Ob er ihr glaubte oder nicht, war vollkommen gleichgültig.

Er schnaubte leise und wischte sich wieder über die Nase, aber das Bluten hatte aufgehört. »Mit den Fischen ... in diesem See gibt es keine Fische. Du bist ja verrückt.« Er begann, Schieferstücke in den See zu schleudern, wie Tristan es auch immer tat.

»Nein«, erwiderte Mila. »Bin ich nicht.« Daraufhin herrschte eine Weile Schweigen, bis sie schließlich sagte: »Ich übe tauchen. Ich kann unter Wasser länger als zwei Minuten die Luft anhalten.«

Er wandte den Kopf und sah sie an, neugierig diesmal. In sein Gesicht war etwas Farbe zurückgekehrt. Doch er sagte nichts, presste die Lippen zu einem Strich zusammen. Da war tatsächlich keine einzige weiche Linie in seinem Gesicht.

»Danke, dass du mich retten wollen.«

»Hier ist Baden verboten«, bemerkte er schroff. »Hast du die Schilder nicht gelesen?«

»Doch«, erwiderte Mila. »Aber die sind nicht für mich.«

»Ach.« Belustigt schüttelte er den Kopf. »Weil du die Kaiserin von China bist?«

»Weil ich schwimme, wo ich will.«

»Wie du meinst.« Umständlich und steif wie ein alter Mann erhob er sich und lief, den Oberkörper nach vorn gebeugt, die wenigen Schritte zu seiner Hose und den Schuhen. Mila sah, dass er immer noch Schmerzen hatte, sie aber nicht zeigen wollte. Beim Versuch, in seine Jeans zu steigen, wankte er ganz fürchterlich und musste sich setzen, um nicht umzufallen.

»Hast du auch einen Namen, Fischtänzerin?«
»Mila. Und wer bist du?«
Ein winziges Zögern. »Lucas«, antwortete er. »Wo kommst du denn her?«
»Aus Moorstein.«
»Nein, ich meine, wo du *eigentlich* herkommst. Du sprichst ziemlich gut Deutsch«, sagte er, »aber ...«
»Aber was?«
»Eben nur *fast*. Es heißt ›Krampf‹ im Bein‹ und nicht ›Kampf‹.« Er stand auf und drückte mit einem leisen Ächzen den Rücken durch.
»Was geht dich das an?«, fragte sie.
Lucas musterte sie mit schief gelegtem Kopf. »Nichts«, sagte er schließlich. Er hob beide Hände zu einer ratlosen Geste. »Na dann, Mila. Schönen Gruß an deine Geisterfische.«
Geisterfische? Ehe sie etwas erwidern konnte, war er auf einem schmalen Wildpfad im Tannenwäldchen verschwunden. Ein paar Minuten später hörte Mila eine klappende Autotür, ein Motor wurde angelassen und ein Auto fuhr davon. Verblüfft blieb sie zurück.
War das gerade wirklich passiert?
Ihr Badeanzug und ihre Haare waren nass, also war sie im Wasser gewesen. Mila fiel das kleine blonde Mädchen im roten Kleid wieder ein. Ein normaler Geist oder ein klarer Fall von Sauerstoffmangel. Dieser Lucas vielleicht auch. Wo er eben noch gesessen hatte, war ein nasser dunkler Fleck auf dem sonnendurchglühten Schiefer. Genauso, wie ein *Nivashi* einen hinterlassen hätte.
Der See gab keinen Laut von sich, er schwieg wie ein Grab. Der junge Mann war fort, doch etwas von ihm war noch hier, wir-

belte durch die Luft wie ein rotschwarzes Summen. Es waren Gefühle, verstörende Gefühle. Ein gefährlicher Strudel mit einem starken Sog.

Die Lust am Tauchen war Mila gründlich vergangen. Auf einmal fror sie. Sie zog sich an und machte sich auf den Weg zurück in die Stadt. Doch weil ihre Gedanken unaufhörlich um den blassen jungen Mann kreisten, nahm sie im Wald die falsche Abzweigung, und auf einmal wusste sie nicht mehr, wo sie war. Der Weg, den sie eingeschlagen hatte, wurde schmaler und schmaler, bis nur noch ein steiniger, von Wurzeln durchzogener Trampelpfad übrig war. Ein platter Vorderreifen zwang Mila schließlich dazu, abzusteigen. Fluchend schob sie ihr Rad über Steine und Wurzeln, während Tannenäste ihre nackten Arme streiften.

Als Mila eine halbe Stunde später aus dem Schatten des Waldes auf eine blühende Wiese trat, atmete sie erleichtert auf, denn rechterhand konnte sie die Dächer von Moorstein sehen. Vom Waldrand fiel die Wiese zu einem schmalen Fahrweg ab.

Sie schob ihr Rad durchs hohe Gras. Insekten flogen auf, Halme und Wiesenkräuter verfingen sich in den Speichen. Es duftete betörend nach Schafgarbe, Gras und Kamille. Der süße Duft des nahenden Sommers. Mila legte das Rad ins Gras, um für Tilde einen Kräuterstrauß zu pflücken, als ein Schatten auf sie fiel und sie über sich ein metallenes *krok-krok* vernahm, ein Laut, der sie erschrocken innehalten ließ.

Sie legte den Kopf in den Nacken, schirmte mit der linken Hand ihren Blick gegen das grelle Sonnenlicht ab und blinzelte in den Himmel. Über ihr kreiste ein schwarzer Vogel mit beachtlicher Spannweite, gebogenem Schnabel und keilförmigem

Schwanz. Ein Rabe, kein Zweifel. Auf der Müllhalde am Rand ihres Dorfes hatte es unzählige von ihnen gegeben.

Die großen schwarzen Vögel mit den klobigen Schnäbeln hatten Mila Angst eingejagt, wenn sie auf der Kippe nach Essen oder Brauchbarem gesucht hatte. *Schwarzes Gesindel* hatten die weißen Dorfbewohner die Raben abfällig genannt, genau so, wie sie die Roma bezeichneten, die neben der Müllkippe in ihrem Slum lebten. Die weißen Kinder hatten mit den Armen gewippt und so den Flügelschlag der Raben nachgeahmt, was so viel hieß wie: Du bist ein Zigeuner und hast Rabeneltern.

Baba Sidonia mit ihren Sprüchen hatte Milas Angst noch geschürt: *Schaue einem Raben niemals in die Augen,* hatte sie gesagt. *Er stiehlt sonst deine Seele und fliegt mit ihr davon.*

Überall lauerten Seelendiebe, Dämonen und Geister, dachte Mila. Sogar in Moorstein und in diesem himmelblauen See.

Der Rabe am wolkenlosen Himmel stieß einen heiseren Schrei aus, kam im Sturzflug nach unten und packte seine Beute, vermutlich eine Maus, die er gleich darauf verzehrte.

Doch auch wenn die Zigeunersprüche ihrer Baba nur Aberglaube waren: Die großen schwarzen Vögel waren Mila unheimlich und sie hielt sie für ein schlechtes Omen. Ein dumpfer Druck legte sich auf ihren Magen, als ein zweiter Rabe über ihr aus dem Wald geflogen kam, eine Runde über der Wiese drehte und dann krächzend zu dem kleinen Haus flog, das zu Milas Linken etwa hundert Meter entfernt am Waldrand stand.

Lassen sich Raben krächzend irgendwo nieder, soll man diesen Ort nicht betreten, denn eine Hexe hat dort gelebt.

Das Haus stand für sich und war von einem verwilderten Garten umgeben. Ein verfallener Jägerzaun begrenzte es zum Waldrand, eine verfallene Mauer zur Wiese hin und eine wuchernde Hecke schirmte es vom Weg ab. Es war das letzte Haus in einer ansteigenden Straße, die sich am Ende des Grundstücks zu einem asphaltierten Radweg verengte. Jassi wohnte in derselben Straße, allerdings ein ganzes Stück weiter unten in der Stadt, inmitten einer Reihe von schmucken Einfamilienhäusern mit gepflegten Vorgärten.

Im Garten des Hexenhäuschens stand eine große Blautanne, Obstbäume blühten und dazwischen wucherte wildes Grün. Brombeeren rankten über das Skelett eines alten Gewächshauses am Rand der Mauer. Der Rabe hockte auf einem Tannenzweig und gab krächzende Laute von sich. Es schien fast so, als würde er sich mit jemandem unterhalten.

Du spinnst, Mila.

Sie war schon einige Male auf der schmalen Straße an dem kleinen Fachwerkhaus mit den roten Ziegeln und verblichenen Balken vorbeigefahren, doch von hier oben bot sich eine neue Perspektive. Das Haus hatte ein schiefergedecktes Dach und ein kastenförmiger Anbau aus dunklen Schiefersteinen diente als Veranda für das Dachgeschoss.

Mila hatte geglaubt, das Haus wäre unbewohnt, aber jetzt standen sämtliche Fenster sperrangelweit offen.

Der Rabe auf der Wiese hatte seine Maus verzehrt und rief nun nach seinem Partner. Der antwortete mit einem schnarrenden *kroark, kroark!*, breitete seine schwarzen Schwingen aus und gemeinsam flogen sie in den Wald zurück.

Als Milas Blick noch einmal zum Haus glitt, wehte eine graue Gardine aus einem der Fenster im Dachgeschoss, und dahinter konnte sie die Umrisse einer menschlichen Gestalt erkennen. Das mulmige Gefühl in ihrem Magen verstärkte sich. Sah sie schon wieder einen Geist? Auf Sauerstoffmangel konnte sie die Erscheinung diesmal jedenfalls nicht schieben.

Sie hob ihr Fahrrad auf und schob es über die Wiese, riskierte dabei ab und zu einen verstohlenen Blick zurück zum Haus. Als Mila die Asphaltstraße erreicht hatte, kam ihr eine alte Dame mit dauergewelltem weißem Haar und einem kleinen wuscheligen Hund entgegen. Sie grüßte höflich, und als die Frau schon fast an ihr vorbei war, fragte sie: »Entschuldigung, wissen Sie, ob in diesem Haus dort oben jemand wohnt?«

Die alte Dame musterte Mila verwundert, dann schüttelte sie den Kopf. »Nein, da wohnt niemand mehr. Das Haus gehörte Wilma Singer, aber sie ist letztes Jahr im Pflegeheim gestorben. Mann und Tochter sind vor ihr gegangen, und soweit ich weiß, hatte sie keine anderen Verwandten. Ich habe keine Ahnung, was jetzt aus dem Häuschen wird.«

Mila bedankte sich und schob ihr Rad durch die Stadt nach Hause. Vielleicht hatte diese Wilma Singer ja doch Verwandtschaft. Mila hatte jemanden im Haus gesehen, und sie war sich sicher, dass es kein Geist gewesen war.

5

Reha-Klinik, Montag, 11. August »Sie sehen heute schon viel besser aus, Tristan.«

»Das kommt davon, dass ich Ihnen in einem Rollstuhl gegenübersitze und nicht mehr im Bett liege.«

»Haben Sie gut geschlafen?«

»Nein.«

»Wieder ein Rabentraum?«

»Allerdings.«

»Der Rabe erscheint also fast jede Nacht in Ihren Träumen. Haben Sie denn jemals einen echten Raben gesehen?«

»Natürlich. Ich bin als Kind von einem attackiert worden, das war der blanke Horror.«

»Dann könnte der Rabe in Ihren Träumen also ein Symbol für etwas Dunkles, etwas Böses sein?«

»Schon möglich.«

»Also gut, darauf kommen wir später noch einmal zurück. Sprechen wir zuerst über Mila. Sie haben mir erzählt, dass aus Ihnen ein Paar wurde. Wie lief die Beziehung?«

»Bestens. Mila war all das, wonach ich mich immer gesehnt habe, und ich war so verliebt wie noch nie in meinem Leben.«

»Wie lange waren Sie zusammen?«

»Sechs Monate.«

»Waren es gute Monate?«

»Natürlich.«

»Warum ging die Beziehung auseinander?«

»Ich habe Ihnen doch erzählt, dass mein alter Freund Ludwig nach Moorstein zurückkehrte. Er hat alles darangesetzt, um Mila gegen mich aufzubringen.«

»Und dafür wollen Sie sich rächen?«

»Ich denke dauernd daran. Aber wie es aussieht, wird dieser Wunsch immer nur ein Gedanke bleiben.«

Noch lange nachdem Mila mit ihrem Fahrrad aus seinem Blick verschwunden war, stand Lucas unbeweglich hinter der grauen Gardine. Ihm war immer noch übel von ihrem Tritt, und wenn er sich bewegte, wütete der Schmerz in seinen Hoden mit einer Heftigkeit, die ihm den Atem nahm.

Mila, die Fischtänzerin. Das Gefühl, sie dem See gestohlen zu haben, ließ ihn nicht los. Sie hatte ihm nicht verraten, wo sie herkam, mit ihren schiefen Vorderzähnen und ihrem osteuropäischen Akzent. Lucas kannte sich ein wenig aus. Im Jugendgefängnis hatte es eine bunte Vielfalt von Akzenten gegeben.

Vielleicht war sie eine von den Russlanddeutschen, die drüben in den Wohnblöcken gegenüber vom Supermarkt wohnten und meistens unter sich blieben. Jedenfalls war es damals so gewesen, als er noch mit seiner Mutter dort gelebt hatte. Oder sie kam aus dem neuen Asylantenheim am Rande der Stadt. Aber nein, ihr Deutsch hatte nicht so geklungen, als hätte sie die Sprache gerade erst gelernt.

Mila. Kein Woher, kein Nachname. Reiß dich zusammen, Lucas.

Sie sah aus wie vierzehn. Und war für seinen Geschmack viel zu mager. Trotzdem spürte er eine Art Bedauern.

Vorsichtig betastete er seine Nase. Sie tat noch übel weh von Milas Fausthieb, der ihn unter Wasser erwischt hatte. Er kam sich vor wie nach einer Prügelei, in der er den Kürzeren gezogen hatte.

In den See zu springen, um das Mädchen zu retten, war ein Reflex gewesen. Einer, der stärker war als seine Phobie vor Gewässern, die tiefer reichten als bis zu seinen Hüften. Aber die Kleine war nicht abgesoffen, sondern getaucht. Er hatte sich lächerlich gemacht.

Vom Helden zum Idioten in weniger als zehn Minuten: Platz 1.

Das hätte sein Ende sein können. Lucas sah die Schlagzeile vor seinen Augen: *Junger Mann im Schiefersee ertrunken – Tod der kleinen Anna nach zehn Jahren gerächt.*

In den vergangenen Jahren hatte Lucas so manches Mal das Gefühl gehabt, sein Leben wäre keinen Pfifferling wert. Aber als vorhin im kalten Nass des Unglückssees beinahe sein letztes Stündlein geschlagen hatte, weil der Schmerz ihn an den Rand einer Ohnmacht getrieben hatte, da war ihm klar geworden, wie sehr er am Leben hing. Die wiedergewonnene Freiheit gab ihm das Gefühl, doch mehr zu sein als niemand und nichts. Auch wenn ihm dieser Gedanke ein wenig Angst einjagte.

Lucas verließ das Zimmer und stieg die knarrende Holztreppe hinunter in die Küche mit den Steinfliesen im Schachbrettmuster und der beigen Küchenzeile. Noch immer roch es im ganzen Haus abgestanden und muffig, obwohl er seit seiner Ankunft sämtliche Fenster aufsperrte und auch schon etliches ausgemistet hatte. Morsche Vorhänge, unbrauchbare Haushaltsgeräte und kaputte Kleinmöbel – lauter Sachen, die er nicht brauchen würde – waren auf der Ladefläche seines Toyota Pick-up gelandet.

So nach und nach würde er den alten Krempel zum Wertstoffhof bringen, um Platz in den kleinen Räumen zu schaffen.

Lucas holte sich eine Flasche Kirschsaft aus dem prähistorisch anmutenden, laut brummenden Kühlschrank und setzte sich mit einem Weinglas an den Eichentisch. Das alte Glas war kunstvoll geschliffen, und der Saft funkelte darin, sattrot wie frisches Blut, sodass er sich für einen Moment vorkam wie der Vampir aus den Blutsaugerfilmen, die Juscha so gerne angesehen hatte.

Immerhin, bleich genug war er, das war ihm heute am See aufgefallen, als er seine blasse Haut neben den braunen Gliedern des Mädchens betrachtet hatte.

Verdammt. Schon wieder war sie in seinem Kopf, die kleine Fischtänzerin. Halb Mädchen, halb Kobold. Das musste an seiner monatelangen unfreiwilligen Abstinenz liegen. Vermutlich hatte er längst einen Samenkoller und der verursachte nun Chaos in seinem Kopf.

Denk einfach an etwas anderes, du Idiot.

Unruhig strichen Lucas' Fingerkuppen über die mit Kerben und dunklen Ringen übersäte Tischplatte. Die Wunden im Holz wollten ihm etwas von seiner Vorgängerin erzählen, der Rabenfrau, die er wie eine Ersatzoma gemocht hatte. Damals, bevor seine Mutter in diesem Haus starb und ihm sein Leben zum ersten Mal um die Ohren flog. Er war neun Jahre alt gewesen und hatte geglaubt, die Alte wäre eine Hexe.

Abrupt ballte Lucas seine Rechte zur Faust. Die Erinnerung traf ihn wie ein Hieb in den Magen. An diesem Tisch mit den Kerben hatten seine Mutter und Wilma bei Kaffee und Kuchen gesessen, als er zu Tristan hinaus in den Schnee gegangen war. Es war das letzte Mal, dass er seine Ma lebend sah.

Wie sehr er sie immer noch vermisste. Eine eiserne Klammer

legte sich um Lucas' Herz und er meinte, sich niemals einsamer gefühlt zu haben als in diesem Moment. Doch das stimmte nicht. Er war seit zehn Jahren einsam. Einsam und immer kurz davor, durchzudrehen. Im Heim vor untröstlicher Verlassenheit, bei seinen Pflegeeltern vor Angst und Wut. Im Knast wegen der Demütigungen, die er erlitten hatte, und weil die nie endenden Geräusche ihn wahnsinnig machten. Und nun hier in diesem Haus – weil die Stille ihn bedrängte.

Freiheit war ein leeres Wort, wenn man nichts hatte, wofür es sich zu leben lohnte.

Lucas spürte etwas Feuchtwarmes auf seiner Wange und wischte es weg. Hatte er die richtige Entscheidung getroffen? Oder hatte er den größten Fehler seines Lebens begangen, als er nach Moorstein zurückgekommen war?

Zadok hatte ihn gewarnt. »Vergiss das Haus, Junge«, hatte er gesagt. »Geh nicht dorthin zurück, wo keiner auf dich wartet und niemand dich will.«

Doch er hatte die Warnung des Sozialarbeiters in den Wind geschlagen und das Erbe angenommen. Wegen Kanada. Und der Kohle, die er dafür brauchte. Doch kaum hatte er es betreten, hatte ihn das kleine Haus mit dem verwilderten Garten auch schon in seinen Bann gezogen.

An diesem Morgen hatte Lucas beschlossen, das Haus nicht dem Verfall preiszugeben. Mit einem Teil des Geldes aus der Lebensversicherung seiner Mutter wollte er diesem *Lost Place* eine Zukunft geben, ihn wieder zum Leben erwecken. Ein Jahr war lang, und die Aussicht, zwölf Monate in einer muffigen, dunklen Gruft zu hausen, war wenig verlockend, denn er war kein Vampir. Lucas brauchte Licht.

Also, warum nicht sein handwerkliches Geschick unter Beweis

stellen und das alte Haus ein wenig auf Vordermann bringen, bevor er es verkaufte? Das konnte ja schließlich nicht schaden. Lucas hatte sogar schon eine Art Plan. Zuerst wollte er sich das obere Zimmer unter der Dachschräge vornehmen, das auf die Terrasse hinausging. Dort wollte er in Zukunft schlafen. Mit offener Tür und Blick auf den Waldrand.

Lucas trank seinen Saft aus und spülte das Glas ab. In der kleinen Werkstatt im Anbau hatte er ein paar brauchbare Werkzeuge gefunden und Wilma Singers alte Wachstuchdecken hatte er auch noch nicht weggeworfen. Er schaffte alles nach oben und begann, an der Wand zur Veranda den restlichen Putz abzuklopfen. Der war so mürbe, dass er ihm in großen Stücken entgegenkam. Als die Ziegel freilagen, konnte er sie vorsichtig aus den Fachwerkfeldern herausnehmen.

Die Arbeit war nicht schwer, denn auch der Putz zwischen den Ziegeln war uralt und bröselig. Draußen, auf der Terrasse mit dem morschen Holzgeländer, klopfte Lucas die Steine sauber und stapelte sie ordentlich auf einen Haufen.

Die körperliche Arbeit tat ihm gut und lenkte ihn davon ab, zu viel nachzudenken. Dabei merkte er kaum, wie die Zeit verging. Auch im Gefängnis hatte er die Zeit vergessen, wenn er in der Tischlerei arbeiten konnte. Der Duft des Holzes war für ihn der Duft der Freiheit und eines selbstbestimmten Lebens. Kanada war sein Traum, der ihn davor bewahrte, verrückt zu werden.

Am schlimmsten war es in den letzten beiden Monaten seiner Haft gewesen, die hatte er in diesem nagelneuen Jugendgefängnis abgesessen, nachdem die alte JSA geschlossen worden war. In dem neuen, modernen Gefängniskomplex hatte es noch überall nach Farbe gerochen, und er hatte beinahe den ganzen Tag in seiner Zelle hocken müssen, allein mit sich und seiner Wut darüber, dass er so kurz vor dem Ende seiner Strafe noch einmal eingefahren war, obwohl er dieses Kapitel längst abgehakt hatte.

Diese letzten beiden Monate hinter Gittern hatte er Juscha Zadok zu verdanken. Doch sein Zorn auf sie war längst verraucht. Sie war nur ein kleines, egoistisches Mädchen, das geglaubt hatte, ihn zu lieben.

Als die Dämmerung hereinbrach, stand Lucas mit einem Käsebrot und einem kühlen Bier auf der Terrasse und begutachtete zufrieden sein Werk. Er hatte das gesamte Balkengerüst freigelegt und den Raum sauber gemacht. Doch in seinem Arbeitseifer hatte er nicht daran gedacht, dass ein ordentlicher Regenguss von der falschen Seite ihn in arge Schwierigkeiten bringen konnte.

Aber ein kritischer Blick in den Himmel beruhigte ihn. Kein Wölkchen war zu sehen, zumindest in dieser Nacht würde es nicht regnen. Gleich morgen früh wollte Lucas zum Baumarkt fahren, eine Abdeckplane und noch ein paar andere Dinge kaufen, die er für sein Vorhaben brauchte.

Ein verhaltenes Krächzen aus Richtung Blautanne holte ihn aus seinen Gedanken. Der Rabe saß kaum fünf Meter von ihm entfernt auf einem wippenden Ast und beobachtete ihn mit schief gelegtem Kopf.

»He, was glotzt du so?«, fragte Lucas und biss in sein Brot. »Das ist mein wohlverdientes Abendessen.«

»*Alo*«, schnarrte der Rabe mit tiefer Stimme. »*Alo.*«

»Munin?« Lucas verschluckte sich und hustete. Konnte es wirklich sein, dass Wilmas zahmer Vogel noch lebte? Raben konnten sehr alt werden, in Gefangenschaft sogar so alt wie ein Mensch. Aber Wilma hatte Munin freigelassen, als er groß genug war, um sich selbst zu versorgen. Lucas hatte oft mit dem Raben gespielt, hatte ihm ein paar einfache Worte wie »Hallo« und ihrer beider

Namen beigebracht. Der sprechende Rabe war das Einzige gewesen, um das Tristan ihn jemals beneidet hatte. Bis es zur Katastrophe gekommen war.

Der Rabe spreizte seine Flügel und stieß mehrmals hintereinander laute Schreie aus. Lucas hielt die Luft an, als der Vogel seine kräftigen Schwingen ausbreitete und auf ihn zuflog. Die Spannweite betrug fast einen Meter. Wenn es wirklich Munin war, dann war auch er gewachsen.

Reflexartig duckte Lucas sich, doch der Rabe umkreiste ihn einmal und landete dann auf dem morschen Geländer der Veranda. Dort trippelte er vor Lucas aufgeregt hin und her und bedachte ihn mit einem sanften Geschwätz aus rollenden und knarrenden Lauten.

Lucas erinnerte sich an einen kleinen Trick, den er Wilma Singers Raben beigebracht hatte. Er brach einen Brocken vom Käsebrot ab und legte ihn auf seine flache Hand. Dann streckte er die Hand aus und zeigte den Leckerbissen dem Raben. Der große Vogel starrte begehrlich auf das Brot, traute sich aber nicht. Lucas formte seine Hand zu einem Trichter, in dem das Brotstück nun steckte, unsichtbar für den Raben.

Der Vogel trippelte zur ausgestreckten Hand und wieder ein Stück zurück. Das wiederholte sich einige Male.

»Bist du das wirklich, Munin?«

Der Rabe schien eine Entscheidung gefällt zu haben. Blitzschnell schob er seinen Schnabel in den Trichter und holte sich das Brotstück. Er flog zurück in den Baum und verzehrte seine Beute. Als er fertig war, kam er auf das Geländer zurück, legte den Kopf schief und schnarrte: »*Udik, Udik. Alo, alo.*«

Kein Zweifel, er war es. Munin. Der Vogel hatte sich an den alten Trick erinnert, mit dem er ihn als Kind gefüttert hatte.

»Hallo, mein Freund, du bist es tatsächlich«, sagte Lucas völlig überwältigt, »und du hast mich wiedererkannt. Ich bin's, Ludwig. Aber das darfst du niemandem verraten, sonst bin ich erledigt. Für die Leute hier bin ich Lucas, ein Fremder. Das ist ganz einfach, Munin. Sprich mir nach: Lu-cas.«

»*Udik*«, krächzte der Rabe und machte einen Satz auf Lucas' Schulter. Er schnäbelte ihm durchs staubige Haar, putzte hingebungsvoll das Gefieder seines wiedergefundenen Spielgefährten.

»*Kom er*«, krächzte Munin in Lucas' Ohr.

Unwillkürlich musste Lucas lächeln. Auf einmal war er nicht mehr allein. Ein Rabe war besser als gar kein Gefährte. Munin war jemand, mit dem er ein Stück Vergangenheit teilte. Jemand, mit dem er reden konnte und der das, was er erfuhr, für sich behalten würde.

Noch eine ganze Weile widmete sich Lucas dem Spiel des Raben, bis Munin von seiner Gefährtin gerufen wurde und davonflog. Erst jetzt spürte Lucas, wie erschöpft er war. Er wollte sich nur noch den Dreck vom Körper spülen und ins Bett.

In Wilma Singers Bad mit den erbsengrünen Fliesen gab es keine Dusche, nur eine alte Badewanne mit Rostflecken, die wie getrocknetes Blut aussahen. Das warme Wasser kam von einem Elektroboiler. Lucas fürchtete nicht nur offene Gewässer, er hasste auch Badewannen. Das letzte Vollbad hatte er mit dreizehn genommen, und wenn er nur daran dachte, bekam er heute noch Panik.

Er entledigte sich seiner Arbeitsklamotten, holte tief Luft und hockte sich in die leere Wanne. Er drehte die Wasserhähne auf, mischte Kalt und Warm so lange, bis das Wasser eine angenehme Temperatur hatte, und hielt sich die Brause über den Kopf. Schnell seifte er sich von oben bis unten mit Duschbad ein, doch als er den Schaum von seinem Körper spülen wollte, passierte es: Der brüchige Plastikschlauch riss und Wasser sprudelte daraus hervor wie eine Fontäne.

Fluchend drückte Lucas den Hebel nach unten. Die Fontäne verebbte, das Wasser schoss jetzt aus dem Wasserhahn. Eine Weile sah er zu, wie die lehmbraunen, schaumigen Rinnsale im Abfluss verschwanden. *Einfach nur den Stöpsel in den Abfluss stecken*, dachte er. *Tu es, dir wird nichts passieren. Es wird nie wieder passieren.*

Doch er konnte es nicht.

Den Stöpsel in der Hand saß Lucas wie gelähmt in der Wanne. Manche Dinge, die vergehen nicht. Im Gegenteil, sie werden immer schlimmer. Was er auch anstellte, dieser Teil der Vergangenheit gab nicht auf.

Schließlich wurde das Wasser kalt und Lucas begann zu frieren. Er nahm sich zusammen, steckte den Kopf unter den Wasserhahn, und mit einigen Verrenkungen und einem Waschlappen schaffte er es, sich Schaum und Lehm vom Körper zu spülen.

Gleich morgen würde er eine neue Badewannenarmatur kaufen. Und Farbe, um die Wände zu streichen. Vielleicht fand sich auch eine einfache und billige Lösung für den Boden im Wohnzimmer, auf dem uraltes rotbraunes Linoleum lag.

In T-Shirt und Boxershorts setzte Lucas sich auf sein Couchbett im Wohnzimmer, zog den Laptop unter dem Kopfkissen hervor und öffnete ihn auf seinem Schoß. Zadok hatte ihm das Ding geschenkt, als er seinen Gesellenbrief in der Tasche hatte.

Seine Ausbildung zum Tischler hatte Lucas nach der zehnten Klasse begonnen und ein paar Monate später abgebrochen. In der JSA konnte er sie fortsetzen, und später, im offenen Vollzug im Jugendheim Auerbach, hatte er seinen Abschluss als Geselle gemacht.

Arndt Zadok hatte dafür gesorgt, dass er es nicht vermasselte. Ohne den Sozialarbeiter wäre er jetzt vermutlich nicht hier, wäre vielleicht endgültig zu diesem Monster mit dem schwarzen Loch in der Brust mutiert, das seit dem Tod seiner Mutter immer wieder seine Zähne und Klauen gezeigt hatte.

Jeder braucht jemanden, der an ihn glaubt. Für Lucas waren das im entscheidenden Moment zwei Menschen gewesen: das Mädchen Luna im Kinderheim und Arndt Zadok im Gefängnis. Auch wenn der Sozialarbeiter ihn am Ende enttäuscht hatte.

Vor neun Tagen war Lucas aus der nagelneuen JSA bei Arnstadt entlassen worden. Die Zeit, bevor er nach Moorstein gefahren war, hatte er bei Zadok und seiner Familie im Jugendheim Auerbach verbracht. Diesmal als Gast und nicht als Insasse. Zadok hatte ihm den gebrauchten Toyota Pick-up besorgt und ihm bei dem ganzen Papierkram geholfen, der noch erledigt werden musste, bevor er in ein eigenständiges Leben aufbrechen konnte.

Und er hatte ihm eine Menge Ratschläge mit auf den Weg gegeben: Unterlass den Knastjargon. Sprich ordentlich. Geh einer geregelten Arbeit nach. Lass dich nicht wieder mit den falschen Leuten ein. Kümmere dich um deine eigenen Angelegenheiten. *Keine schiefe Bahn mehr, Ludwig.*

Juscha war nicht in Auerbach gewesen in dieser Zeit. Klar. Lucas wischte den Gedanken an Zadoks Tochter weg und öffnete den Browser. Er checkte sein Mailpostfach. Schluckte trocken. *Juhu@gmx.de.* Eine Nachricht von Juscha.

Hi Ludwig. Wie ich höre, bist du jetzt Hausbesitzer. Ich hoffe, dir haben die letzten Wochen im Nobelknast nicht geschadet. Wie bekommt dir der Duft der Freiheit?
Juscha

Wie war sie an seine Mailadresse gekommen? Cleveres Mädchen. Nur dass er auch mit diesem Kapitel endgültig abgeschlossen hatte.

Er löschte die Mail und schloss seinen Mail-Account. Zadoks erboste Stimme saß ihm noch im Ohr: *»Lass die Finger von meiner Tochter, Ludwig, sonst kann ich nicht mehr dein Freund sein.«*

Ja, klar. Monatelang dieselbe Tour: *Ich bin dein Freund, Ludwig. Ich glaube an dich, Ludwig. Du schaffst es, Ludwig. Ich bin für dich da, Ludwig.* Aber wenn es um seine hübsche Tochter, sein eigen Fleisch und Blut, ging, da hörte die Freundschaft auf. Für die kostbare Juscha war Ludwig Castorf, der Ex-Knacki, dann doch nicht gut genug.

»Wenn du mal selbst Vater bist«, hatte Zadok gesagt, »wirst du mich vielleicht verstehen.«

Ich werde nie Vater sein, dachte Lucas. Ganz bestimmt werde ich kein Kind in diese Welt setzen. Wer sagte, dass die Kindheit die schönste Zeit des Lebens ist, der log gewaltig.

Er öffnete Google und gab den Namen *Peter Hellstern* und *Moorstein* in die Suchmaske ein. Er fand ein paar Firmeneinträge zur *Hellstern-Bau GmbH*. Einen Zeitungsartikel, aus dem hervorging, dass Hellsterns Firma den Auftrag für das neue Einkaufszentrum an der Poststraße bekommen hatte. Peter Hellstern und Moorsteins Bürgermeister Lammert schüttelten sich auf dem Foto die Hände und grinsten in die Kamera. Das Haupt des Schwarzen Peter war grau geworden, aber er sah immer noch schlank und dynamisch aus und auch sein breites Erfolgslächeln hatte sich nicht verändert. Es erinnerte an ein Haifischgrinsen. Peter Hellstern schien den Tod seiner kleinen Tochter gut verwunden zu haben.

Renate Hellstern engagierte sich in einem Verein für behinderte Kinder, mehr fand er nicht über Tristans Mutter.

Lucas gab Tristans Namen in die Suchmaske ein. Normalerweise war das Netz eine grandiose Fundgrube, wenn man Dinge über jemanden herausfinden wollte, doch er fand nur drei dürftige Einträge, die er schon kannte. Zwei vom Saale-Gymnasium – offensichtlich hatte Tristan sein zeichnerisches Talent weiter vervollkommnet und einige Anerkennung dafür geerntet. Und einen Eintrag von einem Bogenschützenverein in Saalfeld, dem er einmal angehört hatte. Tristan hatte einen zweiten Platz bei einem Recurvebogen-Wettkampf gewonnen.

Keinen Facebook-Account, kein *Twitter* & Co. Tristan blieb offenbar lieber im Verborgenen, deshalb hatte Lucas bisher auch noch nichts Nennenswertes über ihn in Erfahrung gebracht. Doch Moorstein war verdammt klein, und jetzt, wo er wieder hier war, hielt er es für klug, ein wenig über Tristans Leben und das seiner Eltern herauszufinden, aus dem einfachen Grund, damit er ihnen nicht unerwartet in die Quere kam.

Niemand in der Stadt wusste, wer er war. Niemand würde ihn erkennen, auch die nicht, die ihn damals gekannt hatten. Und daran sollte sich auch nichts ändern, solange er hier war.

Als er die Website des Gymnasiums verlassen wollte, fiel sein Blick auf den Link: *Unsere Gastschüler*. Er klickte auf den Button und eine Fotogalerie öffnete sich. Lucas erkannte Mila sofort wieder. Er machte einen Doppelklick auf ihr Bild und vergrößerte es. Sie hieß mit vollem Namen Jamila Danko und war eine Gastschülerin aus dem tschechischen Cheb. Mila war in der elften Klasse, also mindestens sechzehn oder vielleicht sogar schon siebzehn. Und er hatte sie auf höchstens fünfzehn geschätzt, mit ihren kleinen Brüsten und den schmalen Hüften.

Und wenn sie schon achtzehn wäre ...? *Denk nicht mal dran!* Die Fischtänzerin ging aufs Gymnasium und hatte vermutlich hochfliegende Pläne. Erst Studium und dann: Anwältin, Ärztin, Psychologin oder dergleichen. Er brauchte eine, die anpacken konnte, gut kochen und die sich für seine Kanadapläne begeistern lassen würde.

Lucas legte den Laptop zur Seite und streckte sich auf der mit Bettzeug bezogenen Couch aus, weil er merkte, wie ihn die Müdigkeit übermannte. Er spürte jeden Knochen, aber es war ein angenehmes Gefühl, so von körperlicher Arbeit ermattet zu sein. Nur wenige Minuten lag er mit geschlossenen Augen da, als der Schlaf ihn in seine dunklen Tiefen zog.

Für eine Weile schwebte Lucas in schützender Dunkelheit, doch als die Träume kamen, war er den Bildern, die sein Hirn in heillosem Durcheinander losschickte, hilflos ausgeliefert.

Wie immer war es eine Reise von der Gegenwart in die Vergangenheit. Die Augenblicke seines Lebens blitzten wie im Scheinwerferlicht auf und verschwanden wieder: das Klicken von Handschellen und seine nach Farbe riechende Einzelzelle. Sein neunzehnter Geburtstag im Bett der kleinen Hure mit den wissenden Händen und den großen Brüsten. Juscha und ihre unschuldigen Küsse. Die finsteren Mauern des alten Jugendgefängnisses und seine Schreie. Luna und ihr warmer Schoß. Blaulicht von Krankenwagen und Polizei. Das brennende Haus seiner Pflegeeltern. Wieland Rotauge und die blitzsaubere Badewanne mit den dunkelroten Blutstropfen. Das Kinderheim. Bilder über Bilder, unterlegt von schneller Musik. Dissonanzen, die in seinen Ohren schmerzten, schneller und immer schneller.

Plötzlich verstummte die Musik mit einem letzten Kreischen, das Kaleidoskop von Bildern verschwand und vor ihm lag der schimmernde Schiefersee. Da war sie: *Anna*. Mit dem Gesicht nach unten schwamm sie im himmelblauen Wasser, ihr rotes Kleid entfaltete sich an der Oberfläche wie eine große Mohnblüte. Eben hatte sie noch am Ufer mit ihrer Puppe gespielt, und er hatte direkt neben ihr gesessen, die Fernsteuerung seines neuen Bootes in den Händen.

Ein schwarzer Vogel mit ungeheurer Spannweite stieß vom Himmel herab und setzte sich auf Lucas' Schulter.

Erinnere dich.

Ich will mich nicht erinnern.

Versuch es.

Sie ist tot.

In Lucas braute sich ein Schrei zusammen, doch etwas verstopfte ihm die Kehle, und heraus kam nur ein gequältes Wimmern. In den Tiefen seines Unterbewusstseins war ihm klar, dass es ein Traum war, doch er konnte sich nicht daraus befreien. Wie jedes Mal sprang er ins Wasser und schwamm auf Anna zu. Aber sein Körper spielte verrückt, seine Lungen verkrampften sich, er schluckte Wasser, hustete.

Ich ertrinke, dachte Lucas und ruderte wild mit den Armen. Er heulte und strampelte, versuchte, nicht unterzugehen, versuchte, die Kleine zu erreichen, alles ungeschehen zu machen. Doch er ahnte, dass es zu spät war. Ahnte, dass von nun an alles noch einmal ganz anders werden würde.

Und das wurde es.

Kerzengerade und mit jagendem Herzen saß Lucas in seinem zerwühlten Bett, rang keuchend nach Atem und wusste im ersten Augenblick nicht, wo er sich befand. Er wiegte sich vor und zurück, bis er wieder einigermaßen im Hier und Jetzt angekommen war.

Verdammt, verdammt, verdammt. Wurde er das niemals los? Würde es immer so sein, solange er lebte?

Er schluckte trocken, das Herz schlug dumpf gegen seine Brust. Es war ein Irrtum, zu glauben, dass er die Dinge im Griff hatte.

In Moorstein lauerte die Vergangenheit hinter jeder Mauer, jeder Hecke, wie ein wildes Tier, bereit, sich auf ihn zu stürzen und ihn fertigzumachen.

Das hatte Zadok gemeint, als er sagte: »Vergiss das Haus, geh dort nicht wieder hin.«

Mit beiden Händen fuhr Lucas durch sein verschwitztes Haar. Haut und Haare waren so feucht, als wäre er tatsächlich im Wasser gewesen. Welcher Teufel hatte ihn nur geritten, zu diesem Albtraum-See zu fahren und damit alles wieder heraufzubeschwören? Es fühlte sich an, als ob eine Wunde aufgerissen worden war, und nun blutete es.

Lucas setzte sich auf die Couchkante und knipste die Lampe auf dem kleinen Tisch an, von der er den Lampenschirm entfernt hatte. Das grelle Licht der 100-Watt-Birne blendete ihn und er schloss stöhnend die Augen. Schließlich öffnete er sie wieder und warf einen Blick auf den Wecker. Es war fast elf, er hatte nicht mal eine Stunde geschlafen.

Er stand auf, zog das verschwitzte T-Shirt aus und holte sich ein frisches aus der Kommode. Er musste waschen. Oder sich ein paar neue Klamotten kaufen. Ganz normales Leben, das hatten Zadok und seine Frau ihm schließlich beigebracht.

Noch benommen von seinem Albtraum, tappte er zum offenen Fenster und nahm einen tiefen Atemzug. Die frische Nachtluft löste die Beklemmung in seiner Brust und nach einer Weile konnte er wieder normal atmen.

Lucas machte dreißig Liegestütze, danach ging er in die Küche, um ein Glas Kirschsaft zu trinken.

Vielleicht sollte er eine Runde durch die schlafende Stadt laufen, das Grab seiner Mutter besuchen und versuchen, sich den Dämonen der Vergangenheit zu stellen.

6

»Vielleicht hat ja jemand das Haus gekauft«, sagte Jassi kauend. Sie lümmelten auf der Couch im Wohnzimmer, aßen Pizza und tranken eisgekühlten Hugo dazu, der angenehm auf der Zunge prickelte. »Die alte Frau, die darin gewohnt hat, haben alle nur Raben-Wilma genannt, weil sie einen zahmen Raben hatte, der sogar sprechen konnte.«

Mila sagte nichts. Den Gedanken, einen sprechenden Raben als Haustier zu halten, fand sie ziemlich gruselig.

Jassi zuckte die Achseln. »Die Alte war uns Kindern echt unheimlich, und wir haben uns oft einen Spaß daraus gemacht, sie zu ärgern. Wir dachten, sie wäre eine Hexe. Vielleicht war sie ein bisschen verrückt, aber ansonsten natürlich vollkommen harmlos. Dann ist sie in einem Winter vor ihrer Haustür ausgerutscht und hat sich den Schenkelhals gebrochen. Sie kam ins Pflegeheim, das ist jetzt, glaube ich, ein oder zwei Jahre her.«

»Aber ich bin sicher, ich habe jemanden im Haus gesehen. Außerdem standen die Fenster offen. Hatte die Frau Kinder?«

»Sie hatte eine Tochter, aber die war voll verrückt. Ich kann ja mal meine Oma fragen, die weiß so was.«

Jassi ging in die Küche und kam mit zwei Glasschalen Mousse au Chocolat zurück. Sie setzte sich neben Mila, hielt die Fernbedienung in Richtung DVD-Player und drückte auf *Play*. »Und jetzt ist *movie time*, Süße.«

Mila nahm einen großen Löffel von der Mousse und stöhnte genüsslich. Ihre Freundin wusste, wie wild sie auf Süßes war, deshalb nannte sie sie auch so.
»Kannst du denn überhaupt etwas erkennen auf dem Bildschirm?«
Der Fernseher im Wohnzimmer war riesig, deshalb trafen sie sich auch immer bei Jassi zum DVD-Abend.
»Und ob.« Jassi knuffte Mila in die Seite und sie kicherten. In zwei Wochen war es so weit, Jasmin würde eine Brille bekommen. Sie hatte sich heute zusammen mit ihrer Mutter ein superschickes Gestell ausgesucht. Meergrün.
Während sie Mousse au Chocolat löffelten, Hugo schlürften und die neuste, französische Version von *Die Schöne und das Biest* schauten, wurde Mila bewusst, wie sehr sie diese Abende mit ihrer Freundin vermisste. Sie hatten das lange nicht mehr gemacht: kitschige Filme anschauen, Pizza essen und hemmungslos über die Dummheit der Jungs lachen.
Trotzdem musste sie dauernd an Tristan denken. Was er wohl jetzt gerade machte? Er hatte ihr am Nachmittag eine SMS geschickt. *Sind gut angekommen, noch nichts gefangen, hdl, Tris*
Machen Movie-Abend bei Jassi. Hdal, Mila, hatte sie zurückgeschrieben. Seitdem nichts mehr. Die beiden Jungs waren im Angelfieber.
Die leeren Pizzaschachteln lagen auf dem Boden, der Film – er war bildgewaltig, hoffnungslos romantisch, aber auch ziemlich brutal – neigte sich dem Ende. Jassi schien ein wenig enttäuscht zu sein, aber Mila war noch völlig versunken in der märchenhaften Welt des Films. Verstohlen wischte sie eine Träne weg und musste aufpassen, dass sie nicht schluchzte, denn Jassi hätte sie gnadenlos aufgezogen mit ihrem Hang zum Kitsch.

»Und, wie fandest du ihn?« Der Abspann lief und Jassi schob sich eine Handvoll Chips in den Mund.

»Was? Wen?«

»Na, den Film natürlich.«

»Zu wenig Herz«, bemängelte Mila. »Ich konnte Belle einfach nicht glauben, dass sie das Monster wirklich liebt.«

»O Mann, Mila – es ist ein *Märchenfilm*. Und ich habe ihn extra für dich ausgesucht, weil du auf so was stehst. Für meinen Geschmack ist der Film viel zu gefühlsduselig, aber Vincent Cassel als Monster ist megasexy. Findest du nicht?«

Womit sie unweigerlich beim Thema *Jungen* und *Sex* angelangt waren. Vincent Cassel war allerdings kein Junge, sondern ein alter Mann. Mila fand durchaus, dass er ein passabler Schauspieler war. Aber *sexy* ...?

»Jaja, schon gut.« Jassi seuzte. »Du findest natürlich einzig und allein deinen Tristan sexy.«

»Er ist mein Freund«, entgegnete Mila, »natürlich finde ich ihn ausziehend.«

Jassi prustete los. »Es heißt *an*ziehend. Wobei ›ausziehend‹ eigentlich das passendere Wort ist. Aber nur weil du Tris anziehend findest, musst du doch nicht die Augen verschließen vor dem Rest der Welt.«

»Mach ich gar nicht. Ich sie nur verschließe vor dem Rest der Männerwelt.«

»Wie du meinst.« Jassi verdrehte die Augen, das tat sie ziemlich oft, eigentlich bei jeder Gelegenheit. »Aber dir ist schon klar, dass du nicht die Einzige bist in Moorstein, die deinen Freund sexy findet.«

Das war Mila durchaus klar. Die Mädchen am Gymnasium überschlugen sich förmlich, Tristan zu gefallen und ihm Liebesdienste zu erweisen. Bisher hatte sie das erfolgreich ignoriert – genauso wie Tristan. Sie hob die Schultern.

»Nervt dich das nicht, wie diese Tussis Tris anschmachten? Hast du bemerkt, dass sogar die Fuchs ihm schöne Augen macht?«

Aurora Fuchs war ihre sehr junge und sehr hübsche Deutsch-Referendarin und Tristan trieb gern seine Späße mit ihr im Unterricht. Zugegeben, manchmal schlugen seine Witze in anzügliche Bemerkungen um, die Mila die Röte ins Gesicht trieben und die sie – im Gegensatz zum Rest der Klasse – nur mäßig lustig fand. Aber die angehende Lehrerin war schlagfertig und hielt sich tapfer. Meistens gelang es Aurora Fuchs, die Lacher am Ende auf ihre Seite zu bringen.

Das Fach Deutsch war Tristans Schwachstelle. Er konnte zwar gut reden, aber das Formulieren von Texten fiel ihm schwer und Literatur war ganz und gar nicht sein Ding. Literatur hatte mit Gefühlen zu tun und über Gefühle sprach er nicht gern.

»Es stört mich nicht«, log Mila. »Tris hat zu mir gesagt, ich bin wichtigster Mensch in seinem Leben. Mit den anderen treibt er nur seine Scherze, da ist nichts hinterher.«

»Dahinter«, berichtigte Jassi sie. »Na ja, solange du dir da sicher sein kannst.«

War sie sich sicher? »Wie meinst du denn das?«

»Na ja, Tris sieht unheimlich gut aus, er ist witzig und beliebt, aber er ist auch ...« Jassi hob die Schultern bis zum Kinn. »Ach, keine Ahnung.«

»Was, Jassi?«

»Ich habe das Gefühl, Tris ist nicht immer ganz aufrichtig.«

Mila runzelte die Stirn. Seit wann hatte Jassi dieses Gefühl und warum hatte sie ihr nie etwas davon gesagt?

»Ich weiß nicht, wie ich es am besten ausdrücken soll«, fuhr Jassi fort. »Er lässt sich eben nicht gerne in die Karten gucken.«

»Er lässt sich *was* nicht?« Mila war nun völlig verwirrt.

»Das sagt man halt so. Es bedeutet, jemand zeigt dir nicht, was er wirklich denkt und fühlt. Er ist undurchschaubar.«

Erleichtert atmete Mila aus. Undurchschaubar war etwas anderes als unaufrichtig, so viel wusste sie. »Ach so, jetzt verstehe ich, was du meinst. Aber glaub mir, Tris erzählt mir viel, er ist total offen, wenn wir zu zweit sind. Er muss ja nicht allen alles erzählen.«

»Nein«, erwiderte Jassi pikiert, »das muss er natürlich nicht. Jeder hat schließlich seine kleinen Geheimnisse.« Sie griff in die Chipstüte, legte den Kopf in den Nacken und sperrte den Mund auf, um eine neue Ladung einzuwerfen. »Was hat er dir eigentlich von seiner kleinen Schwester erzählt?«

Milas Augen wurden rund und groß.

»Ach du Scheiße, du wusstest gar nicht, dass er eine hatte.«

Schockiert schüttelte Mila den Kopf.

»Sie ist in Hellsterns Schiefersee ertrunken, als sie noch klein war. Ich glaube, sie hieß Anna.«

Das blonde Mädchen mit dem roten Kleid!, schoss es Mila durch den Kopf. Also kein Sauerstoffmangel, sondern ein waschechter Geist. Tristan hatte ihr gegenüber nie von einer Schwester gesprochen. Warum? War das noch undurchschaubar oder schon unaufrichtig?

»In *unserem* See?«

»Ja, dort, wo ihr fröhlich zu vögeln beliebt.«

In diesem Moment nervte es Mila, dass Jasmin so drauf war. Warum hatte sie ihr bloß davon erzählt? Sie hätte es besser für sich behalten sollen, aber Jassi hatte ständig nachgebohrt: »Habt ihr es endlich getan? Wie war es? Erzähl mir alles! Wie ist er so im Bett?«

Mila hatte nicht alles erzählt, aber einiges. Zu viel. Die alte Regel, solche Dinge für sich zu behalten, war eben doch zu etwas gut.

»Was ist denn passiert?«, fragte sie.

Jassi zuckte die Achseln, schien auf einmal zu bereuen, dass sie es überhaupt erwähnt hatte. »So genau weiß ich es auch nicht, ist ja schon viele Jahre her. Meine Oma hat mir mal davon erzählt. Ich glaube, Hellstern war mit Tristan, dessen Freund und Anna oben am See angeln. Die Kleine hat am Ufer gespielt und die Jungs sollten eine Weile auf sie aufpassen. Das haben sie offensichtlich nicht getan. Die Kleine ist ins Wasser gefallen und ertrunken. Hellstern konnte sie noch wiederbeleben, aber dann ist sie im Krankenhaus gestorben.«

»Das ist furchtbar traurig.«

»Ja, schlimme Sache. Tristans Mutter war danach nicht mehr dieselbe. Es war der Grund, warum sie anfing zu trinken. Ich dachte, das wüsstest du.«

Mila hörte nicht mehr richtig zu. Machte es Tristan denn gar nichts aus, dort oben am See, wo seine kleine Schwester ertrunken war, mit ihr zu schlafen?

Warum hat er es mir nicht erzählt?

Dass Tristan ihr nicht genug vertraute, schmerzte, aber konnte sie ihm wirklich böse sein?

Mila dachte dabei an den Brief mit dem tschechischen Poststempel, den Tilde aus Plauen mitgebracht hatte und der nun ungeöffnet in ihrem Zimmer auf dem Schreibtisch lag. Tristan war nicht der Einzige, der Geheimnisse hatte.

»Hast du Tristan als Kind gekannt?«, fragte Mila nach einer

Weile. Jassi und Tristan wohnten zwar auf verschiedenen Seiten der Stadt, aber Moorstein war klein und jeder kannte jeden.

»Nicht wirklich. Er ist auf eine andere Grundschule gegangen als ich. Aber als er dann aufs Gymi kam, war er wirklich furchtbar. Ständig hat er andere fertiggemacht, hat sich geprügelt, hat den Unterricht geschwänzt und seine Eltern mussten andauernd beim Direx antanzen. In der Siebten ist er dann sitzen geblieben.«

Mila nickte. »Ja, ich weiß.« Immerhin, wenigstens das wusste sie. Tristan hatte ihr erzählt, wie er noch vor ein paar Jahren drauf gewesen war und dass er eine Ehrenrunde gedreht hatte. Er war schon achtzehn, ein Jahr älter als alle anderen in ihrer Jahrgangsstufe. Und er hatte sich definitiv geändert.

»Wenn sein Papa nicht Peter Hellstern, Stadtratsmitglied und der große Gönner von Moorstein wäre, hätte die Schulleitung Tris damals mit Sicherheit gefeuert«, schob Jassi nach. »Aber er bekam seine Chance und voilà, aus dem Biest wurde ein schöner Prinz mit Manieren.«

Mila merkte, dass Jassi das Thema beenden wollte, doch das eben Gehörte ging ihr nicht aus dem Sinn. »Ich glaube, ich würde auch durchdrehen, wenn ich müsste mit ansehen, wie meine kleine Schwester ertrinkt.«

Jassi goss Mila den Rest Hugo ins Glas. »Ich glaube, seine Mutter hat ihn damals zu einem Seelenklempner geschleift, und der hat offensichtlich was von seinem Job verstanden. Zum Glück für dich. Prost!«

Sie stießen an und tranken. Futterten die restlichen Chips. Irgendwann standen auf einmal Jassis sechsjährige Zwillingsbrüder Franz und Otto in ihren Micky-Maus-Schlafanzügen in der Tür, jeder ein Plüschtier unter den Arm geklemmt.

»Unter meinem Bett ist ein Monster«, beschwerte sich Otto.

»Nein, jetzt ist es unter meinem Bett«, quengelte Franz.

Jassi stöhnte mit verdrehten Augen. Mila wusste, dass die beiden ihrer großen Schwester oft auf die Nerven gingen. Sie selbst wünschte, sie hätte Geschwister, und wenn sie noch so anstrengend waren. In ihrem Dorf war sie das einzige Kind gewesen, das keine Brüder und Schwestern hatte.

»Okay, ihr beiden«, sagte Mila und stand auf. »Dann komme ich jetzt mit euch und verjage das Monster.«

The monster diminishes in size if you let it know that you are not scared.

Die Zwillinge nickten unisono und fassten Mila an den Händen.

»Danke«, formten Jassis Lippen lautlos. Mila würde nicht nur das Monster vertreiben, sondern den beiden auch noch eine Geschichte erzählen. Dafür liebten Franz und Otto sie.

Zwanzig Minuten später schliefen die Jungen friedlich in ihren Betten und Mila schlich sich aus dem Kinderzimmer.

Jassi hatte aufgeräumt und die Spülmaschine angestellt. »Wie machst du das bloß?«, fragte sie. »Das grenzt schon fast an Zauberei. Ich kriege sie nie so schnell zum Einschlafen.«

»Keine Zauberei«, Mila lächelte, »nur die Magie der Geschichten. Meine Großmutter hat mir immer welche erzählt, wenn ich nicht einschlafen konnte. Von Drachen, Jungfrauen, Wassergeistern und dem Teufel.«

Jassi riss die Augen auf. »Du erzählst Franz und Otto Geschichten vom Teufel und von Jungfrauen?«

Mila lachte. »Ja«, sagte sie, »aber in einer harmlosen Mila-Version.« Sie sah auf die Küchenuhr. »Es ist spät, ich sollte mich auf den Heimweg machen.« Sie war zu Fuß gekommen, musste den kaputten Reifen erst noch flicken.

»Ich hole dir nur noch schnell das Tagebuch von Kafka, das du ausborgen wolltest.«

Sie behandelten gerade Kafkas *Verwandlung* in Deutsch, und Mila, die Kafka aufgrund seines Namens bisher gemieden hatte, wollte nach der Lektüre nun doch etwas mehr über den Dichter erfahren. Jassi holte das Buch aus ihrem Zimmer und brachte Mila zur Tür. »Das war ein schöner Abend. Sollten wir wieder öfter machen.«

»Stimmt.« Mila lächelte. »Das machen wir auch, gesprochen.« Für Tristan begann nächste Woche der theoretische Unterricht für die Autofahrprüfung, dadurch würde sie mehr Zeit mit Jassi verbringen können.

»*Ver*sprochen.« Jassi grinste.

Mila umarmte ihre Freundin und lief los. Auf dem Heimweg schaute sie nach, ob Tristan ihr geschrieben hatte, aber es war keine neue Nachricht auf ihrem Handy eingegangen.

Als sie den Bürgersteig oberhalb des Parks entlanglief, kreuzte eine Katze Milas Weg und sie spreizte die Daumen gegen das Tier, eine unwillkürliche Geste, um Unglück von sich abzuwenden. Eine schwarze Katze konnte die Seele eines Verstorbenen sein, der in seinem Leben viel Böses getan hatte und deshalb sieben Jahre lang nicht ins Totenreich einkehren durfte. Ein Todesbote.

Kaum war die Katze im Park verschwunden, musste Mila über ihre Reaktion lachen. Wer bin ich, fragte sie sich, wenn ich solche Dinge tue? Wer bin ich, wenn ich mit Tristan schlafe? Wer bin ich, wenn ich Wissen in mich hineinstopfe? Zwischen all den alten Tabus und meinen Wunschträumen – *wer bin ich?*

Lucas schob die Hände in die Taschen seines schwarzen Kapuzenshirts und starrte hinauf zum Haus der Hellsterns. Tristans

Zimmer war dunkel, aber im Wohnzimmer brannte Licht und er sah Renate Hellstern am großen Fenster stehen und in die Nacht hinausblicken.

Üppiger Fliederduft stieg ihm in die Nase – oder war der bloß in seinem Hirn? Er erinnerte sich an ihre Umarmung: Renate, die ihn tröstend an ihre Brust drückte. Ihr Fliederduft, der ihn halb betäubt hatte, aber nicht seinen Schmerz, der so glühend war, dass er innerlich verbrannte, jeden Tag aufs Neue.

Ein paar Monate später: Renates von Kummer und Unglauben verzerrtes Gesicht, die tiefe, unheilbare Trauer in ihren Augen, ihre Verlorenheit und ihre letzten Worte: »Geh mir aus den Augen, Ludwig. Du bist ein Monster und ich will dich hier nie wieder sehen.«

Die Bilder flogen durch seinen Kopf, der Fliederduft wirkte wie ein Trigger. Ätzender Magensaft schoss Lucas in die Kehle und brannte in seinem Mund. Er stützte sich mit einer Hand am Stamm ab und übergab sich, hustete und würgte. Seine Knie zitterten, als er sich wieder aufrichtete. Er musste fort von hier, weg von diesem Haus, dessen Anblick längst Weggesperrtes wieder in Erinnerung brachte.

Plötzlich hörte er hinter sich ein Geräusch und machte instinktiv eine halbe Drehung, als ihn etwas hart an der Schulter traf. Er stieß einen überraschten Laut aus und ging automatisch in Angriffsstellung.

»Der Teufel soll dich holen!«, schimpfte jemand wild drauflos. »Glaub bloß nicht, dass du mir kannst Angst machen!«

Etwas Helles schleuderte auf ihn zu, und reflexartig versuchte Lucas, dem Geschoss auszuweichen. Doch er war nicht schnell genug. Es erwischte mit voller Wucht seine Nase und der Schmerz schoss ihm wie ein Messer ins Hirn.

»Au, verdammt ... was soll das?«, schrie er und griff zu, ehe das Ding noch einmal zum Einsatz kommen konnte. Lucas erwischte die langen Henkel eines Stoffbeutels und zog ihn samt Angreifer so blitzschnell zu sich heran, dass die Antwort auf seine Frage nur ein verblüffter Laut war. Rasend vor Schmerz und Wut, wollte Lucas den Beutelschleuderer in den Schwitzkasten nehmen und ihm sämtliche Knochen brechen, als er merkte, wen er vor sich hatte.

»Mila!«, zischte er und stieß sie unsanft von sich. »Du hast sie ja nicht mehr alle.« Er schob sich die Kapuze vom Kopf, damit sie sehen konnte, wen sie vor sich hatte. Mit dem Handrücken wischte er sich über Nase und Lippen. Er blutete – mal wieder. Was, verdammt noch mal, schleppte sie da in ihrem Beutel mit sich herum? Einen Ziegelstein?

»Wieso stehst du nachts vor meinem Haus?« Panik schrillte in Milas Stimme. »Spionierst du mir etwa nach, du ... du gesoffenes Arschloch.«

Noch völlig benommen vom Schmerz griff Lucas nach dem Saum seines Shirts, zog ihn hoch und versuchte, damit das Nasenbluten zu stoppen. Lass dir jetzt bloß schnell was einfallen, dachte er, sonst kennt dich morgen jeder als der Spanner von Moorstein.

»Ich bin nicht betrunken«, nuschelte er. »Und das hier ist eine öffentliche Straße, oder etwa nicht?«

»Du machst mir Angst«, sagte Mila, schon etwas weniger laut.

»*Ich* mache dir Angst? Du hast mich heute schon zum zweiten Mal massakriert. Was hast du da eigentlich in deinem Beutel?«, fragte er. »Einen Ziegelstein, mit dem du harmlosen Passanten die Nase einschlagen kannst, wenn ihre Nase dir nicht passt?«

»Passanten?«

»Fußgänger, *normale* Leute.«

Mila zögerte einen Moment, dann lächelte sie. Sie zog das dicke Buch aus ihrer Tasche und hielt es hoch.

»Was ist das?«

»Kafka. Sein Tagebuch.«

Er stöhnte ungläubig. Ein Buch! Dass Bücher gefährlich waren, wusste er schon lange. »Ich spioniere dir nicht nach. Ich schwöre, bis vor drei Minuten hatte ich keine Ahnung, dass du hier wohnst. Vor deinem Tauchgang heute Nachmittag wusste ich nicht einmal, dass es dich überhaupt gibt.«

»Was machst du dann hier?«

»Ich war auf dem Turm ...« Er machte mit dem Kopf eine Geste in Richtung alter Wehrturm, der von Scheinwerfern angestrahlt auf einem Hügel über der Stadt thronte.

»Du hast ...« Sie wies auf die Reste seines Abendessens am Boden und verzog das Gesicht. »Du bist ge... betrunken.«

»Nein, bin ich nicht. Hab mir den Magen verdorben, das ist alles.« Wie kam er bloß dazu, sich vor ihr zu rechtfertigen? War er wirklich so verdammt einsam? Milas Gegenwart machte ihn seltsam wehrlos.

Sie griff in ihren Beutel und zog eine Packung Tempos hervor. »Da«, sagte sie.

Lucas zog ein Taschentuch aus der Packung, drückte es unter seine Nase und legte den Kopf in den Nacken.

»Wohnst du in der Stadt?«, fragte sie. »Ich habe dich hier noch nie gesehen.« Kein Wort der Entschuldigung oder etwas in der Art.

»Bin vor ein paar Tagen erst hergezogen.«

Mila sagte nichts, aber Lucas sah aus dem Augenwinkel, dass sie ihn inzwischen mitleidig musterte. *Sehr gut.*

Lucas stand unter Strom. Fühlte sich, als würde er ungeschützt in einem Gewitter stehen und um ihn herum schlugen Blitze in den Boden. Erst der Besuch auf dem Friedhof, dann die Erinnerungen und nun Mila. Er hatte ein wildes Hämmern in den Schläfen, seine Nase pochte und seine Hoden pochten auch. Doch er konnte nur eines denken: Mila war noch nicht davongelaufen.

Er beschloss, seinen Mitleidsbonus auszunutzen, denn mehr Kapital besaß er im Augenblick nicht. »Wo kommst du denn so spät noch her mit Kafka?«

»Von meiner Freundin.«

Sie war sechzehn, vielleicht sogar schon siebzehn, und Lucas hatte so lange keinen Sex mehr gehabt, dass er nicht mehr wusste, wie es ging. Mila war bisher das einzige weibliche Wesen in Moorstein, mit dem er ein paar mehrsilbige Worte gewechselt hatte. »Vielleicht ...«, setzte er an. Er wollte sie vögeln. Hoffte, dass er dazu in der Lage sein würde. Spürte eine Regung. Brauchte eine Zauberformel.

Da sagte Mila: »Ich bin sehr müde. Hör einfach auf, vor meinem Haus herumzustehen.«

Sie drehte sich um und ging. Lucas blickte ihr nach, bis sie im Haus verschwunden war. Nach einer Weile erhellte ein schwacher Lichtschimmer einen Raum im ersten Stockwerk und Milas Gestalt erschien am Fenster.

Lucas versteckte sich nicht. Er stand einfach nur da, hielt das blutige Taschentuch in der Hand und sah zu ihr hinauf.

Mila registrierte gar nicht, dass Lucas immer noch dort unten stand. Sie hielt den ungeöffneten Brief in Händen, er war von ihrer Mutter. Tilde hatte ihn aus Plauen mitgebracht, er war an den Verein adressiert, für den ihre Freundin Viola arbeitete. Das war eine Vorsichtsmaßnahme, denn wenn Cavka ihre Mutter unter Druck setzte, dann bestand die Gefahr, dass sie Milas Aufenthaltsort preisgab.

Mila legte den Brief zurück auf den Tisch. Was darin stand, interessierte sie nicht. Ihre Mutter hatte sie im Stich gelassen, und das nicht nur einmal. Rima Danko dachte zuallererst immer an sich selbst, eine unverzeihliche Eigenschaft für eine Mutter. Mila musste stark sein, denn ihre Mutter war schwach. Schwach und deshalb gefährlich.

7

Sonntag, 11. Mai Am nächsten Nachmittag bekam Mila eine SMS von Tristan und ihr Herz machte einen freudigen Satz.

Kannst du zu mir kommen? Sterbe vor Sehnsucht. Tris

Endlich! Ab und zu kam es vor, dass Tristan sein Handy ausstellte und sich ewig nicht meldete, bis er dann auf einmal ganz unvermutet und zu den seltsamsten Zeiten anrief, um ihr zu sagen, wie sehr er sie vermisste und dass sie sofort zu ihm kommen müsse, sonst würde er auf der Stelle sterben vor Sehnsucht.

Das war unheimlich süß.

Mila trat durch die kleine Gartenpforte, stieg den Hügel hinauf und fand Tristan im Garten, wie er mit seinem Bogen Pfeile auf eine rund zehn Meter entfernte Zielscheibe abschoss.

In seiner schwarzen Kleidung und der konzentrierten Haltung sah er aus wie ein mystischer Krieger. Er zog den Pfeil in Brusthöhe und brachte ihn auf die Reise. Der Pfeil sirrte los und traf das Kreuz in der Mitte der Scheibe.

Mila klatschte. Tristan liebte das Bogenschießen, weil es eine Balance war aus Technik, Kraft und Konzentration. Gefühle mussten ausgeblendet werden, sonst verfehlte der Pfeil sein Ziel.

»Hey«, sagte er, legte den Bogen ab und sie setzten sich auf die Bank am kleinen Goldfischteich.

Tristan umgab eine Wolke seines Duschgels *Black XS,* seine

Küsse schmeckten nach Sehnsucht, und sie war froh, ihn wiederzuhaben.

»Na, wie war das Abenteuerwochenende?«

»Ziemlich cool. Hannes hat einen kapitalen Hecht gefangen, der war fast einen Meter groß.« Er zückte sein Smartphone und zeigte ihr ein Foto von Hannes, der einen riesigen Fisch auf den Händen hielt. »Und was hast du die ganze Zeit so getrieben?«

»Kafka gelesen, gelernt, mit Jassi DVD geschaut. Aber die meiste Zeit ich habe dich vermisst.«

»Ich dich auch, Mila. Ich hätte mit dir wegfahren sollen. Hannes schnarcht und furzt im Schlaf, es war grauenhaft.«

Mila lachte. Das geschah ihm recht.

Als Tristans Mutter nach ihm rief, waren sie mitten in einem Kuss und sie zuckte zusammen. Mila begegnete seinen Eltern nicht gern, spürte jedes Mal ihre prüfenden Blicke, ihre Vorbehalte gegen sie, als ob sie etwas wüssten.

Sie hatte sich extra für Tristan umgezogen und trug einen knielangen schwarzen Jerseyrock, darüber ein goldbraunes Top mit Wasserfallkragen, das Tristan ihr gekauft hatte. Um ihren Hals die Kette mit dem Türkisanhänger.

»Na komm.« Tristan stand auf und reichte ihr seine Hand. »Sie fahren gleich nach Gera in ein Konzert, dann haben wir das ganze Haus für uns allein.«

Sie gingen über die große Terrasse mit den italienischen Terrakottafliesen ins Haus. Tristans Eltern standen aufbruchbereit in der Diele. Sein Vater im schwarzen Anzug und Renate Hellstern im knöchellangen dunkelvioletten Kleid. Ihre blond gefärbten Haare hatte sie straff nach hinten gekämmt und zu einem kunstvollen Knoten gesteckt. Der Duft ihres Parfüms lag in der Luft. Es war ein kühler Duft, Jasmin und Bergamotte.

»Wir fahren jetzt.« Tristans Mutter taxierte Mila von oben bis unten und blieb an ihren Sandalen hängen. Geflochtene Riemchen und auf dem Schaft drei von Schmucksteinen eingefasste Emailletaler mit Schmetterlingen. Die Sandalen hatten bloß 15 Euro gekostet, das war wirklich billig. »Ein richtiges *Schnäppchen*«, hatte Jassi gesagt. Die Farbe des Leders passte gut zum goldbraunen Top.

»Einen schönen Abend euch beiden.« Peter Hellstern zwinkerte ihnen mit einem anzüglichen Lächeln zu. Mila spürte, wie ihr das Blut ins Gesicht stieg.

Erst als die Tür ins Schloss fiel, merkte Mila, dass sie die Luft angehalten hatte. »Deine Mutter sah sehr schön aus.«

Tristan machte eine wegwerfende Handbewegung. »Sie hat mindestens eine Stunde vor dem Spiegel gebraucht, um so auszusehen.« Er zog Mila an sich heran und strich mit dem Daumen zärtlich über ihre Wange. »Nicht so wie du, meine Schöne. An dir ist alles echt.«

Mila schmiegte sich an ihn.

»Komm!« Tristan nahm ihre Hand und zog sie zur Treppe und nach oben. Im Obergeschoss des Hauses war Mila noch nie gewesen. Dort war das Reich seiner Eltern, es war tabu, solange sie im Haus waren. Mila war neugierig, dennoch sträubte sie sich, als Tristan sie ins Zimmer seiner Mutter lotste.

Es war ein überraschend gemütlich eingerichteter Raum, mit gelben Wänden und Stoffen in Rot und Orange. Die Einrichtung bestand aus einem großen Bett, einem Sessel und einem überdimensionalen großen Kleiderschrank.

»Schlafen deine Eltern getrennt?«, fragte Mila

»Ja, schon seit zehn Jahren.«

Tristan schob Mila vor den goldgerahmten Spiegel über dem Schminktisch, vor dem Renate Hellstern eben noch gesessen hatte.

»Siehst du, alles nur Fassade. Ich verrate dir ein Geheimnis, schöne Mila: Das alles braucht meine Mutter, um ihre jahrelange Flucht in den Alkohol zu kaschieren. Ohne ihr Make-up sieht sie aus wie fünfundfünfzig, obwohl sie erst einundvierzig ist.«

Nach Tristans Worten fühlte Mila sich noch mehr wie ein Eindringling. »Wir sollten nicht hier sein«, flüsterte sie. »Was ist, wenn sie etwas vergessen haben und zurückkommen?«

»Ach Unsinn.«

Milas Blick schweifte über die Cremetiegel und Flakons. Sie griff nach einem kleinen, schlichten Parfümflakon mit dickem Glasboden. *Bottega Veneta.* Setzte an, sich den Hals damit zu besprühen, als Tristan ihr den Flakon aus der Hand riss. »Tu das lieber nicht.«

Erschrocken versteifte sich Mila. Was hatte er denn auf einmal?

Tristan beförderte den Flakon mit einem Knall auf den Schminktisch zurück. Dann stellte er sich hinter sie, ließ seine Hände unter ihr Top gleiten und schob sie langsam und zärtlich nach oben, bis seine Finger ihre Brüste umfassten.

»Ich könnte es nicht ertragen, wenn du wie meine Mutter riechst«, flüsterte er mit einem Blick in den Spiegel in ihr Ohr. »Verstehst du das?«

Ja, das konnte sie gut verstehen. Mila schloss die Augen, denn Tristans Zärtlichkeiten im Spiegel zu sehen, machte sie verlegen. Könnte sie doch offener sein, freier.

Als sie die Augen wieder öffnete, blieb ihr Blick an einem Foto haften, das neben dem Spiegel hing. Tristan im Alter von sieben oder acht, zusammen mit einem kleinen blonden Mädchen. Das musste seine Schwester Anna sein. Sie sahen beide aus wie Engel auf diesem gestellten Foto, das aus einem Fotostudio stammte. Wobei Anna inzwischen einer war. Ein Engel. Oder ein Geist.

»Wer ist dieses Mädchen?« Sie deutete auf das Foto.

Tristans Hände fielen von ihren Brüsten und der fließende Stoff des Tops verhüllte ihren Körper.

»Meine Schwester Anna«, antwortete er tonlos. Sein Blick im Spiegel wurde schwarz und leer.

»Du hast eine Schwester?« Mila hoffte, dass auch genügend Überraschung in ihrer Stimme lag.

»Ich hatte. Sie ist ertrunken, als ich acht war.« Seine Stimme bebte. »Ich vermisse sie.«

»Das ist ja furchtbar, Tris.« Mila drehte sich um und schlang die Arme um seinen Hals.

Tristan hatte plötzlich Tränen in den Augen. »Furchtbar, ja, das war es. Und obwohl es so lange her ist, fällt es mir immer noch schwer, über meine kleine Schwester zu reden.«

Das war ihm deutlich anzusehen. »Das musst du auch nicht«, sagte sie voller Mitgefühl. »Du kannst mir von ihr erzählen, wenn du so weit bist.« Mila küsste Tristan, küsste seine Tränen fort.

Endlich begriff sie, woher dieser leere Blick manchmal kam, seine Verlorenheit, die er mit witzigen Sprüchen zu kaschieren versuchte, und sein Hunger nach Liebe.

Als Tristan erneut nach ihrer Hand griff, um sie aus dem Zimmer seiner Mutter nach unten in seines zu führen, folgte sie ihm, ohne zu zögern.

Während Tristan sie küsste, streifte er ihr den Rock ab, und er glitt an ihren Beinen zu Boden. Er zog ihr das Top über den Kopf und Mila kam sich vor wie eine Raupe, die sich entpuppt. Hervor kam ein schöner Schmetterling. Tristan war ein Magier. Konnte zaubern, mit seinem Körper, seinen Händen.

Kein Flüstern und Bitten diesmal. Tristans Mund auf ihrem,

sein Körper, der in sie hineindrängte, das erstaunte Schimmern in seinen braunen Augen, als es so weit war. Er suchte nach etwas und sie konnte es ihm geben. Das war ein schönes Gefühl.

Später, sie lag neben ihm auf dem Bauch, zeichnete Tristan mit sanftem Druck Muster auf ihren Rücken. Erst nach einer Weile merkte sie, dass es Buchstaben waren. DU BIST MEIN malte sein Finger. Milas Haut brannte, obwohl er die Worte ganz sacht auf ihre Haut schrieb.

Wenn er wüsste ... Aber er wusste nicht.

»Für immer«, versicherte sie ihm.

»Über den Tod hinaus?«

Mila drehte sich lächelnd zu ihm um. »Vielleicht wird aus mir ja ein Geist, wenn ich tot bin, und du fürchtest dich dann vor mir.«

»Hast du denn schon mal einen Toten gesehen?« Tristan hatte den Kopf auf seinen linken Arm gestützt und musterte sie fragend. Seine Gedanken an die tote Schwester hatte sie also nicht vertreiben können.

»Nein«, log Mila, denn die Wahrheit würde nur weitere Fragen nach sich ziehen. Ihre Baba war in einer eiskalten Nacht auf dem Toilettenhäuschen erfroren. Eine kleine Gestalt, zusammengekrümmt von der Kälte, dieses Bild würde sie ein Leben lang verfolgen, genauso, wie Tristan das Bild seiner toten Schwester verfolgte.

»Meine Mutter, sie ...« In seinen Augen glomm ein dunkles Feuer, als er weitersprach, »sie mochte Anna lieber als mich. Als sie damals ins Krankenhaus kam und erfuhr, dass Anna tot war, da konnte sie mich nicht umarmen. Sie starrte mich nur an und ich erkannte in ihren Augen, dass das falsche Kind gestorben war.«

Bei seinen Worten schnürte es Mila die Kehle zusammen. »Ich liebe dich, Tris.« Ihre Finger strichen sanft über seine Wange. »Wenn dir etwas zustoßen würde, ich könnte es nicht ertragen.«

Tristan rollte sich halb auf sie. »Du könntest es nicht ertragen? Was heißt das, Mila?«

»Ich weiß nicht, ich ...«, sie suchte nach Worten, »der Gedanke macht mir Angst.«

»Du weißt es nicht? Aber ich weiß es.« Er lächelte. »Du könntest nicht ertragen, dass ein anderer dich berührt, nicht wahr? Das ist es doch, was du sagen willst. Du hast Angst, allein bleiben zu müssen.«

Tristan hatte recht. Vor dem Alleinsein fürchtete sie sich. Davor, dass niemand sie so berührte, wie er es tat. »Warum sagst du so etwas?«

»Du sollst nur wissen, wie sehr ich dich liebe.«

»Das weiß ich doch. Ich liebe dich auch, Tris.« *Mehr, als du dir vorstellen kannst.* Sie lächelte.

»Na, dann ist es ja gut.« Tristan küsste sie sanft in den Nacken und flüsterte: »Ich könnte es nämlich auch nicht ertragen, wenn ein anderer dich berührt.«

Mila spürte, wie ihr die Hitze ins Gesicht stieg. Sie dachte an ein anderes, lebenslanges Versprechen, das sie gebrochen hatte. An die Schande, die sie über ihre Familie gebracht hatte. Und für einen kurzen Moment ahnte sie, dass es nicht gut ausgehen würde für sie und Tristan, weil sie gar nicht mit ihm zusammen sein durfte. Doch dann verscheuchte sie die finsteren Gedanken und kuschelte sich an ihn.

Wenn Mila je darüber nachgedacht hatte, Tristan von Lucas und dem Vorfall am See zu erzählen, jetzt war das keine Option mehr. Nach dem, was er gerade gesagt hatte, schien es ihr vernünftig, ihr Erlebnis für sich zu behalten. Tristan war eifersüchtig, und sie ahnte, welche bösartigen Dämonen Eifersucht heraufbeschwören konnte.

Am Samstag hatte Lucas zwei Ladungen Schutt zum Wertstoffhof gefahren und dem Baumarkt einen teuren Besuch abgestattet. Zu Hause hatte er als Erstes die Brause im Badezimmer ausgewechselt und sich danach dem freigelegten Fachwerk im Obergeschoss gewidmet. Mit einer Drahtbürste hatte er die Balken so lange bearbeitet, bis die Maserung wieder zu sehen war. Am Sonntagvormittag versiegelte er sie mit wetterfester Holzlasur und nahm sich dann den Anbau vor, den er sich als Werkstatt herrichten wollte.

Versteckt hinter alten Sperrholzplatten, entdeckte Lucas beim Aufräumen eine stattliche Anzahl großer Glasscheiben, die offensichtlich für das Gewächshaus gedacht waren. Doch er brauchte kein Gewächshaus. Als Fensterscheiben für die elf freigelegten Fachwerkfelder jedoch waren die Scheiben bestens geeignet. Er musste sie nur noch vom Glaser zuschneiden lassen.

Offensichtlich hatte Wilma Singer vorgehabt, das Gewächshaus reparieren zu lassen, doch aus irgendeinem Grund war es nicht dazu gekommen. Er hatte gründliche Arbeit geleistet, damals, vor zehn Jahren. Keine Scheibe war heil geblieben, als er seine Zerstörungswut am Garten der alten Frau ausgelassen hatte. Schloss Lucas die Augen, konnte er das Klirren der Scheiben hören, sein tierisches Gebrüll. Nein. Stopp! Nicht jetzt. Er war noch nicht bereit, die Erinnerungen zuzulassen. Sie kamen ihm viel zu schnell.

Den restlichen Sonntag verbrachte er damit, die Wohnzimmerwände sonnengelb zu streichen und helles Vinyllaminat zu verlegen. Eiche weiß, Landhausdiele – wer keine Ahnung von Holz hatte, der sah es kaum. Lucas war kein Fan von diesem Holzimitat, aber es war eine schnelle und preiswerte Lösung für das kleine Wohnzimmer, das mit dem hellen Fußboden und den gelben Wänden gleich viel freundlicher und größer wirkte. Nachdem er die letzte Diele eingepasst hatte, streckte er sich ächzend auf dem neuen Fußboden aus. Die Arme ausgebreitet, starrte Lucas an die gelbe Decke. Er hatte das Gefühl, keinen einzigen Muskel mehr bewegen zu können.

Das ganze Wochenende hatte er wie ein Irrer geschuftet und keine Gedanken oder Gefühle zugelassen. Er hatte sich vollständig auf das konzentriert, was er tat, was seine Hände bewerkstelligten. Und es war ihm gut gegangen dabei. *Arbeit als Therapie* – einer von Zadoks beliebtesten Aussprüchen. Es schien etwas dran zu sein.

Eine halbe Stunde später stand Lucas frisch geduscht und in sauberen Sachen auf seiner Terrasse. Es war kurz vor neun, die Sonne versank hinter den dunklen Wipfeln des Waldes. Er blickte hinab in den verwilderten Garten, wo aus dem hüfthohen Unkraut zwei Baumstümpfe ragten.

Seit Lucas wieder in Moorstein war, bedurfte es bloß eines Geruches oder eines Bildes – wie das der beiden Baumstümpfe – und sein Gedächtnis stieß Türen zur Vergangenheit auf. Er sah sich, wie er mit der Säge die beiden jungen Obstbäume kappte. Das war richtig schweißtreibende Arbeit für einen Neunjährigen gewesen, aber seine Wut und sein Schmerz hatten ihm ungeahnte Kräfte verliehen.

Getrieben von wildem Hass, hatte er anschließend Kohlrabi, Möhren und Salat aus den Beeten gezerrt und hoch auf die Terrasse geschleudert. Doch das hatte ihm noch nicht gereicht. Bewaffnet mit einem großen Stock, hatte er auf Wilma Singers Beerensträucher und die Blumen eingedroschen und zuletzt auf die Scheiben des Gewächshauses. Erst das klirrende Bersten der Scheiben hatte ihm Befriedigung verschafft.

»Hexe, Hexe, Hexe!«, hatte er Wilma angeschrien, als die alte Frau mit ihren schweren Taschen vom Supermarkt kam, vor Entsetzen stumm über die Verwüstung in ihrem geliebten Garten. Lucas war weggerannt. Er hatte damit gerechnet, dass Wilma bei den Hellsterns vor der Tür stehen und Schadenersatz fordern oder ihn zumindest zur Schnecke machen würde, doch das hatte sie nie getan. Seit jenem Tag hatte er sich nie wieder bei ihrem Haus blicken lassen. Nun gehörte es ihm. Ironie des Schicksals.

»Hallo, ist da jemand?«

Die helle Frauenstimme riss Lucas aus dem Strudel seiner Erinnerungen. Er glaubte, seinen Augen nicht zu trauen, denn was da in seinem Garten stand, musste eine Erscheinung sein: jung, wunderschön, mit kupferroten langen Locken und einem kurzen Sommerkleid, das ihren Kurven schmeichelte. Die junge Frau hielt einen Karton in den Händen und sah zu ihm herauf.

»Entschuldigung, aber ich habe geklingelt, und als niemand aufmachte, dachte ich, an diesem schönen Abend finde ich vielleicht jemanden im Garten. Bist du Ludwig Castorf?«

Lucas zuckte zusammen, als die Rothaarige ihn mit seinem richtigen Namen ansprach. Er hatte keinen blassen Schimmer, wer sie war, und alles in ihm ging in Abwehrstellung. »Wer sind Sie und was wollen Sie von mir?«

»Aurora Fuchs. Ich arbeite hin und wieder ehrenamtlich im Altenheim und habe dort auch Wilma Singer betreut, bis sie starb. Sie hat mir viel von dir erzählt und mich gebeten, dir das zu bringen, wenn du eingezogen bist.«

Lucas schluckte. Wilma war also sicher gewesen, dass er sein Erbe annehmen würde. Er wollte den Karton nicht, dessen Inhalt mit Sicherheit noch mehr unliebsame Erinnerungen in ihm wecken würde. Aber diese Aurora war sehr hübsch und das Abendlicht setzte ihr Haar in Flammen. Von hier oben hatte er einen ziemlich perfekten Blick auf den Ansatz ihrer runden Brüste und sie war unter Garantie volljährig.

»Einen Moment. Ich komme runter.«

Hastig zog er ein T-Shirt über und rannte nach unten, um die Hintertür zu öffnen, vor der sie stand. Lucas nahm ihr den Karton ab. »Komm doch rein. Das Haus ist gerade eine Baustelle, aber in der Küche kann man sitzen.«

Aurora sah ihm offen ins Gesicht und lächelte. Hellblaue Augen, umrandet von einem dunklen Ring. Sommersprossen auf Stirn und Nase, volle Lippen und ein Duft nach Sommerwiese. Wie bekam man so einen rothaarigen Engel ins Bett? Und was hatte die alte Singer ihr über ihn erzählt?

Auroras Blick blieb an seiner Nase hängen, die sich nach dem Zusammenstoß mit Kafkas Tagebuch grünlich blau verfärbt hatte. »Das ist sehr nett, aber ich muss zurück nach Hause, ich erwarte Besuch. Ich habe vorhin den Wagen in deiner Einfahrt gesehen, also dachte ich, ich bringe dir den Karton schnell vorbei.«

»Okay, dann – danke.« *Mist, verdammter.* Vermutlich hatte Wilma ihr die ganze Geschichte erzählt und seine Nase hatte ihr bestätigt, dass er noch derselbe war. Jemand, zu dem man sich besser nicht in die Küche setzte. Insgeheim verfluchte er Mila und Kafkas Tagebuch.

»Keine Ursache«, sagte sie höflich. »Wilma war eine liebe alte Frau und ich habe sie sehr gemocht.« Sie machte kehrt und verschwand aus seinem Garten.

Lucas brachte den Karton in Wilma Singers ehemaliges Schlafzimmer und stellte ihn dort ab. Hineinzusehen, dafür war auch später noch Zeit. Für heute hatte er genug von Erinnerungen.

8 **Montag, 12. Mai** Vor der Schultreppe hatte sich eine Traube um Boris Koslow gebildet. Gestenreich schilderte er, wie er am Samstagmorgen ein Lamm seiner Großeltern tot und von Raben angefressen auf der Weide gefunden hatte. »Mann, war das vielleicht ein gruseliger Anblick, wie die beiden Viecher mit ihren großen Schnäbeln auf den Kadaver eingehackt haben.« Boris schüttelte theatralisch den Kopf, endlich stand er einmal im Mittelpunkt des Interesses.

»Zwei Raben?«, fragte Mila.

»Ja, riesige Vögel.«

Tristan klopfte Boris auf die Schulter. »Na, dann muss dein Opa wohl zum Luftgewehr greifen und die Todesvögel abknallen. Weiß doch jeder, was für Schaden die hier in der Gegend schon angerichtet haben. Ich frag mich, warum das noch keiner getan hat.«

»Das habe ich ihm ja auch gesagt«, meinte Boris mit rotem Kopf. »Aber er meinte, er könne gewaltigen Ärger bekommen.«

»Stimmt«, mischte Jassi sich ein, »Kolkraben stehen unter Schutz. Außerdem ist ziemlich unwahrscheinlich, dass sie das Lamm getötet haben.«

»Woher willst du denn das wissen?«, fuhr Tristan sie an. »Warst du vielleicht dabei?«

»War ich nicht, aber du auch nicht. Mein Großonkel ist Schäfer, und er hat mir erzählt, dass Raben keine gesunden Tiere töten, höchstens geschwächte oder kranke.«

»Hansi war aber nicht krank«, warf Boris ein.

»Hansi?« Mila und Jassi prusteten los.

»Asja hat den Schafen Namen gegeben. Hansi war ihr Liebling.«

Tristan zuckte mit den Achseln. »Tja, vermutlich wird es bald weitere Rabenopfer geben, wenn dein Opa so ein Weichei ist und nicht zur Flinte greifen will«, sagte er zu Boris und machte sich mit Hannes auf den Weg ins Schulgebäude.

»Vielleicht ist ja mein Opa ein Weichei«, sagte Boris zu den anderen. »Aber ich bin es nicht. Ich werde die Viecher schon kriegen.«

In der ersten Stunde hatten sie Deutsch bei Aurora Fuchs, der jungen Referendarin. Sie trug ein hübsches blaues Kleid mit kleinen gelben Rosen, und Mila fand, dass es gut zu ihren roten Haaren passte. Sie sah wunderschön aus darin.

Aurora Fuchs war damit beschäftigt, etwas an die Tafel zu schreiben, und dabei reckte sie sich so sehr, dass ihre straffen Oberschenkel sichtbar wurden. Mila wandte den Blick schräg zur Seite und sah, wie Finn und Daniel, die in der ersten Bankreihe saßen, beinahe die Augen aus dem Kopf fielen.

In diesem Moment wandte die junge Lehrerin sich um, bemerkte die Blicke ihrer Schüler und wurde rot. »Was denkt ihr, wie ... wie könnte Kafka das gemeint haben?«

In großen Buchstaben stand der Satz *Das Gute ist in gewissem Sinne trostlos* an der Tafel. Mila jagte jedes Mal ein Schauer über den Rücken, wenn Aurora Fuchs den Namen des Dichters aussprach. Kafka, das klang genauso wie *Cavka* und sie wollte nicht mehr an dieses miese Dreckauge erinnert werden. Deshalb hatte sie bisher auch noch nichts von Kafka gelesen.

»Dass sich dem Bösen auch gute Seiten abgewinnen lassen«, mutmaßte Finn.

»Dass das Gute manchmal einfach nur langweilig ist und das Böse faszinierend«, bemerkte Tristan.

Es bedurfte der Vermittlung der Schlange. Das Böse kann den Menschen verführen, aber nicht Mensch werden, schrieb Aurora Fuchs als Nächstes an die Tafel. »Auch von Kafka«, sagte sie und rieb sich die Kreide von den Händen.

Henrike hob die Hand: »Kafka meint, der einzelne Mensch ist nicht böse, aber er handelt böse.«

Böse, dachte Mila. In ihrer Sprache gab es viele verschiedene Worte dafür. *Hojano:* böse und garstig. *Nafelo:* böse und falsch. *Geralo:* böse und niederträchtig. *Kalo:* schwarz und böse.

»Wo ist denn da der Unterschied?«, wollte Tristan wissen.

Mila meldete sich. »Vielleicht, dass niemand böse geboren wird ...« Sie fand, kein Mensch war von Geburt an böse. Aber wenn ein böser Dämon von einem Besitz ergriff, dann sah man ganz schön alt aus. Es war nämlich nicht so einfach, den wieder loszuwerden, und manchmal gelang es nie. Aber das sagte sie natürlich nicht.

»Du meinst also, jeder hat die Möglichkeit zu entscheiden, ob er Böses tut oder es lässt«, fragte die Referendarin.

Mila nickte. Nicken war das Einfachste.

»Sehr gut.« Aurora Fuchs warf ihr einen anerkennenden Blick zu, dann wandte sie sich an die Klasse. »Ihr alle kennt die Märchen, in denen das Gute siegt und das Böse vernichtet wird. Doch in Wahrheit sieht es meistens anders aus. Es siegt das Böse und das Gute unterliegt. Ihr hattet für heute auf, Kafkas Märchen *Die Verwandlung* zu lesen.«

Kollektives Stöhnen aus der ganzen Klasse. Mila hatte das kleine Büchlein verschlungen und sich ziemlich gegruselt dabei. *Märchen* war eine sehr harmlose Beschreibung für die Geschichte. Kafkas Tagebücher, den dicken Wälzer, hatte sie zur Hälfte durch, und auch wenn seine Ergüsse interessant waren: Sie konnte den Mann oft nicht verstehen, am wenigsten seine Sehnsucht nach dem Alleinsein, das er brauchte, um schreiben zu können.

»Gregor Samsas Schwester steht zwar für ihn ein«, sagte Aurora Fuchs, »aber im Gegensatz zu den klassischen Märchen, in denen der Bann gebrochen wird, bleibt Samsa ein Käfer und stirbt als ein Käfer. Was denkt ihr, was Kafkas Geschichte sonst noch so besonders macht?«

Nachdenkliches Schweigen, niemand meldete sich.

»Tristan?«, fragte Aurora.

Tristan schwieg. Mila und ein paar andere drehten sich zu ihm um. Seine dunklen Augen funkelten angriffslustig. »Hab das Buch nicht gelesen.«

»Und warum nicht?«

»Hatte Besseres zu tun.« Er grinste und warf Mila einen unverfrorenen Blick zu.

Sie wurde rot. Das war nicht fair – sie hatte ihn bestimmt nicht vom Lesen abgehalten. Schnell sagte sie: »Das Besondere ist Sicht von Käfer ... ich meine, Gregor Samsas Gedanken aus der Perspektive von Käfer. Es ist ja nur sein Körper verwandelt, aber er besitzt noch sein menschliches Bewusstsein.«

»Genau.« Aurora Fuchs schien sichtlich froh, dass wenigstens Mila darauf gekommen war.

»Was ist so besonders an einem dämlichen Käfer mit menschlichem Bewusstsein?«, fragte Tristan. Es schien ihm nicht zu passen, dass Mila sämtliche Antworten wusste und deshalb die volle Aufmerksamkeit der Referendarin hatte. Schon eine Weile spielte er mit seinem Smartphone herum. Auf einmal hielt er es hoch und schoss ein Foto von der jungen Lehrerin.

»Ups.« Er grinste. »Ich finde nämlich, dass Sie ein ganz toller Käfer sind, doch offensichtlich ohne menschliches Bewusstsein, sonst würden Sie uns nicht mit solchem langweiligen Scheiß quälen.«

Gekicher aus der Klasse. Aurora Fuchs lief rot an, Tristan hatte es mal wieder geschafft, sie zu provozieren. Mit drei schnellen Schritten war sie bei ihm und riss ihm das Smartphone aus der Hand.

»Hey, was soll denn das?«, rief er empört, aber immer noch grinsend. »Sie sind doch sonst nicht so eine Spaßbremse.«

Die Lehrerin drückte hektisch auf dem Smartphone herum und versuchte, das Foto zu löschen. Auf einmal wurde sie blass, hob den Kopf und starrte Tristan mit großen Augen an. Er streckte seine rechte Hand aus und winkte mit den Fingern. Sein Blick schien zu sagen: Komm, sei ein braves Mädchen, und gib mir das Ding wieder, bevor die Sache aus dem Ruder läuft.

Doch Aurora Fuchs stolperte zwei Schritte rückwärts. Sie griff nach ihrer Tasche, die auf dem Lehrertisch lag, bekam sie jedoch nicht richtig zu fassen. Tristans Smartphone und die Tasche fielen zu Boden. Eine Menge Kleinkram flog heraus und verteilte sich vor der Tafel am Boden. Aurora Fuchs verlor zunehmend die Kontrolle. Tristan sprang auf, um sein Handy aufzuheben, da machte sie einen Schritt zurück und es knirschte leise.

»Autsch«, sagte Hannes. Niemand lachte.

Am Boden kauernd, raffte Aurora Fuchs ihre Habseligkeiten

zusammen, presste die Tasche an ihre Brust und stürzte mit tränennassem Gesicht aus dem Klassenzimmer.

Ein Tumult brach los und alle redeten wild durcheinander. *Was war das denn für eine Nummer? Was ist denn in die gefahren? Hab ich irgendwas nicht mitbekommen? Hey, Leute, Deutsch ist für heute gelaufen.*

Jassi beugte sich mit gerunzelter Stirn zu Mila. »Das war ziemlich gemein von Tris.«

Mila suchte nach Tristans Blick, aber der war mit seinem Smartphone beschäftigt, das offensichtlich den Geist aufgegeben hatte. Mila hörte ihn fluchen. »Die Fuchs hat mein Handy auf dem Gewissen. Was glaubt die blöde Kuh eigentlich, wer sie ist?«

Manchmal hatte Mila das Gefühl, Tristan überhaupt nicht richtig zu kennen. Sein Charme, sein Mut, seine Großzügigkeit auf der einen Seite, auf der anderen seine Freude an beiläufigen Beleidigungen und dem Bloßstellen anderer. Es war so einfach gewesen, sich in ihn zu verlieben, doch ihn wirklich kennenzulernen, schien unendlich schwer. Wenn sie nur wüsste, was in seinem Kopf vorging.

Plötzlich stand Frau Steinbach, ihre Schulleiterin, im Unterrichtsraum. »Ruhe bitte!«, rief sie. »Setzt euch auf eure Plätze, und zwar ein bisschen dalli.«

Als alle saßen und die Direktorin fragend anstarrten, ging sie zu Tristan und streckte die Hand aus. »Ihr Smartphone, Tristan.«

»Was ist denn mit meinem Smartphone?«

»Geben Sie es mir. Sie wissen, dass Handys auf dem Schulgelände grundsätzlich nicht benutzt werden dürfen. Was Sie getan haben, ist ein Verstoß gegen die Schulordnung und wird Konsequenzen haben.«

Tristan ignorierte die Hand der Direktorin und legte das Smartphone vor sich auf den Tisch. »Viel Spaß damit. Es ist hinüber. Frau Fuchs hat es auf dem Gewissen. Sie hat mein Smartphone gekillt.«

Ein paar kicherten leise.

Die Direktorin nahm das Handy an sich und verließ ohne ein weiteres Wort das Klassenzimmer.

»Was soll das eigentlich?« Tristan drehte sich zum Klassenraum. »Musste die Fuchs gleich zur Direx rennen und ein Megadrama draus machen, bloß wegen einem Handy?«

Alle redeten laut durcheinander. Die meisten stellten sich auf Tristans Seite, aber Mila merkte, dass es auch ein paar in ihrer Klasse gab, die Tristan den Ärger gönnten. Das kam davon, wenn man den Bogen überspannte.

Gleich am Morgen hatte Lucas die Scheiben zum Glaser gebracht, damit der sie zuschneiden konnte. Er war noch mal im Baumarkt gewesen, um Schrauben und Holzlasur zu kaufen, und auf dem Heimweg fuhr er am Gymnasium vorbei.

Der ehemals grottenhässliche Plattenbau war irgendwann in den vergangenen zehn Jahren saniert und rot angestrichen worden. Auf den ehemaligen Pausenhof hatte man eine moderne Turnhalle gestellt. Vermutlich hatte sich Peter Hellstern, der große Gönner der Stadt, eine goldene Nase daran verdient.

Nur ein paar Schritte vom Schulgebäude entfernt, gleich neben dem Parkplatz, stand ein Backshop, eine Zweigstelle von Bäcker Gruner, der hier mit dem Taschengeld der Gymnasiasten ein gutes Geschäft machte. Aber jetzt war bald Mittagszeit und der Backshop wurde nicht nur von Schülern frequentiert. Draußen an den drei weißen Stehtischen standen Männer in Arbeitskluft, tranken Kaffee und aßen etwas.

Lucas parkte, holte sich ein Salamibaguette und einen Kaffee und stellte sich an den noch freien Stehtisch. Während er sein frühes Mittagessen vertilgte, beobachtete er die Schüler, die einzeln oder in kleinen plaudernden Gruppen vom Pausenhof zum Bäcker und wieder zurück pilgerten.

Selbst für Mitte Mai war es ein ungewöhnlich warmer Tag, die Sonne knallte vom strahlend blauen Himmel und die Mädchen in ihren Shorts und kurzen Röcken zeigten schockierend viel Haut, sogar die Kleinen, die höchstens in der sechsten Klasse sein konnten. Die meisten waren in Gespräche vertieft oder hatten den Kopf über ihr Handy gebeugt. Sie nahmen gar nicht wahr, wie sie von den gierigen Blicken der Männer verschlungen wurden.

Blonde Haare, braune, schwarze. Lange Mähnen, wippende Pferdeschwänze, wilde Lockenköpfe. Lucas hielt Ausschau nach Mila, konnte sie aber nirgendwo entdecken. Er hatte, was Mädchen anging, keinen Typ, den er bevorzugte. Entweder sie gefielen ihm oder sie ließen ihn kalt.

Die kleine Fischtänzerin ging ihm nicht aus dem Kopf.

»Waren es wirklich Raben, die das Lamm getötet haben?«, rief eine hübsche Blonde mit schriller Stimme. »Das ist ja voll gruselig. Ich habe die auch schon in unserem Garten gesehen.«

»Warum sollte Boris Märchen erzählen?«, fragte ein drahtiger Typ mit braunen Locken, der hinter Lucas' parkendem Pick-up hervorgekommen war.

»Sie haben dem Lämmchen die Augen ausgehackt«, bekräftigte der Dicke mit rundlichem Gesicht und Omabrille die Geschichte. »Ich habe es gesehen.«

»Das nächste Mal wartet eine Ladung Schrot auf sie, oder nicht, Bo?«, sagte ein Dritter. Komplett schwarze Klamotten, hochgewachsen und schmal, blondes langes Haar und ebenmäßige, beinahe mädchenhafte Gesichtszüge. Eine auffällige Erscheinung.

Unwillkürlich atmete Lucas so scharf ein, dass er sich beinahe an seinem Kaffee verschluckt hätte, und beugte sich tief über den Rest seines Käse-Salami-Baguettes. Das war *er*. Tristan. Obwohl Lucas ihn seit zehn Jahren nicht mehr gesehen hatte, wusste er ohne Zweifel, wen er vor sich hatte.

In Lucas' Ohren begann es zu pfeifen, sein Puls galoppierte, sein Herz schlug wild gegen die Rippen, und er merkte, wie ihm der Schweiß ausbrach. Obwohl helllichter Tag war, herrschte in seinem Kopf plötzlich Dunkelheit. Und dann, durch einen Riss in der dunklen Leere, tauchte eine bruchstückhafte Erinnerung vor seinem inneren Auge auf: Tristan, acht Jahre alt, wie er am Schiefersee von zwei Raben attackiert wurde.

Tristan schrie. Mit seinem Bogen schlug er nach den Vögeln, mit der freien Hand versuchte er, seinen Kopf vor den schwarzen Schnäbeln zu schützen. Und Lucas sah sich selbst, wie er mit einem Gefühl der Genugtuung zusah, ohne Tristan beizustehen. Ihm gefiel der Ausdruck in Tristans Gesicht, seine Unsicherheit, ob die Raben ihm ernsthaft wehtun konnten.

Dieses Bild war bisher noch nie in seinen Erinnerungen aufgetaucht. Ihm war heiß, doch die Hitze kam nicht von der Mittagssonne, sie kam aus ihm selbst, war wie ein inneres Feuer, das seinen Körper durchglühte. Seine Rechte drückte den Kaffeebecher zusammen und Kaffee rann ihm über die Faust.

»Alles klar mit dir?«, fragte plötzlich jemand dicht neben ihm.

Nein!, wollte Lucas schreien. *Ich muss jetzt sofort etwas zertreten, zerschlagen, zerquetschen. Also hau lieber ab.* Er öffnete die Augen einen Spalt. Es war der Dicke mit der Omabrille, der eine angebissene Streuselschnecke in der Hand hielt und dessen fleischige Lippen von Zuckerguss glänzten.

Von Tristan war nichts mehr zu sehen.

»Ist dir nicht gut?«, fragte der Dicke. »Brauchst du Hilfe?«

Schlag zu und er ist still, wisperte eine Stimme in Lucas' Kopf.

»Ich bin okay«, presste er stattdessen zwischen den Zähnen hervor. »Hab bloß Kopfschmerzen.«

»Migräne. Hat meine Mutter auch. Geh lieber aus der Sonne.« Der Dicke biss in seine Streuselschnecke und wollte sich vom Acker machen.

Aber Lucas hielt ihn mit einer Frage zurück: »Was war da eigentlich los mit dem toten Lamm und den Raben?«

Der Dicke schluckte und fuhr sich mit der Zunge über die Lippen. »Es gehörte meinem Opa. Die Raben haben an seinen Augen herumgepickt, es waren zwei riesige schwarze Viecher. Mann, das war echt gruselig, wie aus einem Horrorfilm.«

»Und wie heißt du?«, fragte Lucas. Das Zittern ließ nach. Es war wieder hell in seinem Kopf und das Glühen wurde zu einem dumpfen Puckern.

»Boris. Und du bist ...?«

»Lucas.« Seine Linke schnellte nach vorn und er packte den Jungen fest am Arm. »Jetzt hör mir mal gut zu, Boris. Sollte den beiden Raben was passieren, dann bist du dran. Kapiert?«

»Ja ... klar.« Boris starrte ihn ängstlich an. Als Lucas ihn losließ, beeilte er sich, den anderen hinterherzukommen.

Lucas warf den zerdrückten Kaffeebecher in den Mülleimer und sah Boris nach. Er erinnerte ihn an sich selbst, damals, als er ein pummeliger Siebenjähriger gewesen war und überglücklich, einen wie Tristan Hellstern zum Freund zu haben.

Er hätte Zadoks Rat beherzigen sollen, hätte das Erbe ausschlagen sollen und nie mehr nach Moorstein zurückkommen dürfen. Doch dafür war es nun, nachdem Tristan auf der Bildfläche erschienen war, zu spät. Sein Anblick hatte etwas in ihm wachgerufen. Etwas, das er weggesperrt hatte und von dem er glaubte, es tief in sich begraben zu haben: der Wunsch nach Rache. All die Jahre hatte das Monster dicht unter der Oberfläche geschlummert und nun kroch es aus seiner Höhle, diesem dunklen Loch in seinem Inneren, wollte zerstören, was seine Kindheit zerstört hatte.

Fluchend rieb Lucas sich die Hand an der Hose trocken und eilte zu seinem Auto.

Erst als er die Haustür hinter sich geschlossen hatte, kam Lucas richtig zu sich. In seinem Haus war er sicher vor alldem, was da draußen lauerte, sicher vor sich selbst und seinen Dämonen. In diesen vier Wänden konnte er die Regeln bestimmen, konnte ausprobieren, wer er sein wollte und wer nicht. Konnte das Monster in Schach halten.

Haus und Garten wurden immer mehr zu seinem Reich, zu einem richtigen Zuhause.

Lucas trank Wasser aus der Leitung und ließ den Strahl über sein Gesicht laufen. Er würde den Weg zurückgehen, das schwor er sich. Er würde zurückgehen und jenen Punkt aufspüren, wo vor zehn Jahren Lüge, Wahrheit und Schuld zu einem Klumpen verschmolzen waren und das Monster geboren wurde. Er würde die Vergangenheit besiegen, und wenn er in einem Jahr Moorstein in Richtung Kanada verließ, würde er frei sein.

Doch bis dahin brauchte er einen Job. Einen, bei dem er in Ruhe gelassen wurde. Du brauchst Struktur in deinem Leben, Junge, hatte Arndt Zadok zu ihm gesagt. Noch so ein Lieblingsspruch.

Struktur. Also gut, dachte er und ging in den Garten, um ein wenig Struktur in die Wildnis zu bringen, die das Haus umgab.

Im Anbau fand er eine rostige Sense und rückte damit dem hohen Gras und den Brennnesseln zu Leibe. Aber das Sensenblatt war stumpf, und auch, als er es geschärft hatte, lief es nicht viel besser. Es gab Dinge, die wollten gelernt sein.

Wilma Singer hatte nach seinem Kahlschlag in ihrem Garten neue Obstbäume pflanzen lassen und der Kirschbaum trug eine Menge Früchte. Kirschen direkt vom Baum, dieser Gedanke gefiel ihm. Es war ein Ausdruck von Freiheit.

Als er das erste von Natursteinen eingefasste Beet von Unkraut befreit hatte, merkte Lucas, dass er beobachtet wurde. Er hob den Kopf und sah Munin und seine Gefährtin, die er Hugina getauft hatte, auf den Zweigen der Blautanne sitzen. Raben waren unglaublich neugierige Vögel, und vermutlich versuchten die beiden zu ergründen, was er da Geheimnisvolles anstellte.

Lucas dachte an das tote Lamm, von dem dieser Boris erzählt hatte. Weil Raben Aas vertilgten, wurden sie oft verdächtigt, die Tiere, an denen sie fraßen, auch getötet zu haben. Doch das Lamm musste tot oder zumindest halb tot gewesen sein, bevor die beiden Experten sich darüber hergemacht hatten, denn Raben waren gar nicht in der Lage, ein gesundes und kräftiges Tier zu töten. Tolle Raben-PR war das trotzdem nicht, was der Dicke da überall herumerzählte.

Jahrhundertelang waren Raben von den Menschen nur wegen ihres Rufs als Todesboten, Galgenvögel und Unglücksraben vergiftet, abgeschossen und erschlagen worden. Heute standen sie zwar unter Schutz, ihren schlechten Ruf waren sie jedoch nicht losgeworden.

Lucas hoffte, dass Boris bloß versucht hatte, sich wichtigzumachen. Immerhin war Munin schon zwölf Jahre alt, er wusste, wie man gefährlichen Menschen aus dem Weg flog. Und Hugina war sehr scheu, sie traute keinem Zweibeiner, nicht einmal ihm. Trotzdem machte er sich Sorgen um die beiden.

Obwohl ein Rabenhirn nicht größer war als eine Walnuss, konnten die Vögel sich Gesichter über Jahre merken und einschätzen, ob jemand für sie gefährlich war oder nicht. Sie konnten die Absichten von anderen erraten und lernen, die eigenen zu verbergen. Lucas hatte gemerkt, dass Munin manchmal etwas vor seinen Augen versteckte, nur um herauszufinden, ob er Lucas trauen konnte.

Munin kam angeflogen, hockte sich vor Lucas mitten ins Beet und begann, mit seinem klobigen Schnabel Unkraut zu zupfen. Amüsiert beobachtete Lucas ihn eine Weile bei seinem wilden Tun. Schließlich hielt der Rabe inne, legte den Kopf schief und sah Lucas an, als würde er fragen: Soll ich hier etwa die ganze Arbeit alleine machen?

»Na, Kumpel«, Lucas lachte, »mit deiner großartigen Hilfe wird vielleicht noch ein richtiger Gärtner aus mir.«

Mit Sicherheit war Munin damals, als er Wilma Singers Garten geschrottet hatte, nicht in der Nähe gewesen, denn sonst hätte der Rabe ihm nie wieder über den Weg getraut. Er fragte sich, ob Munin tatsächlich an diesem Trick mit dem in der Hand versteckten Käsebrot erkannt hatte, wer er war, denn an sein Gesicht konnte er sich nicht erinnert haben. Lucas' Gesicht und Stimme hatten sich in den vergangenen zehn Jahren zu sehr verändert.

Munin schritt majestätisch über das Beet und schnalzte ihn an. »*Alo, alo, wrru, wruu.*« Er hielt etwas im Schnabel.

»Was hast du denn da gefunden? Zeig mal her!«

Es war ein erdverkrusteter Kinderring mit einem hellblauen

Glasstein. Lucas kniete in der Erde und rieb den Dreck von dem Ring. Er erkannte ihn. Seine Ma hatte ihn bei der Gartenarbeit verloren und nicht wiedergefunden. Sie war untröstlich gewesen, denn er hatte ihr den Ring zum Geburtstag geschenkt, als er sieben war. Und sie hatte ihn immer getragen.

Ein heißer Klumpen bildete sich in Lucas' Magen und stieg ihm in die Kehle. Seine Mutter fehlte ihm. Sie zu verlieren, hatte für ihn die totale Auslöschung bedeutet. Bis er gemerkt hatte, dass er noch existierte. Anders als mit ihr, aber er war noch da. Ein Neunjähriger voller Zorn und schwarzer Trauer.

Munin sah Lucas mit seinen Rabenaugen fragend an. Sein schönes kohlschwarzes Gefieder glänzte in der Sonne wie lackiert. An manchen Stellen irisierte es stahlblau und schiefergrau. Schließlich flog Munin auf Lucas' Schulter und begann sein sanftes Geschwätz aus rollenden und knarrenden Lauten. Sein Gesang war leiser als sein Rufen, und was er von sich gab, war offenbar die Imitation von Geräuschen aus der Umgebung. Doch in Lucas' Ohren klang es wie Trost. Es war so absurd, dass er beinahe lachen musste. Er hatte niemanden auf der Welt außer diesem Vogel, dem schwarzen Kumpel aus der Vergangenheit.

Schließlich entdeckte der Rabe einen fetten Regenwurm, der in der lockeren Erde verschwinden wollte. Flugs schnappte er sich das Ende, zog den Wurm heraus und verspeiste ihn. Wenig später folgte er den Rufen seiner Gefährtin und flog in Richtung Wald. Lucas flog mit.

9 »Schmeckt es dir nicht?«, fragte Tilde. Sie saßen in der Küche beim Abendessen und Mila stocherte in ihrem Rucolasalat mit Schafskäse. Manchmal kochten sie am Abend gemeinsam, aber diesmal gab es Brot, Käse und Salat. Nicht schlecht und sehr gesund, aber Mila hatte stets Heißhunger auf Süßes. Nudeln mit Vanillesoße, Toast mit Zimt und Zucker, Nutella. Nutella war Luxus.

Die Mahlzeiten ihrer Kindheit hatten oft aus Kartoffeln mit Salz und gekochten Rüben bestanden. Das Frühstück aus in Wasser eingeweichtem Brot, auf das ihre Baba Zucker streute.

»Doch«, sagte sie und nahm einen Gabelbissen.

»Was ist denn los, Mila?«

»Tristan hatte eine Schwester. Sie hieß Anna.«

Tilde sah sie aufmerksam an. »Was ist denn mit ihr geschehen?«

»Es ist passiert vor vielen Jahren. Sie war noch klein und ist in einem See ertrunken. Es war ein Unfall, glaube ich.«

»Du glaubst es?«

»Nicht Tristan, sondern Jassi hat mir zuerst davon erzählt.« Mila legte die Gabel auf den Tisch und holte tief Luft. »Die ganze Zeit hat Tristan mir verschwiegen, dass er eine Schwester hatte. Findest du das nicht seltsam?«

»Wie alt war er denn, als es passierte?«

»Sieben oder acht, glaube ich.«

»Nein, dann ist es ganz und gar nicht seltsam. Er hat als kleiner Junge ein traumatisches Erlebnis gehabt, und sein Hirn hat versucht, die Erinnerung daran zu verdrängen.«

Erleichtert nickte Mila. Das war es, was sie von Tilde hören wollte.

»Wie läuft es denn so mit deinem Tristan?«

»Gut.«

»Ich will dir nicht zu nahe treten, Mila. Aber du weißt, dass du mit mir über alles sprechen kannst«, sagte Tilde. »Auch über Verhütung.«

»Verhütung?« Mila runzelte die Stirn.

»Na, du willst doch bestimmt nicht schwanger werden vor dem Abi.«

Heiße Röte stieg Mila ins Gesicht, sie fühlte sich völlig überrumpelt. Es gab eben doch immer wieder Worte, die sie noch nicht kannte. *Verhütung.* Hüten. Schafe hüten. Kinder hüten. Verhüten, dass man Kinder bekam.

Schnell setzte sie ein Lächeln auf. »Es ist alles wunderbar, Tilde. Keine Sorge.« Tristan benutzte Kondome, *schwarze* Kondome, aber das würde sie Tilde bestimmt nicht auf die Nase binden. Darüber sprach sie mit niemandem.

Ihre Gastmutter gab sich mit der Antwort zufrieden. »Na gut«, sagte sie – um dann mit ihrer nächsten Frage ein ganz anderes und noch heikleres Thema anzuschneiden.

»Hast du denn inzwischen den Brief von deiner Mutter gelesen?«

»Nein.« Mila schüttelte heftig den Kopf. »Und das werde ich auch nicht«, schob sie gleich hinterher.

Tilde hob beschwichtigend die Hände. »Schon gut, ich habe ja nur gefragt. Ich akzeptiere deine Entscheidung, das weißt du.«

»Nein, tust du nicht«, widersprach Mila. »Du willst Mr Abschaum Cavka bringen hinter Gitter und erwartest von mir, dass ich alles aufs Spiel setze, was mir wichtig ist.«

»Ja, du hast recht«, sagte Tilde. »Ich will den Mann hinter Gittern sehen. Aber ich verstehe auch deine Angst.« Tilde blieb sehr ruhig. Sie blieb immer ruhig, das machte Mila manchmal ganz verrückt. Ruhig zu bleiben, zu verstehen, das lernte man vermutlich, wenn man erwachsen wurde. Aber Tilde, die gute Tilde, kannte auch nur die halbe Wahrheit.

»Was ich nicht verstehe«, sagte ihre Gastmutter etwas sanfter, »ist, warum du den Brief von deiner Mutter nicht wenigstens lesen willst. Sie bemüht sich, macht gerade einen Entzug.«

»Ach? Zum fünften oder zum sechsten Mal?«

»Du könntest ihr schreiben, ihr ein wenig Mut machen. Vielleicht schafft sie es ja diesmal.«

Milas Herz klopfte schneller, ein Bild tauchte vor ihrem inneren Auge auf: ihre Mutter völlig zugedröhnt auf dem Bett und Cavka, der Mila im Genick festhielt: *»Wenn sie nicht in der Lage ist, ihren Job zu machen, dann musst du eben für sie einspringen, süße Jamila. Alt genug bist du, und wie es geht, weißt du auch.«*

Die Erinnerung tat weh, sie riss eine alte Wunde wieder auf. Ihre Mutter war nicht für sie da gewesen, als sie sie am meisten brauchte. »Das interessiert mich nicht.«

»So bist du nicht, Mila.«

»Doch. So bin ich.«

»Sie ist deine Mutter.«

»Sie hat mich geboren, das ist alles.« Mila standen Tränen in den Augen, es waren Tränen der Wut. Sie hatten schon so oft darüber gesprochen, aber Tilde wollte einfach nicht akzeptieren, dass Mila nichts mehr mit ihrer Mutter zu tun haben wollte und auch nicht vor Gericht gegen Cavka aussagen wollte. Selbst wenn sie versuchten, das Ganze geheim zu halten, würde Tristan unweigerlich irgendwann davon erfahren. Und dann half auch kein Liebeszauber mehr.

»Tut mir leid. Ich wollte dir nicht den Abend verderben.«

»Hast du aber.« Mila ließ Tilde allein am Tisch sitzen und verschwand nach oben auf ihr Zimmer.

Warum fing Tilde immer wieder damit an? Warum war ihr die Versöhnung zwischen Mutter und Tochter so wichtig? Mila wollte sich nicht versöhnen. Am liebsten würde sie ihrer Mutter nie wieder begegnen. Und jetzt, wo sie die Chance bekam, ihr Abi in Moorstein zu machen, würde ihr das vielleicht sogar gelingen.

Dienstag, 13. Mai Lucas hatte im benachbarten Hofbrunn eine Tischlerei ausfindig gemacht, und am Dienstag fuhr er los, um drei Balken aus abgelagertem Holz zu bestellen, die er zum Ausbessern des Fachwerks brauchte. Das Dorf lag nur vier Kilometer von Moorstein entfernt, und Lucas erinnerte sich daran, dass er dort zwei- oder dreimal mit seiner Mutter und den Hellsterns beim Italiener essen gewesen war.

Das *Bella Italia* gab es noch, was ihn ein wenig überraschte. Rote Sonnenschirme spannten sich über weiße Plastiktische mit roten Tischdecken. Wenn er seine Balken in Auftrag gegeben hatte, würde er sich eine Pizza holen. Kochen war nicht sein Ding, er hatte es nie gelernt, auch im Jugendheim Auerbach nicht, wo Zadoks Frau versucht hatte, den straffällig gewordenen Jungs ein paar einfache Gerichte beizubringen.

Als Lucas die Tischlerwerkstatt betrat, umgab ihn der vertraute Duft von frisch gesägtem Holz. Überall standen Bretter an den

Wänden oder lagerten auf Stapeln. Ein alter Mann in abgetragener Arbeitskleidung kam aus dem Nebenraum. Auf seiner Schiebermütze sammelten sich Sägespäne und seine Hornbrille war so verstaubt, dass er kaum noch durchblicken konnte.

»Kann ich Ihnen helfen, junger Mann?«

»Ich hatte angerufen, wegen der Balken.«

Der Alte nickte und führte ihn in den angrenzenden Lagerraum, zeigte ihm, was er dahatte. Lucas begutachtete die Balken, fuhr mit den Fingerkuppen über das Holz.

»Ich nehme die Fichtenbalken. Sie haben eine schöne Maserung und sind abgelagert.«

»Du scheinst dich mit Holz auszukennen«, meinte der Alte, halb anerkennend, halb fragend.

»Bin selber Tischler.«

»Und wo arbeitest du? Im Sägewerk in der Waldmühle?«

Lucas schüttelte den Kopf. »Bin gerade erst nach Moorstein gezogen. Um Arbeit muss ich mich noch kümmern.«

»Nun«, meinte der Alte sichtlich erfreut, »wir könnten Hilfe brauchen. Der Lehrjunge hat sich letzte Woche zwei Finger abgesägt, der Depp.«

Unwillkürlich ballten sich Lucas' Hände zu Fäusten. Zwei gesunde Hände, die waren für einen Tischler unerlässlich. »Das tut mir leid.«

»Er war nicht sonderlich geschickt«, fuhr der alte Mann fort, »aus ihm wäre ohnehin kein guter Tischler geworden. Aber mein Sohn und ich, wir schaffen die Arbeit nicht allein. Dreißig Stunden die Woche, wär das was für dich?«

»Denke schon«, erwiderte Lucas.

»Ich rede heute Abend mit meinem Sohn«, sagte der Mann und reichte ihm seine schwielige Hand. »Achim Neuner. Sei morgen früh Punkt sieben mit deinem Gesellenbrief hier, dann geben wir dir Bescheid.«

Am nächsten Morgen stand Lucas fünf vor sieben vor der Werkstatt, und Rolf Neuner, der Sohn des alten Tischlermeisters, ließ ihn zur Probe ein Regal fertigstellen. Später nahm er ihn mit zu einem Kunden, bei dem eine Treppe samt Geländer eingebaut werden musste. Neuner war ein wortkarger Mann, der sehr schnell erkannte, dass Lucas weit besser mit Holz umzugehen wusste als der unglückliche Lehrling.

»Du kannst morgen früh anfangen.«

»Was ist mit dem Lehrling?«, erkundigte sich Lucas.

»Dem haben sie in der Chirurgie in Jena die Finger wieder angenäht«, erklärte Neuner, »aber er wird sich wohl nach einem anderen Beruf umsehen müssen.«

Lucas erzählte seinem neuen Chef von dem kleinen Haus und der offenen Balkenwand, die verglast werden musste, bevor Regen kam. Neuner bot an, ihm dabei zu helfen, wenn Lucas dafür am Montag früh 7 Uhr zur Arbeit erscheinen würde.

Das war ein fairer Deal und Lucas schlug ein.

Der Job in der Tischlerei ersparte ihm den Gang aufs Amt und er konnte sämtliche Maschinen aus der Werkstatt nutzen, die er brauchte, um Wilma Singers Haus zu renovieren. Besser hätte es nicht laufen können.

Am Donnerstagvormittag konnte Lucas die zugeschnittenen Scheiben beim Glaser abholen und am Nachmittag setzte er sie mit Rolf Neuners Hilfe ein. Sein neuer Chef hatte ihm die Schleifmaschine mitgebracht, mit der er im Obergeschoss den alten Dielenboden bearbeiten konnte.

Nachdem auch die letzte Scheibe eingebaut war, saßen Rolf und Lucas mit einem Bier in den beiden knisternden alten Korb-

stühlen auf der Veranda. Neuner wies auf das morsche Geländer.
»Ich habe ein paar passende Bretter, die kannst du haben.«

»Super, danke.«

»Ist wohl lange nichts gemacht worden an der Bude?«

»Nein. Das Haus gehörte einer alten Frau.«

»Gefällt mir, was du bisher gemacht hast.«

»Danke.«

»Abgesehen vom Laminat natürlich.«

Lucas grinste. Sie tranken ihr Bier und schwiegen eine Weile. Schließlich deutete Neuner in Richtung Stadt, wo hinter dem Turm dunkle Wolken aufzogen. »Da braut sich ordentlich was zusammen.«

Lucas nickte. »Ohne Ihre Hilfe wäre ich heute Nacht vermutlich baden gegangen.«

Über ihnen machte es *krok – krok!* und beide richteten ihren Blick in den Himmel. Munin und Hugina waren im Anflug. Sie kreisten über dem Haus, vollführten ein paar erstaunliche Flugmanöver und ließen sich schließlich in den Zweigen der Blautanne nieder. Neugierig beäugten sie Lucas und seinen Gast, doch Munin hielt sich fern.

»Raben«, sagte Neuner. »Seltene Vögel.«

»Ja, und ziemlich klug.«

Neuner schwieg. Lucas merkte, dass der Tischlermeister schon die ganze Zeit etwas auf dem Herzen hatte. Ihm wurde mulmig zumute, und er rätselte, was es sein konnte.

»Warum bist du eigentlich Tischler geworden, Junge?«

Lucas entspannte sich. Eine harmlose Frage. Er erzählte Neuner vom Tod seiner Mutter und dem Heim. Dass er nur mit Ach und Krach die zehnte Klasse geschafft hatte, behielt er für sich.

»Der Heimleiter hatte einen guten Draht zu einem ortsansässigen Tischler, deshalb konnte ich dort in die Lehre gehen. Die Arbeit mit Holz macht mir Spaß.« Lucas hielt inne und trank.

»Erzählst du mir, warum du eingesessen hast?«

Lucas verschluckte sich prustend. »Woher wissen Sie das?«

»Dein Gesellenbrief«, erklärte Neuner. Doch Lucas wusste, dass es ein ganz normaler Gesellenbrief war, aus dem man nicht schließen konnte, wo er seine Ausbildung gemacht hatte.

Sein Chef zuckte beinahe entschuldigend die Achseln. »Dein Ausbilder, der Franz Helmer, wir waren zusammen auf der Walz. Wir stehen noch in Kontakt, und ich weiß, wo er jetzt arbeitet.«

»Haben Sie mit ihm geredet?«

Neuner schüttelte den Kopf. »Nein. Ich rede mit dir.«

»Aber ... habe ich nun einen Job oder nicht?«

»Bleib mal ganz ruhig.« Neuner tippte auf den Arbeitsvertrag. »Du hast deinen Job. Und wenn du meine Frage nicht beantworten willst, dann akzeptiere ich das.«

Lucas brauchte eine Weile, bis er wieder normal denken konnte. Neuner hatte ihn eingestellt, obwohl er wusste, dass er gesessen hatte. Er hatte ihm beim Einsetzen der Scheiben geholfen und ihm die Frage erst gestellt, nachdem Lucas den Vertrag unterzeichnet hatte. Es war nur fair, dem Mann eine ehrliche Antwort zu geben.

»Diebstahl, Sachbeschädigung, ein bisschen Dealen, Körperverletzung.« Die Brandstiftung verkniff er sich, einen Feuerteufel in der Tischlerei, das könnte selbst den gutherzigen Neuner ins Wanken bringen. »Aber das ist vorbei, ich habe das alles hinter mir gelassen.«

Rolf nickte, als hätte er genau diese Antwort erwartet. »Danke, dass du es mir gesagt hast.« Er leerte sein Bier. »Wirfst du irgendwelches Zeug ein?«

»Nein.«

»Ich meine ja nur – wäre schade um deine Finger.«

Lucas lächelte gequält. »Ich habe ein paar Sachen ausprobiert und es schnell wieder sein lassen. War Bote für einen Dealer. Er ... er hatte mich wegen einer anderen blöden Sache in der Hand und na ja, sie haben mich gleich beim ersten Mal erwischt. Ich bin fertig damit, ich ...«

»Schon gut.« Neuner erhob sich. »Ich muss dann mal los. Meine Frau wartet mit dem Abendessen. Wir sehen uns Montag.«

Lucas sprang auf. »Danke für den Job, Herr Neuner.«

»Rolf«, sagte Neuner. »Und ich finde alleine raus.«

Montag, 19. Mai Montagmorgen. Der Deutschunterricht bei Aurora Fuchs gestaltete sich schleppend. Die junge Lehrerin trug eine helle Stoffhose und eine biedere grüne Bluse. Seit dem Vorfall von vergangener Woche wirkte sie steif, ja beinahe verunsichert und verströmte auch nicht mehr diesen so gar nicht lehrerhaften Liebreiz, der sämtliche Jungs in den höheren Klassenstufen und wahrscheinlich auch die männlichen Kollegen verrückt gemacht hatte.

Es hatte natürlich kein Nachspiel für die Referendarin gegeben. Sie war berechtigt gewesen, Tristan das Handy abzunehmen. Dass es dabei kaputtgegangen war, war ein bedauerliches Versehen, die ganze Klasse war Zeuge. Und Tristan, er besaß längst ein neues Smartphone.

Mila verwunderte es kaum, dass er das Ganze so leichthin abgetan hatte und Aurora Fuchs gegenüber keinen Groll hegte – jedenfalls nicht vor den anderen. Deutsch war nicht gerade Tristans stärkstes Fach. Bald gab es Zeugnisse, und er war nicht in der Position, es sich mit seiner Lehrerin zu verscherzen.

In der letzten Woche hatte er noch den Gekränkten gespielt, inzwischen war er wieder der Alte und flirtete mit ihr. Doch Aurora Fuchs reagierte darauf nicht mit gewohntem Witz, sondern gestresst. Sie hatte eindeutig die Nase voll von Tristans Späßen.

In der zweiten Stunde ließ Aurora Fuchs die Klasse eine Kurzarbeit über Kafkas *Die Verwandlung* schreiben. Milas Blick streifte Tristans Gesicht, als sie die Arbeitsblätter verteilte. Man konnte ihm ansehen, dass er sich von dem unangekündigten Test überrumpelt fühlte und am liebsten etwas gesagt hätte. Aber er hielt den Mund.

Mila wusste, dass Tristan unter Druck stand, denn auch in Mathe ließ sein Durchschnitt zu wünschen übrig. Tristan war nicht dumm, aber kein besonders guter Schüler, weil er wenig Lust hatte, sich dem Diktat seines Vaters zu fügen. Der wollte ja, dass sein einziger Sohn Bauingenieur wurde und nach dem Studium in den väterlichen Baubetrieb einstieg. Darauf hatte Tristan nicht die geringste Lust und Peter Hellstern konnte ziemlich ungehalten reagieren, wenn sein Sohn das raushängen ließ.

Mila hoffte, dass Tristan wenigstens ein Befriedigend schreiben würde. Das Abi musste er schaffen, egal was er studieren wollte. Grafik und Design, das war sein Traum, und Frau Hess, ihre ambitionierte Kunstlehrerin, hatte ihn sehr darin bestärkt. Mila hatte einmal in der Tür zum Kunstraum gestanden und gehört, wie Frau Hess auf ihn eingeredet hatte.

»Du bist ein begnadeter Zeichner, Tristan. In den letzten zehn Jahren hatte ich niemanden in der Klasse, der Typisches mit so wenigen Strichen einfangen kann. Du zeichnest nicht nur ab. Ob Mensch, Tier oder Landschaft, du verstehst es, deinen Zeichnungen etwas ganz Eigenes zu geben. Vergeude dein Talent nicht, Junge, es wäre jammerschade darum.«

Frau Hess hatte unzweifelhaft recht. Doch konnte man vom Zeichnen auch leben? Tristan das zu fragen, hatte Mila sich bisher nicht getraut.

Sonntag, 25. Mai Lucas hatte seine erste Arbeitswoche hinter sich gebracht und Rolf Neuner war überaus zufrieden mit ihm. Am Freitag hatte ihn Sabine, Rolfs Frau, zum Mittagessen eingeladen, und abgesehen davon, dass sie eine super Köchin war und das Schnitzel mit Kartoffelbrei und frischem Möhrengemüse köstlich schmeckte, hatte es ihm gefallen, nicht allein essen zu müssen.

Zur Familie Neuner gehörten zwei Töchter, Lisa, die verheiratet war und in Erfurt lebte, und Maike, die die zehnte Klasse des Moorsteiner Gymnasiums besuchte. Maike, selbstbewusst und ziemlich süß, flirtete ganz offen mit ihm und weder ihre Mutter noch ihr Vater schienen sich daran zu stören. Doch Lucas hatte seine Lektion gelernt und war nicht mehr als höflich zu dem Mädchen.

Rolfs Vater, der alte Neuner, hatte Geschichten aus alten Zeiten zum Besten gegeben, und Lucas hatte Freude daran gehabt, ihm zuzuhören. Doch sobald jemand aus der Familie etwas über ihn wissen wollte, war er ausgewichen.

Am Samstag hatte er mit den geschenkten Brettern das Geländer der Veranda erneuert, und für den Sonntag hatte er sich vorgenommen, Regale für sein zukünftiges Zimmer im ersten Stock zu bauen. Aber gegen Mittag verließ ihn die Lust. Er brauchte eine Abwechslung, und Lucas hatte auch schon eine Vorstellung davon, wie die aussehen sollte.

Der Tag war sonnig und warm, es regte sich kein Lüftchen. Als Lucas mit seinem Pick-up auf die Landstraße bog, sah er eine

Gruppe Mädchen auf Rädern, die zum Speichersee in Hofbrunn unterwegs waren.

Badewetter, dachte er. Aber nicht für ihn. Sein Ziel war das Geisterdorf am Krüger-Bruch, einem der stillgelegten Schiefertagebaue in der Gegend um Moorstein.

Lucas war mit Tristan und dessen Großvater Max ein paarmal dort gewesen, im Sommer, bevor seine Ma gestorben war. Max Hellstern, dessen Mutter vor dem Krieg als Bedienstete bei Krüger gearbeitet hatte, hatte ihnen damals eine Menge über die Geschichte der Krüger-Villa und des kleinen Dorfes erzählt.

Ursprünglich als Fabrikantenvilla erbaut, hatte das herrschaftliche Gebäude gegen Ende des Zweiten Weltkrieges als Kommandozentrale einer Rüstungsfabrik und eines KZ-Außenkommandos gedient. Im unterirdischen Stollensystem hatten die Nazis Triebwerke für ihre Raketenwaffen getestet. Nach dem Krieg war der Gebäudekomplex in eine Lehrstätte für Schieferwerker umfunktioniert worden, in der Tristans Großvater noch lange Zeit als Ausbilder gearbeitet hatte.

Lucas hatten schon damals die verlassenen Gebäude fasziniert, die ehemaligen Wirtschaftsgebäude und Ställe, das alte Lehrlingsheim, die Villa mit den großen Fenstern. Tristan hingegen hatte seinen Großvater immer wieder nach den unterirdischen Stollen ausgefragt und der alte Mann hatte ihnen drei oder vier vermauerte Zugänge gezeigt.

Wie würde es wohl heute dort aussehen – nach zehn Jahren?

Nachdem Lucas sich einmal verfahren hatte, fand er die versteckte Zufahrt zum Gelände und lenkte den Toyota langsam den von Buchen und Sträuchern gesäumten holprigen Weg zur Krüger-Villa hinauf. Auf halbem Weg kam er an der ehemaligen Dachdeckerschule vorbei und sah, dass sie abgebrannt war.

Er hielt an und stieg aus. Die Ruine bot ein groteskes Bild. Die aus Schiefersteinen gemauerte Fassade stand noch, neigte sich aber schon gefährlich nach innen. Ein Ziegelschornstein ragte aus dem eingefallenen Gebäude wie ein drohender Riesenfinger, verkohlte Balken zeigten in alle Himmelsrichtungen und Birken wuchsen im Inneren der Ruine.

Nirgendwo Absperrungen, und Verbotsschilder waren Lucas auch nicht aufgefallen. Es gab niemanden mehr, der hier wohnte oder arbeitete, die Natur eroberte sich das ehemalige Schieferdorf zurück. Es war ein *Lost Place*.

Damals, nachdem Lucas das Haus von Sandra und Wieland Rotauge, seinen dritten Pflegeeltern, abgefackelt hatte, kam er wieder ins Heim zurück und galt seitdem als unvermittelbar. Niemand wollte sich einen Jungen ins Haus holen, der zündelte. Und Lucas hatte endlich erreicht, was er wollte: dass man ihn in Ruhe ließ. Das galt für potenzielle Pflegeeltern, hilflose Heimerzieher und die anderen Kinder.

Zwei Jahre später war aus ihm ein begnadeter Schulschwänzer geworden. Lucas streifte durch die Straßen der Stadt und stieg in verlassene Häuser ein. Irgendein Schlupfloch fand sich immer. Manchmal kam er dabei in Räume, die so aussahen, als wären die Bewohner gerade erst in ihr neues Leben aufgebrochen. Eine liebevoll mit Teddys und kleinen bunten Autos bemalte Wand im Kinderzimmer. Plakate von Popstars an den Wänden und naive Sprüche verliebter Mädchen. Ausrangierte Kuscheltiere auf einer fleckigen Matratze.

Familien hatten in diesen Räumen gelebt, es war ihr Zuhause gewesen. Sie hatten gestritten, sich versöhnt, sie hatten gelacht und geliebt. Das Echo ihrer Stimmen schwebte noch in den Räumen und Lucas war rasend eifersüchtig auf diese Menschen.

Wenn ihn die Verzweiflung über seine verkorkste Kindheit innerlich zerriss, dann ging er wie ein Berserker auf das los, was von diesen fremden Familien geblieben war. Er zerschlug, zertrümmerte und riss herunter, löschte sie endgültig aus.

Bis er erwischt wurde.

Sachbeschädigung, Hausfriedensbruch, Schulschwänzerei. Hundert Sozialstunden bekam er aufgebrummt. Er kapierte es einfach nicht: Wie konnte er für die Beschädigung von etwas bestraft werden, das ohnehin dem Verfall preisgegeben war? Wie konnte man den Frieden eines Hauses brechen, in dem niemand mehr wohnte, außer Geister vielleicht? Und wen zum Teufel interessierte es, ob er zur Schule ging oder nicht?

Die Sozialstunden hatten wenig gefruchtet. In den nächsten Jahren hatte sich Lucas' Zerstörungswut allerdings in etwas Gewinnbringendes kanalisiert: Er wurde zum Kupferdieb. Dabei wurden seine Streifzüge von Tag zu Tag dreister, er stieg nicht mehr nur in verlassene Mietshäuser ein, sondern stromerte auch durch stillgelegte Fabrikhallen und ehemalige militärische Objekte. Im Sommer blieb er sogar manchmal über Nacht.

Bis in so einer Nacht wie aus dem Nichts plötzlich der Wachmann vor ihm stand und seinen Schlagstock zückte. Seitdem hatte Lucas nie wieder ein verlassenes Gebäude betreten. Bis heute.

Jetzt stand er vor der von Bäumen umgebenen Krüger-Villa. Der Zahn der Zeit hatte dem herrschaftlichen Gebäude mit den hohen Fenstern arg zugesetzt, seit er das letzte Mal hier gewesen war. Lucas durchstreifte das Erdgeschoss, atmete den Geruch von altem Mörtel und Rost, ging von Raum zu Raum und erkundete jeden Winkel. Durch die hohen Fensterlöcher fiel grün gefiltertes Sonnenlicht, darin tanzten Staub und Vergangenheit.

Aus zerstörten Stromkästen wanden sich lose Kabelenden wie

durchtrennte Adern – die Hinterlassenschaft von Kupferdieben, wie er einer gewesen war. Auch sonst hatten die, die vor ihm da gewesen waren, wenig übrig gelassen. Hier ein alter Stuhl, dort ein kaputtes Regal, im nächsten Raum ein Berg alter Magazine. Sämtliche Stromkabel waren herausgerissen, die Holzvertäfelung der Wände und sogar der Decke war verschwunden, genauso wie metallene Treppengeländer und ein Großteil der Fußbodenfliesen.

Das alte Bedürfnis, zu zerstören, verspürte Lucas nicht mehr. Im Gegenteil – er empfand eine Art Wehmut. Denn diese alte Villa war wie er: verlassen.

Er stieg ins obere Stockwerk, tastete sich über morsche Bodendielen und Balken. FICKEN, hatte jemand in mannsgroßen Silberbuchstaben an eine Wand gesprüht.

Oh ja, dachte Lucas.

Tristan kam gerade aus der Dusche, als es auf einmal gegen seine Zimmertür hämmerte. »Tristan? Mach auf, ich muss mit dir reden.«

Es war Peter Hellstern und er klang aufgebracht. Mila sprang aus dem Bett, schnappte sich ihre Sachen, schlüpfte an Tristan vorbei ins Bad und verriegelte die Tür.

»Gleich«, antwortete Tristan, »ich komme gerade aus der Dusche.«

Wieder hämmerte es gegen die Tür. »Mach auf, verdammt.«

Mila schlüpfte schnell in ihre Sachen, dann legte sie ein Ohr an die Tür und lauschte. Tristan schloss auf und sein Vater stürmte ins Zimmer. »Deine Mutter hat einen Anruf von deiner Direktorin bekommen, du hast Ärger mit einer Lehrerin.«

»Referendarin«, antwortete Tristan ruhig. »Ich hatte vergessen, mein Handy auszuschalten, und sie ist deswegen ausgeflippt. Sie ist draufgetreten, ich musste mir ein neues kaufen. Ich habe ihr keinen Stress gemacht deswegen, also, warum macht sie mir jetzt welchen?«

»Ich habe dir hundert Mal gesagt, du sollst dich zusammenreißen«, ranzte Peter Hellstern seinen Sohn an. Er schrie nicht, es war ein verhaltenes Drohen. »Ich reiß mir hier den Arsch auf und du, du ... du hast das alles gar nicht verdient.«

»Die Fuchs hat mich provoziert«, sagte Tristan. »Außerdem ist längst alles wieder in Butter.«

»Deine Direktorin sieht das offenbar nicht so. Sie will, dass du dich entschuldigst.«

»Entschuldigen? Was soll denn der Schwachsinn?«

»Tu es einfach. Und mach was für die Schule, anstatt dir das Hirn weichzuvögeln.«

»Tja, der Apfel fällt eben nicht weit vom Stamm.«

Mila hörte es klatschen. »Werd nicht frech.«

Eine Weile war es still.

»Raus aus meinem Zimmer.«

»Das ist immer noch mein Haus, Tristan.«

»Dein Haus, dein Betrieb – alles deins.«

»Eines Tages gehört es dir.«

»Ich will deinen Scheißladen nicht übernehmen und das weißt du ganz genau.«

»Ach – und was willst du dann? Geld mit deiner Kunst verdienen? Dass ich nicht lache. Deine Mutter hat dir jahrelang Zucker in den Arsch geblasen und so getan, als wärst du ein zweiter van Gogh. Aber mach dir doch nichts vor, dein Gekritzel ist bestenfalls Mittelmaß, damit wirst du nie Lorbeeren ernten, geschweige denn dein Luxusleben finanzieren. Entschuldige dich bei deiner Lehrerin, bring ihr ein paar Blumen und kläre das.«

Eine Tür schlug. Mila lauschte mit wild klopfendem Herzen. Was Peter Hellstern gesagt hatte, stimmte nicht. Tristans Zeichnungen waren kein Mittelmaß. Sie waren überdurchschnittlich gut. Das musste sie ihm unbedingt sagen.

Sie öffnete die Tür. Tristan stand mitten im Zimmer, feuchte Haarsträhnen im Gesicht. Die linke Wange glühte rot, seine Hände waren zu Fäusten geballt.

»Glaub ihm kein Wort«, sagte Mila. »Deine Zeichnungen sind etwas Besonderes. Du ...«

»Bitte geh.«

»Was ... aber warum ....?«

»Ich will jetzt nicht darüber reden, Mila. Bitte geh!«

Mila kletterte aus dem Fenster. Als sie sich noch einmal zu Tristan umdrehte, stand er immer noch unbeweglich da. Sie hätte ihn gerne umarmt, ihn getröstet. Doch er war zu wütend dafür.

10

Mittwoch, 27. Mai In den vergangenen Tagen waren die Temperaturen noch einmal um ein paar Grad gestiegen. Der Sommer hatte auch am Rand des Schiefergebirges endgültig die Herrschaft übernommen, obwohl es bis zum kalendarischen Sommeranfang noch fast vier Wochen dauerte.

Für Tristan hatten am Montag die Fahrstunden begonnen, sodass er jetzt oft am Nachmittag ausgebucht war.

Jassi und Mila hatten sich mit Ria und Lotte am Speicher in Hofbrunn verabredet, einem Badesee, den Mila noch nicht kannte. Laut Jassi hatte sich der Speicher im vergangenen Sommer zum beliebten Treffpunkt gemausert und war »megaangesagt« unter den Jugendlichen von Moorstein und Umgebung, zumal dort niemand Eintritt abkassierte wie im Waldbad. Dafür musste man eben Fische, Kaulquappen und Wasserpflanzen in Kauf nehmen. Für Mila kein Problem.

Sie fuhren mit ihren Rädern den asphaltierten Weg aus der Stadt heraus, der am Haus der Rabenfrau vorbeiführte. Die Fenster im Erd- und Obergeschoss standen offen, und Mila fiel auf, dass die Balken im Fachwerk in einem glänzenden schwarzen Anstrich leuchteten, was das kleine Haus gleich viel hübscher aussehen ließ. Wie jemand, der gealtert war und ein wenig Make-up aufgelegt hatte.

In der Einfahrt parkte ein dunkelblauer Toyota Pick-up und die Hecke war frisch beschnitten.

Sie querten die Landstraße, fuhren am Supermarkt und am neuen Asylantenheim vorbei und zweigten auf einen von alten Obstbäumen und Vogelbeeren gesäumten Feldweg ab, der parallel zur Straße nach Hofbrunn führte. Die Landschaft links und rechts davon erstreckte sich leicht hügelig in die Weite. Silbergrünes Getreide wuchs auf den Feldern, die von Baum- und Buschreihen begrenzt waren. Der süße Duft des Sommers und die hügelige Landschaft erinnerten Mila an die Gegend am Fuße der Zipser Burg, in der sie aufgewachsen war. Heimweh erfasste sie, unerwartet und heftig.

Die Häuser ihres Dorfes, ob nun aus Holz oder Stein, waren viel zu klein, um ihren zahlreichen Bewohnern genügend Platz zu bieten. Also fand, außer im Winter, alles im Freien statt. Weil die Straße, an der das Dorf lag, zur Burg führte, waren im Sommer immer viele Touristen in ihren schicken Autos und schweren Motorrädern vorbeigekommen.

Die meisten fuhren durchs Dorf und gafften bloß, aber manche hielten auch neugierig an. Mila hatte mit ihrer Freundin Katka Beeren gesammelt und sie an die Touristen verkauft, um die Haushaltskasse aufzubessern. Später, im August und September, waren sie durch den Wald gestreift und hatten Pilze gesucht. Gebettelt hatte Mila nie, darauf war sie stolz.

»Hier sieht es aus wie dort, wo ich herkomme«, sagte sie zu Jassi. Ihre Stimme klang rau, denn sie hatte den Geschmack von Himbeeren und Staub auf der Zunge.

»Hast du Heimweh?«

»Ich glaub schon.«

»Bald sind Ferien«, sagte Jassi. »Frag doch Tris, ob er mit dir hinfährt. Das macht er bestimmt. Dann kannst du ihm zeigen, wo du aufgewachsen bist.«

Bei diesem Gedanken fuhr Mila der Schreck in die Glieder wie ein Blitz. Sie stotterte etwas und trat fest in die Pedale. Nahm sich vor, jede Art von Heimweh in Zukunft für sich zu behalten.

Schließlich erreichten sie den Hofbrunner Speicher. Blaugrünes Wasser, eingefasst von einem breiten Ring aus Gras, auf dem einzelne Bäume und Sträucher wuchsen. Die Uferwiese war gesprenkelt von Fahrrädern, Decken, Taschen und bunten Badehandtüchern, auf denen Sonnenhungrige lagen.

Jassi entdeckte die anderen aus ihrer Klasse zuerst, und nach einem kurzen »Hallo« breiteten sie ihre Decke neben Ria und Lotte aus, die eingeölt in der Sonne brutzelten.

Mila und Jassi gingen gleich eine Runde schwimmen, und Mila genoss es, im Wasser zu sein. Sie tauchte, aber nur kurz, weil sie nicht wieder gerettet werden wollte. *Nivashi* gab es hier vermutlich keine, dafür war der See zu sehr bevölkert.

Später lagen sie nebeneinander auf dem Bauch und lasen. Mila immer noch in Kafkas Tagebuch, und Jassi blätterte in einem Modemagazin, das Ria mitgebracht hatte. Sie hatte ihre neue Brille auf der Nase, an die Mila sich erst noch gewöhnen musste, und Jassi wohl auch. Das blaugrüne Gestell passte gut zu ihren Haaren, verlieh ihr aber auch eine gewisse Strenge.

Mila warf einen Blick ins Modemagazin: reihenweise Bilder von erwachsenen Frauen, die sich auf Kinderkonfektionsgröße heruntergehungert hatten.

Mila wusste, was Hunger war, das hatte sie ihren deutschen Freundinnen voraus. Das Gefühl, wenn er im Magen um sich biss wie ein wütender Hund. Einmal hatten sie und Katka vor Hunger

Sauerampfer gegessen und waren mit furchtbaren Bauchkrämpfen und Durchfall im Krankenhaus gelandet.

»Findest du die schön?«

»Du meinst die Hungerhaken?« Jassi wandte den Kopf und sah sie an. »Nö.« Sie setzte sich auf, fischte die Sonnencreme aus ihrer Tasche und begann, sich einzureiben. »Du bist schon so megabraun«, bemerkte sie, nicht ohne eine Spur von Neid in der Stimme. »Ich bin immer noch bleich wie eine Leiche, und würde ich mich nicht eincremen, wäre ich heute Abend rot wie eine Tomate.«

Mila setzte sich ebenfalls auf. »Braun ist gar nicht angesagt.« Sie wies auf die bleichen Models.

»Sag mal, wieso trägst du eigentlich einen Badeanzug?«, fragte Jassi. »So was ziehen doch nur noch Omas an.«

»Weil Tilde mir den Badeanzug zu Weihnachten geschenkt hat.«

»Na und. Tilde ist nicht hier. Ich habe noch einen schönen Bikini zu Hause, der mir nicht mehr passt, den kannst du haben.«

»Ich mag aber meinen Badeanzug«, erwiderte Mila und umging damit das Problem, Jassis Angebot ablehnen zu müssen, denn sie trug nicht gerne Sachen, die schon jemand angehabt hatte. Das hatte etwas mit den alten Reinheitsgeboten ihres Volkes zu tun und alles andere als die Wahrheit klang undankbar.

Jassi hatte ihr bisher noch nie Kleidung von sich angeboten, weil sie wusste, dass sie in Sachen Modegeschmack nicht auf einer Wellenlänge lagen, was sie respektierte.

Als Daniel und seine Zwillingsschwester Henrike mit ihren Rädern am See auftauchten und sich nicht weit von ihnen am Ufer ausbreiteten, wurde Jassi auf einmal ganz hibbelig. »Hat er nicht einen klasse Körper?«, fragte sie Mila leise, als Daniel sich bis auf seine Badeshorts auszog und ans Ufer stellte.

»Keine Ahnung, ja, schon.«

»Du siehst nicht hin«, meinte Jassi empört. »Hinsehen ist erlaubt. Mannomann, du bist wirklich total auf Tris fixiert. Er. Ist. Nicht. Hier.«

Ja, leider, dachte Mila. Ohne Tristan war alles, was sie tat, nur halb so aufregend. Die Luft flimmerte vor Hitze, doch wäre Tris an ihrer Seite, würde sie Funken sprühen. Sie dachte dauernd an ihn.

»Daniel ist bestimmt voll der Mädchenversteher«, meinte Jassi mit gedämpfter Stimme. »Ich meine, er und Henri kleben doch zusammen wie Pech und Schwefel. Er *muss* sich einfach mit Mädchen auskennen.«

Die Zwillinge gingen ins Wasser und Jassi verfolgte Daniel mit begehrlichem Blick.

»Ist es sehr schlimm?«, fragte Mila mitfühlend.

»Ich weiß nicht«, antwortete Jassi. »Mein Kopf sagt, es ist aussichtslos, er wird dich nie beachten. Andererseits ...«

»Andererseits?«

»Bei dir und Tris hat es ja auch geklappt.«

»Hm«, war alles, was Mila dazu herausbrachte. Am liebsten hätte sie ihrer Freundin erzählt, dass sie dabei ein wenig nachgeholfen hatte. Aber natürlich konnte sie das nicht. Jassi würde sie auslachen.

Später tauchte auch Boris mit seiner Mutter und seiner kleinen Schwester Asja auf. Die Neunjährige war dünn und bleich und laut. Ihre Arme und Beine zappelten unkontrolliert. Sie war mit Spasmen auf die Welt gekommen und konnte ihre Gliedmaßen nur beschränkt einsetzen.

Mila hatte gehört, dass Asja über den Verein von Tristans Mutter eine teure Therapie und einen neuen Rollstuhl bekommen hatte. Beides hätte Boris' Mutter sich in hundert Jahren nicht leisten können, und Mila mochte an Tristan, dass er solche Dinge tat – sich für andere einsetzte. Aber sie wusste auch, dass Boris' Dankbarkeit ihm ziemlich auf die Nerven ging.

Der Nachmittag verging wie im Fluge, und als die Sonne sank und es kühler wurde, packten die Mädchen ihre Sachen zusammen und machten sich auf den Heimweg. Da alle vier hungrig waren vom Schwimmen und das verlängerte Himmelfahrtswochenende vor ihnen lag, beschlossen sie, noch am *Bella Italia* haltzumachen und etwas zu essen.

Sie hatten noch einen Platz unter einem roten Sonnenschirm auf der Terrasse gefunden und jede mit Heißhunger eine Pizza verputzt – bis auf Ria, die streng auf ihre Figur achtete und sich einen Salat bestellt hatte. Nun waren sie satt und müde. Bevor sie sich auf den Heimweg machen wollten, verschwand Mila noch einmal nach drinnen auf die Toilette. Als sie zurückkam, sah sie durch eines der großen Fenster im Gastraum jemanden in Arbeitskluft draußen am Tisch ihrer Freundinnen stehen. Jassi unterhielt sich angeregt mit ihm. Es war Lucas. Verflucht! Wie konnte das sein?

Mila versteckte sich hinter einer Gipsbüste und beobachtete, was weiter passierte. Lotte sah auf ihre Armbanduhr, sagte etwas zu Ria und die beiden standen auf und verabschiedeten sich. Jassi schien Lucas an ihren Tisch einladen zu wollen, jedenfalls deutete Mila die Geste ihrer Freundin so.

Ihr rutschte das Herz in die Hose. Woher kannten die beiden sich? Was hatte sie verpasst? Sie hatte Jassi nichts von ihren zwei merkwürdigen Begegnungen mit Lucas erzählt, und wenn das herauskam, würde Jassi ihr nie verzeihen, dass sie ihr solche aufregenden Geschichten vorenthalten hatte.

Zu ihrer großen Erleichterung schüttelte Lucas den Kopf, steuerte jedoch gleich darauf den Eingang des Restaurants an. Mila flitzte zurück zu den Toiletten, wo sie sich hinter einem großen Ficus versteckte, bis Lucas seine Pizza in einer Schachtel in Empfang nahm, zahlte und wieder ging.

Mila wartete noch ein paar Minuten, und als sie sich sicher sein konnte, dass die Luft rein war, ging sie nach draußen.

»Mensch, Mila«, sagte Jassi, »wo warst du denn so lange? Ria und Lotte mussten los.«

»Tut mir leid, aber die Toilette war ersetzt.«

»*Be*setzt«, berichtigte Jassi. Sie kreuzte die Arme vor ihrem Körper und rieb ihre nackten Oberarme. »Mir ist kalt. Ich glaube, ich habe einen Sonnenbrand.«

Kein Wort von Lucas. Jeder hatte seine Geheimnisse und auch Jassi schien ihres für sich behalten zu wollen.

Der Heimweg führte sie wieder am Haus der Raben-Wilma mit seiner hohen Ligusterhecke vorbei. Schon von Weitem sah Mila die beiden großen schwarzen Vögel über der Wiese ihre verrückten Flugmanöver veranstalten. Sie kreisten umeinander, wobei sie sich abwechselnd auf den Rücken drehten und dann plötzlich fallen ließen. Das Ganze sah wie ein Absturz aus, endete aber im perfekten Synchronflug.

Plötzlich kreischte Jassi auf, Mila sah einen Autoreifen von rechts nach links über die Straße rollen, und im selben Moment bremste ihre Freundin so scharf, dass die Reifen quietschten. Geistesgegenwärtig riss Mila den Lenker nach rechts, um Jassi nicht ins Hinterrad zu krachen, und landete direkt in der Einfahrt.

Dort stand immer noch der dunkelblaue Toyota Pick-up mit allerlei Sperrmüll und einem Typen auf der Ladefläche. Es war nichts passiert, aber Mila sah, dass Jassi stinksauer war und den Mund aufriss, um loszuwettern. Bis sie Lucas erkannte, der mit einem geschmeidigen Satz von der Ladefläche sprang und zu ihnen kam. Seine zerrissenen Jeans und das T-Shirt starrten vor Dreck.

»Alles okay mit euch?«

Jassis Mund klappte zu, und sie wurde rot, was aber wegen ihres Sonnenbrandes nicht weiter auffiel. Mila spürte, wie auch ihr eigenes Gesicht zu glühen begann. Sie sagte nichts, als ob ihr Schweigen sie unsichtbar machen könnte.

»He, Mädels, hat es euch vor Schreck die Sprache verschlagen?« Lucas wischte sich mit dem Handrücken über den Mund. »Tut mir leid, aber der Reifen hat sich selbstständig gemacht.« Er sah Mila stirnrunzelnd an. »Mila, bist du okay?«

Jassis Augen wurden rund und groß, als Lucas Mila mit ihrem Namen ansprach. Ihr Blick wanderte zwischen ihm und ihr hin und her. »Ihr ... ihr kennt euch?«, stotterte sie.

Lucas zuckte die Achseln. »Sie hat mir zweimal die Nase blutig geschlagen und ...« Er stockte, als Mila heftig den Kopf zu schütteln begann. »... aber *kennen* ist eindeutig zu viel gesagt«, beendete er seinen Satz, ein spöttisches Zucken in den Mundwinkeln.

Jassi machte so ein dümmlich verblüfftes Gesicht, dass Mila unwillkürlich grinsen musste und ihre Freundin ihr einen ihrer blitzenden Na-warte-Blicke zuwarf.

»Du wohnst hier?«, fragte Jassi, die vor Neugier zu platzen schien.

»Ja.« Lucas lief an ihnen vorbei, holte den Reifen vom Wiesenrand und warf ihn zurück auf die Ladefläche. »Na dann, schönen Abend noch, Mädels. Ich hab zu tun. Tut mir leid, dass ihr euch so erschrocken habt.« Er wandte sich ab und damit war die Konversation beendet.

Schweigend rollten sie mit ihren Rädern das letzte Stück bergab bis zu Jassis Haus. In der großen gepflasterten Einfahrt standen sie einander gegenüber und starrten sich an.

»Du hast ihm die Nase blutig geschlagen?«, platzte Jassi schließlich heraus. »Denk nicht, dass ich dich nach Hause fahren lasse, bevor du mir nicht alles haarklein erzählt hast. Du hast Geheimnisse vor mir, Mila Danko.«

»Und du vor mir.«

»Du zuerst«, bestimmte Jassi.

»Nein, du.«

»Na gut, komm mit.« Sie stellten ihre Räder ab. Jassi nahm Mila an der Hand und führte sie um das Haus herum in den Garten, wo Franz und Otto wie die Wilden auf einem nagelneuen Abenteuerhaus mit Rutsche und Klettergerüst herumtollten.

»Hallo, Mila«, schrien sie und winkten ihr.

»Ihr Geburtstagsgeschenk«, erklärte Jassi. »Sie lieben es und sind ganz aus dem Häuschen. Vermutlich werden bald ihre sämtlichen Kumpels aus dem Kindergarten der Meinung sein, dass unser Garten ihr neuer Spielplatz ist.«

»Müssten sie nicht längst im Bett sein?« Es war schon kurz vor neun.

»Müssten sie.« Jassi seufzte und sie setzten sich nebeneinander auf die Hollywoodschaukel.

»Ein schönes Kletterhaus«, sagte Mila, »aber was hat das mit diesem Kerl tun?« Sie sagte absichtlich nicht *Lucas*, damit Jassi nichts Falsches dachte.

»Sein Chef und er haben das Ding gebaut und letzte Woche aufgestellt, während meine Mum mit den Zombies bei meiner Tante war. Ich hatte die verantwortungsvolle Aufgabe, die Handwerker zu bewirten, und habe den Typen dabei ertappt, wie er mir auf den Hintern gestarrt hat. Na ja, ich fand, dass auch er einen zweiten Blick wert war. Ähm ... ich meine nicht nur seinen Hintern, sondern den ganzen Kerl. Ich dachte: Ich habe dich zwar hier noch nie gesehen, aber das könnte sich ja ändern, falls wir uns noch mal über den Weg laufen. Und siehe da«, sagte Jassi mit einer theatralischen Geste, »er läuft beim Italiener an unserem Tisch vorbei. Was bist du doch für ein Glückspilz, Jassi, dachte ich, als er mich wiedererkannte und grüßte.«

»Ich dachte, Daniel der Frauenversteher ist angesagt?«

»Ja, schon. Aber da ist endlich mal einer, der in keiner ätzenden Schulclique ist und dich auf dem Pausenhof dämlich von der Seite anquatscht. Er wirkte so, so ... erwachsen und verwegen.« Sie seufzte. »Aber dann muss ich erfahren, dass er meine beste Freundin, die mit ihrem Traumprinzen schon so gut wie verlobt ist, beim Namen kennt und sie ihm zweimal die Nase blutig geschlagen hat.« Jassi beugte sich nach vorn und sah Mila fragend an. »Das war ein Witz, oder?«

Mila kniff die Lippen zusammen und schüttelte den Kopf.

»Also los, raus mit der Sprache.«

So erfuhr Jassi von Lucas' missglücktem Rettungsversuch am Schiefersee und wie er schon zweimal nachts vor Milas Haus gestanden und ihr damit Angst eingejagt hatte. »Beim zweiten Mal kam ich von dir und hatte Kafkas Tagebuch im Beutel und ... na ja.«

Jassi presste eine Hand auf ihren Mund und prustete los. »Mannomann, du bist vielleicht 'ne Nummer, Mila. Was wollte er denn vor deinem Haus?«

»Er hat gesagt, er wäre auf dem Turm gewesen und dann wäre ihm übel geworden. Aber ...« Sie hob die Schultern.

»Aber was?«

»Ich glaube ihm nicht. Er ist ein finsterer Typ. Irgendwas stimmt nicht mit ihm.« Dieser Lucas hatte etwas Verstörendes an sich und Milas Reaktion darauf war eine Mischung aus Neugier und Furcht.

Jassi nickte geheimnisvoll. »Da könntest du allerdings recht haben. Dein Stalker aus der Villa Kunterbunt heißt nämlich gar nicht Lucas. Sein richtiger Name ist Ludwig Castorf.«

11 Samstag, 31. Mai

Lucas hatte sich für den Raum im Obergeschoss ein breites Futonbett gezimmert (falls er doch mal ein Mädchen mit nach Hause bringen sollte) und um die Tür herum ein Wandregal aus dicken Brettern gebaut. Alles war so geworden, wie er es sich vorgestellt hatte. Der abgeschliffene Dielenboden duftete nach Bienenwachs, die schrägen Wände waren mit hellem Fichtenholz verkleidet und die eingesetzten Fensterscheiben blank geputzt. Den Futon hatte er direkt vor die neue Fensterwand geschoben, sodass er vom Bett aus bis zum Waldrand schauen konnte. Es war ein schöner Raum geworden, voller Licht und Holz.

Statt wie früher sinnlos zu zerstören, hatte er etwas geschaffen. Er hatte mit seinen Händen etwas Schönes geschaffen. Ein richtiges Zuhause – denn das war das kleine Haus inzwischen für ihn geworden.

Munin weckte ihn am Morgen. Der Rabe hopste neugierig durch die offene Terrassentür nach drinnen und schnäbelte Lucas mit zärtlichem Gekrächz durch die Haare, bis er ein Lebenszeichen von sich gab und die Augen öffnete.

Der Vogel inspizierte alles sehr genau. Das aufgeschlagene Buch, Lucas' auf dem Boden liegende Sachen, der aus der Tasche gefallene Autoschlüssel. Er schob den Schlüssel ein wenig herum, aber als Lucas sich nicht rührte, wurde ihm langweilig.

Schließlich schnarrte er: »*Ungrr.*« Als das auch nichts fruchtete, machte der Rabe mit schrillem Geschrei deutlich, dass es Zeit fürs Frühstück war.

»Okay«, sagte Lucas und gab sich geschlagen, »ich stehe ja schon auf.«

Nachdem Munin zwei Trauben und die Hälfte von Lucas' Brötchen vertilgt hatte, bedankte er sich mit ein paar Kunststücken. Erst schaukelte er kopfüber an einem Ast im Kirschbaum, danach hängte er sich mit dem Schnabel an einen dünnen Zweig, was Lucas zum Lachen brachte. Zuletzt veranstaltete Munin zusammen mit Hugina ein paar synchrone Flugmanöver, wobei die beiden Raben mehrmals auf dem Rücken flogen, etwas, das unter allen Vögeln nur Raben konnten.

Für einen Moment kam es Lucas so vor, als wäre er nicht mehr einsam. Als hätte er einen Freund, jemanden, der sich darüber freute, dass es ihn gab, und das auch zum Ausdruck brachte.

Fast fünf Wochen waren seit seiner Rückkehr nach Moorstein vergangen und abgesehen von seinen nächtlichen Albträumen ging es ihm erstaunlich gut. Er hatte ein Zuhause, hatte Arbeit, ein Leben. Was wollte er mehr? Doch dann tauchten die großen silbernen Buchstaben an der Wand der Krüger-Villa vor seinem inneren Auge auf, formten das F-Wort, und er musste sich eingestehen, dass er doch mehr wollte.

Munin flog mit seiner Räbin in Richtung Wald davon und Lucas rieb sich das Gesicht. Ja, vielleicht war der Rabe sein Freund, sofern ein Vogel der Freund eines Menschen sein konnte. Aber Munin hatte außer ihm auch noch eine Gefährtin. Jemanden, der war wie er und mit dem er sein Rabenleben teilen konnte.

Ein Rabenpaar blieb ein Leben lang zusammen, jagte und nistete im selben Revier, zog Jahr für Jahr gemeinsam seinen Nachwuchs groß und sorgte füreinander. Das war mehr, als viele Menschen in Sachen Partnerschaft zuwege brachten.

Lucas glaubte nicht an die große Liebe. Er selbst war das Ergebnis einer glühenden Sommernacht, seine Mutter hatte nicht einmal den Nachnamen seines Erzeugers gewusst, ein durchziehender Zimmermann auf der Walz, der ihm zumindest das Geschick im Umgang mit Holz vererbt hatte.

Tristans Eltern hatten schon damals, als Anna noch lebte, keinen besonders glücklichen Eindruck auf ihn gemacht, und in die Beziehungstiefen seiner letzten Pflegeeltern war er niemals vorgedrungen, dafür war seine Zeit bei Sandra und Wieland Rotauge schlichtweg zu kurz gewesen, und er hatte die beiden zu sehr gehasst.

Im Heim hatte sich Lucas in ein Mädchen verliebt, das er sehr mochte, die Einzige, die Zugang zu ihm fand. Sie hieß Luna und war ein Jahr älter als er. Ihre Mutter war psychisch krank und in einer Klinik untergebracht und ihr Vater, ein gewalttätiger Krimineller, verbüßte eine lange Haftstrafe im Gefängnis. Luna war abenteuerlustig, klug und zärtlich gewesen.

Er hatte ihre Stärke bewundert. Die Stärke, ihre Eltern nicht zu hassen und nicht alles und jeden für ihr Schicksal verantwortlich zu machen. Luna hatte damals verhindert, dass das schwarze Loch in seiner Brust größer wurde, hatte dem Monster die Krallen gestutzt, als sie besonders scharf waren.

Sie hatten sich geschworen, für immer zusammenzubleiben. Lucas und Luna – gemeinsam gegen den Rest der Welt. Aber dann war er durchgedreht und hatte den Wachmann krankenhausreif geschlagen und wegen seines umfangreichen Vorstrafenregisters war er im Knast gelandet – wie Lunas Vater.

In ihrem einzigen Brief an ihn hatte sie Schluss gemacht. Sie hätte nicht die Kraft, gegen so viele Dämonen gleichzeitig zu kämpfen. Lucas hatte gelitten wie ein Hund und für sich entschieden, dass es besser war, sich nicht zu verlieben. Liebe war etwas für Träumer, aber er kannte bloß Albträume und darin kam Liebe nicht vor.

Und dennoch: Er war kein Mönch, auch wenn er in seinem kleinen Haus wie einer lebte.

Während Lucas sein Geschirr abspülte, wanderten seine Gedanken zu Mila, dem Mädchen aus dem See, der kleinen Fischtänzerin. Die silbernen Buchstaben aus der Villa tanzten vor seinen Augen.

Er wusste, wo Mila wohnte. Sie war eine Gastschülerin, also gab es in diesem Haus keine besorgte Mutter und keinen wachsamen Vater. Außerdem: Er war kein Niemand. Nicht mehr. Warum sollte er es nicht wenigstens versuchen?

Lucas ging wieder nach oben, fuhr den Laptop hoch und durchforstete das Kinoprogramm. Im kleinen Kino in Moorstein lief *Minions* und *Jurassic World* – nichts, womit man eine Fischtänzerin hinter dem Ofen hervorlocken konnte. Aber es lief auch noch *Die Gärtnerin von Versailles* – das klang romantisch und einen Versuch war es wert.

Unterwegs zog Lucas Kondome und parkte schließlich vor Milas Haus am Straßenrand. Er warf einen flüchtigen Blick hinauf zum Haus der Hellsterns und spürte sofort, wie sich sein Inneres verfinsterte, wie die alten Rachegefühle sich zu regen begannen. Schnell stieg er aus, querte die Straße und bog mit entschlossenen Schritten in die gepflasterte Einfahrt zu Milas Haus.

»Wollen Sie zu mir, junger Mann?«

Erschrocken fuhr er herum und entdeckte zwischen zwei Sträuchern den Kopf einer älteren Dame mit wild zerzaustem grauem Haar, in dem sich ein paar grüne Blätter verfangen hatten.

»Ähm ... nein. Ich wollte zu Mila.«

Die Gärtnerin fuhr sich mit einer Hand durchs Haar, erwischte die Blätter aber nicht. »Sie ist nicht da. Aber ich kann ihr gerne etwas ausrichten?«

»Nein, schon gut«, sagte er enttäuscht. Vermutlich war das Ganze ohnehin keine gute Idee.

»Aber Sie sind doch bestimmt nicht ohne Grund gekommen oder liege ich da falsch?«

Lucas kratzte sich am Hinterkopf. Nein, liegen Sie nicht, dachte er und hatte das Gefühl, der *Grund* würde in silbernen Buchstaben auf seiner Stirn blinken, während die Kondome in seiner Jeanstasche knisterten.

»Junger Mann?«

»Ja, sagen Sie ihr, wenn sie Lust hat, mit mir heute Abend ins Kino zu gehen, dann weiß sie ja, wo ich wohne.« Die Worte – kaum ausgesprochen, wünschte er sie auch schon zurück.

»Und wer sind Sie?«

»Lucas.«

»Also gut, ich richte es ihr aus.«

Als Lucas wieder hinter dem Steuer saß, schimpfte er sich selber einen Trottel. *Wenn sie Lust hat, mit mir heute Abend ins Kino zu gehen, dann weiß sie ja, wo ich wohne ...*

Würde Mila anbeißen? Oder brauchte er einen besseren Köder?

Auf dem Heimweg fuhr Lucas noch zum Supermarkt, um seine Vorräte aufzufrischen. Vor dem Regal mit den Konserven blieb er grübelnd stehen. Linsensuppe oder Ravioli? Fertigessen und Dosenfutter hingen ihm langsam zum Hals raus und seine Kochkünste erschöpften sich in Spaghetti und Rühreiern. Kochen war für ihn eine Art Zauberei.

Lucas entschied sich für die Ravioli und stellte zwei Dosen in seinen Einkaufswagen. Plötzlich schickte irgendetwas eine Warnung an sein Unterbewusstsein und seine Nackenhaare richteten sich auf. Als er sich langsam umdrehte, stand Tristan hinter ihm, nur einen knappen Meter entfernt, wie immer komplett in Schwarz gekleidet.

Das Blut hämmerte in Lucas' Ohren. Wie gelähmt stand er da und starrte Tristan an. So nah war er ihm seit zehn Jahren nicht mehr gewesen. Fast meinte er, die Hitze zu spüren, die von Tristans Körper ausging. Dann fasste er sich wieder. Kurz streifte er Tristans dunklen Blick, aber es lag kein Erkennen darin.

Schließlich bückte er sich und griff wahllos nach einer Dose aus dem unteren Regal. Tristan beachtete ihn gar nicht und Lucas atmete erleichtert auf. Nicht einmal sein alter Freund und ärgster Feind erkannte ihn, so sehr hatte er sich verändert. Er war nicht mehr der kleine, pummelige Ludwig Castorf. Inzwischen war er fast eins achtzig und der Babyspeck war Vergangenheit.

Den hatte er damals ziemlich schnell verloren, als er Pflegesohn von Sandra und Wieland Rotauge geworden war und manchmal hungrig ins Bett musste.

Lass die Finger vom Kühlschrank, Ludwig, das ist Diebstahl.
Du bist undankbar, Ludwig, das können wir nicht dulden.
Taschengeld? Wofür, Ludwig?

Kaum tauchte Lucas aus seinen Gedanken auf, da erschrak er von Neuem. Auch Mila war im Supermarkt. Instinktiv machte er zwei Schritte zurück, um sich hinter dem Konservenregal zu verstecken. Dabei stieß er mit seinem Einkaufswagen gegen den einer alten Dame und es schepperte laut.

»Na so was, junger Mann, schon am Nachmittag auf Drogen!«, wetterte sie auf der Stelle los. »Schämen Sie sich denn gar nicht?«

Blöde Kuh! Lucas entschuldigte sich stammelnd und warf Mila dabei einen verstohlenen Blick zu. Auch sie hatte ihn entdeckt. Er rechnete damit, dass sie ihn grüßen würde.

Doch Milas Blick schien durch ihn hindurchzugehen und sie verzog auch keine Miene. Bevor er sich darüber den Kopf zerbrechen konnte, tauchte Tristan hinter ihr auf und gemeinsam gingen sie zur Kasse. Verborgen hinter dem Konservenregal, beobachtete Lucas die beiden, und die Erkenntnis traf ihn wie ein Blitz: So, wie Mila Tristan ansah und berührte, gab es keinen Zweifel daran: Tristan Hellstern und die Fischtänzerin waren ein Paar. Deshalb waren ihr die Verbotsschilder am Schiefersee auch so schnuppe gewesen.

Verdammt. Ein leises Stöhnen kam aus Lucas' Kehle. Es sollte ihm egal sein. War es aber nicht. Nun musste er noch vorsichtiger sein. Und seine gesammelten Fantasien, die konnte er sich auch aus dem Kopf schlagen.

Noch einmal wagte er einen Blick auf Mila. Ihr Gesicht mit den breiten Wangenknochen und dem kantigen Kinn war gerahmt von wilden Strähnen, die ihrem Nackenband entschlüpft waren. Ihre Schönheit sah man nicht gleich auf den ersten Blick. Sie hatte etwas Sperriges an sich, gleichzeitig aber auch etwas Niedliches. Lucas fand sie auf verwirrende Art atemberaubend.

Das kommt davon, wenn man bloß noch Sex im Kopf hat, dachte er. Und wusste, dass das nicht stimmte, denn es hatte sich noch etwas anderes dazugesellt: Gefühle. Was weitaus verwirrender war.

Sie ist das Mädchen deines ärgsten Feindes. Vergiss sie! Lass dich nicht von Gefühlen beherrschen. Vergiss sie. Lautlos betete Lucas die Worte wie ein Mantra vor sich her. Mila und Tristan. War das auch Ironie des Schicksals?

Die beiden verließen zusammen den Supermarkt. Lucas umklammerte den Griff seines Einkaufswagens und fragte sich, was da gerade passiert war. Hatte Mila ihn vielleicht gar nicht erkannt? Aber sie hatte ihm doch direkt ins Gesicht gesehen, oder besser: durch ihn hindurch. Warum hatte sie so getan, als wäre er Luft?

Diese Begegnung veränderte alles. Lucas konnte nicht länger so tun, als wäre die Vergangenheit nicht mehr von Bedeutung für ihn. Es wurde Zeit, dass er sich Tristan Hellstern an die Fersen heftete und herausfand, was sein alter Freund aus Kindertagen so trieb. Vielleicht, so schoss es ihm durch den Kopf, konnte seine Zufallsbekanntschaft mit Mila ja dabei ganz nützlich sein. Auch wenn er sich für einen Moment wünschte, dass es anders gekommen wäre.

Freitag, 6. Juni Heute hatte das Thermometer die 30-Grad-Grenze geknackt und die Sonne brannte erbarmungslos vom wolkenlosen Himmel. Mila war froh, noch ein Schattenplätzchen unter einer kleinen Birke für ihre Decke ergattert zu haben. Sie betrachtete Tristan, der mit einer dunklen Sonnenbrille auf der Nase neben ihr lag und zeichnete.

Inzwischen hatte sie sich sattgesehen an seinem Rücken, den braunen Schultern und dem sonnengebleichten Haar und bereute, ihn überredet zu haben, mit an den Speichersee zu kommen. Er langweilte sich, denn Schwimmen und mit anderen auf einer Wiese herumliegen, war keine seiner Lieblingsbeschäftigungen.

Tristan redete weder mit Hannes noch mit ihr, sondern kritzelte die ganze Zeit etwas in sein Skizzenbuch. Mila hörte, wie der Stift über das Papier scharrte. Sie hätte Tristan gerne beim Zeichnen zugesehen, aber das mochte er nicht – fremde Blicke würden den kreativen Prozess beeinflussen.

Mila schielte zu Jassi und Ria hinüber, die gerade grinsend zusahen, wie Daniel und Henrike, die eben erst angekommen waren, zusammen ins Wasser stiegen.

»Hast du das gesehen?«, raunte Jassi Ria zu. »Dieses Tattoo, das hatte er das letzte Mal noch nicht.«

»Stimmt«, meinte Ria. »Was ist das, eine Schlange? Ziemlich abgefahren.«

Stimmt, dachte Mila. In ihrer Welt verkörperten Schlangen Unheil und waren tabu. Sich eine auf den Arm tätowieren zu lassen, war allerdings *abgefahren.*

»Sieh dir bloß Henri an, wie sie an ihrem Bruder rummacht.«

»Die ist voll lesbisch, glaub mir«, bemerkte Ria.

»Das nennt man Inzest und nicht lesbisch, du dumme Kuh«, sagte Hannes, der allein auf einem Handtuch lag und döste, aber offensichtlich zugehört hatte.

Prustendes Lachen drang zu Mila herüber. Viel lieber würde sie bei ihren Freundinnen sitzen, als sich neben Tristan zu langweilen, der nichts anderes als sein Skizzenbuch im Sinn hatte. Da setzte er sich auf und angelte eine Tube Sonnenschutz aus seiner Tasche.

»He, meine Schöne, cremst du mir den Rücken ein.« Er reichte ihr die Tube und legte sich auf den Bauch.

Mila strich sein Haar zur Seite, drückte etwas Sonnencreme auf die helle Stelle zwischen seinen Schulterblättern und begann, sie mit kreisenden Bewegungen auf seinem Rücken zu verteilen. Tristan hatte einen schönen Rücken mit geschmeidigen Muskeln und Arme mit sehnigem Bizeps. Das kam vom Bogenschießen. Daher hatte er auch seine bemerkenswerte Ruhe. Wenn man beim Zielen herumhibbelte, traf der Pfeil das Ziel nicht.

Ein Kichern ließ Mila den Kopf heben. Ria stieß Jassi in die Seite und meinte: »Guck mal, Mila hat einen Orgasmus.«

»Ja, einen von 5 auf der Richterskala.«

Mila warf ihren Freundinnen einen Blick zu, der sie verstummen ließ. Und sie hoffte, dass Tristan nichts davon gehört hatte. Aber der schien mit seinen Gedanken woanders zu sein. Mila hob den Kopf und sah, dass Patrizia mit ihrer Freundin gekommen war, Caro oder so, und die beiden sich genau in Tristans Blickrichtung niederließen.

Patrizia war groß, hatte eine perfekt geformte Figur und ihr Bikini bestand nur aus winzigen gelben Dreiecken.

Boris, der ein paar Runden geschwommen war, kam prustend aus dem Wasser. Als er sich nach seinem Handtuch bückte, rief Hannes: »Mensch, Bo, du hast ja größere Titten als Patrizia. Du solltest dir auch so einen schönen gelben Bikini kaufen.«

Mila blinzelte zu Boris hinüber, der sich kommentarlos auf sein Handtuch setzte. Die Schultern verschämt nach vorn gebeugt, hatte er tatsächlich ziemlich große Brüste. Er war einfach zu dick, alles an ihm war schwabbelig, und von ein paar Schwimmrunden im See würde er den überflüssigen Speck nicht loswerden. Boris tat Mila leid und sie blitzte Hannes böse an. Aber der kam erst so richtig in Fahrt.

Er setzte sich neben Boris und pikte ihm mit dem Finger in die Brust. »Vielleicht bist du ja eigentlich ein verkapptes Mädchen, hm, und hast dich nur noch nicht geoutet.«

»Du bist ein blödes Arschloch, Hannes«, zischte Jassi. »Halt gefälligst deinen Mund oder verpiss dich.«

»Ach komm schon, sei nicht so empfindlich, ist doch bloß Spaß. Bo hält einiges aus, oder etwa nicht, Kumpel?« Er stieß Boris gegen die weiche Schulter.

»Glaub schon«, murmelte Boris.

Tristan hob träge den Kopf. »Lass gut sein, Hannes, okay?«

Hannes brummte noch einmal etwas von »Spaßbremse«, aber dann ließ er von Boris ab und seine Hänselei hörte auf.

Mila legte sich wieder neben Tristan. »Danke«, flüsterte sie ihm ins Ohr und küsste ihn auf die ölglänzende Schulter.

Tristan grinste. »Also ich finde, er sollte sich wirklich endlich einen Bikini kaufen«, sagte er so leise, dass nur Mila es hören konnte.

Endlich war Feierabend und vor Lucas lag das lange Pfingstwochenende. Er hatte bis sieben gearbeitet und dadurch ein paar Überstunden angesammelt. Neuner war froh gewesen, denn so war die Treppe, die sie bei einem Kunden im Nachbardorf eingebaut hatten, noch vor den Feiertagen fertig geworden.

Sein Chef und er arbeiteten gut zusammen. Rolf Neuner war kein redseliger Mann, aber trotz Lucas' Vorgeschichte behandelte er ihn respektvoll und nicht wie einen, der froh sein durfte, dass man ihm einen Job gegeben hatte.

Lucas' Magen knurrte, also fuhr er zum *Bella Italia*, um sich eine Salamipizza zu holen, die er dann mit einem kühlen Bier auf seiner Veranda essen wollte – zusammen mit Munin. Als er auf den Parkplatz hinter dem Restaurant bog, saß Mila auf der Bank am Zaun und rauchte. Er parkte direkt vor ihr und stieg aus.

»Hallo, Fischtänzerin. Rauchen ist eine schlechte Angewohnheit und schadet deiner Taucherlunge.«

Mila hatte ihr langes Haar wie immer im Nacken zusammengenommen, aber ein paar Strähnen hatten sich gelöst und umspielten ihr gebräuntes Gesicht. Ihre dunklen, wild blickenden Augen, nun ja, diesmal sahen sie nicht durch ihn hindurch wie im Supermarkt. Was war es, das sich in ihnen spiegelte? Angst? Misstrauen?

»Was willst du von mir?«

»Mit dir reden.« Lucas setzte sich neben sie und Mila rückte ein Stück von ihm ab.

»He«, sagte er und machte eine charmante Geste. »Zugegeben, wir hatten einen etwas komischen Start, aber deshalb musst du doch nicht so spröde sein. Du siehst aus wie ein nettes Mädchen und ich bin neu in Moorstein. Ich versuche doch bloß, dich ein wenig kennenzulernen.«

»Aber das geht nicht«, stieß sie beinahe panisch hervor.

»Wieso nicht? Weil ich nach Schweiß rieche?«

»Weil ich einen Freund habe.«

»Okay, verstehe.« Er ließ sie nicht aus den Augen. »Aber ich will nur mit dir reden, dich nicht heiraten oder so.«

Mila nahm einen letzten Zug und drückte die Zigarette aus. Sie warf einen nervösen Blick zur Hintertür des Restaurants.

»Ist er da drin, dein Freund?«

»Ja.« Mila holte tief Luft. »Ich habe nichts gegen dich, okay? Aber ich will nicht, dass er uns zusammen sieht.«

»Er ist also eifersüchtig.«

Mila nickte.

Gut zu wissen, dachte Lucas. So konnte er sicher sein, dass Mila Tristan nichts von ihrer Begegnung am Schiefersee erzählen würde.

»Neulich im Supermarkt, der große Blonde, war er das? Hast du deswegen so getan, als würdest du mich nicht kennen?«

»Ja. Was hätte ich ihm auch sagen sollen? Schau mal, das dort drüben ist der Stalker, der mich Tag und Nacht verfolgt.«

Stalker? Lucas schüttelte den Kopf. »Wie wär's mit: Schau mal, das dort ist der Typ, dem ich zweimal die Nase blutig geschlagen und einmal in die Eier getreten habe. Er wäre bestimmt stolz auf dich gewesen?« Mila lief rot an unter ihrer dunklen Haut. Das amüsierte ihn. »Ich verfolge dich nicht, okay?«

»Ich glaube, das sagen alle Stalker. Du stehst im Dunkeln vor meinem Haus, du warst am Schiefersee, ich bin hier, du bist hier. Oder spreche ich gerade mit einem Geist?«

»Hast du Tristan diesen Unsinn erzählt?«, fragte er. »Dass es einen Typen gibt, der dich verfolgt?«

Mila blieb der Mund offen stehen, und im selben Augenblick wusste Lucas, dass er einen Fehler gemacht hatte. *Fuck!*

»Woher du kennst seinen Namen?« Da war es wieder, das Misstrauen in Milas Augen.

Tu so, als wäre nichts. Halte das Gespräch am Laufen. »Du hast ihn mir gesagt, woher sollte ich ihn sonst kennen?«

»Nein, habe ich nicht. Wer bist du? Und warum spionierst du mich nach?«

Lucas wollte protestieren, als er vom Hintereingang Stimmen hörte. Milas Freundin Jassi und Boris, der Dicke, traten auf den Parkplatz.

»Bitte«, flehte Mila im Flüsterton.

Lucas stand auf und lief über den Parkplatz in Richtung Hintertür, als Tristan und noch ein paar andere ihm entgegenkamen. Er bedachte Boris mit einem finsteren Blick, der ihn an seine Drohung hinsichtlich der Raben erinnern sollte, und nickte Jassi kurz zu. Von Tristan erntete er im Vorbeigehen einen fragenden Kennen-wir-uns?-Blick, aber Lucas lief einfach weiter.

Hatte Tristan ihn mit Mila zusammen gesehen – auf der Bank? *Und wenn.*

»Wer war denn der Typ, mit dem du da geredet hast?«, fragte Tristan beiläufig, als sie vor seiner Suzuki standen. Die anderen verließen gerade einer nach dem anderen mit ihren Rädern und Mopeds den Parkplatz.

»Ein Freund von Jassi«, antwortete Mila genauso beiläufig. »Er heißt Lucas und ich glaube, sie mag ihn.«

»Lucas *und?*«

»Keine Ahnung.« Sie zog die Schultern nach oben. »Frag Jassi.«

»Ich frage aber dich.« Tristans Stimme hatte einen Unterton, den sie noch nicht kannte. Insistierend. Eifersüchtig. »Wenn ihr Weiber auf einen Typen steht, dann wisst ihr doch meistens sehr schnell genau über ihn Bescheid. Und die beste Freundin, die erfährt alles brühwarm.«

Damit hatte Tristan allerdings recht. Jassi war mit ihrer Neugier dabei sogar ziemlich weit gegangen. Deshalb wusste Mila, dass Lucas eigentlich Ludwig hieß. Und wenn einer mit einem falschen Namen herumlief, hatte er mit Sicherheit etwas zu verbergen.

Vorhin auf der Bank hätte sie Lucas am liebsten mit seinem richtigen Namen konfrontiert, aber so wäre sicherlich eine längere Diskussion daraus geworden, und sie hatte ihn ja so schnell wie möglich loswerden wollen, bevor Tristan sie zusammen sah. Offensichtlich war ihr das nicht gelungen.

Tristan nagelte sie mit seinem Blick fest, er wollte eine Antwort.

»Keine Ahnung, Jassi sagt, er sei neu in der Stadt. Er wohnt in kleines Haus, das früher einer alten Frau mit einem sprechenden Raben gehört hat.«

»Was?« Tristan starrte sie an und etwas regte sich in seinem

Gesicht, etwas, das Mila noch mehr beunruhigte als drohende Eifersucht. Seine Augen wurden dunkel, der Blick leer. Er schien mit seinen Gedanken plötzlich sehr weit weg zu sein.

»Kennst du ihn?«, fragte sie.

»Nein, wieso?«

»Es kam mir gerade so vor.«

Die ersten Tropfen fielen und sie setzten ihre Helme auf. Tristan brachte Mila nach Hause. Sie dachte an Lucas, daran, dass er ein Geheimnis hatte, und an Tristans merkwürdiges Verhalten. Es war nur ein Gefühl. Doch sie hätte wetten können, dass die beiden sich kannten.

»Sehen wir uns morgen?«, fragte Mila, nachdem sie abgestiegen war. Inzwischen regnete es in Strömen.

»Wir kriegen Besuch. Ich ruf dich an, okay?«

Tristan fuhr davon, ohne ihre Antwort abzuwarten. Hatte nicht einmal seinen Helm abgesetzt, um ihr noch einen Regenkuss zu geben. Warum hatte er ihr nicht eher davon erzählt, dass er Besuch bekam? Und wer war so wichtig, dass er ihn davon abhielt, sich mit ihr zu verabreden?

Tilde war in der Küche und räumte den Geschirrspüler aus.

»Da bist du ja«, sagte sie fröhlich. »Hast du denn schon etwas gegessen?«

»Ja, wir waren noch beim Italiener.«

»Du bist ja ganz nass, Mädchen. Zieh dich erst einmal um.«

Später fragte Tilde sie nach ihren Plänen für das lange Wochenende. Mila hatte keine Pläne. Tristan hatte *Besuch*, und Jassi fuhr mit ihren Eltern und ihren Brüdern ihre andere Oma in Mecklenburg besuchen, die Geburtstag feierte.

»Nein, keine Pläne.«

»Hast du Lust auf einen kleinen Ausflug? Ich würde gerne meine Freundin Ella in Eisenach besuchen und dir die Stadt und die Wartburg zeigen.«

Tilde hatte ihr schon einiges von Thüringen gezeigt, aber in Eisenach waren sie noch nicht gewesen. Mit Tilde zu einer ihrer Freundinnen zu fahren, war nicht das, was Mila sich für das Wochenende vorgestellt hatte. Aber immer noch besser, als bei diesem herrlichen Sommerwetter zu Hause zu hocken und in der Nacht am Fenster zu stehen und sehnsüchtig zu Tristans Haus hinaufzuschauen.

»Okay«, willigte sie ein. »Ich komme mit.«

»Na dann pack auch dein Nachthemd und die Zahnbürste ein, wir fahren morgen früh und bleiben über Nacht.«

12 **Pfingstsonntag, 8. Juni** Lucas starrte auf den schlichten, vom Mondlicht beleuchteten Grabstein. *Catrin Castorf geb. 14. Mai 1975 – gest. 7. Februar 2004.* Die Urne seiner Mutter war unter der grünen Wiese bestattet. Irgendwo ein paar Zentimeter unter dem Rasen ruhte das, was von ihr übrig geblieben war: eine Handvoll Asche. Und doch spürte er ihre Nähe.

Warum, Ma? Andere haben Familie, ich hatte nur dich. Warum also ausgerechnet du?

Dieselbe Frage stellte er sich immer wieder. Nachdem seine Mutter gestorben war, hatte er niemanden und nichts mehr, nur dieses Unwesen in seinem Inneren, geboren aus Verlassenheit, Wut und dem Wunsch nach Rache. Als Kind und auch noch als Teenager war er dem hilflos ausgesetzt gewesen. Am Ende hatte das Monster ihn hinter Gitter gebracht. Doch er hatte Glück gehabt, denn Arndt Zadok hatte ihn gerade noch rechtzeitig unter seine Fittiche genommen. *Bleib auf Distanz, Ludwig. Nimm's nicht persönlich. Halte deine Gefühle und deine Fäuste unter Kontrolle. Kümmere dich um deine eigenen Angelegenheiten.*

Es hatte funktioniert. Aber was machte das mit einem, wenn man seine Gefühle ständig unter Kontrolle hielt? Wurden sie kleiner und kleiner? Verschwanden sie irgendwann ganz? Diese Frage beschäftigte Lucas schon eine ganze Weile.

Er verließ den Friedhof und lief durch das nächtliche Moorstein. Wie so oft machte er einen Umweg an Milas Haus vorbei, aber nirgendwo brannte Licht, obwohl es noch gar nicht so spät war. Vielleicht war sie mit Tristan zusammen. Vielleicht trieben sie es gerade dort oben in seinem Zimmer im Kellergeschoss.

War er etwa eifersüchtig? Oder weshalb verspürte er diese große Lust, etwas zu zerschlagen?

Warum ausgerechnet er, Fischtänzerin?

Mit jedem anderen Typen hier in diesem Kaff hätte er es aufgenommen. Aber gegen Tristan hatte er schon einmal verloren. Inzwischen war er zwar stärker und cleverer, aber wenn Tristan noch derselbe war wie früher, dann nützten ihm weder Fäuste noch Hirn etwas, denn Tristan Hellstern besaß eine unschlagbare Eigenschaft: Er hatte keine Angst.

Dafür hatte ihn der pummelige Ludwig immer bewundert. Deshalb war es so cool gewesen, Tristans Freund zu sein. Lucas erinnerte sich an die Begegnung mit dem Rottweiler. Damals waren sie acht gewesen – gleichaltrig für ein paar Monate. Nach der Schule waren sie auf dem Weg zu Ludwig, wollten bei ihm Hausaufgaben machen und spielen – als sie sich plötzlich einem zähnefletschenden Rottweiler ohne Maulkorb gegenübersahen. Ludwig stand da, schlotternd vor Angst, jederzeit darauf gefasst, seine Knochen zwischen den Zähnen des Untieres brechen zu hören.

Doch Tristan nahm, ohne groß nachzudenken, seine Sporttasche am Henkel und schleuderte sie wie eine Waffe gegen den Hund. Der bekam einen vollen Hieb gegen die Schnauze und trollte sich winselnd.

Noch tagelang hatte Ludwig Schiss gehabt, nach der Schule alleine nach Hause zu gehen, während Tristan den Vorfall längst vergessen hatte.

Ein anderes Mal – Tristan hatte sich in der Hofpause über einen zwei Jahre älteren Jungen lustig gemacht – lauerte der ihnen nach dem Unterricht mit drei seiner Kumpel im Park auf. Zu zweit hatten sie keine Chance gegen die vier älteren Jungen, aber Tristan verteidigte sich so lange wacker gegen die Übermacht, bis er mit blutender Nase am Boden lag. Ein Mann eilte ihnen zu Hilfe, die vier rannten weg, und Tristan lachte, während ihm das Blut aus der Nase sprudelte.

Tristan Hellstern war Lucas ein Rätsel und würde es vielleicht immer bleiben. Doch ein paar Dingen aus der Vergangenheit konnte er vielleicht auf den Grund gehen.

Wieder zu Hause, holte er seine Vergangenheitskiste aus der Ecke, den dritten Karton, der bisher verschlossen geblieben war. Lucas setzte sich damit auf die niedrige Bettkante und stellte ihn auf den Boden zwischen seinen Füßen. Es war an der Zeit, sich den Dingen zu stellen.

Seit er wieder in Moorstein war, erinnerte sich Lucas an Begebenheiten, von denen er glaubte, sein Hirn hätte sie für immer weggeschlossen. Manchmal wurde der Schleier ruckartig weggerissen, meistens aber lüftete er sich Stück für Stück. Nun war Lucas bereit, ein wenig nachzuhelfen, auch wenn er wusste, dass es unangenehm werden würde.

Er hob den Deckel vom Karton, so vorsichtig, als würde darin ein schlafendes Ungeheuer lauern. Die von ihm eigenhändig mit Buntpapier beklebte flache Schachtel lag ganz obenauf und er nahm sie auf den Schoß. Hob einen weiteren Deckel ab und nahm eine Handvoll Fotos heraus, Fotos, die seine Mutter nicht mehr ins Album kleben konnte, weil sie vorher gestorben war.

Das erste Foto war am 4. Februar 2004, seinem neunten Geburtstag, aufgenommen. Seine Mutter umarmte ihn und beide schauten sie lachend in die Kamera. Seine Ma hatte dasselbe tiefschwarze Haar wie er und dieselben Augen.

Tristan hatte das Foto gemacht und es war leicht verwackelt. Auf den anderen Fotos war Lucas zu sehen, wie er die Kerzen auf dem Geburtstagskuchen ausblies, wie er stolz auf seinem neuen Schlitten saß, einmal allein und einmal zusammen mit Tristan.

Drei Tage nach ihm hatte Wilma Singer Geburtstag gehabt. Seine Ma hatte rote Tulpen für die alte Frau gekauft und eine warme Decke, weil sie immer so schnell fror. Als sie aufbrechen wollten, um Wilma zu gratulieren, stand Tristan im metallicblauen Schneeanzug mit seinem Schlitten vor der Tür.

Es hatte schon den ganzen Tag dicke Flocken geschneit, und Lucas war wild drauf, endlich seinen neuen Schlitten einzuweihen. Freudestrahlend sah er seinen Freund an.

»Heute nicht, Tristan«, sagte seine Mutter. »Hat Ludwig dir nicht gesagt, dass wir zum Geburtstag eingeladen sind?«

Ludwig hatte es ihm gesagt. Trotzdem war Tristan mit seinem Schlitten quer durch die ganze Stadt gelaufen und stand nun vor ihrer Tür.

»Kann sein. Ich hab's vergessen.«

»Komm morgen wieder, okay? Morgen ist auch noch ein Tag.«

Tristan nickte missmutig. Er trottete ihnen mit seinem Schlitten hinterher, bis sie beim Häuschen der alten Frau angelangt waren. Dann ging er weiter, aber er grinste.

Ludwig aß Torte, trank süßen Kakao und spielte mit Wilmas kleinem getigerten Kater Louis. Tristan hatte er längst vergessen.

Doch dann wurde ihm langweilig, die Erwachsenengespräche fand er dämlich, und als Wilma mit ihm nach oben ging, um aus einer der Kammern die Spiele-Box zu holen, erkannte er durch ein Fenster Tristan im blauen Schneeanzug, wie er mit seinem Schlitten den Hügel hinabfuhr. Lucas bat seine Mutter, nach draußen zu dürfen.

»Na gut, mein Schatz«, sagte sie und strich ihm über den Kopf. »Aber nicht so lange, um fünf wird es dunkel. Bis dahin bist du zurück, okay?«

»Ja, versprochen.«

Wenn Lucas damals gewusst hätte, dass dies die letzte Berührung seiner Mutter war, die er jemals spüren würde, wäre er niemals fortgegangen.

Tristan grinste, als er angestiefelt kam. Sie bauten gemeinsam an der kleinen Schanze weiter, die Tristan angefangen hatte, und flogen mit dem Schlitten darüber, wieder und wieder. Es war ein Höllenspaß und er vergaß die Zeit.

Als sie zum zigsten Mal den Schlitten den Berg hinaufzogen, dämmerte es und Lucas merkte, wie schwer seine Beine waren. Er hatte keine Uhr um, aber Tristan trug eine, das wusste er.

»Sag mal, wie spät ist es denn?«

»Zwanzig vor. Wann sollst du denn zurück sein?«

»Um fünf.«

»Cool, dann haben wir ja noch ein bisschen Zeit.«

Ludwigs Anorak und seine Jeans waren nass und schwer vom Schnee. Bis zu Wilmas Haus würde er garantiert zehn Minuten brauchen.

»Meine Ma wird sauer, wenn ich nicht pünktlich bin. Ich geh jetzt lieber.«

»Ach komm, wir haben doch gerade solchen Spaß. Und wenn du in einer Viertelstunde gehst, bist du immer noch pünktlich. Sei kein Baby, okay?«

Er war hin und her gerissen. Er hatte Spaß. Und ein Baby wollte er auch nicht sein. Also zogen sie noch dreimal den Schlitten den Berg hinauf und fuhren über die Schanze. Auf einmal war es richtig dunkel.

»Jetzt muss ich wirklich los. Sonst krieg ich Ärger.«

»Ärger bekommst du auf jeden Fall.«

»Wieso?« Ludwig sah seinen Freund erschrocken an.

»Na, du weißt schon, dass die alte Singer eine Hexe ist, oder etwa nicht?«

Ludwig lachte und zeigte Tristan einen Vogel. »Du spinnst.« Natürlich wusste er, dass die Kinder Wilma Singer eine Hexe nannten, weil manchmal der Rabe auf ihrer Schulter saß, wenn sie in ihrem Garten arbeitete. Doch er gab nichts auf das Gerede.

»Ich spinne nicht, ich weiß es«, sagte Tristan gekränkt. »Sie hat ihren Mann vergiftet und ihre Tochter verhext. Die Tochter wurde völlig gaga und sie mussten sie einsperren. Ich würde jedenfalls nichts essen bei ihr. Jede Wette, dass sie auch deine Mutter schon verhext hat. Und du, du bist als Nächster dran.«

Tristan erzählte Unsinn, er war bloß sauer, weil Ludwig gehen wollte, trotzdem wurde ihm auf einmal ganz schlecht. Sie trennten sich und Tristan zog mit seinem Schlitten ab.

Als Ludwig vollkommen erledigt und nass von oben bis unten Wilma Singers Haus betrat, hörte er aus Richtung Stadt das Heulen einer Sirene, das schnell immer näher kam. Und drinnen hörte er die verzweifelte Stimme der alten Frau. »Catrin, Mädchen, bleib bei mir, sie sind gleich da, nicht einschlafen, bitte.«

Schlafen? Um diese Zeit?

Er rannte ins Wohnzimmer, wo seine Mutter neben einer umgekippten Bücherkiste auf dem Boden lag und sich nicht rührte. Wilma kniete neben ihr, sprach beschwörend auf sie ein und tätschelte ihre wachsbleichen Wangen.

Noch heute erinnerte sich Lucas an die rot glühende Wolke, die in seinem Kopf explodierte, und er hörte den Schrei, mit dem er sich auf Wilma Singer stürzte wie ein Irrer. Er traktierte die alte Frau mit seinen Fäusten, bis ein Rettungssanitäter ihn mit kräftigen Armen umschlang und hochhob.

»Sie ist eine Hexe«, schrie er, »sie hat meine Mutter vergiftet, sie ist eine Hexe.«

Auch wenn der bärtige Arzt im Krankenhaus ihm genau erklärte, dass seine Mutter an einem gerissenen Blutgefäß in ihrem Kopf gestorben war und dass es, wenn nicht an diesem Tag, dann an einem anderen passiert wäre: Damals war er felsenfest davon überzeugt, dass seine Mutter noch leben würde, wären sie nicht zu Wilma Singers Geburtstag gegangen. Die alte Frau hatte seine Mutter gebeten, einen schweren Karton mit Büchern in ihr Schlafzimmer zu tragen, und dabei war es passiert.

Seine Mutter, der wichtigste Mensch in seinem Leben, war unwiederbringlich fort. Es gab niemanden, bei dem er bleiben konnte. Nachdem Ludwigs Verzweiflung sich zuerst in hasserfüllter Raserei entladen hatte, überfiel ihn nun eine Art Lähmung, ein fast willenloser Zustand.

Das Jugendamt wurde verständigt, doch Tristans Eltern boten sofort an, ihn bei sich aufzunehmen, das wären sie seiner Mutter schuldig. Seine einzige Alternative war das Heim. Also zog Ludwig ins Haus der Hellsterns.

Die erste Nacht verbrachte er auf einer Matratze in Tristans Zimmer, wie immer, wenn er mal bei ihm übernachtet hatte. Ludwig erfasste eine furchtbare Einsamkeit. Ihm wurde klar, dass es nun niemanden mehr gab, der sich Gedanken darum machte, wer er wirklich war, was er dachte, hoffte und träumte. Er war entsetzlich allein. Allein für immer.

Renate und Peter Hellstern kannte er kaum. Und Tristan ... er war sein Freund, mit ihm konnte er Abenteuer erleben und sich im Spiel messen. Aber er konnte niemals die tröstende Umarmung seiner Mutter ersetzen, ihre Wärme, ihre Geschichten, die Geborgenheit, die sie ihm gegeben hatte.

In dieser ersten Nacht, da träumte er, träumte vom kalten Schnee und von seiner Mutter, die leblos am Boden lag, halb begraben von Wilma Singers Büchern. *Mama, wach auf,* rief er, *wach bitte auf, Mama.* Aber sie rührte sich nicht und er erwachte von seinem eigenen kläglichen Wimmern.

Zwischen seinen Beinen war es warm und feucht, er hatte ins Bett gemacht. Seine Schlafanzughose war nass, es stank nach Urin und er schämte sich ganz furchtbar. Er stand auf und ging ins Bad, wo er die Hose auszog und einfach auf den Boden fallen ließ. Er musste dringend und pinkelte, dann ging er zurück ins Gästezimmer und legte sich wieder in sein nasses Bett. Voller Scham wartete er auf den Morgen, auf den Moment, wenn sein Dilemma entdeckt würde.

Lucas schluckte, es war mehr ein trockenes Würgen. Alle Verzweiflung, die er bisher in seinem Leben gefühlt hatte, stieg plötzlich in ihm hoch. So klar war seine Erinnerung an diese furchtbare Nacht. Und zum ersten Mal nach zehn Jahren wunderte er sich über die Tatsache, dass er damals ins Bett gepinkelt hatte und trotzdem mit einer vollen Blase aufgewacht war.

Er packte die Fotos in die bunte Schachtel zurück und die Schachtel in den Karton. Dabei sah er, was als Nächstes kam, unter der Schachtel. Kinderzeichnungen. Bunte Bilder, die Anna ihm geschenkt hatte.

Lucas legte den Deckel auf den Karton. *Nicht heute.*

Pfingstmontag, 9. Juni *Udik. Wach auf!*
»Ich muss heute nicht arbeiten.«
Doch. Dein Kopf muss arbeiten. Wach endlich auf!
»Gib Ruhe, okay?«
Warum hast du dir Annas Bilder nicht angesehen?
»Du nervst.«
Und du bist feige.
Lucas öffnete ein Auge und beobachtete Munin, wie er durchs Zimmer stolzierte. »Ich wünschte, ich hätte Flügel wie du, Kumpel. Dann würde ich sie ausbreiten und davonfliegen und nie mehr wiederkommen«, murmelte er ins Kissen.

»*Kroark*«, antwortete der Vogel. Schließlich hopste er auf Lucas' Bett und zwackte ihn in den Finger.

»Au, verdammt.«

»*Alo, alo. Ungrr*«, krächzte der Rabe und Lucas erhob sich seufzend.

Nachdem er den Raben gefüttert und selbst gefrühstückt hatte, machte er sich daran, Wilma Singers Schlafkammer zu entrümpeln, den Raum, in den er alles gestellt hatte, von dem er noch nicht sicher war, ob er es behalten oder wegwerfen wollte.

Dabei stieß er auf die verstaubte Spiele-Box. Schach, Mühle, Dame, Halma. Ein Würfelbecher mit bunten Würfeln. Er dachte daran, dass Munin gerne Mühle spielte, und stellte die Box auf die Treppe.

Was Lucas nicht mehr brauchte, lud er auf den Pick-up. Heute war Feiertag, aber morgen hatte er auch noch frei, weil Familie Neuner verreist war, und da konnte er die Sachen wegbringen.

Den Karton mit Wilma Singers letzten Habseligkeiten, den ihm Aurora, die sexy Rothaarige, gebracht hatte, nahm er immer wieder in die Hände und stellte ihn woanders ab, weil er ihm im Weg war.

Was würde zutage kommen, wenn er den Karton öffnete? Was würde er sich noch alles eingestehen müssen, wenn der Rabe in seinen Träumen nicht aufhörte zu fragen?

Am späten Nachmittag war die Kammer leer, und nachdem Lucas geduscht hatte, holte er den Karton und ein kühles Bier und setzte sich mit beidem auf die Terrasse. Er löste die Paketschnur und öffnete den Deckel.

Ganz obenauf lag ein Brief von Wilma, der an ihn gerichtet war. Er legte ihn vor sich auf den Tisch und holte heraus, was Wilma Singer zuletzt noch etwas bedeutet hatte. Zwei Fotoalben, eine alte Bibel – in Leder gebunden –, eine goldene Uhr und ein paar Schmuckstücke, die alt waren und hübsch aussahen, aber vermutlich keinen großen Wert besaßen.

Lucas blätterte durch die beiden Fotoalben. Sah Bilder von einer normalen kleinen Familie: Vater, Mutter und eine Tochter, die Adela hieß. Adela war ein hübsches Mädchen mit großen dunklen Augen und tatsächlich erinnerte sie ihn ein wenig an seine Mutter. Wilma musste es ebenso empfunden haben.

Zuerst tauchte Adelas Vater nicht mehr auf den Fotos auf und dann gab es überhaupt keine Fotos mehr. Bis auf eines von ihm und seiner Mutter, das lose zwischen den hinteren, den leeren Seiten des zweiten Albums lag.

Lucas öffnete den an ihn gerichteten Brief, er war vom Oktober des vergangenen Jahres, und las.

Lieber Ludwig,

wenn du diesen Brief liest, dann liege ich unter der Erde und du bist in mein Haus gezogen. Ich bin froh über deine Entscheidung, du wirst sie nicht bereuen.

Als deine Mutter starb, warst du ein kleiner Junge und ich eine alte Frau. Was für Gerüchte auch über mich, meinen Mann und meine Tochter dir zu Ohren gekommen sind – sie sind nicht wahr. Mein Mann starb an einem Herzinfarkt. Meine Tochter Adela verkraftete den Tod ihres geliebten Vaters nicht, begann, Drogen zu nehmen, und nahm sich das Leben, als sie gerade mal 42 war.

Ich war sehr einsam, Ludwig, als du und deine Mutter in mein Leben tratet. Ich habe euch sofort ins Herz geschlossen, ihr wart ein Geschenk für mich, mit dem ich nicht mehr gerechnet hatte.

Aber ich habe auch euch verloren. Im rasenden Schmerz deines Verlustes hast du mich als Hexe beschimpft, und an diesem schrecklichen Tag kam es mir so vor, als ob du recht hattest. Warum starben die Menschen, die ich liebte, auf so furchtbare Weise?

Du weißt, dass deine Mutter an einem geplatzten Aneurysma in ihrem Kopf gestorben ist. Wäre es nicht in meinem Haus passiert, hätte ich vielleicht noch ein paar Jahre deine Ersatzgroßmutter sein dürfen. Aber das Schicksal hat mir das verwehrt.

Ich war so froh, dass die Hellsterns dich damals aufgenommen haben. Du konntest in Moorstein bleiben, weiter hier zur Schule gehen. Und ich hoffte, dass wir noch eine Chance hätten, du und ich. Dass du älter werden und verstehen würdest. Doch dann starb die kleine Anna und man gab dir die Schuld. Die Leute sagten, du wärst eifersüchtig gewesen auf das kleine Mädchen.

Lieber Ludwig, ich konnte nicht glauben, dass du der Kleinen etwas Böses wolltest. Ich habe dich oft beobachtet, habe sehen können, wie unglücklich und auch wütend du warst. Aber einem kleinen Kind etwas antun ... Ich hätte gerne von dir selbst gehört, was passiert war, aber dann warst du plötzlich fort, in einem Kinderheim. Ich habe deine Spur verfolgt, habe versucht herauszufinden, ob es dir gut geht. Doch du kamst zu einer Pflegefamilie, und da ich nicht mit dir verwandt war, durften sie mir nicht sagen, wo du lebst.

Ich hoffte, dass es dir dort gut ging, dass du ein Zuhause und liebe Menschen gefunden hast, die dir halfen, das Erlebte zu verarbeiten. In Gedanken war ich immer bei dir.

Als ich nach meinem Sturz im Pflegeheim landete, wusste ich, dass ich nie mehr in mein Zuhause zurückkehren würde. Zuletzt habe ich noch einmal jemanden gefunden, der mir die Tage erhellt. Aurora, eine junge Lehrerin, die manchmal kommt, um mir etwas vorzulesen oder mich im Rollstuhl herumzufahren. Sie hat mir einen Anwalt besorgt, der dich schließlich ausfindig machte. Du warst im Gefängnis, Ludwig. Wie konnte das nur passieren? Was ist schiefgelaufen?

Als ich mein Testament gemacht habe, dachte ich, vielleicht ist es wichtig, dass du dich dem Vergangenen stellst und dir über ein paar Dinge klar wirst. Deshalb die Klausel, Ludwig. Wenn das Jahr um ist, kannst du das Haus verkaufen und deiner Wege ziehen.

Lieber Ludwig, es tut mir leid, dass ich nicht für dich da sein konnte. Ich wünsche dir von Herzen, dass dir das Leben gelingt.
   Deine Wilma

PS. Munin wird dich besuchen kommen, er hat jetzt eine Gefährtin. Ich habe ihm all die Jahre von dir erzählt. Er liebt Weintrauben und spielt gerne Mühle, erinnerst du dich?

Lucas faltete den Brief zusammen und starrte auf den nahen Waldrand. Tränen rannen über seine Wangen, sein Magen war ein kalter Klumpen, sein Herz ein brennendes Loch. Er rieb sich über die Augen.

Wilma Singer hatte die beiden wichtigsten Menschen in ihrem Leben auf tragische Weise verloren. Seine Mutter und er hatten wieder Freude in ihr Dasein gebracht. Und dann war seine Mutter gestorben und er hatte die alte Frau mit seinem Hass überschüttet. Einem Hass, den Tristans Worte gesät hatten. Doch er hatte zugelassen, dass die Saat aufging.

Wenn er damals nicht so ein verdammter Idiot gewesen wäre. Wenn Tristan ihm nicht diese perfiden Lügen über Wilma erzählt hätte. Wenn seine Mutter nicht in Wilmas Haus gestorben wäre. Wenn die kleine Anna nicht im See ertrunken wäre ... *wenn, wenn, wenn.*

Das Brennen in seiner Brust ließ ihn einen gequälten Seufzer ausstoßen. Dann begann sein ganzer Körper zu beben und er schluchzte. Lucas vergrub das Gesicht in den Händen, und es dauerte einige Zeit, bis die Erschütterung nachließ und er wieder normal atmen konnte.

Als er den Kopf hob, sah er Munin mit Wilmas Brief im Schnabel auf dem neuen Terrassengeländer sitzen.

»He«, rief er. Doch noch ehe er aufspringen konnte, breitete der Rabe seine Schwingen aus und flog mit seinem Schatz davon in Richtung Wald.

Für einen Moment konnte Lucas nicht glauben, was da gerade passiert war. Wilmas goldene Uhr lag noch auf dem Tisch, wieso hatte der Rabe nicht die Uhr, sondern den Brief genommen? Doch dann wurde ihm schnell klar, warum. Der Uhr hatte er selbst keine große Beachtung geschenkt, der Brief jedoch hatte einige Zeit seine Aufmerksamkeit gefesselt und ihn schließlich zum Weinen gebracht. Deshalb war das Stück Papier für Munin weitaus interessanter als die funkelnde Uhr.

Ärgerlich rief Lucas nach Munin, aber der Rabe tauchte nicht wieder auf. Damals war es ihm manchmal gelungen, Dinge, die Munin gestohlen hatte, gegen etwas anderes einzutauschen. Vielleicht konnte er das versuchen. Er musste Munin allerdings etwas bieten, das ihm gefiel. Vielleicht eine Schachfigur? Einen Mühlestein?

Doch das musste warten, denn etwas war ihm wichtiger. Er wollte die rothaarige Aurora treffen und mit ihr über Wilmas letzte Tage sprechen. Vielleicht wollte Lucas ja auch nur nicht allein sein an diesem Abend.

Montagabend, kurz nach acht. Mila hatte in den letzten beiden Stunden x-mal versucht, Tristan zu erreichen, aber jedes Mal meldete sich bloß die Mailbox. Dreimal hatte sie ihm »Ich bin wieder da, wo bist du?« draufgesprochen. Er meldete sich einfach nicht. Das war nicht neu und meistens gab es harmlose Erklärungen für sein Schweigen. Doch es fiel Mila immer noch schwer, damit umzugehen.

Die beiden Tage, die sie mit Tilde und ihrer Freundin Ella in Eisenach verbracht hatte, waren schön gewesen. Die alten Damen hatten sich alle Mühe gegeben, Mila so viele Sehenswürdigkeiten wie möglich zu zeigen. Sie waren im Bachhaus gewesen, in vier Kirchen und natürlich auf der Wartburg, die hoch über der Stadt thronte. Auf der imposanten Burg hatte Mila vor allem das Glasmosaikenzimmer gefallen. Und natürlich der fast fünfhundert Jahre alte Tintenfleck an der Wand von Martin Luthers spartanischem Schreibstübchen, in dem der Reformator die Bibel übersetzt hatte.

Doch obwohl Tilde und Ella lustig wie zwei Teenager gewesen waren, hatte Mila den Ausflug nicht richtig genießen können. Viel lieber wäre sie an den beiden Tagen mit Tristan zusammen gewesen. Wie so oft hatte sie das Gefühl, dass ihr in jeder Minute, die sie ohne ihn war, etwas Kostbares entging.

Aber wenigstens hatte sie ein schönes Geburtstagsgeschenk für Tristan gefunden. Sein neunzehnter Geburtstag war zwar erst Anfang Juli, aber der Schlüsselanhänger, den sie in diesem Mittelalterladen in Eisenach gekauft hatte, passte perfekt zu ihm. Es war eine in schwarzes Leder geprägte, stilisierte Echse. Tristan stand auf Echsen und Drachen, er zeichnete andauernd welche in seinen Graphic Novels und würde sich ganz sicher über den Schlüsselanhänger freuen.

Nachdem Mila ihm am Sonntag gesimst hatte, dass sie und Tilde auf dem Weg nach Eisenach waren und dort übernachten würden, hatte er ihr eine SMS zurückgeschickt. Der Familienbesuch sei langweilig und er vermisse sie. Aber wo war er jetzt? Und warum ging er mal wieder nicht an sein Handy?

Mila rief Jassi an. Ihre Freundin war schlecht gelaunt, denn bei der Geburtstagsfeier ihrer Oma hatte es einen kräftigen Familienkrach gegeben, weil ihr Vater und sein Bruder aus verschiedenen politischen Lagern stammten und die Oma noch einmal in eine ganz andere Richtung tendierte. »Es war ätzend«, beschwerte sich Jassi, und Mila konnte deutlich vor sich sehen, wie ihre Freundin die Augen gen Himmel verdrehte.

Mila merkte, dass sie auch Jassi vermisst hatte.

Für Lucas war es nicht schwierig gewesen, im Pflegeheim Auroras Nachnamen und ihre Adresse zu erfahren. Jeder dort mochte die hübsche junge Frau, die einmal die Woche den Alten einen

Nachmittag lang etwas vorlas oder mit ihnen Karten spielte. Sie hieß Aurora Fuchs, war Lehrerin und wohnte in einem der beiden sanierten Wohnblöcke, nur ein Stück die Straße hinunter. Lucas marschierte also gleich weiter und fand ihren Namen nach kurzem Suchen am ersten Eingang des zweiten Blocks.

Er klingelte. Erfolglos. Aurora war nicht zu Hause. Es war kurz vor neun und wurde langsam dunkel. Vielleicht war sie ja auch nicht allein und er störte. Lucas war enttäuscht, denn er hatte sich nicht nur ein Gespräch über Wilma Singer erhofft. Aurora Fuchs mochte ja ein paar Jährchen älter sein als er, aber auch verdammt sexy. Jedenfalls war er auf alles vorbereitet – leider umsonst.

Lucas wollte schon wieder gehen, da öffnete sich die Haustür und ein Pärchen kam heraus, so intensiv miteinander beschäftigt, dass die beiden ihn überhaupt nicht wahrnahmen. Er stemmte seine Hand gegen die Tür, bevor sie wieder zufiel, und nahm die Stufen nach oben.

Laut Klingelschild wohnte Aurora im dritten und letzten Stock. Als Lucas vor ihrer Tür stand und klingeln wollte, merkte er, dass die Tür nicht richtig verschlossen war. Er schob sie ein Stück auf und rief: »Aurora?« Bekam jedoch keine Antwort.

Lucas trat in einen kleinen Flur und schloss die Tür hinter sich. Beinahe wäre er über eine schwere Ledertasche gestolpert, die mitten im Weg lag. Die junge Lehrerin schien von Ordnung nicht viel zu halten. Bunte Sandalen lagen kreuz und quer im dämmrigen Flur, auf der schmalen Garderobe ein Schlüsselbund, eine Haarbürste und irgendwelcher Mädchenkrimskrams.

Die Tür des ersten Zimmers, das nach rechts abging, stand offen und Lucas spähte hinein. Es war das Wohnzimmer und dort sah es genauso chaotisch aus wie im Flur. Auch in der kleinen

Küche auf der anderen Seite herrschte kreative Unordnung. Töpfe auf dem Herd, schmutziges Geschirr auf der Arbeitsfläche, es duftete nach Knoblauch. Auf dem Küchentisch lagen Fotos ausgebreitet.

Aber wo war Aurora? Gab es hier im Haus einen Wäschekeller? War sie bloß rasch nach unten gegangen? Er lauschte und jetzt hörte er das Rauschen eines Wasserhahns. Aurora nahm offensichtlich ein Bad und ließ Wasser in die Wanne, deshalb hatte sie die Klingel auch nicht gehört. Aber warum stand ihre Haustür offen?

Er sollte gehen. Bestimmt würde Aurora nicht erfreut sein, wenn sie aus der Badewanne kam und ein Fremder in ihrer Wohnung stand. Lucas wollte gerade kehrtmachen, als sein Blick noch einmal auf die Fotos fiel. War das nackte Haut? Dieser Versuchung konnte er nicht widerstehen. Er trat an den Küchentisch.

»Wow«, entfuhr es ihm. Aurora stand nackt vor dem Bücherregal im Wohnzimmer, eine Flut roter Locken ergoss sich über ihren Rücken. Sie hatte einen herrlichen Hintern. Auf den anderen Fotos lag sie auf der Couch, mit halb geschlossenen Augen, ein Lächeln auf den Lippen. Üppige, schön geformte Brüste, umspielt von ihrem Haar.

Lucas bekam eine Erektion, aber sein Verstand sagte: Mach dich vom Acker, sie hat einen Freund. Vermutlich erwartet sie ihn jeden Moment, deshalb war die Tür nur angelehnt.

Doch sein Blick klebte an den Nacktfotos. Abgesehen von Auroras blankem Busen war da noch etwas, das ihn stutzig machte, er wusste nur nicht, was es war. Schließlich riss er sich los und verließ die Küche. Im Flur lauschte er noch einmal in Richtung Badezimmer, hörte immer noch das gleichmäßige Rauschen des laufenden Wasserhahns. Auch das machte ihn stutzig.

Er schlich zum Badezimmer am Ende des Flurs und legte sein

Ohr an die Tür. Kein fröhliches Plätschern, kein Singen. Irgendetwas stimmte hier nicht, er hatte ein untrügliches Gespür für so etwas. »Aurora«, er klopfte, »bist du da drin?«

Nichts. Lucas drückte die Klinke herunter und schob langsam die Tür auf.

Aurora Fuchs lag in der Badewanne. Der Schock durchfuhr Lucas wie ein greller Blitz, der die Szenerie erbarmungslos ausleuchtete. Die leblose junge Frau trug ein weißes T-Shirt und graue Shorts. Beides klatschnass. Der Wasserhahn lief, aber es war kein Wasser in der Wanne. Nirgendwo Blut, doch das änderte nichts: Die Panik schlug unbarmherzig zu und Lucas' Herz begann zu rasen. Er bekam keine Luft mehr, alles verschwand in einem weißen Rauschen.

»Du hast schon wieder die Schule geschwänzt, du undankbarer kleiner Wichser. Ich hatte dich gewarnt, Ludwig.«

Ehe er sich versah, lag die mächtige Pranke des Pflegevaters auf seinem Kopf und drückte ihn unter Wasser. Er ruderte hilflos mit den Armen, seine Hände, die an der glatten weißen Badewannenwand keinen Halt fanden, griffen ins Leere. Wasser drang ihm in Mund und Nase, er bekam keine Luft mehr, rang verzweifelt nach Atem. Todesangst erfüllte ihn.

Instinktiv beugte Lucas sich nach vorn, stützte die Hände auf die Oberschenkel und versuchte zu atmen.

Als er es nach ein paar Minuten wieder konnte, fiel sein Blick auf die leere Packung Schlaftabletten am Boden. Lucas drehte den Wasserhahn ab und legte zwei Finger an Auroras Hals. Sie lebte, er fühlte ihren gleichmäßigen Puls. Er schlug ihr einmal ins Gesicht und sie begann, sich stöhnend zu regen. Ihre Augenlider flatterten. Erst jetzt sah er, dass ihr linker Fuß sich in der Strippe am Stöpsel verfangen und ihn offenbar herausgezogen hatte.

Lucas lief zurück in die Küche, wo neben den Fotos ein Handy auf dem Tisch lag. Er wählte den Notruf und machte alle Angaben, damit der Rettungsdienst die junge Frau schnell finden würde. Dabei starrte er unentwegt auf eines der Fotos. Schließlich hatte er es. Es war der schwarze Rucksack. Als die Frau von der Rettungsleitstelle ihn zum zweiten Mal nach seinem Namen fragte, beendete er das Gespräch. Er steckte das Foto ein und verließ eiligst die Wohnung.

Die Tür ließ Lucas weit offen stehen. Er hatte Glück: Weder im Treppenhaus noch vor dem Gebäude begegnete ihm jemand. Inzwischen war es fast dunkel und aus der Ferne erklang das Martinshorn.

Er war wieder neun Jahre alt und stapfte mit nassen Klamotten durch tiefen Schnee. Lucas schaffte es gerade noch bis hinter eine Weißdornhecke, dort kauerte er sich zusammen wie ein kleines Kind.

Als Aurora Fuchs auf einer Trage aus dem Haus gebracht wurde, hielt einer der Sanitäter einen Tropf und sprach mit ihr. Lucas kauerte immer noch hinter der Hecke, doch inzwischen konnte er wieder einigermaßen klar denken.

Er hatte getan, was er tun konnte, alles andere lag nicht in seiner Macht. Der Krankenwagen fuhr ohne Blaulicht und Sirene davon, was er als gutes Zeichen wertete. Nach zehn Minuten verließ er sein Weißdornversteck und lief nach Hause.

Eine Stunde später saß er frisch geduscht in seinem Bett, hatte den Laptop hochgefahren und betrachtete die Handyfotos, die er in der letzten Woche von Tristan Hellstern gemacht hatte. Einige zeigten ihn vor der Schule oder beim Rauchen hinter parkenden Autos. Da war es, Tristan von hinten, seinen Schulrucksack auf dem Rücken.

»Tristan, du geiler Bock«, flüsterte er. Natürlich konnte er sich irren, aber es war ziemlich unwahrscheinlich, dass im kleinen Moorstein noch ein anderer einen schwarzen Rucksack mit diesem weißen Bogenschützenlogo herumtrug.

Er hielt das Foto von der nackten Aurora ins Licht. Ganz in der rechten Ecke, an die Couch gelehnt, stand am Boden ein schwarzer Rucksack. Er war nur halb auf dem Bild, aber das weiße Bogenschützenmännchen war gut zu erkennen.

Tristan hatte ein Verhältnis mit der jungen Lehrerin. Er betrog Mila, das sah ihm irgendwie ähnlich. Aber warum hatte Aurora versucht, sich das Leben zu nehmen? War sie etwa Lehrerin am Gymnasium und Tristan ihr Schüler? Wollte Tristan sie mit diesen Fotos erpressen?

Dieser kleine Wichser. Was wohl Mila dazu sagen würde, wenn sie das von Tristan und der rothaarigen Lehrerin erfuhr?

13 Erst kurz vor dem Einschlafen bekam Mila eine SMS von Tristan. *Sorry, mein Vater hatte Geburtstag. Familienessen im Schwarzen Hirsch. Akku war leer. Hol dich morgen früh ab, hdl, Tris.*

Am Dienstagmorgen stand Tristan mit seiner Suzuki vor dem Haus und küsste sie zärtlich. Sein Onkel, der Bruder seiner Mutter, war mit seiner Familie zu Besuch gewesen. »Sie leben in London und wir treffen uns nur selten. Meine Cousine Emmy habe ich nicht mehr gesehen, seit sie ein Kind war.«

»Ist sie hübsch?«

»Hey, bist du etwa eifersüchtig?« Tristan legte lächelnd den Kopf schief. »Emmy ist fünfzehn, also immer noch ein halbes Kind. Aber sie hat Klasse. Na ja, sie lebt in einer Weltstadt und geht auf eine Privatschule. Da ist es doch normal, dass sie Wert auf schicke Klamotten legt.«

Auf der Fahrt in die Schule ging Mila das Wort *Klasse* nicht aus dem Kopf. Offensichtlich hatte das Wort noch andere Bedeutungen als Schulklasse. Bei der ersten Gelegenheit fragte sie Jassi.

»Na ja, wenn jemand Klasse hat, dann ist er klug und lässt es nicht heraushängen. Er sieht toll aus und weiß sich geschmackvoll zu kleiden. Wieso fragst du?«

»Nur so.«

Mila wusste, dass Tristan sich wünschte, sie würde bei der Wahl ihrer Kleidung mehr *Geschmack* an den Tag legen. Er mochte Schwarz und gute Stoffe. Aber sie liebte es nun mal bunt und das fand er ordinär. *Ordinär,* wie sie dieses Wort hasste. Sie hatte im Wörterbuch nachgesehen, es bedeutete: gewöhnlich, billig, unanständig.

Mila gab sich solche Mühe, Tristan zu gefallen, doch das war nicht so einfach. Sie konnte es an seinem Blick sehen, wenn sie wieder einmal danebengegriffen hatte, mit einem zu bunten Rock oder einem Zehn-Euro-T-Shirt in der falschen Farbe.

Manchmal, da wünschte Mila, sie könnte knöchellange bunte Röcke anziehen und goldene Creolen im Ohr tragen und würde Tristan trotzdem gefallen.

»Du fragst nie nur so, Mila. Also, welche Tussi hat angeblich *Klasse?*«

»Tristans Cousine aus London. Sie war am Wochenende zu Besuch.«

»Hast du sie gesehen?«

»Nein.«

»Also wollte er dich bloß eifersüchtig machen.« Jassi zuckte die Achseln. »Und nun ist die Schnepfe wieder da, wo sie hingehört. Das hier ist Moorstein, Mila, nicht London. Und du siehst heute ziemlich klasse aus. Wenn Tris das nicht aufgefallen sein sollte, dann ist er ein Idiot.«

Schon bald war Tristans Cousine vergessen, denn das Hauptthema des Tages war Aurora Fuchs, die heute nicht zum Unterricht erschienen war. Von ihrer Mutter, die in Saalfeld im Krankenhaus arbeitete und Nachtdienst gehabt hatte, wusste Lotte, dass die Referendarin einen Selbstmordversuch unternommen haben sollte. »Aber *psst!*«, Lotte legte einen Finger auf die Lippen, »ich darf euch das gar nicht erzählen.«

»Na, dann bleiben uns die Noten des blöden Kafka-Tests ja vielleicht erspart«, meinte Hannes grinsend.

Mila war schockiert. »Wie kannst du jetzt an so was denken?«

»Wie hat sie es denn gemacht?«, wollte Tristan wissen. Er sah blass aus und wirkte ehrlich bestürzt.

Lotte sah sich um und senkte ihre Stimme. »Sie hat Schlaftabletten genommen und wollte sich in der Badewanne ertränken. Aber es hat wohl nicht geklappt. Glück gehabt.«

»Warum hat sie das bloß getan?« Mila biss sich auf die Lippen.

»Jemand hat erzählt, ihr Freund hätte Schluss gemacht und sie hat es nicht verkraftet«, steuerte Jassi bei. Sie zuckte mit den Achseln. »Also ich finde, kein Kerl der Welt ist es wert, dass man sich seinetwegen umbringt.«

Mila warf Tristan einen verstohlenen Blick zu, aber seine Miene blieb undurchdringlich.

»Sie war hübsch«, sagte Lotte. »Sie hätte bestimmt schnell einen anderen gefunden.«

»War?«, rief Mila entrüstet. »Du redest von ihr, als wäre sie tot.«

»Na ja, ich fürchte, was ihre Karriere als Lehrerin angeht, hat sie sich tatsächlich ihr eigenes Grab geschaufelt«, warf Tristan ein. »Auf Selbstmordkandidaten ist kein Direktor scharf. Das könnte sich schließlich auf die Schüler übertragen.«

»Ich hoffe, sie kommt wieder«, entgegnete Mila. »Ich mag sie nämlich. Und ihren Unterricht mochte ich auch.«

Donnerstag, 12. Juni Heute hatte Lucas mit Neuner zwei einfache Wohnungstüren und eine knallrote Eingangstür in ein altes Fachwerkhaus in einem Dorf in der Nähe des Krüger-Bruchs eingebaut. Nun war endlich Feierabend.

Da sie mit zwei Autos gefahren waren, beschloss Lucas, auf dem Heimweg noch einen Abstecher zum Geisterdorf zu machen, um seinen Kopf von Aurora Fuchs freizukriegen.

Zwei Tage und zwei Nächte lang hatte er damit gerechnet, dass es klingeln und die Polizei vor der Tür stehen könnte, weil jemand ihn am Montagabend beim Haus der Lehrerin gesehen hatte. Aber das war noch nicht alles. Beim Anblick der leblosen jungen Frau in der schneeweißen Badewanne waren unliebsame Erinnerungen an seine Zeit bei Sandra und Wieland Rotauge wieder an die Oberfläche geschwemmt worden. Die letzten beiden Nächte waren pure Albtraumnächte gewesen.

Lucas schnappte sich seine Stabtaschenlampe und stiefelte los. Ein befreiendes Gefühl durchströmte ihn, während er das Gelände erkundete. Das war eine Welt, fern von seinem eigenen Leben, unheimlich, voller Geschichten und von morbider Schönheit – die süchtig machende Welt des Verfalls.

Als er damals nach der Sache mit dem Wachmann im Jugendgefängnis gelandet war, war Arndt Zadok sein zuständiger Sozialarbeiter gewesen. Zadok hatte ihm erzählt, dass es Leute gab, die solche *Lost Places* suchten und erkundeten. Sie nannten sich *Urban Explorers,* und ihnen ging es nicht darum, zu stehlen oder zu zerstören, sie wollten entdecken und fotografieren. *Take nothing but pictures, leave nothing but your footprints* – war ihr Ehrenkodex.

Damals hatte Lucas das nicht interessiert. Er wollte zu keiner Gruppe gehören und sich nicht an Regeln halten. Und der Sozialarbeiter konnte ihm auch gestohlen bleiben.

Lucas schlug sich durch hohes Gras und Büsche, bis er vor einem lang gezogenen, einstöckigen Gebäude stand. Der obere Teil der Fassade war verschiefert, die Fenster allesamt eingeschlagen und das Dach begann an einer Stelle einzusinken. Der Eingang war offen, eine Tür gab es nicht mehr. Lucas trat ein.

Es war ein Haus mit langen Gängen und vielen Räumen. Er sah in jeden hinein. Da waren Zimmer mit farbigen Wänden und vergilbten Postern von Popstars an den Wänden. Er lief weiter und stieß am Ende des Ganges auf einen ehemaligen Speisesaal. *On a journey* hatte jemand mit roter Farbe an die Wand über dem eingemauerten Herd gesprüht. Lucas konnte das Klirren von Besteck, Stühlescharren und das Klappern von Tellern hören.

Er stieg Steinstufen nach oben ins erste Obergeschoss und fand Waschräume mit zerschlagenen Toiletten, eine Art Aufenthaltsraum mit einer vermoderten Couch und einen länglichen Raum, über dessen Tür jemand in schwarzen Buchstaben *Schneewittchenzimmer* geschrieben hatte. Lucas wurde mulmig zumute. Was war das Gebäude mal gewesen? Ein Ferienobjekt? Oder etwa ein Kinderheim? Im nächsten Raum lagen zertrümmerte Überreste der ehemaligen Einrichtung und es stank penetrant nach Urin.

Fuck! Das lief ganz und gar nicht so, wie Lucas es sich vorgestellt hatte. *On a journey.* Dagegen war nichts einzuwenden, doch diese Reise führte ihn nicht wie erhofft in fremde Vergangenheiten, sondern zurück in seine eigene.

Ronny Kahlmeier, der im Heim ein Zimmer mit ihm teilt. Der ihn als Puddinggesicht verlacht und als Trockenwichser. Es im Speiseraum vor allen herausposaunt: »Ludwig ist ein Trockenwichser!«

Pissgestank aus allen vier Ecken – Ludwigs Rache. Sein eigenes Brüllen, die Überreste der zertrümmerten Einrichtung: Stuhlbeine, ein zersplittertes Regal, in dem Ronnys Matchbox-Autos gestanden hatten, die jetzt durch das Fenster fliegen, eines nach dem anderen. Ein aufgerissenes Kopfkissen und Daunenfedern, die wie Schnee durchs Zimmer wirbeln. Weißes Rauschen, bis die Polizei kommt.

Lucas stolperte rückwärts aus dem Raum, eilte mit schnellen Schritten den Gang entlang, und als er wieder unter freiem Himmel stand, nahm er einen tiefen Atemzug.

Hört das denn niemals auf?

Auf der Heimfahrt erinnerte er sich an die Geschichte mit der Katze. *Er ist ein mieser kleiner Dreckskerl*, hatte seine zweite Pflegemutter leise zur Sozialarbeiterin gesagt, als sie ihn nach fünf Wochen wieder abholte und ins Heim zurückbrachte. Er hatte ihre geliebte Perserkatze mit Farbe besprüht. Rote Punkte. Endlich sah das langweilige Tier interessant aus.

Das war beinahe zehn Jahre her, und Lucas hätte über diese Geschichte lachen können, wenn ihm nicht bewusst gewesen wäre, dass die Dinge für ihn anders gelaufen wären, wenn er die blöde Perserkatze einfach in Ruhe gelassen hätte.

Freitag, 13. Juni Dieser Tag machte seinem Ruf alle Ehre – und zwar von Anfang an. Beim Zähneputzen bekleckerte Mila das beige Top, das sie von Tristan bekommen hatte, mit Zahnpasta und musste eines von ihren bunten anziehen. Beim Frühstück las sie ihr Horoskop: *Ein flüchtiger Moment kann heute Ihr ganzes Leben auf den Kopf stellen ...* dabei kippte Mila versehentlich ihre Kaffeetasse um, der Milchkaffee ergoss sich auf ihren Teller und weichte den Zucker-Zimt-Toast ein.

»Besser, ich gehe wieder ins Bett«, murmelte sie missmutig.

Tilde lachte sie aus. »Wenn du bereit bist zu glauben, dass dir heute alles schiefgeht, dann wird es auch schiefgehen«, sagte sie und schob zwei Scheiben Weißbrot in den Toaster.

In Bio bekamen sie eine Klausur zurück und Mila hatte nur eine Drei geschafft. Sie ärgerte sich schwarz, denn es waren dämliche Flüchtigkeitsfehler, die sie gemacht hatte.

Jassi lachte sie aus. »Ein Dreier in Bio, Mila, das ist kein Weltuntergang. Sieh mich an, ich habe eine Vier und laufe auch nicht mit einem Gesicht wie vier Tage Regenwetter herum.«

Tatsächlich musste Mila lachen. Vier Tage Regenwetter wären nicht halb so schlimm wie eine Drei in Bio – aber Jassi tickte nun mal ganz anders als sie und wollte auch nicht Ärztin werden, sondern Sozialarbeiterin.

In der zweiten Hofpause bekam Mila eine SMS von Tristan. *Lust auf Kino heute Abend? Nur du und ich.* Mila lächelte. Und ob sie darauf Lust hatte. Tristan rettete ihr den Tag. *Wo bist du?*, simste sie zurück und hielt Ausschau nach ihm. Dabei streifte ihr Blick eine Gestalt in Jeans und dunkelgrünem Kapuzenshirt, die sich am Rand des Schulgeländes an eine Mauer drückte.

Später fragte sie sich, was es gewesen war, das sie plötzlich frösteln ließ. Dass es viel zu warm war, um mit einer Kapuze auf dem Kopf herumzustehen? Dass die Art, wie der Typ an der Mauer lehnte, ihr bekannt vorkam? Oder war es die Stimme, weit hinten in ihrem Kopf, die einen Namen flüsterte.

Als Mila noch einmal zur Mauer sah, stand niemand mehr da. Ihr Herz klopfte wild. Um keinen Preis wollte sie sich eingestehen, an wen die vermummte Gestalt sie erinnert hatte. Er war Vergangenheit, gehörte zu einem anderen Leben.

»Ist was mit dir?«, fragte Jassi. »Du siehst aus, als hättest du einen Geist gesehen.«

Das kam der Wahrheit ziemlich nahe, aber Mila versuchte, sich nichts anmerken zu lassen. »Mir geht es gut«, sagte sie. »Alles prima. Ich wünschte nur, dieser Freitag ginge schneller vorbei.«

Doch ihre Nerven lagen blank. Als ihr jemand von hinten die Hände auf die Augen legte, stieß sie einen wilden Schrei aus und wirbelte herum, bereit, denjenigen abzuwehren.

»Hey«, meinte Tristan verwundert. »Ich bin's doch bloß.«

Mila warf sich an seinen Hals und konnte noch sehen, wie Jassi die Augen verdrehte, bevor sie ins Schulhaus ging.

»Ich wollte dir nur sagen, dass ich nach dem Unterricht noch mal zur Direx muss. Warte am Backshop auf mich, dann können wir zusammen ein Eis essen gehen.«

»Mach ich«, sagte sie. »Bis dann.«

Nach Schulschluss wartete Mila wie verabredet beim Backshop auf Tristan. Sie fragte sich, was Frau Steinbach wohl von ihm wollte, als ihr ein blumiger Tabakduft in die Nase stieg. Gleichzeitig packte sie eine Hand von hinten fest am Arm und sie drehte sich erschrocken um.

»Verdammt, Tristan, du sollst doch ... Giorgi!«, rief sie und das pure Entsetzen breitete sich wie ein lähmendes Gift in ihrem Körper aus. Der Kapuzenjunge, er war kein Geist, er war es wirklich. Giorgi Desider. In Milas Ohren begann das Blut zu rauschen. Sie schloss die Augen, versuchte, sich in die Fantasie zu flüchten, das alles wäre nur ein Traum.

»Verdammt, Jamila, was machst du hier?«, fragte er auf Romanes. Mila öffnete die Augen. *Kein Traum.* Giorgi sah schmaler aus, als sie ihn in Erinnerung hatte, und sie hatte auch verdrängt, wie tiefschwarz seine Augen waren. Sein dunkles Haar trug er wie immer nach hinten gekämmt und es glänzte in der Sonne. Giorgi war weder hässlich noch abstoßend, sie hatte ihn nur nie geliebt.

Mila schnappte nach Luft und riss sich von ihm los. »Zur Schule gehen«, stieß sie hervor. »Das, was ich immer wollte.«

»Jamila«, sagte er, »wie konntest du mir das antun und einfach abhauen?«

Mila begann, in Richtung Stadt zu laufen, weg von der Schule, wo immer noch Schüler herumstanden. Was, wenn Tristan sie mit Giorgi zusammen sah? – Das war alles, was sie in diesem Augenblick denken konnte. Am liebsten wäre sie immer weiter geflohen, aber dann wurde ihr klar, dass sie Giorgi nicht so einfach abschütteln konnte. Er hatte sie gefunden, wie, darüber konnte sie sich später noch den Kopf zerbrechen. Und er war knapp tausend Kilometer gereist, um ... Ja, um was zu tun?

Abrupt blieb sie stehen und wandte sich um. »Was willst du von mir, Giorgi?« Romanes zu sprechen, nach all der langen Zeit, fühlte sich merkwürdig an. Als hörte sie das Echo der Vergangenheit und es sprach mit ihrer eigenen Stimme. »Ich habe dir gesagt, dass ich dich nicht liebe und dich nicht heiraten will.«

»Aber du *hast* mich geheiratet!«, schrie er. »Du hast mich erst geheiratet und dann bist du einfach abgehauen. Du hast mich vor allen im Dorf lächerlich gemacht. Hast Schande über deine und meine Familie gebracht.«

Das stimmte, und sie konnte nur ahnen, was er durchgemacht hatte. Mila hätte ihm und sich selbst eine Menge erspart, wenn sie den Mut gehabt hätte, vor der Hochzeit abzuhauen. Doch sie hatte auf den Rat ihrer Freundin Katka gehört, die damals schon seit ein paar Wochen verheiratet war und gemeint hatte, so schlecht wäre es gar nicht, man könne sich durchaus daran gewöhnen. Außerdem hatte Giorgi ihr versprochen, dass sie weiter zur Schule gehen durfte, wenn sie erst seine Frau war.

»Ich war vierzehn«, Mila packte ihn an den Oberarmen und schüttelte ihn, »und dachte, ich hätte keine Wahl. Die Hochzeit war illegal, Giorgi. Sie ist ungültig, verstehst du?«

Ein paar Schüler, die noch auf dem Parkplatz neben dem Backshop standen, wurden auf den Streit aufmerksam, aber sie konnten nicht verstehen, was gesprochen wurde. Die fremde Sprache schützte Mila, jedenfalls im Augenblick.

»Sie haben dich verstoßen, Jamila«, sagte Giorgi, mit einem verzweifelten Ausdruck in den schwarzen Augen. »Für sie bist du tot. Aber für mich nicht. Du bist meine Frau. Ich lebe jetzt in Prag, habe eine kleine Wohnung, Arbeit, ich ...« Er streckte ihr seine Handflächen entgegen. »Siehst du, ich habe keine schwarzen Hände mehr.«

Sie sah Giorgis Hände vor sich, die jeden Abend schwarz vom Wühlen im Müll gewesen waren, in dem er nach Metall und Verwertbarem gesucht hatte. Mila hatte seine Hände abstoßend gefunden und sich dafür geschämt.

Sie versuchte, kühl zu bleiben bis ins Herz. »Verschwinde, Giorgi.« Ihre Lippen bebten und ihre Worte mischten sich mit Tränen. »Verschwinde und lass dich hier nie mehr blicken. Ich werde nirgendwo mit dir hingehen. Jamila ist tot, okay? Such dir eine andere.«

»Jamila«, Giorgi zog am Stoff ihres T-Shirts, »ich verzeihe dir. Ich bleibe hier, bei dir, wenn du das willst, ich ...« Plötzlich wurde er mit einem Ruck von ihr weggerissen.

»Lass die Finger von ihr oder ich breche dir sämtliche Knochen.« Tristans Stimme schwang durch die Luft wie ein Schwert aus Eis.

Alles Blut wich aus Milas Wangen, sie spürte, wie ihre Knie nachgaben. »Tris ... ich ...«, stammelte sie. Nicht nur Mila, das ganze Universum schien den Atem anzuhalten. Alle Geräusche verstummten. Nun war es also so weit, ihr Horoskop hatte nicht gelogen. Die Stunde der Wahrheit war gekommen. Wäre sie doch an diesem verfluchten Freitag bloß im Bett geblieben.

»Wer ist der Kerl?«, wollte Tristan von ihr wissen. »Und was hast du mit ihm zu schaffen?«

»Er ist ... ist aus meinem Dorf. Er ist mein Cousin und ...« *Hör auf zu lügen, Mila, es ist vorbei. Dein Geheimnis ist keines mehr.* »Nix Cousin«, unterbrach Giorgi ihr Gestammel, »nix Cousin, ich Mann, sie mein Frau. *Ehefrau!«,* bellte er Tristan ins Gesicht und ballte die Fäuste.

Mila presste die Lippen zusammen und schüttelte den Kopf, es war ein letzter Versuch, das über sie hereinbrechende Unheil abzuwehren. Tränen rannen ihr übers Gesicht. Ihre Träume von einer Zukunft mit Tristan wurden gerade in Fetzen gerissen und sie konnte nichts dagegen tun. Sie kam sich vor wie auf einem Fahrrad, das mit kaputten Bremsen den Berg herunterrast.

Mit wutverzerrtem Gesicht ging Tristan Giorgi an die Gurgel. »Du hast sie ja nicht mehr alle, du Ratte. Verschwinde dorthin, wo du hergekommen bist, oder ich mach dich kalt, hörst du. Bloß weil ihr mal was miteinander hattet, hast du noch lange kein Anrecht auf sie. Mila gehört mir, hast du das kapiert.«

Giorgi begann, mit den Armen zu rudern, und die Augen traten ihm aus den Höhlen. Mila erwachte aus ihrer Lähmung und zerrte Tristan am Arm zurück. Inzwischen waren auch Boris und Hannes aufgetaucht und versuchten, Tristan von Giorgi fernzuhalten. Er schlug um sich, stolperte und fiel hin, rappelte sich aber schnell wieder auf.

Hasserfüllt wies Giorgi mit dem Finger auf ihn und sagte auf Romanes: »Die Raben sollen deine Augen fressen und die Katze deine Eier!«

Dann wandte er sich von ihnen ab, überquerte die Straße und lief langsam in Richtung Supermarkt davon. Tristan klopfte sich den Straßenstaub von der Hose. Er blutete am rechten Ellenbogen.

»Das klang wie ein übler Fluch«, meinte Boris.

»Was hat er gesagt?« Tristan sah zu Mila herüber. Seine braunen Augen glänzten, doch sie konnte nicht in ihnen lesen, hatte keine Ahnung, was in seinem Kopf vorging. *Mila gehört mir*, hatte er zu Giorgi gesagt.

»Die ... die Raben sollen deine Augen fressen«, sagte sie leise. Den zweiten Teil des Fluches behielt sie besser für sich.

Hannes grinste, aber Tristan wurde bleich und für einen Moment schlich sich Panik in sein Gesicht. Als er merkte, dass sie von ein paar Schülern beobachtet wurden, rief er: »Okay, Leute, die Vorstellung ist vorbei. Kümmert euch um euren eigenen Scheiß.«

Jassi kam mit einem Brot aus der Backstube und warf Mila einen fragenden Blick zu. Mila hatte keine Ahnung, wie viel Jassi gesehen hatte, aber mit Sicherheit würde sie Fragen haben.

»Macht euch vom Acker!«, blaffte Tristan Hannes und Boris an. Dann wandte er sich an Jassi. »Hier gibt es nichts mehr zu gaffen, das geht nur Mila und mich etwas an.«

Er warf seinen Rucksack über die Schulter, fasste Mila hart am Handgelenk und zog sie mit sich in Richtung Stadt. Mila sah sich noch einmal kurz nach Jassi um, die entgeistert mit ihrem Brot im Arm auf dem Bürgersteig stand.

Tristan lief schnell und mit langen Schritten, sodass Mila zwei machen musste, wenn er einen machte. Und er sagte nichts. Er kochte vor Wut, schien sich mit jeder Minute, die verging, noch mehr in seinen Zorn zu steigern.

Schließlich waren sie im Park angelangt und Tristan zog sie in Richtung Mauer, zwischen die Stämme zweier Linden. Im Schatten der hohen Baumkronen begann Mila zu frösteln. Sie waren nicht allein im Park, eine Kindergartengruppe lief mit zwei Erzieherinnen den Weg entlang und ein Rentnerpärchen saß auf einer der Bänke, aber niemand beachtete sie.

Tristan drückte Mila gegen die Mauer und beugte sich dicht an ihr Ohr. Sein Atem war heiß vor Wut. »So, du kleines Zigeunerflittchen«, flüsterte er, und das Wort traf Mila wie ein Stein, der ihr in den Rücken geschleudert wurde. »Ich hoffe, du hast eine gute Erklärung für dieses Schmierentheater. Du hast mich nämlich gerade zum Gespött der ganzen Schule gemacht.«

Seine Worte fuhren bis ins Mark ihrer Knochen und schmerzten mehr, als wenn er sie geschlagen hätte. Die scharfen Schieferkanten der Mauer bohrten sich in Milas Rücken und Tristans Augen funkelten auf sie herab.

Das meinst du nicht so, wollte sie sagen, doch Tristan war so vollkommen außer sich, und sie kannte ihn gut genug, um zu wissen, dass er alles, was er sagte, auch genauso meinte.

»Ist das wahr, was er gesagt hat? Dass du seine *Ehefrau* bist?« Er spuckte das Wort aus und verzog dabei das Gesicht. Er sah aus wie jemand, den sie nicht kannte. Der Griff seiner Hände wurde immer fester, als wäre sie eine Zitrone und als wolle er die Wahrheit aus ihr herausquetschen. In seinen Augen lag kalte Verachtung, etwas, das sie noch nie zuvor bei ihm gesehen hatte.

Mila konnte kaum atmen. Und sprechen konnte sie auch nicht.

»Du hast also mit dieser dreckigen Ratte geschlafen?«

Innerlich zuckte sie zusammen, rührte sich jedoch nicht. Giorgi war vielleicht ein Maulheld, aber eine dreckige Ratte war er nicht. Man hatte ihn nur mit dem falschen Mädchen verheiratet. Mit einer, die nicht putzen, kochen und mit fünfzehn das erste Kind bekommen wollte.

»Du hast mich zum Narren gehalten, Mila. Ich kann nicht glauben, dass ich auf dich hereingefallen bin.«

Mila schloss die Augen. Sie wünschte, sie wäre ein Baum und ihr würde Rinde wachsen. Doch ihr Schweigen brachte Tristan noch mehr in Rage.

»Wochenlang hast du die schüchterne Jungfrau gemimt, wenn ich mit dir schlafen wollte«, presste er hervor, das Gesicht eine zornesrote Grimasse. »Was hast du dir dabei gedacht, mich so eiskalt zu hintergehen?«,

Sie wollte ihn ansehen, doch Tristans Gesicht verschwamm hinter einem Tränenschleier. Mila schwieg weiter.

»Sie geben dir ein Stipendium und du kommst nach Deutschland, das Land, in dem Milch und Honig fließen. Du hast gedacht, du angelst dir den Kerl mit den reichsten Eltern in diesem verdammten Kaff und setzt dich ins gemachte Nest. Du bist eine Lügnerin und Betrügern, Mila Danko.«

Seine dunklen Augen wurden noch finsterer. Mila kam es so vor, als schaue sie in sternenlose Nacht. Sie wähnte sich in einem Strudel, der sie immer tiefer in diese bodenlose Dunkelheit zog. Und dann küsste Tristan sie. Es war ein heftiger, ein wütender Kuss, einer mit Zähnen. Ein Kuss, der sie endgültig in haltlose Schwärze schleuderte.

Nach diesem Kuss wurde Tristan gefährlich ruhig. Er drückte erneut seinen Mund an ihr Ohr und sagte in einem sanften und doch eisigen Tonfall: »Das war unser letzter Kuss, Mila. *End of Story*. Du hast mir alles bedeutet, wusstest du das? Ich dachte, du wärst etwas Besonderes. Aber du hast mich furchtbar enttäuscht.« Mit diesen Worten löste Tristan sich von ihr und ging davon, ohne sich noch einmal umzudrehen.

Unbeweglich stand Mila da und wartete auf das Bersten ihres Herzens.

Das Knirschen von Tristans Schritten im Kies verebbte, und Mila musste sich daran erinnern, zu atmen. Sie stand immer noch mit dem Rücken an der Steinmauer, als wäre sie mit ihr verwachsen, als wäre sie selbst zu Stein geworden. *Seelen von Menschen, die schwere Sünden begangen haben, werden zu Stein.* Da war sie wieder, die Stimme ihrer Baba.

Mila wusste nicht, wie viel Zeit vergangen war, als sie sich von der Mauer löste und ein paar Schritte bis zur nächsten Parkbank wankte. Sie fühlte sich benommen, den Schmerz würde sie erst später spüren.

Die Schritte im Kies nahm sie gar nicht wahr, merkte nicht, wie jemand sich neben sie setzte. Erst als Jassi sie sanft am Arm berührte und »Hey Süße« sagte, tauchte Mila wieder auf. Tränen strömten über ihre Wangen. Jassi kramte in ihrem Rucksack nach einem Tempo und reichte es ihr. »Na komm«, sagte sie, »der kriegt sich auch wieder ein. Jungs können manchmal totale Idioten sein.«

Mila schüttelte langsam den Kopf. Sie sagte nichts, sämtliche deutsche Worte schienen wie gelöscht, aber sie hörte auch nicht auf, den Kopf zu schütteln. Sie hatte Tristan zu sehr verletzt. Er hatte ihr vertraut und sie hatte ihn schmählich belogen und hintergangen. Sie hätte ihm von Anfang an die Wahrheit sagen müssen, das wurde ihr nun klar. Zu spät.

»Hör verdammt noch mal auf, den Kopf zu schütteln, und erzähl mir lieber, was da gerade passiert ist«, sagte Jassi. »Wer war dieser Kerl, Mila?«

»Meine Vergangenheit.« Mila schluchzte laut auf. Es dauerte fast fünf Minuten, bevor sie vor lauter Tränen wieder ein Wort hervorbrachte. »Ich ... war mal ... mit ihm ... zusammen. Er heißt Giorgi.«

»Und wie lange ist das her?«

»Zwei Jahre.«

»Mila«, schrie Jassi und warf die Arme in die Luft, »du heulst hier herum, als wäre jemand gestorben, dabei ist bloß deine Jugendliebe aufgetaucht. Denkst du, Tris lässt sich von so jemandem beeindrucken?«

»Es ist nicht so einfach, wie du denkst.«

»Einfach ist es doch nie, Mila.«

»Tris hat Schluss gemacht.« Sie schniefte und wischte sich mit dem Handrücken die Tränen aus dem Gesicht.

Jassi zuckte die Achseln. »Klar, er hat überreagiert. Ist doch voll normal. Sein Mega-Ego ist verletzt, das muss er erst einmal verkraften. Aber ich schwöre dir: Er kriegt sich auch wieder ein. Der braucht bloß ein bisschen Zeit, um nachzudenken.«

Milas Körper hörte auf zu beben. »Tris ist stunkwütend, weil ich ihm nichts von Giorgi erzählt habe.«

»Stinkwütend«, sagte Jassi. »Es heißt *stinkwütend*. Und Tris soll sich mal nicht ins Hemd machen, bloß weil du ihm nichts von deiner Sandkastenliebe erzählt hast. *Ich* müsste wütend sein, weil du mir die Geschichte verheimlicht hast. Der Typ sah nämlich echt heiß aus. Wie alt ist er denn?«

»Vierundzwanzig.«

»Dann war er damals zweiundzwanzig und du ... du warst vierzehn«, eiferte sich Jassi, »das ist ja voll abgefahren. Habt ihr es getan?« Ein Seitenblick zu Mila. »O mein Gott. Ihr habt es getan.«

Mila schniefte. Nickte. Was musste Jassi nur von ihr denken?

»Ich fasse es nicht. Du kommst einem immer so vor, als wärst du voll brav, und dabei hast du schon mit vierzehn angefangen. Und ich arme Socke bin mit siebzehn noch Jungfrau.« Jassi grinste schelmisch und legte ihren Arm um Milas Schultern.

»Pass auf, ich sage dir mal was: Wenn Tris wegen dieser uralten Geschichte wirklich Schluss macht, dann ist er ein Idiot und hat dich nicht verdient.«

Mila hatte immer noch Mühe zu atmen, so tief war ihre Verzweiflung. Doch Jassis Wärme und ihr Geplapper trösteten sie ein wenig. Sie war nahe dran, sich ihrer Freundin zu öffnen und alles zu erzählen. Aber dann tat sie es doch nicht, sie hatte gar nicht mehr die Kraft dazu.

Für Jassi war es nichts weiter als eine uralte Geschichte, Giorgi eine Sandkastenliebe und die wirkliche Welt ein sonniger Ort, in dem Probleme eine Halbwertzeit von Stunden oder höchstens ein paar Tagen hatten. Darum beneidete sie ihre Freundin.

Jassi stand auf. »Na komm, Süße, ich bringe dich jetzt nach Hause. Morgen sieht die Welt schon wieder ganz anders aus, du wirst sehen.«

Mila hatte nicht das Gefühl, schon wieder gehen zu können, aber sie ließ sich von Jassi auf die Beine ziehen. Sie wischte sich über das Gesicht. »Danke, Jassi. Aber ich glaube, ich muss jetzt ein wenig allein sein.«

»Na gut«, meinte Jassi nach einigem Zögern, »das verstehe ich. Aber ruf mich an, wenn du das große Heulen kriegst. Dann komme ich und bringe dich zum Lachen.«

Obwohl sie wusste, dass sie nicht anrufen würde, denn in diesem Fall würde selbst Jassis schräger Humor nichts ausrichten können, nickte Mila. Sie nahm ihren Rucksack und mit schleppenden Schritten machte sie sich auf den Weg nach Hause.

14

Gedankenverloren räumte Lucas seinen Einkauf in den Kühlschrank und die kleine Vorratskammer hinter der Küche. Die Szene, deren Zeuge er gerade geworden war, ließ ihm keine Ruhe. Wie jeden Freitag hatte er ab Mittag Feierabend gehabt und war von der Arbeit gleich zum Supermarkt oberhalb der Schule gefahren, um ein paar Lebensmittel einzukaufen.

Vom Parkplatz aus hatte er beobachtet, wie Mila sich mit einem dunkelhäutigen jungen Mann stritt. Als Tristan auftauchte und sich einmischte, hatte er mit seinem Handy draufgehalten und gefilmt.

Lucas schob eine Pizza in den Ofen, holte seinen Laptop und setzte sich mit einem Glas Kirschsaft an den Küchentisch. Nachdem er den Clip auf den Computer hochgeladen hatte, sah er sich die Szene noch einmal an. Besonders gut war die Aufnahme nicht, aber er sah genug.

Tristan war stinksauer, und hätten ihn Mila und seine beiden Kumpel nicht abgehalten, hätte er den jungen Mann vermutlich windelweich geprügelt. Allerdings konnte Lucas so gut wie nichts von dem verstehen, was gesagt wurde, dafür war er einfach zu weit weg gewesen. Um was oder besser: um *wen* es bei den Handgreiflichkeiten ging, das stand allerdings außer Frage.

Als Lucas seinen Einkaufswagen zurückgebracht hatte, war der junge Mann verschwunden und Tristan zerrte Mila hinter sich her in Richtung Stadtpark. Kurz war Lucas in Versuchung gewesen, den beiden zu folgen, doch es war heiß und er hatte verderbliche Lebensmittel im Wagen. Außerdem hatte er Hunger.

Während er Pizza aß, ließ er den Filmclip noch einmal ablaufen. Wer war dieser fremde junge Mann in Jeans und dunkelgrüner Kapuzenjacke? Ein Bruder? Wohl eher der Exfreund? Ganz offensichtlich jemand, der in irgendeiner Weise Anspruch auf Mila erhob. War Tristan deshalb so ausgerastet? Er, der hinter ihrem Rücken seine junge Lehrerin gevögelt hatte?

Das wurde ja immer interessanter.

Nachdem Lucas sich den Magen mit Pizza vollgeschlagen hatte, forderte der Schlafmangel der letzten Tage gnadenlos seinen Tribut. Er schleppte sich nach oben, ließ sich auf sein Bett fallen und schlief auf der Stelle ein.

Vom Piepen seines Weckers aus dem Schlaf gerissen, tastete er fluchend danach, um ihn auszustellen. Vergeblich – das Ding nervte weiter. Er öffnete die Augen und auf seinem selbst gebauten Nachttisch saß Munin. Lucas wartete und – sieh da – der Rabe öffnete den Schnabel und heraus kam der Piepton des Weckers.

»Du Schelm«, sagte er verblüfft. »Wann hast du das denn gelernt?«

Munin hopste auf den Boden, inspizierte Lucas' Schuhe und zerrte am Schnürsenkel. Dann entdeckte Munin das Mühlebrett. Es lag auf dem Boden und Lucas hatte die schwarzen und weißen Steine für ein neues Spiel positioniert.

Der Rabe legte den Kopf schief, dann schob er mit seinem Schnabel die weißen Steine kreuz und quer über das Spielfeld. Lucas beobachtete ihn dabei amüsiert. Munin mochte kein

Schwarz. Schon vor zehn Jahren hatte er stets die weißen Mühlesteine bevorzugt.

Lucas setzte sich auf und rieb sich das Gesicht. Es war kurz vor sechs, er hatte mehr als drei Stunden geschlafen. Traumlos. So ausgeruht und energiegeladen hatte er sich schon lange nicht mehr gefühlt. Doch wohin mit all der Energie an einem Freitagabend, wenn man keine Freunde hatte, mit denen man sich auf ein Bier treffen konnte, und auch kein Mädchen, das man küssen, ausziehen und lieben konnte?

Wenn das eigene Leben so langweilig war, blieb einem nichts anderes übrig, als sich mit dem Leben anderer abzulenken. Von Tristan hatte er allerdings für heute genug.

Er machte ein paar Liegestütze und wurde dabei von Munin interessiert beäugt. In der Küche schob Lucas sich das letzte Stück kalte Pizza in den Mund, schnappte seine MagLite und lief los. Sein Ziel war die alte Druckerei Kottmann, deren verlassenes Gebäude er neulich entdeckt hatte, als er die Ladung alten Krempel zum Wertstoffhof gebracht hatte. Ein *Lost Place* am Rande von Moorstein.

Nach knapp zwei Kilometern erreichte er das mit einem rostigen Maschendrahtzaun umgebene Gelände der ehemaligen Druckerei. Am verschlossenen Tor hing ein verwittertes BETRETEN-VERBOTEN-Schild, aber ein Loch im Zaun war schnell gefunden, und Lucas betrat das Gelände, auf dem Birken, Holunder und Brombeergestrüpp längst die Herrschaft übernommen hatten.

Hinter dem einstöckigen Hauptgebäude, das vermutlich als Büro- und Wohnhaus gedient hatte, sah Lucas eine lang gezogene Werkhalle, von der nur noch die Wände standen. Die beiden Gebäude waren durch einen asphaltierten Parkplatz voneinander getrennt. Riesige, daumenstarke Brombeerranken wucherten über Wellasbesthaufen und Bauschutt, den vermutlich jemand illegal hier abgelagert hatte, weil er sich die Gebühren vom Wertstoffhof sparen wollte.

Von den Wänden des einstöckigen Hauptgebäudes war der Putz in großen Fladen abgefallen und darunter Ziegelfachwerk zum Vorschein gekommen. Ein Großteil der Fenster im Obergeschoss war eingeschlagen, im Erdgeschoss waren sie zugemauert. Das schiefergedeckte Satteldach mit den beiden großen Gauben schien noch intakt. Schiefer hielt ewig, wenn die Dachdecker Kupfernägel verwendet hatten.

Als Lucas vor dem Eingang des Hauses angelangt war, sah er, dass die Tür halb offen stand. Er schob sie auf und betrat den Eingangsbereich, von dem zwei türenlose Räume abgingen, die Lucas eingehend inspizierte. Vermutlich waren es das ehemalige Büro und ein Ausstellungsraum. Überall lagen alte Broschüren, von Ratten bepisstes Papier und zerschlagene Büromöbel herum.

Wie immer war geholt worden, was brauchbar war, und am Rest hatte jemand seine Zerstörungswut ausgelassen.

Lucas durchstreifte das Erdgeschoss, umhüllt vom Geruch nach altem Staub und modrigem Papier. Glasscherben knirschten unter seinen Schritten, der Strahl seiner Taschenlampe glitt über verblichene Tapeten, alte Aktenordner und eine vertrocknete Yuccapalme in einem Plastiktopf.

Vorsichtig betrat er die ausgetretenen Stufen der Holztreppe, die ins Obergeschoss führte, und sie ächzten unter seinem Gewicht. Kein Geländer mehr, aber die Stufen waren stabil. Lucas sah deutliche Fußspuren im Staub, doch er hatte auch nicht angenommen, der Einzige zu sein, der hier herumstromerte.

Im Obergeschoss hatte sich eine Wohnung befunden. Lucas schritt durch die Räume, Bad, Küche, Wohnzimmer. Als zwei Tauben aufflatterten, erschrak er zu Tode. Sie fanden nicht gleich den Weg nach draußen durch die glaslosen Fenster und mit ihren wilden Flügelschlägen wirbelten sie uralten Staub auf. Lucas hustete und sein Herz brauchte eine Weile, bis es wieder seinen normalen Rhythmus gefunden hatte.

Zuletzt betrat er das ehemalige Schlafzimmer und stockte. Hier hauste jemand, das erkannte er auf den ersten Blick. Am Boden lag eine von Mäusen zerfressene Matratze, auf der ein offener Schlafsack lag.

Vielleicht ein Penner, schoss es Lucas durch den Kopf, oder jemand, der von zu Hause abgehauen war. Er registrierte einen Rucksack und ein angebissenes Brötchen, eine volle Flasche Wodka neben einem halb leeren Mineralwasser. Und noch etwas lag auf dem Schlafsack. Ein Foto. Neugierig ging er in die Hocke, nahm es in die Hand und erstarrte.

Es war ein Hochzeitsfoto. Ein junger Mann mit glänzendem schwarzen Haar, weißem Hemd, schwarzem Anzug und einem zufriedenen Lächeln im Gesicht. An seinem Arm eine atemberaubend schöne, viel zu junge Braut in weißer, spitzenverzierter Bluse, mit Zöpfen, in die schimmernde Münzen geflochten waren. Um den Hals trug sie eine Perlenkette, ein zerdrückter Schleier saß auf ihrem Kopf und sie schickte einen skeptischen Blick in die Kamera.

Lucas kannte alle beide. Der Bräutigam war derselbe junge Mann, den er auf dem Videoclip hatte. Und die Kindbraut war Mila, die Fischtänzerin. Daher wehte also der Wind. Er drehte das Foto um. *Jamila taj Giorgi,* stand auf der Rückseite.

Ein leises Rumpeln über ihm, feiner Putz rieselte von der Decke auf seinen Kopf und das Foto. Lucas legte es zurück und lauschte. Über ihm war nur noch der Dachboden. Vermutlich hatte Giorgi sich dort oben versteckt, als er hörte, dass jemand das Haus betrat.

Jetzt hörte Lucas tatsächlich Schritte und sprang mit einem

Satz neben die Tür, seine MagLite in der Rechten, damit er sie notfalls als Waffe benutzen konnte. Als der junge Roma die Bodentreppe herunterpolterte, trat er ihm in den Weg. Giorgi konnte seinen Schwung nicht mehr bremsen und prallte mit einem Fluch auf Lucas. Sie stürzten beide zu Boden. Lucas rappelte sich sofort wieder auf die Beine, aber Giorgi krümmte sich stöhnend.

»He, alles okay mit dir?«

Giorgi hob den Kopf, und Lucas reichte ihm die Hand, um ihm aufzuhelfen.

»*Who the fuck are you?*«, stammelte Giorgi.

»Lucas. Keine Angst, ich will dir nichts tun.«

Ein paar Minuten später saßen sie einträchtig zusammen auf der Matratze, Giorgi rauchte eine Selbstgedrehte und Lucas hatte ihm bereits dies und das über Mila und ihn aus der Nase ziehen können. Zwar gestaltete sich die Kommunikation etwas mühsam, weil Giorgi nur wenig Deutsch konnte und ein abenteuerliches Englisch sprach und manchmal auch noch beides durcheinanderwürfelte, doch nach und nach konnte sich Lucas einen Reim auf das Kauderwelsch machen.

Giorgi stammte aus einem kleinen Roma-Dorf im Osten der Slowakei und war den weiten Weg gekommen, um seine Frau Jamila nach Hause zu holen, die er nach langer Suche endlich gefunden hatte.

Jeglicher Zweifel war also ausgeschlossen: Mila, die kleine Fischtänzerin, war verheiratet. *Verheiratet!*

Der junge Roma reichte Lucas das abgegriffene Hochzeitsfoto, und er betrachtete es, als würde er es zum ersten Mal sehen. Er nickte und rang sich ein »schön« ab. Doch in Wahrheit war ihm übel. Auf diesem Foto sah Mila aus wie dreizehn.

»*But she* ...« Giorgi schüttelte den Kopf und stieß einen neuerlichen Fluch auf Romanes aus, dann vergrub er das Gesicht in den Händen und fing an zu schluchzen.

»He.« Lucas, hin und her gerissen zwischen Groll und Mitleid, klopfte ihm unbeholfen auf den Rücken und langte nach der Wodkaflasche. »Vielleicht solltest du erst einmal einen Schluck nehmen, okay?« Er schraubte den Wodka auf und hielt sie Giorgi hin. Doch der schüttelte den Kopf.

»Ist von Schwarzmann. Er sagen *bad things*.«

Klar, etwas anderes hatte er von Tristan auch nicht erwartet. »Ach komm, Giorgi, *bad things* hin oder her, Schnaps ist Schnaps«, meinte Lucas. Er ging mit gutem Beispiel voran und nahm einen Schluck. Vielleicht erfuhr er ja noch ein bisschen mehr über Mila, wenn der Alkohol Giorgis Zunge löste.

Der junge Roma nahm ihm die Flasche aus der Hand, zögerte noch einen Moment, dann nahm er einen tiefen Zug. Eine Weile schwiegen sie und die Flasche wanderte zwischen ihnen hin und her. Lucas wurde schnell schwummrig im Kopf, er war den Alkohol nicht mehr gewohnt. Vielleicht war es aber auch dieses blumige Kraut, das Giorgi da rauchte.

»Jamila nicht gute Frau«, brach es schließlich aus Giorgi heraus. »Sie gehen fort aus unsere Haus wegen Schule. Aber Schwarzmann sagen, sie schlafen mit jede Kerl *in this town*.« Er riss Lucas die Flasche aus der Hand und nahm noch einen großen Schluck. »*She is bitch*.«

»Das ist nicht wahr«, entfuhr es Lucas.

Giorgi starrte ihn aus schwarzen Augen an. »Was ... *you know* Jamila? *Du* auch?«

»Nein.«

Giorgis Faust flog auf ihn zu. Dann wurde alles schwarz.

Samstag, 14. Juni »*Udik. Udik.*« Der schwarze Vogel saß auf Lucas' Brust.

Was willst du?

Wach auf!

Was er zuerst registrierte, war der muffige Geruch nach Staub und Lumpen. Lucas öffnete die Augen und sah einen kahlen Raum, erhellt von weißem Mondlicht, das durch zwei große Fensteröffnungen fiel. In einer saß ein großer schwarzer Vogel.

»Munin?« Als er sich aufsetzte, flog der Rabe davon.

Lucas' Schädel brummte, als wäre er ein Bienenkorb, sein Kinn tat weh und seine Oberlippe spannte schmerzhaft. Instinktiv tastete er danach und merkte, dass er sich verletzt haben musste. Er saß auf einer muffigen Matratze, ihm war hundeelend und er hatte nicht die leiseste Ahnung, wo er war.

Vermutlich ein *Lost Place*. Er hatte sich hingelegt, um dem Wispern der Vergangenheit zu lauschen, und war dabei eingeschlafen. Aber warum brummte sein verdammter Schädel dann so? Und wo war seine MagLite? Er tastete suchend über die Matratze und stieß dabei mit dem Fuß eine Flasche um, die über den Boden kullerte. Ah! Er hob die Flasche auf und hielt das Etikett ins Mondlicht. Wodka. Offensichtlich hatte er so etwas wie einen gewaltigen Kater – inklusive Filmriss.

Lucas konnte sich nicht erinnern, Wodka gekauft zu haben. Doch dann dämmerte ihm langsam, wo er war. Die alte Druckerei. Und der Wodka hatte ihm gar nicht gehört, sondern ... Giorgi. Ja, richtig: Giorgi, Milas Ehemann. Aus der Slowakei. Sie hatten zusammen getrunken. Aber wo war Giorgi? Und wo, verdammt noch mal, war seine Taschenlampe?

»Giorgi?«, rief er. Aber nur ein leises Huschen und Trippeln antwortete ihm. Ratten.

Lucas tastete noch einmal über die Matratze. Er fand seine Geldbörse und durchsuchte sie im Mondlicht nach seinen Papieren. Ausweis, Fahrerlaubnis, alles noch da. Nur die Kohle war weg. Genauso wie die MagLite. »Giorgi, du Idiot.«

Sein Trinkkumpan war fort, zusammen mit seiner Taschenlampe und seinem Geld. Es war eine ganze Menge gewesen, knapp hundert Euro. Und seine Stabtaschenlampe war auch keine billige Funzel gewesen. Fünfzig Euro hatte sie gekostet und der Verlust schmerzte ihn.

Immerhin, seine Schlüssel waren noch da und auch sein Handy. Es war fast zwei. Zeit, nach Hause zu gehen.

Am Morgen, als Lucas seine verdreckten Sachen in die Waschmaschine stopfte, fielen ihm rostbraune Flecke auf seinem T-Shirt auf. Getrocknetes Blut. Vermutlich stammte es vom Riss in seiner Lippe – aber wo hatte er den her? Was war letzte Nacht geschehen? Dass er sich an so wenig erinnern konnte, gefiel ihm überhaupt nicht.

Er stülpte die Hosentaschen seiner braunen Cargohose um, weil er Münzen klimpern hörte. Immerhin, Giorgi hatte ihm nicht auch noch das Kleingeld abgenommen. Als er in die Tasche griff, hatte er außer ein paar Centmünzen noch etwas anderes in der Hand. Ein zerknicktes Foto. Milas und Giorgis Hochzeitsfoto. Lucas schnappte nach Luft. Wieso war er im Besitz dieses Fotos?

Er warf die Waschmaschine an und ging in die Küche, um sich etwas zum Frühstück zu machen. Vielleicht würde ein starker Kaffee seinem Gedächtnis auf die Sprünge helfen.

Auf der Veranda wartete Munin schon auf seinen morgendlichen Leckerbissen. Lucas versteckte eine Weintraube nach der anderen in der hohlen Hand, und der Rabe holte sie sich mit nicht nachlassendem Vergnügen wieder hervor, um sie zu verspeisen.

»Hey, alter Junge, du weißt nicht zufällig, was da gestern Abend gelaufen ist? Du warst doch da, oder?«

Der Rabe machte glucksende Laute wie ein Truthahn und schlang die vierte ergatterte Weintraube hinunter. Als er merkte, dass es die letzte war, putzte er sich ausgiebig unter dem Gefieder, das in der Morgensonne glänzte wie lackiert.

»Du weißt also auch nichts«, brummte Lucas.

Er versuchte, sich daran zu erinnern, was geschehen war, nachdem er mit Giorgi Wodka getrunken hatte. Doch das Erinnern war wie ein mühsames Waten durch Schlamm. Weiter als bis zu dem Punkt, an dem Giorgi ihm das Hochzeitsfoto gezeigt hatte, kam er nicht. Das war das Letzte, woran Lucas sich erinnern konnte. Dann: Filmriss.

Vermutlich war er sternhagelvoll auf der alten Matratze eingepennt, und Giorgi hatte die Chance genutzt, um an seine Kohle zu kommen und an die Hightech-Taschenlampe. Erst hatte er ihm sein Herz ausgeschüttet und ihn dann beklaut. Idiot.

Selbst schuld, Lucas, hättest du mal besser die Finger vom Wodka gelassen. Er hoffte, dass Giorgi inzwischen im Zug saß und auf dem Weg zurück in die Slowakei war. Ob mit oder ohne Ehefrau, war ihm in diesem Moment völlig egal. Lucas hatte die Nase voll – von allen beiden.

Er nahm das Hochzeitsfoto in die Hand und betrachtete es noch einmal eingehend. Vielleicht hatte Giorgi ihm das Foto zum Abschied ja geschenkt, weil er endgültig genug hatte von Mila. Wenn es so war, konnte Lucas es ihm nicht verdenken.

Er nahm sich vor, Mila und Tristan nicht mehr hinterherzuspionieren. Sollten sie doch machen, was sie wollten. Er würde sich um seinen eigenen Kram kümmern, wie Zadok es ihm ans Herz gelegt hatte.

»Mila, was ist bloß los mit dir? Du siehst ja furchtbar aus.« Tilde streckte die Hand nach Mila aus, die blass und mit verweinten Augen am Mittagstisch saß. Tilde hatte darauf bestanden, dass sie endlich das Bett verließ und mit ihr redete.

»Es ist etwas passiert.«

»Was, Mädchen? Nichts kann so furchtbar sein, dass man nicht drüber reden könnte.«

Mila schluckte. Zuerst stockend, dann immer schneller, erzählte sie Tilde von Giorgis Auftauchen vor der Schule und dass Tristan die Beziehung beendet hatte, nachdem er die Wahrheit wusste. Tilde schwieg und ließ Mila reden. Als sie zu reden und schließlich auch zu weinen aufhörte, schwieg Tilde auch weiterhin. Mila ahnte, warum.

»Ich weiß«, sagte sie und rieb sich die Augen. »Du hast mir geraten von Anfang an, ehrlich zu sein. Aber dann ich hätte bei Tristan nie eine Chance gehabt.«

»Wie kannst du das wissen, Mila? Schätzt du ihn so ein?«

»Nein. Ich weiß nicht.«

»Hat Giorgi dich geschlagen?«

Mila tastete nach ihrer Unterlippe, die immer noch leicht geschwollen war von Tristans Kuss. Sie schüttelte den Kopf.

»War es Tristan?«

»Nein«, sagte sie, obwohl es sich so anfühlte, als hätte er es getan. Mit Blicken, mit Worten.

Tilde griff über den Tisch nach Milas Hand. »Was passiert ist, ist schlimm für dich, Mädchen. Aber ich verspreche dir, die Welt wird nicht untergehen.«

Das ist sie schon, dachte Mila. Etwas in ihr war zerbrochen, das nicht mehr heilen würde.

»Ich will Tristan nicht in Schutz nehmen«, sagte Tilde, »aber das ist ein ganz schön dicker Brocken, den der junge Mann jetzt verarbeiten muss. Er verliebt sich in ein wunderschönes, geheimnisvolles Mädchen, und alles ist perfekt, bis plötzlich ein Fremder vor der Schule steht und behauptet, dieses Mädchen, dem er vertraut und sich anvertraut hat, sei seine Ehefrau. Tristan *muss* geschockt sein, Mila. Lass ihm Zeit, das alles zu verarbeiten. Und wenn er kommt, um mit dir zu reden, dann versuch, ihm die Wahrheit zu erzählen. Er ist ein kluger junger Mann und wird verstehen, warum du es bisher nicht getan hast.«

»Du meinst, er wird kommen?«, fragte Mila in einem irrationalen Anflug von Hoffnung. »Er hat Schluss gemacht, Tilde. Und ich glaube, es war ihm ernst damit. Ich habe alles falsch gemacht. Es ist meine Schuld, dass ich ihn verloren habe.« Sie holte tief Luft, um nicht an ihrer Traurigkeit zu ersticken.

»Du hast einen Fehler gemacht, Mila. Jeder Mensch macht Fehler. Wenn Tristan dich wirklich liebt, wird er auch deine Vergangenheit akzeptieren. Vielleicht lenkt es dich ja ein wenig von deinem Kummer ab, wenn wir noch einmal wegfahren und uns eine schöne Stadt ansehen. Was meinst du?«

Mila schüttelte den Kopf. Ablenkung war nicht das, was sie jetzt brauchte. Im Gegenteil, sie wollte in Ruhe gelassen werden, wollte in ihrem Schmerz versinken wie in einem Nebel. Und dennoch klammerte sie sich an Tildes Worte.

15

Montag, 16. Juni Der Wecker klingelte, und als Mila die Augen aufschlug, fühlte sich für einen Moment alles ganz normal an. Sie würde zur Schule gehen und Tristan sehen. Doch dann brach mit Macht alles wieder über sie herein. Tristan hatte schlimme Dinge zu ihr gesagt und sich von ihr getrennt. Sie war allein und daran war sie selbst schuld.

In den vergangenen drei Nächten hatte Mila kaum geschlafen. Das ganze Wochenende über hatte sie befürchtet, Giorgi könnte vor der Tür stehen, einen Aufstand machen und Ansprüche anmelden. Wieder und wieder hatte sie sich gefragt, wie er sie überhaupt gefunden hatte.

Trotz des herrlichen Sommerwetters war sie nicht aus dem Haus gegangen. Sie hatte sich in ihrem Bett verkrochen und Tilde hatte sie nur zu den Mahlzeiten gerufen. Doch beim Essen schmeckte alles gleich, ob süß, ob sauer oder salzig. Jassi hatte ein paarmal angerufen, aber Mila wollte niemanden sehen, und Jassi akzeptierte das.

Immerhin: Giorgi war nicht wieder aufgetaucht und Milas Hoffnung, dass er endgültig aufgegeben hatte, schien sich zu erfüllen. Sie hatte ihm nie Böses gewünscht, nicht einmal dann, als er sein Versprechen brach und ihr verbot, weiter zur Schule zu gehen. Weil sie wusste, dass sein Vater dahintersteckte und die

Macht der Sippe. Doch mit seinem Auftauchen in Moorstein hatte Giorgi Desider die Liebe ihres Lebens zerstört. Er hatte Tristan verflucht, und sie wünschte, er wäre nie geboren.

Am liebsten wäre Mila auch an diesem Montagmorgen liegen geblieben, um sich weiter in ihrem Schmerz zu vergraben. Doch die Vernunft war stärker. Auch wenn die letzten Schultage bis zu den Sommerferien eine Qual werden würden, sie durfte keinen verpassen. Die Schule, das Abi im nächsten Jahr war alles, was ihr jetzt noch in Sachen Zukunft geblieben war.

Auf ihr Wissen konnte sie sich verlassen, das, was in ihrem Hirn abgespeichert war, konnte ihr keiner nehmen. Das Herz, das war ein verletzliches Ding und ihres war gebrochen, mitten entzwei. Sie spürte den Schmerz in ihrem ganzen Körper. Es würde sie große Kraft kosten, bei sich zu bleiben und zusammenzuhalten, was sie war.

Mühsam quälte Mila sich aus dem Bett, duschte und ging nach unten, wo Tilde schon mit dem Frühstück auf sie wartete. Sie war dankbar, dass Tilde nicht solche Dinge sagte wie »Das wird schon wieder« oder »Er ist es nicht wert«. Als Mila ihren Rucksack schulterte, nahm Tilde sie in den Arm und sagte: »Du bist klug und stark und du hast Jassi und mich.«

Das stimmte. Sie war nicht völlig allein, auch wenn es sich im Augenblick so anfühlte. Da sie spät dran war, fuhr Tilde sie mit dem Auto zur Schule und Mila war ihr dankbar dafür.

Jassi wartete auf sie. Sie sah Mila ins Gesicht und meinte: »An deiner Stelle wäre ich heute zu Hause geblieben. Hast du mal in den Spiegel geschaut?«

Hatte sie. Dunkle Ringe lagen unter ihren vom Weinen verquollenen Augen. Sie sah schrecklich aus, aber das war ihr egal, denn es gab niemanden, dem sie gefallen wollte.

Die ganze Zeit hatte Mila an nichts anderes gedacht als daran, wie Tristan sich ihr gegenüber verhalten würde, wenn sie sich wiedersahen. Würde er sie ignorieren oder so tun, als wäre nie etwas zwischen ihnen gewesen?

In der ersten Stunde hatten sie Mathe bei Herrn Krist, doch Tristans Platz blieb leer.

»Daniel«, sagte Herr Krist, »wären Sie so liebenswürdig und würden uns an Ihren Gedanken teilhaben lassen?«

»Wir ... ähm, wir machen uns Sorgen um Tristan, keiner weiß, was mit ihm ist.«

»Soweit ich weiß, hat er sich krank gemeldet. Er liegt mit einer schlimmen Angina im Bett.«

»Das ist ja furchtbar.« Daniel grinste anzüglich. »Tris liegt mit einer Vagina im Bett.«

Schallendes Gelächter ertönte, Mila hätte sich am liebsten die Ohren zugehalten.

»Also nichts, was nicht mit einer Penizillinspritze geheilt werden könnte«, meinte Hannes.

»Ruhe«, brüllte Krist, ein mürrischer Mann, den keiner, nicht einmal Mila, leiden konnte. Er war ein Fachidiot, aber kein guter Lehrer. Ihn zum Lachen zu bringen, war ein aussichtsloses Unterfangen, das wussten alle. Und wenn Herr Krist erst richtig verärgert war, dann rächte er sich mit gemeinen Aufgaben.

Deshalb verstummte das Gelächter schlagartig und alle beugten die Köpfe über ihre Mathebücher.

Die Unterrichtsstunden schleppten sich zäh dahin, und die Taubheit in Milas Kopf und Herz hielt sich hartnäckig, sodass sie irgendwann bereute, nicht doch zu Hause geblieben zu sein. Sie war ohnehin nicht in der Lage, etwas aufzunehmen. Mila überlegte, sich im Sekretariat krank zu melden, doch selbst dazu fehlte ihr die Energie, und so folgte sie Jassi nach der zweiten Hofpause in den Computerraum.

Durch den zähen Nebel ihrer Traurigkeit spürte sie sofort, dass etwas nicht stimmte. Um einen der Computer hatte sich eine Traube gebildet, und als Henrike sich zu ihnen umdrehte, sah sie sehr schuldbewusst aus. Sie sagte leise etwas und schlagartig löste sich der Pulk auf. Einige sahen Mila betreten an, andere schadenfroh.

»Was gibt es denn so Spannendes?« Jassi steuerte zielstrebig auf den Computer zu und Mila tappte ihr hinterher.

Die Facebook-Seite der Schule war geöffnet und unter der Überschrift *Mila, die Zigeunerbraut* hatte jemand ihr Hochzeitsfoto gepostet. Gleich darunter war ein Videoclip eingestellt. *Unsere Gastschülerin bekommt Besuch von ihrem Ehemann.* Der Clip zeigte die Szene vom Parkplatz neben dem Backshop, wie Mila und Giorgi stritten, wie schließlich Tristan dazukam, Giorgi von ihr wegriss und sich auf ihn stürzte.

Milas Gedanken rasten, ihr wurde heiß und kalt. Wer auch immer den Videoclip und das Foto auf die Seite gestellt hatte, musste Freude daran haben, ihr eins reinzuwürgen. Und die brennende Frage war, woher hatte derjenige das Hochzeitsfoto?

Mila besaß eins, es lag gut versteckt in einer Schachtel unter ihrem Bett. Zusammen mit ein paar anderen Fotos aus ihrem alten Leben. Und Giorgi besaß natürlich eins. Hatte er es in Moorstein herumgezeigt, um sie zu finden?

Mila starrte auf den Bildschirm und kämpfte gegen die Tränen, die ihr brennend in die Augen stiegen. Ihr wurde klar, dass ihr unbeschwertes Leben endgültig vorbei war. Ihr Geheimnis war aufgeflogen und mit allzu viel Verständnis oder gar Mitleid durfte sie nicht rechnen. Sie hatte den beliebtesten Jungen der Schule hintergangen und sämtliche Mädchen, die scharf auf Tristan waren, würden sich vor Schadenfreude die Hände reiben. Ihr war sterbenselend zumute.

Jassi drehte sich zu den anderen um, ihre Augen verschossen blaue Blitze. »Wer war das?«

Die meisten zuckten die Achseln und »Keine Ahnung« war die häufigste Antwort. Der Klassenraum füllte sich. Als Boris erschien, zerrte Jassi ihn zum Computer. »Lösch es – irgendwie. Ich weiß, du kriegst das hin. Und beeil dich.«

Boris kratzte sich am Kopf. »Ich versuch's.«

Anders Lundgren, ihr Informatiklehrer, war gebürtiger Schwede, sah blendend aus und hatte Humor. Während seines Unterrichts schien die Klasse vergessen zu haben, was sie gesehen hatte. Boris schaffte es, das Video zu löschen, aber als es zum Ende der sechsten Stunde klingelte und Mila auf den Flur hinaustrat, wusste sie, dass nicht nur ein paar ihrer Klassenkameraden den Clip gesehen hatten.

Mit zusammengebissenen Zähnen lief sie neben Jassi durch die Flure und die Treppe nach unten. Videoclip und Hochzeitsfoto hatten höchstens ein paar Stunden auf der Webseite gestanden, aber offensichtlich lange genug, damit die Neuigkeit sich unter den Schülern wie ein Lauffeuer verbreiten konnte.

Mila wurde angerempelt, man zeigte mit dem Finger auf sie, tuschelte hinter ihrem Rücken, lachte oder starrte sie mitleidig an. Sie tat so, als bemerke sie es nicht oder als wäre es ihr völlig egal, aber das kostete ungeheure Kraft.

Ein Sechstklässler rief ihr »Verliebt, verlobt, verheiratet!« hinterher.

Mit letzter Kraft strebte Mila raus aus dem Schulgebäude. Sie wollte nur noch nach Hause und sich in ihrem Zimmer verkriechen. Egal, ob die anderen nun Mitleid mit ihr hatten oder auf sie herabblickten: Es tat weh, doch der Schmerz ließ sich aushalten.

Viel schlimmer war, nicht zu wissen, wie es Tristan ging. Es wunderte sie nicht, dass er krank geworden war. Mila fühlte sich auch krank. Ihr Herzblut, mit dem sie ihn dazu gebracht hatte, sich in sie zu verlieben, kreiste weiterhin in seinen Adern. Sie war ein Teil von ihm. Aber sie hatte sein Vertrauen missbraucht, ihn tief verletzt. Vergangenen Freitag hatte der Dämon des Zweifels Tristans Seele in Besitz genommen, nun quälte er ihn und machte ihn krank. Wenn Tristan erst von dem Foto und dem Video erfuhr, würde er sie für immer hassen.

Mila war kreuzunglücklich. Sie wünschte, sie könnte Tristan sehen und mit ihm über alles sprechen. Doch dafür war es zu spät. Auf ihre Anrufe reagierte er nicht, und Mila fehlte der Mut, bei ihm zu Hause aufzutauchen. Der Gedanke, seinen Eltern zu begegnen, war ihr unerträglich.

Als sie loslief, fing es an zu tröpfeln, aber das störte sie nicht. Regen war heilsam und reinigend. Als sich eine Hand auf ihre Schulter legte, schrak Mila aus ihren Gedanken.

»He, meine Liebe«, stieß Jassi keuchend hervor, »denk ja nicht, dass du mir so einfach davonkommst. Ich will wissen, was hier eigentlich los ist.«

Mila schwieg. Wo sollte sie anfangen? Wollte Jassi die ganze Geschichte hier auf dem Bürgersteig vor der Schule hören? Im Regen?

Jassi warf einen Blick in den grauen Himmel. »Na komm, ich lade dich zu einem Cappuccino ein.«

Sie gingen zu dem kleinen Café um die Ecke und setzten sich an einen freien Tisch am Fenster. Jassi bestellte zwei Cappuccino, dann verschränkte sie die Arme vor der Brust und sah Mila erwartungsvoll an.

Mila ließ ihren Blick durch das Café streifen. An einem Tisch schräg hinter Jassi saßen drei Mädchen aus ihrer Jahrgangsstufe, unter ihnen Patrizia, die kühle Schöne mit den Katzenaugen, Tristans Ex.

Die Mädchen kicherten und tuschelten und Patrizias Blicke krochen über Mila hinweg wie Küchenschaben. Langsam wandelte sich ihr Kummer in Wut. Schweigend kramte sie in ihrer Schultasche, förderte Zigaretten und Feuerzeug zutage und steckte sich eine an.

»Du darfst hier drin nicht rauchen, Mila«, zischte Jassi entgeistert und trat sie vors Schienbein.

»Dann hindere mich doch daran. Ruf die Polizei.«

Jassi grinste und verdrehte die Augen. »So kenne ich dich ja gar nicht.«

»Wie bin ich denn?« Mila blies eine Qualmwolke über den Tisch.

Jassi schien einen Moment zu überlegen, was sie antworten sollte. Und in die Stille hinein sagte Patrizia: »Sie hat tatsächlich geglaubt, Tris würde sie *heiraten*. Dabei ist sie schon verheiratet. Wie nennt man das eigentlich?«

»Bigamie«, sagte eines der Mädchen und sie prusteten los.

Jassi drehte sich wütend um. »Habt ihr kein anderes Gesprächsthema?«

Die Bedienung kam an den Tisch der Mädchen. Sie zahlten, und ihre Stühle scharrten laut über den weißen Fliesenboden, als sie aufstanden.

Als sie an ihrem Tisch vorbeikamen, zeigte Patrizia grinsend in Jassis Tasse. »Liest sie dir aus dem Kaffeesatz, deine Zigeunerfreundin?«

Und in einer Wolke von boshaftem Gekicher verließen sie das Café.

»Hier drin ist Rauchen verboten«, herrschte die Bedienung Mila an. »Kannst du nicht lesen?«

Jassi beobachtete Mila stirnrunzelnd. Die zog an ihrer Zigarette und blies langsam den Rauch aus. »Nein, tut mir leid. Ich bin bloß eine dumme Zigeunerin. Alles, was ich lesen kann, ist Kaffeesatz.«

»Ich möchte zahlen«, sagte Jassi. »Behalten Sie Ihren Cappuccino.«

»Macht drei Euro für jeden.«

Jassi zahlte und Mila stürmte als Erste aus dem Café. Jassi lief ihr hinterher. Inzwischen regnete es Bindfäden. »Ist das wahr?«

»Was?«

»Dass du mit diesem Giorgi verheiratet bist.«

»Ja, bin ich. Hast du das Hochzeitsfoto nicht gesehen?«

»Ich dachte, das wäre ein ...«

»Was? Ein Faschingsfoto?«

»Also ist es kein Fake«, stellte Jassi fest. »Du und er, ihr seid ... was?«

»Slowakische Roma.«

»Okay. Das erklärt ein bisschen, wie du bist.«

»Wie ich bin?« Mila blieb ruckartig stehen und sah ihre Freundin fragend an. Regen strömte über ihr Gesicht wie Tränen.

»Na ja, manchmal habe ich mir den Kopf darüber zerbrochen, was an dir so anders ist.«

»Und? Was ist es?«

»Keine Ahnung. Es lässt sich nicht in Worte fassen.«

»Na ja, dann hat dein Kopfzerbrechen nun ein Ende. Das Wort heißt *Roma*. Oder von mir aus auch *Zigeuner*. Ist mir egal.«

»Und Tris hat es genauso wenig gewusst wie ich«, stellte Jassi nüchtern fest.

Mila nickte. Inzwischen liefen echte Tränen über ihre Wangen und mischten sich mit dem Regen.

»Warum hast du es mir nicht erzählt, Mila?« Jassis Stimme klang rau. »Das gibt mir das Gefühl, dass du mir nichts zutraust. Dass ich blöd bin oder mein Herz zu klein ist. Ich fühle mich beschissen, okay?«

»Dein Herz ist nicht klein, Jassi. Du bist meine beste Freundin.«

»Aber?«

»Meine Vergangenheit ist nicht von deiner Welt. Das macht es so kompliziert.«

»Weißt du, was, Mila? Es nervt, wenn du dauernd irgendwelche dunklen Andeutungen machst. Entweder du erzählst mir die ganze Geschichte oder du lässt mich in Ruhe.« Damit drehte sie sich um und schlug den Weg zu ihrem Zuhause ein.

Mila hielt sie nicht zurück.

In dieser Nacht träumte Mila von ihrem Hochzeitskleid. Es war aus feinstem weißen Satin, das Oberteil am Dekolleté und den Ärmeln mit filigraner Spitze verziert. Mila fühlte sich wie in eine weiße Wolke gehüllt. Sie stand vor dem großen Tor der Moorsteiner Kirche, ihre Hand auf dem Arm von Peter Hellstern. Er trug einen schicken Anzug und lächelte ihr zu.

Es war der schönste Tag in ihrem Leben. Sie würde Tristan heiraten. Aber wo blieb er bloß?

Endlich, da kam er, nun war alles gut. Doch es war nicht Tristan, der im schwarzen Hochzeitsanzug auf sie zuschritt, es war Giorgi Desider.

Mila blickte an sich herunter und sah, dass sie ein anderes

Kleid trug, es war ihr erstes Hochzeitskleid. Billiger Stoff, ein Riss im linken Ärmel, nicht ganz sauber und zu viel Tüll. *Ordinär,* würde Tristan sagen.

Giorgi streckte seine Hände nach ihr aus. Die Finger waren kohlrabenschwarz.

Mila schreckte hoch und riss die Augen auf. Ein dunkler, wortloser Schemen stand vor ihrem Bett.

»Giorgi«, flüsterte sie.

Da verschwand die diffuse Gestalt zwischen den Schatten in ihrem Zimmer. Nur ein blumiger Tabakduft hing noch in der Luft.

Wie Mila die nächsten fünf Schultage überstand, konnte sie später selbst nicht mehr so genau sagen. Tristan ging nicht an sein Handy – es war, als hätte es sie nie gegeben. Jassi sprach nur das Notwendigste mit ihr, aber die Schule war auch nicht der Ort, um über lebenswichtige Dinge zu reden. Und nach dem Unterricht gingen sie jede ihrer Wege.

Mila versuchte, dem Unterricht zu folgen und wenigstens die Hälfte von dem mitzubekommen, was die Lehrer da vorne sagten. Doch als Herr Krist sie in Mathe an die Tafel holte, um bei einer Gleichung einen Logarithmus anzuwenden, hatte sie einen totalen Blackout. In Englisch schrieben sie einen Vokabeltest und sie wusste die Hälfte der Worte nicht.

In der Deutsch-Vertretungsstunde bei Herrn Zöllner bekamen sie ihre Arbeiten über Kafkas *Verwandlung* zurück. Mila hatte eine Eins, Tristan eine Vier. Zöllner bat sie, Tristan seine *unsterbliche Prosa* zu bringen, und darin sah sie eine Chance. Aber Hannes meinte, Tristan wolle sie nicht sehen, und resigniert gab sie ihm die Arbeit.

Wie es Aurora Fuchs ging, wusste niemand so genau. Eine Menge Gerüchte kursierten in der Schule, unter anderem, dass sie ein Verhältnis mit einem Schüler gehabt hatte. Außerdem wurde gemunkelt, dass sie in psychiatrischer Behandlung war und auch nach den Ferien nicht mehr ans Gymnasium zurückkehren würde.

Nach dem Unterricht fuhr Mila schnell nach Hause und vergrub sich in ihrem Zimmer. War sie erst allein, dann brach sie in Tränen aus. Die Traurigkeit schien ihr das Herz zu zermalmen und ihr Leben war nur noch ein einziges Wirrwarr.

Tildes Versuche, sie mit Kartenspiel oder Kinoangeboten aufzumuntern und abzulenken, waren vergeblich oder machten alles noch schlimmer. Am Donnerstagnachmittag hatten sie zusammen die Himbeeren im Garten gepflückt und kochten Marmelade ein. Der süße Duft der reifen Früchte, der in der Küche hing, erinnerte Mila an ihre Großmutter, die jeden Sommer köstliche kleine Kuchen aus Waldhimbeeren gebacken hatte, und sie fühlte sich noch niedergeschlagener.

Mitten beim Einkochen stellte Tilde fest, dass das Geliermittel nicht ausreiche, und schickte Mila in die Drogerie am Markt, in der Rias Mutter arbeitete. Mila grüßte höflich, als sie den Laden betrat. Nachdem sie dreimal erfolglos suchend durch die Regalreihen gelaufen war, bemerkte sie, dass Rias Mutter ihr auf Schritt und Tritt folgte. Die Blicke der Frau stachen wie Messer in Milas Rücken.

Zigeuner klauen wie die Raben. Sie stehlen alles, außer der Luft, die du atmest.

Aus Trotz ging Mila schnurstracks in die Parfümecke und probierte sämtliche Testflakons, bis die Düfte ihr den Atem raubten. Schließlich fragte sie nach dem Geliermittel, zahlte und verließ grußlos die Drogerie.

Jeden Abend, wenn es dunkel war, stand Mila in ihrem Zimmer am offenen Fenster und blickte zum Haus der Hellsterns hinauf. Die Jalousie an Tristans Fenster war seit Tagen heruntergelassen, und sie fragte sich, was Tristan wohl machte. Ob er manchmal darüber nachdachte, wie sie sich fühlen mochte. Und wie lange er noch brauchen würde, um mit ihr über das, was passiert war, zu reden. Was sie miteinander verband, war tief und besonders, das hatte er selbst gesagt. Etwas so Schönes konnte er doch nicht einfach beenden, ohne sich ihre Erklärung angehört zu haben.

Doch als Tristan am Freitag immer noch nicht in der Schule auftauchte und ihre Anrufe nicht annahm, starb das letzte bisschen Hoffnung in ihr. So lange brauchte man nicht, um nachzudenken. Tristan liebte sie nicht mehr.

Nachdem ihr Verstand sich diese Tatsache eingestanden hatte, war es an der Zeit, ihr Herz zu öffnen, um ihn gehen zu lassen. Bisher hatte sie ihn fest darin eingeschlossen, trotz seiner finsteren Worte, die der Dämon ihm auf die Zunge gelegt hatte. Aber Tristan gab keine Ruhe, er wütete in ihrem Herzen und tat ihr weh.

Ihn gehen zu lassen, würde noch mehr wehtun, ihr Herz noch lange eine offene Wunde sein. Aber sie musste es tun, um nicht verrückt zu werden.

Mila löste den silbernen Anhänger mit dem Türkisstein von ihrem Hals und legte den Glücksbringer, der ihr kein Glück gebracht hatte, in die Schublade ihres Nachtschrankes. Sie zog den Badeanzug unter ihr Kleid und radelte los zum kleinen Schiefersee. Dorthin, wo sie das erste Mal mit Tristan geschlafen hatte, wo sie eins geworden waren. Das war der Ort, an dem sie herausfinden wollte, wie viel von ihr noch existierte – ohne Tristan.

Kräftig in die Pedale zu treten, tat Mila gut. Der Schweiß brach ihr aus allen Poren, und als sie da war, bekam sie kaum noch Luft. Sie schob ihr Rad ins Gebüsch, rannte den Waldpfad entlang und blieb erst stehen, als sie keuchend auf dem glatten Uferfelsen stand.

Einsam und verlassen lag der See da, in seiner wunderschönen, hoffnungsvollen Vergissmeinnichtfarbe. Zitronenfalter taumelten über das Wasser und Mila atmete Regenduft. Doch von einem Augenblick auf den anderen verdunkelte sich der Himmel, Wolken verbargen die Sonne, und das Wasser des Sees zeigte sich in einem gewöhnlichen Grau, als hätte jemand den Zauber von ihm genommen.

In der Ferne grollte leiser Donner – oder war es das Herz des Sees, das sie schlagen hörte?

Mila weinte. Sie schlang die Arme um ihren Körper und weinte. Plötzlich kam Wind auf. Er fuhr in das Laub der Sträucher und hinauf in die Wipfel der Tannen. Die Bäume sangen. Die Wasseroberfläche kräuselte sich und der See sang. Unsichtbare Vögel sangen. Und dann sang auch Mila.

Tristan,
kein Schatten soll auf dich fallen,
dein Herz ist dunkel genug.
Du hast meine Liebe genommen,
dein Blut von meinem Blut.

Sie sang Tristans Namen, sie schrie ihn in den Wind und er trug den Namen fort. Auf einmal hörte sie den Flügelschlag eines großen Vogels über sich und hob den Kopf. Ein Rabenschatten fiel auf ihr Gesicht. *Der Tod, das ist der Flug des schwarzen Vogels*, hatte ihre Baba gesagt.

Mila sprang.

Fische glitten um ihre Beine und ihren Körper, aber sie tanzte nicht, sie ließ sich bloß sinken, in der Gewissheit, dass die *Nivashi* sie holen oder ihr helfen würden. Unter der Wasseroberfläche, jenseits des Lichts, gab es keine Vergangenheit und keine Zukunft, kein Gut oder Böse, nur Schönheit und Stille.

Und das Wasser des Sees wusch die Liebe langsam aus ihrem Herzen.

Lucas hatte schon eine geraume Weile am Waldrand gesessen, als er hörte, dass jemand den Pfad entlangkam. Versteckt hinter einem Strauch, beobachtete er Milas trauriges Treiben. Dieser Gesang, er schien direkt aus ihrem Herzen zu kommen. Ihre Stimme klang todtraurig, trotzdem hatte Mila die stolze Haltung einer Königin. Das Ganze kam ihm vor wie ein einsames Ritual. Ihm war klar, dass er nicht auftauchen und in ihre Welt einbrechen konnte, ohne dass sie ihn dafür hassen würde.

Plötzlich erschien Munin am Himmel und Mila sprang. Lucas stand hinter dem weißen Stamm einer Birke und beobachtete die Oberfläche des Sees, unter der Mila samt ihrem roten Kleid verschwunden war. Er zuckte zusammen, als es blitzte und nur wenig später krachend donnerte. Dann begann es, in Strömen zu regnen. Die Tropfen prasselten so heftig auf die Wasseroberfläche, dass Blasen entstanden.

Verdammt. Wenn ein Blitz ins Wasser schlug, dann war das ungefähr so, als würde man in der Badewanne sitzen und jemand ließ einen Föhn hineinfallen.

Lucas konnte nicht fassen, dass Mila trotz des nahenden Gewitters in den See gesprungen war. Hatte sie sich vor Munin erschreckt? Der Rabe, der See, das Mädchen im roten Kleid. Wiederholte sich alles? Als er es kaum noch aushielt, schoss Milas Kopf aus dem Wasser und mit wenigen kräftigen Zügen schwamm sie ans flache Ufer. Höchste Zeit, das Gewitter kam schnell näher, war schon beinahe über ihnen.

Sie musste Schutz suchen. Die Hütte. Mila wusste sicher, wo der Schlüssel versteckt lag. Doch sie lief nicht in Richtung Hütte, sondern nur ein paar Schritte über den Schiefer zum Waldrand. Auf einmal blieb sie stehen.

Mit einem ohrenbetäubenden Krachen fuhr ein greller Blitz in den See und Lucas schrie auf vor Schreck. *Fuck,* das war einfach zu viel für ihn. Sein Herz drehte durch. Der Donner hatte seinen Schrei verschluckt, aber Mila stand immer noch wie zur Salzsäule erstarrt. Irgendetwas um sie herum leuchtete.

Lucas gab sein Versteck auf und preschte aus dem Wald. Ehe Mila protestieren konnte, hatte er sie auch schon an der Hand gepackt und zog sie hinter sich her auf dem schmalen Pfad durch das Wäldchen, bis sie bei seinem Pick-up angekommen waren. Er riss die Tür der Fahrerkabine auf und schob erst sie und dann sich hinein. Lucas war durchnässt bis auf die Haut, genauso wie Mila.

»Bist du jetzt endgültig von allen guten Geistern verlassen?«, schrie er sie an. Mit beiden Händen schlug er zweimal gegen das Lenkrad.

»Ja«, antwortet Mila leise.

»Was?« Lucas sah sie von der Seite an.

»Alle guten Geister haben mich verlassen.« Und dann sagte sie nichts mehr.

»Du hättest sterben können, verdammt noch mal!«

Wasser rann aus Milas Haaren, Wasser rann aus dem ganzen Fischmädchen und sickerte in den Beifahrersitz. Das nasse Kleid, mit weißen Schmetterlingen auf rotem Grund, klebte an ihren hübschen Brüsten, den braunen Beinen.

Lucas nahm sie an der Schulter und schüttelte sie. »Rede mit mir, Mila. Bist du lebensmüde?«

Das alles kam dem, was vor zehn Jahren passiert war, viel zu nah. Lucas fühlte sich hilflos und diese Hilflosigkeit befeuerte seinen Zorn. Doch dann rief er sich wieder vor Augen, dass Mila geweint hatte. Er wusste so wenig über sie, und wenn er sie anschrie oder schüttelte, würde ihn das auch nicht weiterbringen.

Mila sah furchtbar traurig aus, und er ahnte, warum. Sein Griff wurde sanft, er streichelte ihre Schulter. »Tut mir leid. Alles wieder okay?«

Sie nickte.

»Du bist angezogen ins Wasser gesprungen, Mila.«

»Der Rabe«, flüsterte sie. Ihre Zähne begannen zu klappern.

Lucas langte hinter den Beifahrersitz und zog eine Decke hervor, die er Mila umlegte. »Vor dem musst du dich nicht fürchten.«

Der Regen drosch nicht mehr gegen die Windschutzscheibe, das Gewitter verzog sich langsam.

»Dein Rad«, sagte Lucas. »Wo ist es?«

»Ich komme schon klar.« Milas Hand tastete zum Türgriff. »Danke für die Decke.«

»He«, er nahm sie an der Schulter. »Sag mir einfach, wo es ist. Ich lade es auf und bringe dich nach Hause. Okay?«

Mila zeigte ihm die Stelle. Nachdem Lucas das Fahrrad aufgeladen hatte, lenkte er den Toyota in Richtung Stadt.

»Warum verfolgst du mich?«, fragte Mila, als sie auf die Landstraße bogen. Inzwischen schien wieder die Sonne und der Asphalt dampfte. Es sah aus, als würden Nebelgespenster tanzen.

»Ich verfolge dich nicht, Mila, wie oft soll ich dir das noch sagen? Ich war vor dir am See, fast eine Stunde. Wollte gerade gehen, als du kamst.«

»Und warum du bist nicht gegangen?«

Weil du meine Verbindung zu Tristan bist. Weil ich mit deinem Ehemann Wodka getrunken habe bis zum Filmriss. Weil ich dich nicht mehr aus meinem Kopf kriege. Auf diese Frage konnte er keine ehrliche Antwort geben.

»Ich wollte sehen, ob du tatsächlich zwei Minuten lang tauchen kannst.«

Mila starrte durch die Windschutzscheibe und schwieg.

»Okay«, seufzte er. »Ich dachte, gleich gewittert es und die Fischtänzerin wird mir dankbar sein, wenn ich sie nach Hause fahre.« Lucas sah, wie Milas Mundwinkel zuckten.

Als er in ihre Straße bog, sagte sie endlich etwas. »Stopp!«

Lucas stieg auf die Bremsen und Mila öffnete die Beifahrertür.

»Aber warum? Wir sind doch noch gar nicht da.« Natürlich wusste er, warum. Sie wollte nicht, dass Tristan sie zusammen sah.

Sie stiegen aus und Lucas hob ihr Rad von der Ladefläche.

»Danke«, sagte Mila. »Auch wenn ich nicht weiß, wer du bist und was du wirklich da oben am See gewollt hast.«

Es verstehen, dachte er. *Ich will es verstehen.*

16

Samstag, 21. Juni In der vergangenen Nacht hatte Mila zum ersten Mal, seit Giorgi vor der Schule aufgetaucht war, wieder tief und traumlos geschlafen. Der See hatte ihr geholfen. Dort unten im Königreich der Fische und Wassergeister hatte Mila einen Teil von sich selbst wiedergefunden.

Der wilde Schmerz war gegangen, doch die Bitterkeit war noch da. Sie würde nie wieder so lieben können, wie sie Tristan geliebt hatte. Nie wieder würde sie so glücklich sein wie mit ihm. Ihr Herz schlug, aber es schien, als hätte es den Atem verloren.

Mila fragte sich, wie sie den heutigen Tag überstehen sollte, einen Tag, den sie sich noch vor einer Weile in den schönsten Farben ausgemalt hatte. Es hatte ein bunter Tag voller süßer Küsse werden sollen. Doch nun würde sie durch graue Trübsal waten müssen und salzige Tränen weinen, bis er endlich vorbei war.

Die Morgensonne schien Mila ins Gesicht, an der Wand über ihrem Bett tanzten bunte Lichtreflexe, gezaubert von ihrem Windspiel aus Perlmuttscheiben. Doch weil weder das warme Sonnenlicht noch die tanzenden Farben zu diesem Tag passten, verkroch sie sich unter der Decke, fest entschlossen, ihr Bett heute nicht zu verlassen. Als ihr jemand die Decke vom Kopf zog, stieß sie einen empörten Laut aus.

»Nun aber raus aus den Federn, junge Dame!«, rief Tilde bestimmt. »Du wirst doch nicht deinen siebzehnten Geburtstag verschlafen wollen.«

Mila blinzelte und murrte missmutig – aber ihre Gastmutter ließ nicht locker. »Na komm schon, Mila.« Tilde setzte sich neben sie aufs Bett. »Liebeskummer ist bitter, aber man überlebt ihn.«

Mila schnaubte leise. So etwas konnte nur jemand sagen, der meilenweit jenseits von allem war, das mit Liebe zu tun hatte. Tristan war nicht einfach austauschbar.

»Du denkst, ich habe gut reden, weil ich alt bin?« Tilde lächelte. »Pass auf, ich erzähle dir mal was.«

Und so erfuhr Mila, dass Tilde vor drei Jahren einen Mann kennengelernt hatte, in den sie sich verliebte. »Ein Jahr lang waren Robert und ich viel zusammen, haben kleine Reisen unternommen und wunderbare Abende verbracht. Ich war verliebt wie ein Teenager und ihm schien es genauso zu gehen. Wir machten Pläne, wollten zusammenziehen, vielleicht sogar heiraten. Bis dann eines Tages ein Fremder vor meiner Tür stand und mir erzählte, dass Robert einen Herzinfarkt hatte und es nicht gut um ihn stand. Ich wollte sofort zu ihm, aber Wenzel, er war Roberts Freund, sagte mir, das würde nicht gehen, weil seine Frau und seine Kinder Tag und Nacht bei ihm seien.«

Tilde wischte sich über die Augen. »Ich hatte also auf meine alten Tage eine große Liebe gefunden, sie auf tragische Weise wieder verloren und musste nun mit dem Verlust und dem Gefühl des Verrats fertigwerden.«

Mila schluckte trocken.

»Liebe tut weh, Mila«, sagte Tilde, »sonst wüssten wir nicht, dass es Liebe ist. Der Schmerz war ein wildes Tier in meiner Brust damals. Ich war sechzig und wusste, dass ich mich nicht noch einmal so verlieben würde. Doch wir wissen gar nichts, mein

Mädchen, denn die Liebe geht ihre eigenen Wege. Es ist an uns, ihr die Tür zu öffnen. Wenn man liebt, geht man immer das Risiko ein, verletzt zu werden. Aber das ist es wert.«

Tilde stand auf, ging ans Fenster und sah hinaus. »Eine Weile hielt ich die Tür zu meinem Herzen verschlossen, wagte nicht einmal einen Blick aus dem Fenster dieser dunklen Kammer, in die ich mich eingeschlossen hatte. Aber Wenzel ... nun, er ließ nicht locker. Er kam mich besuchen, wir sind ausgegangen, haben über Robert gesprochen, bis es nichts mehr über ihn zu sagen gab. Dann fingen wir an, über uns zu sprechen. Und ich habe mich aufs Neue verliebt.«

Mila starrte Tildes Rücken an. »Du hast einen Freund?«

»Ja, stell dir vor.« Tilde drehte sich um. Sie lächelte.

»Aber wieso war er noch nie hier? Trefft ihr euch etwa heimlich?«

»Nein«, Tilde lachte. »Wenzel ist ein bisschen jünger als ich, erst achtundfünfzig, und er war jetzt ein halbes Jahr im Ausland, in Shanghai, und hat dort für seine Firma gearbeitet. Aber er kommt heute zurück.«

»Oh.«

Tilde frisch verliebt und turtelnd, das bedeutete eine neue, unberechenbare Herausforderung.

»Keine Angst, der heutige Tag gehört dir. Aber morgen werde ich nach Erfurt zu ihm fahren.«

Mila nickte dankbar.

»Leistest du mir nun Gesellschaft am Frühstückstisch?«

»Gib mir zehn Minuten.«

Als Mila geduscht und in einem bunten Sommerkleid in der Küche erschien, saß Tilde mit der Zeitung in der Hand am liebevoll gedeckten Tisch. In der Mitte stand Milas Lieblingsschokoladenkuchen mit siebzehn brennenden Kerzen.

»Alles Gute zum Geburtstag«, sagte sie und nahm Mila fest in die Arme. »Du siehst wunderschön aus, Mädchen. Ich bin so froh, dass dich dein Weg zu mir geführt hat, du bist der Sonnenschein in meinem Leben.«

Tilde sagte das mit einem solch warmen Unterton in der Stimme, dass sich Milas Bedenken, sie könne dem jungen Glück im Wege stehen, auf der Stelle verflüchtigten.

Tilde schob Mila zu ihrem Stuhl. »Setz dich.« Sie schenkte ihr Kaffee ein und setzte sich zu ihr an den Tisch. »Na los, puste sie aus.«

Mila war so gerührt, dass es ihr die Kehle abschnürte. Wie sollte sie da genug Luft holen, um alle Kerzen auszublasen? Aber beim zweiten Anlauf schaffte sie es.

Tilde lächelte. »Gut. Ich wünsche dir, dass deine Augen wieder leuchten, so wie sie es jeden Tag getan haben, seit du hier bist. Ich weiß, dass zwischen uns eine Menge Jahre liegen, aber wenn du reden möchtest, ich bin da und höre dir zu. Da«, sie schob Mila ein hübsch verpacktes Geschenk über den Tisch, »für dich.«

Mila zog an der roten Schleife und packte Tildes Geschenk aus. Es war ein taubenblaues Jerseykleid, bedruckt mit weißem Fischgrätenmuster. Sie hatte in Eisenach lange vor dem Schaufenster gestanden und es angesehen, aber es war viel zu teuer gewesen, als dass sie auch nur im Traum daran gedacht hatte, es zu kaufen oder gar Tilde darum zu bitten.

»Es ist wunderschön«, sagte sie, von Dankbarkeit überwältigt.

Zum Mittagessen lud Tilde sie in ein neu eröffnetes Restaurant mit Saale-Blick ein. Mila wäre lieber zu Hause geblieben, aber sie wollte Tilde nicht die Freude verderben. Um beim Essen nicht über sich und Tristan reden zu müssen, entlockte sie Tilde noch ein paar Dinge über Wenzel, den geheimnisvollen Geliebten.

Wieder zu Hause, ging Mila auf ihr Zimmer. Sie hatte keine Geburtstagskarte von ihrer Mutter bekommen, und die Enttäuschung darüber tat doch mehr weh, als sie vermutet hatte.

Aber in der Schublade ihres Schreibtisches lag immer noch der ungeöffnete Brief, den ihre Mutter schon vor Wochen geschrieben hatte. Sie holte ihn, setzte sich damit auf ihr Bett und öffnete ihn.

Es waren nur wenige Zeilen.

Liebe Mila,
wie ich gehört habe, geht es dir gut, dort, wo du jetzt bist. Das ist schön. Mir geht es auch viel besser. Ich bin weg von den Drogen, glaub mir. Einen klaren Kopf zu haben, das fühlt sich gut an und ich möchte es nicht mehr missen.
Stepan kümmert sich um mich. Ich weiß, du magst ihn nicht, aber er ist nicht so, wie du denkst. Stell dir vor, er hat mir einen Heiratsantrag gemacht! Freust du dich für mich?
Wenn du im Herbst zurückkommst, dann werden wir alle zusammen in einem schönen Haus wohnen und du wirst ein eigenes Zimmer haben.
Schreib mir doch mal.
Deine Mama

Mila ließ den Brief sinken. Für einen Moment wusste sie nicht, ob sie in Tränen ausbrechen oder schreien sollte. Die Tränen saßen schon in den Startlöchern, aber der Wutschrei auch.

Cavka, das miese Dreckauge, wollte ihre Mutter heiraten. Mila wusste es besser: Er wollte sie besitzen. Und ihre Mutter würde Ja sagen, sie war so blind. Sie war diesem Arschloch verfallen. Von wegen »klarer Kopf«! Was diesen Mann anging, war der Kopf ihrer Mutter völlig vernebelt. Sie war ihm hörig, verzieh ihm alles, was er ihr antat. Wenn ihre Mutter Stepan Cavka heiratete, wollte sie sie nie wiedersehen. In ihrem ganzen Leben nicht.

Tränen tropften auf das linierte Briefpapier. Bisher war der Tag schön gewesen – na ja, den Umständen entsprechend schön. Doch nun drohte Mila in das schwarze Loch zu fallen, das sie bis jetzt erfolgreich umgangen hatte. Hätte sie diesen Brief doch nur nicht geöffnet. Wieso konnte sie diese blöde Sehnsucht nach ihrer Mutter nicht endlich abstellen? Im Grunde hatte sie es gewusst. Von ihrer Mutter kam nichts Gutes mehr, seit sie fortgegangen war und Mila bei ihrer Baba im Dorf zurückgelassen hatte. Es war besser, Mila würde auch noch diesen letzten dünnen Faden zerreißen, der sie mit ihrer Vergangenheit verband.

Als es an ihrer Zimmertür klopfte, fuhr Mila erschrocken zusammen. Schnell schob sie den Brief unter ihre Bettdecke und wischte sich mit beiden Handrücken über die Augen.

»Mila? Kann ich reinkommen?« Es war Jassi.

Vor Freude brachte Mila kein Wort heraus. Ihre Freundin war dezent geschminkt und trug ein meergrünes, schwarz gepunktetes Sommerkleid, passend zur Brille. Mila hatte Jassi noch nie in einem Kleid gesehen und die Verwandlung war so verblüffend, dass sie den Blick nicht von ihrer Freundin wenden konnte. Der leichte Stoff umspielte schmeichelnd Jassis Kurven und reichte ihr bis knapp an die Knie. Sie hatte schöne Beine. Nur ihre Füße, die steckten in ausgetretenen Chucks. Mila musste lächeln.

»Was grinst du so? Ich will heute Abend tanzen gehen, und das kann ich nicht, wenn ich irgendwelche albernen Schuhe anhabe.«

Milas jähe Hoffnung auf einen DVD-Abend mit Jassi schwand

so schnell, wie sie gekommen war. Jassi überreichte ihr feierlich ein Geschenk und ließ sich aufs Bett fallen.

»Alles Gute zum Geburtstag, Süße.«

Obwohl Mila dachte, sie hätte gar keine mehr, schossen ihr Tränen in die Augen. »Danke. Ich freue mich, dass du gekommen bist.«

»Hm, ich auch.« Jassi grinste breit.

Mila setzte sich neben sie und begann, das Päckchen auszupacken. Es war ein Armband mit grünen Perlen in sämtlichen Schattierungen und Formen, dazwischen Metallperlen und kleine Anhänger. »Es ist wunderschön, danke.«

»Hab ich selber gemacht«, meinte Jassi stolz. »Das sind jede Menge Glücksperlen. Komm, ich lege es dir um.«

Mila hob den Arm und bewunderte ihr Geschenk. Das Armband gefiel ihr, die Perlen schimmerten auf ihrer braunen Haut. Jassi hatte genau ihren Geschmack getroffen. Und sie hatte einen neuen Glücksbringer verdammt nötig.

»Gibt's eigentlich Kaffee und Kuchen?«

»Glaub schon.«

Gleich darauf klopfte es und Tilde erschien mit einem Tablett. Milchkaffee und Schokoladenkuchen.

»Hmmm, der sieht ja lecker aus.«

»Schön, dass du da bist, Jasmin«, sagte Tilde. »Lasst euch den Kuchen schmecken.«

»Danke«, antworteten beide unisono.

Als Tilde die Tür hinter sich geschlossen hatte, schnappte Jassi sich ein Stück Kuchen und einen Becher Kaffee und setzte sich an Milas Schreibtisch.

Mila sah ihre Freundin an. »Ich dachte wirklich, du bist so sauer auf mich, dass ...«

»Dass ich deinen Geburtstag unter den Tisch fallen lasse? Ach Mila, ich habe mich gefühlt wie die erbärmlichste Freundin überhaupt. Freunde stehen zu einem, egal was passiert. Das macht Freundschaft aus, oder?«

»Ich bin die erbärmliche Freundin, nicht du«, meinte Mila zerknirscht. »Ich hätte dir alles erzählen sollen.«

»Ach, lassen wir das, Mila, ich fürchte, wir haben uns beide nicht mit Ruhm bekleckert.«

»Mit *was* bekleckert?«

»Ich meine, wir hätten es beide besser machen können, haben wir aber nicht. Vielleicht, weil wir es nicht konnten. Aber wir können an uns arbeiten. Du bist mir wichtig, Süße, ich will dich nicht verlieren.«

Mila nickte. »Ich dich auch nicht. Deshalb muss ich dir etwas erzählen, das an meinem Gymnasium in Cheb passiert ist.«

Mila schilderte Jassi, wie sie eines Tages mit ihrer Klasse den Unterrichtsraum verließ und eine neue Klasse hereinkam. Wie ihr draußen auf dem Gang einfiel, dass sie im Fach unter dem Tisch einen Hefter vergessen hatte, und noch einmal zu ihrem Platz zurückging. »Dort ich sehe, wie ein Mädchen den Stuhl, auf dem ich eben noch saß, mit Desinfektionsmittel einsprühte und gründlich abwischte.«

Jassi schluckte und biss sich auf die Lippe. Sie sprang auf und umarmte Mila. »Das tut mir so leid.«

»Für eine richtige Freundin wie dich hätte ich damals alles gegeben, verstehst du?«

»Ja«, sagte Jassi, »ich verstehe immer mehr.« Sie rieb sich eine Träne aus dem Gesicht. »Pass auf, wir machen es so: Wenn du reden willst, bin ich für dich da. Und wenn du nicht reden willst, bin ich auch für dich da.« Sie grinste. »Nun iss deinen Kuchen und dann machen wir dich hübsch, wir gehen heute zusammen tanzen. Ist schließlich dein Geburtstag.«

»Aber ...«

»Nichts *aber*. Willst du etwa weiter depressiv hier herumsitzen? Denkst du, ich habe nicht gesehen, dass du geweint hast? Damit ist jetzt Schluss. Glaub doch nicht, dass ich dich hier mit Tilde vor dem Fernseher versauern lasse. Wenn es einem sowieso schon beschissen geht, sollte man wenigstens ein bisschen Spaß dabei haben. Weißt du, was? Es gibt auch noch andere tolle Typen, Mila, glaub mir das. Die sitzen bereits in den Startlöchern.«

Die Möglichkeit, Mila könne einen anderen Jungen toll finden, war verschwindend gering, aber sie wollte den Abend doch lieber mit Jassi verbringen als mit Tilde.

»Pack dein Nachthemd und deine Zahnbürste ein. Es wird bestimmt spät und du schläfst heute Nacht bei mir.«

Jassi entdeckte das neue Kleid auf dem Bett und hielt es hoch. »Wunderschön, das ist genau richtig. Zieh es an.«

Mila schlüpfte in das neue Kleid. Es endete eine Handbreit über dem Knie, aber das war okay. Allerdings war der Ausschnitt offenherziger, als er im Schaufenster gewirkt hatte. Doch Jassi klatschte vor Begeisterung in die Hände. »Super! Als wäre es für dich gemacht.«

Als Mila ihre Haare mit einer Spange zusammennehmen wollte, hielt Jassi sie davon ab. »Lass sie heute mal offen, okay?«

»Na gut.«

Tilde wurde von Jassi vor vollendete Tatsachen gestellt. »Ich entführe Mila zum Tanz nach Hofbrunn«, sagte sie. »Sie braucht unbedingt ein bisschen Ablenkung. Und sie kann heute Nacht bei mir schlafen, das Bett ist schon gebaut.«

»Ihr beiden seht wirklich zum Anbeißen aus«, bemerkte Tilde lächelnd.

»Na, das wollen wir doch hoffen.« Jassi grinste.

Erst jetzt bemerkte Mila, dass die schwarzen Punkte auf Jassis Kleid winzige Totenköpfe waren.

»Wenn du heute auswärts schläfst«, wandte Tilde sich an Mila, »dann macht es dir bestimmt nichts aus, wenn ich das auch tue. Vielleicht fahre ich heute Abend schon zu Wenzel. Er ist am Vormittag gelandet.«

Mila machte es nichts aus. Im Gegenteil, der Gedanke, dass Tilde nun nicht alleine vor dem Fernseher sitzen würde, nahm ihr das schlechte Gewissen.

»Na dann, viel Spaß, ihr Hübschen.«

»Bis morgen Abend«, sagte Mila.

Geduldig hatte Mila die Geburtstagswünsche von Jassis Eltern entgegengenommen. Otto und Franz hatten ihr jeder ein Bild mit wilden bunten Monstern gemalt, und nachdem die beiden ihr noch eine Monstergeschichte abgerungen hatten, waren Mila und Jassi nun auf dem Weg nach Hofbrunn.

Am Feldrand blühten Kornblumen und roter Mohn. Mila empfand eine neue Nähe Jassi gegenüber und so erzählte sie ihrer Freundin auf dem knapp einstündigen Fußmarsch entlang der rot und blau gesäumten Felder von ihrer Hochzeit mit Giorgi.

»Alles begann damit, dass meine Mutter fortging und mich bei meiner Baba zurückließ. Als meine Großmutter starb, war ich schutzlos und ich besaß nichts. Mein Onkel und meine Tante hatten Angst, ohne Ehemann könnte ich auf dumme Ideen kommen.«

»Was denn für dumme Ideen?«

»Na, zum Beispiel mich in einen *Gadscho,* einen Weißen, verlieben, wie meine Mutter. Aufs Gymnasium gehen wollen, womöglich auch noch studieren. Um das zu verhindern, wurde ich mit Giorgi verheiratet.«

»Mit vierzehn?«

»Ja. Bei uns ist das eine jahrhundertealte Tradition. *Setz deine Tochter auf einen Stuhl, und wenn ihre Füße den Boden berühren, ist sie reif für die Hochzeit.*«

»Krass. So was sollte verboten werden.«

»Das ist es natürlich, aber niemand hält sich daran. Die Hochzeit wird einfach als Familienfeier getarnt und die Behörden können nichts tun.«

»Aber dann bist du ja gar nicht richtig verheiratet.«

»Nicht auf dem Papier, aber nach unseren Gesetzen. Unsere Art zu leben und zu denken ist eben anders als eure. Wenn zwei Roma miteinander schlafen, gelten sie als verheiratet.«

»Oh mein Gott, wie schrecklich. Ich meine, du musstest mit ihm ...«

»Giorgi ist ein ganz normaler Junge«, unterbrach Mila sie. Mitleid war Gift, das brauchte sie nicht. »Nur ... ich habe ihn nicht geliebt. Meine Seele und mein Körper wollten ihn nicht. Es war ... du kannst dir das vermutlich nicht vorstellen.«

»Schon gut. Will ich auch gar nicht.«

Klar.

»Ich bin Giorgi weggelaufen und nun stehe ich unter keinem Schutz mehr, ich bin eine Geächtete, kann nie mehr zurück in mein Dorf, weil ich Schande über die Familie gebracht habe.«

»Eine Geächtete?« Jassi runzelte die Stirn. »Das hört sich an wie bei Robin Hood.«

»Robin Hood?«

»Na ja, wie im Mittelalter.« Jassi verdrehte die Augen. »Ich meine ... ich dachte, so etwas gibt es nur noch im Film.«

Mila schwieg eine Weile, bevor sie sagte: »Siehst du, und weil ich geahnt habe, dass du so denkst, habe ich das alles für mich behalten. Ich wollte in deinen Augen kein verheiratetes Zigeunermädchen sein, ich wollte nur Mila sein, nichts weiter.«

Daraufhin schwieg Jassi. Mila begriff, wie schwer es ihrer Freundin fiel, das alles zu verdauen und Position zu beziehen. Vielleicht genügte es für heute erst einmal mit Offenbarungen.

»Das verstehe ich«, sagte Jassi schließlich. »Oder ich versuche es zumindest. Seit ich es weiß, frage ich mich dauernd, wer du bist. Eine Ehefrau, die ihren Mann verlassen hat, oder meine beste Freundin Mila, die heute siebzehn geworden ist und mit mir zum Dorftanz geht? Es ist so elend verwirrend für mich.«

Mila blieb stehen. »Im Moment weiß ich selbst nicht, wer hier vor dir steht, Jassi.«

Seit Mila in Moorstein war, versuchte sie, immer alles richtig zu machen. So wie die anderen zu sein. Nicht aufzufallen. Nur nicht auffallen. Doch es war vergebens. Sie ahnte, dass es auf Dauer krank machte, zu verleugnen, wer man ist. Dass es Freundschaften vergiftete, Liebe zerstörte.

»Weißt du, für mich ist nicht alles nur super hier in Moorstein«, sagte sie. »Wir waren bettelarm und ich habe oft Hunger gehabt und gefroren. Aber mein Leben war nicht arm, verstehst du – und dieses Leben vermisse ich manchmal. Täglich breche ich unsere alten Regeln und Tabus, die man mir beigebracht von klein auf. Würde ich es nicht tun, ich wäre in euren Augen ein Freak. Aber ich schäme mich dafür – ganz automatisch. Und manchmal passieren Dinge ... ach Jassi, ich wünschte, ich wüsste, wer ich bin.« Die Sehnsucht, sie selbst sein zu dürfen, überkam Mila wie eine Welle.

»Hey.« Jassi nahm sie in die Arme und hielt sie fest. »Wir finden es raus, okay?«

Mila nickte und genoss die Umarmung.

»Du bist meine beste Freundin, Süße, das wissen wir schon mal. Und alles andere ist nicht so wichtig.«

Je näher sie dem kleinen Dorf Hofbrunn kamen, umso deutlicher konnte Mila die Musik hören. Gitarre und Fiedel, Akkordeon und Flöte. Ihr Herz klopfte schneller. Das, was sie hörte, gefiel ihr ausgesprochen gut.

Zehn Minuten später erreichten sie die frisch gemähte Festwiese hinter dem ehemaligen Kulturhaus, auf der lange Biertische und Bänke aufgebaut waren. Auf der Bühne vier grauhaarige Musiker, die ihren Instrumenten diese ungeheure Lebensfreude entlockten, etwas, das Mila schmerzlich vermisst hatte.

Die Männer in schwarzen Hosen und weißen Hemden sahen aus, als könnten sie schon Großväter sein, aber ihre Musik, die war so wild und funkensprühend, dass Mila das Herz augenblicklich leicht wurde. Es war ihr Geburtstag und Jassi hatte ihr das schönste Geschenk gemacht.

»Danke«, formten ihre Lippen.

»Ich habe gehofft, dass es dir gefallen würde.«

»Tanzen?«, fragte Mila.

Jassi lachte. »Also, ich brauche erst mal was zu trinken, der lange Marsch hat mich durstig gemacht.«

Sie reihten sich in die Schlange am Getränkestand und Jassi spendierte Mila einen Hugo. Nachdem sie ihren prickelnden Holundercocktail ausgetrunken hatten, tanzten sie.

Es war herrlich. Sie hielten sich an den Händen, schleuderten sich gegenseitig herum und drehten sich. Die Töne der Fiedel zogen wie Adrenalin durch Milas Blut und sie wollte sich schwindelig tanzen. Jassi sorgte dafür, dass es immer Nachschub an Getränken gab, wenn sie sich an einem der langen Biertische ausruhten.

Aber eigentlich wollte Mila sich gar nicht ausruhen. Sie wollte tanzen, nur tanzen, und alles vergessen.

Hin und wieder sah Jassi sich suchend um, als erwarte sie noch jemanden. Mila hoffte, dass es nicht so war, denn sie wollte niemanden treffen und sie wollte auch nicht, dass Jassi jemanden traf. Doch dann war da plötzlich dieses Leuchten in Jassis blauen Augen und er stand vor ihnen: Daniel Rombach, der Frauenversteher.

Als er Jassi einen Kuss auf die Lippen drückte, zog sich Milas Magen zusammen, denn sie wurde sich wieder ihres eigenen Unglücklichseins bewusst, etwas, das nicht wegzutanzen war.

Niemand da, der sie küssen würde. Niemand, der sie verliebt ansehen würde. Mila trank von ihrem Hugo. Irgendwie musste sie ja schließlich ihren Kummer betäuben.

In der nächsten Pause setzte sich Jassi wieder zu ihr, ganz außer Atem vom Tanzen und Küssen. »Hui, das macht echt Spaß. Hätte ich nie gedacht, dass die alten Knacker so geile Musik machen können.«

»Wo ist Daniel?«

»Der besorgt uns was zu trinken.«

»Dann seid ihr jetzt also richtig zusammen?«

»Ja, stell dir vor. Vor drei Tagen, am Speichersee, da hatte ich einen Platten. Daniel hat mir geholfen, den Reifen zu flicken, und wir haben angefangen zu reden.« Jassi beugte sich über den Tisch. »Er ist ein guter Zuhörer und unheimlich sensibel.«

»Gratuliere«, sagte sie und merkte selbst, wie spröde es klang.

Jassi war ohne sie an den Speichersee gefahren, hatte sich mit Freunden getroffen, hatte sich mit Daniel vergnügt, während sie gelitten hatte wie ein Hund.

Daniel kam mit drei großen Plastikbechern Mojito und stellte sie auf den Tisch. Auf den Rändern steckten Limettenscheiben und Minzstängel ragten aus dem Getränk.

Mila nippte daran. Ihr war schon ganz schlecht vom vielen Alkohol.

»He«, sagte Jassi, »jetzt nur nicht schlappmachen. Du wirst schließlich nur einmal siebzehn. Prost!«

Sie stießen an und tranken. Daniel entpuppte sich tatsächlich als unterhaltsamer junger Mann, gar nicht so langweilig und aufgeblasen, wie Mila ihn aufgrund seiner Klamotten immer eingeschätzt hatte. Er und Jassi konnten kaum die Finger voneinander lassen, und auch wenn Mila es vor Jassi verbergen wollte, die Turtelei der beiden ging ihr doch an die Substanz. So musste es sich für Jassi angefühlt haben, als sie und Tristan frisch verliebt gewesen waren.

Doch das war Lichtjahre her.

Langsam, aber sicher begann Mila, sich wie das fünfte Rad am Wagen zu fühlen. Obwohl die beiden Verliebten sich alle Mühe gaben, konnte sie spüren, dass sie lieber allein sein wollten. Am liebsten wäre sie gegangen. Doch ihre Sachen und ihr Haustürschlüssel waren bei Jassi und sie wollte ihrer Freundin den Abend nicht verderben.

Daniel stand auf, um die leeren Becher zum Getränkestand zurückzubringen. Als Jassi jemandem hinter Milas Rücken grüßend zunickte und gleichzeitig die Stirn runzelte, wandte sie sich neugierig um. Mila entdeckte Lucas, umgeben von einem Schwarm kichernder Dorfmädchen – bunte Schmetterlinge, die eine begehrte Blüte umschwirrten. Er winkte Mila und sie winkte lächelnd zurück. Das musste der Alkohol sein.

Die Köpfe der Mädchen schwenkten in ihre Richtung. Lucas' soziale Kontakte schienen sich seit ihrer letzten Begegnung vervierfacht zu haben. Vielleicht würde er trotzdem mit ihr tanzen, dann konnte sie für einen Moment Jassis Fürsorge entkommen. Lucas schaute immer noch herüber und sie lächelte ihm immer noch zu.

»Flirtest du etwa mit diesem Typen aus der Villa Kunterbunt?«, fragte Jassi streng. »Lass das lieber, sonst hast du ihn den ganzen Abend am Hals. Ich weiß, du bist kreuzunglücklich wegen Tristan, und du hast es verdient, dass dich an deinem Geburtstag jemand wie seine Königin behandelt. Aber ich glaube nicht, dass er der Richtige dafür ist.«

»Wieso eigentlich nicht?«, fragte Mila herausfordernd. Oh Gott, dieser Mojito hatte es wirklich in sich.

»Weil er uns nicht seinen richtigen Namen gesagt hat. Der Kerl hat etwas zu verbergen, da bin ich mir sicher.«

Ein falscher Name war ein gutes Argument. Doch was bedeuteten schon Namen? Sie nannte sich auch Mila, obwohl ihr vollständiger Name Jamila war. *Wir sind voller Namen,* meldete sich die Stimme ihrer Baba. *Nur wenn die Menschen einen in ihr Herz blicken lassen, kann man erkennen, wer sie wirklich sind.*

Endlich setzte die Musik wieder ein. Die Band spielte einen schnellen Jig und Mila sah noch einmal hinüber zu Lucas.

»Komm, lass uns tanzen, ja.« Jassi sprang auf und nahm Mila bei der Hand, zog sie hinter sich her auf die Tanzfläche vor der Bühne. Unterwegs stieß Daniel zu ihnen und Jassi zog ihn ebenfalls mit.

Erst tanzten sie zu dritt, doch dann schloss Mila die Augen, weil sie nur noch die Musik und ihren Körper spüren wollte. Ihre Sandalen lagen irgendwo unter dem Biertisch, sie tanzte barfuß, wie sie es am liebsten mochte. Es tat gut, das Gras unter den nackten Füßen zu spüren. Schuhe machen die Füße schwer und trennen einen von der Erde.

Mila schlug die Hände über dem Kopf zusammen und drehte sich wild, schwang ihre Hüften, vergaß, wo sie war, verlor sich im Tanz. In ihrem Körper war Musik, sie war immer da. Manchmal sang ihr Blut, manchmal tanzte ihr Herz. Sogar, wenn sie traurig war. Alles, was tief in Mila verborgen war, drang an die Oberfläche.

Blickte sie sich um, tanzten hinter ihrem Rücken die Geister ihrer unbekannten Vorfahren, und Mila ahnte, dass alles irgendwie zusammenhing. Freude und Leid, Schmerz und Glück – so dicht beieinander. Ihre Kindheit, elend und bunt. Die Menschen, die sie geliebt hatte, die guten und die schmerzlichen Erinnerungen. All die Worte und Lieder, die unveränderbaren Geschichten.

Das alles war ein Teil von ihr und würde es immer sein.

17

Obwohl Lucas' Beine bei der mitreißenden Musik unwillkürlich zuckten, konnte keines der Dorfmädchen ihn zum Tanzen überreden. Er tanzte nicht gerne, hatte es nie gekonnt. Tanzen war wie laut lachen. Oder laut weinen. Man kehrte sein Inneres nach außen.

Endlich gaben sie auf, zogen wie eine Schar gackernde Hühner zum nächsten Tisch. Er war nicht mehr interessant für sie und das war auch besser so. Lucas' Plan für den Abend war, eine für die Nacht zu finden, und diese Mädchen – Maike Neuner und ihre Freundinnen – waren viel zu jung.

Als er am späten Nachmittag gekommen war, hatte er Mila und ihre Freundin Jassi sofort entdeckt, beide hübsch verpackt wie Geschenke. Nun wurde es langsam dunkel und er war immer noch allein.

Lucas' Blick suchte nach Mila und fand sie auf der Tanzfläche. Er ging näher heran, um sie besser sehen zu können. Die Fischtänzerin trug ein kurzes blaues Kleid mit tiefer Taille, schmalen Trägern und einem weißen Fischgrätenmuster. Geisterfische – wie passend.

Zum ersten Mal sah er Mila mit offenem Haar, lang und wild. Sie sah so wunderschön aus, geheimnisvoll, unerreichbar. Die Arme über den Kopf gestreckt, drehte Mila sich zur Musik und ließ die Finger knallen. Ihr Haar flog, sie wand sich um ihre eigene Achse, drehte sich immer schneller, als würden ihre Füße den Boden nicht mehr berühren.

Um Mila herum hatte sich ein Kreis gebildet, und Lucas war nicht der Einzige, der sie mit neugierigen Blicken verschlang. Milas Bewegungen waren mal fließend, mal ungestüm. Sie konnte Kobold sein und Fee, glücklich und traurig. Sie ging in ihrem Tanz auf, jede Bewegung war ernsthaft und voller Hingabe. Noch nie hatte er ein Mädchen so tanzen sehen.

Das Lied ging mit einem wilden Geigensolo zu Ende und alle klatschten. Es war nicht nur Applaus für die Musik, die Musiker applaudierten der Tänzerin. Mila verließ die Tanzfläche und der Kreis schloss sich wieder.

Lucas stellte sich an die Schlange vor dem Getränkestand, um sich ein letztes Bier zu holen. Danach würde er sich auf den Heimweg machen – ohne Mädchen für die Nacht. Die Fischtänzerin hatte ihm zugelächelt, aber das musste nichts heißen. Sie hatte Stress mit ihrem Freund und er wollte keine Schwierigkeiten. Lucas hatte Tristan zwar nirgendwo gesehen, aber wer wusste schon, ob er nicht doch noch auftauchte.

Er zahlte für sein Bier und hielt erneut Ausschau nach Mila. Vielleicht wenn sie wieder allein am Tisch saß ... doch sie war nicht allein. Dieser Lockenkopf, Tristans Freund, saß neben Mila und prostete ihr mit einem blauen Getränk zu.

Wie ferngesteuert strebten Lucas' Beine direkt auf die beiden zu.

»Hallo, Mila«, sagte er und setzte sich, ohne zu zögern, ihnen gegenüber.

Dem Lockenkopf war deutlich anzusehen, dass er nicht sonderlich erbaut war über Lucas' Auftauchen. Offensichtlich hatte auch er keine große Lust auf Smalltalk zu dritt und stand auf.

»Na dann«, sagte er zu Mila, »einen schönen Geburtstag noch.« Er warf Lucas einen abschätzigen Blick zu und verschwand. Gut so.

»Du hast Geburtstag, Fischtänzerin? Gratuliere. Wie alt bist du denn geworden?«

»Siebzehn.« Mila prostete ihm mit ihrem milchig blauen Drink zu.

Lucas hob sein Glas und sie tranken. »Was hast du denn da?«, fragte er und wischte sich den Schaum von der Oberlippe.

»Weiß nicht, irgendetwas mit Curaçao, hat Hannes gesagt. Schmeckt nach Ananas und Kokos und ist schön süß.«

»Hannes also. Habe ich ihn vertrieben?«

Sie zuckte die Achseln. »Er wollte nur nett sein.«

»Ist dein Freund denn gar nicht da? Ich meine, wo du doch heute Geburtstag hast.«

Mila stieß einen herzzerreißenden Seufzer aus und ihre Augen füllten sich mit Tränen. Tränen, die er am liebsten weggeküsst hätte. Sie zog den Strohhalm aus ihrem Becher und trank, bis nur noch halb geschmolzene Eiswürfel übrig waren.

»Tut mir leid, ich habe das Falsche gesagt.«

»Es ist aus«, sagte sie, »Tristan hat Schluss gemacht.« Mila machte eine weitgreifende Geste, erwischte Lucas' Becher, der Inhalt schwappte über den Tisch und schoss in seine Richtung.

»*Fuck!*« Er sprang auf, aber es war schon zu spät, T-Shirt und Schritt waren biergetränkt. Innerhalb kurzer Zeit hatte Lucas das Gefühl, als hätte er nasse Windeln um. Dieses Mädchen brachte ihm nichts als Ärger. Er wollte sie abservieren, doch er konnte es nicht.

»Zur Hölle mit Tristan«, lallte Mila, kippte plötzlich nach hinten und fiel von der Bank.

Lucas lief um den Tisch herum und half ihr hoch. Sie hängte sich mit beiden Armen an seinen Hals. »Zi... Zigeunerflittchen hat er mich genannt.«

Sie konnte kaum stehen, also setzte er sich und nahm sie auf seinen Schoß. »So ein Idiot. Du solltest froh sein, dass du ihn los bist.«

Mila barg ihr tränenfeuchtes Gesicht an Lucas' Hals, schniefte und schluchzte, und er wiegte sie, murmelte: »Schsch, ist ja schon gut.« Er hielt sie fest, fühlte alles auf einmal.

Plötzlich stand Jassi mit ihrem Typen vor ihnen und funkelte Lucas wütend an. »Was geht denn hier ab? Lass gefälligst die Finger von ihr, okay? Mila geht es beschissen, und es ist nicht fair, die Situation auszunutzen.«

Situation ausnutzen? Was wollte die kleine Hexe eigentlich von ihm? Jassi hatte den ganzen Abend mit ihrem Typen herumgemacht und nun wollte sie auf einmal ihre Freundin beschützen. *Vor ihm?* Außerdem war sie betrunken.

Jassi zerrte an Milas Schulter. »Mensch, Mila, *den* hatte ich nun wirklich nicht gemeint, als ich gesagt habe, es gibt auch noch andere tolle Typen.«

Doch Mila klammerte sich an Lucas wie ein Äffchen. »Ach lass ihn«, murmelte sie an seiner Brust, »er ist doch süß. Hast du selbst gesagt.« Und dann kicherte sie los, es war ein verwirrendes Lachen, eines, das verdächtig nach Tränen klang.

Die Blicke von Jassis Freund wanderten von ihm zu ihr. »Die verträgt ja gar nichts«, stellte er fest.

Jassi verdrehte die Augen. »Daran sind wir ja wohl nicht ganz unschuldig.« Dann noch ein Versuch. »Mila, komm schon. Tu mir das nicht an.«

»Geht tanzen«, murmelte Mila, »ich warte hier auf euch.«

»Wir unterhalten uns ganz prima«, warf Lucas ein und erntete einen bösen Blick von Jassi. Daniel hingegen grinste.

»Bist du dir sicher?«, fragte Jassi nach. »Geht es dir auch wirklich gut?«

»Ich komme klar. Mir ist nur ein bisschen ... schwindlig.« Mila sagte etwas in ihrer Muttersprache, das wie eine Beschwörungsformel klang. Und plötzlich lagen ihre Lippen auf seinen. Ein Kuss aus heiterem Himmel.

Lucas, mit seiner pochenden Erektion in der nassen Hose, rührte sich nicht, schwieg und wartete ab. Milas Lippen waren weich, und sie küsste, als hinge ihr Leben davon ab.

Jassi stemmte ihre Hände in die Hüften. »Tja, offensichtlich habe ich mal wieder einiges nicht mitbekommen«, stieß sie entrüstet hervor. »Aber keine Angst, ich will dem jungen Glück nicht im Weg stehen.« Sie sprach mit Mila, sah jedoch Lucas dabei an. »Behandle sie wie eine Königin, okay? Heute ist ihr Geburtstag.« Jassi schnappte sich ihren Typen und zog ihn zielstrebig zur Tanzfläche zurück.

»Müde«, murmelte Mila an seinem Hals. Und: »... nach Hause.«

»Bist du dir sicher?« Er löste sich aus ihrer Umarmung.

Mila nickte.

Lucas stellte sie auf die Beine und legte ihren Arm über seine Schulter. Er suchte nach Jassi und sah sie eng umschlungen mit ihrem Freund tanzen. »Willst du deiner Freundin nicht Bescheid sagen, dass du gehst?«

»Ich rufe sie an«, murmelte Mila.

Was soll's?, dachte er. Es gefiel ihm, der kleinen Hexe eins auszuwischen. Und Mila war schließlich alt genug, eigene Entscheidungen zu treffen.

»Okay«, sagte er, »dann mal los!«

Sie verließen das Fest und liefen in Richtung Feldweg, der nach Moorstein führte. Mila war betrunkener, als Lucas vermutet hatte, und er trug sie mehr, als dass sie lief. Kaum waren sie ein paar Meter auf dem Weg gelaufen, sackte sie in sich zusammen, als hätte sie keine Knochen im Leib.

Lucas' Versuch, Mila wieder auf die Beine zu stellen, scheiterte kläglich. Kurzerhand legte er sie sich über die Schulter, und Mila war offensichtlich so hinüber, dass sie nicht einmal protestierte.

Ein knochenweißer Dreiviertelmond warf sein silbernes Licht über den Weg und die angrenzenden Kornfelder. Mila wog höchstens 50 Kilo und anfangs kam Lucas noch zügig und mit großen Schritten voran. Er hatte den Arm über ihre Schenkel gelegt und ihr spitzer Beckenknochen bohrte sich in seinen Hals. Ihre kleine Ledertasche schlug gegen seinen Rücken.

Mila hatte so schwerelos ausgesehen beim Tanzen, doch nachdem Lucas sie eine Weile über der Schulter getragen hatte, spürte er ihr Gewicht. Schließlich keuchte er. Und genoss es. So nahe war ihm schon lange kein weibliches Wesen mehr gewesen, und außerdem: Nicht alles an der kleinen Fischtänzerin war spitz und knochig.

Dann klingelte ein Handy und seins war es nicht. Da hatte Jassi aber spät gemerkt, dass ihre Freundin nicht mehr da war.

Plötzlich hörte Lucas in seinem Rücken einen Laut, der keinen Zweifel zuließ. Blitzschnell ließ er Mila von seiner Schulter gleiten, doch es war schon zu spät: Sie hatte sich übergeben, und es fühlte sich so an, als hätte sein Rücken das meiste abbekommen.

Während Mila den Rest ihres Mageninhaltes in einen Schlehenbusch am Wegesrand spie, zog Lucas sich vorsichtig das T-Shirt über den Kopf. Heute war einfach nicht sein Tag. Aber der war ja zum Glück bald vorbei. Er stopfte sich das trockene Ende seines T-Shirts in den Hosenbund und stemmte die Hände in die Hüften.

Mila richtete sich auf und wischte sich mit dem Handrücken über die Lippen. »Tut mir leid, aber deine Schulter hat sich in meinen Magen gebohrt.« Leicht wankend stand sie da und starrte auf seinen nackten Oberkörper.

»Na klar«, meinte Lucas ärgerlich. »Jetzt ist meine Schulter an allem schuld. Du bist hackedicht, Fischtänzerin, das ist alles.«

»Und du bist ein Lügner, Ludwig Castorf!«, fauchte sie ihn an. »Das ist viel schlimmer. Du läufst mit einem falschen Namen herum.«

Lucas erstarrte und sein ganzer Körper überzog sich mit Gänsehaut. Woher wusste Mila seinen richtigen Namen? Hatte Tristan ihn doch erkannt und ihr alles erzählt? Aber nein, wenn Mila von Tristan erfahren hätte, was damals passiert war, dann hätte sie sich heute ihm gegenüber anders verhalten – auch wenn sie noch so betrunken war.

Die Finger seiner Rechten schlossen sich fest um ihren Oberarm. »Woher kennst du meinen Namen?«

»Au, du tust mir weh.« Sie wand sich und machte sich los.

Wie es aussah, würde er es heute wohl nicht mehr erfahren. Er brauchte einen Plan. »Na komm, weiter geht's!« Lucas wollte wieder nach ihr greifen, doch sie hob abwehrend die Hände.

»Ich kann alleine laufen.«

»Bitte.« Lucas wies geradeaus. Er drehte sich noch einmal um und lauschte, weil er das Gefühl hatte, etwas gehört zu haben. Ein Tier, vielleicht ein Fuchs ... aber da war nur die Musik und Gelächter aus der Ferne. Das Korn raschelte und wisperte im Nachtwind.

»Ach ja, dein Handy hat übrigens geklingelt.«

Mila kramte ihr Handy aus der kleinen Tasche, und er hörte, wie sie mit ihrer Freundin telefonierte, die offensichtlich ziemlich sauer war. »Mach dir keine Sorgen«, sagte sie und steckte das Handy weg. Es klingelte sofort wieder, aber sie ging nicht dran.

Mila torkelte sehr, und erst jetzt wurde Lucas bewusst, dass sie barfuß war. »He, wo sind denn deine Schuhe?«

Keine Antwort, nur eine wegwerfende Handbewegung. Und nach ein paar Metern ein Schmerzenslaut, gefolgt von einem mystischen Fluch. Mila hüpfte ein paar Schritte auf dem rechten Bein, dann lief sie humpelnd weiter. Vermutlich war sie auf einen spitzen Stein getreten.

Verdammt. So würden sie vor morgen früh nicht in Moorstein ankommen. Lucas schätzte, dass es immer noch knapp zwei Kilometer bis zu seinem Haus waren. Und noch einmal so viele Kilometer bis zu Milas Haus.

Eine Weile lief er noch hinter Mila her, die immer auffälliger humpelte und immer langsamer wurde. Schließlich holte er sie mit ein paar langen Schritten ein und legte seine Hand auf ihre Schulter. »Warte doch mal.«

Mila blieb stehen und im Licht des Mondes sah er die glitzernden Streifen auf ihrer Wange.

»Hey.«

»Ich bin in Scherbe getreten.«

Lucas streichelte ihren Arm. »Na komm, ich nehme dich Huckepack.«

»*Huckepack?*« Mila sah ihn an, als hätte er ihr etwas furchtbar Unanständiges vorgeschlagen.

»Auf den Rücken. Leg die Arme um meinen Hals, okay?« Er drehte ihr den Rücken zu und ging mit einem Bein auf die Knie. Es schien eine Ewigkeit zu dauern, in der nichts passierte, außer dass er sie atmen hörte. Aber dann schlang sie ihre Arme um seinen Hals und ihre Schenkel um seine Hüften.

Mit einem Ächzen stand Lucas auf, um die Fischtänzerin nach Hause zu tragen.

Der Schweiß lief in Strömen über Lucas' Schläfen und Brust, als er Mila vor seiner Haustür absetzte. Sie stand auf ihrem rechten Bein und hielt sich an der Hauswand fest. Er kramte seinen Schlüssel aus der Tasche und schloss auf. Dabei merkte er, dass er sein T-Shirt unterwegs verloren hatte. Es war neu gewesen und er hatte es gemocht.

»Ich geh dann mal«, sagte sie. »Danke fürs Tragen.«

Offensichtlich war Mila dabei, wieder nüchtern zu werden, und wollte nun so schnell wie möglich von ihm weg. Ob sie sich überhaupt noch an den Kuss erinnerte?

Lucas drohte ihr mit dem Zeigefinger. »Du wartest. Ich habe gesagt, ich bringe dich nach Hause. Ich ziehe mir nur was an, okay?« Mila nickte. Sie sah besiegt aus und diesen Zustand kannte er ziemlich gut. »Bin gleich wieder da.«

Mit wenigen Sätzen war Lucas oben im Schlafzimmer und wechselte seine Hose. Er roch säuerlich nach Erbrochenem, Marke Ananas und Kokos, und nach Bier, aber duschen konnte er erst, wenn er Mila abgeliefert hatte. Nach einem frischen T-Shirt suchte er vergebens, also musste er eines von den alten anziehen, die unten im Bad auf dem Wäschehaufen lagen. Als Lucas wieder auf der untersten Treppenstufe angekommen war, stand Mila vor ihm.

»Darf ich mal das Bad benutzen?«

»Klar.« Er deutete auf die Tür gleich neben ihr. »Bitte.«

Mila verschwand im Bad. Lucas ging in die Küche und ließ

sich kaltes Wasser über das Gesicht und den Nacken laufen. Er stillte seinen Durst in großen Zügen und rieb sich das Gesicht mit einem Geschirrhandtuch trocken. Konnte er es wagen, den Pickup zu nehmen, um Mila nach Hause zu fahren? Das würde die Dinge erheblich vereinfachen.

Doch trotz des Marsches von Hofbrunn nach Moorstein war er nicht sicher, ob er wirklich schon wieder nüchtern war. Mit Alkohol im Blut von der Polizei angehalten zu werden, war das Letzte, was er jetzt gebrauchen konnte.

Zurück im Flur, entdeckte er die verschmierten Blutflecke auf dem Fliesenboden. Lucas lauschte an der Badezimmertür. »Ist alles in Ordnung mit dir? Bist du verletzt?« *Blöde Frage.*

»Komm rein«, sagte sie.

Vorsichtig öffnete er die Tür. Mila saß auf dem Badewannenrand, stützte den rechten Fuß auf den Boden, den linken Fuß hielt sie in die Wanne. Rote Tropfen zerplatzten auf der zerschrammten Emaille.

»Kannst du mir helfen? Ich bekomme den Wasserhahn nicht auf.«

Lucas hatte das Gefühl, als hätte er einen Tritt in den Magen bekommen. Er klammerte sich am Türrahmen fest. Milas Worte gingen in ein helles Rauschen über und durch das Rauschen hindurch hörte er eine andere Stimme, eine gedämpfte, bösartige Männerstimme.

»Du kleine, stinkende Ratte solltest doch das Bad sauber machen. Haben wir nicht schon genug Arbeit und Ärger mit dir, Ludwig? Warum kannst du kein braver Junge sein? Warum kannst du nicht ein bisschen dankbar sein und tun, was Sandra dir aufträgt?«

»Ich habe doch sauber gemacht«, würgte er hervor, die Hand seines Pflegevaters an der Kehle.

»Sauber? Das nennst du sauber? Schau dich doch mal um!«
Ludwig zitterte am ganzen Leib, versuchte, der Aufforderung des Mannes nachzukommen, doch der drückte ihn rücklings über den Wannenrand und er bekam keine Luft mehr. Plötzlich ließ die Hand los und Ludwig schlug mit dem Kopf gegen die Armatur. Er krachte in die Wanne, krümmte sich, wimmerte. Der Schmerz in seinem Schädel war betäubend. Durch den Nebel hörte er Wieland Rotauge brüllen. »Mach ja die Schweinerei sauber, bevor Sandra nach Hause kommt.«
Er blutete wie ein angestochenes Schwein. Rote Schlieren in der weißen Wanne. Er war dreizehn Jahre alt und wusste, eines Tages würde er sich an diesem Widerling rächen.

Als Lucas wieder klar sehen und einigermaßen normal atmen konnte, wurde er gewahr, dass Mila ihn mit großen Augen anstarrte. Sie hatte sich nicht gerührt, und er wusste nicht, ob das Ganze nur in seinem Kopf stattgefunden hatte oder ob er tatsächlich etwas gesagt hatte. Furcht lag in Milas Blick und er war dafür verantwortlich. Wahrscheinlich dachte sie, dass er nicht alle Tassen im Schrank hatte, dass er ein Freak war.

»Tut mir leid«, krächzte Lucas und löste sich vom Türrahmen. Er versuchte ein harmloses Lächeln. »Aber ich ... ich kann kein Blut sehen«, log er. Beugte sich über die Wanne und drehte den kalten Wasserhahn auf. »Ich hole den Verbandskasten aus dem Auto. Bin gleich wieder da.« Als er schon fast aus dem Bad war, kam er noch einmal zurück und zog ein Handtuch aus dem Wäscheschrank. »Hier, nimm das.«

Draußen vor der Tür atmete er ein paarmal tief durch. Rieb sich mit beiden Händen über das Gesicht. Dann holte er den Verbandskasten aus dem Toyota.

Als Lucas ins Bad zurückkehrte, hatte Mila ihren linken Fuß

gewaschen und das Handtuch darumgewickelt. Er setzte sich zu ihr auf den Badewannenrand und suchte eine Kompresse und eine Mullbinde aus dem Kasten.

»Gib her«, sagte sie. »Mir macht Blut nichts aus, ich will mal Ärztin werden.«

Aber Lucas hatte sich wieder im Griff. »Ich mach das schon.«

»Und wenn du dann in Ohnemacht fällst?«

»Ich falle nicht Ohnmacht, versprochen.« Mit nervösen Fingern holte er die Kompresse und die Mullbinde aus der Verpackung. »Okay, her mit dem Fuß.«

Mila legte ihren Fuß auf Lucas' Knien ab und er öffnete das Handtuch. Der Schnitt war drei Zentimeter lang und zog sich quer über den Ballen des großen Zehs. Blut tropfte aus der Wunde auf Lucas' Hand. Und während er mit der Linken die Kompresse auf die Wunde drückte, hob er gedankenverloren die Rechte und wischte sich mit den blutigen Fingerknöcheln über den Mund.

Ein quälender, unterdrückter Laut kam aus Milas Kehle. Erschrocken hob Lucas den Kopf und leckte sich über die Lippen. Mila starrte ihn mit offenem Mund an, totenbleich unter ihrer dunklen Haut, das pure Entsetzen im Gesicht. Sie klammerte sich am Badewannenrand fest, schien wie versteinert.

»Was ... was hast du denn?«, fragte er. »Habe ich dir wehgetan?«

»Du hast ...« Milas Lippen bebten, sie schüttelte den Kopf. Ihre Augen füllten sich mit Tränen.

»Mila, verdammt. *Was* habe ich denn Furchtbares getan?«

18

Du hast von meinem Blut geleckt. Mila kämpfte gegen den Aufruhr in ihrem Inneren. Linker Fuß, *Herzseite*. Ihr Blut in Lucas' Körper. Er würde sich in sie verlieben und sie konnte nichts dagegen tun. Es war zu spät.

»Nichts«, log sie. »Es hat nur furchtbar wehgetan, als du draufgedrückt hast.«

»Vielleicht ist noch Glas in der Wunde.«

»Nein.«

»Bist du sicher?« Seine Augen hatten die Farbe von Regen und Mila drohte darin zu ertrinken.

»Ja.«

»Dann halt mal still.«

Lucas verband ihren Fuß und war dabei sehr vorsichtig. Er hatte schöne Hände, kräftig und schlank – aber das dachte sie nicht wirklich.

»Danke für den Verband. Es tut schon nicht mehr so weh.«

Lucas nahm ihren Fuß vom Schoß und stand auf. Mila konnte ihren Blick nicht von seinem Körper wenden. Als würde sie ihn zum ersten Mal sehen. Seine flachen Muskeln, die eckigen Schultern. Die Tätowierung auf seinem rechten Arm war ein schwarzer Flügel, der restliche Vogel befand sich auf dem Rücken. Ein fliegender Rabe. Er hatte sich einen Seelendieb in die Haut ritzen lassen. Und da waren Narben auf seinem Rücken, helle dünne Linien, die kreuz und quer verliefen wie manchmal die Kondensstreifen am Himmel. Ein Schauder durchlief sie.

Wer bist du?

Lucas oder Ludwig, wer immer er auch war, er würde sich in sie verlieben und zwangsläufig alles dransetzen, sie auch zu bekommen. Das war allein ihre Schuld. Hätte sie sich nicht so fürchterlich betrunken, würde sie jetzt bei Jassi im breiten Bett liegen, und ihr größtes Problem wäre, wie sie damit fertigwurde, nicht mehr geliebt zu werden.

Doch nun ...

Lucas bückte sich und wühlte in einem Haufen Schmutzwäsche, der am Boden lag. Er fischte ein T-Shirt heraus und zog es über.

»Okay«, sagte er. »Bist du so weit? Ich fahr dich jetzt besser nach Hause.«

»Ich komme nicht in Haus.«

»Was?«

»Ich habe keinen Schlüssel.« Mila erklärte ihm, dass Tilde weggefahren war und dass sie vorgehabt hatte, die Nacht bei Jassi zu verbringen. »Meine Sachen und mein Haustürschlüssel sind bei ihr.«

Lucas sah sie ein wenig ungeduldig an. »Warum hast du mir das denn nicht eher gesagt? Und wieso wolltest du, dass ich dich nach Hause bringe, wenn du gar keinen Schlüssel hast?«

Mila hob die Schultern. Sie versuchte, sich zu erinnern, aber da war nichts. »Wie spät ist es denn jetzt?«

»Fast eins.«

»Oh.« Das große Bett ihrer Freundin war keine Option mehr. Mila schickte Jassi eine SMS, dass es ihr gut gehe und sie sich morgen bei ihr melden würde.

»Jassis Handy ist aus. Wahrscheinlich sie schläft.«

Lucas kratzte sich am Kopf. »Okay, dann wirst du heute Nacht wohl hierbleiben müssen. Ich baue dir ein Bett auf der Couch im Wohnzimmer. Kann ich dir ... brauchst du irgendetwas?«

Wie zur Antwort knurrte Milas Magen. »Ein Stück Brot und ein Glas Wasser vielleicht. Mit leerem Magen kann ich nicht einschlafen.«

Mila wunderte sich selbst, dass sie so schnell mit seinem Vorschlag einverstanden war. Sie betrachtete Lucas, den großen Jungen mit dem falschen Namen, den hellen Narben auf dem Rücken und einem Raben auf der Schulter.

Sie war hungrig und müde und das Schicksal würde so oder so seinen Lauf nehmen.

»Brot und Wasser«, wiederholte Lucas. Sein Lächeln kam unerwartet und traf Mila tief in ihrer Mitte, wo es ein warmes Kribbeln verströmte. Ehe sie protestieren konnte, hatte Lucas sie auf seine Arme gehoben und in die Küche getragen, wo er sie sanft auf einem Stuhl absetzte. Er stellte Brot, Butter, Salami und Tomaten auf den Tisch und schenkte kalten Kirschsaft in zwei Gläser.

Mila hatte einen Bärenhunger und langte ordentlich zu. Außerdem: Vielleicht half ja ein voller Magen, einen klaren Kopf zu bewahren.

Lucas ließ sie nicht aus den Augen. »Der Blutverlust scheint dich sehr hungrig gemacht zu haben.«

Sprich nicht vom Blut, dachte Mila und biss in ihr Brot.

»Wie du getanzt hast«, sagte er, »das hat mir gefallen.«

Und mir gefällt nicht, wie du mich ansiehst.

»Es war, als würdest du von dir erzählen. Du warst traurig, aber nicht mutlos. Ich habe noch nie ein Mädchen so tanzen sehen.«

Das. Durfte. Nicht. Wahr. Sein. Der Blutzauber wirkte bereits. Mila konnte es in Lucas' Blick sehen, hörte es im Klang seiner Stimme, die sie hypnotisierte.

»Soll ich die Klappe halten?«

Ja, verflucht. Mila schluckte den Bissen, den sie im Mund hatte, hinunter. Sie trank einen Schluck Saft und wischte sich über die Lippen. »Tut mir leid, dass ich dir den Abend verdorben habe. Ich bin es nicht gewohnt, so viel Alkohol zu trinken. Es war nur, weil ...«

»... Tristan Schluss gemacht hat«, beendete er den Satz für sie.

Mila nickte. Sie spürte ein Prickeln an der Nasenwurzel, aber es kamen keine Tränen.

»Du bist also eine Roma. Korrekt?«

Überrascht hob sie den Kopf. »Wenn du korrekt sein willst, dann heißt es Romni. Aber woher weißt du das?«

»Ich habe dich tanzen sehen.«

Wollte er sie auf den Arm nehmen?

Lucas seufzte grinsend. »Du hast mir erzählt, Tristan hätte dich ein Zigeunerflittchen genannt, schon vergessen?«

Nein, wie Tristan sie genannt hatte, würde Mila nicht vergessen, niemals. Aber sie konnte sich nicht erinnern, es Lucas erzählt zu haben. War sie wirklich so betrunken gewesen? Vermutlich. Ihr Kopf fühlte sich immer noch ganz wattig an.

»Das habe ich dir erzählt?«

Lucas nickte. »Du bist von der Bank gekippt, ich habe dich aufgehoben, du hingst an meinem Hals und ...«

»Hör schon auf, ich glaube dir ja.«

Wartend sah Lucas sie an. Als sie nichts sagte, meinte er: »Ich kannte mal einen Roma, der tickte aus, wenn man ihn Zigeuner nannte.«

Mila hob die Schultern. »Zigeunerin oder Romni, mir ist es gleich, solange du kein Schimpfwort dranhängst. Da, wo ich herkomme, nennen wir uns selbst Zigeuner. Am Wort ist nichts verkehrt. Es kommt darauf an, ob jemand es mit Verachtung oder mit Respekt ausspricht.«

»Wo kommst du denn her?«

Mila zögerte. Sich jemandem anzuvertrauen, der mit einem falschen Namen herumlief und über den sie überhaupt nichts wusste, schien ihr nicht geheuer. Und doch wirkte Lucas auf eine Weise anziehend auf sie, die sie nicht ganz begriff.

»Aus der Slowakei«, antwortete sie. »Ich bin in einem kleinen Zigeunerdorf am Fuße der Zipser Burg aufgewachsen.«

Lucas lehnte sich zurück. »Und deinem Freund, Tristan, dem hast du das verheimlicht?«

Mila biss sich auf die Lippen.

»Schon gut«, er hob die Hände. »Das ist deine Sache. Du musst nicht darüber reden.«

Aber sie wollte reden. Mila wollte sich an ihr altes Ich erinnern und ihm davon erzählen. Ihm ihr Herz ausschütten. Etwas in seinen schiefergrauen Augen veranlasste sie dazu, es zu wollen. Lucas oder Ludwig, er hörte ihr zu.

»Was hättest du denn an meiner Stelle getan?«, fragte sie. »In der Zeitung steht, jeder Dritte in diese Land will Roma nicht als Nachbarn haben. Fremde haben es schwer in Moorstein und ich war eine Fremde. Ich dachte, wenn niemand es weiß, kann ich eine ganz normale Mädchen sein.«

»Und, bist du das? Ein normales Mädchen?«

Mila zog eine Augenbraue nach oben und blickte ihn prüfend an. Er hielt ihrem Blick stand, doch sie sah das spöttische Funkeln in seinen Augen.

»Nein«, antwortete sie. »In meiner Welt war ich es nicht, aber in deiner bin ich es auch nicht.«

»Moorstein ist nicht meine Welt«, brummte Lucas. »Ich habe bloß dieses Haus geerbt.« Er schwieg eine Weile, dann fragte er: »Was hast du denn falsch gemacht in deiner Welt?«

Mila zuckte zusammen, aber dann begriff sie, was er meinte. »Ich wollte zur Schule gehen, Abi machen, studieren.«

»Also, für mich hört sich das stinknormal an.«

»Aber bei uns ist es das nicht, schon gar nicht für ein Mädchen. Mädchen heiraten, bekommen Kinder, kümmern sich um den Haushalt.«

»Und du willst Ärztin werden.«

Wieder zuckte sie zusammen. »Woher ...?«

»Vorhin im Bad«, sagte Lucas. »Du hast gesagt, Blut macht dir nichts aus, du willst Ärztin werden.«

»Du merkst dir so etwas?«

»Du hast mich beeindruckt.«

Mila seufzte. »Kein Roma darf Arzt werden, das hat mit unseren uralten Reinheitsgeboten zu tun. Setzt du dich darüber hinweg, wirst du von deinen Leuten geächtet. Du bist unrein, niemand sieht dich mehr an oder spricht mit dir.«

»Das ist hart. Wieso hast du ausgerechnet einen so einsamen Weg gewählt?«

Lucas' Stimme klang sanft und Mila wuchs ein Kloß im Hals. Was er sagte, das stimmte. Es war ein einsamer Weg. Einsamer, als er sich vorstellen konnte – als sie sich vorgestellt hatte.

»Die weißen Ärzte behandeln uns Roma nicht gern, sie sagen, wir sind dreckig. Viele Kinder im Dorf sind krank, aber die Eltern haben das Busgeld nicht, um mit ihnen in die Stadt zu einem anderen Arzt zu fahren.«

»Okay, du willst also helfen. Aber gerade hast du mir erzählt, dass niemand von deinen Leuten mehr mit dir reden würde, wenn du als Ärztin zurückkehrst.«

Lucas war wirklich ein guter Zuhörer. Aber ob Ärztin oder nicht, sie war schon vorher eine Ausgestoßene gewesen. »Dann weißt du ja nun, warum ich kein normales Mädchen bin.«

Er lächelte. Eine rabenschwarze Haarsträhne fiel ihm in die Stirn. »Und was ist mit deinen Eltern? Wirst du die auch niemals wiedersehen?«

»Mein Vater ist tot.«

»Oh, das tut mir leid. Und deine Mutter, lebt sie noch?«

»Kann sein.«

»Du ... du weißt es also nicht?«

Mila schüttelte den Kopf. Zuerst kamen die Tränen, heiß und salzig. Und dann brach alles aus ihr heraus, wie ein reißender Strom.

»Wenn es regnete, versanken unsere Hütten im Schlamm. Was kaputtging, blieb kaputt, was zerriss, blieb zerrissen. Zigeuner und Problem, das ist da, wo ich herkomme, so gut wie ein Wort. Unsere *Gadsche*-Nachbarn erzählen ihren Kindern, dass weiße Kinder von einem weißen Storch gebracht werden und Zigeunerkinder von einem schwarzen.«

Lucas grinste amüsiert. »Was ist ein *Gadsche*?«

»*Gadsche* sind alle Nicht-Roma«, antworte Mila, »das sind die anderen, denen man besser nicht traut.«

»So jemand wie ich also.«

Mila zuckte die Achseln. Er war ein *Gadscho*, trotzdem saß sie in seiner Küche und redete.

»Meine Mutter, meine Baba und ich lebten in einer einfachen

Bretterbude, ganze vier mal vier Meter groß. Festgestampfter Lehmboden, ein Blechdach, eine Tür und ein Fenster.«

Mila erzählte und ließ nichts aus. Nicht den Schlamm zwischen den Hütten und die stinkende Müllhalde auch nicht, zu der sie alle rannten, um im Abfall der Weißen zu wühlen, wenn das Müllauto gefahren kam. Aber sie erzählte Lucas auch von den sternenklaren Sommernächten voller Gesang, Gelächter, Kartenspiel und Musik. Vom Wacholderduft der Holzfeuer, von den Geschichten ihrer Großmutter über Drachen, Dämonen und Geister, vom Tauchen im See, vom Pilzesammeln im Wald und vom köstlichen Duft der Himbeerkuchen.

»Meine Großmutter, Baba Sidonia, sie war eine weise Frau und hatte für jede Lebenslage einen Spruch. Sie konnte mit Verstorbenen sprechen, und manchmal, da kamen die Leute zu ihr und wollten wissen, was sie tun konnten, um Unheil fernzuhalten, das in der Zukunft lag.«

Es war seltsam, in dieser fremden Sprache über ihr altes Leben zu erzählen, über die Bräuche und Lieder ihrer Vorfahren und die Sprüche ihrer Baba. Manchmal gab es in der deutschen Sprache keine passenden Worte für das, was Mila ausdrücken wollte.

»Ich hab Lust auf eine Zigarette«, sagte Mila nach einer Weile. »Darf ich?«

»Ausnahmsweise«, sagte er und holte ihr eine von Wilma Singers gläsernen Kompottschüsseln als Aschenbecher. Er schenkte ihr Kirschsaft nach.

»Meinen Vater habe ich nicht gekannt«, fuhr Mila fort, nachdem sie sich eine Zigarette angesteckt hatte. »Er starb vor meiner Geburt beim Bäumefällen im Wald. Danach ließ sich meine Mutter mit einem *Gadscho* aus dem Oberdorf ein, deshalb wollte kein *Rom* sie mehr heiraten. Sie ging weg, als ich zehn war.

Wollte sich einen Job in der Stadt suchen und mich nachholen. Doch in den Städten, da machen Skinheads Jagd auf uns, und die Leute verachten uns noch mehr als unsere weißen Nachbarn im Dorf. Also war ich froh, dass meine Mutter niemals kam, um mich zu holen. Ich bin oft mit leerem Magen ins Bett, aber meine Baba liebte mich und das Leben hatte auch seine guten Seiten.«

Mila erzählte Lucas von dem deutschen Ehepaar Lorenz, das zur selben Zeit in ihr Dorf zog, als ihre Mutter fortging. »Er war Orgelbauer und sie arbeitete als Lehrerin an unserer kleinen Schule. Die *Gadsche* aus dem Oberdorf wollten nicht, dass wir Zigeunerkinder mit ihren Kindern zur Schule gingen, sie behaupteten, wir seien alle verlaust und dumm. Aber ich liebte die Schule und fehlte nie. Frau Lorenz brachte mir Deutsch bei. Sie sagte, ich wäre klug und müsse nicht für immer Zigeunerin bleiben.«

Damals hatte Mila das geglaubt, inzwischen wusste sie es besser. Sie nahm einen Zug und blies den Rauch aus. Holte tief Atem, um weiterreden zu können.

»Als ich dreizehn war, kam eine schlimme Winter. Schneezeit. Es war so kalt, dass ich dachte, mir würde erfrieren das Blut in den Adern.« Mila spürte die Tränen kommen, doch sie kämpfte gegen sie an. »Wir schliefen im selben Bett unter einer Decke, meine Baba und ich, um uns gegenseitig zu wärmen. Als sie rausging in der Nacht und lange nicht wiederkam, da dachte ich, es wäre besser, nachzusehen, was mit ihr ist. Aber es war so kalt und ich wollte nicht verlassen das warme Bett.«

Durch den Tränenschleier sah sie, dass Lucas etwas sagen wollte, doch sie hielt ihn davon ab. »Nein, sag nichts. Lass mich einfach reden, ja?« Mila wischte sich über die Augen. »Ich schlief wieder ein, und als ich aufwachte, war es Morgen und es war zu spät für meine Großmutter. Sie war draußen auf dem Klohäuschen erfroren.«

Während Mila weiterredete, zog sie mit dem Zeigefinger Pirouetten auf dem Tisch. »Manchmal sehe ich ihren Geist. Ich glaube, sie sorgt sich um mich und findet deshalb keine Ruhe.«

Lucas' Blick folgte ihrem tanzenden Finger, seine Lippen waren ein harter Strich.

»Ich kam zu meinem Onkel und meiner Tante, aber in ihrer kleinen Hütte lebten schon acht Menschen und es war kaum Platz für mich. Also suchten sie nach einem Mann, der für mich sorgen konnte. Giorgi war zweiundzwanzig und sah ziemlich gut aus, ich konnte mich also nicht beschweren. Er versprach, dass ich weiter zur Schule gehen durfte. Einen Tag nach meinem vierzehnten Geburtstag war Hochzeit.«

Lucas holte scharf Luft, aber er sagte nichts. Das brauchte er auch nicht, denn in seinen himmelgrauen Augen sah Mila, was er dachte. In diesem Augenblick merkte sie, wie viel es ihr bedeutete, sich endlich jemandem anzuvertrauen und keine Lügenmärchen mehr erfinden zu müssen. Sie erzählte Lucas alles, was sie Tristan und Jassi hätte erzählen sollen.

»Damals kam ein deutscher Sozialarbeiter ins Dorf. Er hieß Michael, war sechsundzwanzig und schon an unzähligen Orten auf der ganzen Welt gewesen. Er hat mir viel erzählt. Von fremden Ländern und von seinem Land. Er hat mir Bücher zu lesen gegeben und mir beigebracht, wie ein Computer funktioniert. Damals wurde mir klar, dass ich das Leben, das für mich vorgesehen war, nicht wollte. *Wer viel liest, muss viel leiden,* sagt ein Roma-Sprichwort. Die meisten Mädchen aus der Siedlung hatten nur einen Grundschulabschluss. Sie sollten so schnell wie möglich Geld verdienen, heiraten und Kinder bekommen. Die Armut war so groß, dass sie sich ein anderes Leben überhaupt nicht vorstellen konnten.«

»Aber du konntest es«, stellte Lucas fest.

»Ja.« Sie seufzte leise. »Doch nachdem wir verheiratet waren, wollte Giorgi auf einmal nicht mehr, dass ich weiter zur Schule gehe. Sein Vater hat ihn unter Druck gesetzt, er hatte Angst um die Rolle seines Sohnes als Herr im Haus. ›Je mehr du all dieses Zeug aus deinen Büchern in dich hineinsaugst, desto weniger bist du Zigeunerin‹, hat Giorgi zu mir gesagt. Er fürchtete, mich zu verlieren, und so ist es schließlich auch gekommen. Michael hat mich mit in die Stadt genommen und mir ein Busticket gekauft.«

»Ein Busticket wohin?«

»Zu meiner Mutter«, sagte sie. »Sie lebt in Cheb mit einem tschechischen Typen zusammen. Ich bin dort aufs Gymnasium gegangen, habe ein Stipendium bekommen und bin letzten Herbst in Moorstein gelandet. Alles lief gut, sie haben mir sogar angeboten, mein Abi hier zu machen. Doch Giorgi ... er hat mich gesucht, all die Monate. Und an diesem Freitag vor einer Woche, da hat er mich gefunden.«

Wie auch immer er das angestellt hatte.

Wieder holte Mila tief Luft, um nicht an der Erinnerung zu ersticken. »Er stand auf dem Schulhof. Es war ein Albtraum. Vor allen hat er herausgeschrien, dass ich seine Ehefrau bin.«

Lucas nickte. »Wenn man etwas hinter sich lassen will, folgt es einem nach. Die Vergangenheit lauert einem immer wieder auf – das kenne ich gut.«

»Zuerst hat Tristan mich verteidigt, aber als ihm dann klar wurde, dass Giorgi die Wahrheit gesagt, hat er mich beschimpft und Schluss gemacht.«

»Und Giorgi? Was wurde aus ihm?« Lucas musterte sie so eindringlich, dass ihr unwohl wurde.

Sie hob die Schultern. »Er ist nach Prag zurückgefahren, dort hat er Arbeit. Ich hoffe, er findet eine andere Frau, eine bessere als mich.«

Lucas stand auf, füllte sein Glas mit Leitungswasser und stürzte es in einem Zug hinunter. *Es ist nicht gut, um Mitternacht Wasser zu trinken, du verschluckst dabei den Teufel,* hörte Mila die warnende Stimme ihrer Baba. Aber sie sagte nichts. Lucas hätte sie ausgelacht.

Er lehnte sich rücklings gegen die Spüle. »Alles, was du mir da gerade über dich erzählt hast ... Tristan weiß überhaupt nichts davon?«

»Nein. Er war nicht mehr in der Schule, seit es passiert ist. Und er geht nicht an sein Handy.«

»Er versteckt sich, der Feigling«, bemerkte er verächtlich. »Trotzdem liebst du ihn noch. Betrinkst dich sinnlos seinetwegen.«

Mila starrte auf die Kerben in der Tischplatte. »Das verstehst du nicht.«

»Nein, tue ich auch nicht.« Lucas stellte sein Glas in die Spüle. »Es ist schon fast drei. Wir sollten uns noch ein bisschen aufs Ohr hauen.«

Entgeistert sah Mila ihn an. »Aufs Ohr hauen?«

»Schlafen«, übersetzte Lucas.

Eingerollt in Lucas' Schlafsack, lag Mila auf der Couch im Wohnzimmer. Sie hatte ihm alles erzählt. Fast alles. Und es war ihr nicht einmal schwergefallen. Wie hatte er das bloß gemacht? Hatte er sie hypnotisiert mit seinen Augen, seiner Stimme? Oder warum vermochte sie sich der Anziehungskraft, die er auf sie ausübte, nicht mehr zu entziehen? Mit dieser Frage im Herzen schlief sie schließlich ein.

Kurze Zeit später schreckte ein dumpfes Stöhnen Mila aus dem Schlaf. Erschrocken starrte sie an die Decke. Über ihr rumpelte es. Lucas schlief dort oben, und es hörte sich an, als würde er mit jemandem kämpfen. Dann fiel ihr ein, dass er um Mitternacht Wasser getrunken hatte. Er brauchte ihre Hilfe.

Stufe für Stufe humpelte Mila die Treppe nach oben und blieb vor der Tür mit dem Glaseinsatz stehen. Gequältes Stöhnen drang aus dem Zimmer, dann verwaschene Worte. Mila drückte die Klinke nach unten und öffnete die Tür. Das erste Licht des erwachenden Tages schimmerte durch die Scheiben im Balkengerüst. Lucas kämpfte mit seiner Bettdecke, wehrte sich gegen jemanden, der ihm Böses wollte. Er hatte den Teufel verschluckt.

Albträume sind ein besonderes Vergnügen der Dämonen. Sie lassen einen qualvolle Dinge immer wieder erleben, stehlen den Schlaf und rauben den Menschen am Ende den Verstand, sodass der Teufel leichtes Spiel hat.

Lucas schlug im Traum um sich und presste unmenschliche Laute zwischen den Zähnen hervor. Auf einmal riss er die Arme in die Höhe und stieß ein raues Gurgeln aus, das Mila durch Mark und Bein ging.

Ohne zu zögern, eilte sie zu seinem Bett, beugte sich über ihn und rüttelte ihn an der Schulter. »Wach auf!«

Lucas riss die Augen auf, strebte weg von ihr und stieß mit dem Kopf gegen die Wand. Das weckte ihn auf. »Teufel noch mal, Mila. Was machst du hier?«

»Du hast im Traum geschrien und gekämpft. Ich bin davon wach geworden.«

Lucas rieb sich den Kopf. *»Oh fuck.«* Er setzte sich auf und lehnte sich mit dem Rücken gegen die Wand.

Mila kniete vor ihm, kniete im Bett eines fremden Jungen. »Ich kann dir helfen.« *Es ist nicht gut, schlechte Träume zu deuten, sonst geschieht dem Träumer Übel.* Halt dich da raus, Baba, dachte sie.

Aus Lucas' Kehle kam ein trockenes Lachen, das wie das Krächzen eines Raben klang. »Wie willst du mir denn helfen?«

»Vielleicht kann ich den Teufel vertreiben.«

»Den Teufel?«, fragte er belustigt. »Wie willst du das denn anstellen? Mit Zigeunerzauber?«

Mila wandte sich von ihm ab und sah hinaus in den rötlichen Morgenhimmel. »Ich könnte für dich singen. Mit Gesang kann man Geister und Dämonen bändigen und Albträume vertreiben.«

Er lachte nicht. Es war ganz still, aber sie hörte Lucas neben sich atmen. »Ich ertrinke, Mila«, sagte er leise. »Ich ertrinke fast jede Nacht.«

Sie drehte sich wieder zu ihm um. Das Weiß seiner Augen leuchtete in der Morgendämmerung. Mila wusste, dass er nichts mehr sagen würde. Manchmal schaffte man es einfach nicht, zu reden.

Mila streckte sich auf dem Bett aus, schloss die Augen und begann, leise in ihrer Sprache zu singen. Kurz darauf spürte sie, wie Lucas sich neben sie legte und die Decke über ihre Hüften zog.

19

Sonntag, 22. Juni »*Kroark. Kroark.*«
Ruckartig setzte Mila sich auf. Fragte sich ein paar Sekunden lang, wo sie war, und dann fiel ihr alles wieder ein. Der Schnitt in ihrem Fuß puckerte. Das Bett neben ihr war leer, das Gekrächze kam von draußen.

Sie schlüpfte aus dem Bett und humpelte zur Tür. Auf der Terrasse stand Lucas in seinen verwaschenen Jeans. Auf seinem Arm und dem Schulterblatt der tätowierte Rabe. Und auf seiner Schulter saß ein lebendiger Rabe!

Mila überlief ein Frösteln. Das Gefieder des großen Vogels glänzte grünschwarz im Licht der Sonne, genauso wie Lucas' Haar.

Lucas fütterte den Vogel mit Bananenstücken und redete leise auf ihn ein. »Na, mein Freund, ich bin ein bisschen spät dran heute, ich weiß. War eine verrückte Nacht. He, du frisst mir noch die Haare vom Kopf.«

Der Rabe schnäbelte durch Lucas' strubbeliges Haar, als wolle er ihm das Gefieder glätten.

»*Udik*«, schnarrte er zärtlich. »*Alo. Alo.*«

Als Mila einen überraschten Laut von sich gab, breitete der Rabe krächzend seine Schwingen aus und flog davon.

»Na, ausgeschlafen?« Lucas drehte sich lächelnd zu ihr um.

»Du sprichst mit einem Raben?«

»Was dagegen? Du tanzt mit Fischen, ich spreche mit einem Raben.«

Mila verzog das Gesicht. »Raben sind unheimlich. Ihr Krächzen klingt wie *Grab, Grab*. Baba Sidonia hat gesagt, Raben fliegen ins Jenseits und wieder zurück.«

»Nun, das nächste Mal werde ich Munin fragen, ob das auch wahr ist.« Sein Lächeln erlosch. »Woher weißt du meinen richtigen Namen, Mila?«

Die Frage kam so unerwartet, dass Mila zu stottern anfing. »Ich ... ich habe ihn gelesen im Kaffeesatz, was dachtest du denn?«

Als sie Lucas' verdutztes Gesicht sah, musste sie lachen, und er meinte trocken: »Okay. Eins zu null für dich. Aber ich würde es wirklich gerne wissen.«

»Jassi hat ihn mir gesagt.«

»Jassi? Aber woher ...?« Sie sah, wie es in seinem Kopf zu arbeiten begann.

»Du hattest deine Jacke bei ihr zu Hause liegen lassen, als ihr das Kletterhaus gebaut habt, und sie hat gestöbert. Du hast ihr gefallen.«

»Davon war gestern aber nicht viel zu merken.«

»Daniel gefällt ihr eben besser«, konterte Mila. »Wieso nennst du dich Lucas?«

»Ganz einfach«, sagte er, »Ludwig Castorf, Lu-cas. Ich mag Ludwig nicht, klingt irgendwie verstaubt.«

»Ich finde den Namen Ludwig schön. Deine Eltern haben sich bestimmt etwas dabei gedacht, als sie ihn für dich ausgesucht haben.«

Eine dunkle Wolke zog über Lucas' Gesicht. »Mir wäre lieb, du würdest bei Lucas bleiben«, sagte er. »Ludwig gibt es nämlich nicht mehr.« Er ging an ihr vorbei ins Haus zurück. »Ich mache uns Kaffee.«

Mila folgte ihm ins Erdgeschoss, und als sie sah, wie spät es war, erschrak sie. Schon fast elf. Sie humpelte zur Couch und checkte ihr Handy. Drei Anrufe in Abwesenheit von Jassi. Nr. 1: »Mila, wo steckst du?« Nr. 2: »Mila, verdammt, ist alles in Ordnung mit dir?« Anruf Nr. 3: »Mila, wenn du dich nicht meldest, gehe ich zur Polizei.«

Der letzte Anruf war vor zehn Minuten eingegangen.

Mila wählte Jassis Nummer. Ehe sie etwas sagen konnte, wetterte ihre Freundin los. »Mensch, Mila, ich habe mir solche Sorgen gemacht. Du hast keinen Haustürschlüssel. Ist alles okay?«

»Ja, mir geht es gut.«

»Wo bist du? Mila?«

»Bei ihm«, sagte sie leise.

»Bei ihm? Du meinst, bei diesem Lucas, ähm, Ludwig?«

»Ja.«

»Was? Bist du jetzt völlig verrückt geworden? In deinem Zustand war ein bisschen Rumknutschen okay, aber mit ihm schlafen! Der Typ ist nicht astrein, Mila, das schwör ich dir. Er ist mit falschem Namen unterwegs. Das sollte dir zu denken geben.«

»Ich habe nicht mit ihm geschlafen und er mag den Namen Ludwig einfach nicht, das ist alles.«

»Na toll. Das hat er dir also erzählt. Er mag seinen Namen nicht. Und du glaubst ihm natürlich. Du bist so naiv, Mila. Du kennst den Typen doch gar nicht. Du warst völlig betrunken und er hätte sonst was mit dir anstellen können.«

»Hat er aber nicht. Kann ich nachher kommen und meine Sachen abholen?«

»Du kannst. Aber beeil dich, wir wollen nach dem Mittagessen wegfahren.«

Mila verzog sich ins Bad. Ihr Fuß tat weh und sie sah ziemlich mitgenommen aus. Sie drückte ein wenig Zahnpasta auf den Zeigefinger und putzte notdürftig ihre Zähne. Dann wusch sie ihr Gesicht, kämmte ihre Haare und nahm sie im Nacken zu einem lockeren Knoten zusammen.

Es war ein merkwürdiges Gefühl von Intimität, Lucas' Sachen zu benutzen. Seine Zahnpasta, seinen Kamm. Mila war nie über Nacht bei Tristan geblieben. Etwas, das sie sich oft gewünscht hatte. Nicht nur Sex mit ihm zu haben, sondern neben ihm zu schlafen und auf diese Weise seine Träume kennenzulernen.

Stattdessen hatte sie neben Lucas geschlafen und erfahren, dass er von Albträumen heimgesucht wurde. *Ich ertrinke jede Nacht,* hatte er gesagt.

In der Küche duftete es nach Kaffee und aufgebackenen Brötchen, der Tisch war für zwei gedeckt.

»Setz dich.« Lucas trug ein graues, ärmelloses Hemd mit gelben Farbklecksen und er wirkte nervös.

Mila hatte Hunger und griff nach einem noch warmen Brötchen. Sie schnitt es auf, beschmierte es dick mit Butter – und noch dicker mit Nutella. Als sie Lucas einen verstohlenen Blick zuwarf, wurde ihr klar, dass er sie ebenso ansah. Die Vertrautheit der letzten Nacht war verschwunden. Lucas' Albtraum schwebte als Tabu im Raum. Verlegenheit breitete sich zwischen ihnen aus wie zäher Nebel.

»Was macht dein Fuß?«

»Schon viel besser«, schwindelte sie.

»Gut.«

Mila tunkte die zweite Hälfte ihres Brötchens in ihren Kaffee und streute Zucker darauf. Lucas sagte nichts, aber sein Blick sprach Bände. »Das habe ich als Kind immer so gemacht«, sagte sie verlegen.

»Hab ich mir gedacht.«

Schließlich stand sie auf und stellte ihr Geschirr in die Spüle. Beeil dich, hatte Jassi gesagt. Auch Lucas erhob sich und räumte die Lebensmittel in den Kühlschrank zurück. Als er seine leere Tasse zur Spüle trug, blickte er nachdenklich hinein. Dann sah er Mila an.

»Deine Großmutter ... konnte sie wirklich die Zukunft lesen?«

»Du meinst, in den Karten? Oder im Kaffeesatz?« Mila musterte Lucas. Er stand einen halben Meter von ihr entfernt, das schwarze Haar immer noch vom Schlaf zerzaust, sodass sie am liebsten mit der Hand hineingefahren wäre, um es zu glätten. Sein Gesichtsausdruck war ernst, wie fast immer. Er spottete nicht, er wollte es wirklich wissen.

»Meine Baba war keine Hellseherin, die die Zukunft voraussagen konnte«, erklärte Mila. »Sie hat nur gespürt, was bereits da war, was andere vielleicht noch nicht sahen.«

Lucas ließ sie nicht aus den Augen. »Und hat sie ... hat sie dir diese Gabe vererbt? Ich meine, zu sehen, was ... was da ist. Was andere nicht sehen.«

Mila wunderte sich über seine Frage. »Ich weiß nicht«, erwiderte sie nachdenklich. »Jedenfalls hatte ich keine Ahnung, dass Giorgi in der Stadt war. Ich wusste auch nicht, was ich zum Geburtstag bekommen würde. Und was gerade in deinem Kopf vorgeht, das ... das weiß ich auch nicht.« Mila begann zu lächeln.

»Aber ich.« Lucas machte einen Schritt auf sie zu, nahm ihr Gesicht in beide Hände, schloss die Augen und küsste sie auf den Mund. Es war ein kurzer Kuss, und doch hatte Mila das Gefühl, als stünde sie unter Strom. Lucas' Lippen waren warm und schmeckten nach Milchkaffee und Zahnpasta.

Seine Hände umfassten immer noch ihr Gesicht, seines war nur wenige Zentimeter von ihrem entfernt. Als er seine Augen wieder öffnete, sah sie das graugoldene Funkeln darin. Es lag am Blutzauber, dass Lucas sie so ansah und dass er sie gleich noch einmal küssen wollte. Doch auch wenn sich Milas Verstand dagegen sträubte, ihr Körper reagierte auf ihn.

Das war verrückt. Sie war verrückt.

Mila griff nach Lucas' Handgelenken und löste seine Hände von ihrem Gesicht. Sie stemmte ihre Handflächen gegen seine Brust, als er den Hals reckte, um sie noch einmal zu küssen. Ihre Hände hielten ihn auf Abstand, doch ihr Mund ließ es zu. Sie verstand nichts, sie fühlte nur. Fühlte seine Zunge in ihrem Mund und sein wild schlagendes Herz unter ihrer rechten Hand. Fühlte wie immer zu viel.

Dann war der Moment vorüber. Sie nahm ihre Hände von seiner Brust und machte einen Schritt zurück, doch nach diesem zweiten Kuss war es nicht so leicht, wieder festen Boden unter den Füßen zu gewinnen.

»Du darfst dich nicht in mich verlieben«, sagte sie mit fester Stimme.

Zu spät. Lucas' Herz war ein tobendes Tier in seiner Brust. Er tastete sich an der Spüle entlang und lief aus der Küche, weg von der Fischtänzerin, raus in den Garten, um wieder atmen zu können.

»Warum eigentlich nicht?«, fragte er fünf Minuten später, als sie neben ihm im Pick-up saß und er alles wieder unter Kontrolle hatte.

Mila ließ sich einen Moment Zeit mit der Antwort. »Weil ich keine singende und tanzende Zigeunerin bin. Ich will Medizin studieren. Und dann will ich heiraten und viele Kinder haben.«

»Oha«, war alles, was er darauf zu antworten vermochte.

Er parkte vor der Einfahrt von Jassis Haus und Mila humpelte zur Haustür, um zu klingeln. Als Jassi mit Milas Rucksack herauskam, fing er ihren finsteren Blick auf. Jassi redete auf Mila ein, aber die schüttelte nur den Kopf und dann kam sie zum Auto zurück. Ihre Sandalen hielt sie in der Hand.

»Ärger?«, fragte er, als sie wieder neben ihm saß.

»Sie ist sauer, weil ich bei dir übernachtet habe. Sie sagt, mit dir stimmt was nicht und ich solle mich von dir fernhalten.«

Er startete den Motor und löste die Bremse. »Und«, fragte er, »wirst du dich von mir fernhalten?«

»Keine Ahnung. Ich bin keine Hellseherin.«

Lucas bog auf die Hauptstraße, die am Stadtpark vorbeiführte. »Du weißt selbst, wie das ist mit den Geheimnissen«, sagte er. »Man versucht, sie zu hüten, und benimmt sich immer seltsamer dabei. Ich mag dich, Mila. Und es gibt da etwas, das ich dir erzählen muss. Komm wieder, dann versuche ich es.«

Mila holte ihr Handy hervor. »Sag mir deine Nummer, dann schicke ich dir meine.« Er tat es und kurz darauf bekam er ihre SMS.

»Danke«, sagte sie, als er vor Tildes Haus hielt. »Wer immer du bist, heute Nacht hast du dich wie ein Freund verhalten. Und ich konnte wirklich einen brauchen.« Mila beugte sich zu ihm herüber und küsste ihn auf die Wange. Dann stieg sie aus.

Lucas sah ihr nach, wie sie barfuß in die Einfahrt humpelte. Sie holte die Sonntagszeitung aus dem Kasten und drehte sich noch einmal um, bevor sie hinter dem Haus verschwand.

Du darfst dich nicht in mich verlieben.

Lucas vermisste sie jetzt schon, aber ihre klare Ansage war ein ziemlicher Hammer gewesen. Außerdem: Viele Kinder, das war so ziemlich das Letzte, wonach ihm der Sinn stand.

Mila schloss die Haustür auf. Dabei fiel ein Umschlag aus der Sonntagszeitung, die sie sich unter das Kinn geklemmt hatte. Sie hob ihn auf. Er war länglich und schwer. Sie drehte ihn um. *Alles Liebe zum Geburtstag, Mila. Dein Tris*

Der Brief glitt ihr aus der Hand und sie musste sich kurz an der Tür abstützen. Ein kurzer Blick zur Straße, dort stand immer noch Lucas' blauer Toyota Pick-up. *Fahr,* dachte sie.

Mila schnappte sich den Brief vom Boden, und während sie die Stufen zu ihrem Zimmer hinaufstieg, gingen ihr unzählige Gedanken durch den Kopf, aber sie konnte keinen festhalten.

Die Sonne schien in ihr Zimmer und ließ all die schönen Farben des Windspiels aufleuchten, doch dafür hatte sie jetzt keinen Blick. Sie setzte sich auf ihr Bett und öffnete Tristans Brief. In einer Karte steckten zwei Reisegutscheine für eine Türkeireise Anfang August. Erst wollte Mila es nicht glauben, aber ihr und Tristans Name stand auf den Gutscheinen. Buchstaben, die verschwammen.

Sie wischte sich über die Augen, klappte die Karte auf und las. *Alles Liebe zum Geburtstag, Mila. Ich hoffe, du kannst mir verzeihen und mein Geschenk annehmen. Ich war so vor den Kopf gestoßen, so wütend und verletzt, dass ich Dinge gesagt habe, die ich nie hätte sagen dürfen. Ich war krank, bin beinahe verrückt geworden, weil das alles so wehtat. Aber ich habe auch nachgedacht und ich verzeihe dir. Ich brauche dich, Mila. Lass uns deinen Exfreund und diese schreckliche Woche einfach vergessen. Wenn es eine noch so kleine Chance gibt, dass du es noch mal mit mir versuchst, wäre ich glücklich. Ich liebe dich, dein Tris.*

Gut, dass Mila saß. Denn sie fühlte sich, als hätte sie einen Schwächeanfall. Ihre Hände, die die Karte hielten, zitterten. Ein Zuviel an Gefühlen brach über sie herein. Unbändige Freude, dass doch nicht alles zu Ende war. Dass Tristan ihr verzieh, dass sie ihn durch ihre Dummheit nicht verloren hatte. Wieder und wieder las sie Tristans Zeilen, bis die Worte vor ihren Augen endgültig in Tränen ertranken.

Alles würde gut werden. Sie und Tristan waren füreinander bestimmt, er brauchte sie – wie hatte sie bloß daran zweifeln können. Mila griff nach ihrem Handy, um Jassi eine SMS zu schicken und ihr von der Reise und Tristans Karte zu erzählen. Doch kaum hatte sie die ersten Worte getippt, hielt sie plötzlich inne und löschte sie wieder.

Panik erfasste sie. Sie hatte die vergangene Nacht in Lucas' Haus, schlimmer noch: in seinem Bett verbracht. Es war zwar nichts passiert, doch sollte Tristan durch einen dummen Zufall davon erfahren, wäre keine ehrliche Antwort gut genug, das war ihr bitter klar.

Mila spürte das Gewicht dieses neuen Geheimnisses und das schlechte Gewissen dämpfte ihre Freude auf ein Wiedersehen mit Tristan gewaltig. Lucas hatte sie eben bis vor die Tür gefahren, gut möglich, dass Tristan sie von seinem Zimmer aus gesehen hatte.

Schließlich rief sie Jassi an und erzählte ihr von der Türkeireise und von Tristans Karte. Bat ihre Freundin, niemandem gegenüber zu erwähnen, dass sie die Nacht in Lucas' Haus verbracht hatte. Jassi schwor es, aber ihre Stimme klang genervt.

»Weißt du eigentlich noch, was du willst, Mila?«

Die Frage überrumpelte sie derart, dass sie verstummte.

»Wir sehen uns Montag.« Mit einem Seufzen legte Jassi auf.

Den Rest des Sonntages verbrachte Mila wie in Trance. Jassis Frage ging ihr nicht mehr aus dem Kopf. Natürlich wusste sie, was sie wollte. Mit Tristan zusammen sein – das hatte sie von Anfang an gewollt. Und doch zögerte sie, ihn anzurufen.

Mila hatte schnell gemerkt, dass Tristan unter all seiner Beliebtheit einsam war. Dafür hatte sie ihn nur noch mehr geliebt. Aber nun fragte sie sich, ob sie von Anfang an nur ein Mittel gegen seine Einsamkeit gewesen war.

Auch wenn im Park ein Dämon aus ihm gesprochen hatte: Tristans Worte hatten Spuren hinterlassen. Mila hatte begonnen, sich von ihm zu lösen, hatte versucht, nach vorn zu sehen. Heute Morgen war es ihr gut gegangen, sie hatte sich von ihrer tiefen Traurigkeit befreit gefühlt. Sie war eine andere geworden.

Würde Tristan das merken, wenn sie sich wiedersahen?

Am späten Nachmittag kam Tilde zurück – um Jahre verjüngt. Ihre Wangen strahlten rosig und ihre Augen leuchteten. Mila kannte die Symptome, hatte sie im Spiegel gesehen, das war nur ein paar Monate her.

Sie aßen zusammen und Tilde berichtete nur sehr zurückhaltend von ihrem Wochenende mit Wenzel. Doch als Mila ihr von Tristans Versöhnungsangebot erzählte, gab es kein Halten mehr: Tilde kam aus dem Schwärmen für Wenzel gar nicht mehr heraus.

Nachdem Mila das Geschirr in den Spüler geräumt hatte, ging sie hoch auf ihr Zimmer und wählte Tristans Nummer.

»Danke, Tris, für deine Karte und die Reise.« Sie stand am offenen Fenster und sah zum Haus der Hellsterns hinauf. »Ich ... ich weiß gar nicht, was ich sagen soll. Ich freue mich wie verrückt, und es tut mir leid, dass ich dir das alles verschwiegen habe. Es war ein Fehler, aber ich hatte solche Angst, dich zu verlieren.«

»Schon gut«, sagte er. »Wir reden darüber, wenn wir uns morgen sehen, okay?«

»Okay«, sagte sie, erleichtert und enttäuscht zugleich. Es war erst neun und Mila war sicher gewesen, dass Tristan sie darum bitten würde, noch zu ihm zu kommen. Doch offensichtlich hatte er es nicht allzu eilig damit, sie in seine Arme zu schließen. Was ging nur in seinem Kopf vor? Und was in seinem Herzen?

In der Nacht spürte Mila eine sanfte Berührung und hörte eine vertraute Stimme durch die warme Dunkelheit dringen. Es war ihre Baba, die alte Lieder sang und ihr das Haar zu Zöpfen flocht. Ein ungeheures Glücksgefühl durchströmte sie. »Baba?«, flüsterte Mila und streckte die Arme nach ihrer Großmutter aus. Doch die Alte hatte Frost im Haar und auf den Augen. Langsam verschmolz ihre Gestalt wieder mit der Dunkelheit.

20

Montag, 23. Juni Tristan gab Mila bei ihrer ersten Begegnung nach zehn Tagen, in denen sie ein finsteres Tal durchschritten hatte, einen zärtlichen Kuss. Dann setzte er sich auf seinen Platz neben Hannes.

In den ersten beiden Stunden hatten sie Ethik bei Herrn Zöllner, ihrem Klassenlehrer. *Vorurteile haben stets die anderen*, stand in großen Buchstaben an der Tafel.

»Stimmt das?«, fragte Zöllner.

»Freilich«, murmelte Hannes grinsend.

Tristan meldete sich. »Ich denke, wir alle haben vorgefertigte Meinungen über etwas und jemanden und sie bestimmen unser Verhalten.«

Zöllner zog eine Augenbraue nach oben. »Herr Hellstern, ich bin überwältigt. Sie können *denken*. Welch kluge Worte am frühen Morgen. Verraten Sie mir den Namen des Medikaments, das Sie gegen Ihre Angina bekommen haben?«

Gekicher aus den hinteren Reihen.

»Ruhe bitte, meine Herrschaften!« Zöllner hob die Hände und es wurde still. »Also gut, Tristan hat natürlich recht. Wir alle haben Vorurteile. Sie sind eine zutiefst menschliche Eigenschaft und fest im Gehirn verankert. Wir Deutschen sind fleißig, der Islam ist eine intolerante Religion, alle Einwanderer wollen Hartz IV und Hartz-IV-Bezieher sind Schmarotzer.« Zöllner lief durch die Bankreihen. »Habt ihr vielleicht noch ein paar Beispiele aus eurer Welt parat?«

Hannes meldete sich.

»Bitte, Herr Prager.«

»Der Lehrer wurde geboren, bekam Ferien und starb.«

Prustendes Gekicher.

»Sehr gut, Hannes. Noch jemand?«

»Ethik ist ein Laberfach.« Das kam von Daniel.

»Biogemüse ist Abzocke«, rief Jassi.

Boris hob die Hand. »Killerspiele verderben den Charakter.«

»Mädchen sind lieb, Jungen wild«, vermeldete Ria.

»Alle Zigeuner stehlen wie die Raben«, sagte Tristan. »Sie waschen sich nicht, sind arm, faul und unwissend.«

Als das letzte Wort verklungen war, wurde es schlagartig still im Klassenraum und dreiundzwanzig Augenpaare richteten sich nicht auf Tristan, sondern auf Mila.

Das Blut schoss ihr ins Gesicht. Warum tat er das? Warum brachte Tristan sie vor der ganzen Klasse in diese Situation? Seine Entschuldigung, die Flugtickets, sein Kuss – alles nur ein böses Spiel?

Mila warf Jassi einen verzweifelten Blick zu, aber sie hob nur die Schultern, was so viel bedeutete wie: Ich habe keine Ahnung, was in ihn gefahren ist.

All die Wochen hatte Mila gehofft, nicht als *Romni* erkannt zu werden, nun wünschte sie zum ersten Mal, keine mehr zu sein.

»Gut, ich denke, das genügt uns.« Zöllner ging zum Lehrertisch zurück. »Wie es aussieht, hatte Nietzsche recht, als er sagte: *Jedes Wort ist ein Vorurteil.* Aber nun meine nächste Frage an Sie: Sind wir unseren Vorurteilen machtlos ausgeliefert?«

Leises Geraune. Mila wusste die Antwort, aber sie konnte nicht sprechen, denn in ihrer Kehle saß ein dicker Kloß.

»Ich glaube, wir nehmen Vorurteile schon mit der Muttermilch auf«, meinte Jassi schließlich. »Und wenn sie sich erst einmal in einem festgesetzt haben, dann kriegt man sie schwer wieder los.«

»Ich habe nie Muttermilch getrunken«, bemerkte Hannes.

»Ach, deshalb bist du emotional so unterbelichtet«, sagte Henrike.

Zöllner tat so, als hätte er das gar nicht gehört. Seine Augen leuchteten. »Richtig, Jasmin. Vorurteile bestätigen sich immer wieder selbst. Meistens erledigen das die Bilder aus dem Fernsehen und dem Internet. Informationen dagegen, die dem, was wir gelernt haben, widersprechen, behagen uns nicht. Aber was passiert, wenn wir damit konfrontiert werden?«

»Wir suchen eine einfache Erklärung, um uns nicht damit auseinandersetzen zu müssen«, sagte Daniel.

Zöllner klappte der Mund zu. »Ich bin fassungslos.« Er warf die Arme in die Luft. »Jemand hat am Wochenende Hirn vom Himmel regnen lassen.«

Mila hob ihre Hand. Seit einer Woche wusste jeder in diesem Raum, dass sie eine *Romni* war, und jetzt fragte sie sich, was in ihren Köpfen vorging. Was wussten ihre Klassenkameraden, abgesehen davon, dass Angehörige ihres Volkes von den Nazis zu Hunderttausenden ermordet worden waren? Menschen, die Unaussprechliches erlitten hatten. Das stand in den Geschichtsbüchern. Wie sie heute in den europäischen Städten lebten, stand in den Zeitungen. Aber in der Presse ging es meist um Diebstahl, Prostitution und Bettelei, wenn von Roma die Rede war.

Wieder warf sie Jassi einen fragenden Blick zu und die Freundin nickte ihr aufmunternd zu.

»Bitte, Mila«, sagte Zöllner.

Manchmal spricht man etwas aus, weil man keine Wahl hat,

und manchmal, weil man nicht mehr still sein kann. Auf Mila traf beides gleichermaßen zu. Sie stand auf, damit sie ein bisschen größer war. Zuerst mit bebender, dann immer ruhiger werdender Stimme erzählte sie ihrer Klasse, dass die Vorurteile gegenüber den Zigeunern, die Tristan aufgezählt hatte, mehr als tausend Jahre alt waren. Dass die Vorfahren ihres Volkes, die ursprünglich aus Nordindien stammten, damals in ihrer Heimat verfolgt und diskriminiert worden waren.

»Aus diesem Grund sind sie fortgegangen und haben sich in alle Himmelsrichtungen auf der Welt verteilt«, erklärte sie. »Doch egal wo sie hinkamen, sie waren immer die Fremden, die stören.« *Und daran hat sich bis heute nichts geändert,* ging es ihr durch den Kopf.

»Wir Zigeuner sprechen Romanes, eine Sprache, die so verschieden ist wie die Menschen, die sie sprechen.«

»Ich dachte immer, das Wort Zigeuner ist nicht politisch korrekt«, warf Ria ein. »Wieso benutzt du es dann selber?«

»Es gibt die Sinti in Deutschland, und das übrigens schon seit sechshundert Jahren. Die Manouche in Frankreich, die Kalderasch in Rumänien, die Lovari in Österreich und noch viele andere Gruppen – je nachdem, wo sie leben. Manche von ihnen mögen das Wort nicht, andere sagen: Zigeuner sind wir alle. Das Wort *Zigeuner* wurde zwar gegen *Roma* ausgetauscht, doch die Vorurteile uns gegenüber sind noch dieselben.«

Mila erzählte, dass die Kalderasch rumänische Kesselflicker waren, die früher von Stadt zu Stadt und von Dorf zu Dorf zogen, um die Kessel der Leute zu reparieren. Und als es dann billige Töpfe aus China zu kaufen gab, brauchte niemand mehr einen Kesselflicker.

»Also«, Mila versuchte zu lächeln, »Zigeuner, die mit dem Planwagen durch die Wälder ziehen und am Lagerfeuer Geige spielen, die gibt es schon lange nicht mehr.«

Ein Kichern kam aus den hinteren Reihen.

Für Mila war es eine Erleichterung, zu spüren, dass das Schlimmste vorbei war. Dass alle es wussten und die Welt sich trotzdem weiterdrehte. Dass sie nun zwar eine Exotin war, aber immer noch Mila, ihre Klassenkameradin.

Mila erzählte von ihrem Dorf, dass die Menschen dort schon seit Hunderten von Jahren sesshaft lebten und trotzdem bitterarm waren, was vor allem am Dilemma mit der Unwissenheit lag.

»Die meisten Roma-Kinder landen in der Slowakei von Anfang an in Sonderschulen, weil sie als zurückgeblieben eingestuft werden. Die *Gadsche,* also die Weißen, sind der Ansicht, Schule für Roma-Kinder ist zum Fenster herausgeworfenes Geld. Und viele Roma glauben, sich in der Schule anzustrengen, lohnt sich nicht, weil sie später doch keinen Job bekommen.«

Einige ihrer Klassenkameraden fingen an, auf ihren Stühlen herumzurutschen. Sie fühlten sich unwohl in ihrer Haut, doch Mila fühlte sich immer sicherer in ihrer. Sie begriff ihren Verrat an sich selbst, als sie versucht hatte, jemand zu sein, der sie nicht war.

»Aber warum hast du uns das nicht von Anfang an erzählt?«, wollte Ria wissen. »Hast du geglaubt, wir denken hier genauso kleinkariert wie die Weißen in deinem Dorf in der Walachei?«

Mila schluckte und musste an die misstrauischen Blicke von Rias Mutter denken, die sie verfolgt hatten, als sie letzte Woche in der Drogerie am Markt gewesen war, um für Tilde Geliermittel zu kaufen.

Doch sie wollte Ria nicht bloßstellen, deshalb erinnerte sie ihre Klasse an die NPD-Wahlplakate, die im vergangenen Herbst überall in Moorstein an den Straßenlaternen gehangen hatten, auf denen eine alte Frau mit angstgeweiteten Augen und der Spruch *Geld für die Oma statt für Sinti und Roma* zu sehen waren.

Daniel schnaubte leise. Ein unterdrücktes Lachen.

»*Was* ist so lustig daran?«, fragte Zöllner ungehalten.

»Das sind Nazi-Wahlplakate. Niemand findet die gut.«

»Aber *jemand* hat sie aufgehängt und *niemand* hat sie entfernt«, bemerkte Mila. »Sie haben uns wochenlang jeden Morgen auf dem Schulweg begleitet. Ich glaube, ihr könnt uns Roma nicht einordnen in eure Ordnung, das ist das Problem.«

Scham schwirrte wie ein dunkler Mückenschwarm in der stickigen Luft des Klassenzimmers. Sogar Herr Zöllner hielt den Kopf gesenkt. Mila wurde klar, dass auch ihr Lehrer so gut wie nichts über ihre Kultur wusste und wie man mit ihr umging.

»Ich wusste einfach nicht, was ihr dachtet«, sagte Mila. »Ich habe mich schnell wohlgefühlt bei euch, und ich wollte, dass es so bleibt. Deshalb habe ich nichts erzählt.«

Für einen Moment war es ganz still. Schließlich räusperte sich Zöllner und sagte: »Danke für Ihre Offenheit, Mila. Vieles davon habe ich selbst nicht gewusst. Womit wir wieder bei unserem Thema, den Vorurteilen, wären. Vorurteile verschwinden nie ganz, aber wir können sie reduzieren, indem wir mehr wissen. Hoffentlich dauert es nicht noch einmal tausend Jahre, bis wir uns von unseren Vorurteilen gegenüber den Roma verabschiedet haben.«

Mila wandte den Kopf, und als Tristan merkte, dass sie ihn ansah, grinste er verlegen. Jetzt wusste sie, warum er das Thema angesprochen hatte. Er hatte sie nicht bloßstellen wollen. Er hatte ihr nur helfen wollen, sich endlich zu outen.

Zöllner sah auf seine Uhr. »Nun, die Stunde ist gleich um – leider. Mila, gibt es vielleicht noch etwas, das Sie Ihren Mitschülern sagen möchten?«

Sie nickte. »Es gibt bei uns ein Sprichwort, das ich besonders mag. Es heißt: ›Man muss nicht lieben, man muss nicht hassen, man muss nur verstehen.‹«

Die Schulklingel zerriss die Stille. Alle begannen, ihre Sachen in die Schultaschen zu packen.

»Das ist ein gutes Schlusswort«, rief Zöllner. »Daran können wir in der nächsten Stunde anknüpfen.« Er winkte Mila zu sich nach vorn.

Als sie an Tristan vorbeiging, flüsterte sie ihm lächelnd ein leises »Danke!« zu.

Er hielt sie fest. »Ich habe jetzt gleich Fahrschule. Aber gegen vier bin ich fertig. Fahren wir zum See? Ich hole dich halb fünf ab.«

Mila nickte. Sie wollte ihm so viel sagen, aber das hatte nun auch noch Zeit, bis sie am See und ungestört waren.

»Ich muss leider los, Süße«, sagte Jassi. »Muss die Knirpse vom Kindergarten abholen. Kannst ja vorbeikommen, wenn du Lust hast.«

Herr Zöllner wartete, bis alle gegangen waren. Er bat Mila, sich an ihn zu wenden, wenn sie mit Schülern Probleme bekommen sollte. »Soweit ich das mitbekommen habe, war Ihr Coming-out nicht ganz freiwillig, stimmt's?«

»Nein«, gab Mila freimütig zu. »Das war es nicht. Aber ich bin froh, dass es endlich raus ist.«

»Wissen Sie inzwischen, wer diesen Filmclip und das Foto auf die Schulseite gesetzt haben könnte?«

Mila schüttelte den Kopf. Daran wollte sie am liebsten nicht mehr denken. »Aber wer auch immer das war«, sagte sie, »ich will nicht, dass er Ärger bekommt. Sie wissen doch, wie froh ich bin, dass ich mein Abi hier machen kann.«

»Sie wollen also nicht, dass wir der Sache weiter nachgehen?«
»Nein.«
»Was ist denn mit diesem jungen Mann, der Sie hier aufgespürt hat? Wird er Ihnen Probleme bereiten?«
»Nein«, sie schüttelte heftig den Kopf. »Er ist wieder nach Hause gefahren.«
»Oh, das ist gut.« Sichtlich erleichtert atmete Zöllner auf.
»Danke, dass Sie sich so für mich einsetzen.« Inzwischen wusste Mila, dass Zöllner der Schulleitung den Vorschlag unterbreitet hatte, ihr das Abitur am Gymnasium zu ermöglichen.
»Sie sind meine beste Schülerin, Mila. Sie werden Ihr Leben meistern, da bin ich mir sicher. Und ich werde dafür sorgen, dass Sie im nächsten Jahr ein super Abi hinlegen.«

Lucas pflückte eine reife Erdbeere und schob sie sich in den Mund. Fruchtiges Sonnenaroma explodierte auf seiner Zunge. Munin, der auf seiner Schulter saß, brach in Gezeter aus und schimpfte ihm ins Ohr. Er wollte auch eine Erdbeere. Und wenn Lucas ihm keine pflückte, würde er sich eine holen und dabei erfahrungsgemäß Schaden anrichten.

Lucas pflückte eine reife Beere, auf der eine dicke Schnecke saß, und hielt sie Munin hin. »Hier, du gefräßiges Ungeheuer. Proteine und gesundes Obst in einem.«

Der Rabe schnappte nach der Frucht. Doch plötzlich stieß er ein schrilles Kreischen aus und ließ den Leckerbissen fallen. Er begann, hektisch zu flattern, und flog davon. Lucas richtete sich auf, um zu schauen, was Munin erschreckt haben könnte. Sein Herz machte einen Satz und beinahe wäre er rücklings ins Erdbeerbeet gefallen.

»Du bist es also tatsächlich, Ludwig Castorf.« Tristan sprach seinen Namen aus wie einen Fluch. Ganz in Schwarz, stand er nur knapp drei Meter von ihm entfernt, in den Augen ein spöttisches Glitzern.

Lucas brauchte nicht lange, bis er sich wieder gefangen hatte, denn so überraschend kam es nicht, dass Tristan bei ihm auftauchte. Nur zu sprechen vermochte er noch nicht.

Als Antwort breitete er die Arme aus, was so viel heißen sollte wie: »Ja, ich bin es, in voller Größe. Und du befindest dich auf Feindesland. Nimm dich also in Acht.«

»Lu-Cas, wie praktisch.« Tristan lachte kopfschüttelnd. »Ich hätte schneller drauf kommen müssen. Du konntest Ludwig noch nie leiden.«

»Stimmt.« Lucas' Stimme klang etwas rau, aber sie funktionierte wieder.

»Schön hast du es hier. So idyllisch. Kirschen, Äpfel, Erdbeeren. Und am Haus hast du auch was gemacht. Willst du hier sesshaft werden?«

»Vielleicht.« Das war nicht mal gelogen, inzwischen hatte er tatsächlich darüber nachgedacht.

Tristan lächelte immer noch, aber jetzt war es ein verkrampftes Lächeln.

»Was willst du, Tris?«

Tristan breitete die Arme aus. »Einen alten Freund aus Kindertagen besuchen. Wir haben uns lange nicht gesehen, und ich wette, es gibt viel zu erzählen. Krieg ich einen Kaffee?«

Er machte einen Schritt in Richtung Haus, doch Lucas stellte sich ihm in den Weg. »Nein.«

»Haben sie dir im Heim keine Manieren beigebracht? Du bist unhöflich, Ludwig.«

»Nur wachsam.«

»Lernt man das im Knast, wachsam sein? Damit einen keiner im Schlaf überrascht?«

Lucas zuckte zusammen. Woher, zum Teufel, wusste Tristan, dass er gesessen hatte? Und wusste er von ... nein, das konnte nicht sein. Doch die Narben in seinem Rücken begannen zu glühen.

»Schon möglich«, antwortete er, so ruhig er konnte.

Tristan grinste. »Gratuliere. Steile Karriere.«

Die ich dir zu verdanken habe, Tristan Hellstern. Das Monster begann sich zu regen und Lucas schob seine Hände tief in die Hosentaschen, um seine Fäuste in Schach zu halten.

»Du fragst dich, woher ich es weiß?« Tristan kam einen Schritt auf ihn zu. »Ich brauchte bloß ein bisschen zu stöbern. Paps hat dich nie aus den Augen verloren.«

Lucas spürte Übelkeit in sich aufsteigen. »Und wieso?«

»Vielleicht plagte ihn das schlechte Gewissen. Er hat deine Mutter gevögelt. Hast du das nicht gewusst?«

»Das ist nicht wahr.« Tristans Worte setzten Lucas' Hass in Bewegung wie einen vergifteten Pfeil und er zog die Hände aus den Hosentaschen.

Seine Mutter hätte sich niemals mit einem Mann wie Peter Hellstern eingelassen. Sie hatte nicht einmal gern für ihn gearbeitet, aber sie brauchte den Job. Am liebsten wäre er auf Tristan losgegangen und hätte ihn mit seinen Fäusten zum Schweigen gebracht. *Tu es,* flüsterte das Monster, *ich bin bereit.*

Stattdessen wich er vor ihm zurück wie vor einem Feuer.

»Oh doch«, sagte Tristan. »Nur deshalb hat er dich zu uns geholt. Der Arme hatte ja keine Ahnung, dass etwas Tiefschwarzes in dir schlummerte. Hat dich jedes Mal noch verteidigt, wenn dein wahres Ich zum Vorschein kam. Aber dann starb Anna und es war deine Schuld. Da bekam er Angst um seinen leiblichen Sohn.«

»Ich habe Anna nichts getan.« Lucas rang um Beherrschung. »Ich mochte sie, das weißt du ganz genau.«

»Oh ja, du Arschloch mochtest sie so sehr, dass du sie in den Trockner gesteckt hast. Dass du aus ihrem geliebten Hamster Hackfleisch gemacht hast. Und mich mochtest du so sehr, dass du meine Hand in die Speichen gesteckt hast.« Er hielt seine rechte Hand mit der hellen Narbe am Knöchel hoch. »Du warst eifersüchtig auf unser schönes Leben, Ludwig. Du hast Anna mit deinem blöden Boot ins Wasser gelockt. Stell dich doch endlich dieser Tatsache.«

In Lucas' Ohren begann es zu dröhnen und er hatte flüssige rote Wirbel im Kopf. Seine Hände ballten sich zu Fäusten und er presste sie an seine Oberschenkel. Auch sein Herz war eine Faust.

»Mein Gott, Ludwig, du bist noch derselbe Psycho wie damals, keinen Deut besser. Deine Therapie muss völlig in die Hose gegangen sein. Oder wurdest du als nicht therapierbar eingestuft?«

Lucas' Verstand kämpfte gegen das Monster.

»Was ist los? Hat es dir die Sprache verschlagen?«

»Verschwinde von meinem Grundstück!«, presste Lucas zwischen den Zähnen hervor.

Tristan kam wieder näher. Er war genauso groß wie Lucas, aber nicht ganz so kräftig. Trotzdem stieß er ihn mit flachen Händen vor die Brust. Unerschrocken war er schon immer gewesen, das musste Lucas ihm lassen.

»Fühl dich bloß nicht so sicher. Wenn die Leute hier erst erfahren, wer du wirklich bist, dann ist das idyllische Leben im Hexenhaus vorbei.«

Es kostete ihn große Anstrengung, aber Lucas verschränkte die Arme vor der Brust. »Das ist doch alles Schnee von gestern, Tris. Viel mehr dürfte die Leute interessieren, was du mit Aurora

Fuchs gemacht hast. Besonders Mila wird nicht erfreut darüber sein, dass du mit eurer hübschen Lehrerin in die Kiste steigst.«

Tristans Augen weiteten sich, aber ziemlich schnell hatte er sich wieder unter Kontrolle. »Du spielst ein gefährliches Spiel, Ludwig.«

»Mila ist ziemlich süß.«

»Lass die Finger von ihr, okay? Mila gehört mir.«

»Kein Mensch gehört irgendjemandem, Tris. Wenn Mila erst die Wahrheit erfährt, wird sie ihre eigene Entscheidung treffen.«

Langsam schüttelte Tristan den Kopf. »Du hast dich wirklich nicht verändert, Ludwig. Immer noch dieselbe Freude daran, andere mit deinen Unterstellungen und Lügen in Schwierigkeiten zu bringen. Was für ein erbärmlicher Loser du doch bist. Pisst du noch ins Bett?«

Seine Faust schoss nach vorne, ohne dass Lucas es verhindern konnte. Tristan wankte, ging beinahe zu Boden. Ungläubig fasste er sich an die Stirn und betrachtete das Blut an seinen Händen, das von einer Platzwunde über der linken Augenbraue stammte.

»Du bist ja völlig gestört, du Idiot. Mach dich darauf gefasst, dass du wieder in den Knast wanderst. Und diesmal kommst du nicht so glimpflich davon.«

Langsam bewegte sich Tristan rückwärts in Richtung Einfahrt.

Lucas rieb sich die Knöchel. Das Monster war also wieder da – mit spitzen Zähnen und geschärften Krallen. Er hatte ihm die Luft zum Atmen genommen, gerade als es so richtig loslegen wollte. Aber es würde wiederkommen.

Mila stand schon eine Weile am Fenster, als Tristan mit seiner Suzuki endlich vor der Einfahrt hielt. Sie schnappte ihren Rucksack und flitzte nach unten.

Tilde hantierte in der Küche und Mila rief ihr einen Abschiedsgruß zu. Im Flur nahm sie ihren Helm aus dem Regal und war auch schon aus dem Haus. Sie stieg hinter Tristan aufs Moped und schmiegte sich an seinen Rücken. Er fuhr los. Wie vertraut es sich anfühlte, ihn zu spüren, auch wenn es durch zwei Schichten Kleidung hindurch war.

Tristan fuhr aus der Stadt hinaus und nahm die Abzweigung in Richtung Schiefersee. Er parkte in der Einbuchtung und sie stiegen ab. Als er seinen Helm vom Kopf nahm, sog Mila scharf Luft durch die Zähne. Drei Strips klammerten einen Riss über dem rechten Auge und darunter entwickelte sich ein Veilchen. Auf dem linken Jochbein prangte eine blutige Abschürfung.

»Was ist dir denn passiert?«, fragte sie erschrocken.

»Dasselbe wie dir«, sagte er. »Ich hatte eine Begegnung mit einem Gespenst aus meiner Vergangenheit.«

»Oh, du Armer.« Das musste ein sehr schlagkräftiges Gespenst gewesen sein. Vorsichtig küsste sie ihn auf die Schläfe.

»Ich habe mich wie ein Idiot benommen, Mila«, sagte er reumütig. »Bist du dir sicher, dass du mich wiederhaben willst?«

Zur Antwort küsste sie ihn auf den Mund.

Tristan nahm ihre Hand und sie schlugen den Pfad zum See ein. Nach fünf Minuten schweigendem Fußmarsch waren sie an der Hütte angelangt. Er schloss auf, holte seinen alten Schlafsack und breitete ihn am Ufer aus. Mila setzte sich.

Tristan zog sein T-Shirt aus und kniete sich ans Ufer. Mit den Händen schöpfte er Wasser in sein Gesicht. Mila betrachtete seinen Körper, dessen Schönheit ihr Herz höherschlagen ließ.

Wie konnte sie ihn nicht wiederhaben wollen? Sie hatte ihm längst alles verziehen, würde ihm immer wieder verzeihen. Sie wollte sich an ihn schmiegen, an seine glatte Brust, und sein Herz erspüren.

Tristan setzte sich neben sie. »Tut mir leid, dass ich heute im Unterricht damit angefangen habe, aber mir blieb nichts anderes übrig. Die wilden Spekulationen, die in der Schule kursierten, waren schlimmer als die Wahrheit. Ich hoffe, das siehst du inzwischen genauso.«

»Ich bin froh, dass es raus ist.« Das war sie wirklich. Seit Mila vor der Klasse gesprochen hatte, fühlte sie sich unendlich erleichtert. Nur dass sie den Zeitpunkt dafür gerne selbst bestimmt hätte. »Warum bist du nie ans Handy gegangen, Tris?«, wollte sie wissen. »Die letzte Woche war die Hölle für mich.«

»Ach ja? Was glaubst du, wie es mir ging?« Tristan wandte ihr sein Gesicht zu, und sie sah die Tränen, die in seinen braunen Augen standen. »Ich habe noch nie ein Mädchen so geliebt wie dich, Mila. Mir fällt es nicht leicht zu vertrauen, aber dir habe ich vertraut. Und dann steht da plötzlich dieser Typ und behauptet, dein Ehemann zu sein. Was glaubst du, wie ich mich gefühlt habe?«

Mila senkte beschämt den Kopf. Tristans Welt war zusammengebrochen, das konnte sie gut nachvollziehen.

»Ich brauchte Zeit, das alles zu verdauen. Kannst du das nicht verstehen? Ich war wütend und verletzt und vermutlich hätte ich noch mehr furchtbare Dinge zu dir gesagt. Das wollte ich nicht. Deshalb bin ich nicht ans Handy.«

»Verstehe.« Mila sah ihn an und fragte sich, wie dieses Gespräch ausgehen würde. Wäre am Ende alles wieder gut? Oder würde er ihr das Ganze immer wieder vorhalten? War es wirklich so unverzeihlich, dass sie ihm nichts von Giorgi erzählt hatte?

»Aber ich verstehe dich nicht«, stieß er anklagend hervor.

»Was?« Sie schluckte und ihre Kehle brannte.

»Du sagst, es wäre die Hölle für dich gewesen, aber als ich an deinem Geburtstag zu dir kam, warst du nicht da. Du warst mit Jassi zum Tanz und hast dich vergnügt.«

Milas Haut begann zu prickeln. Hannes, der Idiot, hatte seinem Freund natürlich alles brühwarm berichtet. »Jassi hat mich dazu eingeladen, sie war der Meinung, Ablenkung würde mir guttun.«

»Ablenkung? Schon nach einer Woche hast du Ablenkung von mir gesucht? Wo warst du Samstagnacht, Mila?«

»Bei Jassi, wo denn sonst?«, log sie. Sie musste es tun.

»Und wieso bist du dann aus dem Auto von diesem Lucas gestiegen?«

Obwohl die Sonne glühend auf sie herabschien, wurde es Mila kalt. Tristan hatte gesehen, wie Lucas sie am Sonntag nach Hause gebracht hatte. Lass dir nichts anmerken!, dachte sie. »Ich habe dir doch gesagt, dass er ein Freund von Jassi ist. Lucas hat ihr was vorbeigebracht. Ich bin beim Tanzen mit Fuß auf Scherbe getreten und konnte nur schlecht laufen. Also Jassi hat ihn gefragt, ob er mich nach Hause fährt.« Zum Beweis zog sie ihre Sandale aus und zeigte ihm die Fußsohle, auf der ein großes Pflaster prangte.

Tristan pfefferte Schieferstücke ins Wasser. »Ich hoffe wirklich, dass du die Wahrheit sagst, Mila. Der Typ ist nämlich eine tickende Zeitbombe.«

»Aber wieso ... du kennst ihn? Was ist denn mit ihm?« Mila begann zu zittern. Ihr Blick streifte Tristans malträtiertes Gesicht und ein schrecklicher Verdacht keimte in ihr.

»Er heißt nicht Lucas, sondern Ludwig und seine Mutter hat mal als Sekretärin für meinen Vater gearbeitet.«

Überrascht sah Mila Tristan an und das musste sie nicht spielen. Sofort kam ihr die Szene auf dem Parkplatz vom *Bella Italia* in den Sinn. Damals war sie sich sicher gewesen, Lucas Tristans Namen nicht genannt zu haben, aber dann war sie sich nicht mehr sicher gewesen. Nun war alles klar: Er hatte ihn deshalb gewusst, weil er Tristan von früher kannte.

»Ludwig war mal mein Freund.« Wieder flog ein Schieferstück ins Wasser. »Aber dann ...« Tristan verzog das Gesicht und schüttelte den Kopf. »Ach Mila, ich habe mich so bemüht, das alles zu vergessen.«

»Was denn?«

»Ludwig, er ... er hat meine kleine Schwester auf dem Gewissen.«

»Was sagst du da?« Mila starrte auf das leuchtende Wasser des Sees. Anna, das blonde Mädchen mit dem roten Kleid, war in diesem See ertrunken. Und Lucas war schuld daran. Deshalb kam er immer wieder hierher.

»Er hasst mich, Mila. Das hier«, er wies auf die Verletzungen in seinem Gesicht, »das war er.«

»Ihr habt euch geprügelt?«

Nach Tristans Offenbarung sah Mila Lucas in einem völlig anderen Licht. Mochte ihre erste Begegnung Zufall gewesen sein, die übrigen waren es mit Sicherheit nicht. Er hatte ihr nachspioniert. Hatte dabei vermutlich ziemlich schnell herausgefunden, dass sie mit Tristan zusammen war. Ihr fiel die Begegnung im Supermarkt ein.

»Ich wollte ihn zur Rede stellen und er hat lauter komisches Zeug behauptet. Als ich ihm widersprach, hat er plötzlich auf mich eingeschlagen. Der Typ saß im Knast, Mila. Er ist nicht der, für den er sich ausgibt. Er ist ein Schläger, ein Irrer, dem schnell die Sicherungen durchbrennen. Er ist gefährlich, glaub mir.«

Zuerst konnte Mila nicht fassen, was Tristan da erzählte. Doch dann fielen ihr all die kleinen Dinge ein, die ihr an Lucas seltsam vorgekommen waren. Er verbarg etwas, und Tristan versuchte gerade, ihr zu erzählen, was es war.

»Aber warum hat er es auf dich abgesehen?«, fragte sie. »Das verstehe ich nicht.«

»Weil er in seinem kranken Hirn glaubt, ich wäre für sein verkorkstes Leben verantwortlich.«

Tristan erzählte Mila von jenem Tag im Februar vor zehn Jahren. »Wir sind auf dem Hang am Waldrand Schlitten gefahren, während seine Mutter bei der Rabenhexe zum Kaffeekränzchen war. Wir vergaßen die Zeit, und als Ludwig endlich zum Haus zurückkehrte, lag seine Mutter drinnen im Sterben. Sie hatte eine Hirnblutung erlitten. Ludwig war wie von Sinnen und machte die Alte dafür verantwortlich.« Tristan lachte kopfschüttelnd. »Wir Kinder hielten sie für eine Hexe, weil sie einen zahmen Raben hatte. Ludwig dachte wohl, die Alte hätte seiner Mutter das Aneurysma ins Hirn gehext. Er ist völlig ausgerastet, ist erst auf die alte Frau und dann auf die Sanitäter losgegangen.«

Mila lauschte Tristans Worten und kaute auf ihrer Unterlippe. Sie war froh, dass Tristan endlich redete, dass er ihr wieder vertraute. Vielleicht war Giorgis Auftauchen ja doch zu etwas gut gewesen. Sie hatte sich geoutet. Tristan und sie kamen zwar aus verschiedenen Welten, aber ihre Vergangenheit stand nicht mehr zwischen ihnen. Und die Anziehungskraft, die Lucas auf sie ausübte, war gebannt, weil sie nun wusste, wer er wirklich war.

»Eine Sozialarbeiterin rief damals meinen Vater an«, fuhr Tristan fort. »Ludwigs Vater war unbekannt und andere Verwandte gab es nicht. Er war ganz allein, hatte niemanden mehr. Also beschlossen meine Eltern, ihn aufzunehmen, damit er nicht in ein

Heim musste. Aber der Tod seiner Mutter hatte etwas mit ihm gemacht. Ludwig war krank, traumatisiert, keine Ahnung. Er neidete Anna und mir, dass wir Eltern hatten, ein Zuhause. Und er gar nichts mehr.«

Tristan gab Mila ein paar Kostproben von Ludwigs makabren Gemeinheiten. Von Annas erschlagenem Hamster und ihren Plüschtieren, denen am Morgen die Köpfe fehlten. Er zeigte Mila die weißen Linien auf seinem Handrücken. »Ich habe mein Fahrrad repariert, da kam er und wollte angeblich helfen. Als ich das Vorderrad mit Schwung angedreht hatte, um zu sehen, ob es rund läuft, nahm er meinen Arm und schob meine Hand in die Speichen.«

Mila nahm Tristans Hand und legte ihre Lippen auf die Narben. Wie hatte Lucas sie nur derart hinters Licht führen können? Wieso hatte ihre Intuition so jämmerlich versagt? Auf eine merkwürdige Weise hatte sie ihn gemocht. Aber das durfte Tristan nie erfahren.

»Ludwig hat uns bestohlen«, sagte er. »Er hat Dinge zerstört, die besondere Bedeutung für uns hatten. Eines Tages haben wir im Haus Verstecken gespielt, und er hat Anna dazu überredet, in den Wäschetrockner zu kriechen. Als sie in der Trommel saß, hat er den Deckel geschlossen. Sie war erst drei und nicht in der Lage, Ludwig zu durchschauen, deshalb hockte sie mucksmäuschenstill in der Trommel. Wenn meine Mutter sie nicht rechtzeitig gefunden hätte, wäre sie vielleicht da drin erstickt.«

Mucksmäuschenstill. Was für ein Wort, dachte Mila. »Und deine Eltern?«, fragte sie. »Warum haben die das so lange mitgemacht?«

»Na ja, Ludwig war erst neun und hatte gerade seine Mutter verloren. Er war eine Vollwaise und tat ihnen leid. Außerdem war er sehr geschickt darin, seine Missetaten jedes Mal so aussehen zu lassen, als wäre ich es gewesen. Er war ein verdammt guter Lügner, und es brauchte lange, bis sie misstrauisch wurden. Sie schleppten ihn zu einem Psychologen, trotzdem kam es schließlich zur Katastrophe.«

So erfuhr Mila endlich, was vor zehn Jahren an diesem See passiert war.

Dass Tristans Mutter Migräne hatte und ihre Ruhe haben wollte, deswegen waren sie mit seinem Vater zum See gefahren. Sie hatten alle drei am Ufer gespielt, Anna mit ihrer Puppe, Tristan mit Pfeil und Bogen und Ludwig mit seinem neuen Boot. Hellstern ging noch einmal zum Auto zurück, weil er etwas vergessen hatte. Ludwig und Tristan sollten ein Auge auf Anna haben.

»Doch kaum war mein Vater im Wald verschwunden, gab es Streit. Ludwig wollte unbedingt Annas Puppe auf sein Boot setzen und sie auf dem See fahren lassen. Doch Anna wollte nicht, sie hatte Angst, ihre Puppe könnte ins Wasser fallen. Als sie zu heulen anfing, hörte Ludwig auf, sie zu bedrängen. Dann musste ich pinkeln und lief zum Waldrand«, erzählte Tristan. »Damals waren die Bäume noch nicht so groß, aber dort drüben stand eine große Kiefer mit einem Rabennest. Ein Junges war aus dem Nest gefallen und die Alten reagierten panisch, sie dachten, ich wollte ihm etwas tun. Jedenfalls stürzten sie sich mit ihren Schnäbeln auf mich und hackten auf mich ein. Hier«, er neigte seinen Kopf zu ihr und legte den Finger auf eine längliche Narbe knapp unter seinem Haaransatz. »Ich hatte Todesangst und schrie um Hilfe, aber Ludwig kam nicht. Als er dann doch auftauchte, rührte er keinen Finger. Er stand nur da und sah zu, wie die schwarzen Ungeheuer mich attackierten.«

Mila streckte die Hand aus, um Tristans Narbe zu berühren, aber er zog den Kopf zurück.

»Lucas kannte die Viecher, er hätte mir helfen können, da bin ich mir sicher.«

Mila wagte kaum zu atmen, so hielt sie diese unglaubliche Geschichte in Bann.

»Ich schrie: ›Hilf mir, sie bringen mich um.‹ Aber als ich in Ludwigs Augen sah, wurde mir klar, dass er genau das wollte. In seinem Blick stand nichts als wilde Schadenfreude.

Alarmiert von meinem Geschrei, kam mein Vater zurückgerannt und konnte die Vögel mit einem Stock verjagen. Als er mich zum Ufer führte, um mir das Blut aus den Haaren und den Augen zu waschen, da schwamm Anna mit dem Gesicht nach unten auf dem Wasser. Und Ludwigs Boot mit ihrer Puppe trieb in der Mitte des Sees.«

»Oh Tris.« Mila wischte sich ein paar Tränen aus den Augen, »das ist ja furchtbar.«

Mit bebender Stimme erzählte Tristan, wie sich von diesem schrecklichen Tag an sein Leben verändert hatte. »Ludwig kam in ein Heim und meine Mutter verbrachte ein halbes Jahr in der Psychiatrie. Als sie zurückkam, war sie nicht mehr dieselbe. Sie konnte Annas Verlust einfach nicht verwinden. Und ich, ich hatte immer mehr das Gefühl, dass ich in ihren Augen nicht mehr ihr anderes Kind war, sondern nur noch der große Bruder von Anna.« Er senkte den Kopf und schwieg eine Weile. »Es war nicht nur das. Manchmal gab sie mir das Gefühl, dass das falsche Kind ertrunken war.«

Mila spürte Tristans Schmerz und strich ihm tröstend über den Rücken. Auch sie hatte manchmal das Gefühl gehabt, dass Renate Hellstern nicht gerne mit ihrem eigenen Sohn zusammen war.

»Und jetzt, nach all den Jahren, ist er zurückgekommen. Wilma Singer hat ihm ihr Haus vererbt, obwohl er damals in seinem Wahn ihren Garten völlig zerstört hat. Ich bin mir sicher, dass er irgendetwas im Schilde führt.«

»Im Schilde führt?«

»Böses im Sinn hat«, erklärte Tristan. »Er will mir schaden, sich rächen. Damals, als wir rodeln waren, da habe ich ihn davon abgehalten, pünktlich zu sein. Aber natürlich ohne böse Absicht. Das Rodeln hat einfach solchen Spaß gemacht, und ich wollte nicht, dass er geht. Also kam er zu spät. Seine Mutter sollte für die alte Singer eine Bücherkiste auf den Schrank heben und dabei ist das Aneurysma in ihrem Kopf geplatzt. Ludwig hatte sich in den Kopf gesetzt, dass, wenn er pünktlich gewesen wäre, seine Mutter noch leben würde. Und ich wette, er macht mich und meine Eltern dafür verantwortlich, dass er damals ins Heim kam. Dabei hatte er sich das ganz allein zuzuschreiben.«

Tristan nahm Mila an den Schultern. »Ludwig hat mich ausspioniert, und er hat versucht, dich zu benutzen, um an Informationen über mich heranzukommen. Mensch, Mila, checkst du's endlich? Er war es. Er hat den Videoclip und das Foto auf die Schulseite gestellt.«

Mila starrte Tristan an. »Ist das wahr?« So viele Gedanken auf einmal rasten kreuz und quer durch ihren Kopf. Die dunkle Gestalt unter ihrem Fenster, ihre Begegnungen mit Lucas – oder besser Ludwig – am See, sein Auftauchen beim Dorftanz: alles kein Zufall, alles Berechnung. Wie hatte sie sich bloß so täuschen lassen können?

»Mit dem Video wollte Ludwig mich treffen, mich vor allen in der Schule lächerlich machen. Das wäre nicht passiert, wenn du mir gegenüber von Anfang an offen gewesen wärst.«

Ein dicker Kloß saß in Milas Kehle und sie versuchte vergeblich, ihn hinunterzuschlucken. »Es tut mir so leid, Tris. Ich habe nur an mich gedacht. Ich wollte mir zusätzliche Probleme ersparen und habe sie damit erst heraufbeschworen.«

»Glaubst du wirklich, ich könnte dich nicht lieben, weil du eine Roma bist?« Enttäuscht sah er sie an. »Denkst du das allen Ernstes?«

Mila hütete sich, ihn zu verbessern. »Nein, ja ... ach ich weiß auch nicht«, sagte sie. »Ich hatte Angst, dass du Fragen stellen würdest, dass deine Eltern denken könnten, ich wäre nicht gut genug für dich.«

»Na ja, wenn sie erfahren, dass ich es mit einer verheirateten Frau treibe, sind sie bestimmt nicht begeistert.« Er lachte, aber das Lachen erreichte seine dunklen Augen nicht.

»Die Ehe ist nicht legal, Tris«, sagte Mila. »Sie existiert nur in meiner Welt und die ist Vergangenheit.« Sie gab sich solche Mühe, stark zu sein und nicht zu weinen. »Ich wollte Giorgi nicht heiraten, ich musste. Es gab keine Perspektive.«

»Schon gut«, brummte er. »Du bist ein Opfer schwieriger Lebensumstände – ich hab's begriffen.«

»Ich bin kein Opfer«, erwiderte sie brüsk.

»Okay«, beschwichtigend hob er die Hände, »also kein Opfer. Dann verstehe ich nicht, warum du dich so geziert hast, mit mir zu schlafen? Sollte ich glauben, dass du noch Jungfrau bist?«

Eine Feuerwalze tobte durch Milas Körper. »Nein, das war es nicht. Ich hatte Angst, schwanger zu werden, und ich wollte sicher sein, dass du mich auch wirklich liebst. Giorgi, er ... ich habe nichts empfunden dabei.«

Tristan nickte, wie Mila erleichtert feststellte, er schien mit dieser Erklärung zufrieden zu sein.

»Du musst vorsichtig sein«, sagte er. »Wenn dir etwas geschieht, könnte ich mir das nie verzeihen. Ludwig weiß das, deshalb versucht er, dich irgendwie zu ködern.«

Ködern, dachte Mila. *Fischtänzerin.*

»Ich werde kein Wort mehr mit ihm sprechen«, schwor sie.

»Doch, das musst du«, widersprach Tristan heftig.

Mila wollte ja alles richtig machen, aber es war so schwer. Fragend sah sie ihn an.

»Du bist doch ein schlaues Mädchen. Tu einfach weiterhin so, als wüsstest du von nichts. Geh auf das ein, was er von dir will, von mir aus triff dich mit ihm. Nur so können wir herausfinden, was er vorhat.«

Mila nickte zögernd.

»Vertrau mir, Mila. Dir wird er nichts tun, er braucht dich noch. Ludwig hat es auf mich abgesehen. Und nur du kannst mir helfen herauszufinden, was in seinem Kopf vor sich geht, was für einen Plan er schmiedet.«

Einen Moment lang dachte Mila, dass Tristan sich gerade widersprach. Erst sagte er, sie solle vorsichtig sein, denn Lucas könnte versuchen, Tristan zu treffen, indem er ihr etwas antat. Und nun sagte er, auf einmal, er würde ihr nichts tun. Sie war so schwer, die deutsche Sprache. Immer wenn sie glaubte, nun wirklich alles zu verstehen, sagte jemand etwas Seltsames und verwirrte sie von Neuem. Wie konnte man einen Plan *schmieden?*

Tristan schien ihre Verunsicherung zu spüren. »Ich will eigentlich nicht, dass du das tust, hörst du«, sagte er mit rauer Stimme. »Aber es geht nicht anders. Sei vorsichtig, okay?«

Er zog sie zu sich heran und küsste sie zärtlich. Sämtliche Zweifel flogen davon wie ein Vogelschwarm. Tristan war so nah und so vertraut. Sie wollte ihn zurückhaben und nie mehr loslassen. Er küsste sie wieder und mit jedem seiner Küsse schien er sie um Verzeihung zu bitten für das, was er von ihr verlangte.

»Wirst du mir helfen, Mila?«

»Natürlich. Ich tue alles für dich, das weißt du doch.«

Tristan stand auf und zog sie auf die Beine. Hand in Hand gingen sie in die Hütte. Mila nahm sich vor, diesmal besonders aufmerksam und zärtlich zu sein. Tristan sollte nicht den kleinsten Zweifel daran haben, wie sehr sie ihn liebte und begehrte.

Tristan küsste sie lange und dabei öffnete er die Knöpfe seiner Hose. Dann legte er ihr beide Hände auf die Schultern und sah ihr in die Augen. Auch wenn seine Hände keinen Druck ausübten und er nichts sagte, war Mila klar, was er von ihr erwartete.

Das hatte sie noch nie getan und etwas tief Verwurzeltes in ihr sperrte sich dagegen. Doch weil Mila sich wünschte, dass alles wieder gut war zwischen ihnen, tat sie, was Tristan wollte.

Dabei fühlte sie sich sehr weit entfernt von sich selbst.

»Das war schön«, sagte Tristan und strich ihr übers Haar. »Wie hast du nur so genau gewusst, was ich jetzt brauche?«

21

Dienstag, 24. Juni »Und du bist dir ganz sicher, dass es Lucas, ähm, Ludwig war, der dieses Video aufgenommen und auf die Schulseite gesetzt hat?« Jassi zog die Stirn in Falten.

»Er war da und Hannes hat ihn mit dem Handy filmen sehen«, antwortete Mila. Sie saßen auf der Hollywoodschaukel in Jassis Garten, jede ein Glas mit Eistee in der Hand, und sahen den Zwillingen zu, wie sie auf ihrem neuen Kletterhaus herumtollten.

»Aber warum sollte er das tun?«

»Tris und er haben offensichtlich eine alte Rechnung offen. Lucas, damals noch Ludwig, war Tristans Freund, der Junge, der für den Tod seiner Schwester verantwortlich ist«, erklärte Mila und erzählte Jassi, was sie von Tristan über Lucas erfahren hatte. »Tris ist zu ihm gegangen, um herauszufinden, was er in Moorstein will, und Lucas hat ihn verprügelt.«

»Wirklich? Das ist ja der Hammer. Mannomann, Mila, du kennst vielleicht Typen. Nur eins kapier ich nicht. Wieso ist er denn nach Moorstein zurückgekommen? Ich meine, er kann sich doch ausrechnen, dass Tris ihn hasst und er in Moorstein vermutlich keinen Beliebtheitsbonus hat.«

»Er hat das Haus von der Rabenfrau geerbt und sich einen falschen Namen zugelegt, in der Hoffnung, dass niemand ihn wiedererkennt. Tristan glaubt, er will sich rächen, dafür, dass er nach der Sache mit Anna damals ins Heim abgeschoben wurde.«

»Krasse Geschichte. Da soll noch mal einer sagen, in Moorstein wäre nichts los.«

»Ich hätte auf dich zuhören sollen«, meinte Mila zerknirscht. »Du hattest recht, als du gesagt hast, mit Lucas stimmt etwas nicht.«

Jassi lachte. »Es heißt: auf dich hören. Ach, ich wollte dich bloß ärgern, dir Angst einjagen. Ich war sauer, weil du einfach so mit ihm gegangen bist.«

»Ich bin nicht mit ihm gegangen, schon vergessen?«

»Nein, stimmt. Du hast dich von ihm über die Schulter werfen und wegtragen lassen.«

»Ich war betrunken und konnte mich nicht wehren.«

»Du hast ihn geküsst, Mila. Vor meinen Augen.«

»Wirklich?«

Jassi verzog seufzend das Gesicht. »Ich hätte besser auf dich aufpassen müssen, doch ich hatte an dem Abend nur Augen für Daniel. Aber du ... na ja, du hast gesagt, Lucas wäre voll okay gewesen in dieser Nacht.«

Mila zuckte die Achseln. »War er auch.« Lucas war mehr als okay gewesen. Er hatte sich wie ein Freund verhalten. Doch nun wusste sie auch, warum.

»Er hat wirklich nicht versucht, sich an dich ranzumachen? Nach deinem Kuss muss er doch geglaubt haben, dass du was von ihm willst.«

»Nein. Wir haben nur geredet.«

Jassi wusste nichts davon, dass Mila neben Lucas im Bett gelegen und für ihn gesungen hatte, um seine Dämonen fernzuhalten. Sie wusste nichts von seinem Kuss. Sosehr Mila sich auch bemühte, es nicht zu tun: Sie sammelte neue Geheimnisse.

»Allerdings ...«

»Allerdings *was?*«

»Als Blut von meinem Fuß in seine Badewanne tropfte, da hat er sich merkwürdig verhalten.«

»Merkwürdig? Inwiefern?«

»Für einen Moment war er wie weggetreten, die Augen ganz leer. Und er hat irgendwas Komisches gesagt. Als es vorbei war, meinte er, er könne kein Blut sehen.«

»Das klingt ja nicht unbedingt nach einem gefährlichen Typen.« Jassi nippte an ihrem Eistee. Grinste.

»Er war im Gefängnis, vergiss das nicht.«

»Stimmt. Und man muss einiges auf dem Kerbholz haben, um da zu landen.«

Mila nickte. »Alles passt auf einmal.«

»Und genau das gefällt mir nicht.« Jassi rieb sich nachdenklich die Stirn. »Es passt einfach zu gut. Ich meine, dass Lucas an dem Tag da war und gefilmt hat, das hat Tris doch von Hannes. Und Hannes, der ist ziemlich schräg drauf. Nach außen sieht es immer so aus, als ob er alles für Tris tun würde, aber manchmal, da hat er so etwas in seinem Blick, als ob er seinem Freund am liebsten eine reinwürgen würde. Außerdem ist Hannes immer noch heimlich in dich verliebt.«

»Ach, du spinnst. Das ist doch längst vorbei und vergessen. Wir sind gute Freunde.«

»Wie du meinst. Auf jeden Fall wirst du die Wahrheit über Lucas-Ludwig nun nicht mehr herausfinden. Tris macht dich zur Schnecke, wenn er dich noch einmal in seiner Nähe erwischt.«

»Im Gegenteil«, widersprach Mila. »Tris hat gesagt, ich soll weiter so tun, als wüsste ich nichts, und Lucas ein bisschen aushorchen.«

Jassi runzelte die Stirn. »Heißt das, dein Liebster schickt dich in die Höhle des Löwen, um ihm auf den Zahn zu fühlen?«

»Sieht so aus.« Mila lächelte unsicher. *Auf den Zahn fühlen?*

»Das ist kein Spiel, Süße. Und es ist ein seltsamer Liebesbeweis, den Tris da von dir erwartet.«

Mila merkte, wie ihr das Blut ins Gesicht stieg, als sie an den anderen Liebesbeweis dachte, den Tristan auf seine unwiderstehliche Art von ihr eingefordert hatte. Noch etwas, das sie Jassi nicht erzählen konnte, genauso wenig wie die Sache mit dem unfreiwilligen Liebeszauber.

Das Ganze war kindisch, und sie musste sich endlich davon verabschieden, dem noch Bedeutung beizumessen. Sie war jetzt eine andere. Würde ihr Abi machen, Medizin studieren. Mit Tristan zusammen sein, auf neue, erwachsenere Art.

»Wenn ich zu Lucas gehe«, sagte Mila, »tue ich es nicht nur für Tris. Ich tue es auch für mich. Lucas hat mich benutzt und nun werde ich dasselbe mit ihm tun.« *Danach werde ich mich vielleicht besser fühlen,* dachte sie.

»Na, dann überleg dir schon mal eine plausible Erklärung für deinen Besuch«, bemerkte Jassi. »Lucas ist bestimmt ungeheuer misstrauisch, nachdem Tris bei ihm war.«

»Ach, das ist nicht das Problem. Als Lucas mich am Sonntag nach Hause gefahren hat, meinte er, ich solle wiederkommen, er will mir was erzählen.«

»Na, das ist doch fantastisch. Besuch ihn, und hör dir an, was er zu sagen hat. Geh ihm schön um den Bart, und wenn er aufs Klo muss, zack«, sie klatschte in die Hände, »stöberst du ein bisschen.«

»Ich soll ihm *um den Bart gehen?*« Mila ahnte, dass das wieder eine dieser merkwürdigen deutschen Redewendungen war, und wartete gespannt auf die Erklärung.

»Ihm schmeicheln, schöne Augen machen.« Jassi grinste. »Hat er einen Computer?«

»Einen Laptop, ja. Aber mit Sicherheit hat er auch ein Passwort.«

»Keine Sorge, das ist bei den meisten Jungs leicht zu knacken«, winkte Jassi ab. »Versuch's mit Titten123 oder mit Ficken123, das klappt bestimmt.«

Mila lachte und merkte, wie gut ihr das tat. »Ich glaube nicht, dass es was bringt, so schlecht, wie ich mich mit Handys oder Computern auskenne. Aber ich kann es versuchen.«

Gemeinsam spielten sie alle eventuellen Möglichkeiten durch, und Jassi bläute Mila ein, wie sie sich verhalten sollte, wenn Lucas so oder so reagierte. Sie kicherten und inzwischen fühlte sich das Ganze für Mila eher wie ein lustiger Streich an als wie eine gefährliche Mission.

Auf jeden Fall sollte Jassi zu Hause sein, sodass sie Mila notfalls aus den Klauen des Bösen retten konnte, wenn sie einen Notruf absetzte. Der nächstmögliche Tag für die geplante Schnüffelaktion war der kommende Freitag, denn am Nachmittag würden Jassis Eltern mit den Zwillingen in die Stadt fahren.

Aber was noch besser war: Auch Tilde würde verreist sein. Sie hatte bei einem Kreuzworträtsel eine vierzehntägige Reise für zwei Personen nach Rom gewonnen, und ihr Freund Wenzel konnte nur in diesem bestimmten Zeitraum, danach musste er wieder arbeiten.

Mila wusste es erst seit drei Tagen. Sie hatte Tilde versichert, dass sie ohne Bedenken verreisen konnte, sie würde das Haus hüten und sich um die Blumen kümmern. Freitagmittag wollte Tilde nach Erfurt zu Wenzel fahren und Samstag früh ging ihr Flug nach Rom.

Zum ersten Mal würde Mila das Haus längere Zeit für sich allein haben. *Sturmfrei* war das deutsche Wort dafür. Tristan und sie würden Zeit für sich haben, reden können und sich lieben.

Und er würde endlich einmal über Nacht bei ihr bleiben. Dann konnte sie sehen, wie Tristan aussah, wenn er schlief.

Freitag, 27. Juni Am Freitag hatte Lucas wie immer gegen eins Schluss und wie immer war er bei Familie Neuner zum Mittagessen eingeladen. Er war ziemlich k. o., denn sie hatten am Vormittag einen ganzen Carport aufgebaut. Aber die Neuners waren inzwischen eine Art Ersatzfamilie für ihn geworden und er wollte ihre Einladung nicht ausschlagen.

Sabine tat Lucas Bratkartoffeln, Bohnen und ein Steak auf, das die Hälfte seines Tellers ausfüllte. Es duftete köstlich und er war so hungrig. Erst als er den letzten Bissen herunterschlang, bemerkte er, wie Sabine und Rolf sich über den Tisch hinweg anschmunzelten.

»Das war wirklich gut, Sabine, danke. Ohne dich würde ich nur noch von Pizza, Bratwurst oder Dosenfutter leben.«

Es klingelte, das war unten in der Werkstatt, und Rolf stand auf. »Schönes Wochenende«, sagte er zu Lucas. »Wir sehen uns am Montag.«

Sabine erhob sich und stellte die Teller zusammen. »Warte noch einen Moment«, sagte sie. »Ich habe gefüllten Bienenstich gebacken und will dir ein Stück davon mitgeben.«

Während sie in der Küche verschwand, um ihm Kuchen einzupacken, fiel Lucas' Blick auf die Tageszeitung, die auf dem Tisch lag, und eine Schlagzeile erregte seine Neugier:

Toter in alter Druckerei
Am gestrigen Nachmittag fanden Jugendliche im Gebäude der ehemaligen Druckerei Kottmann eine männliche Leiche, die vermutlich schon mehrere Tage dort gelegen hat. Aufgrund der Auffindesituation geht die Polizei von einem Unfall aus. Genaueres wird die Obduktion klären. Der Tote trug keine Papiere bei sich. Er ist zwischen 20 und 30 Jahre alt und 178 cm groß. Bekleidet war er mit einem grauen Jogginganzug und einem schwarzen T-Shirt der Marke H&M. Sachdienliche Hinweise zur Identität des Mannes nimmt die Polizeidienststelle Saalfeld entgegen.

Lucas schluckte trocken und musste husten. Er griff nach seinem Saftglas, um seine Kehle freizuspülen, und merkte, wie seine Hand zitterte. Giorgi war also niemals in den Zug nach Prag gestiegen. Er hatte auch Lucas' Geld und seine Taschenlampe nicht geklaut. Giorgi war tot. Und zwar war der junge Roma mit ziemlicher Sicherheit in derselben Nacht gestorben, in der Lucas mit ihm Wodka getrunken hatte und sich an nichts mehr erinnern konnte.

In Lucas' Magen wütete Angst. Nach dem Albtraum ist vor dem Albtraum, dachte er. Ein verdammter Teufelskreis.

»Alles in Ordnung?« Sabine Neuner reichte ihm das Kuchenpaket.

»Ja, alles bestens.« Er stand auf. »Danke für das Essen und den Kuchen. Ich mach mich dann mal in die Spur. Zu Hause wartet eine Menge Arbeit.«

Zu Hause fuhr Lucas seinen Laptop hoch und versuchte, mehr über den Toten in der Druckerei herauszufinden. Doch es gab nichts, nur diese eine Pressemeldung der Polizei.

Was war passiert an jenem Abend? Wieso konnte er sich an

nichts mehr erinnern? Wenn man ihn mit Giorgi in Verbindung brachte und er kein Alibi für den Abend vorzuweisen hatte, konnte er ganz schnell wieder im Gefängnis landen.

Genau das war es, was Tristan ihm angedroht hatte. Das, was ums Verrecken nicht passieren durfte. Keinen Ort in seinem Leben hatte er so gehasst wie das Gefängnis. Und er hatte sich geschworen, um keinen Preis dorthin zurückzukehren.

Und Mila ... ach verdammt. Er hatte aufgehört zu hoffen, dass sie kommen und ihn besuchen würde. *Mila gehört mir,* hatte Tristan gesagt. Also hatten die beiden sich wieder versöhnt. Er hätte mehr erwartet von ihr. Mehr Stolz.

Um auf andere Gedanken zu kommen, ging Lucas in den Garten und setzte seinen Versuch fort, die Wildnis zu bezwingen. Nicht lange, und Munin erschien auf der Mauer. Lucas wusste, dass Hugina nicht weit war. Vermutlich jagte sie auf der Wiese nach Mäusen oder Hummeln oder sie saß in irgendeinem Ast und sah ihm und Munin bei ihren seltsamen Arbeiten und den verrückten Zwiegesprächen zu.

Die Kirschen wurden reif und leuchteten rot zwischen dem Laub hervor. Munin und Hugina mochten Kirschen genauso wie Lucas und er war durchaus bereit, mit ihnen zu teilen, aber es wäre ärgerlich, wenn die beiden gierigen Vögel ernteten, bevor die Früchte richtig süß waren.

Während Lucas mit Munin spielte, flog Hugina auf den Wipfel der Blautanne und begann, fürchterlich zu zetern. Munin flog auf, als hätte er verstanden, was seine Frau zu sagen versuchte. Lucas konnte die Laute der Raben inzwischen ein wenig interpretieren. Dieses wiederholte *»rapp rapp«* bedeutete nichts Gutes. Etwas stimmte nicht. Er lief los, um nach der Ursache des Rabenspektakels zu suchen.

Mila trat in die Pedalen. Sie hatte ihr Fischkleid angezogen, weil sie wusste, dass sie Lucas darin gefallen hatte. Fischtänzerin nannte er sie, und das hatte ihr wiederum gefallen.

Dunkle Wolken brauten sich am Himmel zusammen und sie hörte Donner grollen. Das Gewitter kam aus Richtung Wald. Kurz überlegte Mila, zu Jassi zu fahren und den Regen dort abzuwarten, aber dann fuhr sie doch weiter. Vielleicht fand sie nicht noch einmal den Mut, Lucas in seinem Haus aufzusuchen. *In der Höhle des Löwen.*

Immer wieder sagte sie sich: Er hat dich eingeladen, ihn zu besuchen. Und du tust es für Tristan, für seine Familie, die auch einmal deine Familie wird.

Was sie sich nicht eingestehen wollte, war, dass sie sich von Lucas immer noch angezogen fühlte wie von einer gefährlichen Flamme. Lucas und Tristan, der Dunkle und der Helle. Aber stimmte das auch?

Seit Giorgis Auftauchen war nichts mehr, wie es war. Sie war nicht mehr dieselbe. Die Vergangenheit war in ihr neues Leben eingebrochen, und auch wenn jetzt alles wieder gut war zwischen ihr und Tristan: Sein Verhalten und seine Worte hatten ihr zu denken gegeben. Als wäre für einen Moment Tristans wahres Gesicht zum Vorschein gekommen. Mila wehrte sich gegen diesen Gedanken, aber er war nicht mehr zu verscheuchen.

Über Lucas' Haus kreiste das Rabenpaar. Sofort wurde Mila unheimlich zumute, weil sie an Tristans Geschichte von der Rabenattacke denken musste. Was wollte Lucas ihr eigentlich erzählen? Die Wahrheit? Seine Version der Geschichte? Oder würde er immer noch so tun, als würde er Tristan nicht kennen? Lucas hatte Tristan geschlagen. Dazu war er also fähig. Wozu noch?

Vor der Einfahrt angekommen, sprang Mila vom Rad und lehnte es gegen das schmiedeeiserne, von Rost zerfressene Tor, das immer offen stand. Ein Blitz zuckte, plötzlich hörte sie mitten im Donnergrollen, wie etwas schauerlich schrie. Mila wusste sofort, was es war: der Todesschrei eines Igels.

Sie lief in den Garten und wurde Zeugin, wie Lucas auf dem Rasen kniete und mit einem Stein auf etwas Stacheliges einschlug. Etwas, das einmal ein Igel gewesen sein musste und nun mit jedem Schlag mehr zu einem blutigen Brei wurde. Lucas' Gesicht war zu einer Grimasse verzerrt und er stieß böse Flüche aus.

Wie angewurzelt stand Mila da und sah seinem teuflischen Treiben zu. Bis Lucas den blutigen Stein zur Seite warf und das, was von dem Tier übrig war, über den Zaun auf die Wiese schleuderte. Er zog die Handschuhe aus und wischte sich mit dem Handrücken den Schweiß von der Stirn.

Plötzlich traf sie sein finsterer Blick.

»*Fuck!*«, entfuhr es ihm. »Mila, was machst du denn hier?« Er kam auf sie zu und Mila wich Schritt für Schritt zurück. Auf einmal machte er einen Satz nach vorn und packte sie fest am Arm. »Es ist nicht das, wonach es aussieht«, presste er hervor.

»Ach n-nein?«, stotterte sie.

Lucas zerrte Mila zum schmiedeeisernen Tor und zeigte auf eine blutglänzende Spitze. »Er war hier aufgespießt. Lebendig. Hat sich im Todeskampf gewunden und jämmerlich geschrien. Ich habe ihn nur von seinem Leiden erlöst.«

Mila schoss die Geschichte von Annas Hamster durch den Kopf und die Tatsache, dass Lucas ein begnadeter Lügner war. »Du tust mir weh.«

Lucas stieß sie von sich. »Starr mich nicht so an. Ich war das nicht, okay?«

»Wer dann?« Als sie zum Haus gekommen war, hatte Mila weit und breit niemanden gesehen.

»Keine Ahnung. Jemand, der mich hasst.«

Sie stieß einen Protestlaut aus. »Du glaubst doch nicht, dass Tristan ...« Lucas' Blick ließ sie verstummen. Die ersten Tropfen fielen, groß und laut. Ihr Schnüffelplan schien auf einmal keine gute Idee mehr zu sein.

»Er hat es dir also erzählt.«

»Ja. Er hat mir dies und das erzählt.«

Nachdenklich rieb sich Lucas das Kinn und stierte auf den Boden. »Soso. Dies und das.«

»Ich fahr dann mal lieber wieder.« Mila machte einen Schritt zurück in Richtung Fahrrad. Herzukommen war ein Riesenfehler gewesen, das wurde ihr nun klar.

»Oh nein«, sagte er, »das wirst du nicht.« Und schon hatte er sie wieder fest im Griff. »Du kommst jetzt mit rein und erzählst mir, warum du gekommen bist.« Er zog sie durch die Hintertür ins Haus und schob sie unsanft in die Küche. »Setz dich! Na los!«

Mila setzte sich auf einen der Stühle. Lucas wusch sich Hände und Gesicht, dann zog er einen Stuhl heran und setzte sich ihr gegenüber.

»So. Und nun raus damit. Warum bist du hier? Hat er dich geschickt?«

Mila hatte sofort entdeckt, dass Lucas' Handy auf einem Haufen von Zeitungen und Papieren auf dem Tisch lag. Sie versuchte, nicht hinzusehen. »Du hast gesagt, ich soll wiederkommen, schon vergessen?«

Lucas rieb sich mit den Händen über das Gesicht. Offensichtlich hatte er seine Einladung tatsächlich vergessen, was Mila egal sein sollte. War es aber nicht.

Sie griff in ihren Beutel. »Ich habe dir etwas mitgebracht.«

Misstrauisch beobachtete Lucas sie dabei, wie sie das T-Shirt, das sie mit Jassi zusammen gekauft hatte, hervorholte und über den Tisch reichte.

»Du schenkst mir ein T-Shirt?« Für einen Moment schien er ehrlich verblüfft.

»Als Ersatz für deins, das ich ... du weißt schon.«

Ein Lächeln zuckte wie ein Blitz über sein Gesicht und verschwand wieder. »Danke. Aber das hättest du nicht tun brauchen. Ich habe meins wiedergefunden.«

Milas Blick streifte erneut das Handy. »Du hast gesagt, du willst mir etwas erzählen.«

»Stimmt, das wollte ich. Aber nun ...« Er sah zur Seite, schwieg.

»Nun nicht mehr?«, fragte sie. »Weil ich die Geschichte schon kenne und es schwer sein wird, mir deine Version glaubhaft zu machen?«

»Ja. Das trifft es wohl.«

Seine Ehrlichkeit verblüffte Mila. »Dann versuch es doch einfach. Versuch, mich zu überzeugen.«

»Das ist reine Zeitverschwendung, Mila.« Lucas schüttelte den Kopf. »Du wirst immer alles glauben, was Tristan sagt.«

»Na gut, dann gehe ich jetzt.« Sie erhob sich.

»Nein. Bitte. Geh nicht.«

Diesmal versuchte Lucas nicht, sie mit seinen Händen zurückzuhalten. Etwas in seiner Stimme veranlasste Mila dazu, sich wieder zu setzen. »Also gut.«

Lucas holte sich ein Glas Wasser und setzte sich wieder. »Tristan war sechs, als wir uns kennenlernten«, begann er, »also ein Jahr jünger als ich. Damals war ich pummelig und ein ziemlicher Angsthase, und als ich in die Schule kam, wollte sich niemand mit mir abgeben. Ich war das perfekte Mobbingopfer.«

Mila warf ihm einen ungläubigen Blick zu und erntete ein Grinsen. »Versuch einfach, mir zu glauben, okay?«

»Okay.«

»Tristan wurde ein Jahr später eingeschult und er war sofort der King, jeder hatte Respekt vor ihm. Er war mein Freund, also hörten die Hänseleien auf. Der Erstklässler beschützte den Zweitklässler, das war verrückt. Ich bewunderte Tristan für seinen Mut und wurde mutiger durch ihn.«

Lucas erzählte ihr von Wilma, der Rabenfrau, von seiner Mutter, die für Tristans Vater gearbeitet hatte. Er erzählte ihr, wie und woran sie gestorben war. Was Tristan ihm kurz zuvor über Wilmas Mann und ihre Tochter erzählt hatte.

»Als ich meine Mutter sterbend in Wilmas Armen sah, bin ich vollkommen ausgetickt. Sie war eine Hexe und hatte meine Ma getötet. Niemand konnte mich davon abbringen, das zu glauben.«

Er schüttelte den Kopf, als könne er seine eigene Dummheit bis heute nicht begreifen. »Ich hatte keine Verwandten und so haben mich die Hellsterns als Pflegekind aufgenommen.«

Mila erfuhr all die Dinge, die sie schon von Tristan wusste, trotzdem hörte sie sehr genau hin. Lucas gab zu, dass er damals nicht nur Wilma Singer, sondern auch Tristan verantwortlich machte für den Tod seiner Mutter – weil er ihn davon abgehalten hatte, zur abgesprochenen Zeit zurückzugehen.

»Wäre ich pünktlich gewesen, hätte Wilma meine Ma nicht gebeten, diese Bücherkiste nach oben zu tragen, und es wäre nicht passiert.«

Mila sah, wie Lucas versuchte, sie seinen Schmerz nicht sehen zu lassen, doch vergeblich. Am liebsten hätte sie ihre Hand über den Tisch geschoben und auf seine gelegt. Trost zu spenden, war ihr ein instinktives Bedürfnis, wenn sie jemanden leiden sah. Und Lucas litt ohne Zweifel. Oder war alles nur kühle Berechnung?

»Wie du dir sicher vorstellen kannst, ging es mir beschissen. Ich habe meine Mutter schrecklich vermisst. Und die Hellsterns ... Peter war ich mehr oder weniger gleichgültig, Renate bemühte sich um mich, aber ich konnte nicht warmwerden mit ihr. Ich hatte das Gefühl, dass ich nun für den Rest meines Lebens allein sein würde. Und Tristan ... wir waren bis dahin wirklich gute Kumpel gewesen, aber nun machte ich ihm im eigenen Haus Konkurrenz und das schien ihm nicht zu gefallen.«

Lucas erzählte die Dinge, die geschehen waren, aus seiner Sicht. Mila hörte zu und unterbrach seine Worte nicht, die tief in ihr Inneres drangen. Annas Hamster, den er aufgespießt auf einen Blumenstab gefunden hatte, sich windend im Todeskampf. »Ich habe ihn mit einem Stein von seinem Leiden erlöst und Renate fand mich dabei. Ich hatte den witzigen kleinen Kerl gemocht und war wie von Sinnen.«

Wie bei dem Igel, ging es Mila durch den Kopf. Sie dachte an Tristans Worte, dass Ludwig alles immer so drehte, als wäre er das absolute Unschuldslamm.

»Und Tristans Hand. Du hast seine Hand in die rotierenden Speichen gesteckt.«

»Ja, habe ich.«

Mila klappte der Mund auf.

»Tristan konnte schon damals irre gut zeichnen, dafür habe ich ihn immer bewundert. An diesem Tag, als er draußen an seinem Fahrrad baute, habe ich in seinen Sachen gestöbert und in einer Mappe unter seinem Bett seine neusten Zeichnungen gefunden.

Eine Frau ... meine Mutter, am Boden liegend, ein großer schwarzer Vogel, der ihren Kopf mit seinen Krallen packt. Der Vogel hatte Wilma Singers Gesicht. Ich bin raus und habe Tristans rechte Hand in das drehende Rad gesteckt. Diese Hand sollte nie wieder solche schrecklichen Dinge zeichnen.«

Mila erfuhr von Reißzwecken im Teppich, von zerstörtem Spielzeug, Dingen, die die Hellsterns vermissten und die in Ludwigs Sachen wieder auftauchten. Lucas stand auf und begann, vor der Spüle hin und her zu laufen. »Ich nehme an, er hat dir auch von der Geschichte mit dem Trockner erzählt.«

»Ja, das hat er.«

Lucas seufzte. »Es war tatsächlich meine Idee, dass Anna sich in der Trommel versteckt. Aber ich habe die Klappe nicht verschlossen, dessen bin ich mir heute ganz sicher.«

»Heute?«

Nur am Rande registrierte Mila, dass draußen ein gewaltiges Gewitter tobte und es inzwischen wie aus Eimern goss. Lucas blieb vor ihr stehen. »Ich hatte gerade meine Mutter verloren und war gefühlsmäßig eher Zombie als Mensch. Ich habe Dinge gesehen, die nicht da waren, hatte grässliche Albträume und wusste manchmal nicht mehr, was ich getan hatte und was nicht.«

Und ich weiß nicht mehr, was ich glauben soll und was nicht. Lucas ging vor Mila in die Hocke und blickte mit seinen Gewitteraugen zu ihr auf. »Was hat er dir noch über mich erzählt, Mila? Was? Dass du Angst vor mir haben musst? Ich sehe doch, dass du dich vor mir fürchtest.«

Lucas' plötzliche Nähe irritierte Mila. »Er hat mir erzählt, dass du ihn und seine kleine Schwester gequält hast, weil du eifersüchtig warst«, flüsterte sie. »Tristan sagt, du hast seine kleine Schwester auf dem Gewissen.«

Lucas schloss die Augen und legte seine Stirn auf ihre bloßen Knie. Mila erstarrte. Seine Schultern bebten, als würde er weinen. Erst mit Verzögerung begriff sie, dass er lachte. Mila geriet in helle Panik. Sie wollte aufspringen, aber er hielt sie an den Hüften fest und er war stark.

Lucas hob den Kopf und sah ihr fest in die Augen. »Glaubst du wirklich, ich habe absichtlich eine Dreijährige ertrinken lassen, nur weil ich eifersüchtig war auf ... auf was? Auf dieses ungemütliche Haus? Auf diese trostlose Familie? Ich war neun Jahre alt, Mila.«

»Warum lachst du, wenn dir zum Weinen ist?«, fragte sie.

»Weil ich sonst schreien muss.«

Plötzlich schlug im Obergeschoss eine Tür und Glas klirrte.

»Verdammt.« Lucas sprang auf. »Bin gleich wieder da.« Er lief aus der Küche und sprintete die Treppe hoch ins Obergeschoss.

Mila überlegte keine Sekunde. Sie schnappte sich das Handy vom Tisch und stellte erleichtert fest, dass es ein ähnliches Modell war wie ihr eigenes. Es war an und sie brauchte keine PIN. Mila rief den Ordner mit den Videos auf. Ihre Hand zitterte, aber sie brauchte nicht lange zu suchen. Da war es: Tristan, wie er auf Giorgi losging.

Sie stoppte das Video, lauschte, hörte Lucas' Schritte über sich und das Klirren von Scherben. Sie suchte nach Fotos und fand eine ganze Palette. Tristan alleine, Tristan mit ihr zusammen, sie mit Jassi oder alleine. Ihr Magen zog sich zusammen und ein beklemmendes Gefühl in der Brust hinderte sie am Atmen. Nur ihr Hochzeitsfoto, das fand sie nicht.

Schnell sah sie noch die Kontaktliste durch. Es waren nur vier Nummern. Ihre eigene, ein Rolf Neuner, eine Aurora ... Aurora Fuchs? – und ein Arndt Zadok. Stift und Zettel lagen auf dem Tisch und hastig schrieb Mila die letzten drei Nummern auf.

Im Obergeschoss hörte sie Lucas fluchen. Sie riss das Blatt vom Block, steckte es in ihre Tasche und legte das Handy wieder an seinen Platz.

»Ich muss jetzt gehen«, sagte sie, als Lucas wieder in die Küche kam. Irgendwie gelang es ihr, sich nichts anmerken zu lassen.

»Okay. Du bist mir sowieso langsam auf die Nerven gegangen.«

»Was?«

»War ein Witz«, sagte er, lachte aber nicht. »Da draußen regnet es in Strömen, du kannst jetzt nicht gehen.«

Regen ist hundertmal besser, als mit einem Monster im Trockenen zu sitzen. »Ich bin nicht aus Zucker.«

»Nein, ich weiß. Und Angst vor Blitzen hast du auch nicht. Aber das Gewitter ist genau über uns.« Lucas hielt seine Rechte über die Spüle und drehte den Wasserhahn auf. Erst jetzt sah Mila, dass er blutete.

Sie bewegte sich langsam zur Tür. »Was ist denn passiert?«

»Irgendetwas ist gegen die untere Türscheibe geflogen und hat sie eingeschlagen.« Er begutachtete den Schnitt in seiner Hand. Offensichtlich machte es ihm nicht das Geringste aus, Blut zu sehen.

Mila nutzte die Gelegenheit und schlüpfte lautlos aus der Küche.

Lucas schlang ein Geschirrtuch um seine Hand. »Du darfst Tristan nicht glauben, Mila.« Er wandte sich um, doch die Küche war leer. Die Eingangstür klappte. »Verdammt.« Lucas trat gegen die Spüle. »*Fuck. Fuck. Fuck.*«

Was war in sie gefahren? Wieso haute sie plötzlich ab, mitten in einem Gewitter, mitten in diesem so wichtigen Gespräch? Wieso hatte sie ihm ein T-Shirt geschenkt und sich die Mühe gemacht, seine Version anzuhören? Lucas' Blick fiel auf sein Handy, und ihm dämmerte, warum Mila davongelaufen war.

Er hatte sie fast gehabt. Sie war bereit gewesen, ihm zu glauben, das hatte er an ihren Augen gesehen. Doch dann hatte sie in seinem Handy gestöbert. Wie hatte er es auch auf dem Tisch liegen lassen können? Angeschaltet. Was für ein dämlicher Idiot er doch war.

Alles geriet durcheinander, er hatte die Dinge nicht mehr im Griff. Und so langsam wurde es brenzlig für ihn. Er musste unbedingt noch einmal mit Mila sprechen, auch wenn er wusste, dass seine Argumente bestenfalls fadenscheinig waren. Jedenfalls, wenn sie sein Handy gründlich gecheckt hatte.

Er versuchte, sie anzurufen, doch sie ging nicht dran. Damit hatte er allerdings auch nicht gerechnet.

Lucas versorgte die Schnittwunde in seiner Hand und dichtete das kaputte Fenster mit Folie ab. Als er die Scherben vom Boden fegte, hatte das Gewitter nachgelassen, aber es regnete immer noch in Strömen.

Er setzte sich auf sein Bett und ließ sich auf den Rücken sinken. Angestrengt überlegte er, was sein nächster Schritt sein würde, denn der musste ihn auf irgendeine Art voranbringen.

22 Mila hatte von Jassi trockene Klamotten bekommen und nun saßen sie in Jassis Zimmer vor dem Laptop und googelten den Namen Arndt Zadok.

»Wie es aussieht, haben wir Glück.« Jassi blickte triumphierend auf den Bildschirm. »Es gibt offensichtlich nur einen einzigen Mann namens Arndt Zadok in ganz Deutschland.«

Zadok war einige Jahre Sozialarbeiter in einer Jugendstrafanstalt bei Arnstadt gewesen. Inzwischen leitete er mit seiner Frau den Jugendhof Auerbach in einem kleinen Dorf namens Feldkirch, das ebenfalls unweit von Arnstadt lag.

»Wenn Lucas im Knast war, wie Tris behauptet«, überlegte Jassi, »dann weiß dieser Arndt Zadok bestimmt etwas über ihn, das dir weiterhelfen könnte.« Sie spielte mit ihrer Unterlippe. »Weißt du, was? Wir fahren da morgen hin.«

»Glaubst du, dass das eine gute Idee ist?« Zweifelnd sah Mila ihre Freundin an.

»Die beste, die ich seit Langem hatte.«

»Aber wie sollen wir das anstellen?«

»Mit Zug und Taxi, du dumme Nuss. Das Taxi spendiere ich.«

Jassi recherchierte noch mit ein paar schnellen Klicks im Internet und fand heraus, dass sogar ein Bus vom Arnstädter Bahnhof bis nach Feldkirch fuhr, was sie weitaus billiger kommen würde als eine Taxifahrt.

Mila willigte ein. Jassi hatte recht: Das war ein guter Vorschlag, einer, der vielleicht Klarheit in dieses Wirrwarr bringen würde, und solange Jassi bei ihr war, konnte schließlich nichts schiefgehen.

Tilde war auf Liebesurlaub mit ihrem Wenzel, sie brauchte sich also nur für Tristan eine Ausrede einfallen lassen. Die war schnell gefunden: Shopping mit Jassi in Erfurt. Tristan schien nicht im Geringsten betrübt darüber zu sein, dass Mila den Tag nicht mit ihm verbringen würde.

»Und vergiss nicht«, sagte er, »bunt ist ordinär.«

Aber Mila war mit ihren Gedanken schon ganz woanders. Sie radelte noch einmal nach Hause, um sich umzuziehen und ihr Waschzeug zu holen, denn sie würde die Nacht bei Jassi verbringen, die wohnte näher am Bahnhof.

Als sie nebeneinander im Bett lagen, erzählte ihr Jassi von dem Toten, den man in der alten Druckerei am Rande der Stadt gefunden hatte.

»Das ist echt krass«, sagte sie. »Ich meine, niemand scheint ihn zu vermissen. Der ist garantiert nicht von hier. Vermutlich irgendein Penner, der da gehaust hat, oder einer von den Asylanten. Kann sein, sie finden niemals heraus, wer er war.«

»Das ist schrecklich«, murmelte Mila, schon halb im Schlaf. »Garantiert hat er Familie irgendwo, und die werden vielleicht nie erfahren, was mit ihm passiert ist.«

Samstag, 28. Juni Am nächsten Morgen fuhren Mila und Jassi mit dem 8-Uhr-Zug nach Saalfeld und von dort weiter nach Arnstadt. Das war eine elende Zuckelei, sie brauchten zwei Stunden. Aber vom Hauptbahnhof ging dann auch gleich ein Bus und eine halbe Stunde später standen sie auf dem kleinen Marktplatz von Feldkirch.

Eine Reihe von hübschen Fachwerkhäusern mit roten Ziegeldächern umgab den Platz mit der alten Wehrkirche, vor der ein riesiger Kastanienbaum mit einer wuchtigen Krone stand. Die Köpfe großer Sonnenblumen schauten über bunte Zäune, überall blühte es üppig, und Mila hatte den Eindruck, als wäre hier die Zeit stehen geblieben. Ein friedlicher, verwunschener Ort.

Zwei Frauen unterhielten sich im Schatten der Kastanie und Jassi erkundigte sich bei ihnen nach dem Weg zum Jugendheim.

»Immer die Straße lang.« Die Jüngere von beiden wies in Richtung einer schattigen Allee, die aus dem Ort herausführte. »Es ist der alte Gutshof am Ende der Straße. Ihr könnt ihn nicht verfehlen, ist eine Sackgasse.«

»Im wahrsten Sinne des Wortes«, warf die Ältere in knallbunter Kittelschürze ein. »Die Gestalten dort, die machen nichts als Ärger. Ihnen Zucht und Ordnung beizubringen, ist vergebliche Liebesmüh, sie werden so oder so hinter Gittern landen und dort gehören sie auch hin.«

Mila hatte das Gefühl, eine kalte Dusche abbekommen zu haben.

Die Frau musterte Jassi und Mila genauer und verzog das Gesicht. »Was wollt ihr denn dort? Etwa einen von den Knackis besuchen? Eigentlich seht ihr wie nette Mädels aus.«

Jassi schnappte Mila am Arm. »Wir wollen zu Arndt Zadok, dem Heimleiter. Danke.«

»Sagt ihm einen schönen Gruß«, rief die Kittelschürze ihnen hinterher. »Wir werden nicht eher Ruhe geben, bis er mit seinen Verbrechern wieder aus unserem Dorf verschwunden ist.«

»Wie ist die denn drauf?« Jassi verdrehte die Augen.

Als sie über das Kopfsteinpflaster in Richtung Gutshof trotteten, kamen sie an Gartenzäunen und Hauswänden vorbei, von denen Banner mit rauen Sprüchen flatterten: *Jugendliche als Mittel zum Zweck – Fördergelder kassieren mit Verbrechern.* Oder: *Wir wollen hier kein Jugendheim. Wir wollen keine Gewalttäter in unserem friedlichen Dorf.*

»Die Dorfbewohner scheinen wenig begeistert zu sein über das Heim«, bemerkte Mila. »Vielleicht machen die Jungs ja wirklich nichts als Ärger.«

»Vielleicht stören sie aber auch nur die Ordnung dieser Spießer«, eiferte sich Jassi. »Es ist doch überall dasselbe: Wir wollen kein Asylantenheim in unserem friedlichen Dorf, wir wollen kein Jugendheim, wir wollen nur uns selbst, weil wir so unschlagbar großartig sind. Die Leute haben Angst vor allem, was ihre festgefahrene Sicht auf die Dinge über den Haufen werfen und ihre Ansichten gefährden könnte.«

Mila schwieg. Sie wusste, dass pure Anwesenheit genügen konnte, um Menschen zu verunsichern und Ängste zu mobilisieren.

Jassi schnappte ihre Hand. »Kriegst du etwa kalte Füße? Jetzt sind wir hier und ziehen das durch.«

Kalte Füße und *etwas durchziehen*. Mila fragte nicht nach einer Übersetzung, sie wusste auch so, was Jassi meinte.

Nachdem sie die letzten Häuser hinter sich gelassen hatten, tauchten sie in den Schatten einer Platanenallee. Die Kronen der riesigen Bäume schlossen den Himmel aus und Mila mochte die vielfarbigen Muster der Stämme, von Lindgrün bis Olivbraun. Am Ende der Allee standen sie vor den bemoosten steinernen Pfosten eines herrschaftlichen Tores. Es stand offen, demnach wurde hier niemand weggesperrt.

Die Anlage war also ein ehemaliger Gutshof, das hatte die Frau aus dem Dorf gesagt. Das gelbe Gutshaus auf der linken Seite war das größte Gebäude, rechterhand lagen die ehemaligen Stallungen, davor lagerten Bretter und Balken auf Stapeln. Hinter dem Gutshaus erstreckten sich Weiden, auf denen ein paar Pferde und Ziegen grasten. Alles sah ganz friedlich und sehr idyllisch aus. Aber das hatte Mila vor wenigen Minuten im Dorf auch gedacht.

Zwei Jungen in identischen grasgrünen T-Shirts saßen auf einer Bank vor dem Hauseingang und rauchten. Als Jassi und Mila näher kamen, taxierten die beiden sie mit anzüglichen Blicken.

»Habt ihr euch verlaufen?«, fragte der Blondschopf mit dem ausgefransten Oberlippenbärtchen. »Das hier ist keine Jugendherberge.«

»Was du nicht sagst«, erwiderte Jassi. »Aber stell dir vor, wir sind genau da, wo wir hinwollen.«

»Ihr wollt also zu mir.« Mit einem breiten Grinsen blickte der Blonde gen Himmel und hob seine Hände. »Danke, Jesus, du rettest meinen Tag.« Er stand auf und machte eine Verbeugung vor Jassi. »Darf ich dir meine Briefmarkensammlung zeigen, schöne Frau?«

Jassi verdrehte sie Augen. »Netter Versuch. Wir suchen Arndt Zadok.«

»Der ist nicht da«, mischte sich der andere ein. Er hatte kurze braune Haare und trug eine Brille. Seine hellen Bernsteinaugen musterten sie mit verschlagenem Blick. »Wie wär's mit einem flotten Vierer, Mädels?«

»Träum weiter«, sagte Jassi, und Mila war unheimlich froh, sie dabeizuhaben.

»Was wollte ihr denn von Zadok?«, fragte der andere.

Während Jassi noch zu überlegen schien, was sie darauf antworten sollte, kam ein Mädchen in kurzen Shorts und rotem Tanktop über den Hof geschlendert. Ihre Füße steckten in roten Clogs. Sie war ungefähr in ihrem Alter, hübsch und ziemlich sexy mit ihren langen braunen Beinen und den gerstenblonden Locken.

»Sucht ihr jemanden?«

»Sie wollen zu deinem Vater«, sagte der Typ mit der Brille.

»Ich glaube, ihr beiden habt noch dies und das zu erledigen«, bemerkte das Mädchen schnippisch, als wäre sie hier der Boss.

Mila erwartete Protest, doch die beiden standen auf und gingen murrend zu einem Haufen Brennholz, das aufgestapelt werden musste.

»Meine Eltern sind einkaufen«, sagte die Blonde. »Das kann lange dauern. Kann ich euch vielleicht irgendwie helfen?«

Mila zögerte, aber Jassi sprang ein. »Ja, vielleicht. Kennst du zufällig einen Ludwig Castorf? War der hier ... Insasse?«

»Und wer will das wissen?«

»Ich bin Jassi und das ist Mila. Wir kommen aus Moorstein. Lucas, ähm, Ludwig wohnt jetzt da.«

»Ich weiß.« Das Mädchen musterte sie beide von oben bis unten. »Ist eine von euch Ludwigs Freundin?«

Mila öffnete den Mund, aber Jassi kam ihr zuvor. »Wer will das wissen?«

Das Mädchen grinste. »Juscha. Meine Eltern betreiben den Zirkus hier. Die Clowns da drüben sind übrigens keine Insassen, sondern Bewohner. Und ja, ich kenne Ludwig. Hat er was angestellt? Einen Supermarkt überfallen? Jemanden zusammengeschlagen? Ein Herz gebrochen?«

Jassi warf Mila einen Hab-ich-es-dir-nicht-gesagt-Blick zu.

»Nein«, sagte Mila bestimmt. Das war also Juscha, die Tochter der Heimeltern. Eine richtige Schönheit.

Juscha hörte auf zu kauen und starrte Mila und Jassi abwechselnd an.

»He, Juscha«, rief der mit der Brille, »sag ihnen, das hier ist doch eine Jugendherberge und bei mir ...«

»Halt die Klappe, Tommi.«

»Also gut, ich ... ich habe mich in Ludwig verliebt«, bekannte Jassi in einem Tonfall, als würde es ihr schwerfallen, das zuzugeben. »Er ist ziemlich süß, aber manchmal seltsam drauf und er rückt mit seiner Vergangenheit nicht raus. Außerdem kursieren in Moorstein ein paar unschöne Dinge über ihn, die mich verunsichern.«

Mila klappte der Mund auf, aber sie sagte nichts.

Juscha schien Jassi mit neuem Blick zu mustern. Schließlich nickte sie. »Und nun willst du wissen, ob all die *unschönen* Dinge wahr sind.«

»Stimmt. Ich hatte gehofft, hier etwas über Ludwig zu erfahren. Ich mag ihn wirklich und ich kann eine Menge verzeihen. Aber ich habe keine Lust, mich mit einem Psycho einzulassen.«

Juscha war jetzt nur noch auf Jassi fixiert, Mila schien für sie gar nicht mehr zu existieren. »Was glaubst du wohl, was das hier ist?« Sie machte eine weitgreifende Handbewegung.

»Ein Jugendheim?«

»Wie du es sagst, klingt es, als wäre es ein Pfadfinderlager. Ist es aber nicht. Das ist offener Vollzug. Wer hierher kommt, der hat richtig was auf dem Kerbholz. Das sind keine kleinen Ladendiebe.« Sie zeigte Tommi den Stinkefinger.

»Und Ludwig? Warum war er hier?«, fragte Jassi.

Mila war sich sicher, dass das Mädchen darauf nicht antworten würde, denn Wildfremden durften solche Informationen garantiert nicht weitergegeben werden. Da konnte ja jeder kommen.

Juscha ließ eine Kaugummiblase platzen. »Warum er hier war? Weil mein Vater felsenfest geglaubt hat, dass aus ihm ein anständiger Mensch werden könnte. Er mochte ihn, sein Schicksal dauerte ihn. Waisenjunge à la Oliver Twist und so. Und im Knast, da sind wohl auch ein paar üble Sachen gelaufen, du weißt schon, die Narben auf seinem Rücken.« Juscha wartete auf eine Reaktion von Jassi und die nickte cool.

»Jedenfalls hat der Staatsanwalt deshalb einen Deal mit meinem Paps gemacht und der hat ihn aus dem Knast hierher geholt. Ludwig war ziemlich lange da, fast ein Jahr. Aber für die letzten beiden Monate seiner Strafe haben sie ihn doch wieder hinter Gitter gesperrt.«

»Was ist passiert?« Diesmal war es Mila, die mit der Frage herausplatzte.

»Ludwig dachte wohl: Zu deinem neunzehnten Geburtstag gönnst du dir mal was Schönes.« Juschas Augen wurden um eine Nuance dunkler. »Er bat meinen Vater um Ausgang, und weil der ihm nichts abschlagen konnte, ließ er ihn ziehen. Kurz darauf wurde das Geburtstagskind im Arnstädter Puff von den Bullen hochgenommen, zwischen den Beinen einer minderjährigen Nutte. Der Staatsanwalt war stinkwütend und Ludwig ging für den Rest seiner Strafe zurück in den Knast. Tja, Pech.«

Mila spürte große Sehnsucht nach einer Zigarette, aber sie rührte sich nicht.

»Und warum war er überhaupt im Gefängnis?«, fragte Jassi. »Ich meine, bevor dein Vater ihn hierher geholt hat.«

»Hat er dir das nicht erzählt?« Juschas Blick wurde misstrauisch. »Ich meine, du stehst hier, also hat er dir das Jugendheim nicht verschwiegen. Da muss er doch auch erzählt haben, warum er hier war.«

»Ein bisschen was hat er erzählt. Diebstahl, Drogen ... aber ich habe das Gefühl, da ist noch mehr.«

Juscha nickte. »Stimmt, und zwar eine ganze Palette. Schwere Sachbeschädigung, diverse Einbrüche, Brandstiftung und Körperverletzung«, zählte sie mit einer Art Genugtuung in der Stimme auf. »Zuletzt hat er einen Wachmann krankenhausreif geschlagen, da kam er hinter Gitter.« Juscha zuckte die Achseln. »Ludwig lügt, wenn er den Mund aufmacht. Denkt sich immer irgendwelche Geschichten aus, damit die Leute Mitleid kriegen und er seinen Arsch retten kann. Bei meinem Vater hat es ja auch eine Weile funktioniert. Aber mit deiner Vermutung liegst du ganz richtig. Ludwig ist voll der Psycho, auch wenn man es ihm nicht gleich anmerkt.«

»Okay«, meinte Jassi betont zerknirscht. »Ich glaube, ich lasse besser die Finger von ihm.«

»Das kann ich dir nur raten. Der ist echt gaga. Als er Anfang Mai rauskam aus dem Bau, war er noch mal ein paar Tage hier, und da hat er versucht, mir an die Wäsche zu gehen. Mein Vater hat es mitbekommen und ihn beinahe angezeigt. Ich konnte ihn gerade noch überreden, Ludwig nicht alles zu versauen. Jeder sollte eine zweite Chance bekommen, oder nicht?«

»Klar«, sagte Jassi. »Das war ein echt feiner Zug von dir. Danke, dass du mich aufgeklärt hast.«

»Gerne doch.«

»Na, dann machen wir uns mal wieder auf die Socken.« Jassi nahm Mila, die ein mühsames »Tschüss« herausbrachte, am Arm und zog sie vom Hof.

Tommi rief ihnen hinterher, was denn nun aus ihrem flotten Vierer werden würde, und Juscha rief zum wiederholten Mal: »Halt dein Maul, Tommi.«

Als sie zum Tor hinaus waren, drehte Mila sich noch einmal um. Juscha stand immer noch im Hof und sah ihnen hinterher.

»Na bitte, da hast du es«, platzte Jassi heraus. »Scheint so, als hätte Tris die Wahrheit gesagt.«

»Ja«, gab Mila zu. Sie steckte sich eine Zigarette an, dann trotteten sie die Platanenallee zurück ins Dorf.

»Was sie wohl für Narben gemeint hat?«, fragte Jassi.

Mila spürte, wie ihr die Röte ins Gesicht stieg, und sie hoffte, Jassi würde es nicht bemerken. Was sie eben gehört hatten, beschäftigte Mila mehr, als sie sich eingestehen wollte. Aber warum? Sollte sie nicht froh sein, dass diese Juscha Tristans Version der Geschichte untermauerte?

Tristan hatte die Wahrheit gesagt. Und dass er sich in den letzten Tagen so merkwürdig verhalten hatte, war kein Wunder angesichts der Tatsache, dass jemand wie Lucas hinter ihm her war.

Im Zug zückte Jassi ihr Smartphone und googelte den Begriff Psychopath. Sie fand unter anderem eine Checkliste, die ein kanadischer Psychologe entwickelt hatte.

»He, hör dir das an: Sie sind pathologische Lügner, haben ein übersteigertes Selbstwertgefühl, kennen weder Reue noch Scham. Sie manipulieren andere Menschen, damit diese sie mögen und sie von ihnen bekommen, was sie brauchen. Sie sind promiskuitiv.«

Jassi kicherte und wollte übersetzen, aber Mila sagte: »Ich weiß, was das Wort bedeutet.«

»Mangel an Mitgefühl, oberflächlicher Charme«, las Jassi weiter vor. Dann schwieg sie eine Weile, scrollte und meinte: »Hier steht, sie beobachten das Verhalten von anderen, um menschliche Gefühle nachahmen zu können, wenn sie es brauchen. Außerdem erkennt man sie daran, dass sie nicht blinzeln wie normale Menschen.«

»Blinzeln?«

Jassi klapperte mit den Augenlidern. »Ist dir das irgendwie aufgefallen? Blinzelt Lucas?«

»Keine Ahnung«, erwiderte Mila. Aber sollte sie noch einmal Gelegenheit dazu haben, würde sie darauf achten.

All diese Eigenschaften – das Fehlen von Reue und Scham, übersteigertes Selbstwertgefühl, Gefühle aus zweiter Hand – hörten sich nach einer Art seelischer Sonnenfinsternis an. Und beinahe tat ihr Lucas leid. Denn mit Sicherheit gab es Gründe dafür, dass aus ihm so ein Mensch geworden war.

Sonntag, 29. Juni Den Sonntagnachmittag verbrachten Mila und Jassi am Speichersee. Die halbe Klasse schien dort versammelt zu sein. Kein Wunder, denn es war irre heiß, und man konnte nicht viel anderes tun, als schwimmen und mit Freunden abhängen.

Top-Thema war der Tote in der Druckerei und die Frage, wer er wohl war. Bisher hatte Mila den Hochzeitstraum erfolgreich verdrängt, der sie in der Nacht nach Giorgis Auftauchen heimgesucht hatte. Giorgi war ihr als Geist erschienen. Was das bedeutete, darüber mochte sie auf keinen Fall nachdenken.

Solange die Identität des Toten nicht geklärt war, klammerte sie sich an der Hoffnung fest, dass es irgendjemand war – und nicht Giorgi Desider.

Am späten Nachmittag tauchten Tristan und Hannes am See auf. Mila war überrascht, denn als sie Tristan am Vormittag angerufen und gefragt hatte, ob er mitkommen wolle, hatte er geantwortet, sie wisse ja, wie wenig er von dieser Art Freizeitvergnügen halte, und sie solle sich ruhig mit den anderen amüsieren.

Wie so oft in letzter Zeit hatte Mila das Gefühl, etwas falsch gemacht zu haben, und dachte, Tristan wäre sauer auf sie. Doch ihre Befürchtungen waren unbegründet.

»Ich bin dir was schuldig«, raunte er ihr ins Ohr und küsste sie. »Du bist nun mal gerne hier und ich bin gerne mit dir zusammen – also!« Er lächelte.

Sie gingen zusammen ins Wasser, und als Tristan sie mit seinem Körper umschlang, schloss Mila die Augen, wurde taub und blind für alles, was sich um sie herum abspielte. Sie spürte seinen Körper, suchte sein Herz.

Gegen sechs packten sie zusammen und brachen auf. Tristan machte den Vorschlag, noch zum Italiener zu gehen. »Hört mal alle her, ich schmeiße eine Runde Pizza. Wir haben Milas Geburtstag noch gar nicht richtig gefeiert.«

Sie waren zu acht, also schoben sie zwei Tische zusammen, und als die Bedienung kam, bestellten sie Pizza und Getränke. Die junge Kellnerin war ein rundliches Mädchen mit straff nach hinten gekämmten Haaren. Sie war kaum älter als sie selbst und kam aus Tschechien, das hörte Mila sofort am Akzent.

»Ahoi«, grüßte Mila mit einem Lächeln. Die Kellnerin wurde rot, offensichtlich war sie neu und noch ein wenig verunsichert. So gab es dann auch ein kleines Durcheinander bei der Bestellung.

Mila sprach schließlich Tschechisch mit ihr und räumte die Missverständnisse aus.

Tristan saß zwischen Mila und Henrike, Jassi hatte mit Daniel und Ria gegenüber Platz genommen und Hannes und Boris saßen jeweils an der Stirnseite. Es dauerte ein wenig, aber dann brachte die junge Tschechin die Getränke.

»Ging das nicht ein bisschen schneller?«, fragte Hannes übellaunig. »Wir sind halb verdurstet.«

»*Je mi líto*«, stotterte die Kellnerin, »tut mir leid.«

»Solltest du nicht ein bisschen besser Deutsch können, bevor du so einen Job machst?«, sagte Tristan. »Nimm dir ein Beispiel an meiner Liebsten hier – ihr Deutsch ist perfekt. Es geht also, wenn man will.«

Die junge Frau sah Mila Hilfe suchend an.

»*On to tak nemyslí*«, sagte Mila.

Die Kellnerin nickte erleichtert und huschte davon.

»Was hast du ihr denn gesagt?«, fragte Tristan.

»Dass du es nicht so meinst.«

»Tue ich aber«, erwiderte Tristan ungehalten. »Und ich habe dich nicht gebeten zu dolmetschen.«

»Ach komm schon, Tris«, sagte Jassi, »verdirb uns nicht die Stimmung, okay?«

Als die Pizzen und Rias Salat kamen, stellte sich heraus, dass bei der Bestellung trotz Milas Übersetzung etwas schiefgelaufen war. Ausgerechnet Hannes und Tristan bekamen nicht, was sie bestellt hatten. Hannes mochte keinen Fisch und bekam eine Pizza mit Tintenfischringen. Und vor Tristan stand eine mit Artischockenherzen und Oliven. Er hasste Oliven.

Ehe Mila einschreiten konnte, hatten die beiden die Kellnerin derart zur Schnecke gemacht, dass sie heulend davonlief.

»Was wird denn jetzt?«, maulte Hannes. »Ich habe verdammt noch mal Hunger und wir mussten sowieso schon ewig warten.«

Mila schob ihm ihre Pizza zum Tausch hin, obwohl sie auch keine Kalamares mochte. Doch Tristan schüttelte den Kopf. »Nein, Mila, so geht das nicht. Wir haben ordentlich bestellt und ich zahle für das Essen ordentliches Geld. Also sollten wir auch das bekommen, was wir bestellt haben.«

Am Ende kam der Chef aus der Küche, Antonio, ein schlanker, schwarzäugiger Sizilianer, der sich mehrmals für seine neue Bedienung entschuldigte. Er brachte ihnen die beiden Pizzen persönlich und gab eine Runde Amaretto für alle aus.

Mila lächelte ihn freundlich an und bedankte sich. Es war ihr peinlich, dass Tristan wegen einer Lappalie so einen Aufstand machte.

»Dafür kann er ganz schön Ärger bekommen«, bemerkte Hannes provozierend. »Alkohol an minderjährige Jugendliche austeilen.«

Ria kicherte los. »Wie bist du denn heute drauf, Hannes?«

Tristan nahm sein Smartphone und schoss ein Foto vom Tablett mit den vollen Amarettogläsern.

»Ein Beweisfoto«, meinte er grinsend. »Rufen wir doch die Polizei, mal sehen, was passiert.« Er fing an, auf seinem Handy herumzutippen.

Sie kicherten über seinen Scherz, obwohl niemand sicher sein konnte, dass es auch einer war. Jassi nahm Tristan das Handy aus der Hand.

»Sogar sein Humor ist schwarz«, sagte sie lächelnd in die Runde, dann verteilte sie den Amaretto und hielt ihr Glas in die Höhe. »Prost!«, rief sie. »Auf Mila!«

Sie stießen auf ihren Geburtstag an, und Mila ertappte sich dabei, wie sie sich fortwünschte, irgendwohin, wo sie mit Tristan allein war und er niemandem beweisen musste, wie cool und schwarz sein Humor war.

Den ganzen Tag hatte sie gehofft, dass Tristan in dieser Nacht bei ihr schlafen würde, zum ersten Mal in ihrem Zimmer, in ihrem Bett unter dem Wolkenbaldachin. Doch als er sie jetzt ansah, mit diesem dunklen Glimmen in den Augen, da wusste sie nicht mehr, ob sie das wirklich noch wollte. Sie fragte sich, was er in ihr sah. Was er sich von ihr erhoffte. Eine Mila, die es gar nicht gab?

Als Tristan die Rechnung bezahlte, fielen ein paar Münzen zu Boden, aber er schenkte ihnen keine Beachtung. Er hatte immer die Taschen voller Geld. Für ihn war es wie Unkraut, als würde es ständig nachwachsen.

Sie verabschiedeten sich und brachen auf. Draußen, auf dem Parkplatz, bedankte sich Mila bei Tristan. Sie umarmte ihn und Tristan drückte ihr seine Lippen ans Ohr.

»Sag mal, was sollte das denn eben da drin?«

»Was denn?« Mila wollte sich ein Stück von ihm lösen, um ihm ins Gesicht sehen zu können, doch Tristan hielt sie fest.

»Das mit dem Itaker. Wie du mit ihm geflirtet hast.«

Mila machte sich frei. »Geflirtet? Was redest du da für einen Unsinn?«

»Na, du hast dich doch extra vorgebeugt, damit er dir besser in den Ausschnitt gucken kann. Warum machst du das, Mila? Willst du es mir auf diese Art heimzahlen?«

»Heimzahlen?«

»Stell dich nicht dümmer, als du bist, du weißt genau, was ich meine.«

»Nein, weiß ich nicht, Tristan.« Sie wusste nur, dass er ihr gerade endgültig den Abend verdarb.

»He, ihr Turteltäubchen«, rief Jassi, »ich muss nach Hause.«

»Komme«, rief Mila. »Wir sehen uns morgen, Tris.«

»Denk mal drüber nach«, sagte er und stieg auf sein Moped. Mila ging hinüber zu Jassi, die auf sie wartete.

»Manchmal ist er ein richtiges Arschloch«, sagte Jassi.

»Ja, aber dafür kann er nichts.«

»Ach?« Jassi grinste. »Seine Mama hatte ihn wohl nicht lieb? Und sein Papa hat ihn gehauen.«

Mila wollte mit einer flapsigen Bemerkung antworten, doch es kam kein Wort heraus.

»He, Süße«, meinte Jassi bestürzt, »war doch bloß Spaß. Es war ziemlich cool von Tris, uns alle einzuladen.«

Reha-Klinik, Mittwoch, 13. August »Guten Morgen, Tristan. Haben Sie gut geschlafen?«

»Ja. Wie ein Stein.«

»Kein Rabenalbtraum?«

»Nein. Nicht heute Nacht.«

»Gut. Dann machen wir da weiter, wo wir das letzte Mal aufgehört haben. Der Junge, den Sie für den Tod Ihrer Schwester verantwortlich machen, war also nach Moorstein zurückgekommen mit der Absicht zu bleiben.«

»Mit der Absicht, mir Mila wegzunehmen. Mit der Absicht, mich fertigzumachen.«

»Aber wenn es zwischen Ihnen und Mila so gut lief, wie Sie sagen, dann dürfte Ludwig doch mit seinen unlauteren Absichten keine Chance gehabt haben.«

»Hatte er verdammt noch mal auch nicht. Aber dann stand plötzlich dieser Typ an der Schule, Milas Ehemann, und machte Ansprüche geltend. Ich war so schockiert und völlig neben mir, dass ich ausgerastet bin. Ich habe furchtbare Sachen gesagt. Ich wollte das nicht, es brach einfach aus mir heraus, weil es so wehgetan hat. Sie hatte mir ihre Herkunft verschwiegen, und dass sie verheiratet war, auch. *Verheiratet.*«

»Eine Kinderehe also, wie sie bei den meisten Roma üblich ist.«

»Sie sagen das so, als wäre es eine Bagatelle. Mir hat es den Boden unter den Füßen weggezogen. Ich brauchte Zeit, um damit klarzukommen. Diese Zeit hat Ludwig genutzt, um sich an Mila ranzumachen.«

»Hatte er Erfolg?«

»Ja. An ihrem siebzehnten Geburtstag schlief sie bei ihm, aber das erfuhr ich erst später. Ich habe ihr verziehen und mich bei ihr entschuldigt. Habe ihr eine Reise in die Türkei geschenkt. Aber sie konnte die Finger nicht von Ludwig lassen.«

»Haben Sie mit ihm über Mila gesprochen?«

»Ich wollte. Aber da hat er zugeschlagen.«

23

Als Mila über den Marktplatz radelte, schwand das letzte Licht des Tages und die Straßenlampen gingen an. Es war erst kurz nach neun, doch Moorstein wirkte wie ausgestorben. Hier und da sah sie das bläuliche Licht eines Fernsehers hinter der Gardine flackern, aber draußen saß niemand mehr.

Das würde sie nie verstehen. In ihrem Dorf hatten an solchen herrlichen warmen Sommerabenden alle draußen vor ihren Hütten gesessen, jemand hatte Musik gemacht und man hatte Geschichten erzählt, Karten gespielt und getanzt. Mila hatte diese warmen Abende geliebt, hatte sich geborgen gefühlt in der Gemeinschaft ihrer Leute.

Alles hat seinen Preis, dachte Mila traurig, als sie in ihre Straße bog. Und als sie die dunklen Fenster von Tildes Haus sah, vermisste sie ihre Gastmutter auf einmal. Niemand da, der sie herzlich begrüßen und nach ihrem Tag fragen würde. Niemand, der mit ihr kochte oder Karten spielte.

Mila stellte das Rad hinter dem Haus ab, sie würde es später in den Keller bringen, zuerst musste sie dringend auf die Toilette.

Als sie die Haustür aufschloss, stieg ihr sofort der feine Pampelmusenduft in die Nase, gemischt mit Rose und Zimt. Ihr Herz begann zu rasen und schlagartig wurde ihr speiübel. Mila drehte sich um und wollte davonlaufen, doch eine schweißige Hand legte sich auf ihren Mund und ein Unterarm um ihre Brust. Sie wurde in den Hausflur geschleift.

Der penetrante Geruch von Stepan Cavkas Rasierwasser schien das ganze Haus zu beherrschen. So viele Gedanken auf einmal schossen durch Milas Kopf. Wie hatte er sie gefunden? Was hatte er vor? Und vor allem: Niemand wird mir helfen.

Sie bekam einen derben Schlag gegen die Schläfe und um sie herum wurde alles dunkel.

Als Mila wieder zu sich kam, saß sie, Handgelenke und Fußknöchel mit Kabelbinder gefesselt, auf einem Stuhl in der Küche, über dem Mund einen Streifen Klebeband. Cavka hatte außerdem mehrere Lagen Klebeband um ihren Leib und die Stuhllehne gewickelt, sodass sie und der Stuhl eine unfreiwillige Einheit bildeten. Er hatte die Vorhänge zugezogen und das kleine Licht über der Spüle angeschaltet. Aber das war gar nicht notwendig, denn die Küche ging zum Garten raus, den eine dichte Hecke vom Nachbargrundstück trennte.

Stepan Cavka war ein dürrer Mann mit stechenden blauen Augen, Halbglatze und einem Frettchengesicht. Er war nicht mal besonders groß, aber drahtig. Mit vor der Brust verschränkten Armen lief er vor ihr auf und ab. »Na, überrascht, mich zu sehen?«, fragte er auf Tschechisch. »Du hast dich ziemlich gut versteckt, aber nicht gut genug. Du weißt doch, kleine Miluschka, mir entkommt keine.«

Mila gab gurgelnde Laute von sich und zerrte an ihren Fesseln, aber der Kabelbinder schnitt ihr bei jeder Bewegung schmerzhaft ins Fleisch und der breite Klebestreifen machte Worte unmöglich.

»Gib dir keine Mühe, niemand wird dich hören. Niemand wird dir helfen. Die alte Frau ist verreist, dein Liebster beschläft eine andere und du bist ganz allein. Allein mit deinem besten Freund Cavka.«

Er schlich um sie herum und Mila verfolgte voller Panik jeden seiner Schritte. Was erzählte er da? Woher wusste er, dass Tilde verreist war? Und was sollte das mit Tristan und einer anderen?

»Ich bin doch dein Freund, Miluschka, oder etwa nicht? Ich hatte immer nur dein Bestes im Sinn.« Er strich ihr übers Haar und Mila zog den Kopf zur Seite. Cavkas Berührungen ekelten sie. Seine Hände waren immer kalt und schweißig.

»Doch jetzt liegen die Dinge ein wenig anders. Deine Mutter, die alte Schlampe, ist nämlich auf und davon und hat eine Menge Kohle mitgehen lassen. Mein Geld, Miluschka.« Er wackelte bedauernd mit dem Kopf. »Um deine Mutter ist es nicht schade, sie war sowieso nicht mehr zu gebrauchen. Hat sich mit Drogen kaputt gemacht und sah nicht mehr besonders hübsch aus. Du dagegen bist Frischfleisch, für dich kann ich das Doppelte verlangen.«

Milas Augen füllten sich mit Tränen. Sie schüttelte den Kopf, wollte ausblenden, dass ihre Lage aussichtslos war, dass die Geister der Vergangenheit sie endgültig eingeholt hatten. Seinem Schicksal kann keiner entkommen. Sie hätte bei Giorgi bleiben sollen. Seine Frau zu sein, wäre weitaus weniger schlimm gewesen als das, was ihr nun blühte. Die Angst lähmte ihr Herz.

»Du wirst für mich arbeiten, schöne Mila.« Cavka streckte seinen bleichen Arm aus und strich ihr mit seinen kalten Fingern von der Schläfe über die Wange zum Kinn, dann weiter über ihren Hals. »So lange, bis die Schulden beglichen sind. Danach kannst du machen, was du willst.«

Mila wand sich und versuchte zu schreien, aber der Schrei verhallte in ihrem Inneren. Cavkas Gesicht kam ihr immer näher, sein Atem kroch über ihre Haut wie eine Schnecke. Mit ihren gefesselten Füßen keilte Mila nach hinten aus und rammte ihm ihre Fersen in die Beine.

Cavka stieß einen Fluch aus, richtete sich ruckartig auf und schlug ihr hart ins Gesicht. Milas Kopf flog zur Seite und ein scharfer Schmerz fuhr über ihre Wange.

»Du kleines Miststück.« Er trat einen Schritt zurück, und erst sah es so aus, als wolle er noch einmal zuschlagen, doch dann grinste er breit. »Na schön, für ein bisschen Unterricht ist auch später noch Zeit. Nur ein paar Lektionen, Miluschka. Unterricht, darauf stehst du doch. Ich verspreche dir, du wirst einiges fürs Leben lernen bei deinem alten Freund Cavka. Aber das muss warten.« Er machte eine bedauernde Geste. »Ich bin nämlich leider noch nicht dazu gekommen, mich hier ein bisschen umzusehen, aber das werde ich nun nachholen. Bestimmt lässt sich was Brauchbares finden im Haus, und wenn die Alte von ihrer Reise zurückkommt, ist das Mila-Vögelchen ausgeflogen und hat zappzarapp, ganz nach Zigeunerart, dies und das mitgehen lassen. Sie wird enttäuscht sein, alle werden von dir enttäuscht sein, aber dann werden sie dich einfach vergessen.« Er zeigte mit dem Finger auf sie. »Schön stillhalten. Bin gleich wieder da.«

Ein tiefes Schluchzen kam aus Milas Brust und Tränen rannen über ihre Wangen. Die Stelle auf dem Jochbein, wo Cavkas Siegelring ihre Haut aufgerissen hatte, brannte wie Feuer.

Wie hatte sie auch nur einen Moment glauben können, ihr Leben gehöre ihr? Sie könne selbst entscheiden, was sie daraus machte. Wie dumm, wie naiv sie doch gewesen war.

Cavka, das miese Dreckauge, würde sie in sein Rattenloch verschleppen, sie einsperren und mit Drogen vollpumpen, bis sie gefügig war. Genauso, wie er es mit ihrer Mutter und den anderen

Frauen gemacht hatte. Hätte sie doch bloß auf Tilde gehört und gegen ihn ausgesagt, dann säße er jetzt vielleicht hinter Gittern.

Zu spät.

Mila hörte den Zuhälter im Obergeschoss rumoren, Schubläden herausziehen, alles durchwühlen. Stepan Cavka war die personifizierte Hässlichkeit und Gier. Jemand, der alles beschmutzte, was er anfasste, der das Schöne zerstörte, bis nichts mehr davon übrig war.

Warum war Tristan heute Abend nicht mit ihr gekommen? So unerschrocken, wie er war, hätte er Cavka überwältigen und die Polizei rufen können. Zu zweit hätten sie vielleicht eine Chance gehabt.

Tristan. Im *Bella Italia* hatte er sich wie ein Idiot verhalten. Arrogant und boshaft. Für Mila hatte er viel von seinem Charisma eingebüßt. Und wenn stimmte, was Cavka gesagt hatte – dass Tristan eine andere hatte? Aber das war jetzt ohnehin nicht mehr von Bedeutung, denn sie würde Tristan nie wiedersehen.

Plötzlich hörte Mila ein Geräusch aus dem Hausflur. Die Küchentür stand offen, aber sie konnte niemanden sehen. Hatte Cavka womöglich einen seiner schmierigen Handlanger mitgebracht? Dann hätte sie auch keine Chance gehabt, wenn Tristan bei ihr gewesen wäre.

Cavka polterte die Treppe herunter und erschien wieder in der Küche, in der Hand ihre vollgestopfte Reisetasche, die er neben dem Stuhl auf den Boden fallen ließ.

»So, Sweetie, ich denke, ich habe, was ich will«, sagte er zufrieden grinsend. »Oder nein, noch nicht ganz. Bevor wir uns auf die Reise machen, schon mal eine klitzekleine Lektion vorneweg.« Er griff in ihren Ausschnitt und umfasste grob ihre linke Brust.

Ein tiefes Grollen kam aus Milas Kehle, da sah sie plötzlich einen Schatten hinter Cavka auftauchen und er wurde mit einem kräftigen Ruck nach hinten von ihr weggerissen. Zusammen mit seinem Angreifer ging er zu Boden, zappelte mit Armen und Beinen wie ein Käfer, der auf dem Rücken lag.

Mit schreckgeweiteten Augen starrte Mila auf das Gewirr aus Gliedmaßen zu ihren Füßen. Sie verschwendete keinen Gedanken daran, wie Lucas ins Haus gekommen war und wieso er überhaupt hier war. Was auch immer er in seinem früheren Leben getan hatte, dafür, dass er sich, ohne mit der Wimper zu zucken, auf ihren ärgsten Feind gestürzt hatte, würde sie ihm ewig dankbar sein.

Wenn sie denn eine Gelegenheit für Dankbarkeit bekam.

Lucas war stark, aber Cavka flink und gerissen. Sie selbst war verschnürt wie ein Paket und an diesen Stuhl gefesselt. Sie spannte ihre Armmuskeln – vergeblich. Das Klebeband um ihren Oberkörper gab keinen Zentimeter nach.

Die beiden rangen ächzend miteinander und krachten gegen den Tisch. Messer und Klebeband fielen zu Boden. Das Klebeband rollte in Milas Richtung, aber das Messer fiel direkt neben Cavkas Bein.

Lucas lag jetzt auf ihm, doch der Tscheche bekam eine Hand frei und versetzte ihm einen fiesen Schlag ins Gesicht. Lucas stieß ein wildes Wutgeheul aus und boxte Cavka in die Niere. Der ächzte, schaffte es aber, den Spieß umzudrehen und Lucas unter sich zu bekommen. Er kniete auf Lucas' Armen und zerquetschte mit seiner Rechten Lucas' Nase.

Aus Lucas' Kehle kam ein tierisches Brüllen, doch er schien vor Schmerz außer Gefecht gesetzt. Cavka schielte nach dem Messer, das nun in Reichweite seiner Rechten lag. Aber dazu musste er seine Hand von Lucas' Nase nehmen.

Stück für Stück rückte Mila samt Stuhl von hinten an die beiden Kampfhähne heran. Im selben Moment, in dem Cavka nach dem Messer langte, hob sie ihre Füße und versetzte ihm einen kräftigen Tritt in den Hintern. Mit einem überraschten Laut kippte er nach vorn, und das gab Lucas die Möglichkeit, sich unter ihm hervorzuwinden.

Cavka streckte die Hand nach dem Messer aus, aber Lucas kam ihm zuvor und schleuderte es mit einem Tritt unter den Küchenschrank. Dann holte er aus und schlug Cavka mit der Faust ins Gesicht. Er hockte sich auf den Tschechen, dabei rannen Lucas Tränen des Schmerzes über die Wangen. Aus Cavkas Nase sprudelte Blut und er stöhnte, aber Lucas schlug zu, wieder und wieder. Cavkas Körper erschlaffte mit einem Grunzen, doch Lucas schien wie von Sinnen.

Erst ein wildes Gurgeln aus Milas Kehle ließ ihn innehalten. Lucas hob den Kopf und sah sie an, als würde er sich erst jetzt wieder daran erinnern, wo er war und dass sie auch noch da war. Er stieg von Cavka herunter und kam wankend auf die Beine.

Mila kickte die Klebcrolle in seine Richtung und Lucas fesselte dem leise stöhnenden Cavka damit die Hände auf dem Rücken. Er holte sich ein Messer aus dem Messerblock, durchtrennte das Klebeband und umwickelte damit die Knöchel des Tschechen, bis es fast aufgebraucht war. Schließlich holte er ein Geschirrtuch, rieb Cavka unsanft das Blut aus dem geschundenen Gesicht und verschloss mit dem letzten Stück Klebeband dessen Mund.

Mit einem Laut aus den Tiefen ihrer Kehle brachte Mila sich Lucas wieder in Erinnerung. Er kam zu ihr, streckte seine Hand nach ihrem Gesicht aus und löste mit einem Zug das Klebeband von ihrem Mund.

»Bist du okay?«

Mila nickte. Ihre Mundpartie brannte wie Feuer. »Ich hatte furchtbare Angst«, keuchte sie. Dann kamen die Tränen.

Lucas befreite Mila mit dem Messer von den Plastikriemen. Sie rieb sich die Handgelenke, an denen sich rote Striemen gebildet hatten.

Lucas kniete sich vor sie und fasste nach ihren Händen. »Mila«, er sah sie eindringlich an, »wer zum Teufel ist dieser Kerl?«

Ihr Blick glitt über die Blessuren in Lucas' Gesicht. Cavka war eindeutig schlechter dran, aber auch Lucas hatte einstecken müssen. Er blutete aus der Nase, hatte eine Platzwunde, die seine linke Augenbraue teilte, und seine Unterlippe begann anzuschwellen.

Tapferer Retter oder Stalker? Mila dachte an das Handyvideo, dachte an das, was Tristan ihr über Lucas erzählt hatte – die Raben, Anna. Sie dachte an die Prügel, die Tristan hatte einstecken müssen, an den toten Igel. Im Schnelldurchlauf jagte ihr durch den Kopf, was die blonde Juscha über Lucas preisgegeben hatte und dass ihm vor ein paar Minuten vor ihren Augen die Sicherungen durchgebrannt waren. Seine Hände, die ... seine Hände hielten ihre.

»Mila?«

»Sein Name ist Stepan Cavka und er kommt aus Cheb«, antwortete sie mit zitternder Stimme. »Er ist der Freund und Zuhälter meiner Mutter. Offensichtlich schuldet sie ihm Geld und er dachte ... Ich habe keine Ahnung, wie er mich gefunden hat, denn nicht einmal meine Mutter weiß, wo ich derzeit lebe.«

Cavka stöhnte und Mila zuckte zusammen. Er war zwar außer Gefecht gesetzt, aber was nun? »Was machen wir denn jetzt mit ihm?«

»Keine Ahnung«, sagte Lucas, »aber ich will da nicht mit reingezogen werden.« Er stand auf. »Es dürfte kein Geheimnis mehr sein, dass ich im Gefängnis war. Ich bin mal ausgerastet, habe jemanden ernsthaft verletzt und das ...«, er deutete auf den am Boden liegenden Mann, »das könnte mich wieder hinter Gitter bringen.«

»Dann verschwinde einfach und ich rufe die Polizei. Du bist nie hier gewesen.«

Lucas schüttelte den Kopf. »Sie werden dir Fliegengewicht ja wohl kaum abnehmen, dass du ihn so zugerichtet hast.«

»Aber was machen wir mit ihm? Er ist gefährlich.«

Lucas seufzte und fuhr sich mit beiden Händen durchs Haar, sodass es ihm kreuz und quer vom Kopf abstand.

»Lass uns die Polizei rufen«, drängte Mila. »Er ist ein Verbrecher, es war Notwehr.«

»Nein, Mila, bitte.« Aus seinen Augen sprach blanke Panik. »Ich kann nicht wieder ins Gefängnis zurück. Ich habe gerade angefangen, mir so etwas wie ein Leben aufzubauen. Das lasse ich mir von so einem Arschloch nicht kaputt machen.« Er kniete sich neben Cavka, durchsuchte seine Taschen und zog einen Autoschlüssel heraus. »Ah, da ist er ja.«

»Was hast du denn vor?«

»Er muss hier irgendwo sein Auto geparkt haben. Ich hole es und bringe ihn weg. Bin gleich wieder da, okay?«

»Nein, warte.« Mila wollte nicht, dass Lucas sie mit Cavka allein ließ, auch wenn der nicht so aussah, als würde er noch irgendetwas anrichten können. Sosehr sie den Tschechen auch verabscheute, Mila hoffte, dass Lucas ihn nicht ernsthaft verletzt hatte, so wie er mit seinen Fäusten auf ihn losgegangen war.

»Was?«

Ihre Lippen bebten. Wenn sie Lucas nicht aufgehalten hätte ... verflucht, im Moment blieb ihr nichts anderes übrig, als alle Wenns und Abers auszublenden. Ohne Lucas würde sie jetzt vermutlich in Cavkas Kofferraum liegen, auf dem Weg in die Hölle. Sie schuldete ihm etwas.

»Du hast Blut im Gesicht.«

Lucas wusch sein Gesicht unter dem Wasserhahn der Spüle und trocknete sich mit einem sauberen Geschirrtuch ab. »Besser?«

Sie nickte.

»He«, sagte er und grinste schief. »Mach nicht so ein Gesicht. Ist ja noch mal gut gegangen.«

»Du hast mir wieder nachspioniert.«

Lucas' Miene verfinsterte sich. »Soll ich mich jetzt etwa dafür entschuldigen?«

»Wie bist du überhaupt hier reingekommen?«

»Ich war mal ein begnadeter Einbrecher. In meinem früheren Leben«, fügte er hinzu.

Mila sah ihn weiter fragend an.

»Ein Kellerfenster stand offen, okay? Ich habe im Garten auf dich gewartet, weil ich mit dir reden wollte. Da kam er, schlich ums Haus und benahm sich verdächtig. Dann bekam er einen Anruf, schloss auf und ging rein. Ich wusste gleich, dass da was nicht stimmt.«

»Er schloss auf?«

Lucas reichte Mila den Schlüsselbund. Tatsächlich, Cavka besaß einen Schlüssel zu Tildes Haus. Wie war das möglich? »Aber ...«

Lucas nahm ihr die Schlüssel wieder aus der Hand. »Darüber kannst du dir später den Kopf zerbrechen. Ich muss ihn hier wegbringen.«

Lucas verschwand und Mila flitzte aufs Klo, das war höchste Eisenbahn. Fünf Minuten später hörte sie ein Auto in der Einfahrt. Sie lief zum Fenster, sah, wie Lucas den Kofferraum der Limousine öffnete, und plötzlich wurde ihr himmelangst. Was hatte Lucas mit Cavka vor? Was bedeutete: *ihn wegbringen?*

Doch ehe sie den Gedanken zu Ende denken konnte, stand Lucas auch schon wieder im Raum.

»Hilf mir, ihn auf einen Stuhl zu setzen.«

Mila zog einen Stuhl heran, Lucas griff Cavka unter die Arme und zerrte ihn auf den Sitz. Der Tscheche hatte die Augen geöffnet, gab aber keinen Mucks von sich. Sein Blick verfolgte jede von Lucas' Bewegungen, und offensichtlich war ihm klar, dass er keine Chance hatte.

Lucas ging mit dem linken Bein vor Cavka auf die Knie, wuchtete ihn auf seine Schulter und stand auf. Cavka protestierte grunzend.

»Was ... was hast du mit ihm vor?«

»Lass das mal meine Sorge sein. Und verschließe alle Türen und Fenster, wenn ich weg bin. Okay?«

Mila lief Lucas nach, sah, wie er Cavka in den Kofferraum seines eigenen Wagens verfrachtete und die Heckklappe zuschlug. Nur mit Mühe konnte sie die Bilder von diversen Krimiabenden mit Tilde verscheuchen, die nun vor ihrem inneren Auge auftauchten.

»Geh wieder ins Haus, Mila!«, drängte sie Lucas. »Ich melde mich morgen bei dir.«

Mila verriegelte die Haustür, prüfte, ob auch der Kellereingang verschlossen war und die Fenster im Erdgeschoss. Dann lief sie durch die Räume des Hauses und begutachtete das Chaos, das Cavka angerichtet hatte. Aber wie es bei genauerem Hinsehen aussah, war außer einer Blumenvase nichts kaputtgegangen, und das meiste ließ sich leicht wieder aufräumen. Das würde sie morgen nach der Schule in Angriff nehmen. Jetzt musste sie unbedingt schlafen, es war schon fast eins und am nächsten Tag war Schule.

Eine Dusche zu nehmen, traute sich Mila nicht, also machte sie Katzenwäsche und putzte Zähne. Dabei begutachtete sie die kleine Wunde auf ihrem linken Jochbein. Ihre Wange war immer noch rot von Cavkas Schlag.

Wie hatte das miese Dreckauge sie bloß finden können?

Erst Giorgi und nun Cavka. Irgendwer musste ihren Aufenthaltsort verraten haben. Aber wieso erst jetzt, nach so vielen Monaten? Das verstand sie einfach nicht. Woher hatte Cavka gewusst, dass Tilde verreist ist? Und woher hatte er einen Schlüssel?

Konnte ihre Mutter etwas damit zu tun haben? Nein, das glaubte sie nicht. Wenn stimmte, was Cavka gesagt hatte, dann hatte sie es endlich fertiggebracht, diesen Idioten zu verlassen. Aber sicher war das natürlich nicht.

Mila lag im Bett, doch an Schlaf war nicht zu denken. Die Striemen an ihren Handgelenken, wo der Kabelbinder in ihre Haut geschnitten hatte, brannten. Sie lauschte auf jedes noch so kleine Geräusch und konnte nicht aufhören, an Lucas zu denken, der mit Cavka im Kofferraum durch die Nacht fuhr.

Wohin?, war die große Frage, die ihr keine Ruhe ließ.

24 Montag, 30. Juni

Der nächste Schultag war eine Tortur. Zwar konnte Mila die Wunde auf ihrem Jochbein mit der Ausrede erklären, sie wäre mit dem Fahrrad umgestürzt, als sie es in den Keller stellen wollte, doch als sie sich auf der Toilette beim Händewaschen die Ärmel nach oben schob, entdeckte Ria die blassroten Striemen an ihren Handgelenken.

»Hat Tris dich zu Fesselspielen überredet?«, fragte sie spöttisch. »Ich habe gehört, er steht auf so was.«

Mila flüchtete aus der Toilette. Dem Unterricht konnte sie kaum folgen, denn in Gedanken war sie bei Lucas. Tristan ging sie aus dem Weg. Er schien es nicht einmal zu merken, denn auch er war mit seinen Gedanken wohl ganz woanders. Am Nachmittag hatte er seine Fahrschulprüfung und wirkte angespannt.

Nach dem Unterricht wünschte sie Tristan viel Glück und radelte auf dem schnellsten Weg nach Hause. Mila versuchte, Lucas zu erreichen, landete aber auf der Mailbox. Sie versuchte es in Abständen von fünfzehn Minuten, doch er ging nie dran. Die Zeit zwischen den Anrufen nutzte sie, um das Haus aufzuräumen und sauber zu machen. Doch ihre Nervosität steigerte sich mit jedem vergeblichen Anruf. Wo war Lucas? Und was hatte er mit Cavka gemacht?

Gegen sieben war jegliche Spur von Stepan Cavka aus dem

Haus getilgt, auch sein Geruch. Mila schwang sich auf ihr Rad und fuhr zu Lucas' Haus. Sie klingelte, aber niemand öffnete. Lucas' Pick-up stand in der Einfahrt, auf Arbeit war er also nicht mehr.

Sie stellte sich in den Garten und rief nach ihm. Dann klingelte sie noch einmal. Hämmerte gegen die Tür, als sie plötzlich aufgerissen wurde.

Lucas trug Jeans, sonst nichts. Seine Haare waren zerzaust, er hatte ein Muster auf der Wange und starrte sie aus verquollenen Augen an. Milas Blick wanderte über sein Gesicht. Die Nase war leicht geschwollen und unter der Platzwunde in der Augenbraue hatte sich ein Veilchen gebildet. Lucas' Unterlippe zierte ein dunkler Grind. Ihr Blick wanderte nach unten. Unterhalb der linken Brust prangte ein violetter Bluterguss, groß wie eine Faust.

Sie biss sich auf die Unterlippe. »Was hast du mit Cavka gemacht?«, platzte sie heraus.

»Ich freu mich auch, dich zu sehen, Mila«, brummte Lucas und trat zur Seite, damit sie hereinkommen konnte. Er stieg die Stufen nach oben und sie folgte ihm in sein Zimmer.

Lucas schnappte sich ein T-Shirt vom Boden und zog es über. Er setzte sich auf sein Bett, lehnte sich mit dem Rücken gegen die Wand und betrachtete Mila aus schmalen Augenschlitzen. Zu seinen Füßen stand eine halb leere Flasche Sliwowitz.

»Warum bist du nicht ans Handy gegangen? Hast du getrunken?«

»Oh ja, und wie.« Er hob die Flasche vom Boden auf und setzte sie auf seinem Bein ab. »Ich hab geschlafen, okay?«

»Was hast du mit Cavka gemacht, Lucas?«

Er seufzte. »Ich bin nach Cheb gefahren, habe den Wagen auf einem Parkplatz am Stadtrand abgestellt und habe mit seinem Handy die Polizei angerufen. Der Bulle am Telefon konnte ziemlich gut Deutsch, also habe ich ihm erzählt, wo der Wagen steht und dass der Typ im Kofferraum ein Zuhälter und Einbrecher ist.«

Als Mila das hörte, stieß sie einen Schrei der Erleichterung aus. Lucas runzelte die Stirn. »Was hast du denn gedacht, was ich mit ihm mache? Den Wagen in einen Wald fahren und anzünden? Ihn in einem Teich versenken?«

Mila merkte, wie ihr das Blut ins Gesicht stieg.

»Warum denkst du so etwas von mir?«, fragte Lucas. »Weil ich im Gefängnis war?« Er schüttelte enttäuscht den Kopf. »Bist du eine Diebin, bloß weil du Zigeunerin bist?«

»Nein«, sagte Mila.

»Cavka ... das Arschloch«, stieß Lucas hervor. »Was er mit meiner Nase gemacht hat, das hat viehisch wehgetan und ich habe rotgesehen.«

»Hab ich gemerkt.«

»Er hatte es verdient, verdammt noch mal.«

»Es tut mir leid«, sagte Mila und setzte sich ihm gegenüber ans andere Ende der Bettkante. »Ich meine, dass ich dich da hineingezogen habe.«

»Na, das war ja wohl immer noch ich selbst«, erwiderte Lucas voller Sarkasmus. »Hätte ich dir nicht ›hinterherspioniert‹ und wäre ich nicht in dein Haus eingebrochen ...« Er setzte die Flasche an und nahm einen Schluck.

»Dann hätte ich heute vielleicht meinen ersten Arbeitstag als Prostituierte.«

Lucas prustete den Pflaumenschnaps durch Mund und Nase. Er hustete und röchelte, und es brauchte eine Weile, bis seine Luftröhre wieder funktionierte.

»Meine Mutter ist abgehauen. Das Geld, das sie Cavka schuldet ... Ich sollte es abarbeiten.«

Lucas reichte ihr den Sliwowitz und Mila trank einen kleinen Schluck. Dann gab sie ihm die Flasche zurück und erzählte ihm alles, was er noch nicht wusste.

»Damals, als ich nach Cheb kam, dachte ich, meine Mutter wäre mit Cavka zusammen und würde als Zimmermädchen in seinem Hotel arbeiten. Aber es war kein normales Hotel. Das Dreckauge zwang sie und die anderen Frauen, ihren Körper zu verkaufen. Zuerst habe ich das alles überhaupt nicht begriffen, ich war so schrecklich naiv. Bis meine Mutter mich in einem ihrer wachen Momente zur Seite nahm und meinte, wenn ich nicht enden wollte wie sie, müsse ich weg.«

Mila holte tief Luft, und Lucas merkte, wie schwer sie mit der Erinnerung zu kämpfen hatte. »Nur, wo sollte ich hin? In mein Dorf konnte ich nicht zurück, für den Rest meiner Familie bin ich so gut wie tot. Und woandershin konnte ich auch nicht, ich war ja erst vierzehn.« Sie nahm ihm die Flasche aus der Hand und trank noch einen Schluck. Und noch einen.

»Eines Abends, meine Mutter war gerade bei einem Freier auf dem Zimmer, mischte Cavka mir was ins Glas, und als ich aufwachte, lag ich mit hochgeschobenem Kleid neben einem fremden nackten Mann.«

Lucas' Hände ballten sich zu Fäusten. *Sei still*, dachte er, *ich will das nicht hören*. Aber er sagte nichts. Stattdessen langte er nach dem Sliwowitz.

»Ich hatte Glück.« Mila bekam glasige Augen. »Der Typ war verheiratet und hatte eine Tochter in meinem Alter. Er bekam Skrupel, schämte sich. Wir redeten zwei Stunden lang und dann gab er mir eine Menge Geld.«

Lucas erfuhr, dass Mila damals Hilfe bei einer Lehrerin fand, die sie sehr mochte. Dass es in Cheb eine Organisation gab, die sich um Mädchen und Frauen vom Straßenstrich kümmerte, die aussteigen wollten. »Ich kam in ein geschütztes Haus«, fuhr Mila fort. »Jeden Tag brachte mich jemand zur Schule und holte mich wieder ab. Ein halbes Jahr ging das so. Ich hatte keine gleichaltrigen Freunde, nur die Frauen, die alles dafür taten, damit ich zur Schule gehen konnte – mein einziger Ausweg. Und dann bekam ich das Stipendium. Niemand in Cheb wusste, in welche Stadt ich gehen würde, das war mit dem Direktorat so abgesprochen. Und doch haben mich erst Giorgi und dann Cavka gefunden.«

Lucas schraubte den Verschluss auf die Schnapsflasche. Er hatte schon einiges intus, und was Mila da erzählte, klang ziemlich abenteuerlich. Doch es blieb ihm gar nichts anderes übrig, als ihr zu glauben.

»Ich bin sicher, dass Giorgi der Tote ist, den sie in dieser Druckerei gefunden haben«, sagte Mila.

Lucas' Herz schaltete einen Gang hoch. In seinem Kopf begann sich alles zu drehen und das weiße Rauschen nahte. *Fuck!* »Wie kommst du denn darauf?«

Sie zuckte die Achseln. »Ich habe seinen Geist gesehen.«

Er stieß ein Lachen aus.

»Glaubst du nicht an Geister?«

»Nein, ich ...« Sein Leben hatte gerade genug Unheimliches zu bieten, auf eingebildete Gestalten konnte er gut verzichten. »Ich glaube, dass die Toten tot sind und man sie nicht mehr sehen und mit ihnen reden kann.«

»Glaubst du denn überhaupt an etwas?«

Er hob die Flasche und versuchte ein Grinsen. »Ich glaube an guten Schnaps, an meine Hände, an ...« *An dich, Mila.* Aber das sagte er nicht.

»Du hast dieses Handyvideo von Giorgi und mir gemacht und ins Netz gestellt«, unterbrach sie ihn. »Warum, Lucas? Was habe ich dir denn getan? In der Schule haben mich alle angestarrt, sich über mich lustig gemacht.«

»Was?«

»Lüg mich nicht an, Lucas. Hannes hat dich filmen sehen und das Video ist auf deinem Handy. Und was ist mit dem Hochzeitsfoto? Hast du das von Giorgi? Bist du ihm nachgelaufen?«

»Hochzeitsfoto? Ich verstehe überhaupt nicht, wovon du redest. Verdammt, Mila, ich habe das Video nicht ins Netz gestellt.«

»Aber der Film ist auf deinem Handy, wer sonst sollte das getan haben?« Ihre Augen stellten unaufhörlich Fragen und er kannte die Antworten nicht.

»Ich weiß es nicht. Ich habe mein Handy immer bei mir und ich kenne mich auch überhaupt nicht aus mit diesem ganzen Internetkram, das musst du mir glauben.«

Jede Faser ihres Körpers signalisierte Abwehr. »Ich weiß nicht mehr, was ich glauben soll, das ist es ja.«

Mila traute ihm nicht, sie war unerreichbar für ihn und trotzdem tat sie ihm gut. Weil er über sie nachdachte, was den anderen Gedanken in seinem Kopf den Platz wegnahm.

»Warte, ich zeige dir mal was«, sagte er. »Und lauf nicht wieder weg, okay?« Er holte seinen Laptop, fuhr ihn hoch und rief den Videoclip auf. »Schau dir den Clip genau an und dann zeig mir den, der im Netz steht. Ich will wissen, ob es derselbe ist.«

»Er stand auf unserer Schulseite, Boris hat den Clip und das Foto gelöscht.«

»Aber du erinnerst dich doch noch, was du gesehen hast, oder? Dich habe ich nämlich gar nicht gefilmt. Ich habe nur die Prügelei von Giorgi und Tristan aufgenommen.«

So, wie Mila ihn anblickte, glaubte sie ihm mal wieder kein Wort, und das verletzte ihn. Aber sie machte einen Doppelklick und sah sich die Sequenz an.

»Das ist tatsächlich nicht selbe Video«, stellte Mila nachdenklich fest. »Alles ist viel kleiner und aus einer ganz anderen Position gefilmt.«

Lucas fielen so viele Steine vom Herzen, dass sie es hören musste. »Ich war an dem Tag zufällig auf dem Supermarktparkplatz, und als die Prügelei losging, habe ich draufgehalten.«

»Aber was ist mit den vielen Fotos von Tristan und mir auf deinem Handy? Warum hast du die gemacht?«

»Du hast ja ordentlich herumgeschnüffelt«, bemerkte er mit einem Stirnrunzeln und Mila sah verlegen weg. »Ich traue Tristan nicht über den Weg, Mila«, sagte er schließlich. »Deshalb halte ich fest, was er so treibt.«

»Was treibt er denn?«

»Das willst du nicht wissen.«

Ihre Lippen bebten. »Doch, das will ich.«

»Er vö..., er ist dir nicht treu.«

Sie atmete geräuschvoll ein. »Wer?«

»So eine blond gelockte Schaufensterpuppe. Und ... und eure rothaarige Lehrerin«, sagte er, nur zu gerne bereit, Mila den nötigen Trost zu spenden.

Doch statt in Tränen auszubrechen, sagte sie: »Vielleicht solltest du dir helfen lassen, Lucas.«

Getroffen bis ins Mark schüttelte er den Kopf. »Ich wusste, dass du mir nicht glaubst, Mila, ich versteh's nur nicht. Ich habe dir nie etwas getan. Und letzte Nacht, da habe ich eine Menge riskiert, um dieses Arschloch von Zuhälter wieder dahin zu verfrachten, wo er hergekommen ist.«

Lucas glaubte, eine Spur von schlechtem Gewissen in ihrem Gesicht zu sehen, doch Mila sagte: »Ich wollte ja die Polizei rufen, aber du ...«

»Na toll, dann wärst du uns gleich beide los gewesen, wie praktisch. Ich glaube, es ist besser, wenn du jetzt gehst, Fischtänzerin. Ich habe eine harte Nacht und einen anstrengenden Tag hinter mir und muss morgen arbeiten.«

Mila stand auf. »Wie bist du eigentlich wieder zurückgekommen?«, fragte sie. »Von Cheb, meine ich.«

»Oh, danke der fürsorglichen Nachfrage.« Lucas merkte selbst, dass seine Stimme voller Sarkasmus war. »Ich bin gelaufen und getrampt. Hat ein paar Stunden gedauert, bis ich wieder hier war. Ich musste mich bei meinem Chef krankmelden.«

Milas Blick wanderte erneut über die Blessuren in seinem Gesicht. »Tut es noch weh?«

»Es gibt Sachen, die mehr wehtun.«

Mila senkte den Kopf und wandte sich zum Gehen. »Ich finde allein raus.«

Aber Lucas ging ihr hinterher. »Lieber nicht«, sagte er. »Weißt du, was: Ich trau dir nämlich auch nicht.«

Als Mila das Haus durch die Hintertür verließ, sah sie ihn noch einmal an. Sie sah verunsichert aus, gekränkt, zerknirscht – und beinahe tat sie ihm leid. Aber so bitter es auch war, die kleine Fischtänzerin wollte zu Tristan gehören und würde sich am Ende immer auf seine Seite stellen.

»Verschwinde«, sagte er. »Und pass auf dich auf.«

Als Mila mit ihrem Rad um das Haus bog, erhob sich eine schwarze Gestalt von der Treppe vor dem Eingang.

»Na endlich.«

»Tristan«, keuchte sie und hätte beinahe das Rad fallen lassen. »Du hast mich furchtbar erschreckt.« Ihr Herz hämmerte in den Ohren.

»Das ist das schlechte Gewissen.« Er kam auf sie zu. »Wo kommst du denn jetzt her?«

Mila schob ihr Rad zur Hauswand und stellte es ab. »Von Jassi.« Sie kramte ihren Schlüssel aus dem Rucksack und schloss auf. Tristan folgte ihr ins Haus. Alles war wieder an seinem Platz, nichts zeugte mehr von Cavkas Herumgestöbere und dem Kampf in der Küche.

»Komisch«, sagte Tristan, »die habe ich gerade angerufen, aber da warst du nicht.«

Wieso hatte er Jassi und nicht sie angerufen? »Ich war danach noch kurz bei Lucas.«

»Bei Lucas. Soso.« Seine braunen Augen blinzelten kein einziges Mal. *Verflucht.*

»Du wolltest, dass ich das tue, Tristan. Ich denke, ich soll herausfinden, was er vorhat.« Sie standen jetzt in der Küche und Mila lehnte sich rücklings gegen die Spüle. Tristan sah ihr in die Augen. Irgendetwas stimmte nicht mit ihm, er ...

»Oh verdammt, Tris, das habe ich völlig vergessen.« Mila trat einen Schritt auf ihn zu und schlang die Arme um seinen Hals. »Deine Prüfung, wie ist sie denn gelaufen? Hast du bestanden?«

»Natürlich habe ich bestanden, ich bin ja nicht blöd.«

»Das ist doch toll.« Mila küsste ihn, umarmte ihn noch einmal. Doch sein Körper versteifte sich und er erwiderte ihre Umarmung nicht. Sie kam sich vor wie ein Fisch, der um einen Stein herumschwamm.

»Hast du was getrunken?«

»Ich ... also«, stotterte sie, »ja, bei Jassi. Ein Gläschen Sliwowitz auf den Abschied. Sie fährt Freitagnacht mit ihren Eltern nach Südfrankreich und kann deshalb nicht zu deiner Geburtstagsparty kommen.« Mila lächelte traurig, während ihr gleichzeitig heiß und kalt wurde.

Tristan löste sich aus ihren Armen und trat einen Schritt zurück. »Du trinkst also mit deiner Freundin, während ich nach meiner Fahrprüfung sehnsüchtig auf dich warte und mit dir feiern will.«

Mila wirbelte herum und öffnete die Kühlschranktür. »Feiern, ja. Der Sekt steht schon kalt.« Allen guten Geistern sei Dank, dachte sie, dass Tilde schon seit Wochen diese Flasche Sekt im Kühlschrank stehen hatte.

Tristan schien tatsächlich besänftigt. Sie holte Gläser und er öffnete die Flasche.

»*Síjas!*«, sagte sie und stieß ihr Glas gegen seines. »Auf deine bestandene Prüfung.«

Tristan trank. Dann starrte er sie wieder an, mit diesem unheimlichen Blick. »Und, was hast du herausgefunden?«

»Herausgefunden?«

»Bei Lucas. Du hast gesagt, du warst bei ihm, um etwas herauszufinden.«

Mila trank, um Zeit zu gewinnen, aber ihr fiel nichts ein, was sie antworten konnte.

»Ich glaube, ich weiß, was er vorhat, meine Schöne«, sagte Tristan. »Meine Freundin zu vögeln, um mir eins auszuwischen, wäre eine super Rache. Er hat sich nicht geändert, mein alter Kumpel Ludwig.«

Mila lachte nervös. »Das ist doch Unsinn.«

»Unsinn also.« Er lächelte gezwungen. Tristan war enttäuscht, dass sie seine Prüfung vergessen hatte, und Mila fühlte sich schuldig deswegen. »Hat er dich schon eingelullt mit seinem Charme? Offensichtlich hast du Gefallen an ihm gefunden.« Sie versuchte, ihr Gesicht wegzudrehen, weil Tristan ihr immer näher kam und sein Blick diese ungeheure Sogkraft hatte. »Ich weiß nicht mehr, ob du noch zu mir gehörst, Mila.«

»Natürlich ich gehöre zu dir«, sagte sie. »Ich liebe dich, du Idiot.«

»Mila«, er lehnte sich gegen sie, »ich habe Angst, dich zu verlieren, so wie damals Anna. Geh dort nicht mehr hin, okay?«

»Okay.« Sie nickte.

Er küsste sie. »Dann sehen wir uns morgen, meine Schöne.«

Tristan ging und Mila hörte die Haustür ins Schloss fallen. Noch eine ganze Zeit stand sie unbeweglich an der Spüle und fragte sich, was sie von Tristans Auftreten halten sollte. Er sorgte sich um sie und er war eifersüchtig auf Lucas. Spinneeifersüchtig. War das nun gut oder schlecht?

Die ganze Zeit hatte sie daran gedacht, was Lucas ihr über Tristans Betrug erzählt hatte. Die Schaufensterpuppe – womit garantiert Patrizia, seine Ex, gemeint war. Und Aurora Fuchs. War da mehr gewesen als harmloses Geplänkel zwischen der jungen Lehrerin und ihm? Hatte es nicht das Gerücht gegeben, dass sie ein Verhältnis mit einem Schüler gehabt hatte?

War dieser Schüler Tristan?

25

Freitag, 4. Juli Im Supermarkt herrschte mal wieder Freitagnachmittagschaos. Lucas wollte so schnell wie möglich zur Kasse und raus aus dem Laden. Er stellte noch drei Tetrapaks Kirschsaft in seinen Wagen, dann hatte er alles.

Vor ihm lagen zwei Wochen Urlaub, und er hatte daran gedacht wegzufahren. Er war frei, konnte fahren, wohin er wollte. In die Berge oder bis ans Meer. Aber was sollte er dort – allein? Alles, was ihm etwas bedeutete, war hier. Da war das Haus, an dem zu arbeiten ihm Freude machte. Und es gab Mila. Seine Hoffnung auf sie.

Auf dem Weg zur Kasse stand Lucas plötzlich Aurora Fuchs gegenüber. Die junge Frau sah blass und mitgenommen aus, aber bei Weitem lebendiger als vor vier Wochen in ihrer Badewanne. Er war so erleichtert, sie zu sehen, dass er sie am liebsten umarmt hätte.

»Hallo«, grüßte er.

Die junge Lehrerin starrte ihn an, brauchte offenbar eine Weile, bis sie wusste, wen sie vor sich hatte. Lucas hoffte, dass ihr Hirn keinen Schaden genommen hatte.

»Hallo«, sagte sie endlich und mühte sich um ein Lächeln. Dann wollte sie ihren Wagen an ihm vorbeischieben.

»Ähm … ich wollte dich neulich mal besuchen«, sagte Lucas, »aber du warst nicht da.«

»Ja.« Aurora nickte geistesabwesend. »Ich war nicht da. Was ... was wolltest du denn von mir?«, fragte sie, nicht besonders neugierig.

»Ich hätte da noch ein paar Fragen.«

»Fragen?« Nun musterte sie ihn mit einem misstrauischen Stirnrunzeln.

»Wegen Wilma.«

»Ah.«

»Kann ich dich zu einem Kaffee einladen? Es ist mir wichtig.«

Aurora blickte in ihren Einkaufswagen. Tiefkühlpizza, Butter, Quark, Frischmilch. Draußen brütete die Hitze.

»Soll ich dich nach Hause fahren?«

Nach einigem Zögern nickte sie. »Na gut.«

Sie bezahlten ihre Einkäufe und Lucas brachte Aurora nach Hause. Er trug ihre Lebensmittel nach oben und sie goss Orangensaft in zwei Gläser. Dann saßen sie einander am Küchentisch gegenüber. Diesmal war er leer – eine krümelfreie, blanke Tischplatte. Trotzdem hatte Lucas die Fotos mit der nackten Aurora vor Augen.

»Woher wusstest du überhaupt, wo ich wohne?«

»Ich habe im Pflegeheim gefragt.«

»Und was ist mit deinem Gesicht passiert?«

»Ich habe um ein Mädchen gekämpft.«

Ein winziges Lächeln erschien auf Auroras Gesicht. »Ist sie es auch wert?«

»Auf jeden Fall.«

»Also gut, was willst du von mir wissen?«

Lucas erkundigte sich nach Wilma Singers letzten Lebenswochen. Worüber sie geredet hatten. Und Aurora erzählte ihm, wie sehr Wilma bis zuletzt gehofft hatte, ihn wiederzusehen.

»Tut mir leid«, sagte sie. »Niemand mag es, wenn jemand etwas über ihn weiß, das er ihm nicht selbst erzählt hat. Aber Wilma brauchte jemanden, mit dem sie reden konnte. Und nun weiß ich einiges über dich.«

Lucas drehte das Glas in seinen Händen. »Das habe ich mir gedacht. Und ich wäre dir dankbar, wenn du es für dich behältst.«

»Keine Sorge, von mir erfährt niemand etwas. Außerdem ziehe ich hier weg.«

»Wird wohl das Beste sein.«

Aurora hob den Kopf und musterte ihn mit fragendem Blick. Lucas holte seine Brieftasche hervor und zog das Foto heraus, das er an dem Abend mitgenommen hatte. Er schob es ihr über den Tisch.

Sie lief puterrot an. »Woher hast du das?«

»Der Tag, an dem ich dich besuchen wollte, war der 9. Juni.«

Schockiert starrte Aurora ihn an, die Lippen zu einem dünnen Strich zusammengepresst. Ihr blasses Gesicht war noch bleicher geworden, sodass ihre Sommersprossen wie sepiafarbene Tintenspritzer erschienen. War es so furchtbar, dass er sie gefunden hatte? Lucas befürchtete, Aurora würde jeden Moment ohnmächtig werden.

»Dann warst du es, der den Rettungsdienst gerufen hat?«, brachte sie schließlich mühsam hervor.

»Ja.« Lucas nickte. »Deine Tür war nicht verschlossen und ich bin rein. Du hast in der Badewanne gelegen, der Wasserhahn war voll aufgedreht. Aber du hattest mit dem Fuß den Stöpsel aus dem Abfluss gezogen, das war dein Glück.« Er fasste nach ihrer Hand. »Hat Tristan dich erpresst? Wolltest du dich seinetwegen umbringen?«

Aurora riss ihre Hand weg und ihre Augen füllten sich mit Tränen. »Wie kommst du auf Tristan?«, stieß sie hervor.

Er tippte auf den schwarzen Rucksack auf dem Foto. »Das ist seiner.«

Aurora schlug die Hände vors Gesicht und fing an zu schluchzen. Ihre Schultern bebten. Lucas stand auf und riss ein Stück Küchenpapier von der Rolle. Als sie die Hände vom Gesicht nahm, reichte er es ihr.

Aurora trocknete ihr Gesicht, und als sie sich ein wenig beruhigt hatte, sagte sie: »Ja, Tristan hat versucht, mich zu erpressen mit den Fotos. Aber ich wollte mich nicht umbringen.«

»Erklär es mir«, bat Lucas. »Aber erklär es mir so, dass ich es auch verstehe.«

»Ich war einmal mit ihm im Bett, nur ein einziges Mal«, erzählte sie ihm Flüsterton. »Wir haben uns auf einem Dorftanz getroffen, haben getanzt, getrunken. Tristan war charmant und mein Freund hatte mich gerade sitzen gelassen. Ich wollte nicht mit ihm schlafen, aber irgendwie sind wir dann doch auf meiner Couch gelandet, wie diese Fotos beweisen.«

Lucas runzelte die Stirn. »Was heißt: Wie diese Fotos beweisen?«

»Dass ich mich nicht mehr daran erinnern kann.« Aurora betupfte abwechselnd ihre Augen. »Ich war völlig betrunken. Das hätte auf gar keinen Fall passieren dürfen, ich weiß. Aber es ist passiert. Jedenfalls schien es so, als wäre es auch für Tristan eine einmalige Angelegenheit gewesen. Ich war eine Art Trophäe für ihn, und nachdem er mich hatte, verlor er das Interesse an mir. Er provozierte mich im Unterricht, aber es war eher auf nette, spaßige Art. Bis zu dieser Klassenarbeit über Kafkas *Die Verwandlung*. Tristan brauchte eine gute Note in Deutsch, aber es hatte bloß für eine Vier gereicht. Er stand vor meiner Tür, wollte mit mir reden.« Sie schniefte und starrte in ihr Glas.

»Und dann seid ihr wieder im Bett gelandet.«

»Ich weiß es nicht.«

»Heißt das, du warst wieder so betrunken, dass du dich an nichts mehr erinnern kannst?« Lucas merkte, dass seine Geduld für Aurora am Ende war.

»Ich war nicht betrunken. Aber es stimmt, ich kann mich an nichts mehr erinnern. Nur daran, wie ich im Krankenwagen aufgewacht bin. Sie haben mir den Magen ausgepumpt und meine Eltern angerufen, damit sie mich am nächsten Tag abholen.«

Lucas rieb sich das Kinn. Langsam dämmerte ihm etwas. Warum war er bloß nicht schon eher drauf gekommen? Wahrscheinlich tat er Aurora unrecht.

»Es waren K.-o.-Tropfen, nicht wahr? Tristan hat dir was ins Getränk gemischt.«

»Sieht so aus«, gab sie zu. »Meine beste Freundin hat mich drauf gebracht. Ich habe ihr alles erzählt und sie hat sofort gewusst, was mit mir los war. Ich konnte mich daran erinnern, dass wir jeder ein Bier getrunken hatten an dem Abend, als Tristan bei mir war, aber mehr nicht. Davon bekommt man keinen Filmriss.«

In Lucas' Kopf begannen die Gedanken zu kreisen. Tristan und K.-o.-Tropfen. Tristan liebte es, mit anderen zu spielen. Mit ihren Ängsten, ihren Gefühlen und offensichtlich auch mit ihrem Leben. An dem Abend in der alten Druckerei hatte Lucas einen Filmriss gehabt und der Wodka, der stammte laut Giorgi von Tristan. War der Wodka mit K.-o.-Tropfen präpariert gewesen?

»Und du ... du hast nichts gegen ihn unternommen?«

Aurora presste ihre Lippen zusammen, schüttelte den Kopf. »Ich dachte die ganze Zeit, Tristan hätte an dem Abend den Rettungsdienst gerufen.«

Lucas ließ sich gegen die Stuhllehne fallen. »Verstehe.« Nun wurde ihm alles klar. Aurora hatte geglaubt, Tristan wollte ihr nur Angst einjagen. Dass er ihren Tod in Kauf genommen hatte, war ihr jetzt erst klar geworden, als Lucas ihr von seinem Besuch am 9. Juni erzählt hatte. Das musste sie erst einmal verdauen.

»Es ist noch nicht zu spät«, sagte er. »Du kannst immer noch zur Polizei gehen und ihn anzeigen.« Lucas fühlte eine beinahe euphorische Erleichterung bei dem Gedanken, Tristan Hellstern würde mächtigen Ärger bekommen, vielleicht sogar hinter Gittern landen.

Doch Aurora schüttelte resigniert den Kopf. »Nein. Tristans Aussage würde gegen meine stehen und er hat diese Fotos.«

Und einen reichen Papa, der ihm einen guten Anwalt besorgen kann, dachte Lucas. Er mochte nicht in Aurora Fuchs' Haut stecken, trotzdem war er enttäuscht.

»Ich gehe nach Berlin«, sagte sie. »Eine Wohnung habe ich schon.«

»Viel Glück.« Er stand auf. »Ich muss jetzt los.«

»Sag mal ...« Sie zögerte.

»Ja?« Aurora sah bemitleidenswert aus mit ihrer roten Nase und den verweinten Augen.

»Warum hast du nicht auf den Rettungsdienst gewartet, als du mich gefunden hast?«

»Weil ich ein vorbestrafter Verbrecher bin.«

»Schade«, sagte sie, mit ehrlichem Bedauern und einem zaghaften Lächeln im Blick. »Ich hätte dich gerne bei mir versteckt.«

Lucas drehte sich um und ging.

Letzter Schultag, letzte Stunde. In Mila wirbelte Musik. Gerade hatte Herr Zöllner ihre Zeugnisse ausgeteilt. Bis auf Latein, Sport und Informatik, in denen Mila jeweils nur zehn Punkte erreicht hatte, stand sie in allen Fächern auf Eins. Sie war Klassenbeste.

Zöllner hatte ihr das Zeugnis mit einem stolzen Lächeln überreicht und keiner ihrer Klassenkameraden hatte sich getraut, eine blöde Bemerkung zu machen. Dafür war ihnen vermutlich Milas Schilderung über die miserablen Bildungsmöglichkeiten von Roma-Kindern in der Slowakei noch zu frisch im Gedächtnis.

Doch selbst wenn jemand Mila als Streberin verspottet hätte, es wäre ihr egal gewesen. Sie konnte am Saale-Gymnasium bleiben und ihr Abi machen, nur das zählte.

Tristan verschmerzte die Vier in Deutsch und eine Handvoll Dreien auf seinem Zeugnis ziemlich schnell. Heute war schließlich sein neunzehnter Geburtstag und am Abend sollte die Party am Schiefersee steigen. Seine Geburtstagsparty ließ er sich von schlechten Schulnoten bestimmt nicht verderben.

Mila hatte ihm den Schlüsselanhänger geschenkt, die in schwarzes Leder geprägte stilisierte Echse, die sie in Eisenach gekauft hatte. Tristan hatte vorgegeben, sich zu freuen, dabei jedoch diesen seltsamen Ausdruck im Gesicht gehabt, den er bekam, wenn er enttäuscht war und alles dransetzte, es zu verbergen.

Gestern Abend hatte er sie angerufen und gebeten, zu ihm zu kommen. Doch Mila war mit seinem anderen Geburtstagsgeschenk beschäftigt gewesen. Vor einer Weile hatte sie im Wald eine Stelle mit Heidelbeeren entdeckt und den gestrigen Nachmittag damit verbracht, so viele zu pflücken, dass sie zwei Blechkuchen davon backen konnte. Das Rezept für den Heidelbeerkuchen stammte von ihrer Baba. Mila hoffte, Tristan würde sich freuen, wenn sie etwas zu seiner Party beisteuerte.

Weil der Kuchen eine Überraschung sein sollte, hatte sie ihm nichts verraten, doch inzwischen zweifelte Mila daran, dass man

Tristan heute überhaupt noch mit etwas überraschen konnte. Was waren schon ein Kuchen und ein Schlüsselanhänger im Gegensatz zu einem Auto?

Den passenden Wagen zu ihrem Eidechsenanhänger hatte er nämlich von seinen Eltern bekommen, einen schwarzen Golf, ein Jahreswagen, mit dem er am Morgen auch gleich in die Schule gefahren war.

»War ja klar«, sagte Jassi mit verdrehten Augen. »Miserable Noten hin oder her, der Goldjunge bekommt natürlich sein Auto zum Neunzehnten.«

Mila dachte an Peter Hellsterns Worte, deren unfreiwillige Zeugin sie geworden war, und dass offensichtlich nicht nur Tristans Mutter ihm Zucker in den Hintern blies. Vielleicht hatte der nie endende Überfluss ihn zu einem Suchenden gemacht. Tristan Hellstern war ständig auf der Suche nach etwas, das er nicht schon hatte.

»Trotzdem schade, dass du heute Abend nicht dabei bist«, sagte Mila mit ehrlichem Bedauern zu Jassi.

Jassis Eltern hatten für zwei Wochen ein Ferienhaus in Südfrankreich gemietet und wollten nachts fahren, in der Hoffnung, dass die Zwillinge dann im Auto schliefen.

»Na, Hauptsache, du amüsierst dich gut.« Jassi umarmte sie. »Pass auf dich auf, Süße. Ich lasse dich nicht gerne allein.«

»Ich halte mich fern von Lucas, versprochen.«

»Ich meine nicht Lucas, Mila. Ich glaube, Tris tut dir nicht mehr gut.«

»Pass du auf dich auf.« Mila hatte einen dicken Kloß im Hals. »Ich habe gehört, die Franzosen sind sehr charmant.« Sie umarmten sich noch einmal.

Mila radelte nach Hause. Gleich nach dem Unterricht wollten Tristan und Hannes im Supermarkt groß einkaufen und alles zum See transportieren. Gegen vier würde Tristan sie dann zu Hause abholen.

Der Kuchen stand bereit, Mila musste nur noch ein paar Sachen für die Nacht zusammenpacken, duschen und etwas Hübsches anziehen, etwas, worin sie Tristan gefiel – schließlich war es sein Geburtstag.

Beinahe eine Stunde stand sie vor ihrem Kleiderschrank und probierte. Nicht dass die Auswahl so riesig gewesen wäre, sie schwankte zwischen ihrem roten Schmetterlingskleid und dem schwarzen Rock, kombiniert mit dem beigen engen Top. Rock und Top hatte Tristan ihr gekauft, aber für eine Party im Wald kam ihr beides übertrieben vor.

Es wurde fünf, bevor Tristans schwarzer Golf vor dem Haus hielt. Als Mila sich mit den beiden Kuchenblechen abmühte, kam er ihr entgegen. »Was hast du denn da?« Er linste unter die Alufolie.

»Heidelbeerkuchen«, sagte sie. »Meine Überraschung.«

»Oh, toll. Aber der Kofferraum ist voll, du musst die Bleche auf den Schoß nehmen.«

Auf der Rückbank saßen die blonde Patrizia und ihre Freundin Karo, beide herausgeputzt, als würde es auf einen Empfang gehen und nicht auf eine Party im Wald. Mila hatte sich am Ende für ihr rotes Lieblingskleid entschieden.

Dass Tristan jemanden in seinem Auto mitnahm, war in Ordnung, aber mussten es ausgerechnet diese beiden Schnepfen sein? Die ganze Zeit redeten sie davon, wie *fuckegal* ihnen ihre Zeugnisse waren und wie *megageil* sie dieses Auto fanden. Schwarz sei ohnehin eine *obercoole* Farbe, so mystisch und intelligent.

Wie konnte eine Farbe intelligent sein?

Als sie ausstiegen, bemerkte Mila die ultrakurzen Röcke der beiden. Schwarz, eng. Patrizia hatte lange Beine und trug ein goldenes, figurbetontes Top. Auf einmal kam sich Mila sehr uncool vor mit ihrem selbst gebackenen Blaubeerkuchen und in ihrem roten Schmetterlingskleid.

Schweren Herzens beobachtete sie, wie vertraut Tristan und Patrizia miteinander umgingen. Na gut, die beiden waren mal zusammen gewesen, aber nur drei Monate – wenn stimmte, was Tristan ihr erzählt hatte. So, wie die Blonde ihn anlächelte, konnte man meinen, sie wären es noch.

Dein Freund vögelt eine andere, hatte Cavka gesagt. *Tristan ist nicht treu*, waren Lucas' Worte. Schlief Tristan mit Patrizia? War sie die blond gelockte Schaufensterpuppe, von der Lucas gesprochen hatte? Wussten die anderen es längst und nur sie glaubte immer noch, alles würde sich wieder einrenken?

Im Gänsemarsch liefen sie durch das Wäldchen zum See. Mila trug ihre beiden Kuchenbleche, Tristan eine Kiste mit Baguettes, die Mädchen ihre Handtaschen.

Musik der *Doors* schallte ihnen entgegen, als sie aus dem Wald traten. *The West is the best, The West is the best, Get here and we'll do the rest*, sang Jim Morrison.

Vor der Blockhütte stand ein großer Grill, daneben ein Klapptisch, auf dem Mila ihre Kuchenbleche abstellte. Hannes und Tristan liefen gleich noch einmal los, um die Kühlbox mit den Bratwürsten und den Steaks aus dem Auto zu holen. Im Schatten der Hütte standen zwei Kisten Bier, zwei weitere Kisten entdeckte Mila am Ufer des Sees, halb im Wasser, zusammen mit einem lustigen Sammelsurium an Flaschen. Diverser Alkohol, der kühl bleiben sollte.

Innerhalb kurzer Zeit waren eine Menge Leute auf dem Steg

und am Ufer versammelt, von denen Mila die meisten kaum kannte, die jedoch mit Tristan befreundet zu sein schienen.

Sie sah Hannes und Boris, sonst niemanden aus ihrer Klasse. Ein paar Mädchen aus der Parallelklasse waren da – wie Patrizia und Karo –, doch die übrigen Gesichter kannte Mila überhaupt nicht. Alle schienen sich prächtig zu amüsieren und redeten über Dinge, die ihr fremd waren. Die megageilsten Apps, Fernsehserien wie *Vampire Diaries, Supernatural* und *Game of Thrones*. Über angesagte Clips auf *YouTube*. Und es wurde fröhlich gelästert über Leute, die man nicht ausstehen konnte.

Mila vermisste Jassi, aber die war inzwischen mit ihrer Familie auf dem Weg nach Südfrankreich. Ab und zu sah Mila zum Waldrand, in der Hoffnung, wenigstens Daniel, Henrike und Ria würden noch auftauchen, doch vergeblich.

Als sie Ria eine Nachricht schickte: *Die Party läuft, wo bleibst du?*, kam kurz darauf eine SMS zurück. *Sorry, nicht eingeladen.*

Mila holte sich ein Bier, und ein Junge mit Zopf sprach sie an. »Cooler See, coole Hütte«, sagte er. »Ich bin Tim, hab mit Tristan Fahrschule gemacht. Und wer bist du?«

»Mila, seine Freundin.«

»Ah.« Tim nickte und sein Blick schweifte weiter.

Eine Weile unterhielt Mila sich mit Boris, fragte ihn nach seiner kleinen Schwester und erfuhr, dass Asja glücklich war mit ihrem neuen Rollstuhl, weil der beweglicher war als ihr erster.

»Und die Raben«, erkundigte sich Mila, »sind die wieder aufgetaucht?«

»Ja, ich beobachte sie oft in der Nähe der Schafe. Aber sie haben keines mehr getötet.«

Schließlich unterbrach Tristan ihr schleppendes Gespräch, weil er Boris brauchte, um noch Sachen aus dem Auto zu holen.

Mila begann, sich verloren zu fühlen. Sie stand auf dem Steg, blickte auf den glatten Spiegel des Sees. Sie hätte sich jetzt andere Musik gewünscht, etwas Fröhlicheres als The End von den Doors. Etwas, wozu sie tanzen konnte, sich im Kreis drehen, ihr Blut spüren, sich spüren. ZAZ zum Beispiel, die Französin, deren Musik sie so mochte.

Als Mila ein lautes Kreischen hörte, wandte sie sich erschrocken um. Jemand hatte eines ihrer Kuchenbleche auf dem Boden abgestellt, um auf dem Tisch Platz für Pappteller, Steaks und Grillwürste zu machen – und Karo war in den Blaubeerkuchen getreten. Sie trug weiße Sneakers, und die waren ihr offensichtlich nicht *fuckegal*, denn sie machte ein ungeheures Theater.

Bis Tristan erschien und sie anblaffte: »Komm mal wieder runter, okay? Und pass das nächste Mal besser auf, wo du hintrittst.«

Der zerstörte Blaubeerkuchen flog im hohen Bogen ins Gebüsch und Mila brachte das zweite Blech in der Hütte in Sicherheit.

»Hey«, sagte Tristan, der ihr gefolgt war. »Alles grün?«

Sie nickte, kämpfte gegen die Tränen, die in ihr aufstiegen.

»Tut mir leid wegen des Kuchens. Du hast dir Mühe gemacht.«

»Schon okay.«

»Sieht aber nicht so aus. Ist noch irgendwas?«

»Warum hast du niemanden aus unserer Klasse eingeladen?«

»Sind Hannes und Boris niemand?«

»Du weißt genau, was ich meine.«

»Nein, weiß ich nicht.« Tristan wirkte genervt. »Es ist meine Party, und ich lade ein, wen ich will. Ich habe die Freaks aus unserer Klasse jetzt monatelang jeden Tag gesehen und brauchte eine Pause von ihnen. Okay?« Er wandte sich zum Gehen.

»Liebst du mich noch?«

Tristan blieb stehen und drehte sich langsam um. »Was hast du gesagt?«

»Du hast mich verstanden.«

»Was soll das, Mila? Ich habe dir doch gesagt, das mit dem Kuchen tut mir leid. Ich habe dich nicht darum gebeten, welchen zu backen, okay?«

»Hast du was mit Patrizia?«

»Patrizia? Was soll der Quatsch? Du weißt, dass wir mal zusammen waren, aber das war vor deiner Zeit. Wir sind gute Freunde, das ist alles.«

»Und was ist mit Aurora Fuchs?«

»Was soll mit ihr sein? Sie ist durchgeknallt, wir werden sie nie wiedersehen und das ist gut so.«

»Hast du mit ihr geschlafen?«

»Sag mal, geht's noch?« Tristan wandte den Kopf kurz zur offenen Tür, dann kam er auf sie zu und drängte sie in die Ecke, wo der gusseiserne Ofen stand. »Hör auf mit diesem Unsinn, ja!«, sagte er mit verhaltener Stimme. »Ich soll was mit der Fuchs gehabt haben – du hast ja nicht mehr alle Tassen im Schrank. Sie hat mich fertiggemacht, die blöde Kuh. Ich konnte sie nicht ausstehen.« Tristan schüttelte den Kopf. »Bist du etwa eifersüchtig?« Der Blick aus seinen braunen Augen brannte. »Eifersucht ist langweilig. Langweile mich nicht, Mila.«

»Warst du nicht eifersüchtig auf Giorgi?«

»Nein, war ich nicht. Er war eine stinkende Ratte und ich habe mich einen Dreck um ihn geschert.«

»Er ist tot«, stieß sie hervor.

»Was?« Tristan sah sie mit großen Augen an. »Wie kommst du denn auf so einen Schwachsinn?«

»Der Tote in dieser alten Druckerei, es war Giorgi.«

Tristan packte sie an den Armen. »Woher willst du das wissen?«

Weil er mir als Geist erschienen ist. »Ich weiß es eben. Tris ... hast du irgendetwas damit zu tun?«

Tristans Blick checkte blitzschnell, ob auch niemand in der Nähe war. »*Ich?* Sag mal, spinnst du jetzt völlig?« Er schüttelte sie und sein Gesicht war ihrem jetzt ganz nah. »Wieso fragst du so etwas Absurdes, Mila? Wir waren im Park und er ist gegangen, das weißt du ganz genau.« Der Ausdruck in seinen Augen änderte sich, sein Blick wurde dumpf und ablehnend. »Wieso rechtfertige ich mich hier eigentlich vor dir, als hätte ich etwas zu verbergen?«, fragte Tristan, wartete aber keine Antwort ab. »Nun glotz nicht so, verdammt. Heute ist mein Geburtstag und du, du ... erst beschuldigst du mich, ich würde meine Lehrerin vögeln, und weil das noch nicht genug ist, soll ich auch noch deinen Ehemann auf dem Gewissen haben. Du bist gerade dabei, mir meine Party gründlich zu versauen, Mila.« Sein Griff wurde unbarmherzig, er beugte sich zu ihr. »Soll ich dir mal ein Geheimnis verraten?«, zischte er ihr ins Ohr. »Hannes hat deinen Rabenflüsterer an besagtem Abend mit Giorgi gesehen. Sie liefen einträchtig zusammen in Richtung alte Druckerei. Wenn du Ludwig das nächste Mal siehst, dann frag *ihn* doch mal, was er mit deinem Ehemann gemacht hat.«

»Du tust mir weh, Tris.« Mila wollte einfach nicht glauben, was sie da hörte. Lucas und Giorgi? Dieser Gedanke verwirrte sie vollends. Sie merkte, wie sie endgültig die Kontrolle verlor. Sie hatte Angst, der Spielball zu sein in einem Spiel, das sie nicht begriff, nicht begreifen konnte.

Tristan stieß sie von sich. »Was ist eigentlich los mit dir, Mila? Überlege doch mal, wie du mich behandelst. Wie einen Verbrecher. Krieg dich wieder ein, okay? Dann kommen wir auch klar miteinander. Und jetzt möchte ich unser kleines Verhör gerne beenden und ein bisschen Spaß haben.«

Er drehte sich um und verließ die Hütte. Draußen sang Jim Morrison: *I am the Lizard King, I can do anything.*

Mila stand noch eine Weile unbeweglich da. Sie wusste nicht mehr, was sie denken, was sie glauben sollte. Und sie fühlte nicht mehr, was sie fühlen sollte. Das Herz hatte es kapiert, der Kopf noch nicht. Am liebsten hätte sie die Party verlassen. Noch war es hell, und wenn sie gleich loslief, konnte sie es vor Einbruch der Dunkelheit bis aus dem Wald heraus schaffen.

Doch zu Hause warteten nur leere Räume und die Stille auf sie. Jassi war verreist und Lucas ... Wie hatte sie ihm nur vertrauen können? Erst jetzt wurde ihr klar, dass sie das getan hatte, immer wieder, tief in ihrem Inneren. Aus irgendeinem unerklärlichen Grund hatte sie geglaubt, was er ihr erzählte.

Lucas war wie das Wasser. Er konnte sanft sein und weich, konnte eine Sogkraft entwickeln, die einen mitriss, aber er konnte auch hart sein und zerstörend. Dass er Giorgi kannte, hatte er ihr verschwiegen, und dafür gab es möglicherweise einen furchtbaren Grund.

Tränen liefen über Milas Wangen, sie spürte die feuchte Wärme auf ihrer Haut. Da fiel ihr Blick auf den Blaubeerkuchen und eine jähe Sehnsucht nach ihrer Baba überkam sie. *Man sperrt das Glück aus, wenn man zu viel erwartet.* Mila nahm ein großes Stück und biss hinein. Wurde augenblicklich zurückkatapultiert in ihre Kindheit. Sie schlang das Stück hinunter, nahm sich ein zweites und verließ damit die Hütte. Mila lief ein Stück am Seeufer entlang und setzte sich am Waldrand ins Moos.

Während sie sich dem herbsüßen Geschmack der Blaubeeren

auf ihrer Zunge hingab, wurde sie plötzlich von einer großen Traurigkeit erfasst, einer Art unstillbaren Sehnsucht nach der Welt ihrer Vorfahren, der sie den Rücken gekehrt hatte.

Mila hatte immer gewusst, dass es keine Umkehr gab, dass ihr altes Leben unwiederbringlich verloren war. Doch schon seit einer Weile spürte sie, dass sie sich selbst immer mehr verlor in ihrem Streben, wie die anderen zu sein, in ihre Welt zu passen und ihre Sprache perfekt zu beherrschen.

War sie ein Mädchen ohne Schatten? War völlige Selbstaufgabe der Preis für die Verwirklichung ihres Traums? Nein, das wollte sie nicht. Sie konnte fließend Slowakisch, ziemlich gut Tschechisch, ein annehmbares Englisch und ein fast perfektes Deutsch. Doch ihre Seele sprach Romanes, das würde nie anders sein. Das Echo ihrer Vorfahren steckte in ihrem Blut und ihren Knochen. Sie sah die Geister der Toten. Die Sichtbaren: die Vögel, Bäume, Steine, der See – sie sprachen zu ihr mit uralter Stimme und sie verstand sie.

Es war nicht das fremde Land, das sie veränderte, es war Tristan, der eine andere aus ihr machen wollte. Jemanden, der besser zu ihm passte als ein Zigeunermädchen im roten Schmetterlingskleid. Und Mila war eine andere geworden.

Sie hatte Giorgi nicht aufgehalten. Nicht gefragt, wohin er ging. Hatte ihn gar nicht gesehen. Deshalb erschien ihr nun sein Geist. Weil er wollte, dass sie ihm zuhörte.

Sehnsüchtig blickte Mila hinunter auf den See, in dem die letzten Strahlen der roten Abendsonne verloschen. In einer halben Stunde würde es dunkel sein. Sie sollte zurückgehen zu den anderen und für den Rest des Abends versuchen, Tristan seinen Geburtstag nicht zu verderben. Und wenn alle gegangen waren, dann würde sie mit ihm reden. In Ruhe. Darüber, wie es mit ihnen weitergehen sollte. Darüber, dass er nicht mehr gut für sie war.

Mila rauchte eine. Als sie zur Hütte blickte, sah sie, dass jemand Gläser mit Kerzen auf den Steg gestellt hatte und die kleinen Solargirlanden am Haus begannen, ihr Licht abzustrahlen. Eine hagere Gestalt kam in der Dämmerung auf sie zu. Es war Hannes.

»Darf ich?«

»Na klar.«

Er setzte sich neben sie und reichte ihr seine Coladose. Mila hatte Durst und trank die Dose, deren Inhalt eisgekühlt war, in einem Zug leer.

»Hey, nicht so gierig«, bemerkte Hannes. »Da ist 'ne Menge Wodka drin.«

»Wodka? Oh. Jetzt wo du es sagst.« Sie hustete.

Hannes lachte kopfschüttelnd. »Kommst du mit mir zurück zu den anderen? Tris hat sich wieder eingekriegt. Warum müsst ihr Mädels auch immer Stress machen?«

»Hat er dich geschickt?«

»Hat er. Er weiß, du bist sauer auf ihn. Aber er will nicht, dass du allein hier im Dunkeln sitzt.«

»Hannes ... darf ich dich etwas fragen?«

»Aber immer doch.«

»Hast du Lucas wirklich zusammen mit Giorgi in der Nähe der alten Druckerei gesehen?«

Hannes schluckte und antwortete nicht gleich. »Lucas?«, fragte er schließlich.

»Ludwig. Jetzt nennt er sich Lucas.«

»Ja, habe ich. Ich war mit meinem Vater da, hab mir nichts dabei gedacht. Erst, als sie den Toten in der Druckerei gefunden haben.«

»Warum hast du mir nichts gesagt?«

»Weil Tris es nicht wollte. Er hat gesagt, dieser Ludwig ist gefährlich, heute noch mehr als damals. Der war im Knast, Mila. Da lernt man unschöne Dinge. Dinge, auf die jemand wie du nicht vorbereitet ist.«

Mila dachte daran, wie Lucas auf Cavka eingedroschen hatte. Was Juscha erzählt hatte. *Unschöne Dinge.*

»Tris hat gemeint, du hättest dich von Ludwigs Charme einlullen lassen und er müsse dir erst beweisen, was für ein Scheißpsycho der Typ ist.« Hannes drehte die leere Coladose in den Händen. »Sag mal, wie hast du ihn eigentlich kennengelernt?«

Mila seufzte. »Das war genau hier, an diesem See.« Weil sie traurig war und verwirrt und der Wodka ihr schnell zu Kopf gestiegen war, erzählte sie Hannes, wie sie Lucas kennengelernt hatte. »Damals dachte ich, das Ganze wäre purer Zufall gewesen. Sogar später noch, als Tris mir erzählt hatte, wer Lucas war. Aber vielleicht hatte er ja von Anfang an alles geplant.«

»Sieht ganz danach aus.«

»Ich verstehe nur eins nicht«, sagte Mila. »Warum hätte Lucas Giorgi etwas tun sollen?«

»Na, das liegt doch auf der Hand. Um es Tristan anzuhängen, was dachtest du denn? Offenbar schreckt der Scheißkerl vor nichts zurück. Aber keine Angst, Tris und ich, wir passen auf dich auf.« Er erhob sich und reichte Mila seine Hand. »Na komm, gehen wir zurück. Ich glaube, Tris vermisst dich.«

Als sie bei der Hütte anlangten, war Tristan nirgendwo zu sehen. Boris wendete die letzten Bratwürste auf dem Grill, und Mila holte sich eine, denn sie war hungrig. Sie suchte in der Hütte nach Tristan, aber da war niemand. Immerhin, ihr Blaubeerkuchen war fast alle. Irgendjemandem hatte er also geschmeckt.

Ihr war ein wenig schwindlig, also setzte sie sich auf die alte Liege und aß ihre Bratwurst. Dabei fiel ihr Blick auf Tristans Zeichnung vom See und dem Felsen. Die Linien verschwammen, wurden lebendig, und plötzlich erkannte sie, was sich hinter dem friedlichen Bild verbarg.

Der Schieferfelsen und die Tannen spiegelten sich im Wasser des Sees und das Spiegelbild hatte Augen, einen Schnabel und Klauen: ein schwarzer Vogel. In seinen Klauen hielt er etwas, es war eine Eidechse ... oder ein Drache? Das Bild zeigte einen Kampf. Oh Gott, war ihr auf einmal schlecht. Und das Bild, dieser Vogel und die Eidechse, das war bloß ihre überreizte Fantasie.

Tristan erschien und setzte sich neben sie. Er küsste sie, schob seine Zunge in ihren Mund und seine Hand knetete ihre Brust. Doch seine Lippen und seine Hände hatten ihren Zauber verloren.

Die Kerzen flackerten und draußen sang Jim Morrison: *This is the end, beautiful friend, This is the end, my only friend, the end, It hurts to set you free, But you'll never follow me ...*

Es schmerzt, dich freizulassen, doch du wirst mir niemals folgen. Mila mochte Morrisons düstere Texte einfach nicht.

»Nun mach schon«, hörte sie Tristan rechts neben sich sagen.

Was sollte sie denn machen? Ihr war schlecht, und sie war viel zu betrunken, um noch irgendetwas zu machen. Sie wollte nur noch schlafen.

Auch an ihrer linken Seite saß auf einmal jemand und eine fremde Hand schob sich in ihren Ausschnitt, legte sich auf ihre Brust. *Schlafen.*

»Sorry, aber sie ist nichts weiter als ein billiges Flittchen, genau wie ihre Mutter. Mädchen wie sie können noch so gute Noten haben, du kannst ihr die teuersten Sachen kaufen, in ihrem Inneren bleiben sie billig. Sie gehört dir, ich bin fertig mit ihr.«

»Wo sind denn die anderen?«, hörte sie Hannes fragen.

»Niemand mehr da. Mach mit ihr, was du willst, sie merkt es eh nicht.«

Doch da irrte er sich. Milas Gliedmaßen gehorchten ihr nicht mehr, ihr Hirn verabschiedete sich in die Dunkelheit, doch ihr Herz war wach. Und es verfluchte ihn.

26

Panisch ruderte Lucas mit den Armen. Seine Hände, die griffen ins Leere, Blasen stiegen aus seinem Mund und Wasser füllte seine Lungen. Er ertrank und wusste doch, dass es nur ein Traum war. Aber dieses Wissen rettete ihn nicht vor der Qual des Ertrinkens.

Plötzlich hörte er in weiter Ferne ein Klingeln. Vielleicht stand die Frau vom Jugendamt vor der Tür, die er heimlich angerufen hatte. Wieland Rotauge würde ihn loslassen und ihr öffnen müssen.

Nun geh schon, du Mistkerl, mach ihr auf!

Die Hand verschwand von seinem Kopf und er konnte in letzter Minute auftauchen. Lucas nahm einen tiefen Atemzug.

Kerzengerade und schweißgebadet saß er in seinem Bett und begriff, dass sein Handy klingelte. Es war kurz nach Mitternacht, und in seinem Leben gab es niemanden, der ihn um diese Zeit anrufen könnte.

Er warf einen Blick auf das Display: eine unterdrückte Nummer. »Hallo, wer ist da?«

»Ich glaube, Mila geht es nicht gut«, meldete sich eine verstellte Stimme.

Sofort war Lucas hellwach. »Wo ist sie?«

»In der Hütte am Schiefersee. Tristan Hellsterns Geburtstagsparty ist wohl ein bisschen aus dem Ruder gelaufen.«

»Was ist passiert?«, rief er. Aber der Anrufer hatte bereits aufgelegt.

Fünf Minuten später saß Lucas in seinem Pick-up. Während der zu schnellen Fahrt durch die mondhelle Nacht machte er sich bittere Vorwürfe. Wie hatte er bloß aufgeben können, um Mila zu kämpfen? Weil das, was er für sie fühlte, ihm eine Heidenangst machte. Weil er gespürt hatte, wie es sie innerlich zerriss. Weil er nicht wusste, was mit ihm passieren würde, wenn Mila an Tristan festhielt – wider jeglicher Vernunft. Der 4. Juli. Wie hatte er den bloß vergessen können? Tristans neunzehnter Geburtstag. War die Party noch im Gange? Was und wen würde er am See vorfinden? Und hinter allem die brennende Frage: War das tatsächlich ein wohlmeinender Anruf oder eine Falle? Vorsichtshalber parkte er den Toyota in einem beinahe zugewachsenen Seitenweg oberhalb der Stelle, wo Tristan sein Moped immer abstellte. Nur ein paar Meter von hier führte ein Wildpfad durch den Waldstreifen, der den See umgab. Den würde er nehmen und erst einmal die Lage checken. Vermutlich hatten Tristan und sein Kumpel Hannes wieder mit K.-o.-Tropfen herumgespielt, was für ein abartiges Vergnügen. Lucas hatte, als er am Nachmittag von Aurora gekommen war, noch einmal gegoogelt. Deshalb wusste er, dass K.-o.-Tropfen von manchen Leuten als Kuscheldroge genommen wurden, weil das GHB sexuell enthemmte und gesellig machte. Dabei blendeten die Leute aus, dass es fieses Teufelszeug war und man bei der falschen Dosierung auch schnell mal den Löffel abgeben konnte.

Er war in großer Sorge um Mila, doch einfach loszustürmen, war keine gute Idee. Vorsichtshalber holte Lucas die kleine Spraydose aus dem Handschuhfach und steckte sie in seine Hosentasche. Leise drückte er die Fahrertür zu.

Im Wald, der den See umgab, drang das Licht des vollen Mondes nur selten durch die Bäume, aber Lucas hatte eine kleine LED Lampe an seinem Autoschlüssel. Er richtete den winzigen Strahl auf den Boden und betrat den Pfad. Als er die Hälfte des Weges hinter sich hatte, blieb er stehen und lauschte. Jetzt war es nicht mehr weit bis zur Hütte, höchstens noch fünfzig Meter. Und wenn dort eine Party im Gange war, müsste er Musik hören und Stimmen. Doch es war beunruhigend still. Nur die nächtlichen Geräusche des Waldes drangen an seine Ohren. Ein Vogel flatterte durch das Geäst und rechts von ihm huschte etwas über den Waldboden. Seine innere Unruhe wuchs. War Mila wirklich da? Und wenn ja, wie würde er sie vorfinden?

Lucas lief weiter. Als er den Mond durch die Tannenzweige leuchten sah, knipste er das Lämpchen aus. Er kam direkt an diesem Schieferblock heraus, von dem Mila immer in den See sprang. Die tiefste Stelle.

Es war ein heißer Tag gewesen und die Nacht hatte kaum Abkühlung gebracht, doch vom See stieg angenehme Kühle auf. Der volle Mond warf eine helle Straße auf die Wasseroberfläche, die von Lucas bis zur Hütte führte. Die Tür stand einen Spalt weit offen, drinnen schimmerte ein matter Lichtschein. Lucas horchte in die Nacht hinein, hörte das leise Zirpen der Grillen, sonst nichts. Sein ganzer Körper war in Alarmbereitschaft: Das sah verdammt nach Falle aus.

Vorsichtig pirschte er sich am Waldrand entlang, lief über Moos und einen dicken Teppich aus Tannennadeln, denn auf dem Bruchschiefer hätte man seine Schritte hören können.

Immer wieder hielt er inne und lauschte. Als er auf der Höhe der Hütte angekommen war, rannte er die wenigen Meter bis zur fensterlosen Rückwand. Er presste sich rücklings an die Rundbalken, schob sich um die Ecke bis zum ersten Fenster und warf einen Blick ins Innere der Hütte.

Im schummrigen Licht mehrerer Kerzen sah Lucas eine reglose Gestalt im roten Kleid auf der Liege. Mila. Neben ihr, halb über sie gebeugt, saß ein Typ mit dunklem Lockenkopf und seine Hand ... Lucas keuchte auf. Für Sekunden wurde sein Hirn zu einem rot glühenden, pulsierenden Etwas. Dann holte er tief Luft, vergaß alle Vorsicht und stürmte durch die offene Tür in die Hütte.

Mit einem Satz warf er sich auf Hannes und riss ihn von Mila weg. Sie gingen zu Boden und rangen miteinander. Hannes war betrunken, deshalb schaffte Lucas es mühelos, die Oberhand zu gewinnen. Er presste Hannes seinen Unterarm auf die Kehle.

»Du perverses Schwein, was hast du mit ihr gemacht?«

Hannes starrte ihn an, als wäre er der leibhaftige Teufel. Seine Hände umklammerten Lucas' Arm und er japste nach Luft.

Plötzlich regte sich Mila in seinem Rücken und stöhnte. Lucas ließ von Hannes ab und drehte sich um. Hannes nutzte den Moment, um ihn mit voller Wucht gegen die Liege zu schleudern. Erstaunlich flink kam er auf die Beine und entwischte aus der Hütte. Lucas rappelte sich auf, und nach einem schnellen Blick auf Mila, die langsam zu sich kam, setzte er Hannes hinterher.

Er war schnell, so schnell wie noch nie. Kurz bevor Hannes im Wald verschwinden konnte, erwischte er ihn am Arm, riss ihn herum und sprühte ihm eine Ladung Sprühpflaster ins Gesicht.

Hannes brüllte auf wie ein verwundetes Tier. »Oh verdammt, was ist das?«, schrie er. »Ich kann nichts mehr sehen. Scheiße, ich bin blind.« Er taumelte und fiel auf die Knie, fasste mit beiden Händen nach seinen Augen.

Lucas drehte ihm den rechten Arm auf den Rücken. »Was hast du mit Mila gemacht, du beschissener Wichser?«

»Ich bin blind, Mann, bring mich zu einem Arzt«, jammerte Hannes.

»Ich will wissen, was da gelaufen ist, du Arschloch. Hast du ihr K.-o.-Tropfen gegeben und sie vergewaltigt?« Lucas' Hand umschloss Hannes' Daumen und er drehte ihn in Richtung Handgelenk. Ein sehr wirkungsvoller Griff. Hannes Fingerknochen knirschten und er brüllte vor Schmerz, bis ihm die Luft wegblieb. *Nur wenn es richtig wehtut, dann lernst du.* Lucas war froh, dass er diese Tricks kannte – alles andere wäre gelogen.

»Ja«, schrie Hannes panisch, »ich habe ihr K.-o.-Tropfen gegeben. Aber ich habe ihr nichts getan.«

»Nichts getan? Ich habe doch gesehen, wo du deine Hand hattest.« Noch einmal verdrehte er Hannes' rechten Daumen. Sollte außer ihnen noch jemand am See sein, hätten Hannes' Schreie ihn längst zum Vorschein gebracht, wenn er kein ausgemachter Feigling war.

Hannes schrie wie am Spieß. »Scheiße, du hast mir den Daumen gebrochen.«

»Noch nicht«, bemerkte Lucas. »Aber wenn du nicht redest, tu ich's. Was war hier los? Rede oder ich breche dir nicht nur den Daumen, sondern sämtliche Knochen deiner Hand.«

Mit der Linken zog Lucas sein Handy aus der Hosentasche und drückte auf Filmen. Hannes' Augenlider waren vom Sprühpflaster verklebt, er bekam nichts davon mit.

»Sprich!« Lucas zog an Hannes' ausgerenktem Daumen.

»Oh verdammt, hör auf, ich sage dir ja alles.«

Lucas hörte auf, Hannes' Daumen zu malträtieren, ließ ihn aber nicht los.

»Tris hat gesagt, Mila ist ein Flittchen, genau wie ihre Mutter. Er hat gesagt, er wäre fertig mit ihr und ich könne sie haben.«

»Ach, und wenn Tristan sagt: ›Spring‹, dann fragst du: ›Wie hoch?‹«

»Nein, verdammt. Ich mag Mila. Ich habe sie schon gemocht, da hat er sie noch gar nicht wahrgenommen.«

»Und weil du sie so sehr magst, da hast du die Gelegenheit beim Schopfe gepackt und dich über sie hergemacht, während sie wehrlos da drinnen lag.«

»Ich habe sie nur geküsst und gestreichelt, Mann.« Hannes schluchzte.

Was für ein erbärmlicher Idiot, dachte Lucas, doch er glaubte ihm. Hannes war nicht Tristan. »Eine letzte Frage: Wer hat mich angerufen?«

»Keine Ahnung.«

»*Keine Ahnung* ist mir zu wenig.«

»Vielleicht war es Tristan. Nur er wusste, dass ich noch mit ihr hier bin.«

Lucas ließ von Hannes ab und steckte sein Handy wieder ein. Er hatte, was er wollte. Hannes krümmte sich auf dem Waldboden wie ein Wurm. »Bringst du mich jetzt bitte ins Krankenhaus?«

»Wegen so einer Lappalie?« Lucas packte ihn am Handgelenk und renkte mit einem kurzen Griff den Daumen wieder ein. Hannes schrie nicht mehr, er fiel nur wimmernd zur Seite.

Lucas durchsuchte Hannes' Hosentaschen und fand sein Handy. Er schleuderte es in den Wald. Spätestens morgen früh würde jemand Hannes vermissen und nach ihm suchen.

Er musste sich jetzt um Mila kümmern.

Sie saß auf der Liege, bis zum Hals eingewickelt in eine bunte Flickendecke, den Blick starr auf die Zeichnung an der Wand gerichtet.

»Es ist ein Vogel«, sagte sie.

»Mila.«

»Im See ist ein Rabe. Wenn man genau hinschaut, kann man ihn erkennen. Der Schnabel, die Augen ... er kämpft mit einer Echse.«

»Mila, wir müssen hier weg.«

»Was machst du eigentlich hier?« Endlich wandte sie den Kopf und sah ihn an.

»Das erkläre ich dir später, okay?«

Lucas wickelte Mila aus der Decke und erstarrte. Ihr Kleid war hochgerutscht, auf ihren Schenkeln Spuren von Rot. »Dieses Schwein. Ich bring ihn um.«

»Blaubeerkuchen«, murmelte sie.

Wie durch einen Nebel registrierte er das Kuchenblech auf dem Tisch mit Resten von Blaubeerkuchen. »Gott sei Dank! Nun aber los. Lass uns hier verschwinden. Bevor Tristan zurückkommt.«

»Mein Rucksack.«

»Wo ist der?«

»Irgendwo hier.«

Lucas schnappte sich eine Kerze und leuchtete hinter den Sessel. Da war er, Milas bunter Rucksack. Er schnappte ihn, als ihm auffiel, dass unter dem Sessel der Griff einer Taschenlampe hervorlugte.

Es war eine MagLite. Er hielt sie ins Licht der Kerzenflamme. Es war eine *rote* MagLite. Seine Finger glitten ans Ende des Griffes und ertasteten die Schramme im Metall. Es war *seine* MagLite.

Lucas schulterte den Rucksack und versuchte, Mila auf die Beine zu bekommen. Aber sie stand noch vollkommen neben sich. Also hob er sie auf seine Arme, schaltete die Taschenlampe ein und trug sie aus der Hütte. Die Kerzen ließ er brennen. Sollte die Hütte abfackeln, täte es ihm nicht im Geringsten leid.

Vierzig Minuten später lenkte Lucas den Pick-up in seine Einfahrt. Mit eingeschalteter Taschenlampe ging er einmal ums Haus, aber alles war ruhig und wie immer. Er schloss die Hintertür auf und schaltete das Licht an, dann holte er Mila aus dem Auto und trug sie ins Haus.

Im kleinen Flur überlegte Lucas kurz, wohin mit ihr, da spürte er Milas schwarzen Blick auf seinem Gesicht ruhen. Er machte sich große Hoffnungen, dass sie ihm diesmal dankbar sein würde. Nachhaltig dankbar.

»Was hast du mit mir vor?«

»Was ich mit dir vorhabe?« *Na ja, ich wüsste da so dies und das.* »Nichts.«

»Lass mich runter.«

So viel zu ihrer überwältigenden Dankbarkeit. Lucas ließ Mila herunter und ihre Beine trugen sie, wenn auch nicht besonders zuverlässig.

»Na komm.« Er legte einen Arm um ihre Schultern und dirigierte sie ins Wohnzimmer, wo sie sich auf die Couch plumpsen ließ. »Du traust mir immer noch nicht«, bemerkte er enttäuscht.

Seufzend kippte Mila zur Seite. Sie zog die Beine an den Körper, schob die gefalteten Hände unter ihr Gesicht und schloss die Augen.

Lucas breitete eine Decke über sie und löschte das Licht.

Er ging noch einmal zum Auto und holte Milas Rucksack. Sicherheitshalber verriegelte er die Tür. Vielleicht war Tristan ja irgendwo da draußen.

Er ging in die Küche, trank Kirschsaft gleich aus dem Tetrapak und starrte auf die Stabtaschenlampe, die wie ein roter Warnpfeil auf dem Küchentisch stand.

Wenn Tristan seine Taschenlampe hatte, dann musste er an

jenem Abend in der alten Druckerei gewesen sein. Lucas glaubte nicht an Geister, aber inzwischen war er sich sicher, dass Mila recht hatte: Der Tote, den man dort gefunden hatte, war Giorgi.

Die Polizei geht von einem Unfall aus, hatte im Polizeibericht gestanden. Was war passiert? Hatte Tristan die Grenze überschritten? Hatte er getötet? Hamster. Igel. Mensch?

Traute er Tristan das zu? Lucas wusste es nicht. Er traute ihm so ziemlich alles zu, aber einen Menschen töten?

Er blickte auf die Küchenuhr. Es war nach drei. Er musste schlafen. Vielleicht fand er Antworten, wenn er ausgeschlafen war.

Samstag, 5. Juli Ein lautes »*Kroark, Kroark!*« drang in Milas Traum. Sie war nur mit einem schmuddeligen, halb zerrissenen Kleidchen bekleidet und rannte mit den anderen barfuß über den schlammigen Feldweg zur Müllkippe, wo der leere Müllwagen gerade wendete und die Raben sich auf die Essensreste unter all dem Dreck stürzten. Sie und die anderen Kinder klatschten in die Hände und schrien, aber die großen schwarzen Vögel flogen nur kurz auf, sie ließen sich von ihrer Beute, die ihnen die braunhäutigen Zweibeiner streitig machen wollten, nicht vertreiben.

»*Brronk!*« Der krächzende Laut des Raben klang so nah und Mila öffnete die Augen. Sie war nicht auf der Müllkippe am Rande ihres Dorfes. Sie lag in einem unbekannten Bett. Nein, nicht völlig unbekannt: Es war Lucas' Bett. Und er lag schlafend neben ihr.

Erschrocken setzte sie sich auf und rückte an die Wand. Jetzt sah sie Munin, den Raben. Der große Vogel stolzierte auf dem sonnenbeschienenen Holzfußboden auf und ab und schimpfte auf Rabenart. Er trug etwas im Schnabel, ein Stück Papier, und trotzdem konnte er diese krächzenden Laute ausstoßen.

Der Wecker begann zu fiepen. Lucas regte sich und streckte den Arm danach aus. Murmelte etwas. Aber es war gar nicht der Wecker, es war der Rabe, der das Weckerpiepen perfekt nachahmte.

Gegen ihren Willen musste Mila lachen und presste eine Hand auf ihren Mund.

Erschrocken fuhr Lucas zu ihr herum. Seine Haare standen in Wirbeln in alle Richtungen und auf seinen Wangen lagen Bartschatten. »Was ... was machst du in meinem Bett?« Er kratzte sich am Hinterkopf.

»Das wollte ich dich gerade fragen.«

Lucas sah ehrlich verwirrt aus und dann dämmerte es ihr. Sie hatte unten auf der Couch geschlafen und Lucas' Stöhnen hatte sie geweckt – wie schon beim letzten Mal, als sie in seinem Haus geschlafen hatte. Das war vor ungefähr einer Million Jahren gewesen.

»Du hast wieder geträumt, du würdest ertrinken. Ich habe dich gerettet.« Mila hatte sich neben ihn gelegt und leise gesungen.

Lucas setzte sich auf und rieb sich das Gesicht. »Du meinst, jetzt sind wir quitt?« Er stand auf, klaubte seine Sachen vom Boden und zog sich an. Munin versuchte, Lucas' Aufmerksamkeit zu gewinnen, aber er ignorierte den Raben.

»Der Abend gestern«, fragte er, »woran kannst du dich erinnern?«

»Tris hat gefeiert seinen Geburtstag am See. Ich hatte Blaubeerkuchen gebacken.«

Lucas setzte sich aufs Bett. »Und weiter?«

»Ich habe ihn gefragt, wegen Aurora Fuchs und der ... der blonden Schaufensterpuppe.«

War das etwa ein Grinsen in seinem Gesicht?

»Und Tristan hat natürlich alles abgestritten«, sagte Lucas. »Er kennt keine blonde Schaufensterpuppe und die Lehrerin konnte er nicht ausstehen, weil sie ihm schlechte Noten gegeben hat. War es so?«

»Er war stinkwütend auf mich.«

... sie ist nichts weiter als ein billiges Flittchen, genau wie ihre Mutter. Mädchen wie sie können noch so gute Noten haben, du kannst ihr die teuersten Sachen kaufen, in ihrem Inneren bleiben sie billig. Sie gehört dir, ich bin fertig mit ihr.

Tränen füllten ihre Augen und Lucas' Gesicht verschwamm.

»Tris wusste das von meiner Mutter.«

»Und das hattest du ihm nicht erzählt?«

Mila schüttelte den Kopf. »Nur Tilde wusste es. Und du.«

Eine weitere ungebetene Erinnerung flammte auf. Hannes neben ihr auf der Couch in der Hütte. *Mila, ich liebe dich. Tris hat dich nicht verdient, er ist ein Scheusal. Er schläft mit Patrizia und er hat sogar seine Cousine gevögelt. Ich weiß nicht, wie er das macht, aber Tris bringt mich dazu, Dinge zu tun, die ich gar nicht will. Alles dreht sich immer nur um ihn, mich lässt er die Drecksarbeit machen. Ich will das nicht mehr, Mila. Ich liebe dich.*

»Wieso warst du mitten in der Nacht am See, Lucas?«

»Ich bekam einen Anruf. Du wärst in der Hütte und bräuchtest Hilfe. Vermutlich kam der Call von Tristan.«

Sie musste ihn völlig verwirrt angesehen haben, denn er langte nach seinem Handy, tippte darauf herum und hielt ihr das Display vor die Nase. Ein Videoclip von einem winselnden Hannes mit geschlossenen Augen, der allerhand unglaubliche Dinge von sich gab. Es war ein brutales Erwachen.

»Was ... was hast du mit ihm gemacht?«

»Ihm ein bisschen den Daumen verdreht, er hätte sonst nicht mit der Sprache herausgerückt.«

Mila betrachtete ihn befremdet.

»Es diente der Wahrheitsfindung, okay?« Lucas machte eine genervte Geste. »Da haben wir es wieder. Diese miesen Typen können machen, was sie wollen, du hast immer noch Mitleid mit ihnen. Aber vor mir fürchtest du dich.« Er stand auf. »Frühstückst du trotzdem mit mir?«

Sie sah ihn an. Er gab nicht auf. Das gefiel ihr.

»Ich habe ein neues Glas Nutella gekauft.«

»Ich komme.«

»Braves Mädchen«, sagte Lucas mit einem triumphierenden Lächeln.

Als er die Tür hinter sich geschlossen hatte und seine Schritte auf den Stufen verklungen waren, pellte Mila sich aus der Decke und stand auf. Der Rabe hatte die ganze Zeit auf dem oberen Brett im Regal gesessen und sie mit seinen schwarzen Augen beobachtet.

Mit einem Mal überkam Mila ein furchtbares Gefühl von Verlorenheit. Sie stand im Zimmer eines Fremden – denn um ehrlich zu sein, was wusste sie schon von Lucas?

Und Tristan? Sie hatte geglaubt, ihn zu kennen, hatte ihn so sehr geliebt. Aber ein böser Dämon hatte Macht von ihm ergriffen, und letzte Nacht, da hatte dieser Dämon endgültig seine Maske fallen lassen. Und Mila hatte sich nicht anders zu helfen gewusst, als ihn mit einem Fluch zu belegen.

Als sie sich zur Tür wandte, um nach unten in die Küche zu gehen, flog Munin auf und fegte mit seinen Flügeln allerlei Krimskrams aus dem Regal. Ein goldglänzender Kugelschreiber fiel zu Boden, eine Armbanduhr, ein Kaffeelöffel und jede Menge Messingschrauben. Auch ein paar Papiere und Fotos segelten zu Boden.

Mila bückte sich und begann, die Sachen aufzuheben. Als sie das erste Foto in den Händen hielt, stockte ihr der Atem. Das war doch ... ganz sicher, das war Aurora Fuchs, nackt auf einer Couch.

Sie griff nach dem nächsten Foto. Lucas als kleiner Junge, zusammen mit einer hübschen jungen Frau. Sie hatte dieselben geraden Augenbrauen wie er und dasselbe Lächeln. Das musste Lucas' Mutter sein.

Als Mila das dritte Foto umdrehte, fuhr ihr ein kalter Wind mitten ins Herz. Der Raum um sie herum begann sich zu drehen und sie musste sich mit einer Hand am Regal abstützen. Wie gelähmt starrte sie auf ihr Hochzeitsfoto. Also doch!

In ihrem Kopf meldete sich Tristans Stimme. *Hannes hat deinen Rabenflüsterer an besagtem Abend mit Giorgi gesehen. Sie liefen einträchtig zusammen in Richtung alte Druckerei. Wenn du Ludwig das nächste Mal siehst, dann frag ihn doch mal, was er mit deinem Ehemann gemacht hat.*

»Mila? Kommst du? Das Frühstück ist fertig.«

Sie ließ fallen, was sie in den Händen hielt. Mila wollte Lucas antworten, damit er nicht zu ihr heraufkam, aber es kam nur ein heiseres Krächzen aus ihrer Kehle.

»Mila?«

Sie hörte seine Schritte auf der Treppe.

»Ja«, rief sie endlich. »Bin schon unterwegs.«

Flink hob Mila das Hochzeitsfoto vom Boden auf. Sie musste hier weg – und zwar schnell. Die einzige Fluchtmöglichkeit war der Weg über die Terrasse. Also schlüpfte sie nach draußen und warf einen Blick über das Geländer in den Garten. Der Anbau war nicht hoch und unten wuchs weiches Gras.

Mila klemmte das Foto zwischen die Lippen, damit sie beide Hände frei hatte, kletterte über das Geländer, hangelte sich an den Brettern so weit herab, wie es möglich war. Dann stieß sie sich ab und sprang.

Mila landete im taunassen Gras und richtete sich auf. Plötzlich war da ein lautes Kreischen über ihr und sie hob den Kopf. Ein Rabenschatten fiel auf ihr Gesicht, und ehe sie reagieren konnte, hatte der Vogel ihr mit seinem Schnabel das Foto aus dem Mund gerissen. Seine Flügel streiften ihr Gesicht. Mila schrie nicht, sie war starr vor Schreck.

Der Rabe flog mit ihrem Hochzeitsfoto davon und eine schwarze Feder taumelte vom Himmel auf sie herab. Mila fing sie auf. War das der Tausch? Eine flügelwarme Feder gegen ein Hochzeitsfoto? Ihr einziger Beweis, gestohlen von einem schwarzen Vogel.

Auf einmal stand Lucas vor ihr, er hielt ihren Rucksack in der der Hand. »Hier«, sagte er. »Anscheinend hast du was vergessen.«

Der Ausdruck der bitteren Enttäuschung in seinen grauen Augen beschämte Mila. Sie nahm den Rucksack und öffnete den Mund, um etwas zu sagen. Doch Lucas kam ihr zuvor.

»Geh«, sagte er. »Geh und komm nie mehr wieder. Ich brauche dich nicht, Mila, hörst du. Ich brauche keine, die mir nicht vertraut.« Er drehte sich um und ging durch die offene Hintertür ins Haus zurück.

Mila sah ihm nach. Ihren Rucksack in der einen, die schwarz schimmernde Feder in der anderen Hand.

27

Mit einem unglücklichen Fluch schleuderte Lucas das Foto auf den gedeckten Frühstückstisch, wo es neben dem Nutella-Glas liegen blieb. In der Küche duftete es nach frischem Kaffee und aufgebackenen Brötchen, doch der Appetit, der war ihm gründlich vergangen.

Die Fischtänzerin traute ihm nicht. Nach allem, was er für sie getan hatte, traute sie ihm immer noch nicht. Er kam sich vor wie ein Idiot. Zweimal hatte er seinen Arsch riskiert, um ihr aus der Klemme zu helfen, aber sie hatte nichts anderes im Sinn, als sich wieder einmal klammheimlich aus dem Staub zu machen. Nur wegen dieses dämlichen Fotos.

Lucas lehnte sich gegen die Spüle, verschränkte die Arme vor der Brust und wartete darauf, dass die Wut in seinem Inneren verebbte. Er brauchte Mila nicht. Er brauchte niemanden.

Doch warum tat es dann so verdammt weh?

Als Mila in die Küche trat, machte sein Herz einen Satz. Etwas strömte heiß durch ihn hindurch, es war ein Gefühl zwischen Hoffnung und Zorn. Er rührte sich nicht. Mila zog einen Stuhl unter dem Tisch hervor und setzte sich. Sie sagte nichts, sah ihn nur an, mit einem Blick, als würde sie nicht glauben können, dass sie ihn trotz allem mochte.

»Warum glaubst du mir nicht endlich?«, stieß er hervor. »Was muss noch alles passieren, damit du begreifst, dass Tristan ein böses Spiel mit uns spielt und dabei vor nichts zurückschreckt?«

»Ich weiß nicht mehr, was ich glauben soll«, antwortete Mila zerknirscht. »Jedes Mal wenn ich denke, du sagst die Wahrheit, dann passiert etwas, das mich daran zweifeln lässt.«

Ungehalten schüttelte Lucas den Kopf. »Du zweifelst an mir, bloß wegen diesem Foto?« Er trat zum Tisch, nahm das Foto und legte es auf ihren Teller. »Schau genau hin, Mila. Schau endlich einmal genau hin. Erkennst du den Rucksack?«

Mila starrte das Foto an und dann ihn. »Ja«, sagte sie, »der gehört Tris.«

Erleichtert atmete er auf.

»Aber ich meine nicht dieses Foto.«

»Nicht dieses Foto?«, fragte er verwirrt.

»Ich meine unser Hochzeitsfoto. Es lag in deinem Regal.«

Lucas schluckte. Verdammt, das Foto. Wie kam das wieder in sein Regal, nachdem es tagelang unauffindbar gewesen war? Dann erinnerte er sich, dass Munin am Morgen ein Stück Papier im Schnabel gehabt hatte. Hatte der Rabe das Foto eintauschen wollen? Wie sollte er Mila das alles bloß erklären?

»Das Foto gehörte Georgi und Giorgi ist tot«, sagte sie.

Lucas bekam kaum noch Luft.

»Hannes hat dich zusammen mit Giorgi auf dem Weg zur Druckerei gesehen.«

»Er lügt.«

»Dann hast du nie mit Giorgi gesprochen?«

»Doch.« Lucas fuhr sich mit den Fingern durch die Haare. Er zog einen Stuhl heran, setzte sich rittlings darauf und klammerte sich mit beiden Händen an der Lehne fest. »Doch. Ich war zwar mit Giorgi in der Druckerei ...«

»Dann du bist also der Letzte, der ihn lebend gesehen hat.«

»Ich weiß es nicht.«

»Du weißt es nicht?« Seine Antwort schien Mila völlig aus der Fassung zu bringen.

Lucas hob beschwichtigend die Hände. »Ich weiß nicht, was an diesem Abend passiert ist, Mila. Aber nenn mir einen einzigen vernünftigen Grund, warum ich Giorgi hätte etwas antun sollen?«

»Wenn du nichts mit Giorgis Tod zu tun hast, warum besitzt du dann dieses Foto?«

»Selbe Antwort: Ich weiß es nicht. Ich habe eine Vermutung, aber so wie du drauf bist, brauche ich sie dir gar nicht erst zu erzählen. Du wirst mir ohnehin nicht glauben.«

»Versuch es einfach.«

»Habe ich eine ehrliche Chance?«

Sie nickte.

»Also gut«, sagte er, »ich versuche es. Aber zuerst brauche ich einen Kaffee. Das war eine verrückte Nacht.«

Lucas stand auf und goss Kaffee in seinen Becher. »Du auch?«

Mila nickte, er füllte ihre Tasse und setzte sich ihr wieder gegenüber. Sie tranken beide ein paar Schlucke von ihrem Kaffee, dann erzählte Lucas Mila, wie jener Abend in der Druckerei abgelaufen war.

»Giorgi und ich sind uns erst in dem alten Haus begegnet, deshalb kann Hannes uns nicht zusammen gesehen haben, verstehst du?«

Mila wollte Einwände erheben, doch sie hatte Lucas eine ehrliche Chance versprochen, also schwieg sie.

»Wir haben den ganzen Abend bei einer Flasche Wodka geredet und getrunken.«

»Dann kanntest du also meine Geheimnisse schon seit einer Weile«, stellte Mila fest.

»Das kann man so sagen. Giorgi hat ... er hat mir euer Hochzeitsfoto gezeigt. Er war total fertig. Tristan hatte ihm hässliche Dinge über dich erzählt.«

»Was denn?«, hakte sie nach. Und vor allem: *Wann* hatte Tristan mit Giorgi gesprochen?

»Dass du mit einer Menge Kerlen aus Moorstein im Bett gewesen wärst, dass du ...«

»Hör auf.« Mila stieg das Blut ins Gesicht. Noch vor wenigen Minuten hatte sie ein schlechtes Gewissen wegen ihres Fluchs gehabt. Das verflüchtigte sich nun sehr schnell.

»Du hast gefragt.«

»Ich hatte nie etwas mit einem anderen.«

»Das weiß ich doch. Ich will nur, dass du begreifst, was Tristan für ein Mensch ist. Dass er lügt und ihm egal ist, was er damit kaputt macht. Er setzt alles dran, zu kriegen, was er will, und interessiert sich für nichts außer seinen eigenen Vorteil.«

»Ich habe es begriffen«, sagte Mila leise.

»Tatsächlich? Du planst also keine neue Flucht?«

Sie schüttelte den Kopf. »Was ist dann passiert? Ich meine, in der Druckerei?«

Lucas erzählte ihr, dass er sich verplappert hatte. »Als Giorgi begriff, dass ich dich kannte, dachte er, du und ich ... na ja.« Er hob die Schultern. »Er schlug zu und an mehr erinnere ich mich nicht. Filmriss. Ich bin aufgewacht, da war es nach Mitternacht. Giorgi und seine Sachen waren weg, meine Taschenlampe war weg und mir fehlten hundert Euro.«

»Giorgi ist kein Dieb!«, platzte Mila zornig heraus. »Bloß weil er ein Zigeuner ist, ist er noch lange kein Dieb.«

Lucas fasste nach ihrer Hand. »Ich weiß. Hör einfach zu, okay?«
Mila wischte die Tränen aus ihren Augen und nickte.

»Ich dachte, Giorgi hat sich mit meinem Geld und meiner Taschenlampe aus dem Staub gemacht, also bin ich nach Hause gegangen.« Lucas zeigte auf die rote MagLite, die auf der Anrichte stand. »Das ist sie, meine Taschenlampe. Sie hat einen Kratzer, deshalb weiß ich so genau, dass es meine ist. Ich habe sie gestern Abend wiedergefunden. In Tristans Hütte.«

Mila schloss die Augen und schüttelte den Kopf.

»Du glaubst mir nicht?«

»Doch.« Sie glaubte ihm. Obwohl es so unglaublich klang.

»Da ist noch etwas.«

»Außer, dass Giorgi tot ist, du dich nicht erinnern kannst, was zwischen euch passiert ist, und Tristan vielleicht ein Mörder ist? Ich glaub nicht, dass ich das hören will.«

»Bitte, Mila. Es ist wichtig.«

»Also gut.«

Lucas tippte auf das Foto. Mit wachsendem Entsetzen lauschte Mila seinem Bericht über den Abend, an dem er Aurora Fuchs in ihrer Badewanne gefunden hatte, und was sie ihm gestern in ihrer Wohnung erzählt hatte.

»Den Wodka hatte Giorgi von Tristan, dem *Schwarzmann,* wie er ihn nannte. Ich glaube, dass da K.-o.-Tropfen drin waren, deshalb mein Filmriss. Und Giorgi, der hatte viel mehr getrunken als ich. Tristan und Hannes haben vermutlich irgendwo darauf gewartet, dass es uns ausknockt, und dann ...« Er hob die Schultern.

Und dann? Mila rang um Fassung. Das alles klang ziemlich abenteuerlich. »Aber warum sollte Tristan so etwas tun?«, fragte sie mit bebender Stimme. »Ich meine«, sie schüttelte den Kopf, um diesen furchtbaren Gedanken abzuwehren, »Menschen verletzen, die ihm nichts getan haben.« *Schwarzmann* hatte Giorgi ihn genannt. Schwarze Klamotten. Schwarze Gedanken. Schwarze Seele. War es so einfach?

»Ich habe auch nicht auf alles eine Antwort, Mila«, sagte Lucas. »Außer, dass sie ihm vielleicht in seinen Augen doch etwas getan haben. Aurora hat ihm schlechte Deutschnoten gegeben. Giorgi hat ihn vor den anderen bloßgestellt. Und ...« Er senkte den Kopf, zögerte.

»Und was?«

Lucas sah ihr in die Augen. »Er glaubt, ich stelle eine Bedrohung für ihn dar. Und du, du gibst dich mit mir ab.«

»Heißt das, wir sind in Gefahr?« Mila merkte, dass sie flüsterte.

Lucas fasste wieder nach ihren Händen. »Schon möglich. Auf jeden Fall fände ich es besser, wenn du hier bei mir wohnst, bis deine Gastmutter wieder da ist. Ich habe zwei Wochen Urlaub, ich kann also rund um die Uhr auf dich aufpassen.«

Mila blickte auf Lucas' Hände und dann in sein Gesicht. Etwas umgab ihn wie eine harte Schale, aber sie erkannte auch die Schönheit des Guten in ihm.

»Okay«, sagte sie.

»Okay?« Lucas knetete ihre Hände. »Heißt das, du vertraust mir?«

»Das tue ich. Aber ich muss dir auch etwas sagen, und ich weiß nicht, ob du mir dann noch vertrauen kannst.«

»Raus damit«, sagte er. »Wo wir einmal dabei sind.«

»Ich war in diesem Dorf mit Jassi, in deinem Jugendheim.« Sie schluckte. »Und ... na ja, wir haben mit diesem Mädchen gesprochen.«

»Juscha«, entfuhr es Lucas. Er ließ ihre Hände los und sprang auf. Starrte sie an wie ein Wesen von einem anderen Stern. »Aber wie ... woher wusstest du von Auerbach?«

Mila senkte den Kopf. »Die Telefonnummer von einem Arndt Zadok war in deinem Handy gespeichert. Das alles tut mir sehr leid, aber ich wusste einfach nicht mehr, wem ich trauen sollte. Was Tristan über dich erzählte, klang so beleuchtend, und dann hatte Jassi die Idee, diesen Zadok zu googeln und ...« Mila stockte, als sie sah, dass Lucas' Mundwinkel zuckten. »Was ist?«

»Es heißt *ein*leuchtend, nicht *be*leuchtend. Und du bist so ... *ein*malig.« Ehe Mila protestieren konnte, hatte er sich zu ihr herabgebeugt und sie auf den Mund geküsst. Ganz so, als ob sie ihm bereits gehörte.

»Ich liebe dich, Mila«, flüsterte er.

Nun war es raus. Es ihr endlich zu sagen, hatte mehr Mut von Lucas erfordert als alles in seinem Leben. Nun war er verwundbar und er hatte Angst. Sein Gesicht war nur eine Handbreit von ihrem entfernt. Ihre Augen schwarzes Feuer. Sie war in der Lage, seinen Gefühlen den Todesstoß zu versetzen, das wusste er. Doch sie sollte ihn wenigstens dabei ansehen.

»Ich weiß«, erwiderte Mila schließlich mit rauer Stimme. »Aber dafür kannst du nichts.«

»Was?« Er ließ sich wieder auf seinen Stuhl fallen und sah sie fragend an.

»Liebeszauber«, erklärte sie.

Lucas gab ein unsicheres Lachen von sich. »Wovon redest du da?«

»Erinnerst du dich an den Abend, als du mich von Hofbrunn nach Hause getragen hast?«

»An jede Minute.« Er lächelte, aber sie blieb ernst.

»Als du den Schnitt in meinem Fuß verbunden hast, kam Blut an deine Hand und du hast damit über deine Lippen gewischt.« Sie machte eine Pause, sah ihn fragend an, aber der Groschen fiel nicht. »Dann hast du über deine Lippen geleckt.« Mila schluckte. »Es war Blut von meinem linken Fuß, der Herzseite.«

Linker Fuß? Herzseite? »Ja und?«

»Auf diese Weise wurde deine Liebe zu mir geweckt. *Blutzauber* nennen wir das. Meine Baba hat es mir beigebracht.«

Lucas' Gedanken arbeiteten. Wollte sie ihn auf den Arm nehmen? Am liebsten hätte er schallend gelacht, aber etwas in Milas Augen sagte ihm, dass er das lieber nicht tun sollte.

»Geister, Blutzauber ... ist das nicht ein bisschen viel Aberglauben für ein Mädchen, das Ärztin werden will?«

»Damit komme ich klar.«

»Du glaubst also, ich habe mich nur deshalb in dich verliebt, weil ich ein winziges Tröpfchen deines Blutes geschluckt habe?« Daher kam also der Ausdruck: Er hat Blut geleckt.

»Ein winziges Tröpfchen genügt, hat meine Baba gesagt.«

»Tja«, meinte Lucas, »da muss ich dich enttäuschen, kleine Zauberin. Ich habe mich nämlich schon viel früher in dich verliebt, und zwar gleich bei unserer ersten Begegnung dort oben am Schiefersee. Zugegeben, zuerst war ich sauer auf dich, weil ich mich lächerlich gemacht hatte. Dann wusste ich eine lange Zeit nicht, was mit mir los ist. Und als ich es wusste, habe ich mich gewehrt gegen meine Gefühle. Du warst mit Tristan zusammen, und je klarer meine Erinnerungen an die Zeit mit ihm zurückkamen, umso weniger konnte ich dich verstehen, Mila. Du siehst Dinge, die andere nicht sehen können. Es fiel mir schwer zu glauben, dass dir Tristans wahres Wesen verborgen blieb.«

Über Milas Gesicht wanderte ein Schatten und ihre Augen

wurden noch dunkler. »Du hast also gedacht, dass ich berechnend bin? Dass ich mir Tristan als Freund ausgesucht habe, weil seine Eltern reich sind. Dass ich aus diesem Grund bei ihm geblieben bin, auch als er anfing, mich schlecht zu behandeln.«

Lucas sah Mila an. Bleib bei der Wahrheit, dachte er, sie hat es verdient. »Eine Zeit lang dachte ich das tatsächlich.«

Sie holte geräuschvoll Luft. »Und was denkst du jetzt?«

»Dass du jemand bist, der etwas aus seinem Leben machen will und dafür miese Voraussetzungen in die Wiege gelegt bekommen hat. Dass du eine Kämpferin bist und nicht so schnell aufgibst. Dass du ein normales, ein bisschen verrücktes Mädchen bist und ich ...«

Mila rann eine Träne über die Wange. Er hätte sie jetzt gerne in den Arm genommen und geküsst, wieder und wieder. Doch Lucas hatte keine Ahnung, ob das falsch oder richtig sein würde, und er wollte es nicht vermasseln.

»Ich sehne mich nach dir, Mila, schon seit Wochen. Zuzusehen, wie Tristan mit dir umsprang, tat verdammt weh, aber du wolltest mir einfach nicht glauben und ich wusste nicht, wie ich dich überzeugen konnte. Was du gerade durchmachst, das ist ... ich meine, sag jetzt bitte nicht, dass aus uns nichts werden kann. Gib uns einfach ein bisschen Zeit, ja?«

»Ich dachte, er liebt mich.« Sie schniefte.

»Tristan kann nur sich selber lieben, Mila. Das ganze Leben ist ein Spiel für ihn.«

»Du meinst, er hat mich nur benutzt? Die ganze Zeit?«

Lucas schwieg.

»Und du?«, fragte sie. »Hast du mich auch benutzt?« *Belüg mich nicht,* baten ihre Augen.

»Mir kam der Gedanke, ja, das ist wahr. Aber ich konnte es

nicht. Das war der Moment, als ich begriff, dass du mir etwas bedeutest.«

Mila schüttelte den Kopf. »Das alles ist großes Durcheinander. Ich weiß gar nicht mehr, wer ich bin.«

»Das ist jetzt«, beteuerte Lucas. »Aber die Dinge ändern sich. Glaub mir. Sie ändern sich immer.«

Mila nickte. »Danke«, sagte sie.

»Danke wofür?«

»Dass du mein Freund bist. Dass du heute Nacht nicht versucht hast ...«

»Was?« Lucas grinste. »Dich ins Bett zu kriegen? Das habe ich doch geschafft. Ein kleiner Albtraum, ein bisschen Gewimmer. Das ist einer meiner coolsten Tricks.«

Mila lief rot an. »Du machst es mir wirklich nicht leicht, Lucas-Ludwig.«

»Ich mache es dir nicht leicht, ich mache es mir nicht leicht, ich bin ein hoffnungsloser Fall, Mila.« Er lachte.

»Vielleicht nicht ganz so hoffnungslos, wie du glaubst. Erzählst du mir von dieser Juscha und warum du im Gefängnis warst? Warum du jede Nacht schlimme Träume hast?«

Das Lachen in ihm erlosch und Lucas presste die Lippen zusammen. Nun war es also so weit, er würde Milas Fragen beantworten müssen. Er war froh, dass sie ihm diese Chance gab, aber er wusste nicht, wo sie stehen würden, wenn er fertig war mit seiner Geschichte.

»Ich weiß nicht, wo ich anfangen soll«, gab er zu. »Und ich brauche ein Pause. Lass uns irgendwohin fahren, ja?«

Zuerst fuhren sie zu Tildes Haus, damit Mila sich umziehen und ein paar Sachen einpacken konnte. Zum ersten Mal stand Lucas in ihrem Zimmer, und sie merkte, wie er alles mit aufmerksamen Blicken auffing. Auch die Fotos von ihr und Tristan über ihrem Schreibtisch.

Sie landeten eins nach dem anderen im Papierkorb, genauso wie die Flugtickets in die Türkei. Nach allem, was passiert war, hatte Mila geglaubt, es würde ihr leichtfallen, das zu tun. Aber ganz ohne einen Anflug von Gefühlschaos ging es dann doch nicht. Wieso hatte Tristan ihr diese gemeinsame Reise überhaupt geschenkt? Waren seine Versöhnungsabsichten wirklich ernst gemeint gewesen oder hatte er sie bloß quälen wollen?

Immer wieder wanderte Milas Blick aus dem Fenster zum Haus der Hellsterns.

Lucas bemerkte es und ein Ausdruck voller Unsicherheit tauchte in seinen Augen auf.

»Mein Herz hat Tristan verflucht«, sagte Mila leise.

»Dein Herz hat was?«

»Gestern Abend, bevor Tris mich mit Hannes alleine in der Hütte ließ, hat er schlimme Dinge gesagt. Mir war so schlecht und ich konnte mich nicht mehr wehren. Aber mein Herz konnte es. Mein Herz hat ihn mit einem Fluch belegt.«

Ein Lächeln erschien auf Lucas' Gesicht. Er selbst hatte Tristan schon unzählige Male verflucht, doch gebracht hatte es nichts.

»Ich glaube zwar nicht an solche Dinge«, sagte er, »aber ich glaube an dein Herz, Fischtänzerin.«

Sie fuhren aus der Stadt – ohne Ziel.

»Erzählst du mir von dir und Tristan?«, fragte Mila, kaum dass sie das letzte Haus hinter sich gelassen hatten.

Lucas wünschte, er müsse nicht reden. Er wünschte, sie wären nur zwei Menschen, die sich mochten. Ohne die Gespenster der Vergangenheit. Doch das war Illusion. Mila würde nicht eher Ruhe geben, als bis sie seine Version der Geschichte kannte.

Lucas lenkte den Pick-up über schmale Straßen, die durch Felder und Waldstücke führten. Er erzählte Mila von den drei Monaten, die er nach dem Tod seiner Mutter im Haus der Hellsterns verbracht hatte. Wie Tristan damals schlagartig vom Freund zum Feind mutiert war.

»Ich wollte nicht der Bessere sein und ich wollte Tristan auch nichts wegnehmen. Ich wollte bloß alles richtig machen, denn die Alternative war das Heim. Aber Tristan ... instinktiv wusste er genau, wie er mich fertigmachen konnte. Er beklaute seine Eltern und versteckte den Kram in meinen Sachen. Er nahm Geld von sich und schob es mir unter. Er verletzte sich selbst und erzählte seinen Eltern, ich hätte ihn grundlos verdroschen.«

Lucas schluckte. Fahren und gleichzeitig über diese Dinge reden, war doch keine gute Idee. Also bog er nach ein paar Kilometern auf einen kleinen Parkplatz am Waldrand und sie stiegen aus.

»Komm«, sagte er. Sie liefen nebeneinander, tauchten in die Schatten des Waldes. Mila trug das blaue Kleid, das sie an ihrem Geburtstag angehabt hatte, und bei jedem Schritt umspielte der leichte Stoff ihre braunen Beine.

»Haben Tristans Eltern denn nie etwas gemerkt?«

»Nein. Er war schon damals ziemlich clever«, antwortete Lucas. »Ab und zu habe ich natürlich auch Mist gebaut und irgendwann vermischte sich das alles zu einem Muster. Ich traute mir selber nicht mehr über den Weg. Hatte ich nun ins Bett gepinkelt oder hatte Tristan in mein Bett gepinkelt, während ich schlief? Hatte ich Annas Teddy den Kopf abgerissen? Hatte ich ihren Hamster massakriert oder ihn bloß von seinem Leiden erlöst? Ich wusste es nicht, Mila. Schließlich hat Renate Hellstern mich zu einer Psychologin geschleppt. Doch die hat auch nichts aus mir herausbekommen.«

»Aber warum nicht?«, fragte Mila. »Warum hast du dir nicht helfen lassen?«

Lucas blieb stehen. »Ganz einfach. Weil ich Angst hatte, die Hellsterns würden mich wegschicken, wenn ich die Wahrheit erzählte. Wer hätte mir denn geglaubt? Ich glaubte mir ja selber nicht. *Ich* war das Problemkind, Mila, und nicht Tristan.«

Ein älteres Ehepaar mit Wanderstöcken kam ihnen entgegen und Lucas verfiel in Schweigen. Mila sah ihn als pummeligen Neunjährigen, todtraurig und wütend. Sie nahm seine Hand und so liefen sie schweigend weiter, bis der Wald sich lichtete und sie zu einer kleinen, aus Bohlen gezimmerten Plattform mit einer Bank kamen.

Von hier oben hatte man einen weiten Blick über die Saale, die sich unter ihnen durch grüne Hügel wand wie eine große, dunkelblaue Schlange.

Mila lehnte sich gegen die Brüstung aus Rundhölzern. »Es ist schön hier.«

Lucas nickte. »Es war einer der Lieblingsplätze meiner Mutter. Siehst du das Haus dort?« Er streckte den Arm aus und zeigte auf ein in der Sonne leuchtendes weißes Haus mit rotem Dach, das allein auf einem Hügel stand. »Dort wollte sie so gerne wohnen. Ein Haus mit Garten, ihr großer Traum.«

Lucas setzte sich auf die Bank und Mila drehte sich zu ihm um. Sein Haar war ein paar Zentimeter gewachsen, seit sie ihm am Schiefersee zum ersten Mal begegnet war, und seine Haut nicht mehr winterbleich. Damals hatten seine strengen Gesichtszüge unheimlich auf sie gewirkt und in den letzten Wochen hatte sie sich mehrmals vor ihm gefürchtet. Trotzdem war sie jetzt mit ihm hier und ihre Gefühle waren ein Tanz.

Sie wusste immer noch nicht, was damals mit Tristans kleiner Schwester Anna wirklich passiert war. Ihr Herz hielt das aus, aber der Kopf nicht. Sie setzte sich neben ihn. »Wie passierte das mit Anna, Lucas?«

Mit einem Seufzen beugte er sich nach vorn, stützte die Ellenbogen auf die Knie und fuhr sich mit beiden Händen über den Kopf.

»Anna«, sagte er leise und sah Mila an. »Ich mochte die Kleine und sie mochte mich. Nachdem ich ihren Hamster von seinem Leiden erlöst hatte und heulend in meinem Zimmer verschwunden war, kam sie zu mir ins Bett, um mich zu trösten. Sie war noch so klein, aber sie wusste, dass ich ihr nichts Böses wollte.« Tränen stiegen ihm in die Augen und er wischte sie weg.

»Erzähl mir, was am See passiert ist?«

»So ziemlich alles, was nicht hätte passieren dürfen.«

»Tris hat gesagt, du hättest dein Boot mit Annas Puppe darauf absichtlich in die Mitte des Sees gesteuert und sie dann allein am Ufer zurückgelassen.«

»Das ist nicht wahr.« Lucas schüttelte den Kopf. »Ja, ich wollte mein neues Boot mit Annas Puppe als Passagier auf dem See herumfahren lassen, aber Anna weigerte sich. Tristan ging an den Waldrand pinkeln, und als ich mit Anna allein war, versuchte ich noch ein bisschen weiter, sie zu überreden. Schließlich willigte sie ein und ich ließ das Boot mit der Puppe losfahren. Plötzlich fing Tristan an zu schreien wie am Spieß. Ich habe die Steuerung am Ufer liegen lassen und bin sofort zu ihm gerannt. Es klang, als hätte ein Ungeheuer ihn in seinen Klauen.«

»Tris hat mir erzählt, Raben hätten sich auf ihn gestürzt und auf seinen Kopf eingehackt. Er hat mir die Narbe gezeigt.«

Lucas lachte ärgerlich. »Sie haben ihn attackiert, weil er eines ihrer Jungen getötet hatte, das noch nicht richtig fliegen konnte. Tristan hat den jungen Raben mit einem Pfeil durchbohrt. Einfach so, weil es ihm Freude machte, endlich ein lebendiges Ziel zu haben.«

Mila dachte an Tristans Rabenzeichnungen. Er hasste die schwarzen Vögel und sie hatte das gut verstanden. Doch nun war alles anders. Sie kannte Munin und Hugina, seine Gefährtin. Sie hatte von Lucas ganz andere Geschichten über Raben gehört als die Schauermärchen ihrer Baba. Und nun wusste Mila auch, was sich wirklich am See zugetragen hatte.

»Diese Narbe«, sagte Lucas, »die hat Tristan übrigens von mir und nicht von einem Rabenschnabel. In meinem Zorn habe ich ihm seinen Bogen entrissen und auf ihn eingedroschen. Später allen zu erzählen, *meine* Raben hätten auf ihn eingehackt, war natürlich wirkungsvoller.«

Annas Tod war also eine Verkettung unglücklicher Umstände gewesen, doch Tristans Schilderung des Geschehens hatte dem Ganzen eine unheilvolle Richtung gegeben. Am Ende hatten seine Eltern Lucas in ein Heim abgeschoben.

Mila dachte an Tristans Vater, seine unerfüllten Erwartungen und permanenten Vorwürfe gegenüber Tristan, die seine Kreativität erstickten. Und auf der anderen Seite Renate, immer bereit, Tristan zu verteidigen, ihm alles zu verzeihen. Hatte sie damals die bösen Spielchen ihres Sohnes tatsächlich nicht durchschaut? Oder war es einfacher gewesen, den fremden Jungen für den Tod ihrer Tochter verantwortlich zu machen, als sich die Mitschuld des eigenen Kindes einzugestehen?

Konnte ein Kind von acht Jahren wirklich böse sein? Es widerstrebte Mila, das zu glauben. *Es gibt keine bösen Menschen, nur böse Taten,* hatte ihre Großmutter gesagt. *Ein Messer ist nicht böse. Du kannst es zum Brotschneiden, aber auch zum Töten verwenden.*

»Ich habe Anna gesehen.«

»Was?«

»Ich meine, ihren Geist«, berichtigte sich Mila. »Beim Tauchen, als wir uns das erste Mal am See trafen. Sie trug ein rotes Kleid.«

»Das stimmt.« Befremdet sah Lucas sie an. »Sie trug an jenem Tag ihr Lieblingskleid. Es war rot.«

Er erzählte ihr, dass er in den See gesprungen war, um Anna zu retten. Dass er dabei selber beinahe ertrunken wäre.

»Hast du deshalb diesen Traum vom Ertrinken?«

Das Mitleid in ihren dunklen Augen zerrte an ihm. Es wäre ein Leichtes, jetzt einfach zu nicken. Doch er sagte: »Das war die Geschichte von Ludwig, Tristan und Anna. Aber Lucas' Geschichte fängt jetzt erst an.«

»Sag mal, kannst du eigentlich kochen?« Lucas stand in der offenen Kühlschranktür und inspizierte den Inhalt. Sie hatten mittags in einem kleinen Ausflugslokal einen Happen gegessen, aber jetzt hatte er richtig Hunger. Außerdem brauchte er Energie für die nächsten Stunden. Doch er schämte sich, Mila seine Dosenvorräte zu zeigen.

»Was hast du denn da?«

Er räumte ihr den Platz. »Eier.«

»Eier klingt gut.«

»Dann überlasse ich dir meine Küche.«

Lucas ging duschen, und als er aus dem Bad kam, stieg ein verführerischer Duft in seine Nase, sodass ihm das Wasser im Mund zusammenlief. Aus Eiern, Tomaten, Zwiebeln, Kochschinken und Gartenkräutern hatte Mila goldgelbe Omelettes gezaubert.

Fünf Minuten später saßen sie in den knisternden Korbstühlen auf der Terrasse und machten sich darüber her. Seit er wusste, woraus die Mahlzeiten ihrer Kindheit bestanden hatten, spottete Lucas nicht mehr über Milas Appetit.

Munin holte sich seine abendlichen Leckerbissen aus Lucas' hohler Hand, und Lucas merkte, dass Mila der Rabe noch immer nicht geheuer war. Schließlich flog Munin davon und kam mit einer Kirsche im Schnabel zurück, die er vor Lucas auf den Teller legte.

Das machte er schon den ganzen Sommer so, brachte ihm Beeren oder andere kleine Zeichen seiner Zuneigung. Lucas bedankte sich überschwänglich und der Rabe flog erneut davon. Die zweite Kirsche, die er anbrachte, bekam Mila.

»Für mich?«, fragte sie, sichtlich gerührt.

Lucas grinste. »Ich glaube, das war eine Art Zeichen. Er hat dich als neues Familienmitglied akzeptiert.«

Aus der Blautanne ertönte ein schnarrender Rabenruf und Munin flog zu seiner Gefährtin. »Sie ist natürlich die wichtigste Frau in seinem Leben.« *So wie du für mich, Mila.*

»Das hat wirklich gut geschmeckt.« Lucas trank einen Schluck von seinem Bier und blickte in den Himmel, der sich allmählich rosa färbte. Seine Schonzeit war vorbei, das wusste er. Am Nachmittag waren sie durch den Wald spaziert und Mila hatte ihm Geschichten aus ihrer Kindheit erzählt, von ihrer Großmutter, ihren Cousins und Cousinen und ihrer Freundin Katka. Für diese Pause war er ihr dankbar.

Doch nun sah Lucas ihren Blick voller Fragen, und er wusste, dass er wieder an der Reihe war. Überlegte, was er ihr erzählen wollte und was nicht.

»Du kamst also in ein Kinderheim«, sagte Mila und legte den Finger direkt in die Wunde. »Wie war es da?«

Er nahm einen Schluck von seinem Bier und erzählte seine Geschichte dort weiter, wo er mittags aufgehört hatte.

»Einsam.«

»Aber du warst dort doch bestimmt nicht das einzige Kind. Hast du keine Freunde gefunden?«

Lucas schüttelte den Kopf. »Ich wollte nicht, konnte nicht ... keine Ahnung«, sagte er. »Ich fühlte mich verlassen, man hatte mich schnöde abgeschoben und jemand sollte dafür büßen. Mir war jeder recht, ich stieß alle vor den Kopf, die versuchten, sich mir zu nähern. Da war etwas Dunkles in mir, es tauchte immer dann auf, wenn ich Angst hatte. Eine Scheißangst davor, noch einmal so verraten zu werden wie von Tristan und seinen Eltern.«

Er seufzte. »Ich war schlimm, Mila, hab meine Wut an allem und jedem ausgelassen.«

In Milas Augen sah Lucas das Mitgefühl für den Jungen, der er gewesen war, und ihren Mut, sich auf den Jungen einzulassen, der er heute war. Das war ein gutes Gefühl und es half ihm, weiterzureden.

»Ich habe eine Menge idiotische Dinge getan, nur damit ich möglichst viel Ärger bekam«, fuhr er fort. »Einfach, weil mir damals alles egal war, weil ich die angestaute Wut in mir hin und wieder rauslassen musste, sonst hätte sie mich innerlich verbrannt.«

Lucas erzählte Mila, dass er, die Hellsterns mitgezählt, drei Paar Pflegeeltern verschlissen hatte, bevor er zu Sandra und Wieland Rotauge kam. »In den ersten Wochen kam ich verblüffend gut mit den beiden klar. Wieland hat mit mir am Fahrrad gebastelt, wir haben zusammen Fußball gespielt und coole Videospiele. Sandra hat gekocht und mir bei den Hausaufgaben geholfen. Beide gaben sich als fürsorgende Pflegeeltern, und ich dachte, was für ein verdammtes Glück ich doch habe. Zum ersten Mal wollte ich nicht mehr zurück ins Heim.«

»Was ist passiert?«

»Nichts«, antwortete Lucas. »Aber irgendwann, nach ein paar Monaten, da ging es dann los. ›*Mach das Sofa nicht schmutzig, Ludwig. Tropf keinen Saft auf meinen frisch geputzten Fußboden.*‹ Passierte es doch, hat Sandra mir die Haare büschelweise ausgerissen. Ich musste die Beete im Garten umgraben, Zaun und Schuppen streichen, Bad und Klo putzen. Aber nie war meine Arbeit gut genug. ›*Taschengeld? Wofür? Wozu taugst du, was kannst du außer Scheiße bauen? Das werde ich nicht noch belohnen.*‹«

Lucas konnte immer noch die Wut schmecken, die damals in ihm gärte. Er erzählte Mila jeden Schmerz, jede Schmach, jeden Hass. Wie sie zu dritt am Tisch beim Essen saßen und Wieland wollte, dass er ihm ein Bier holte. Doch Lucas war nicht schnell genug aufgestanden: Ohrfeige.

»*Du bist nichts, du kannst nichts, du wirst nichts. Du bist undankbar, Ludwig Castorf.*« Die Erinnerung schnürte Lucas die Luft ab und seine Stimme versagte ihm mehrmals, doch er zwang sich, weiterzusprechen. Wenigstens diese Geschichte wollte er zu Ende erzählen, bevor sie schlafen gingen.

Schnell und mit gewollt unbeteiligter Stimme erzählte er Mila, dass er einmal die Woche baden musste, obwohl er Baden hasste. Dass seine Pflegeeltern ihm unter Androhung von Strafe verboten hatten, sich im Bad einzuschließen.

»Doch eines Tages – ich hatte mal wieder die Schule geschwänzt – kam Rotauge wutentbrannt hereingestürmt, während ich in der Wanne saß. Er schrie mich an und drückte meinen Kopf unter Wasser. Ich dachte, mein letztes Stündlein hätte geschlagen.«

»Das ist also dein Albtraum«, stellte Mila fest. »Deshalb ertrinkst du jede Nacht.«

Er nickte. »Drei Tage später war Sandra mit einer Freundin in der Kneipe und Wieland betrunken vor dem Fernseher eingepennt. Ich bin in die Garage, habe Benzin in den Hausflur geschüttet und die Bude angezündet. Die Stichflamme hat mir die Haare und die Augenbrauen angesengt.« Lucas holte tief Luft, denn während er davon erzählte, konnte er die Hitze wieder spüren, die rot glühende Hitze des Hasses in seinem Inneren und die des Feuers, das rasend schnell um sich griff.

»Rotauge kam mit einer Rauchvergiftung ins Krankenhaus und ich landete wieder im Heim. Von da an galt ich als unvermittelbar, niemand wollte sich einen Feuerteufel ins Haus holen.«

»Das tut mir so leid«, sagte Mila. »Du warst noch ein Kind.«

»Ich war dreizehn, da lässt man so etwas nicht mehr mit sich machen.« Lucas bereute eine Menge Dinge in seinem Leben, doch Wieland Rotauge geräuchert zu haben, gehörte nicht dazu. Aber das brauchte Mila ja nicht zu wissen.

»Er hätte sterben können«, sagte sie. »Ihr hättet beide sterben können. Warum bist du nicht einfach weggelaufen?«

»Weil das Monster in mir erwacht war und es wollte Rache.«

Er sah Mila an und wartete darauf, dass sie ... ja, was erwartete er? Jedenfalls nicht, dass sie lächeln und sagen würde: »Ich kann den Dreizehnjährigen und sein Monster verstehen.«

»Wirklich?«

»Ja.«

Mehr brauchte Lucas nicht. Alle Anspannung fiel von ihm ab.

»Ich bin müde.« Der Sessel knisterte, als Mila aufstand. »Das war viel heute. Viel Schönes und viel Trauriges.«

»Na dann ... schlaf gut.«

»Wenn ich mich gleich neben dich lege, dann muss ich heute Nacht keine Treppen steigen.«

Lucas' Herz schlug einen Purzelbaum. »Keine Angst vor dem Monster?«

»Nein«, antwortete sie. »Ich glaube, es mag mich.«

28

Sonntag, 6. Juli Mila hatte in seinem Bett geschlafen, gefühlte drei Meter von ihm entfernt, doch Lucas war in dieser Nacht tatsächlich von seinem Albtraum verschont geblieben. Viel Schlaf hatte er dennoch nicht finden können. Weil er wusste, dass sie neben ihm lag, in ihrem Rosenhemd. Vertrauensvoll, endlich. Warm und weich. Sehnsucht und Lust hatten ihn wach gehalten.

Mitten in der Nacht hatte Mila sich im Schlaf zu ihm umgedreht und er hatte im Licht des vollen Mondes ihr Gesicht betrachtet, ihre klaren, festen Züge. Auf einmal hatte sie ihre Augen aufgeschlagen. Da hatte er seine zugemacht.

Am Morgen schlich Lucas sich aus dem Zimmer und lief zum Supermarkt, um vom Bäcker frische Brötchen und ein Schokoladencroissant für Mila zu holen. Als er mit seiner Tüte über den Parkplatz Richtung Straße lief, sah er sich plötzlich Tristan gegenüber, dem *Schwarzmann*.

»Was für ein Zufall.« Tristan musterte ihn mit triumphierendem Blick.

Schlagartig war Lucas' Kopf wie leer gefegt und es bildete sich ein heißer Klumpen in seinem Magen. Es war nach acht, der Parkplatz füllte sich und überall waren Leute, die Einkaufswagen holten oder ihre Autos mit Lebensmitteln beluden. *Kein Grund zur Panik, Lucas.*

»Hast du Angst, Ludwig?«, fragte Tristan mit einem listigen Lächeln.

»Nein. Ich habe es nur ein bisschen eilig.«

»Frühstück für das kleine Flittchen?« Er deutete auf die Tüte in Lucas' Hand.

Lucas zuckte zusammen und ein vertrauter Impuls meldete sich. Er wollte zuschlagen, Tristan das Maul stopfen. »Geh mir aus dem Weg, Tristan.«

»Hast du sie flachgelegt?«

Lucas seufzte genervt. »Bekommt das Gespräch noch einen tieferen Sinn oder kann ich jetzt zu meiner Freundin gehen?«

Tristan trat zur Seite, um ihn durchzulassen. »Wenn du Mila vögelst«, sagte er, »vergiss nie, dass ich sie vor dir gehabt habe.«

Lucas ging an Tristan vorbei, und ihm war, als streife ihn ein kalter Luftzug, der aus einer dunklen, modrigen Gruft kam. Als er sich ein paar Meter von Tristan entfernt hatte, drehte er sich noch einmal um. Tristan stand immer noch da, sah ihn an, mit diesem kalten, siegessicheren Blick.

»Mila und ich«, sagte Lucas, »wir haben dich längst vergessen.«

Doch das war eine Lüge.

Reha-Klinik, Montag, 18. August »Das letzte Mal haben Sie mir von Ihrem Geburtstag erzählt, Tristan, von der Party am See. Mila war auch da, zwischen Ihnen war alles in Ordnung. Trotzdem hat sie sich betrunken.«

»Ja, sie hatte gerade erfahren, dass man in einem alten Haus eine Leiche gefunden hatte, und vermutete, dass es ihr Ex aus der Slowakei war. Mila hat sich voll die Kante gegeben. Ich habe dann ein paar Leute nach Hause gefahren, und als ich zurückkam, war sie fort.«

»Einfach so fort? Sie sagten, der See liegt im Wald, außerhalb der Stadt.«

»Ja. Sie ist natürlich nicht von allein dort fortgekommen. Ludwig hat sie geholt. Wahrscheinlich hat sie ihn angerufen. Von da an wohnte sie bei ihm.«

»Sie haben also alles getan, damit Mila Ihnen verzeiht, und Sie hatten den Eindruck, alles wäre wieder gut. Und doch hat Mila Sie auf Ihrer Geburtstagsparty verlassen?«

»So sieht es aus. Sie ist wie ihre Mutter, die geht anschaffen.«

»Hat sie Ihnen das erzählt?«

»Ich habe es herausgefunden.«

»Wie haben Sie das angestellt?«

»Das war gar nicht so schwer. Ich bin nach Cheb gefahren, an Milas ehemaliges Gymnasium. Dort brauchte ich bloß mit ein paar Euroscheinen winken, und im Handumdrehen wusste ich, wo ihre Mutter wohnte und wie sie ihren Lebensunterhalt verdiente.«

»Haben Sie mit Milas Mutter gesprochen?«

»Nein. Aber mit ihrem Zuhälter.«

»Haben Sie Mila später davon erzählt?«

»Nein. Ich habe darauf gewartet, dass *sie* mir davon erzählt.«

Lucas war die Begegnung mit Tristan auf den Magen geschlagen, deshalb brachte er keinen Bissen herunter, als sie auf der Terrasse beim Frühstück saßen.

Dieses verdammte Arschloch.

»Ist irgendetwas?«, fragte Mila besorgt. »Du wirkst so erdrückt.«

Lucas schluckte hart. *Erdrückt,* ja. So kam er sich tatsächlich vor. Erdrückt von der Verantwortung, die die Liebe mit sich brachte. Mit Sicherheit war die Liebe kein Ort, an dem man sich verstecken konnte.

»*Bedrückt*«, korrigierte er sie. »Aber ja, du hast recht. Mich bedrückt etwas. Es ist Tristan. Er wird keine Ruhe geben.« Lucas holte tief Luft, fasste sich ein Herz und sagte: »Während ich heute Nacht neben dir lag und nicht schlafen konnte, habe ich einen Entschluss gefasst.« Den hatte er zwar erst nach seiner Begegnung mit Tristan gefasst, aber das tat nichts zur Sache. »Ich werde dir helfen.«

Mila hörte auf zu kauen und schluckte. »Helfen, wobei?«

»Tristan zu besiegen.«

Kaum hatte Lucas die Worte gesprochen, bereute er sie auch schon, denn Milas Gesicht verfinsterte sich schlagartig.

»Ich will nicht, dass du dich mit Tris anlegst«, sagte sie erregt.

»Ich bin geheilt von ihm, das musst du mir glauben.« Mila fasste nach seiner Hand und sah ihn eindringlich an. »Tristan hat hässliche Dinge gesagt und getan, Lucas. Aber du darfst niemals ein Teil des Hässlichen werden, hörst du!«

Das bin ich doch schon, dachte er. Seit zehn Jahren trug er dieses hässliche Monster mit sich herum. Er hatte versucht, es tief in sich zu begraben, doch es war wieder zum Vorschein gekommen. Sollte Tristan noch einmal versuchen, Mila etwas anzutun, würde er es vielleicht nicht mehr im Zaum halten können.

»Ich versuch's«, sagte er. *Aber wenn er dir noch einmal wehtut, bringe ich ihn um.*

»Wie wäre es, wenn du es mir einfach versprichst?«

»Also gut.« Er seufzte. »Ich versprech's.«

Mila schien damit zufrieden.

»Erzählst du mir, wie es mit dir und dem Monster weiterging?«

Tja, Lucas, hast du gedacht, sie würde dir den Rest schenken? Sich mit der Geschichte über einen Dreizehnjährigen zufriedengeben?

»Ich habe dir versprochen, alles zu erzählen«, sagte er, »das habe ich nicht vergessen. Aber vorher möchte ich dir etwas zeigen.«

Auf der Fahrt zur Krüger-Villa erzählte er Mila alles, was er von der Geschichte der stillgelegten Schiefergrube, der Villa und dem Geisterdorf wusste. Lucas merkte, dass sie aufmerksam zuhörte, und war froh, sie mit alldem nicht zu langweilen.

Es war nur ein Aufschub, das war ihm klar. Er würde Mila vom Wachmann, vom Gefängnis und von Juscha erzählen. Er musste es tun. Nur so konnte sie vielleicht verstehen, wer er geworden war.

Lucas parkte den Pick-up unter der großen Kastanie und sie stiegen aus. Die Krüger-Villa war jetzt vollkommen von dichtem Laub verdeckt, und erst als sie den schmalen Weg zwischen den Bäumen zum Eingang hinaufliefen, zeigte sich das imposante Gebäude nach und nach in seiner verfallenden Pracht.

Mila betrat die Villa mit Staunen im Blick und einer Art Ehrfurcht, die auch Lucas beim ersten Betreten gespürt hatte. In ihrem roten Kleid mit den kleinen weißen Schmetterlingen bot Mila den perfekten Kontrast zu den leeren Räumen mit den großen Fensterlöchern.

Verfall und Schönheit, dachte Lucas. Das Pulsieren eines lebendigen Körpers im morbiden Charme des Vergehens. Der rote Funke, der das Ende der Verlassenheit bedeutete.

»Hier bist du also manchmal«, stellte Mila fest. »Ist ganz schön unheimlich.«

»Nicht für mich. Solche Orte nennt man *Lost Places* und für mich haben sie eine besondere Bedeutung.« Er nahm ihre Hand. »Na komm.«

Während sie die staubigen Stufen ohne Geländer ins erste Obergeschoss nahmen, erzählte Lucas, wie er nach der Sache mit Wieland Rotauge und dem Brand so gut wie an jeder Kreuzung falsch abgebogen war.

»Aber was genau hast du denn nun getan?«

»So ziemlich alles, was man lieber nicht tun sollte.« Tapfer zählte Lucas all seine Vergehen auf, vom Schulschwänzen bis zum Ladendiebstahl, und merkte, wie Mila jedes Mal schluckte. Aber ihre Hand, die blieb in seiner.

»Ich habe einfach nicht darüber nachgedacht, was richtig und was falsch ist«, gestand er und sah an ihrem Blick, dass *nicht nachdenken* für sie keine Entschuldigung war. »Die Tischlerlehre war meine Rettung. Ich fand Freude daran, mit Holz zu arbeiten. Zum Wachsen braucht ein Baum Wasser, Erde, Sonne und Luft zum Atmen, genauso wie wir Menschen. Fehlt etwas davon, geht er ein oder wächst verkrüppelt. Das fand ich faszinierend.«

Lucas ließ Milas Hand los und erzählte ihr, dass er damals anfing, durch leer stehende Gebäude wie diese zu streifen und zu zerstören, was geblieben war vom fremden Leben.

Mila löste sich von ihm und trat an eines der Fenster. Ihr Haar schimmerte im Sonnenlicht. »Warum, Lucas? Warum hast du das getan?« Sie drehte sich zu ihm um.

Lucas zuckte die Achseln. »Ich weiß nicht. Vielleicht, weil da noch eine Menge Wut in mir war und ich nicht wusste, wohin damit. Solange meine Hände aus Holz schöne Dinge herstellten, blieb das Monster weggesperrt. Aber es brauchte ein Ventil.«

»Was ist passiert?«

Lucas schob mit seinem Schuh ein paar Scherben über den staubigen Boden. »Eines Nachts, ich war auf einem alten Fabrikgelände unterwegs, stand plötzlich dieser Wachmann vor mir. Ich hatte gerade mit einem Stein ein paar Fenster eingeworfen und er zog sofort seinen Schlagstock.« Er hob den Kopf. »Vermutlich hatte der Mann einfach nur Angst. Aber ich bin ausgerastet und auf ihn losgegangen.«

»Das Monster?«, fragte Mila und machte einen Schritt auf ihn zu. Glasscherben knirschten unter ihren Schritten.

»Ja.« Lucas nickte. »Aber in jedem von uns steckt so ein Monster, Mila. Und wenn wir es rauslassen, dann tragen wir die Verantwortung für sein Handeln. Das war die Lektion, die ich damals bitter lernen musste. Der Wachmann, er hatte schon vorher per Knopfdruck die Polizei alarmiert. Sie waren schnell da und das war's. Bei meinem Vorstrafenregister kannte der Richter kein Pardon. Ein Jahr und zwei Monate Jugendknast.«

Die Erinnerung katapultierte ihn zurück in das über hundertdreißig Jahre alte Gefängnis. Rote Zellentüren aus Holz, kaputte Fliesen, bröckelnder Putz und Schimmel in den Ecken. Lucas' Schmerz über die verlorene Freiheit war wie der Sturz in ein kaltes schwarzes Loch gewesen. In der ersten Nacht war es ihm so vorgekommen, als würden sich die Wände von allen Seiten auf ihn zubewegen. »Inhaftierungsschock«, so nannte das Gefängnispersonal das Trauma der ankommenden Häftlinge.

Auf einmal hatte Lucas den muffigen Geruch seiner Zelle in der Nase. Eine schwarze Übelkeit befiel ihn und er drehte sich von Mila weg, wankte aus dem Raum auf das Treppenhaus zu.

Plötzlich fühlte er sich, als würde er unter eiskaltes Wasser gedrückt, und seine Eingeweide schienen zu kollabieren. Er rannte die Stufen hinunter und schaffte es noch aus dem Gebäude, bevor er sich hinter den Stamm einer Buche erbrach.

Eine Hand gegen den Baumstamm gestützt, kotzte er sich die vergangenen zehn Jahre aus dem Leib – so fühlte es sich jedenfalls an. Als würde sein Innerstes nach außen gekehrt. Als er sich aufrichtete, den Blick von Tränen verschleiert, stand Mila hinter ihm.

»So schlimm?«

»Gib mir eine Minute, okay?«

Mila reichte ihm ein Papiertaschentuch und lief den Pfad zum Auto hinunter. Lucas lehnte sich mit dem Rücken gegen den Stamm, wischte sich mit dem Taschentuch über den Mund und versuchte, tief durchzuatmen. Als die Panik nach ein paar Minuten abebbte, ging er Mila nach.

Sie saß auf einem gefällten Buchenstamm, der von einem Stapel gerollt war, und rauchte. Lucas holte sich die Wasserflasche aus dem Auto und trank, um den miesen Geschmack loszuwerden. Dann ging er zu Mila und setzte sich neben sie.

»Krieg ich auch eine?«

»Ich denke, Rauchen ist eine schlechte Angewohnheit?«

»Ist es auch. Das ist eine Ausnahme.«

Mila zündete eine Zigarette an ihrer an und reichte sie ihm. Lucas nahm einen tiefen Zug und blies den Rauch aus. »Im Knast, Mila ... am Anfang dachte ich, ich krepiere.«

»Du musst mir das nicht erzählen«, sagte sie und in ihren Augen spiegelte sich Mitleid. Aber genau das wollte er nicht.

»Doch, ich muss. Und bemitleide mich nicht, okay? Weder Tristan noch Wieland Rotauge oder der Wachmann haben mich ins Gefängnis gebracht. Das war ich ganz allein.«

Mila biss sich auf die Lippe.

»Man krepiert nicht, verstehst du? Man hält aus. Hofft, dass es irgendwann vorbei sein wird.« Lucas rieb sich mit beiden Händen über das Gesicht. »Der Knast war uralt, eine finstere Festung wie aus einem Gruselfilm. Ich hätte mich nicht gewundert, wenn Wärter mit Pickelhaube vor den Zellen gestanden hätten.« Er lachte, rauchte. »Das war's, dachte ich, jetzt bist du zu weit gegangen. Dieser Kerker ist dein neues Zuhause für eine sehr lange Zeit.«

Stockend erzählte Lucas von den Tagen und Nächten in seiner Zelle, die er mit zwei anderen Häftlingen teilen musste. Vom Husten, Stöhnen, Fluchen und Geflüster – den Geräuschen, die nie verstummten. Er hatte versucht, sich in Gedanken an einen anderen Ort, in eine andere Zeit zu versetzen. Doch seine Zellengenossen wussten das zu verhindern.

Es hatte etwas Heilsames, Mila davon zu erzählen. Lucas vertraute ihr. Es blieb ihm gar nichts anderes übrig, denn er hatte nur sie, der er vertrauen konnte. Also redete er. Über Liegestütze, bei denen er nach jedem Zug in die Hände klatschen musste. Über Schlafentzug und Schläge mit einem nassen Handtuch, die wie Peitschenhiebe brannten.

»Die Jungs waren sehr erfinderisch.« Er versuchte zu lachen, spürte auf einmal, wie die Gefängnismauern sich langsam zurückzogen und mit ihnen alles, was war.

»Du hast es niemandem erzählt?«

Er schüttelte den Kopf.

»Wieso nicht?«

»Im Knast verrät man sich nicht gegenseitig. Man gab mir zu verstehen, dass es klüger wäre, sich an diese Regel zu halten.«

»Aber das hast du nicht.«

»Nein. Mir blieben drei Möglichkeiten. Erstens: die Demütigungen weiter zu ertragen, bis zum Ende meiner Haftzeit. Zweitens: mich für die erlittene Schmach zu rächen und in der Hierarchie aufzusteigen – dann hätte ich vielleicht Ruhe. Oder drittens: mit Arndt Zadok, dem Sozialarbeiter, zu sprechen und sehen, was passiert.«

Nummer eins war keine Option für Lucas gewesen, denn er war kein Opfer und er hasste Regeln. Nummer zwei war eine Möglichkeit, doch er entschied sich dagegen. Rache war eine Sackgasse, die ihn immer wieder dorthin führen würde, wo er gerade war.

Früher, in den ersten Monaten und Jahren nach dem Tod seiner Mutter, da hatte er in Racheplänen geschwelgt. In seinem Schmerz wollte er sich an allen rächen, die ihn gedemütigt, verraten und im Stich gelassen hatten. Doch im Gefängnis hatte er begriffen, dass man dafür geradestehen musste, wenn man Scheiße baute, und Rache einen nicht befreite vom Schmerz.

Also redete er mit Zadok.

Zwei Tage später fand Lucas sich mit blutigem Rücken auf der Krankenstation wieder. Die Rasierklingenfolter rettete ihn.

»Von dort holte Zadok mich nach Auerbach. Das Jugendheim war meine letzte Chance und ich ergriff sie. Hab meinen Abschluss als Tischler gemacht und ...« Er hielt inne.

»Und dich in Juscha verliebt?«, fragte Mila.

Er hob die Schultern und nickte. »Du hast sie gesehen, sie ist eine ziemlich heiße Braut. Alle Jungs im Jugendheim waren verrückt nach ihr. Aber Juscha mochte mich. Sie fand, ich würde aussehen wie dieser Vampir aus dem *Biss*-Film«, erzählte er verlegen und sah, wie Mila versuchte, nicht zu lächeln. »Wir haben heimlich ein bisschen rumgemacht, bis ihr Vater uns eines Tages in flagranti erwischt hat.«

Mila riss die Augen auf. »Und deshalb musstest du zurück ins Gefängnis?«

Lucas erstarrte. »Das weißt du also auch schon. Juscha muss ja eine sprudelnde Informationsquelle gewesen sein.«

Mila schaute ihn so schuldbewusst an, dass er lachen musste, obwohl ihm nicht danach zumute war. »Nein, das war natürlich nicht der Grund. Zadok hat versucht, cool zu bleiben, aber er hat mir sehr deutlich klargemacht, dass ich zurück in die JSA müsse, wenn ich es nicht beende. Ich war fast neunzehn, aber Juscha erst fünfzehn. Ich wollte um keinen Preis wieder in den Knast zurück, also habe ich mich von ihr ferngehalten.«

»Aber sie sich nicht von dir«, stellte Mila sachlich fest.

Er schüttelte den Kopf.

»Dann habt ihr ...?«

»Nein«, unterbrach er sie, »haben wir nicht.«

»Aber aus welchem Grund musstest du denn dann wieder ins Gefängnis zurück?«

Fuck, sie ließ wirklich nicht locker. Lucas sprang auf und hob beide Hände. »Ist das wirklich notwendig, Mila? Darf ich nicht ein einziges Geheimnis für mich behalten?«

»Ich habe dir meine doch auch alle erzählt.«

»Das ist ja das Problem.«

»Wie meinst du das?«

»Ich schäme mich, Mila.«

»Du hast etwas getan, das schlimmer ist, als einen Menschen krankenhausreif zu prügeln?«, fragte sie, mit einem Anflug von Panik in den Augen.

»Nein. Nur es dir zu erzählen, ist schlimmer.« Er lief zum Toyota und setzte sich hinters Steuer.

Nach einer Weile kam Mila und stieg ebenfalls ein. Lucas

steckte den Schlüssel ins Zündschloss, ließ den Wagen aber nicht an. Mila sah verunsichert aus, und ihm war klar, er musste es ihr erzählen, andernfalls würde sie sich sonst was ausmalen und das war vermutlich noch schlimmer als die Wahrheit.

Als er zu sprechen begann, wandte Mila den Blick aus dem Beifahrerfenster, als wolle sie ihm so das Reden erleichtern. »Juscha hat nicht aufgehört, mich anzumachen. Sie hat mich total verrückt gemacht.« Mit einem verlegenen Lachen und sorgfältig gewählten Worten schilderte Lucas ihr seinen damaligen sexuellen Notstand. Und dass Zadok ihn schließlich, versorgt mit genügend Geld, an seinem neunzehnten Geburtstag nach Arnstadt in den Puff gefahren hatte.

»Nun ja, ich ... ich kam nicht dazu.« Er räusperte sich, weil ihm klar war, dass das in Milas Augen keinen Unterschied machte. Er war dort gewesen, das allein zählte. Mila sah immer noch aus dem offenen Beifahrerfenster. »Die Polizei hatte einen Tipp bekommen und ausgerechnet mich erwischten sie mit einer Minderjährigen. Sie war siebzehn und ich aus dem Jugendhof. Ich habe Zadok nicht verraten, aber er konnte nicht verhindern, dass ich den Rest meiner Strafe in der nagelneuen JSA absitzen musste.«

Eine Weile herrschte Schweigen. Trotz der offenen Fenster wurde es schnell warm im Wagen und Lucas begann zu schwitzen. Würde Mila ihn verurteilen? Hatte diese letzte Beichte das Fass zum Überlaufen gebracht?

Endlich wandte sie den Kopf und er sah ihr in die Augen. Darin erblickte er nicht die erwartete Missbilligung, sondern eine Art Erleichterung. Da ging ihm ein Licht auf.

»Alles, was du gerade von mir gehört hast, wusstest du schon, nicht wahr?«

Mila nickte. »Juscha hat es Jassi und mir erzählt.«

»*Fuck.*« Lucas schlug mit den Händen gegen das Lenkrad. Er kam sich verraten vor. Zum zweiten Mal verraten von Juscha. Aber irgendwie auch von Mila, und das tat weh. Doch er riss sich zusammen. »Der Tipp«, sagte er, »das weiß ich inzwischen von Zadok, kam damals von Juscha. Sie hatte ihn und mich belauscht.«

»Sie mochte dich eben. Ich glaube, das tut sie immer noch.«

»Eine tolle Art, das zu zeigen.«

»Jassi hat so getan, als wäre sie deine Freundin. Juscha hat all die schlimmen Dinge über dich erzählt, damit sie Angst vor dir bekommt und mit dir Schluss macht.«

»Ich glaub's einfach nicht.« Lucas merkte, dass er wütend wurde und überhaupt keine Lust hatte, wütend zu sein.

Mila beugte sich zu ihm herüber und küsste ihn auf den Mund. Es war ein Schmetterlingskuss, flüchtig und süß. Er weckte den Wunsch nach mehr und vertrieb den Ärger.

»Sei froh«, sagte sie lächelnd. Ihre schiefen weißen Zähne schimmerten feucht.

Sei froh? Das konnte alles Mögliche bedeuten. Sei froh, dass du nicht mit einer minderjährigen Prostituierten geschlafen hast. Sei froh, dass du es mir erzählt hast. Sei froh, dass ich dir glaube.

Lucas legte Mila eine Hand in den Nacken und küsste sie zurück. Lange. Schließlich konnte sie fast drei Minuten die Luft anhalten.

»Ich bin froh«, erwiderte er, als er ihren Mund freigab. Dann ließ er den Motor an.

In dieser Nacht lag Mila wach und Lucas schlief. Jedenfalls schnarchte er leise. Sie betrachtete sein Profil im Mondlicht und fand, dass er kein bisschen aussah wie dieser Robert Pattinson aus den *Biss*-Filmen. Schließlich hatte sie sich alle drei Teile mit Jassi angesehen. Lucas sah aus wie Lucas.

Mila war klar, dass sie längst nicht alle seine Geheimnisse kannte, aber genug, um zu wissen, worauf sie sich einließ, wenn sie ihm ihr Herz öffnete. Seine Dämonen aus der Vergangenheit, die ihm diese Albträume verursachten. Der kleine Junge in ihm, der sich nach der Liebe seiner Mutter sehnte, seine Fäuste, die manchmal locker saßen, der Hass auf Tristan, den er ihretwegen nicht zum Schweigen bringen konnte. Kein leichtes Päckchen. Doch da war noch sein Herz, über das hatte er nur ein Mal gesprochen.

Ich liebe dich, Mila.

Das genügte ihr als Gegengewicht für all das andere.

Ganz vorsichtig, um Lucas nicht zu wecken, kroch sie aus dem Bett und schlich sich hinaus auf die Veranda. Ihre Freunde, die Sterne, funkelten vom Himmel und langsam wurde der Mond rund und voll.

Tristans Party am See, sein eiskalter Verrat, das war erst zwei Tage und zwei Nächte her, doch Mila kam es vor, als würde es zu einem anderen Leben gehören. So viel war in den vergangenen fünf Wochen passiert, zu viel, um es zu begreifen und zu verarbeiten in so kurzer Zeit. Mila wusste nur eines: Lucas war da, um sie zu beschützen. Das hatte er schon die ganze Zeit getan. Sie geliebt und sie beschützt. Wie blind sie doch gewesen war, wie dumm.

Sie hatte Tristan mit alten Liebesliedern verzaubert, hatte ihm ihr Herz und ihren Körper geschenkt. Doch nichts davon hatte ihn dazu bringen können, sie wahrhaft zu lieben. Nie wieder würde Mila zulassen, dass ihr jemand so wehtat wie Tristan Hellstern.

Eines Tages würde sie vergessen, was er gesagt und getan hatte. Doch sie würde niemals vergessen, wie sie sich seinetwegen gefühlt hatte.

Leise sang sie in die Dunkelheit.
Und verflucht sei jener Knabe,
Dem geglaubt ich doch einst habe.
Schlange, wohn in seinen Därmen,
Keine Glut soll ihn erwärmen.
Die geküsst so oft ich habe,
Diese Lippen fress' ein Rabe
Und verfaule seine Zunge
Und vertrockne seine Lunge.

Ein warmer Nachtwind fuhr in ihr Haar und trug ihre Worte davon. Mila schlich sich zurück ins Bett und rückte ganz an Lucas heran. In dieser Nacht gewöhnte sie sich einfach nur an das Gefühl ihres Körpers neben seinem Körper.

29 **Donnerstag, 8. Juli** Am nächsten Vormittag fuhren sie nach Saalfeld, denn Lucas wollte Mila zeigen, wo er mit seiner Mutter gewohnt hatte, bevor sie nach Moorstein gezogen waren. Ein altes Haus mit fleckigem grünen Anstrich und blinden Fenstern, ein betonierter Innenhof, die Reste einer Schaukel. Das Haus stand leer, war ein verlassener Ort. Und doch konnte Lucas die warme Stimme seiner Mutter hören, wenn sie ihm vorlas. Er sah, wie sie den Kopf in den Nacken warf, wenn sie laut lachte. Und er roch ihren Duft nach frischer Baumwolle, der ihn als Kind immer beruhigt hatte.

»Geht es dir gut?«, fragte Mila besorgt.

»Alles bestens«, sagte er, und das war nicht gelogen. »Warst du schon mal in den *Feengrotten*?«

»Nein. Klingt gut.«

»Na dann los.«

Die *Feengrotten* waren ein ehemaliges Alaunschieferbergwerk und berühmt dafür, die farbenreichste Schaugrotte der Welt zu sein. Der *Märchendom* mit seinen vielfarbigen, zum Teil verwachsenen Tropfsteinen war der schönste Hohlraum der Grotte und ein Besuchermagnet für Touristen aus nah und fern.

Was Lucas nicht wusste: Die *Feengrotten* feierten in diesem Jahr hundertjähriges Jubiläum und sämtliche Führungen an diesem Tag waren ausgebucht.

»Wir holen das nach«, tröstete er Mila, als er ihr enttäuschtes Gesicht sah. Zärtlich strich er ihr eine Haarsträhne hinters Ohr.

»Okay. Aber ich habe einen Riesenhunger.«

Mit Milas Hunger war nicht zu spaßen, doch die Schlange an der Imbissbude war lang, deshalb schlug er vor, sich ein ruhigeres Plätzchen zu suchen, wo sie etwas essen konnten.

Sie liefen über den großen Parkplatz zu seinem Toyota, als ihnen eine Gruppe körperbehinderter Kinder mit ihren Betreuern entgegenkam. Ein Mädchen im Rollstuhl riss ihre dünnen Arme in die Luft und jauchzte vor Freude auf, als sie Mila sah.

»Hallo, Asja«, begrüßte Mila die Kleine und beugte sich über sie, um ihr einen Kuss auf die Wange zu geben.

Da entdeckte er sie: perfekt geschminkt und frisiert, in weißer Bluse und heller Stoffhose. Renate Hellstern. *Fuck!*

Tristans Mutter trug goldene Ohrringe, und als sie auf Mila einzureden begann, wirkte ihr lippenstiftroter Mund wie eine zuckende Wunde.

Mit wenigen schnellen Schritten war Lucas bei Mila und nahm demonstrativ ihre Hand. Renate Hellstern musterte ihn von oben bis unten, doch da war kein Erkennen in ihrem Blick. Tristan und sein Vater hatten ihr also nicht erzählt, dass er wieder in der Stadt war.

»Wie ich sehe, hast du dich schnell mit einem anderen getröstet«, sagte Renate mit offenkundiger Verachtung in der Stimme zu Mila.

Ihre Hand schloss sich um seine wie eine eiserne Klammer. Lucas hörte Mila scharf einatmen, aber sie bekam kein Wort der Erwiderung heraus.

»Hallo, Renate«, sagte er. »So sieht man sich wieder.«

Ein Ruck ging durch Renate Hellsterns Körper, ihr Mund klappte auf und sie starrte ihn mit einer Art Röntgenblick an.

Er zwang sich zu einem Lächeln. »Erkennst du mich denn nicht? Hat Tristan dir nicht erzählt, dass ich wieder da bin.«

»Ludwig«, stieß sie hervor und wich vor ihm zurück, als hätte er eine ansteckende Krankheit. Die Kindergruppe bewegte sich weiter, während Renate dastand wie angewurzelt. Ihr Blick wechselte zwischen Mila und Lucas hin und her. Schließlich blieb er an Mila hängen und sie sagte: »Wenn Tristan das erfährt, dann ...« Ihre Lippen bebten.

»Was dann?«, zischte Lucas. »Wird er sie mit K.-o.-Tropfen außer Gefecht setzen und in der Badewanne ertränken, so, wie er es bei seiner Lehrerin versucht hat?«

Renate schlug sich eine Hand vor den Mund, ihr Blick irrte über den Parkplatz, ob jemand gehört haben könnte, was er da gerade gesagt hatte. »Das ist ... du lügst.«

»Nein, verdammt«, fauchte Lucas sie an. »Ich habe damals nicht gelogen und ich lüge auch jetzt nicht. Dein Sohn Tristan ist boshaft und grausam. In ihm steckt der Teufel, und ich wage zu bezweifeln, dass du das in all den Jahren nicht bemerkt hast. Er ist gefährlich und gehört hinter Gitter.«

Renate gab einen komischen Laut von sich. Aus ihrem Gesicht schwand alle Farbe und sie geriet ins Wanken. Lucas wollte sie nicht berühren, doch er befürchtete, Tristans Mutter würde vor ihren Augen zusammenbrechen. Also nahm er sie fest am Arm und führte sie ein paar Meter weiter zu der kleinen Mauer, die den Parkplatz zum Grottengelände hin begrenzte.

Kaum saß Renate Hellstern, brach sie in Tränen aus. Mit fahrigen Fingern klaubte sie ein Taschentuch aus ihrer Handtasche und tupfte damit wahllos in ihrem Gesicht herum. Schließlich hob sie den Kopf, ließ ihren Blick prüfend über den Parkplatz streifen und sah Lucas in die Augen.

»Es tut mir leid«, sagte sie. »Alles tut mir leid. Dass wir dir damals nicht geglaubt haben. Dass du ins Heim gekommen bist. Dass es so schlecht für dich gelaufen ist.«

Schlecht gelaufen? Lucas schluckte. *Bleib ruhig. Hör zu, was sie zu sagen hat.* Er presste die Lippen zusammen.

»Tristan ... dass er so ist, das ist ... meine Schuld«, schluchzte sie.

Lucas stöhnte innerlich. Er hatte keinen Bock auf eine tränenfeuchte Lebensbeichte. *Ich habe ja so viel falsch gemacht bei Tristans Erziehung. Der arme Junge kann nichts dafür, ich hätte mich mehr um ihn kümmern müssen.* Das war alles Quatsch. Bei Tristan waren etliche Schrauben locker, und das kam garantiert nicht davon, dass seine Eltern ihn nicht genügend gelobt hatten.

»Tristans Geburt war schwer. Und ... und ich erholte mich nur langsam.« Renate schniefte. »Ich wurde krank, psychisch krank. Und habe etwas Furchtbares getan ...«

Lucas, der schon dabei war, dichtzumachen, hörte doch wieder hin.

»Ich war ...« Renate Hellstern starrte Lucas seltsam an. «... davon überzeugt, mein Sohn sei der leibhaftige Teufel. Ich ... ich habe versucht, ihn mit einem Kopfkissen zu ersticken.«

Lucas starrte sie fassungslos an. Milas Hand schob sich in seine und er hielt sie fest.

Renate knüllte das Taschentuch zwischen den Fingern. »Peter kam zufällig dazu und das rettete Tristan das Leben. Wochenbettpsychose, lautete die Diagnose der Ärzte. Mein Sohn war sechs Monate alt, und ich werde nie vergessen, wie er mich ansah, als ich ein paar Wochen später aus der Psychiatrie kam ... mit diesem kalten, leeren Blick.

Was hatte ich ihm angetan?

Ich habe mich immer schuldig gefühlt seitdem. Als ich merkte, dass Tristan seltsam war, schob ich es auf das, was ich getan hatte. Ich verwöhnte ihn, versuchte, ihn vor den überzogenen Forderungen seines Vaters zu schützen. Doch weder ich noch Peter haben ihn je verstanden. Keiner von uns wusste, was in seinem Kopf vor sich ging. Und diese Zeichnungen, die er ständig machte, sie waren so unheimlich.

All die Jahre habe ich mich immer wieder gefragt, ob Tristan ein normaler Junge war, als er geboren wurde. Ob ich es war, die das Gute in ihm erstickt hatte.« Sie schnäuzte sich in das zerknüllte Taschentuch.

»Und dann kam Anna«, sagte Lucas tonlos. Kurz war er geneigt, tatsächlich Mitleid zu empfinden. Was die Frau ihnen da erzählte, war der Hammer.

»Ja. Sie war nicht geplant, denn die Wahrscheinlichkeit, erneut zu erkranken, war groß. Doch da war sie und wuchs in mir heran. Ich wusste sehr zeitig, dass es ein Mädchen werden würde, und als sie dann da war, lief alles gut. Ich wurde nicht krank und Anna war ein Sonnenschein – ein wunderschönes, liebenswürdiges kleines Mädchen.« Ihr Lächeln war voller Schmerz.

»Tristan schien sich nicht weiter für seine kleine Schwester zu interessieren, und ich dachte, alles würde doch noch gut werden.«

Für *wen* gut werden?

»Als deine Mutter starb und du zu uns kamst, Ludwig ... glaub mir, am Anfang war es eine schöne Zeit für mich. Du warst so todtraurig und hast zugelassen, dass ich dich tröste. Tristan mochte es nicht, in den Arm genommen zu werden, du schon.«

Lucas dachte an Renates fliederschwangere Umarmungen. Wie unangenehm und doch trostreich sie gewesen waren. Er hatte sie aus purer Verzweiflung zugelassen.

»Ich schloss dich in mein Herz«, fuhr sie fort, »ja, das tat ich wirklich. Doch das war wohl der größte Fehler, den ich beging. Tristan war rasend eifersüchtig. Auf einmal musste er unsere Aufmerksamkeit nicht nur mit seiner kleinen Schwester teilen, sondern auch noch mit dir. Nach und nach ahnte ich, dass er all die schlimmen Dinge getan hatte, die wir dir anlasteten. Später wurde es zur Gewissheit.«

Lucas schwirrte der Kopf. *Schöne Zeit für mich ... todtraurig ... größter Fehler ... rasend eifersüchtig ... Gewissheit.*

»Und Anna?«

»Es war ein Unfall, Ludwig. Du hattest Anna gern und hättest ihr niemals etwas getan. Ich wusste das, egal, was Tristan und Peter mir erzählten.

»Warum?«, fragte er. »Wenn du es wusstest, warum hast du zugelassen, dass ich in ein Heim kam?«

»Weil ich dachte, dass es das Beste für uns alle wäre.«

»Das Beste für uns alle?«, rief Lucas, ohne Rücksicht darauf, dass jemand sie hören könnte. Er ließ Mila los und begann, vor Tristans Mutter hin und her zu laufen. »Es war das Einfachste für euch. Für mich war es ein Albtraum. Ich war erledigt. Allein.«

Seine Hände taten weh – das kam, weil er den Impuls zuzuschlagen unterdrücken musste.

»Was hätte ich denn tun sollen? Mein eigenes Kind ins Heim geben und dich behalten? Verstehst du denn nicht? Tristan war noch ein Kind, aber er hatte Freude daran, andere zu demütigen und zu quälen. Wärst du bei uns geblieben, Tristan hätte dir das Leben zur Hölle gemacht. Warum willst du das denn nicht begreifen?«

Ich war in der Hölle!, schrie es in Lucas, doch aus seiner Kehle kam nur ein Schluchzen. Mila nahm ihn in die Arme und das half sofort.

»Komm«, sagte sie, »wir gehen.«

Sie hatten sich längst abgewandt, als Lucas in seinem Rücken Renates Stimme hörte. »Ich bin es noch«, sagte sie. »Ich bin in der Hölle und werde es den Rest meines Lebens sein.«

Mila zog ihn fort und keiner von beiden drehte sich noch einmal zu Renate Hellstern um.

»Eine furchtbare Geschichte«, sagte Mila, als sie im Auto saßen. »Ich kann immer noch nicht glauben, dass sie versucht hat, ihr eigenes Kind zu töten. Jetzt verstehe ich so einiges.«

Tristans finstere Energien, die sich aus seiner eigenen Hölle speisten. Seine rätselhafte Seelenkälte. Deshalb also verstand er die Liebe nicht. Gefühle, Liebe, Empathie, das war eine Welt außerhalb seiner berechnenden Gedanken.

Ob er eine Ahnung hatte, wer er wirklich war? Wusste er um das Dunkle in ihm, das so schwarz und hässlich war? Sehnte er sich danach, endlich etwas zu spüren?

»Nach allem, was er dir angetan hat, hast du immer noch Verständnis für ihn«, sagte Lucas und Mila hörte, dass er gereizt klang. Er warf den Motor an, fuhr aber noch nicht los.

»Wie sollte ich das nicht tun?« Dinge, die einem Menschen in den ersten Wochen und Monaten nach der Geburt widerfahren, prägen ihn fürs Leben, hatte sie mal gelesen. »Seine Mutter hat ihm ein Kissen auf das Gesicht gedrückt, als er ein halbes Jahr alt war.«

»Daran kann er sich ganz bestimmt nicht erinnern.«

»Oh doch«, widersprach Mila. »Sein ganzes Ich erinnert sich daran, jede Faser seines Körpers. Ich weiß es, denn ich war ihm nah. Vielleicht so nah wie niemand sonst in seinem Leben.«

Lucas stieß den ersten Gang rein und fuhr los. Ein Kind rannte

zwischen parkenden Autos hervor und er stieg hart auf die Bremsen. »Verdammt, Mila, du verteidigst ihn.«
»Tristan ist nicht nur böse.«
»Doch, ist er.«
»Er ist ein Mensch.«
»Bist du dir da sicher?«
»Ja, das bin ich«, sagte sie. *Kalo.* Schwarz und böse. Aber ein Mensch.
Mila sah Lucas an. Auch er hatte Schlimmes durchgemacht und Schlimmes getan, doch sein Herz war nicht zu Stein geworden.

Auf der Heimfahrt hielten sie am Bleiloch-Stausee und entdeckten eine kleine versteckte Bucht, in der sie ganz allein waren. Mila hatte ihren Badeanzug dabei und ging schwimmen, vermochte es jedoch nicht, auch Lucas ins Wasser zu locken.
Es hatte ein unbeschwerter Tag werden sollen, nun, nachdem er Mila so gut wie alles über sich erzählt hatte. Doch wie es schien, wollte die Vergangenheit sie nicht loslassen.
Mila war zutiefst erschüttert von Renate Hellsterns Geschichte. Auch Lukas hatte das Ganze nicht kaltgelassen, doch ihre späte Beichte konnte die Vergangenheit nicht ungeschehen machen.
Von diesen furchtbaren Dingen zu wissen, machte es für Lucas nicht leichter. Dass er keine Schuld trug an Annas Tod, hatte er auch ohne Renates halbherzige Bekenntnisse herausgefunden. Und Tristan für seine Taten zu hassen, war einfacher gewesen, solange er davon überzeugt war, dass das Dunkle in ihm von Anfang an da gewesen war.
Mila schwamm in schnellen Zügen, beinahe widerstandslos glitt ihr Körper durchs Wasser. Lucas saß am Ufer und sah ihr zu. Winkte lächelnd zurück, als sie ihm winkte. War froh, mal eine

Weile schweigen zu können, ein paar Minuten für sich zu haben. Das brauchte er, diese Momente der Stille. Lucas hatte das Gefühl, in seinem ganzen Leben noch nicht so viel geredet zu haben wie in den letzten Tagen mit Mila. Und trotzdem waren da noch eine Million Dinge, die er ihr erzählen wollte.

Auf diese Weise kamen sie einander näher. Geheimnis um Geheimnis. Wort um Wort. Kuss um Kuss. Nur ihre Münder, mehr nicht, und doch stand jedes Mal sein ganzer Körper in Flammen.

Lucas wollte Mila nicht drängen. Sie hatte ihn dazu gebracht, zu lieben und sich zu öffnen. Und er musste so lange warten, bis sie bereit war, dasselbe zu tun.

Als Mila wieder neben ihm saß und das Wasser aus ihren Haaren über ihre braunen Arme perlte, flackerte Lust in ihm auf und warf seine guten Vorsätze über den Haufen. Er widerstand. Gerade so.

Und dann überrumpelte sie ihn mit der Frage: »Willst du eigentlich mal Kinder haben?«

Vor Schreck wurde Lucas ganz starr. Was zum Teufel sollte er darauf antworten? Doch dann machte er einfach ein hoffnungsvolles Gesicht und fragte: »Jetzt gleich?«

Mila kicherte und lief rot an. »Nein, ich meine natürlich später.«

»Ich weiß nicht«, antwortete er schließlich ernst. »Ich glaube, es würde mir ganz schön Angst machen. Wieso fragst du?«

»Ich musste an unsere erste Begegnung am Schiefersee denken. Ich dachte, du wärst ein *Nivashi*, ein Wassergeist. Sie ziehen Menschenfrauen auf den Grund und paaren sich mit ihnen.«

Lucas musste grinsen. Gegen *paaren* hatte er nichts einzuwenden, aber ein Wassergeist war er ganz bestimmt nicht.

Mila sah ihn an und in ihren Augen saß der Schalk. »Die Töchter der Wassergeister sind sehr schön und tragen außer ihrem dichten langen Haar, das ihnen als Kleidung dient, nur rote Schuhe.«

»Nur rote Schuhe?«, fragte Lucas übertrieben empört. »Da habe ich als Vater aber auch ein Wörtchen mitzureden.«

Mila lehnte sich an ihn. Er wollte sie berühren, überall, und schöne Töchter mit roten Schuhen mit ihr zeugen. Doch wie berührt man ein Mädchen, das man behalten will?

Am Abend saßen sie auf der Terrasse und spielten Mau-Mau, das Mila unter dem Namen *Psri* kannte. Außerdem war Mila ziemlich gut im Würfeln und Munin war begeistert von diesem neuen Spiel. Am Ende hatten sie allerdings keinen Würfel mehr, um weiterzuspielen.

Natürlich schlief Lucas nicht in der Nacht – auch wenn Mila glaubte, er würde schlafen. Er hatte schnell herausgefunden, welchen leisen Schnarchton er von sich geben musste, damit sie an ihn heranrückte. Aber in dieser Nacht wurde ihr nächtliches Ritual zur Qual für ihn. Das ging einfach nicht mehr so weiter. Er knipste das Licht an, wandte sich ihr zu und stützte den Kopf in die Hand.

»Ich will mit dir schlafen, Mila.«

»Das tust du doch«, murmelte sie ins Kopfkissen.

Lucas rüttelte sie an der Schulter. »He, ich meine damit nicht: Augen zumachen und träumen.«

»Ich bin noch nicht so weit.«

»Das verstehe ich. Aber warum rückst du dann jede Nacht an mich heran, wenn du denkst, ich schlafe?«

»Auf diese Weise will ich herausfinden, wann ich so weit bin.«

»Möchtest du vielleicht Hilfe beim Herausfinden?«

»Nein«, erwiderte sie. »Aber kannst du bitte das Licht ausmachen.«

Lucas schaltete das Licht aus, zog sich die dünne Decke bis zur Hüfte und legte sich auf den Rücken, die Hände im Nacken verschränkt. Mondlicht fiel durch die Fenster auf seinen Körper. Mila lag still da und betrachtete ihn. Sie lauschte auf seinen Atem und sah zu, wie sein Brustkorb sich hob und senkte.

Irgendwann kroch sie unter seine Decke und flüsterte: »Schläfst du?«

»Ein bisschen.« Lucas drehte sich zu ihr und seine Hand kam ihr entgegen, noch unschlüssig, wo sie sich niederlassen sollte. Doch Mila umschloss seine Finger und hielt die Hand fest.

»Warum nicht, Mila?«

»Weil ich es allein herausfinden muss.«

Sie hörte ihn leise seufzen, dann drehte er sich von ihr weg.

Mila starrte auf das Raben-Tattoo auf Lucas' Rücken. Ein heilloses Durcheinander aus Wollen und Nichtwollen tobte in ihrem Inneren.

Später, als sie sicher war, dass Lucas schlief, rückte sie an ihn heran und begann, ihn zu berühren. Auf einmal war es ganz einfach, ihre Hände auf die glatte Haut seiner Schultern zu legen und leicht wie eine Feder zu seinen Hüften zu streichen. Sie drückte ihre Lippen in seinen Nacken, wo das Haar lang geworden war. Strich über das wulstige Narbengeflecht auf seinem Rücken. Und als Lucas sich diesmal zu ihr umdrehte, trafen sich ihre Münder.

30

Freitag, 11. Juli Hundegebell drang an Milas Ohr und sie schreckte hoch. *Gebell?* Mit der Hundemeute in ihrem Dorf war nicht zu spaßen gewesen, wenn die Tiere hungrig waren – und das waren sie immer. Die Hunde hatten den Kindern die Bissen von der Kippe streitig gemacht – genauso wie die Raben. Dann mussten sie Sauerampfer und Gras essen, wovon man üble Bauchschmerzen bekam.

Mila schüttelte die Erinnerung ab, setzte sich auf und blinzelte verschlafen in den Raum. Morgenlicht fiel durch das Balkengerüst und Lucas' schwarzes Haar glänzte wie Rabenfedern. Munin saß auf der Nachttischlampe und betrachtete Mila mit schief gelegtem Kopf.

»*Udik*«, schnarrte er. Sprang aufs Bett und zupfte Lucas am Ohr. Der verjagte den Raben mit einem mürrischen Laut und einer scheuchenden Handbewegung. Aber Munin ließ sich nicht beirren.

Er kam zurück und bellte Lucas ins Ohr.

Mila kicherte in sich hinein. Der Rabe konnte nicht nur Handyklingeln und den Piepton des Weckers nachahmen, sondern auch Hundegebell.

Lucas drehte sich zu ihr um. »Guten Morgen«, sagte er, gähnte verhalten und setzte sich auf.

Hitze überzog Milas Gesicht. Nur *Guten Morgen?* War das alles? Hatte er vergessen, dass sie ... aber halt: Er trug seine Boxershorts und sie ihr Rosennachthemd. Mila konnte sich nicht erinnern, es wieder angezogen zu haben, nachdem sie ... *Oder hatten sie gar nicht?* Es war gar nicht wirklich passiert, das wurde ihr jetzt klar. Sie hatte es nur geträumt. Es war schön gewesen, ein schöner Traum.

»Ist irgendetwas?«

»Nein.« Sie schüttelte den Kopf. Im Traum hatte sie Lucas berührt, hatte mit ihm geschlafen. Ihn jetzt anzusehen, machte sie verlegen.

Das Piepen des Weckers ertönte aus Munins Schnabel. Der Rabe zwackte Lucas ins Bein und trippelte rasch von ihm weg. Mila presste sich eine Hand vor den Mund, dann prustete sie los.

»Ich mache uns dann mal Frühstück«, sagte Lucas.

Am Abend – es war ihr letzter Abend, bevor Tilde aus dem Urlaub zurückkam – lud Lucas sie zum sommerlichen Mittelalterfest auf Schloss Burgk ein. Er stellte den Toyota auf einen kleinen Parkplatz an der Talsperre Burgkhammer und sie liefen über die Staumauer, über der auf einem Felsplateau die mittelalterlichen Gemäuer der ehemaligen Reussenresidenz thronten.

Mila war mit Tilde im Frühjahr schon einmal hier gewesen und sie mochte das Schloss mit seinem runden Turm, den Wehranlagen und dem gepflasterten Innenhof. Im Eingangsbereich konnte man im Mauerwerk hinter einer Glasscheibe einen mumifizierten Hund sehen, ein vierhundert Jahre altes Bauopfer. Ein Zeichen dafür, dass Magie auch hier einmal eine Rolle gespielt haben musste.

Heute herrschte reges Treiben. Unter dem Motto *Als Wünschen noch geholfen hat* trafen sich Gaukler, Handwerker, Märchenerzähler, Musikanten, Ritter und edles Volk aus der Zeit des Mittelalters auf der Burg, und Mila liebte von der ersten Minute an alles, was um sie herum geschah.

Auf dem Burggelände sahen sie Handwerkern beim Zinngießen, Töpfern, Schmieden und Kerzenziehen zu. Es gab eine Bude mit Obstbränden, Beerenwein und Met. Eine andere, an der man selbst gefertigte Seifen aus Ziegenmilch kaufen konnte. Es gab Silberschmuck und bunte Lederschuhe, gefilzte Hüte und einen Stand mit seltenen Gewürzen, an dem es duftete wie auf einem orientalischen Basar.

Auf dem kleinen Schlosshof kämpften Eisenmänner mit riesigen Schwertern, Stöcken und Streitkeulen gegeneinander. Schwiegen die Waffen, dann wurde auf einer kleinen Bühne Musik auf historischen Instrumenten dargeboten. Dudelsack, Schalmei, Drehleier und allerhand Percussion. Die Musiker trugen herrliche Gewänder in kräftigen Farben und wunderschön verziert. Mila fühlte sich in eine Welt voller Magie versetzt.

Gaukler und Komödianten unterhielten die Leute mit ihren Künsten und wilden Markttänzen. In der Schlossküche mit dem riesigen gemauerten Kamin, der sich am unteren Ende auf die Größe der gesamten Küche öffnete, röstete ein Spanferkel über dem Feuer.

Mila konnte sich nicht sattsehen und sie bekam nicht genug von den herrlichen Gerüchen der Gewürze, der süßen Backwaren und dem köstlichen Duft des gebratenen Ferkels. Sie zog Lucas von einem Stand zum nächsten, berührte Stoffe, Leder, Holz. Kostete hier und da, auch vom Met.

Eine Wahrsagerin verkaufte Zaubertränke aller Art und magische Amulette. Die Frau trug ein rotes Kopftuch, eine weiße Bluse mit schwarzer Weste und einen knöchellangen bunten Rock. Ihr lockiges Haar, das unter dem Kopftuch hervorquoll, war schwarz gefärbt. *Einmal Handlesen 10 Euro,* stand auf einem Schild.

»Willst du?«, fragte Lucas. Doch Mila schüttelte den Kopf und zog ihn weiter. »Warum nicht?«, fragte er lachend. »Vielleicht hätte sie uns sagen können, wie es mit uns weitergeht.«

»Vielleicht«, sagte Mila und lächelte in sich hinein. Denn das wusste sie auch so.

Sie vergaß Zeit und Raum, vergaß, dass all diese Leute bloß Verkleidung trugen, und für ein paar Stunden war diese bunte Welt real.

Bei all ihrer Begeisterung entging Mila nicht, dass es für Lucas ungewohnt war, unter so vielen Menschen zu sein, dass er allein ihretwegen hierhergekommen war. Und dafür liebte sie ihn noch viel mehr.

Lucas fütterte sie mit Pflaumenkuchen und Spanferkel und amüsierte sich über ihren Appetit. Er schenkte ihr ein Paar silberne Fisch-Ohrringe und sie kaufte ihm von ihrem letzten Geld einen bronzenen Anhänger mit einem fliegenden Raben.

Als die Sonne hinter den hohen Mauern verschwand, kamen alle Besucher und Künstler auf dem Burghof um ein großes Feuer zusammen. Der Feuerspucker, die Gaukler, die Musikanten in ihren exotischen Kostümen. Das Feuer tanzte seinen orangeroten Tanz und Funken stiebten wie glühendes Konfetti in den dunklen Nachthimmel über der Burg.

Mila reihte sich unter die Tanzenden und nahm Lucas mit. An ihren Händen bewegte er sich zur Musik. Widerstrebend erst und unbeholfen, doch dann schien es, als wollte er gar nicht wieder aufhören. Mit gekreuzten Armen wirbelte er sie herum, bis ihre Füße beinahe den Boden nicht mehr berührten.

Sie lachten, vom Tanzen und der Hitze des großen Feuers

schweißüberströmt, und plötzlich zog Lucas sie fest an sich und küsste sie, mitten im Kreis der Tanzenden.

Es war ein heißer, ein atemloser Kuss, als wäre er einer der Feuerspeier, und Mila verlor endgültig den Boden unter den Füßen. Als Lucas sanft ihr Kinn hob und sie fragend ansah, funkelten die fliegenden Fackeln des Jongleurs in seinen Augen.

Hand in Hand verließen sie den Burghof und rannten den Weg hinunter zum Staubecken. Fledermäuse umflatterten sie mit ihren ruckartigen Flugbewegungen. Mitten auf der Staumauer blieb Lucas unter dem Lichtkegel einer Laterne stehen.

»Mila«, flüsterte er, »ich liebe dich. Aber ich ... ich ...« Ein Anflug von Panik lag in seiner Stimme.

Atemlos betrachtete sie ihn. Mila ahnte, was er zu sagen versuchte, und musste lächeln.

»He, was grinst du so? Machst du dich etwa lustig über mich?«

Es würde geschehen, ganz gleich, was daraus werden würde, wer sie werden würde. »Keine Angst. Ich erwarte nicht, dass du mich heiratest«, sagte sie. »Ich bin doch noch viel zu jung zum Heiraten.«

Sie küssten sich sieben Mal, dann fuhren sie zu ihrer kleinen Bucht und Lucas breitete eine Decke am Ufer aus. Es war eine warme, sternenklare Nacht und der volle Mond schaukelte in weißen Scherben auf dem Wasser.

Mila fühlte sich leicht, ganz trunken von der Musik und von der Nacht. Sie setzte sich und Lucas ließ sich neben ihr nieder, die Arme auf den Knien. Obwohl da dieser Abstand von ein paar Zentimetern zwischen ihnen war, spürte Mila dieses Glühen, das von Lucas' Haut ausging, das Beben seines Körpers, seine Sehnsucht, die sie durch das Schweigen erreichte.

Mit Lucas zu schlafen, würde Tristan endgültig aus dem Gedächtnis ihres Körpers löschen und genau das wollte sie. Ihre Welt war in Scherben gefallen, nun setzte sie sich neu zusammen.

Sie lehnte sich an ihn. Lucas' Körper glühte wie ein Stein, der in der Nacht die Wärme abgab, die er am Tag aufgenommen hatte. Er hob die Arme, packte sein T-Shirt im Nacken und zog es über seinen Kopf. Mit wild pochendem Herzen betrachtete Mila jedes Detail seines Körpers im Mondlicht, als er sich im Sitzen seiner Jeans entledigte.

Als Mila ihr Kleid und den Slip abstreifte, langte Lucas nach seiner Jeans und angelte ein knisterndes Päckchen hervor. Er fluchte einmal leise, dann schob er sich halb auf sie und hielt sie mit unruhigen Händen.

»Sag, wenn ich dir zu schnell bin.«

»Keine Angst, du wirst alles richtig machen.«

Lucas stieß ein unsicheres Lachen aus. »Hast du das heute Morgen im Kaffeesatz gelesen, kleine Zauberin?« Er war so nah, dass seine Stimme in ihren Körper drang.

»Nein, aber ich habe letzte Nacht von uns geträumt.«

»Wir ... hatten *Sex?*«

Sein Lächeln wurde zu ihrem. »Ja.«

»Dann ist das hier also gar nicht unser erstes Mal?«

»Nein.«

»Hat es dir gefallen?«, fragte er. »Ich meine, letzte Nacht.«

»Ja, sehr. Sonst wäre ich nicht hier.«

»Okay. Was ... was habe ich gemacht?«

»Weißt du das denn nicht mehr?« Mila dirigierte seine Hand zwischen ihre Beine. »Mehr verrate ich dir nicht.«

Das brauchte sie auch nicht. Lucas' fragende Hände fanden ihre Antworten selbst. Mila betrachtete die weichen Züge in seinem Gesicht, wenn er sie mit offenen Augen küsste. Raue Laute kamen aus seiner Kehle, es war die Sprache seines Körpers, seiner Gefühle für sie und sie hatte nie etwas Ehrlicheres gehört von einem Jungen.

Lucas streichelte sie, bis sie sich öffnete. Als er sich auf sie hob, hielt sie den Atem an. »Da bist du ja«, sagte er, seine Stimme ein flüsterndes Lächeln.

Und dann spürte sie Lucas, nur ihn, nichts sonst. Sein Atem in ihrem Mund, die Bewegung des Blutes unter seiner Haut, die immer noch Sonne abzugeben schien. Er drang tief in sie, mit seinem Körper, seinen Gefühlen, seiner ganzen Sehnsucht.

Ein Zittern lief durch ihn hindurch, und dann lag er schwer auf ihr, sodass sie seinen Herzschlag spüren konnte, als wäre es ihr eigner. »Nicht bewegen«, raunte er und stützte sich auf seine Ellenbogen.

Mila rührte sich nicht, doch sie spürte ihren Herzschlag überall, in ihrem Kopf, den Armen, den Beinen, in ihrem Schoß. Als Lucas sich wieder zu bewegen begann, war sie jemand ohne Namen, ohne Geschichte, ohne Vergangenheit.

Und dann spürte sie sich, die Essenz von Mila Danko.

Lucas lag auf der Seite und stützte sich auf den Ellenbogen. Er betrachtete Milas Körper im Licht des Mondes, dachte, dass er nie etwas Schöneres gesehen und erlebt hatte als das hier. Es war also möglich – sogar für einen wie ihn.

»Hallo, du bist eingeschlafen«, sagte er, als sie die Augen aufschlug und ihn lächelnd ansah.

»Ich habe geträumt.«

»Nein, hast du nicht. Diesmal war ich auch da.«

Mila setzte sich auf. Ihr langes Haar war eine dunkle Nachtwolke und ihre Haut schimmerte im Mondlicht.

»Lass uns lieber nach Hause fahren«, sagte sie, »ich glaube, es fängt bald an zu regnen.«

Lucas blickte in den Nachthimmel, von dem fröhlich die Sterne funkelten, und fragte sich, wie sie darauf kam. Doch sie zogen sich an und packten zusammen. Als sie den Burgwald verließen, zerplatzten die ersten Tropfen auf der Windschutzscheibe des Toyota, und gleich darauf prasselten sie laut wie Kieselsteine auf sie herab.

Zwanzig Minuten später rannten sie kichernd durch strömenden Regen vom Auto bis zur Hintertür und wurden auf den wenigen Metern nass bis auf die Haut.

In seinem Bett, als er Mila an sich zog und sein Gesicht in ihrem feuchten Haar verbarg, da überkam Lucas die unbändige Hoffnung, dass sie zusammen eine Chance hatten. Die Chance auf ein Leben jenseits der Vergangenheit.

Samstag, 12. Juli Am nächsten Vormittag kauften sie noch zusammen ein, dann fuhr Lucas Mila nach Hause. Sie spürte, dass er sich nur ungern von ihr trennte, doch es würde nicht für lange sein. Am Nachmittag kam Tilde aus ihrem Urlaub zurück und Mila wollte ihr die Nachricht, dass sie einen neuen Freund hatte, lieber vorsichtig beibringen.

Tilde kam nicht allein. Wenzel war ein großer Mann mit dichtem grauen Haar, Vollbart und freundlichen braunen Augen. Tilde trug ihr silbergraues Haar offen und beide waren braun gebrannt, ausgeruht und gut gelaunt.

Sie benahmen sich wie verliebte Teenager und Mila musste darüber lächeln. Schon jetzt vermisste sie Lucas ganz furchtbar.

Tilde schlug vor, dass sie am Abend zu viert essen gehen könnten. »Ruf deinen Tristan an«, sagte sie. »Er ist herzlich eingeladen.«

»Wir sind nicht mehr zusammen.« Mila hielt die Luft an.

»Oh.« Tilde musterte sie einen Moment verwirrt. »Aber du siehst gar nicht traurig aus.«

»Ich bin auch nicht traurig.« Mila lächelte. »Und wenn du nichts dagegen hast, würde ich gerne jemand anderen einladen.«

»Aber klar. Ich habe um 19 Uhr in der Weinstube einen Tisch bestellt.«

Mila flitzte die Treppe nach oben, schloss ihre Zimmertür hinter sich und rief Lucas an, um ihn ins Restaurant zu bestellen.

»Und du denkst, das ist eine gute Idee?«

Sonderlich begeistert klang er nicht.

»Ja, ganz bestimmt. Tilde soll dich kennenlernen. Außerdem würde ich mich schrecklich einsam fühlen ohne dich.«

»Okay«, sagte er, »ich werde da sein.«

Als Mila mit Tilde und Wenzel auf den kleinen Marktplatz kam, wartete Lucas schon vor dem Restaurant. Er trug saubere Jeans, dazu ein weißes, kurzärmliges Hemd und seine einzigen Schuhe, zertretene Boots. Seine Haare waren noch feucht vom Duschen und standen ausnahmsweise mal nicht vom Kopf ab. Er sieht aus wie ein wohlerzogener junger Mann, dachte sie.

Und küsste ihn.

»Das ist Lucas«, sagte Mila. »Und das sind Tilde und Wenzel.«

»Ich kenne Sie doch, junger Mann«, meinte Tilde, als er ihr die Hand reichte.

»Stimmt. Vor ein paar Wochen wollte ich Mila ins Kino einladen, aber es war ...«, er zögerte, »es war der falsche Zeitpunkt.«

Tildes Blick wechselte zwischen Mila und Lucas. Dann nickte sie und sagte: »Nun, manchmal macht sich Hartnäckigkeit bezahlt, nicht wahr, Wenzel?«

»Das kann man wohl sagen.« Der Bärtige begrüßte Lucas mit Handschlag und einem Augenzwinkern. Dann betraten sie zusammen das Restaurant.

Nach einem Glas Bier und der Erkenntnis, dass weder Tilde noch ihr Freund Wenzel vorhatten, ihn auszuquetschen, entspannte sich Lucas und genoss das gute Essen.

Mila und er lauschten den Berichten der beiden über Rom, die ewige Stadt. Lucas hatte noch zehn Tage Urlaub vor sich und hoffte, Mila würde seinen Vorschlag, ein paar Tage mit dem Zelt zu verreisen, doch noch annehmen. Er wollte mal weg von Moorstein und vor allem weg von Tristan Hellstern, der ihnen hier jederzeit über den Weg laufen konnte. Es schien zwar so, als würde Tristan Mila tatsächlich in Ruhe lassen, doch er traute ihm einfach nicht über den Weg.

Lucas wäre gerne mit Mila in die Slowakei gefahren, wenn schon nicht in ihr Dorf, dann doch in die Gegend, in der sie aufgewachsen war. Aber Mila zögerte noch. Ihm all diese Dinge zu erzählen, war eine Sache, hatte sie gesagt. Zurückzukehren, eine andere. Vor allem wegen Giorgi.

Mila wollte mit Tilde über Giorgi reden und ihr erzählen, was sie befürchtete. Das war ihr wichtig. Wenn Giorgi tot war, hatte sie gesagt, dann sollte seine Familie es erfahren. Das war nur fair, auch wenn Lucas ahnte, dass das Ganze unweigerlich die Polizei auf den Plan bringen würde, wo er doch den Bullen am liebsten für immer aus dem Weg gehen würde.

Als sie vom Restaurant aufbrachen, war es nach zehn und dunkel draußen. Der kleine Marktplatz von Moorstein lag wie ausgestorben, aber aus dem offenen Fenster einer Wohnung drang leise Klaviermusik.

Lucas gab Mila einen Kuss. Den ganzen Abend hatte er kaum an etwas anderes gedacht als daran, sie endlich zu küssen, und nun lag die ganze Macht seiner Sehnsucht darin.

»Warum kommst du nicht mit zu mir?«, flüsterte er.

»Du weißt, warum. Weil Tilde morgen Geburtstag hat. Wir sehen uns am Abend, da fährt sie mit Wenzel nach Hof ins Theater. Morgen, Lucas.«

Morgen. Eine Nacht ohne Mila. Schon jetzt hatte er Angst, dass ihn die Nacht schlucken könnte, dass er in der Dunkelheit ertrinken könnte. »Vielleicht bin ich dann schon tot«, murmelte er ihr ins Ohr.

»Was?« Mila rückte bestürzt von ihm ab.

Lucas schaffte ein Lächeln. »Gestorben vor Sehnsucht. Ich möchte bitte in meinem Garten begraben werden.«

»Idiot«, sagte sie. »Wie kannst du mich so erschrecken? Ich bin um fünf bei dir. Koch uns was Schönes. Du weißt ja jetzt, wie es geht.«

Mila gab ihm noch einen Schmetterlingskuss, dann lief sie Tilde und Wenzel hinterher, die am Brunnen auf sie warteten.

Lucas trottete nach Hause. In den wenigen Stunden, die er heute allein gewesen war, war ihm das Haus öde und leer vorgekommen. Mila hatte sein ganzes Leben umgekrempelt, und sosehr er das Alleinsein brauchte, war es nun, wenn er es hatte, angefüllt mit seiner Sehnsucht nach ihr.

In Gedanken war Lucas bei Mila und dem, was er morgen noch vor dem Essen mit ihr tun würde, als er nichts ahnend seine Einfahrt betrat und wie erstarrt stehen blieb. Auf der Kühlerhaube des Toyota lag ein großer schwarzer Vogel, durchbohrt von einem Pfeil.

»Munin ...«, flüsterte er. Drehte sich um und lauschte. Tief in ihm begann es zu brodeln wie in einem Hexenkessel. Blut donnerte in seinen Ohren. »Tristan, du verdammter Rabenmörder!«, rief er in die Nacht, erfüllt von Hass und Entsetzen.

Ein Rascheln in seinem Rücken. Er wirbelte herum. Doch es war nur ein kleiner Fuchs, der unter der Blautanne hervorkam und seelenruhig an ihm vorbei aus der Einfahrt lief.

Schweren Herzens wandte sich Lucas wieder dem toten Vogel zu. Kaltes Mondlicht ließ das schwarze Gefieder des Raben silbern schimmern. Es kostete Lucas große Überwindung, doch schließlich hob er das steife Tier vorsichtig von der Kühlerhaube und trug es in den Garten.

War das wirklich Munin? Er wusste es nicht. Hugina war etwas kleiner als Munin, aber wen von beiden er in den Händen hielt, konnte Lucas nicht erkennen. Er lauschte, ob der Partner vielleicht in der Nähe war. Doch Raben waren tagaktive Vögel und schliefen in der Nacht.

Lucas legte den Vogel in die Schubkarre. Er schaltete die Außenlampe ein und holte den Spaten. Dann begann er zu graben. Als das Loch groß und tief genug war, dass der Fuchs ihn nicht wieder ausgraben konnte, holte er den Vogel.

Lucas ging auf die Knie, brach den schwarzbefiederten Schaft des Pfeils ab und zog ihn behutsam aus dem Körper des toten Raben. Dann drückte er die großen Flügel an den Vogelkörper und legte ihn in das Loch. Mit beiden Händen schob er die ausgehobene Erde in das Vogelgrab und klopfte sie fest.

Seine Augen brannten. Lucas ließ seinen Tränen freien Lauf.

31

Sonntag, 13. Juli Es war die Stille, die Lucas weckte. Kein Weckerpiepen, kein *Udik, Udik!*. Kein Rabengeschwätz an seinem Ohr. Er lag diagonal in seinem Bett, hatte einen trockenen Mund und die Haut unter seinen Augen spannte.

Über Nacht waren die Temperaturen noch um einige Grad angestiegen, und obwohl es erst kurz nach acht war, lag schon eine drückende Schwüle in der Luft. Lucas hoffte, die Hitze würde sich endlich in einem Gewitter entladen.

Munin war nicht gekommen. Das bedeutete, er war tot und lag unter der Blautanne begraben. Der Verlust seines gefiederten Freundes schmerzte Lucas mehr, als er für möglich gehalten hatte. Einsamkeit überfiel ihn, aber Mila wollte er nicht anrufen. Munin hatte sie zwar zum Lachen gebracht, aber der Rabe war ihr immer noch ein wenig unheimlich gewesen. So tief, wie ihre Rabenerlebnisse und die Geschichten ihrer Großmutter in ihr verankert waren.

Vielleicht konnte sie seine Trauer deshalb nicht nachvollziehen, seine große Schwäche für diesen erstaunlichen Vogel, der sein Freund gewesen war. Mila würde es schließlich noch früh genug erfahren und vielleicht hatte er sich bis dahin besser im Griff.

Lucas machte sich einen Kaffee und vertilgte lustlos ein Käsebrötchen. Dann stieg er in seinen Pick-up. Er musste raus aus dieser Stadt, weg vom frischen Grab in seinem Garten.

Ganz automatisch lenkte er den Toyota in Richtung Krüger-Bruch. Doch schon nach wenigen Kilometern zog sich der Himmel zu und die Sonne verschwand immer wieder hinter Wolken. Lucas parkte unter der großen Kastanie vor der zugewachsenen Villa.

Gedankenverloren lief er durch die vertrauten Räume, lauschte auf das Hallen seiner Schritte. Seit seinem letzten Besuch mit Mila waren neue Tags an den Wänden hinzugekommen. *All Colors are beautiful. Psychohunter. Punk not dead. Ficken.*

Nein, der war alt.

Er verließ die Villa und lief einen von struppigen Sträuchern gesäumten Pfad entlang, der zu den verfallenden Wirtschaftsgebäuden oberhalb des Tagebaukessels führte. *Pigs* stand an einer leuchtend grünen Tür. Eine schnurgerade Reihe von kleinen Tannen wuchs in der Dachrinne des ehemaligen Schweinestalls.

Nur ein paar Meter hinter den alten Stallgebäuden endete der Pfad an einem fast zwei Meter tiefen Absatz. Vor Lucas erstreckte sich der mit Wasser vollgelaufene Tagebaukessel des Krüger-Bruchs. Schroffe graublaue Felswände, steil wie uneinnehmbare Festungsmauern. Auf den Halden oberhalb des Kessels wuchsen Büsche und Bäume. Grüne Tupfer zwischen dem Grau des Gesteins und dem Gewittergrau des Himmels.

Lucas' Sicht war links und rechts von Birken beschränkt, denn bis vor zum Rand der Abbruchkante waren es noch drei oder vier Meter. Vor ihm befand sich der Absatz, den er hinabklettern musste, um einen vollständigen Blick in das Schieferloch zu haben. Im Fels waren kleine Vorsprünge, wie natürliche Stufen, und er sah, dass diesen Weg schon viele vor ihm genommen hatten.

Erste Blitze zuckten am Himmel, aber der Donner ließ auf sich warten, das Gewitter war noch weit entfernt. Lucas kletterte nach unten, bis er auf der kleinen, ebenen Plattform stand und einen ungehinderten Blick über den gesamten Kessel hatte.

Der Himmel über den Bäumen auf der anderen Seite des Bruchs war inzwischen dunkler als Schiefer. Unter ihm lag die vollgelaufene Grube, das Wasser schimmerte meergrün. Es ging ziemlich tief runter, er schätzte, sieben oder acht Meter, wenn nicht noch mehr.

Fasziniert blickte er auf das irre Szenario, das ihn von seinem Kummer ablenkte. Die finsteren Wolken, die zuckenden Blitze. In der Luft lag ein eigentümliches Knistern und Lucas fühlte ein Prickeln auf seiner Haut.

Kurz sah er das Bild von Mila vor sich, tanzend im Kreis der Blitze. Die Fischtänzerin hatte Magie in sein Leben gebracht, denn für Lucas war Liebe eine Art Magie.

Wieder zuckte ein Blitz am Himmel, und als kurz darauf ein gewaltiger Donnerschlag den Fels erzittern ließ, machte Lucas instinktiv zwei Schritte zurück.

»Ziemlich leichtsinnig von dir, hier ganz allein herumzusteigen.«

Er fuhr herum. Über ihm, in nur höchstens fünf Metern Entfernung, stand Tristan, bewaffnet mit Pfeil und Bogen und einem triumphierenden Grinsen auf dem Gesicht.

Trotz drückender Schwüle hatte Lucas plötzlich das Gefühl, in eiskaltem Wasser zu stehen. Blitzschnell sah er sich nach einer Fluchtmöglichkeit um und kalkulierte seine Chancen. Die kleine Plattform ragte ein Stück aus der Felswand und war links und rechts von Büschen gesäumt. Er stand also wie auf einem Präsentierteller und der einzige Fluchtweg führte direkt in Tristans Arme. Er saß in der Falle.

Lucas' Magen zog sich schmerzhaft zusammen und sein Hirn suchte fieberhaft nach einem Plan. Doch er hatte keinen.

»Spionierst du mir nach?«, fragte er, um Zeit zu schinden.

»Das trifft ja wohl eher auf dich zu. Nein, mein Lieber, es war purer Zufall.« In Tristans Stimme lag kalter Hohn. »Dem Zufall wird viel zu wenig Bedeutung beigemessen, finde ich. Die meisten Menschen verschwenden eine Menge Energie darauf, ihr Leben berechenbar zu machen, aber es ist vergeblich. Das Unheil schlägt wahllos zu.«

»So wie bei meinem Raben?«

Tristan lachte. »Nein, das war kein Zufall, das war List.«

Der nächste Blitz erhellte Tristans schwarze Gestalt, die über ihm thronte wie ein Krieger aus längst vergangenen Zeiten. Lucas rann ein kalter Schauer über den Rücken. Tristan ist kein cooler Krieger, dachte er, er ist bloß ein gefühlloses Arschloch mit Pfeil und Bogen.

Doch dieser Gedanke gab ihm wenig Trost. Er wünschte, ihm würden Federn wachsen, schwarz wie die starken Schwingen eines Raben. Dann könnte er sich von der Kante abstoßen und in den Gewitterhimmel fliegen. Doch selbst Munin hatten seine Flügel und seine Klugheit am Ende nichts genutzt. Vor dem wirklich Bösen gab es kein Entrinnen.

Tristan spannte den Bogen und richtete den Pfeil auf Lucas' Herz. »Der armen Mila wird der Verlust ihrer neuen großen Liebe die Seele aus dem Leib reißen«, sagte er. »Sie ist so wunderschön, wenn sie traurig ist. Ich habe sie gerne zum Weinen gebracht.«

»Du bist ja krank«, entfuhr es Lucas. *Verdammt*, schoss es ihm durch den Kopf, *zügele deine Zunge, mach ihn nicht wütend!*

»Findest du?«, fragte Tristan mit einem Anflug von Belustigung. »Ich fühle mich aber ganz prima, besonders in diesem Augenblick. Ich finde, alle anderen da draußen sind krank, die Menschen mit ihren jämmerlichen Gefühlen. Freundschaft. Liebe.

Liebe ist pure Heuchelei, zu nichts nütze. Ein paar schöne Worte genügen, um ein Mädchen ins Bett zu bekommen. Die meisten von ihnen sind zu allem bereit. Mila war es auch. Kein Wunder, bei dieser Mutter.«

Lucas schluckte. *Halte ihn hin. Stell ihm Fragen. Tu so, als wüsstest du von nichts.*

»Was ist denn mit Milas Mutter?«, fragte er und versuchte, echte Neugier in seine Stimme zu legen.

»Sie ist eine Hure, hat Mila dir das nicht erzählt?« Tristan lachte. »Nein, hat sie nicht. Sie hat uns beide an der Nase herumgeführt, die kleine Zigeunerschlampe.«

Dieser Gedanke schien ihn auf infantile Weise zu befriedigen.

Lucas' Herz raste vor Wut. Und vor Angst. Doch das war eine der ersten Lektionen, die er im Gefängnis gelernt hatte: Lass dir niemals anmerken, dass du Angst hast. Die gleiche Regel galt bei gefährlichen Tieren.

War Tristan Hellstern ein gefährliches Tier? Nein. Er war ein gefährlicher Mensch. Weil seine kranke Mutter jegliche menschliche Regung in ihm erstickt hatte. Tristan konnte das Leiden der anderen nicht fühlen, genauso wenig wie die Katze das Leiden der Maus fühlen konnte, wenn sie mit ihr spielte, bevor sie sie fraß.

Aber diese Tatsache würde Lucas auch nicht weiterhelfen, wenn Tristans Pfeil sein Herz durchbohrte. Und er zweifelte keine Sekunde daran, dass Tristan diesen Pfeil losschicken würde. Tristan hatte sich noch nie um die Konsequenzen seines Handelns geschert, warum sollte er ausgerechnet jetzt damit anfangen?

Lucas fragte sich, ob Tristan wusste, was seine Mutter getan hatte. Würde es ihn aus der Fassung bringen, wenn er es ihm ins Gesicht schleuderte? Wohl kaum.

»Mila ist keine Hure, Tristan«, sagte er und versuchte, ruhig zu klingen. »Sie hat dich aufrichtig geliebt.«

»Aufrichtig?« Tristan spuckte das Wort aus wie Gift. »Ich dachte, sie wäre noch Jungfrau, aber sie war beschädigt. Verheiratet mit einer Ratte.«

»Du mieses Arschloch.«

Das war unvermeidbar gewesen. Lucas hörte Tristans wütendes Atmen und machte wieder einen Schritt zurück in Richtung Abgrund.

»Ende im Gelände, Bruderherz.« Tristans Stimme war leise und gefährlich. »Keine Angst, es wird schnell gehen. Hinter dir geht es ziemlich tief runter und der Schiefer wird Hackfleisch aus dir machen.«

Lucas befürchtete, dass Tristan zur Abwechslung mal die Wahrheit sagte. »Was hat das für einen Sinn?«

»Der Sinn ist, dich sterben zu sehen, Ludwig Castorf. Deshalb stehst du hier noch. Klingt paradox, oder? Ich will sehen, wie du die Hoffnung verlierst, wie du dir vor Angst in die Hosen machst. Ich kann sie bis hier oben riechen, deine Angst. *I am the Lizard King, I can do anything.*«

Lucas wagte nicht, den Kopf zu bewegen, aber an der linken Seite des Stollenausganges schien ein Strauch zu wachsen, dessen Wurzeln sein Gewicht halten könnten. Vielleicht seine einzige Chance.

Tristan grinste nicht mehr. Sein Gesicht war ausdruckslos, die braunen Augen starr auf sein Ziel gerichtet. Lucas dachte an Mila.

Plötzlich ertönte hinter Tristans Rücken der Klingelton eines Handys und gleich darauf bellte ein Hund. Tristans Kopf fuhr herum, für einen Augenblick war er abgelenkt, und Lucas nutzte die Gelegenheit, um sich mit einem Hechtsprung nach rechts aus der Schusslinie zu bringen. Der Pfeil sirrte an seinem Ohr vorbei und er klammerte sich mit beiden Händen an die dünnen, biegsamen Zweige des Buschs, während er mit den Füßen verzweifelt nach einem Halt im glatten Schiefer suchte.

Tristan griff blitzschnell hinter sich und zog einen zweiten Pfeil auf, aber der Rabe stürzte sich mit wildem Flügelschlag und lautem Kreischen auf ihn, sodass er instinktiv den Kopf einzog und auch der zweite Schuss, der Lucas treffen sollte, ins Leere ging.

»Tris, komm endlich, ich habe keinen Bock, nass zu werden.« Hannes tauchte unerwartet neben Tristan auf. »Ach du Scheiße! Was geht denn hier ab?«

Munin startete einen zweiten Angriff auf den überraschten Tristan. »Hau ab, du blödes Vieh«, schrie er, »oder ich mach dich kalt!« Mit dem dritten Pfeil zielte er nach dem Raben.

»Lass uns verschwinden, Tris«, beschwor ihn Hannes, »ich glaube, da kommt jemand.«

Wieder sirrte ein Pfeil, doch auf einmal verschwanden die beiden Köpfe aus Lucas' Sichtfeld und Munin ließ ein zufriedenes »*Kroark, kroark!*« hören.

Nichts wie weg hier. Lucas holte mit seinem rechten Bein Schwung, um wieder auf den Vorsprung zu gelangen, doch plötzlich gab das Wurzelwerk des Busches nach. Lucas ließ die Zweige los, dann ging es rasant abwärts.

Das Letzte, was er wahrnahm, war, wie der Schiefer sich schmerzhaft in seine Handflächen fräste.

Reha-Klinik, Mittwoch, 20. August »Guten Tag, Tristan, wie geht es Ihnen heute?«

»Gut. Ich hoffe, ich komme bald hier raus. Es ist sehr warm.«

»Sie sagten beim letzten Mal, dass Sie sich wieder an den Unfall erinnern, das ist gut. Damals ist allerdings noch etwas passiert.«

»Was auch immer *noch* an diesem Tag passiert ist, an dem ich zum Krüppel wurde, interessiert mich nicht.«

»Sie erinnern sich also nicht? Nun, dann will ich Ihrem Gedächtnis ein wenig auf die Sprünge helfen: Ludwig Castorf ist in einem stillgelegten Schieferbruch abgestürzt.«

»Und? Was habe ich damit zu schaffen?«

»Sie waren dort. Es war am selben Tag, als Sie Ihren Unfall hatten, Tristan.«

»Es war kein Unfall. Es war der verfluchte Rabe. Das war Ludwigs schwarze Seele. Er hatte von Anfang an nichts anderes vor, als mich zu vernichten.«

»Erinnern Sie sich daran, was genau an diesem Tag passiert ist?«

»Natürlich. Von der Hüfte abwärts bin ich totes Fleisch, aber mein Kopf, der funktioniert einwandfrei.«

»Erzählen Sie!«

»Mein Kumpel Hannes und ich, wir waren mit unseren Motorrädern unterwegs. Wir sind beide Bogenschützen und oben, an der Krüger-Villa, da üben wir manchmal. Wir sind um die alten Häuser gestiegen und haben ein paar Pfeile verschossen.

Irgendwann haben wir uns auf den Rückweg gemacht. Hannes ist zu seiner Oma gefahren. Und ich wollte zu Hause sein, bevor das Gewitter losbrach. Ich fuhr auf der Landstraße und war ziemlich schnell, da stürzte sich plötzlich der Rabe auf mich. Vor Schreck habe ich den Lenker herumgerissen und bin mit dem Vorderrad gegen einen alten Grenzstein gedonnert. Durch den

Aufprall hat es mich durch die Luft geschleudert und ich bin mit dem Rücken auf einen Stein gekracht. Zufrieden?«

»Und Sie haben nicht gewusst, dass Ludwig Castorf sich zur selben Zeit auf dem Gelände aufhielt wie Sie?«

»Nein, wieso sollte ich?«

»Neben ihm wurde ein Pfeil gefunden.«

»Ich habe doch gesagt, dass wir oben an der Villa ein paar Pfeile verschossen haben. Zwei Enten flogen vorbei und ich konnte nicht widerstehen. Hab die Viecher aber verfehlt. – Was ist mit Ludwig? Ist er tot?«

»*Udik.*«

Was willst du?

Wach auf!

Ich kann nicht mehr aufwachen. Ich bin tot, du Blödmann.

So schnell stirbt man nicht. Wrrruu.

»Au, verdammt.« Etwas hatte Lucas ins Ohr gezwickt. Etwas mit einem sehr harten Schnabel.

Was danach zuerst in sein Bewusstsein drang, war glühender Schmerz. *Das ist gut*, sagte sein Verstand, *ich spüre etwas*. Nie war Lucas der Schmerz so willkommen gewesen wie in diesem Moment.

Er öffnete die Augen und sah direkt vor sich einen großen Käfer über grünes Moos krabbeln. *Moos?* Lucas lag – mit dem Gesicht in ein Moospolster gebettet – bäuchlings auf stacheligen Blaubeerbüschen. Er kniete wie ein Betender in einer Moschee, die Arme gen Himmel gestreckt.

Seine angewinkelten Knie lagen auf dicken Graspolstern, die in der erdgefüllten Mulde eines kleinen Felsvorsprunges wuchsen. Ein kurzer Blick über die rechte Schulter und Lucas sah, dass seine Füße ins Nichts ragten.

Jetzt schön cool bleiben, dachte er. Bloß nicht wieder ohnmächtig werden.

Wind kam auf und Donner rollte heran. Es konnte nicht mehr lange dauern, bis das Gewitter losbrach. Er musste schleunigst hier verschwinden.

Nachdem er ein paarmal tief durchgeatmet hatte, hob Lucas den Kopf und versuchte, die Entfernung zur Abbruchkante schräg über ihm zu schätzen. Sie war gar nicht so groß. Der kleine bewachsene Vorsprung hatte seine Rutschpartie nach knapp drei Metern beendet, doch die hatten genügt, um seine Handflächen in zwei blutige Steaks zu verwandeln. Auch sein linkes Ohr und die Wange brannten wie Feuer. Die dritte Schmerzquelle war sein rechter Oberschenkel. Die warme Nässe, die er dort spürte, verhieß nichts Gutes.

Ganz vorsichtig machte Lucas eine Drehung. Zentimeter für Zentimeter, bis er auf seinem Hintern saß und mit dem Rücken gegen den Fels lehnte. Dann wagte er einen Blick auf sein rechtes Bein. Die dünne Sommerhose hatte einen zwanzig Zentimeter langen Riss und war blutgetränkt. Kurz schloss er die Augen, um sich zu wappnen, dann holte er tief Luft, zog mit Daumen und Zeigefinger den Stoffrand zur Seite und begutachtete den Schaden.

In seinem Bein war auch ein Schlitz. Nicht ganz so lang wie der in der Hose, doch ... Lucas blickte weg, weil er fürchtete, erneut ohnmächtig zu werden. Alles ist gut, dachte er. Der Blutstrom war versiegt, also war keine Arterie verletzt.

Ich bin noch da. Und Munin, sein Freund, war auch noch da. Der Rabe hatte ihm das Leben gerettet. Eine wilde Freude durchströmte Lucas.

Doch inzwischen war es so dunkel geworden, als wäre es Nacht. Die Sträucher und Bäume schlugen um sich, windgebeutelt. Das Gewitter war jetzt fast über der Schiefergrube, der Donner folgte in immer kürzeren Abständen auf die Blitze.

Mit einem tiefen Seufzer betrachtete Lucas seine vom Schiefer zerschnittenen Hände. Er bewegte seine Finger, ballte beide Hände zu Fäusten. Es tat höllisch weh und er biss die Zähne zusammen. Doch es schienen keine Sehnen verletzt zu sein. Wie es aussah, hatte er großes Glück gehabt.

Nur, wie kam er von hier weg, ohne sich doch noch den Hals zu brechen? Die Abbruchkante war nur eine Körperlänge über ihm. Normalerweise kein Problem, aber mit diesen Händen ... Ohne Hilfe würde er das nicht schaffen, jedenfalls nicht, bevor das Gewitter losbrach. Und wenn es erst regnete, war sogar das kurze Stück Kletterei lebensgefährlich.

Ein Rabenschrei ließ ihn aufblicken. Munin kam angeflogen, ein schwarzer Schatten, zerzaust vom Wind. Er setzte sich auf Lucas' Schulter und begann, ihm durchs Haar zu schnäbeln, begleitet von seinem zärtlichen Geschnatter.

»He, alter Junge«, sagte Lucas. »Danke, dass du mir das Leben gerettet hast. Aber jetzt runter von mir. Du bist nämlich schwer.«

Er versuchte, mit seiner verletzten Rechten nach dem Handy in seiner Hosentasche zu angeln, als er über sich plötzlich Stimmengemurmel hörte.

Sein Herzschlag setzte einen Moment aus. Waren Tristan und Hannes etwa noch dort oben? Würde Tristan ihm jetzt den Todesstoß versetzen?

»Sieh dir das an, das ist ja unglaublich«, sagte eine Männerstimme in tiefstem Fränkisch.

Lucas starrte in ein bärtiges Gesicht, auf dessen Stirn ein grelles Auge leuchtete. Im selben Moment tauchte ein zweiter Kopf über der Felskante auf.

»Hilfe«, krächzte er. Und vor Erleichterung begann er, am ganzen Körper zu schlottern.

Die beiden jungen Männer gehörten zu einer Gruppe von vier Geocachern aus Franken, die im Stollensystem unter der Krüger-Villa einen Cache gesucht hatten. Die beiden waren unvermutet im Keller der Villa herausgekommen und durch ein Loch in der Gewölbedecke wieder ans Tageslicht gestiegen.

Von einem Fenster der Villa aus hatten sie Tristan seine Pfeile über die Abbruchkante abschießen sehen und waren neugierig geworden. Erst recht, als auf einmal zwei Mopeds an ihnen vorbeipreschten. Sie waren zur Abbruchkante gelaufen und hatten Lucas mit dem riesigen Raben auf der Schulter entdeckt.

Die vier hatten einiges an Ausrüstung dabei, und zwei seilten sich zu Lucas ab, um ihn nach oben zu holen. Kaum war er in Sicherheit, schlugen den jungen Männern die ersten Tropfen ins Gesicht. Sie schafften es in letzter Minute mit dem verletzten Lucas bis zu ihrem Van, dann brach die Hölle los. Blätter und Äste flogen durch die Gegend, der Regen drosch auf das Auto, in dem sie nun zu fünft hockten, und laute Donnerschläge machten jede Unterhaltung unmöglich.

Nur wenig später tanzte Blaulicht über ihre Gesichter. Neben dem Van hielten ein Rettungswagen und der Notarztwagen. Obwohl Lucas immer wieder beteuerte, dass ihm nichts weiter fehlte, wurde er von zwei Sanitätern in den Rettungswagen verfrachtet.

Der Notarzt überprüfte seine Reflexe und fragte: »Wie heißen Sie?«

»Lucas.«

»In seinem Ausweis steht Ludwig«, bemerkte der Rettungssanitäter mit dem geflochtenen Zopf.

»Ludwig Castorf«, berichtigte Lucas.

»Sind Sie auf den Kopf gefallen?«, fragte der Arzt.

»Nein. Lucas ist mein Spitzname.«

Der Arzt gab sich damit zufrieden und fragte weiter. Wie viele Finger sehen Sie? Welcher Tag ist heute? Wann ist Ihr Geburtstag? Wissen Sie, wo Sie sind und was passiert ist? Brav beantwortete Lucas alle Fragen, in der Hoffnung, dann gehen zu können. Bald würde Mila vor seiner Tür stehen.

Während einer der Rettungssanitäter ihm Hände und Bein verband, wurde der Arzt über Funk zu einem schweren Unfall ganz in der Nähe gerufen. Ein Motorradunfall mit nur einem Beteiligten, das bekam Lucas noch mit. Dann schlossen sich die Türen des Rettungswagens.

Das Gewitter war weitergezogen, der Sturm hatte sich gelegt, aber es goss immer noch wie aus Kannen.

»Mir fehlt nichts, ich muss nicht liegen«, protestierte Lucas, doch der bezopfte Rettungsassistent drückte ihn wortlos auf die Liege zurück und schnallte ihn auch noch fest.

Auf der Fahrt ins Saalfelder Krankenhaus meldete sich Lucas' Handy und der Sanitäter fischte es für ihn aus seiner Hosentasche.

»Hey, Fischtänzerin.«

Der Sanitäter grinste.

»Hey«, sagte Mila, »wo steckst du? Ich stehe vor verschlossener Tür.«

»In einem Krankenwagen.«

»Was?«

»Ich hatte einen kleinen Unfall am Krüger-Bruch«, sagte er.

»O mein Gott. Bist du schlimm verletzt?«

»Nur ein paar Kratzer«, sagte er und die Wärme in Milas Stimme packte ihn. »Heute Abend bin ich wieder zu Hause.«

»Wo bringen sie dich denn hin?«

»Nach Saalfeld. Ich muss jetzt Schluss machen. Ich melde mich, wenn ich zu Hause bin.«

»Also, Kumpel«, sagte der Sanitäter, »so wie du aussiehst, glaube ich nicht, dass du heute Abend wieder zu Hause bist.«

»Das werden wir ja sehen«, gab Lucas zurück.

Im Krankenhaus begannen die Fragen von Neuem. Die Ärztin, die ihn untersuchte, war um die vierzig und erinnerte Lucas von ihrem Aussehen her ein wenig an seine Mutter. Doch Dr. Renner war um einiges unnachsichtiger, als seine Ma es gewesen war.

Eine pummelige junge Schwester mit hübschen Grübchen wusch ihm das Blut aus dem Gesicht und vom Körper. Obwohl sie so sehr versuchte, vorsichtig zu sein, brannten die Schürfwunden wie Feuer. Als Dr. Renner sie desinfizierte, wäre Lucas beinahe durch die Decke gegangen. Aber der Mensch konnte so viel mehr aushalten, als er glaubte.

Ein kleiner Schnitt in der Wange musste mit drei Stichen genäht werden, der im Oberschenkel allerdings mit dreizehn Stichen. Nachdem Lucas' Verletzungen versorgt waren und die Schwester ihn verbunden hatte, sagte Dr. Renner: »Na schön, junger Mann, Sie haben Glück gehabt. Das sah schlimmer aus, als es tatsächlich ist. Sie brauchen also nicht einchecken. Wollen Sie jemanden anrufen, der Sie abholt?«

Lucas zog seine Hose und das T-Shirt wieder an, beides steif von getrocknetem Blut. Er schüttelte den Kopf. »Danke, aber ich rufe mir ein Taxi.« Er strebte zur Tür.

»Halt, halt, junger Mann. Nicht so eilig.«

»Was denn noch?«

»Wie sieht es eigentlich mit der letzten Tetanusimpfung aus?«

Er zuckte die Achseln. »Keine Ahnung.«

»Nun, dann noch mal runter mit den Hosen.«

Als Lucas die Ärztin schockiert ansah, schmunzelte sie. Die Schwester presste eine Hand auf den Mund und prustete los.

»Keine Angst«, meinte Dr. Renner, »der Oberarm genügt mir völlig.« Lucas ließ die Tetanusimpfung über sich ergehen, dann war es ausgestanden.

»Können Sie bitte einen Moment draußen warten«, sagte Dr. Renner. »Ich mache noch schnell Ihre Entlassungspapiere fertig.«

Lucas setzte sich draußen auf den Gang. Die Betäubung ließ langsam nach und sein ganzer Körper begann zu schmerzen. Er stierte den Gang entlang, sah durch die Menschen hindurch. Erst jetzt wurde ihm so richtig bewusst, was abgelaufen war.

Du hättest tot sein können, Ludwig Castorf, sagte eine Stimme in seinem Kopf. Das haute ihn beinahe um. Doch dann glaubte er, seinen Augen nicht zu trauen: Wer da im roten Schmetterlingskleid über den Gang eilte, war Mila. Sein Herz machte einen Satz, und er sprang auf, was einen Schmerzpfeil vom Oberschenkel bis ins Hirn schickte.

Mila entdeckte ihn, und ein Leuchten ging über ihr Gesicht, dass ihm ganz warm ums Herz wurde. Mit großen Schritten kam sie auf ihn zu, doch je näher sie kam, umso mehr verfinsterte sich ihr Blick. Er sah an sich herunter. Seine blutigen Klamotten ... er sah furchtbar aus und Mila musste sonst was denken. Dann stand sie vor ihm, Tränen in den Augen.

»Du bist da«, sagte er. »Alles ist gut.«

»Wenzel hat mich hergefahren. Er wartet unten.«

»Hey, das ist toll. Danke. Dann muss ich kein Taxi rufen.«

»Was ist dort oben am Krüger-Bruch passiert, Lucas?«

Wieso hatte Milas Stimme diesen merkwürdigen Unterton? Als ob sie ihn zur Rede stellen wollte. Hatte sie kein bisschen Mitleid?

»Krieg ich keine Umarmung?« Er breitete die Arme aus, was komisch aussah, mit seinen verbundenen Händen.

Mila wich zurück. »Bitte, ich muss es wissen.«

Lucas ließ die Arme wieder sinken. »Was ist los mit dir, Mila? Du schaust mich an, als hätte ich was Schlimmes getan. Ich bin beim Klettern im Schieferbruch abgestürzt und ...«

»Lüg mich nicht an, Lucas!«, unterbrach sie ihn. »Bitte, lüg mich nicht an!«

Lucas merkte auf einmal, wie tödlich erschöpft er war. »Können wir nicht später darüber reden. Ich bin total kaputt, Mila. Es ist ja nichts wirklich Schlimmes passiert.«

»Doch, das ist es. Deshalb muss ich es jetzt wissen.«

»Okay, wie du meinst«, sagte er kühl. »Tristan und Hannes waren auch da – am Bruch. Tristan hat behauptet, es wäre purer Zufall. Er hatte seinen Bogen dabei und wollte mich mit einem Pfeil abschießen wie ein Tier. Wie er Hugina getötet hat. Ich habe versucht, ihm zu entkommen, dabei bin ich abgestürzt. Und damit ist das Verhör beendet.«

Jetzt war er richtig sauer auf Mila. Warum war sie gekommen? Um ihn auszuquetschen? Warum konnte sie ihn nicht einfach in den Arm nehmen und froh sein, dass er noch lebte? Ihn ein bisschen bemitleiden – genau das brauchte er jetzt nämlich.

»Tris ist auch hier«, sagte sie leise und ihre Augen schwammen in Tränen. »Er hatte einen Motorradunfall und wird gerade operiert.«

»Was ... woher weißt du das?«

»Ich habe überall nach dir gesucht und bin dabei seinen Eltern in die Arme gelaufen. Tris ist schwer verletzt.«

Das durfte doch alles nicht wahr sein. »Weinst du etwa um ihn? Machst du dir mehr Sorgen um Tristan als um mich?«

Mila schüttelte den Kopf. »Nein, das tue ich nicht, Lucas. Ich hatte furchtbare Angst um dich und bin froh, dass es dir gut geht.«

»Aber?«

Sie senkte den Kopf und da dämmerte es ihm. Mila hatte angenommen, er hätte etwas mit Tristans Unfall zu tun. Nach allem, was er ihr über sich erzählt hatte, was zwischen ihnen gewesen war, hatte sie das tatsächlich in Betracht gezogen.

»Du hast gedacht, ich ...« Er schüttelte den Kopf. »Fahr nach Hause, Mila. Ich rufe mir ein Taxi.«

Eine eiserne Hand drückte Mila das Herz zusammen. Wie hatte sie auch nur einen Moment glauben können, dass Lucas etwas mit Tristans Unfall zu tun haben könnte. Sie sah ihn an, die Enttäuschung stand ihm ins zerschrammte Gesicht geschrieben.

Eine Ärztin kam aus einem Behandlungszimmer und brachte Lucas ein Klemmbrett mit seinen Entlassungspapieren, die er unterzeichnen sollte. Den Stift in der verbundenen Rechten, grinste er schief und fragte: »Kann ich auch drei Kreuzchen machen?«

»Geben Sie sich ein bisschen Mühe«, bemerkte die Ärztin, »sonst behalte ich Sie hier, das wissen Sie doch.«

Lucas machte einen unbeholfenen Krakel auf das Blatt und gab der Ärztin den Stift zurück. Er flirtete ganz offen und Mila wandte sich ab. Was er da abzog, war harmlos, das wusste sie. Lucas war nicht wie Tristan. Und doch war es in diesem Augenblick zu viel für sie.

Mit hängendem Kopf lief sie los und blieb erst stehen, als sich eine verbundene Hand auf ihre Schulter legte. »Hey, nicht so schnell, ich bin schwer verwundet, vergiss das nicht.«

Auf der Fahrt nach Moorstein saß Lucas auf dem weit zurückgeschobenen Beifahrersitz, damit er das verletzte Bein ein wenig ausstrecken konnte. Während Wenzel ihn über die Villa, die Dachdeckerschule und die alten Stollen ausfragte, schwieg Mila auf der Rückbank. Ihre Gedanken kreisten um Tristan, es waren schwarze Gedanken.

Endlich hielten sie vor Lucas' Haus.

»Wäre schön, wenn du mich mal dorthin mitnimmst«, sagte Wenzel. »Die Gegend interessiert mich.«

»Kein Problem.« Lucas klang sehr müde. »Am besten gleich morgen, mein Auto steht nämlich noch dort, und ich weiß nicht, wie ich sonst hinkommen soll.«

Sie verabredeten sich für den nächsten Vormittag und Lucas bedankte sich fürs Abholen.

»Hab ich gern gemacht«, beteuerte Wenzel. »Gute Besserung, Lucas. Ich hoffe, du kannst schlafen heute Nacht.«

Mila stieg aus und half Lucas aus dem Auto. Er bewegte sich vorsichtig, und sie sah, dass er Schmerzen hatte, sie jedoch nicht zeigen wollte. Munin erwartete sie. Mit von Trauer müden Flügeln saß er auf einem Zweig der Blautanne und begrüßte sie mit einem heiseren Krächzen.

»Hallo mein Freund, schön, dich zu sehen«, sagte Lucas.

Ein zärtliches Gefühl erfüllte Mila und der Druck in ihrer Brust löste sich. Sie nahm Lucas in die Arme, legte ihre Wange an seine Brust und atmete den Krankenhausgeruch, der von ihm ausging. Als sie seine verbundenen Hände auf ihrem Rücken spürte, lächelte sie.

So standen sie ein paar Minuten, bis Lucas sagte: »Wenn du mich jetzt loslässt, falle ich um.«

Natürlich fiel er nicht, wankte jedoch gefährlich auf den letzten Metern zur Tür. Er gab ihr den Schlüssel und sie schloss auf.

Ich werde immer für ihn da sein, dachte Mila, als sie Lucas ins Haus folgte.

Der volle Mond goss sein weißes Licht über Milas sitzende Gestalt in seinem Bett. Nachdem sie mit zärtlichen Fingern auf sämtliche schmerzende Stellen gedrückt hatte, schien sie endlich davon überzeugt zu sein, dass ihm nichts Ernsthaftes fehlte.

Lucas hatte ihr von der pfeildurchbohrten toten Räbin berichtet und nun schimmerten silberne Rinnsale auf ihren Wangen. Das hätte er nicht gedacht. Aber er vermutete, dass Mila seinetwegen Tränen vergoss. Weil sie seinen Kummer nachempfinden konnte, als er geglaubt hatte, der tote Vogel wäre Munin.

So war sie, seine kleine Fischtänzerin.

Schließlich legte sie sich neben ihn, und er erzählte ihr haarklein, was sich am Krüger-Bruch zugetragen hatte.

»Kennst du das Spiegelgesetz?«, fragte er, nachdem er geendet hatte.

»Nein«, flüsterten ihre Lippen an seiner nackten Schulter. »Was ist das?«

»Es sagt, alles Böse, was du getan hast, kommt irgendwann zu dir zurück.«

»Du meinst, Tris hat es verdient zu sterben?«

»Die Welt wäre ein besserer Ort ohne ihn«, antwortete er, »das ist es, was ich denke. Aber er wird nicht sterben, ich bin mir da ziemlich sicher. Das Böse in ihm ist unsterblich. Tristan wird überleben, und er wird nie aufhören, anderen Angst zu machen, sie zu demütigen. Er wird immer wieder zuschlagen und perverse Freude daran finden, andere zu vernichten.«

»Jetzt machst du mir Angst.«

»Nein«, sagte er. »Nein. Ich werde auf dich aufpassen.«

Das Böse im Märchen forderte den Helden heraus, über sich selbst hinauszuwachsen. Vielleicht war er ja kein Held, aber die Herausforderung hatte er angenommen. Unbewusst, schon vor Wochen.

Die Vergangenheit war unveränderlich, seine Zukunft, die konnte er selbst gestalten. Wenn er es wollte, dann war das Monster in ihm nur ein Wort. Und Worte hatten keine Klauen, keine Zähne.

Lucas wollte Mila umarmen, doch eine heftige Schmerzwelle brandete durch seinen Körper, also blieb er lieber still liegen. Er hoffte, die beiden Schmerztabletten, die er genommen hatte, würden bald wirken.

Da begann Mila, ihn zu küssen, kleine, leichte Schmetterlingsküsse auf seine Verletzungen, die ohne Verband geblieben waren.

»Was tust du?«, flüsterte er.

»Du weißt doch, ich habe uralte Kräfte. Ich kann Wunden mit einem Kuss heilen.«

Lucas lächelte. Und schon ein paar Küsse später schmerzten seine Wunden tatsächlich weniger.

32

Freitag, 22. August Tristan trug ein schwarzes T-Shirt und schwarze Jeans. Mit dem Rollstuhl – er war ebenfalls schwarz – war er schon verblüffend schnell und wendig. Im Gesicht war er voller geworden, was ihm etwas von seiner mädchenhaften Schönheit nahm.

Prinz Herzlos hatte Jassi ihn genannt, nachdem Mila ihr nach ihrer Rückkehr aus Frankreich alles erzählt hatte. Mila wusste, dass in Tristans Brust ein Herz schlug, doch es war kalt wie Stein.

Sie horchte in sich hinein, ob sie noch etwas für ihn empfand, aber da regte sich nur ganz normales Mitleid.

»Was wollt ihr?«, fragte Tristan, ohne die Miene zu verziehen. »Einmal euren Triumph so richtig auskosten?«

»Es war Milas Wunsch, dich zu sehen«, erwiderte Lucas mürrisch.

Es hatte Mila einige Überzeugungsarbeit gekostet, Lucas zu diesem Besuch zu überreden. Doch als sie ihm gesagt hatte, dass sie die Begegnung mit Tristan brauchte, um endgültig einen Schlussstrich zu ziehen, hatte er eingewilligt.

Tristan warf ihm einen kurzen Blick zu, ging aber nicht auf Lucas' Worte ein. »Ihr habt gewonnen. Seid ihr nun zufrieden?«

»Ich glaube, Gewinner gibt es hier keine, Tristan«, entgegnete Lucas, »nur Überlebende.«

»Nun, im Gegensatz zu mir seht ihr nicht wie Überlebende aus.

Ihr steht auf zwei gesunden Beinen und ich ... ich sitze in diesem lächerlichen Gefährt.«

»Der ist doch ziemlich schnittig. Chrom und viel Schwarz, deine Farbe«, sagte Lucas, worauf sich Tristans Gesicht zusehends verfinsterte. »Du wolltest mich töten, Tris. Mein Mitleid hält sich in Grenzen.«

Tristan seufzte genervt. »Du warst schon immer paranoid, alter Freund. Ich wollte deinen blöden Raben töten. Dir wollte ich bloß ein bisschen Angst einjagen. Konnte ja nicht wissen, dass du so ein Schisser bist.«

Mila merkte, wie Tristan begann, mit Lucas zu spielen. Es würde absolut nichts bringen, wenn die beiden weiter Gelegenheit hatten, verbale Kämpfe auszufechten. Es war warm und stickig im Raum. Und der Sauerstoff schien nicht für sie beide zu reichen.

»Kann ich einen Augenblick allein mit Tris sprechen?«, wandte sie sich an Lucas.

Er zögerte und sie sah das Misstrauen des Beschützers, aber auch Furcht in seinen schiefergrauen Augen.

»Keine Angst, mein Freund«, bemerkte Tristan mit einem spöttischen Zug um die Mundwinkel, »selbst wenn ich dazu in der Lage wäre, ich würde ihr nichts tun. Ich mag Mila, habe sie von Anfang an gemocht. Auch wenn ich es ihr offensichtlich nicht deutlich genug zeigen konnte.«

Mila sah Lucas eindringlich an und ihre Lippen formten ein lautloses »Bitte!«.

»Okay«, sagte Lucas. »Ich bin draußen auf dem Gang, wenn du mich brauchst.« An Tristan gewandt, sagte er: »Schönes Restleben, Tris.« Dann verließ er den Raum.

Tristan sah ihm nach. »Musste es ausgerechnet dieser Idiot sein, Mila?«

»Ja«, sagte sie. »Ich stehe nun mal auf Idioten.«

Tristan schüttelte den Kopf, ein amüsiertes Grinsen auf den Lippen. »Du weißt nicht, was du willst, das ist dein Problem.«

Doch, dachte sie, ich weiß genau, was ich will. *Keinem gehören. Nicht für immer jemandes Eigentum sein. Auch nicht von jemandem besessen sein. Lieben ohne Lügen.*

»›Ich muss nichts werden und brauche nichts bleiben‹, sagen wir Roma. Lucas hat nie versucht, eine andere aus mir zu machen.«

»Und das imponiert dir? Ich werde dich nie verstehen, Mila.«

»Mich – oder die Menschen überhaupt?«

»Gut gekontert.« Er nickte anerkennend. »Also, warum wolltest du mich sehen?«

»Um dir das hier zurückzugeben.« Sie reichte ihm den in Silber gefassten Türkisanhänger, den sie die ganze Zeit in der Hand gehalten hatte. »Ich möchte nichts behalten, das mich an dich erinnert. Du hast gesagt, er bedeutet dir etwas, weil er deiner Großmutter gehörte.«

Tristan schüttelte den Kopf und lachte. »Meiner Großmutter? Hast du das wirklich geglaubt?« Er gab ihr den Anhänger zurück. »Das ist Tand, Mila. *Made in Taiwan.* Ein billiges Stück – wie du.«

Milas Hand umklammerte den Anhänger, der Stein schien in ihrer Hand zu glühen. Ihr Gefühl sagte ihr, dass Tristan log. Der Stein war echt, das Silber auch. Sie schluckte. »Wenn du so denkst, warum warst du dann mit mir zusammen, Tris?«

»Ich brauchte jemanden zum Vögeln und du hast dich mir an den Hals geworfen.«

Innerlich zuckte Mila zusammen, doch sie ließ es sich nicht anmerken. In ihr stieg Wut auf, Wut und Kraft. Sie wusste, dass er schon wieder log. Weil Lügen Tristan Hellsterns ureigenstes Wesen war.

»Du musst nicht so sein, Tris.«

»Ich sag dir nur die Wahrheit.«

»Nein, du sagst mir *deine* Wahrheit.«

Tristan sah sie eine Weile schweigend an. »Ich dachte mir, dass Liebe zu den Dingen gehört, die ich haben sollte«, sagte er schließlich mit seelenloser Stimme.

»So lange den Verliebten zu spielen, muss dich ungeheure Anstrengung gekostet haben.«

»Stimmt«, gab er zu. »Aber es war auch spannend, eine Art Spiel. Am Anfang zumindest. Ich habe viel gelernt von dir.« Er sah ihr in die Augen, sein Blick hatte immer noch diese ungeheure Sogkraft. »All die anderen Mädchen, mit denen ich zusammen war, sie wollten etwas von mir. Du nicht. Du hast gegeben.«

»Und du hast genommen.«

»So bin ich nun mal. Ich kann einfach nicht anders.«

»Das tut mir leid.«

»Ich brauche kein Mitleid, das weißt du.«

»Ich habe dich wirklich geliebt, Tris. Sehr sogar.«

»Schon möglich, auf deine naive Art vielleicht. Aber ich brauche etwas anderes. Völlige Hingabe.«

»Wenn du das wusstest, warum dann dein Brief, die Türkeireise? Warum wolltest du mich zurück?«

»Die Türkeireise war ein Werbegeschenk. Dich noch eine Weile zu behalten, war die einfachste Art, um an Ludwig heranzukommen. Außerdem: der Reiz, noch ein wenig mit dir zu spielen, war viel zu groß, um auf dich zu verzichten.«

»Und Giorgi?«, fragte Mila. »Gehörte der auch zu deinem Spiel?«

»Zugegeben, er war eine unberechenbare Größe.«

»Musste er deshalb sterben?«

Tristans Miene blieb unergründlich. »Ich spiele, um zu gewinnen, Mila. Aber was deinen Giorgi angeht, frag doch Ludwig, was wirklich in der alten Druckerei passiert ist.«

Nein, dachte Mila. Du wirst mich nie wieder an Lucas zweifeln lassen. *Nie wieder.* Sie wollte etwas erwidern, doch Tristan kam ihr zuvor.

»Du musst jetzt gehen«, sagte er. »In zehn Minuten beginnt meine Therapiestunde.«

Mila legte den Türkisanhänger auf den Tisch und warf dem Jungen mit dem steinernen Herzen, an den sie einmal all ihre Träume geknüpft hatte, einen allerletzten Blick zu. Er war ein schwarzer Stern, sinnlose Schönheit.

Tristan würde immer nach etwas suchen, das er nicht haben konnte, etwas, das er sich nicht einmal vorstellen konnte. Wie schrecklich musste das sein, Gefühle niemals zu spüren, unberührt zu sein von Leid und Freude.

»Leb wohl, Tris«, sagte sie, wandte sich ab und verließ das Zimmer.

Endlich kam sie, Lucas hatte es vor Anspannung kaum noch ausgehalten. Mila lief ihm entgegen und ihr Lächeln unter Tränen entfachte einen Funken Glück in seinem Inneren. Sie umarmte ihn fest. Den Mund gegen Milas Stirn gepresst, genoss Lucas ihre wilden Herzschläge.

Auf dem Weg zum Parkplatz erzählte Mila ihm alles, und am liebsten hätte Lucas auf der Stelle kehrtgemacht und Tristan eins auf die Nase gegeben für die miese Art, wie er Mila abserviert hatte. »Vermutlich wird Tristan immer der bleiben, der er ist«, sagte er, »aber durch die körperlichen Einschränkungen werden auch die Möglichkeiten seiner Bosheit eingeschränkt sein.«

»Das bezweifle ich«, wandte Mila ein. »Meistens hat Tristan sich ja nicht selbst die Hände dreckig gemacht.«

Das stimmte. Und nun kam zu seinem gefährlichen Charme noch ein enormer Mitleidsbonus. Er würde stets einen willfährigen Handlanger finden, da war Lucas sich sicher.

»Hasst du ihn noch?«, fragte Mila, als sie bei seinem Pick-up angekommen waren. »Ich meine: jetzt, wo er im Rollstuhl sitzt?«

»Nein.« Lucas schüttelte den Kopf. »Aber nicht deshalb, weil ich nicht fähig wäre, einen Jungen im Rollstuhl zu hassen.«

»Sondern ...?«

»Weil ich genug gehasst habe, für den Rest meines Lebens.« Lucas schloss die Fahrertür auf. »Und außerdem macht lieben viel mehr Spaß.«

»Guten Tag, Tristan, wie geht es Ihnen heute?«, fragte Rosa Wagner.

»Ich hatte gerade Besuch von Mila und Ludwig. Sie sind jetzt zusammen.«

»Macht Sie das wütend?«

»Nein. Warum sollte es?«

»Nun, darum ging es doch die ganze Zeit. Sie waren mit Mila zusammen und Ludwig hat sie Ihnen weggenommen. Nun tauchen die beiden zusammen hier auf. Sie müssen doch wütend sein.«

»Ich muss gar nichts. Die beiden sind mir völlig egal. Wann kann ich endlich nach Hause?«

»Wenn Sie sich Ihrer Situation voll bewusst sind.«

»Aber das bin ich. Meine Wunden sind verheilt, und mir ist

vollkommen klar, dass ich für den Rest meines Lebens im Rollstuhl sitzen werde. Ich habe mich damit abgefunden. Ich werde mich durch Sport fit halten, weiter Bogen schießen, mein Abi machen und studieren. Wissen Sie, mein Vater wollte immer, dass ich Bauingenieur werde und später mal seinen Laden schmeiße. Aber der Scheiß-Betrieb hat mich nie interessiert. Jetzt sitze ich in diesem bescheuerten Rollstuhl, aber ich kann studieren, was ich will, und Paps wird dafür bezahlen. Grafik und Design oder vielleicht auch Psychologie. Dann kann ich werden wie Sie und den Menschen mit grausamen Fragen in der Seele herumstochern.«

»Haben Sie eine Seele, Tristan?«

»Dürfen Sie Ihren Patienten solche Fragen stellen?«

»Wir kennen uns jetzt seit drei Wochen und haben stundenlange Gespräche miteinander geführt. Ich habe Ihnen unzählige Fragen gestellt und Sie haben das Blaue vom Himmel gelogen. Sie dachten, Sie wären schlau und ich dumm.«

»Sie sind es, glauben Sie mir.«

»Ihnen glauben? Zu Anfang habe ich Ihnen geglaubt, eine ganze Weile sogar. Sie lügen gut. Haben Sie Ihre Opfer studiert?«

»Meine *Opfer*? Was reden Sie da für einen Schwachsinn?«

»Haben Sie mir angemerkt, ab wann ich Ihnen nicht mehr geglaubt habe?«

»Ich fürchte, jetzt machen Sie mich tatsächlich wütend. Diesen Stuss muss ich mir nicht länger anhören, ich habe dieses Psychogelaber ohnehin schon lange satt. Das war's, unsere Sitzungen sind hiermit beendet. Mir geht es bestens, ich brauche Sie nicht mehr.«

»Das ist gut, Tristan, dann war meine Arbeit ja erfolgreich.«

»Ach hören Sie doch auf, sich selbst was vorzumachen. Ich

habe Sie verschaukelt, von Anfang an, und Sie waren ganz wild drauf, dem armen, querschnittsgelähmten jungen Mann die Selbstmordgedanken auszutreiben.«

»Wie Sie meinen, Tristan. Dann beende ich hiermit unsere letzte Stunde. Und ich sage Ihnen nicht Auf Wiedersehen, denn ich hoffe, ich werde Sie nie wiedersehen.«

Die Therapeutin stand auf und öffnete ihrem Patienten die Tür. Tristan wendete geschickt den Rollstuhl und sah sich zwei ernst blickenden Männern gegenüber.

»Guten Tag, Herr Hellstern. Ich bin Hauptkommissar Lorenz und das ist mein Kollege Tanner von der Kripo Saalfeld. Wir hätten da ein paar Fragen an Sie, die den gewaltsamen Tod eines gewissen Giorgi Desider betreffen.«

Epilog Es war Hannes Prager, der schließlich die Nerven verlor und im Beisein eines Anwalts auspackte. Er hatte irgendwann begriffen, dass er nicht Tristans Hellsterns Freund war, sondern nur sein Gehilfe – aber da steckte er schon zu tief mit drin und Tristan hatte ihn in der Hand.

Hannes hatte die K.-o.-Tropfen besorgt und sie hatten aus Lust und Laune damit herumexperimentiert, laut Hannes immer nur in harmlosen Dosen. Die Mädchen wären von dem Zeug jedes Mal ganz heiß geworden, ein vergnügliches Spiel, völlig harmlos. Vergewaltigt hätten sie natürlich niemanden.

Was Tristan mit Aurora Fuchs gemacht hatte, wisse er nicht.

Und Giorgi Desider, der junge Roma?

Tristan hatte ausgesagt, er wäre an jenem Abend zu Hause gewesen und hätte sich betrunken. Seine Eltern konnten das weder bestätigen noch dementieren, denn sie waren auf einer Feier gewesen und erst nach Mitternacht nach Hause gekommen. Ob ihr Sohn da in seinem Zimmer gewesen war, wussten sie nicht.

Hannes' Eltern hingegen hatten mitbekommen, dass ihr Sohn gegen elf mit staubigen Klamotten nach Hause gekommen war. Hannes behauptete, Tristan und er wären zusammen in der alten Druckerei gewesen, aber nur deshalb, weil sie Lucas beobachtet und verfolgt hätten, der es wiederum auf Tristan abgesehen hatte.

Sie hätten Lucas und Giorgi eine Weile belauscht und wären

wieder gegangen. Mit dieser Aussage belastete er Lucas schwer, doch die Polizei war den beiden längst auf der Spur.

Ein junges syrisches Pärchen aus dem Asylbewerberheim hatte in Tristan und Hannes jene jungen Männer erkannt, die an besagtem Abend gegen elf aus Richtung alte Druckerei an ihnen vorbeigelaufen waren, während sie sich hinter den Blättern eines Schlehenstrauches küssten.

Der Zufall wird unterschätzt, Tristan.

Und die rote MagLite ... Am Griff der Stabtaschenlampe fand man nur Lucas' Fingerabdrücke. An den neuen Batterien in ihrem Inneren jedoch waren Tristans.

Giorgis Sachen wurden nie gefunden, und was wirklich an jenem Abend passiert war, blieb Tristans und Hannes' Geheimnis, das die beiden hartnäckig wahrten.

Doch ein paar Dinge kamen ans Licht. Aurora Fuchs erklärte sich bereit, auszusagen. Die fränkischen Geocacher hatten gesehen, wie Tristan Pfeile auf Lucas abgeschossen hatte.

Mila hatte Stepan Cavka angezeigt und dank der Aussage ihrer Mutter kam er für einige Jahre hinter Gitter. Es stellte sich heraus, dass Tristan den Tschechen bewusst auf ihre Spur gebracht hatte und dadurch – ohne es zu wollen – auch Giorgi. Er hatte Milas Hausschlüssel nachmachen lassen und ihn Cavka gegeben, nur um sich auf diese Weise an Mila für ihren »Verrat« zu rächen.

Aufgrund des Gutachtens der Psychologin Rosa Wagner wurde Tristans Version der Geschehnisse dieses Sommers angezweifelt. Rosa Wagner war, wie sich herausstellte, vor zehn Jahren Ludwigs Therapeutin gewesen. Ohne ihr Vorwissen, das gab sie zu, wäre sie Tristan nicht so schnell auf die Schliche gekommen. Der Zufall, Tristan, der verflixte Zufall.

Auch Milas Aussage entlastete Lucas.

Für ihn war es eine schlimme Zeit, denn seine Vorgeschichte fiel ihm nun gehörig auf die Füße. Die Vergangenheit holte einen immer dann ein, wenn man glaubte, sie hinter sich gelassen zu haben.

Doch mit schlimmen Zeiten kannte Lucas sich aus – und außerdem hatte er Mila.

Kleiner Nachsatz

Der Kuss des Raben ist ein Roman über Verluste, Ängste, die Liebe und das Böse – so wie jeder Roman. Und wie bei (fast) jedem Roman gibt es Anleihen an der Wirklichkeit. Jede Ähnlichkeit mit tatsächlichen Personen oder Schauplätzen ist jedoch Zufall und nicht beabsichtigt.

Die Textzeilen auf Seite 57 stammen aus dem Buch *»Unter einem Regenbogen bin ich heut gegangen« – Sprichworte, Schnurren und Bräuche südosteuropäischer Zigeuner,* Gustav Kiepenheuer Verlag Leipzig und Weimar, 1982.

Die Gedichtzeilen am Anfang stammen aus dem Büchlein *Zehn in der Nacht sind neun – Gedichte und Geschichten der Zigeuner,* Sammlung Luchterhand 1982, aufgeschrieben, bearbeitet und bearbeitet von Joachim S. Hohmann.

Ich danke der Thüringer Staatskanzlei, die meine Arbeit an diesem Roman mit einem Stipendium unterstützt hat.

Das fundierte und umfassende Wissen von Kriminalhauptmeister Jörg Wachsmuth half mir, auf dem Boden der Tatsachen zu bleiben – herzlichen Dank für die Zeit, die er der neugierigen Autorin gewidmet hat.

Für Hinweise, Hilfe und Rat danke ich meinen Lektoren Julia Röhlig, Frank Griesheimer und Antonia Thiel – ohne euch gäbe es dieses Buch nicht.

Antje Babendererde, Liebengrün, im Dezember 2015

Antje Babendererde

Der Gesang der Orcas
978-3-401-50909-9

Isegrim
978-3-401-50699-9

Julischatten
978-3-401-50907-5

Indigosommer
978-3-401-50908-2

Arena

Alle Bände auch als
E-Books erhältlich und als
Hörbücher bei Goya Libre

Jeder Band:
Klappenbroschur
www.arena-verlag.de